Randy Singer

DER KLON

Thriller

Aus dem Englischen
von Nicola Peck
und Lea Schirra

SCM
Hänssler

SCM

Stiftung Christliche Medien

MIX
Papier aus verantwortungsvollen Quellen
FSC® C006701
FSC www.fsc.org

SCM Hänssler im SCM-Verlag GmbH & Co. KG · 71088 Holzgerlingen
Internet: www.scm-haenssler.de · E-Mail: info@scm-haenssler.de

Originally published in the U.S.A. under the title: *Irreparable Harm*

Übersetzung: p.s. words (Nicola Peck und Lea Schirra)
Umschlaggestaltung: OHA Werbeagentur GmbH, Grabs, Schweiz; www.oha-werbeagentur.ch
Titelbild: 123rf.com; istockphoto.com
Satz: Satz & Medien Wieser, Stolberg
Druck und Bindung: CPI – Ebner & Spiegel, Ulm
Gedruckt in Deutschland
ISBN 978-3-7751-5540-3
Bestell-Nr. 395.540

Stimmen zu *Der Klon*

»Ein absolut gelungener Roman. Randy Singer verbindet eine spannende Handlung mit einer eindringlichen Botschaft. Sehr zu empfehlen.«

T. Davis Bunn, Autor

»Ein fesselnder Medizin-Justizthriller, unvergessliche Persönlichkeiten, ein ethisches Minenfeld und durchdachte Denkanstöße zu der zeitlosen Kernfrage ›Wer entscheidet über Leben und Tod?‹. Was kommt dabei heraus, wenn man diese Zutaten mit der Fähigkeit mischt, lebensnah und unterhaltsam Beobachtungen festzuhalten: über menschliche Leidenschaft, wirtschaftliche Macht und intellektuellen Ehrgeiz, die die biotechnologische Revolution vorantreiben? Dieses Buch liefert die Antwort. Ich kann *Der Klon* nur wärmstens empfehlen. Abgesehen davon, dass ich es nicht mehr aus der Hand legen konnte, kann ich noch immer nicht aufhören, darüber nachzudenken.«

Samuel B. Casey, Managing Director des Law of Life Project und ehemaliger Geschäftsführer der Christian Legal Society

»... viele Rätsel und Wendungen, mit denen Singer souverän spielt. ... Singer liefert ein weiteres Mal einen starken Beitrag zu diesem ... Genre.«

Publishers' Weekly

»Hin und wieder erobert ein Autor die Bestsellerlisten mit der seltenen Gabe, ein tiefgründiges und gleichzeitig unterhaltsames Buch zu verfassen. Randy Singer gelingt genau dies. Mit erstaunlicher Tiefe und Kompetenz erzählt er eine Geschichte, die die Messlatte für Justizthriller höherlegt. ... ein wichtiges Buch, das meiner Meinung nach kein Leser wieder aus der Hand legen kann.«

Carolyn Curtis, Autorin

»In *Der Klon* geht Randy Singer unverblümt die kompliziertesten und faszinierendsten bioethischen Fragen unserer Zeit an. Das Thema Klonen, Stammzellenforschung, raffgierige Geschäftsführer und Anwälte mit schillerndem Charakter lassen eine fesselnde Geschichte entstehen, welche die

Schlagzeilen von morgen vorwegnimmt. Die Figuren werden nicht nur Ihr Herz erobern, sondern Ihre Denkweise zu den entscheidendsten Fragen auf den Prüfstand stellen, mit denen wir in unserer kühnen neuen Welt der Genforschung konfrontiert werden: Ab wann beginnt ein Leben, und wie können wir es schützen?«

Mark Early, ehemaliger Generalstaatsanwalt von Virginia
und bis 2010 Präsident von Prison Fellowship

»... Ein Justizthriller, der es mühelos mit Grishams besten Werken aufnehmen kann. ... Die Geschichte fesselt Sie, denn genau wie Mitchell werden Sie sich verzweifelt fragen, wie in aller Welt dieser knifflige Fall jemals zu einem guten Ende kommen kann. Noch beängstigender ist jedoch die Tatsache, dass so ein Fall wie dieser sehr, sehr bald Realität werden könnte. Empfehlenswert.«

Christian Fiction Review

Stimmen zu Randy Singer

»Die Figuren sind so gut ausgearbeitet und die Dialoge so interessant, dass man diesen Thriller kaum aus der Hand legen kann.«

Bookreporter.com über *Der Code des Richters*

»Randy Singer verbindet traditionelle Justizthriller-Elemente mit christlichen Themen, doch vorrangig ist *Die Staatsanwältin* eine Kriminalgeschichte, und zwar eine abgründig gute.«

Booklist über *Die Staatsanwältin*

»Singers juristische Kenntnisse sind genauso überzeugend wie seine beeindruckende Erzählkunst. Erneut drängt er uns bis über den Abgrund hinaus und lässt uns dort zappeln, bevor er uns souverän zurückzieht.«

Romantic Times über *Der Imam*

Für Charlotte und Darrell, »Duck und Hip«, Mama und Papa.
Ein Buch kann niemals die vielen Jahre Unfug ausgleichen,
die ich als Teenager verschuldete.
Aber es ist ein guter Anfang.

Vorwort

Zum Zeitpunkt der Veröffentlichung dieses Buches in den USA berichtete die Presse täglich über Stammzellenforschung. Ein paar radikale Gruppierungen behaupteten, sie hätten bereits den ersten Menschen geklont (obgleich dies angezweifelt wurde) und der Kongress zog ein vollständiges Klonverbot in Betracht. Die Herausforderung bei diesem Buch bestand somit darin, eine Geschichte zu erzählen, die nicht schon mit der nächsten Schlagzeile überholt sein würde.

Daher stellte ich die Prämisse auf, dass der Kongress ein Verbot sowohl gegen therapeutisches als auch reproduktives Klonen verhängen würde und nannte es das Bioethikgesetz. Die Geschichte ereignet sich ungefähr anderthalb Jahre nach Verabschiedung dieses hypothetischen Gesetzes, zu einer Zeit, in der bahnbrechende Fortschritte in der Wissenschaft erreicht wurden. Im Mittelpunkt steht eine spezielle Form des Klonens, die Blastomeren-Isolation, bei der ein sehr junger Embryo (mit weniger als acht Zellen) in zwei oder mehr Embryos geteilt wird. Im Grunde handelt es sich um eine künstliche Erschaffung von »Zwillingen« im Labor. Der Unterschied zu dem kontroverseren Verfahren des Zellkerntransfers somatischer Zellen - mit dem auch das Schaf Dolly erschaffen wurde - liegt in der Komplexität und der Art des Verfahrens.

Als ich diese Anmerkung schrieb, gab es keine dokumentierten Fälle, bei denen das Verfahren der Blastomeren-Isolation eingesetzt wurde, um geklonte menschliche Embryos zur Fortpflanzung zu erhalten. Wissenschaftler waren sich einig, dass man es nicht anwenden sollte, da genetische Defekte auftreten könnten und die Überlebenschancen der entstehenden Embryos ungewiss seien. Dennoch hatte eine Gruppe von Forschern aus Oregon durch dieses Verfahren bereits Affen geklont. Die vorliegende Geschichte setzt die medizinischen Fortschritte voraus, die notwendig wären, um dasselbe Verfahren bei Menschen anzuwenden.

Des Weiteren liegt der Geschichte die Vorstellung zugrunde, dass es irgendwo eine Kinderwunschklinik gibt, welche die vorherrschende Meinung in den Wind schlägt und von der beschriebenen Methode Gebrauch macht, um die ersten geklonten menschlichen Embryos zu erzeugen. Von deren Schicksal erzählt dieses Buch.

Prolog

Sie war sechzehn Jahre alt. Viel zu jung, um zu sterben, wie ihre Mutter ihr immer wieder versicherte.

Maryna Sareth lag zitternd im hinteren Laderaum des rostigen koreanischen Frachters. Tief im Innern des Schiffes war sie, dicht an ihre Mutter gedrängt, zwischen fast einhundert anderen kambodschanischen und chinesischen Flüchtlingen in einem entsetzlich stinkenden Container eingepfercht. Jede Nacht schlotterte sie sich in den Schlaf.

Um diese Reise antreten zu dürfen, hatte jeder von ihnen siebentausend US-Dollar gezahlt. Sollten sie es nach Amerika schaffen, würden sie weitere zehntausend Dollar zahlen.

In dem Frachtraum gab es keine Fenster und nur einen schwachen Ventilator, der gegen den Gestank von Urin und Fäkalien nichts auszurichten vermochte. Als Toiletten hatte man ihnen zwei Eimer zur Verfügung gestellt, einen für die Männer und einen für die Frauen. Die meisten Flüchtlinge, so auch Maryna, litten unter Hautekzemen und Blasenentzündungen. Es war schon einige Tage her, dass man ihr gestattet hatte, an Deck zu kommen, um sich mit Salzwasser abzuwaschen.

Ihre rot geschwollenen Augen brannten von einer Entzündung. Sie konnte kaum noch sehen. Aber nachts, wenn es stockdunkel wurde und man nur die unregelmäßigen Atemzüge der Menschen hörte, die vor Kälte nicht schlafen konnten, war das sowieso egal. Ihr einziger Trost waren der knochige Arm ihrer Mutter, der sanft auf ihrem Rücken lag, und ihre zarten Hände, die immer wieder Marynas Schultern warm rieben.

Maryna konnte die Snakeheads hören – so nannten sich die chinesischen Schmuggler, die einen Menschenhändlerring betrieben –, die zusammen mit den kambodschanischen Auftragskillern an Deck tranken und feierten. Die Auftragskiller waren ehemalige Rote-Khmer-Soldaten, angeheuert von den Snakeheads, um ihre menschliche Fracht zu bewachen. Je weiter die Nacht voranschritt und je lauter der Lärm wurde, umso dichter drängte sich Maryna an ihre Mutter, aus Furcht vor den unausweichlichen Besuchen: Die Luke wurde geöffnet, ein Lichtspalt fiel auf die zusammengepferchte Fracht, und das grausame Auswahlspiel der Snakeheads und ihrer Handlanger nahm seinen Lauf.

In dieser Nacht, der Nacht, die sich für immer in ihr Gedächtnis einbrennen sollte, blieb der Lichtstrahl einer Taschenlampe an ihrem Körper hängen. Sie vergrub den Kopf in der Achsel ihrer Mutter, versteckte ihr Gesicht und hoffte, dass ihr langes schwarzes Haar sie vor den Blicken der Männer schützen würde.

Doch der Kambodschaner hatte seine Beute bereits entdeckt. Sie hörte, wie er über die Reihen von Körpern stieg, bis er direkt über Maryna stand und das zitternde Mädchen zwischen seinen gespreizten Beinen lag. Er packte sie an den Haaren, zog ihren Kopf bis in den Nacken zurück, leuchtete ihr mit der Taschenlampe ins Gesicht und erspähte ein elegant geschnittenes junges Gesicht mit großen braunen Augen. Weder der Dreck, der Hautausschlag noch die entzündeten Augen konnten ihre Schönheit verbergen.

»Komm mit«, knurrte er. Seine zusammengekniffenen Augen starrten sie lüstern aus seinem dunklen und harten Gesicht an, das von einem dichten Bart und offenen Geschwüren bedeckt war. Er ließ Marynas Haare los, die gehorchte und langsam auf die Knie kam. Sie blickte nicht auf.

Doch Marynas Mutter, zweiunddreißig Jahre alt und ebenso zierlich wie ihre Tochter, war bereits aufgesprungen und stellte sich zwischen Maryna und ihren Peiniger. Sie streichelte ihm die Brust und trat dann einen kleinen Schritt zurück, um zu sehen, wie der gierige Blick des Mannes langsam von Maryna zu ihr wanderte. Ohne eine Regung zu zeigen, hielt sie seinem Blick stand.

»Sie ist nicht die richtige Frau für dich«, sagte Marynas Mutter, während sie die obersten Knöpfe ihrer zerrissenen Bluse öffnete. Vorsichtig griff sie nach der schwieligen Hand des Mannes, drehte sich um und zog ihn in Richtung des Oberdecks hinter sich her.

Mit tränenüberströmtem Gesicht streckte Maryna die Arme nach ihrer Mutter aus, die über und um die Körper der anderen Flüchtlinge stieg und mit dem Soldaten verschwand.

* * *

Wieder zitterte Maryna, doch diesmal war die kalte Nachtluft der Wüste Arizonas schuld. Sie hatte nicht geahnt, dass es in Amerika nachts so kalt werden konnte, die Luft so schneidend, das Land so karg.

Im Januar hatte der koreanische Frachter Guatemala erreicht. Maryna, ihre Mutter und einige andere wurden in dem engen Hohlraum unter dem Zwischenboden eines Grapefruitlasters versteckt und nach Mexiko geschmuggelt. In Mexiko wurde die Gruppe von bewaffneten »Kojoten« abgeholt, wie sich die Männer nannten, die illegale Einwanderer über die Grenze schleusten. Ausgestattet mit nur wenig Wasser und noch weniger Proviant, durchquerten sie die Wüste zu Fuß. Um warm zu bleiben, hielten sich die Flüchtlinge nachts fest umschlungen, da ihnen die Kojoten verboten, Feuer zu machen.

Am sechsten Tag schnitten sie sich ihren Weg durch einen Maschendrahtzaun in die USA. Die Kojoten hatten ihren Auftrag erfüllt. Irgendwie hatten sie es geschafft, den Infrarotkameras und seismischen Sensoren, die selbst Schritte erfassen konnten, zu entgehen. Sie waren von den Helikoptern und Flutlichtern der amerikanischen Grenzpatrouille nicht bemerkt worden.

Doch nun, gerade als sich die Gruppe von dreiundzwanzig Flüchtlingen bereit machte, die erste Nacht auf amerikanischem Boden zu verbringen, waren sie Charlie Coggins, einem berüchtigten selbsternannten Ordnungshüter und Landbesitzer, in die Falle getappt. Coggins hatte es sich zur Aufgabe gemacht, illegale Einwanderer zu jagen.

Die Kojoten hatten sie vor Charlie gewarnt. »Mexikaner«, hatte Charlie einst angeblich geprahlt, »sind das beste Freiwild, das es gibt.« Die Kojoten wollten die kleine Gruppe eigentlich an Charlies Land vorbeiführen. Doch ihnen war ein Fehler unterlaufen – und nun befanden sie sich auf Charlies Boden und waren von einer Meute Jagdhunde umzingelt.

»Hombre! Hombre!«, rief Charlie in die Nacht. »Komm raus mit den Händen über den Kopf. Du wanderst zurück nach Meh-hii-ko!« Dann ließ er ein hämisches Lachen erschallen.

Maryna und die anderen drängten sich starr vor Schreck dicht aneinander. Plötzlich durchbrach ein Schuss die Nacht, ein Warnschuss, abgegeben aus der Waffe eines Kojoten. Charlie duckte sich hinter seinen Truck und erwiderte das Feuer.

Maryna hörte, wie eine Kugel an ihr vorbeischoss, und spürte, wie der Sand durch den Einschlag um sie herum aufgewirbelt wurde. »Ich liebe dich«, sagte Marynas Mutter, während sie die Schultern des Mädchens umschlang und sie auf die Stirn küsste. »Renn los, wenn ich es tue, aber in die andere Richtung.«

Bevor Maryna antworten konnte, stand ihre Mutter auf und sprintete aus dem Gehölz hervor, ein fliehender Schatten im Mondlicht. Die Hunde heulten auf und setzten ihr nach, als jemand Marynas Arm ergriff und sie in eine andere Richtung, tiefer in das Gehölz hinein, hinter sich her zerrte. Wieder erklangen Schüsse, diesmal aber weiter entfernt. Maryna warf einen Blick über ihre Schulter und suchte nach der schlanken Silhouette im Mondlicht. Sie streckte die Arme aus, doch die Gestalt war verschwunden.

* * *

Langsam tauchte die Silhouette wieder auf und sagte leise ihren Namen. »Maryna, Maryna«, rief sie liebevoll. Sie wurde immer größer und schwebte über ihr, während sie Maryna sanft schüttelte und anstupste.

Durch ihren verschwommenen Blick wurde die Gestalt, die sich nun über Maryna beugte, deutlicher. Sie versuchte nach ihr zu greifen, doch ihre Muskeln wollten nicht gehorchen. Sie blinzelte träge ... einmal ... zweimal und versuchte verzweifelt, das Objekt oder die Person zu erfassen. Das Bild wurde schärfer, die Dunkelheit wich, und das Licht strömte zurück.

Sie blinzelte erneut und erkannte Dr. Lars Avery, ihren Gynäkologen, der neben ihrem Bett stand und lächelte.

»Herzlichen Glückwunsch, Maryna. Der Eingriff ist gut verlaufen. Sie sind schwanger.«

Maryna erwiderte das Lächeln und sank langsam in einen unruhigen Schlaf zurück. Selbst in ihren Träumen war die Gestalt ihrer Mutter nicht mehr aufzufinden.

1

Montag, 29. März. Sechs Wochen später.

Mitchell Taylor, Jurastudent im dritten Jahr an der Regent University in Virginia Beach, Virginia, lief die langen Flure der Rechtsfakultät entlang, während ihm sein schwerer Rucksack rhythmisch gegen die Schultern schlug. Um andere Studenten, die es weniger eilig hatten, schlug er einen Haken, nahm auf der Treppe zwei Stufen auf einmal und schlich sich um genau 9.04 Uhr in den Hörsaal 230. Der Unterricht hatte um neun Uhr begonnen.

Es war das erste Mal, dass Mitchell in diesem Semester zu spät kam. Und auch das erste Mal seit Monaten, dass er die vorgegebene Lektüre nicht komplett gelesen hatte. Kurz hatte er in Erwägung gezogen, gar nicht zum Unterricht zu erscheinen, doch die Werte, die ihm in seinem Grundstudium am Virginia Military Institute, einer Militärakademie, eingetrichtert worden waren, verwehrten ihm das Vergnügen, eine Stunde zu schwänzen. Stonewell Jackson, dessen Lektionen noch immer durch die Vorlesungssäle des VMI geisterten, hätte ein solch undiszipliniertes Verhalten niemals gebilligt.

Noch immer nach Atem ringend, zog Mitchell seinen Laptop aus dem Rucksack und fuhr ihn hoch. Er legte einen zehn Zentimeter dicken Wälzer über Verfassungsrecht auf den freien Platz neben sich und schlug den Fall auf, den sie heute behandeln wollten. Sein Blick folgte Professor Charles Arnold, einem jungen Afro-Amerikaner, der vor den Studenten auf und ab ging.

»Heute«, wandte sich Mr Arnold an die fast 120 Jurastudenten, »werden wir die Abgründe des Rechts zum Thema Durchsuchung und Beschlagnahmung erforschen – die Frage, in welchen Fällen die Regierung einen Durchsuchungsbefehl vorweisen muss, um in unserem persönlichen Hab und Gut herumzustöbern, und in welchen nicht.«

Professor Arnold trat hinter sein Rednerpult zurück. Für einen kurzen, dramatischen Moment verstummte das Geräusch herumrutschender Körper, des Auspackens von Taschen und das Flüstern im Auditorium, als Mr Arnolds langer, dünner Finger die Anwesenheitsliste entlangfuhr. Geschlossen wandten die Studenten den Blick ab. Es galt als unschicklich, aufzusehen, während Arnold sein Opfer wählte, also konzentrierten sich alle auf die Bücher und Monitore vor ihren Nasen. Auch wenn alle anwesenden Studenten bereits in ihrem zweiten und dritten Jahr waren - Zweitler und Drittler, wie sie umgangssprachlich in der Rechtsfakultät bezeichnet wurden - und viele von ihnen, darunter auch Mitchell, schon in ein paar Wochen ihren Abschluss machen würden, wollte keiner von ihnen Mr Arnolds Opfer des Tages werden. Nur wenige entgingen seinen Befragungen unbeschadet.

Mr Arnolds Finger hielt kurz vor Ende der Seite. Mit hämischem Grinsen schaute der Professor auf. »Mr Taylor«, rief er, »da Sie gerade jetzt zu uns gestoßen sind, dürfen Sie heute den Anfang machen.«

Im Hörsaal breitete sich ein kollektives Aufatmen aus, von einem Platz in der Mitte der linken Seite am Gang ausgenommen, wo Mitchell Taylor gerade aufsprang. Er war nicht glücklich darüber, auserwählt worden zu sein, entschied sich aber, das Beste daraus zu machen. Angriff war immer noch die beste Verteidigung, davon war er überzeugt.

»Jawohl, Sir«, antwortete er mutig. Mit kerzengeradem Rücken und hocherhobenem Haupt stellte er sich auf. Mitchell war durchschnittlich groß, mit breiten Schultern und schmalen Hüften. Sein blondes Haar war kurz geschoren, seine Augenbrauen zusammengewachsen, sein Kiefer kantig und sein Gesicht glatt rasiert. Er wischte sich die schwitzenden Hände an seiner Jeans ab.

»Haben Sie den Fall des Obersten Gerichtshofes *Kalifornien vs. Greenwood* studiert?«, fragte der Professor. Mit dieser Routinefrage eröffnete er immer das Kreuzverhör.

»Jawohl, Sir«, antwortete Mitchell, und etwas weniger laut, »zumindest die relevanten Abschnitte, Sir.«

Professor Arnold blieb stehen und sah Mitchell mit einem Ausdruck übertriebener Überraschung an. »Was soll das heißen, die *relevanten* Abschnitte?«

Leugnen war zwecklos, das wusste Mitchell. »Ich habe die Mehrheitsentscheidung gelesen, Professor.«

»Ich verstehe. Und gibt es einen Grund, warum Sie sich die Minderheitsentscheidung von Richter Brennan erspart haben?«

Zu sagen, dass ihm dazu die Zeit gefehlt hatte, wäre keine gute Antwort gewesen. »Da Richter Brennan bekanntermaßen sehr liberal ist, sind seine Ansichten meiner Meinung nach meist schlecht begründet und selten erleuchtend.«

Einige Studenten kicherten leise. Auch Mitchell musste ein Grinsen unterdrücken. Professor Arnold hingegen schien das allerdings ganz und gar nicht amüsant zu finden.

»Nun denn, Mr Taylor, da Ihnen die Mehrheitsentscheidung so am Herzen zu liegen scheint, könnten Sie uns ja vielleicht die Mehrheitsentscheidung im Fall *Kalifornien vs. Greenwood* erläutern.«

Mitchell warf einen Blick auf das dicke Buch, das neben ihm lag, und las einen der wenigen Abschnitte vor, die er markiert hatte. »Da die Beklagten ihren Müll an einem öffentlich zugänglichen Ort entsorgt haben, ist ihr Anspruch auf Privatsphäre hinsichtlich der belastenden Gegenstände, die von ihnen entsorgt wurden, objektiv gesehen nicht gerechtfertigt.«

Er schaute zu Professor Arnold auf, der den Kopf schüttelte. »Und nun in verständlichem Deutsch, bitte.«

»Nun, ähm, die Polizei hat belastendes Material im Müll dieser Typen gefunden und sie daraufhin verhaftet. Die Frage war, ob die Beamten dafür einen Durchsuchungsbefehl gebraucht hätten oder nicht. Das Gericht meinte, dass es sich bei Müll um so was wie, ähm, aufgegebenes Eigentum handelt, und da man nicht davon ausgehen kann, dass der Inhalt unserer Mülltonnen privat bleibt, ist ein Durchsuchungsbefehl überflüssig.« Mitchell schaute zu den konservativen Kommilitonen im Saal hinüber, die zustimmend mit den Köpfen nickten.

»Und ich nehme an, Sie stimmen mit diesem Urteil überein?«, fragte Professor Arnold.

»Absolut«, erwiderte Mitchell selbstbewusst, »die bösen Jungs sind ins Kittchen gewandert.«

»Gesprochen wie ein echter Staatsanwalt«, sagte der Dozent spottend. Er lief einen Moment schweigend auf und ab, hielt dann inne und schaute Mitchell direkt in die Augen. »Da Sie sich nicht die Zeit genommen haben, die Gegenmeinung zu lesen, sollte ich vielleicht Brennans Hauptargumente für Sie zusammenfassen, um zu sehen, ob Sie diese zu einem Umdenken bewegen könnten.«

»Aber gerne«, gab Mitchell zurück. Er sah, wie einige Studenten das Gesicht verzogen. Eine Studentin im dritten Jahr, die vor ihm saß, tippte die Worte »SEI VORSICHTIG« in Großbuchstaben auf den Bildschirm ihres Laptops.

Der Professor lief bereits wieder mit gebeugtem Kopf auf und ab, die Hände hinter dem Rücken verschränkt, während er seinen Vortrag hielt. »Richter Brennan meint, dass die meisten Menschen davon ausgehen, der Inhalt der Müllbeutel, die sie am Straßenrand deponieren, bleibe privat. Im Grunde sagt er: Man ist, was man wegschmeißt. Will man wissen, was hinter den geschlossenen Türen eines Mitglieds der Gemeinde vor sich geht, muss man sich nur dessen Müll anschauen. Eine einzige Mülltüte reicht aus, um die Gewohnheiten der entsprechenden Person hinsichtlich ihrer Ernährung, Lektüre, Gesundheit, Hygiene und selbst ihrer Sexualität aufzudecken. Wühlt man durch den Müll eines Menschen, so lassen sich sein finanzieller Status, seine privaten Gedanken, persönlichen Beziehungen und sexuellen Interessen enthüllen. Mir scheint, dass die Durchsuchung von Mülltonnen ohne Durchsuchungsbefehl einen groben Eingriff in die Privatsphäre darstellt.« Wieder blieb der Professor stehen und schaute Mitchell mit geneigtem Kopf an, in stiller Erwartung einer Antwort.

»Das sind ein paar schlagkräftige Argumente, Professor«, erwiderte Mitchell, »doch es gibt einen Grund dafür, warum Brennans Meinung die Minderheitsentscheidung blieb.« Ein paar seiner Kommilitonen stöhnten auf. Die Frau vor ihm markierte die Worte »SEI VORSICHTIG« nun rot.

»Legt man seinen Müll am Straßenrand ab«, fuhr Mitchell fort, »so gibt man dieses Eigentum auf. Es ist allgemein bekannt, dass die Müllbeutel auf der Straße Tieren, Kindern, Plünderern, Schnüfflern und den Paparazzi ausgesetzt sind. In der Mehrheitsentscheidung wird sogar der Fall einer reichen Frau aus Westmont erwähnt, die einmal in der Woche Gummihandschuhe und Anglerstiefel anzieht, die städtische Müllhalde besteigt und nach speziellen Coupons sucht, die als Kaufnachweis gelten, und diese dann an die Hersteller schickt, um die Rabattzahlungen für die entsprechenden Artikel einzuheimsen. Bei allem gebotenen Respekt, Sir, aber in dem Moment, in dem man seinen Müll an den Straßenrand legt, gehört er der Öffentlichkeit. Wie heißt es so schön? ›Des einen Müll ist des anderen Schatz.‹ In diesem Fall war es eben so, dass die Polizei den Schatz gefunden hat.«

Höchst zufrieden mit sich selbst beendete Mitchell seine Ausführungen. Als Opfer des Tages ausgewählt zu werden, war gar nicht so schlimm, wenn man Ahnung von der Materie hatte.

»Glauben Sie das wirklich?«, fragte Professor Arnold skeptisch. »Sobald Sie Ihren Müll rausbringen, verlieren Sie jegliches Anrecht auf Privatsphäre, was seinen Inhalt angeht?«

»So ist es«, sagte Mitchell. »Der Inhalt wird zu öffentlichem Eigentum.«

»Und diese Ansicht würden Sie auch vertreten, wenn es dabei um Ihren persönlichen Müll ginge?«

»Aber ja.«

»Gut«, sagte Professor Arnold zufrieden. Er trat hinter sein Pult und holte eine Rolle durchsichtiger Plastikfolie hervor. Während Mitchell und die anderen Studenten ihm gebannt zusahen, breitete Arnold die Folie vorsichtig auf dem Teppichboden vor dem Auditorium aus, sodass nun ein großer Teil des Bodens bedeckt war. Dann ging er zu einem kleinen Schrank im vorderen Teil des Raumes, öffnete die Tür und zog einen prall gefüllten, großen grünen Müllbeutel heraus. Er stellte ihn auf die Folie und sah zu Mitchell hoch.

»In vager Erwartung, dass Sie sich als unser hauseigener Vertreter für Recht und Ordnung der Meinung der Mehrheitsentscheidung anschließen würden, habe ich einen Ihrer Kommilitonen, der hier ungenannt bleiben soll, gebeten, mir einen der Müllbeutel zu bringen, die Sie am letzten Dienstag pünktlich zur Abholung am Straßenrand abgelegt haben.«

Mitchell riss erstaunt die Augen auf. Ein Murmeln ging durch die Reihen.

Professor Arnold war dabei, das Zugband des Müllbeutels zu lösen. »Bevor ich nun den Inhalt dieses Beutels auskippe und seinen Inhalt vor dem gesamten Kurs unter die Lupe nehme, möchte ich Ihnen noch einmal die Gelegenheit geben, sich die Vorteile der abweichenden Meinung vor Augen zu führen.«

In Gedanken raste Mitchell durch die Liste von Dingen, die er kürzlich weggeworfen hatte. Vergammelte Lebensmittel, ein paar alte T-Shirts und Unterhosen – was peinlich werden konnte –, Wurfsendungen und Zeitungen, die er wahrscheinlich besser in die Recyclingtonne geworfen hätte. Er fühlte sich durch den Trick des Professors vorgeführt. Trotzdem blieb er stur.

Alle Augen waren auf ihn gerichtet. Im Bruchteil einer Sekunde, die ihm zum Nachdenken blieb, entschied er sich, es einfach darauf ankommen zu lassen.

»Toben Sie sich aus«, sagte Mitchell gelassen. »Aber ich möchte Sie schon im Voraus darauf hinweisen, dass ich alle Coupons bereits ausgeschnitten habe.«

Die anderen Studenten lachten, während Professor Arnold den Beutel aufknotete und seinen Inhalt auf die schützende Folie kippte. Er breitete den Müll aus und schaute ihn sich genauer an. Von Unterhosen keine Spur. *War das vielleicht schon zwei Wochen her?*

»O Mann«, stöhnte einer der Studenten in der ersten Reihe und wich entsetzt vor dem Gestank zurück.

»Zwei Pizzakartons in einer Woche«, murmelte Professor Arnold. »Ein leerer Eiscremebehälter und unzählige Pepsi-Light-Dosen.« Die beschriebenen Gegenstände legte er in die Tüte zurück, als wolle er eine Bestandsaufnahme machen. »Nicht gerade ein Gesundheitsfanatiker.«

Mitchell zwang sich ein gutmütiges Lächeln ab. Er dachte an all die privaten Dinge, die der Professor nun zu Gesicht bekommen würde. Am liebsten wäre er nach vorne gerannt, hätte sich die Tüte geschnappt und alles schnell wieder hineingestopft. Noch immer hielt er Ausschau nach seiner Unterwäsche. Aber er wollte Stellung beziehen. Jetzt gab es kein Zurück mehr.

»Hier haben wir einen alten Kontoauszug«, verkündete der Professor und hielt den Umschlag von Mitchells Bank hoch. Nun ging er die geplatzten Schecks durch.

Mitchell, der geplant hatte, vor seinem Abschluss seine finanziellen Angelegenheiten in Ordnung zu bringen, fühlte sich verraten. Seine Haltung verlor etwas von ihrem Selbstbewusstsein.

»Und hier haben wir einen Scheck für den Military Highway Ladies Club«, gab Arnold bekannt, den Scheck hin und her wedelnd. Einige Studenten lachten leise, genau wissend, dass der sittenstrenge Mitchell niemals ein solches Etablissement betreten würde. Andere Kommilitonen wiederum, denen dieses Ausmaß an Voyeurismus unangenehm war, rutschten nervös auf ihren Plätzen herum.

Und dann erstarrte Mitchell an seinem Platz zu Stein. Professor Arnold hatte einen Stapel von Absagen von Anwaltskanzleien entdeckt – es waren vier, um genau zu sein –, bei denen sich Mitchell vor Kurzem beworben hatte. Die hatte er ganz vergessen.

Bis zur vergangenen Woche hatte er sich auf einem äußerst attraktiven Angebot einer der größten Kanzleien der Region ausruhen können. Doch zu Mitchells Entsetzen hatte die Firma mit einem Großkonzern fusioniert, der über fünfhundert Anwälte beschäftigte. Das Angebot stand noch, doch Mitchell würde in der New Yorker Niederlassung arbeiten müssen. Er wusste genau, dass er dort in der Bibliothek verrotten würde, weil es sicherlich mindestens fünf Jahre dauern würde, bis er das Innere eines Gerichtssaals zu Gesicht bekam. Das war nicht der Job, um den er sich beworben hatte. Also verschickte er erneut Bewerbungen. Allerdings waren nun die meisten attraktiven Stellen bereits vergeben und seine Aussichten alles andere als rosig.

Professor Arnold sah sich gerade den ersten Brief an und warf Mitchell einen Blick zu. Jetzt handelte es sich ganz eindeutig um die Verletzung seiner Privatsphäre: Absagen, von denen nun der gesamte Kurs erfahren würde. Der Professor hatte gewonnen. Mitchell wollte, dass er aufhörte, aber es war zu einer Frage der Ehre geworden, wer sich durchsetzen würde, und Mitchell würde nicht nachgeben. Er hielt den Atem an.

»Dann sehe ich noch Wurfsendungen und anderen Kram«, sagte der Professor und blickte weg. »Unglücklicherweise scheint Mr Taylors Weste blütenweiß zu sein, sodass wir aufgrund seines Mülls keine Klagen gegen ihn anstrengen können.« Ohne ein Wort über den Inhalt der Briefe zu verlieren, stopfte Arnold sie zurück in den Sack.

Mitchell atmete langsam aus und erlaubte sich ein entspanntes Grinsen.

»Aber was ist das!«, rief Arnold plötzlich und hielt eine Schachtel Honey-Nut-Cheerios-Frühstücksflocken in die Luft. »Ein Kaufbelegcoupon, den er übersehen hat.«

Die Studenten lachten, Mitchell atmete auf und Professor Arnold ließ den Rest des Mülls wieder im Beutel verschwinden und ging zum nächsten Fall über. Mitchell warf einen Blick auf seine Notizen und machte sich auf etwas gefasst. Auch bei diesem Fall hatte er es versäumt, die abweichende Meinung zu lesen.

2

Ein paar Stunden später sprach Mitchell ein nervöses Stoßgebet, bevor er an die Tür des Raumes klopfte, in dem das Vorstellungsgespräch stattfinden sollte. Die Jobinterviews im vergangenen Herbst hatte er sogar genossen – dort traf er auf Anwälte, die ihre Kanzleien anpriesen und auf der Suche nach ehrgeizigen, jungen Mitarbeitern waren. Und dank seiner hervorragenden Noten und seiner überzeugenden Arbeitsmoral war Mitchell schwer umworben worden. Bei den Vorstellungsgesprächen hatte er den Ton angegeben, und die Arbeitsangebote waren sowohl zahlreich als auch lukrativ gewesen. Doch heute, nur ein paar Wochen vor den Abschlussprüfungen und seiner Promotion, hatte das Blatt sich gewendet. Es gab kaum noch offene Stellen, und die Liste der Bewerber war lang.

Zu allem Übel hatte er im vergangenen Herbst ein Vorstellungsgespräch ausgeschlagen, das Carson & Partner, die Kanzlei, bei der er sich nun bewarb, ihm angeboten hatte. Er hoffte, dass sie sich nicht mehr an ihn erinnerten oder ihn zumindest nicht fragen würden, warum er damals kein Interesse gehabt hatte. Obwohl Brad Carson ein bekannter Name in der Gegend von Tidewater war, hatte sich Mitchell einfach nie vorstellen können, Personenschäden zu verhandeln. Bis heute.

An der Tür des Konferenzraumes hing ein Zeitplan für die Vorstellungsgespräche mit den Namen von zwölf Studenten, die sich auf die Stelle bewarben. Mitchell warf einen Blick auf die Liste und vergewisserte sich, dass er seinen Termin richtig im Kopf hatte. 14 Uhr. Der Bewerber vor ihm hatte bereits fünf Minuten überzogen. Mitchell hörte durch die Tür gedämpftes Gelächter und las, was etwas weiter unten auf der Liste geschrieben stand. »Bitte klopfen, wenn Sie an der Reihe sind.« Mitchell hasste so etwas.

Er klopfte selbstbewusst an die Tür und wischte sich die schweißnassen Hände an seiner Hose ab. Der erste Händedruck – trockene Handflächen, fester Griff – war entscheidend. Wieder ertönte Lachen aus dem Zimmer. Mitchell wartete ein paar Sekunden, wobei er sich wie ein völliger Idiot vorkam, und klopfte dann erneut. »Einen Moment bitte«, rief eine weibliche Stimme.

Mitchell warf noch einmal einen Blick auf den Plan. Brandon Jackson, ein gut aussehender Student im dritten Jahr, der gerne und viel lachte und erbärmliche Noten hatte, war für den Termin um 13.30 Uhr eingetragen. *Brandon Jackson,* dachte Mitchell ungläubig, *klaut mir meine Zeit. Ich muss wirklich verzweifelt sein.*

Die Tür wurde aufgeschlagen, und das Gelächter schallte in den Flur hinaus. Brandon war so damit beschäftigt, die Hand der Frau zu schütteln und über das ganze Gesicht zu grinsen, dass er auf seinem Weg nach draußen fast über Mitchell gestolpert wäre. Er grummelte etwas, das Mitchell als eine Entschuldigung auffasste.

»Nichts passiert«, murmelte Mitchell, während er einen Schritt zur Seite ging und der Frau die Hand reichte. »Mitchell Taylor.«

»Nikki Moreno«, erwiderte sie und schüttelte ihm lächelnd die Hand. Mit jemandem wie ihr hatte Mitchell ganz und gar nicht gerechnet. Eine exotische Schönheit, wie ein lateinamerikanisches Model, mit langem, dunklem Haar, einem umwerfenden, strahlendweißen Lächeln und dunklen, leuchtenden Augen. Sie trug einen engen schwarzen Minirock, der ihre langen Beine zur Geltung brachte, und ein Spaghetti-Oberteil, unter dem ein Bauchnabelpiercing hervorblitzte. Mitchell entging außerdem nicht das kleine Tattoo auf ihrer Schulter, auch wenn er nicht erkennen konnte, was es darstellen sollte.

»Setzen Sie sich, Mitch«, sagte Nikki und wies auf den Stuhl neben ihrem. Mitchell nahm Platz und schlug die Beine übereinander. Er hasste diesen Spitznamen und hatte die letzten drei Jahre damit zugebracht, ihn seinen Kommilitonen auszutreiben. »Mitchell« klang doch viel mehr nach seriösem Anwalt. Aber man begann schließlich kein Vorstellungsgespräch mit kleinlichen Korrekturen, was den eigenen Namen anging, also verkniff er sich den Kommentar.

»Kennen Sie Brandon?«, fragte Nikki, während sie einen Blick in Mitchells Bewerbungsunterlagen warf. Er musste sich beherrschen, nicht die ganze Zeit auf ihr Tattoo zu starren.

»Ja – nicht sonderlich gut, aber ich kenne ihn.« Mitchell hielt inne. Er brauchte diesen Job, wusste aber, dass auch Brandon ihn bitter nötig hatte. »Er ist ein netter Kerl. Ziemlich schlau.«

»Er bemüht sich zu sehr.« Nikki grinste. »Außerdem kann er nicht Ihre Noten vorweisen.« Sie sah auf. »Macht es Ihnen etwas aus, wenn ich Ihnen ein paar Fragen stelle?«

Mitchell lehnte sich entspannt zurück. Nikkis Vorgehensweise gefiel ihm zusehends. »Nein, gar nicht. Schießen Sie los.«

In den folgenden Minuten machte Nikki ihm ihre Kanzlei schmackhaft, ohne auch nur eine Frage zu stellen. Brad Carson, sagte Nikki, sei ein erfolgreicher Klägeranwalt, der im ganzen Land bekannt war. Der »&-Partner«-Teil der Firma bestand eigentlich nur aus Nikki, der Rechtsanwaltsgehilfin, und Bella, seiner Pit-Bull-gleichen Sekretärin. Mittlerweile sei Brad bereit, einen oder zwei echte Kollegen anzustellen. Tatsächlich liefen die Bewerbungsgespräche schon seit dem letzten Herbst.

Nikki hielt einen Moment inne und warf Mitchell einen Blick zu. »Sie waren im Herbst nicht an einem Jobinterview interessiert, stimmt's?«

Mitchell rutschte auf seinem Platz hin und her. Es machte keinen Sinn, um den heißen Brei zu reden. »Das stimmt, Ma'am.«

»Ma'am?«, wiederholte Nikki spöttisch, »so alt bin ich nun auch wieder nicht.«

»Verzeihung.«

»Machen Sie sich keinen Kopf, Mitch.« Bei der erneuten Erwähnung des verhassten Spitznamens fuhr er zusammen und hoffte, dass sie es bemerken würde ... aber keine Chance. Sie schenkte ihm nur ein weiteres strahlendes Lächeln, das den Raum erhellte, und wurde dann ernst. »Darf ich fragen, warum Sie im letzten Herbst nicht an einem Vorstellungsgespräch interessiert waren? Und wie kommt es, dass ein heller Kopf wie Sie noch immer keinen Job gefunden hat?«

Wieder zögerte Mitchell, während er kurz darüber nachdachte, wie er einer direkten Antwort ausweichen könnte. Aber dann entschied er sich, ehrlich zu bleiben. »Ich war im Herbst einfach nicht daran interessiert, Schadensersatzfälle zu verhandeln«, erklärte er. »Also habe ich das Angebot einer großen Kanzlei angenommen, die sich hauptsächlich mit Zivilprozessen beschäftigt. Doch vor Kurzem hat eben diese Firma mit einem großen New Yorker Konzern fusioniert. Ich wusste, dass ich unter den ausbeuterischen Arbeitsbedingungen, die in einem solch großen Unternehmen herrschen, niemals das Innere eines Gerichtssaales zu Gesicht bekommen würde, und ich will unbedingt Fälle vor Gericht verhandeln ...«

»Wenn Sie kein Interesse haben, Schadensansprüche zu vertreten, was dann?« Nikki schlug die Beine übereinander und rutschte ein wenig tiefer in ihren Sitz. Mitchell versuchte angestrengt, sich auf die Frage anstatt auf Nikki zu konzentrieren.

»Irgendwann einmal möchte ich es zur Staatsanwaltschaft schaffen und Straftäter verfolgen.«

»Haben Sie eine Ahnung, wie wenig Sie dabei verdienen werden?«

»Ja, ich weiß.« Mitchell zuckte gleichgültig mit den Schultern. »Aber mir geht es nicht um das Geld.«

»Schön zu hören.« Nikki hielt einen Moment inne, während sie ihn von Kopf bis Fuß musterte, bis die Stille unangenehm wurde.

»Haben Sie noch Fragen zu meinem Werdegang?«, fragte Mitchell höflich.

»Nein«, antwortete sie und legte ihre Notizen und den Stift auf dem Tisch ab. »Mehr muss ich nicht wissen.«

Mitchell schaute sie ungläubig an. Es waren gerade einmal fünfzehn Minuten vergangen, für Brandon hatte sie sich mehr als doppelt so viel Zeit genommen! Was hatte er nur falsch gemacht? Er spürte, wie sich seine Verwirrung in Frustration wandelte, die fast schon an Wut grenzte. Das ganze Gespräch war ein reines Täuschungsmanöver gewesen. Nikki Moreno hatte längst entschieden, wem sie den Job geben wollte, und er war es offensichtlich nicht.

»Manchmal«, sagte Mitchell mit stoischer Miene, während er jedes Wort genau bedachte, »hat ein Mensch viel mehr zu bieten, als sein Lebenslauf preisgibt. Ich möchte nicht unhöflich sein ... aber ich habe nicht das Gefühl, dass Sie genug über mich wissen, um sich eine Meinung darüber bilden zu können, ob ich einen fähigen Mitarbeiter abgeben würde. Wenn Sie gestatten, würde ich gerne noch ein paar Punkte ansprechen.« Mitchell hielt inne und wartete auf die Aufforderung fortzufahren. Doch Nikki saß nur mit einem dünnen, neckischen Lächeln auf den Lippen da, als wüsste sie etwas, das Mitchell nicht wusste.

»Wenn Sie meinen, schießen Sie ruhig los«, sagte Nikki schließlich, »aber ich weiß sehr viel mehr über Sie, als Sie ahnen.«

Mitchell zog erstaunt die Augenbrauen hoch. *Jetzt bin ich aber gespannt.*

»In Ihrem Lebenslauf steht, dass Sie im Südwesten von Virginia groß geworden sind«, sagte Nikki selbstsicher. »Etwa dreißig Kilometer von Roanoke entfernt. Sie sind wahrscheinlich ein begeisterter Countrymusik-Fan.«

Eine naheliegende Vermutung, dachte Mitchell.

»Sie tragen keinen Ring, also sind Sie nicht verheiratet. Und da Sie am VMI Football gespielt haben, das Gesicht eines Models und einen traumhaften Körper haben« – Nikkis Einschätzung, die sie hier so sachlich herunterratterte, brachte Mitchells Gesicht zum Glühen –, »hatten Sie während des Grundstudiums mit Sicherheit eine Freundin, die Sie aber verlassen hat, als Sie an die juristische Fakultät gewechselt sind.«

Mitchell konnte sein Erstaunen kaum verbergen. Erheitert lachte Nikki auf.

»Und wenn man Ihren Wunsch berücksichtigt, eines Tages für die Staatsanwaltschaft zu arbeiten, Ihre Kindheit im protestantisch geprägten Süden und die Tatsache, dass Sie an der evangelikalen Regent University studieren, könnte man zu dem Schluss kommen, dass Sie einer dieser extrem gläubigen Christen sind, die mithilfe des Rechtssystems die Welt verbessern wollen.«

»Nicht schlecht«, erwiderte Mitchell. »Obwohl das ›extrem gläubig‹ vielleicht etwas weit hergeholt ist. Jetzt will ich aber etwas über mich hören, das nicht ganz so offensichtlich ist.«

Nikki runzelte konzentriert die Stirn, als würde sie versuchen, Mitchells Gedanken zu lesen. »Zum Beispiel, dass Sie einen schwarzen Ford F-150-Pick-up fahren und dank einer alten Footballverletzung Probleme im unteren Rücken haben ...«

Mitchell fiel die Kinnlade herunter.

»... und dass Sie es hassen, ›Mitch‹ genannt zu werden.« Nikki legte den Kopf auf die Seite und grinste.

»Wie zum Henker ...? Ich meine, woher wissen Sie das?«

»Wenn jemand solch gute Noten vorzuweisen hat, recherchiere ich seinen Hintergrund, sobald mir die Uni die Kopie seines Lebenslaufes aushändigt«, erklärte sie mit verschmitzt funkelnden Augen. »Und zwar schon lange bevor das Vorstellungsgespräch stattfindet. Brandon ist ein alter Freund. Und er weiß nur Gutes über Sie zu berichten.«

Mitchell konnte sein Grinsen nicht unterdrücken. »Jetzt weiß ich, wie sich diese armen FBI-Anwärter fühlen müssen.«

Nikki antwortete mit einem Lachen, wurde dann wieder ganz sachlich. »Es gibt nur eine einzige Frage, die ich Ihnen wirklich stellen muss«, erklärte sie. »Wenn wir Ihnen die Stelle anbieten – sind Sie bereit, sich langfristig an uns zu binden, oder werden Sie die Kanzlei nur als Sprungbrett nutzen, um Erfahrungen zu sammeln, bis Sie eine Chance bei der Staatsanwaltschaft bekommen?«

Mitchell senkte den Blick und betrachtete angestrengt den Boden. Nikki war schlau, sie sprach das grundlegende Problem direkt an. Auch wenn es ihn wahrscheinlich die Stelle kosten würde, sein Gewissen erlaubte es ihm nicht zu lügen. »Ich glaube nicht, dass ich mich langfristig binden will«, gab Mitchell offen zu. »Aber während meiner Zeit bei Ihrer Firma werde ich hart arbeiten und sicherstellen, dass es kein Fehler war, mich einzustellen.«

Nikki zögerte. »Das dachte ich mir bereits. Aber so sympathisch Sie mir auch sind, Brad würde mich umbringen, wenn ich ihm jemanden empfehle, den wir dann einstellen und ausbilden, nur um ihm dabei zuzusehen, wie er die Seiten wechselt.«

»Das verstehe ich«, sagte Mitchell. »Und ich mache Ihnen keinen Vorwurf. Ich würde an Ihrer Stelle genauso denken.«

Sie saßen eine Weile schweigend da, dann wurde Nikki wieder munter. »Aber ich mag Ihre Art«, erklärte sie. »Und ich habe eine Idee. Ich habe früher für Billy *The Rock* Davenport gearbeitet und weiß zufällig, dass er noch Mitarbeiter sucht, auch wenn er von diesen klassischen Bewerbungsgesprächen nichts hält. Und offen gesagt, ich glaube, es ist ihm egal, wie lange Sie bleiben würden. Er braucht *jetzt* dringend Leute. Ich könnte ihn für Sie anrufen.«

Mitchell verzog das Gesicht. Bei dem Gedanken, für *The Rock* arbeiten zu müssen, wurde ihm übel. Der König der peinlichen Anwaltsreklamen, die Zielscheibe aller schlechten Anwaltswitze, die durch Tidewater, Virginia, kursierten. Wie konnte Mitchell das auch nur in Erwägung ziehen? Aber hatte er andererseits überhaupt eine Wahl?

»Danke«, hörte er sich selbst sagen.

»Keine Ursache«, erklärte Nikki großzügig. »Es gibt einen Grund, warum ich nicht mehr dort arbeite.« Ohne Mitchell die Gelegenheit zu geben, etwas zu erwidern, lehnte sie sich vor und wechselte schnell das Thema. »Und nun, da das Bewerbungsgespräch zu Ende ist, würde ich gerne von Ihnen hören, was Ihr Herz wirklich höher schlagen lässt, Mitchell.«

* * *

Zwanzig Minuten später, nachdem der nächste Bewerber bereits dreimal an die Tür geklopft hatte, verließ Mitchell lächelnd den Raum. Nikki war wirklich eine Marke. Auch wenn er immer noch keinerlei Aussicht auf einen Job bei Carson & Partner hatte, hatte Nikkis energiegeladenes Wesen seiner Stimmung Auftrieb verliehen. Er schob ihre Visitenkarte in die Innentasche seines Jacketts. Vielleicht würde er sie ja irgendwann einmal anrufen.

Doch er war nicht zu dem Bewerbungsgespräch erschienen, um eine Frau kennenzulernen - er brauchte einen Job. Und die warmen Gedanken an Nikki wichen schnell der trübseligen Aussicht, für *The Rock* arbeiten zu müssen.

»Wenn Ärger anrollt, wende dich an *The Rock*«, murmelte Mitchell auf seinem Weg den Gang hinunter. So lautete der Werbeslogan, mit dem jeder, der in Tidewater einen Fernseher besaß, vertraut war. Selbst die Telefonnummer war allgemein bekannt: 1-800-CASH-NOW.

Mitchell fühlte sich, als würde er durch Nebel laufen. War er wirklich so tief gesunken? Sollten all die schwer erarbeiteten Noten und Auszeichnungen nur dazu gedient haben, dass er nun für einen Mann arbeiten würde, der jedem Krankenwagen hinterherfuhr, in der Hoffnung, eine Schadensersatzklage vertreten zu können?

Sollte er diese Option nicht lieber direkt verwerfen und weiter geduldig sein, *im Glauben* an bessere Angebote? *Als hätte ich nicht bereits dafür gebetet,* dachte er bei sich, während er schnellen Schrittes zum Parkplatz ging.

Tatsächlich hatte er jeden Tag für ein attraktives Jobangebot gebetet. Ruhigen Gewissens hatte er der New Yorker Firma mitgeteilt, dass er die Stelle nicht antreten würde. Von diesem Tag an hatte er voller Inbrunst für einen Arbeitsplatz gebetet, an dem er etwas für das Gesetz und das Leben der Menschen bewirken konnte.

Aber hatte er Gott nicht auch darum gebeten, alle Türen bis auf die eine, die Mitchell nehmen sollte, zu schließen? Hatte er Gott nicht ersucht, ihm seinen Willen so deutlich wie nur möglich zu zeigen?

Das kann nicht sein, dachte er. *Welche großen Taten sollte ich bei einer Kanzlei wie der von* The Rock *bewirken können?*

Während er über diese Frage nachdachte, fing Mitchell an, mit offenen Augen zu beten. *Lieber Gott,* sprach er, dabei wurden seine Schritte immer schneller, *das kann nicht dein Ernst sein ...*

3

Winsted Aaron Mackenzie IV dachte, er hätte schon alles gesehen. In seinen sechzehn Jahren als Anwalt in einer der größten Kanzleien von Norfolk war er mit Facetten des Lebens konfrontiert worden, die die meisten Menschen nur aus dem Fernsehen oder der Zeitung kannten. Er hatte die dunkle Natur des Menschen kennengelernt und sie sich zunutze gemacht: Eifersucht, Gier, Egoismus und Neid. Er hatte die großen Multimillionen-Dollar-Fälle kommen und gehen sehen. Die Tatsache, dass er einer höchst angesehenen Familie entstammte, die schon seit Generationen in Virginia ansässig war, wie auch seine kompromisslosen Verhandlungstaktiken verschafften ihm Ansehen und Wohlstand und machten ihn zur ersten Wahl vieler Konzernvorstände, die vor Gericht mit harten Bandagen kämpfen wollten.

Doch bis zu dem heutigen Tag war er niemals mit einem Aidskranken in Kontakt gekommen, geschweige denn, dass er einer solchen Person gestattet hätte, sein Büro zu betreten. Und das wäre auch jetzt nicht der Fall gewesen, wenn nicht einer seiner besten Klienten, Dr. Blaine Richards, Geschäftsführer von GenTech, Mackenzie angerufen und ihn darum gebeten hätte, sich des Falls persönlich anzunehmen. Im vergangenen Jahr hatte Mackenzie allein mehr als zweihunderttausend Dollar Honorar von GenTech bezogen. Eine Anfrage von ihnen abzulehnen, kam gar nicht infrage.

»Win«, rief ihm seine Sekretärin von ihrem Arbeitsplatz direkt vor seinem Büro aus zu. »Dr. Brown ist da. Soll ich ihn zu Ihnen schicken?«

»Es wäre unhöflich, den guten Doktor warten zu lassen.«

Win stand hinter seinem Schreibtisch aus orientalischem Teakholz auf und streckte die Arme zur Decke seines Eckbüros. Der Schreibtisch, die Perserteppiche auf dem Hartholzboden und die japanischen Schnitzereien, die das Sideboard zierten, verliehen seinem Büro eine geheimnisvolle fernöstliche Atmosphäre. So gut wie kein Besucher versäumte es, das riesige Bild mit den Samuraikriegern an der langen Wand oder die Sammlung von Samuraischwertern anzusprechen, die daneben hing. Win wollte mit seiner Einrichtung ein Statement setzen. Er war kein Mann, mit dem man Spielchen spielen konnte.

Er ging zu dem kleinen Garderobenschrank hinüber und nahm sein Jackett heraus. Die anderen Anwälte der Kanzlei trugen meist einen legeren Business-Look, aber das war nichts für Win. Er streifte sich die dunkelblau gestreifte Anzugjacke über das gestärkte weiße Hemd und zupfte seine goldenen Manschettenknöpfe zurecht. Danach fuhr er mit den Händen sorgsam über den jeweils anderen Ärmel, um eventuell vorhandene Falten glatt zu streichen. Schließlich warf er einen schnellen Blick auf sein Spiegelbild, das in dem Glas des Samuraigemäldes zu sehen war.

Er war neunundvierzig, sah aber viel jünger aus. Win war der offizielle Kanzlei-Schönling – das »Gesicht« von Kilgore & Strobel. Sein gewelltes braunes Haar, ordentlich mit Haarspray fixiert und eines Fernsehpredigers würdig, wie auch sein perlweißes Lächeln blendeten fast jeden. Noch ließen sich die überschüssigen Pfunde, die sich an seinen Hüften angesammelt hatten, unter dem Jackett verstecken. Im Großen und Ganzen war er der Inbegriff eines gesunden Menschen. Ein Mann auf der Höhe seiner Karriere, bereit, für seinen nächsten gut betuchten Mandanten in die Schlacht zu ziehen. *Ein amerikanischer Samurai.*

»Mr Mackenzie, darf ich Ihnen Dr. Brown vorstellen?« Professionell wie immer führte Margaret den Klienten ins Zimmer. Dr. Nathan Brown streckte die Hand aus. »Schön, Sie kennenzulernen«, sagte er mit ausdrucksloser Stimme.

Energisch schüttelte Win dem Mann die Hand, dessen Griff so weich war, dass der Anwalt ihn kaum spürte. Fast fürchtete er, dass er Nathan mit seinem eigenen kräftigen Händedruck die Hand abreißen würde.

»Danke, dass Sie vorbeigekommen sind«, sagte Win mit einem gezwungenen Lächeln. »Bitte, setzen Sie sich doch.« Er wies auf einen der Lederstühle vor seinem Schreibtisch, die für seine Klienten aufgestellt worden waren. Dann nahm er auf der gegenüberliegenden Seite in seinem eigenen Lederstuhl mit der hohen Lehne Platz. Der riesige Schreibtisch würde wie üblich ein passables Schutzschild zwischen dem Samurai und seinem neuen Klienten abgeben.

»Kann ich Ihnen etwas zu trinken anbieten?«, fragte Margret von der Tür aus. Win warf ihr einen missbilligenden Blick zu.

»Nein, vielen Dank«, antwortete Nathan Brown, während er sich setzte. Margret ging hinaus und zog die Tür hinter sich zu. Win dachte kurz besorgt über die Luftzirkulation im Raum nach, stieß dann einen kleinen Seufzer aus und machte es sich auf seinem Platz bequem. Er knöpfte sein Jackett auf und wischte sich heimlich die rechte Hand an der äußeren Tasche ab. Den Anzug hatte er sowieso bald reinigen lassen wollen.

Es ließ sich nicht verdrängen, dass Nathan Brown an Aids erkrankt war. Seine gesamte Erscheinung schrie geradezu nach Krankheit. Er war spindeldürr, und aus seinem kurzärmeligen Golfshirt ragten knochige Ärmchen. Win meinte, einige verräterische Wundstellen auf Dr. Browns Kopfhaut entdecken zu können, die nur teilweise von seinem stark ausgedünnten, braunen Haar verdeckt wurden.

Win war sich bewusst, dass viele HIV-positive Menschen genauso robust und gesund aussahen wie er selbst. Er ging davon aus, dass Nathan schon einige Zeit lang krank sein musste. Mittlerweile gab es doch Medikamente, die das Fortschreiten der Krankheit eindämmen konnten, dachte Win. Aber dieser Typ stand offensichtlich an der Schwelle des Todes.

»Ich möchte, dass Sie mir dabei helfen, mein Testament zu überarbeiten«, erklärte Dr. Brown, während er in einen kleinen Aktenkoffer aus Leder griff und einen Stapel Papiere herauszog. Er legte die Dokumente auf einer freien Ecke des Schreibtischs ab. Win würde Margret später bitten, diese Stelle zu reinigen. »Dr. Richards hat mir versichert, dass Sie der beste Anwalt für diese Aufgabe sind.«

»Blaine hat mich angerufen«, erwiderte Win knapp. Er neigte sich vor, besann sich schnell eines Besseren und lehnte sich wieder zurück in seinen Sessel. »Aber bevor wir uns an die Arbeit machen, muss ich erst einige Rahmenbedingungen mit Ihnen besprechen. Wir müssen zunächst klären, ob es irgendwelche Interessenkonflikte gibt. Mein Honorar beläuft sich auf 250 Dollar die Stunde. Sie werden einen Vertrag unterschreiben müssen und einen moderaten Vorschuss zahlen und ...«

Nathan Brown hob die Hand. »Es gibt nur eine Person, um die Sie sich bei Ihrer Überprüfung von Interessenkonflikten Gedanken machen müssen.« Win war von der Intensität überrascht, mit der Dr. Browns durchdringender Blick ihn durchbohrte. »Und das ist meine Frau, Cameron Davenport-Brown.«

»Die Zeitungskolumnistin? Das ist Ihre Frau?«, fragte Win erstaunt. Darüber hatte Blaine Richards kein Wort verloren.

»Ja.«

Win faltete die Hände. »Wir vertreten zwar die Zeitung«, sagte er nachdenklich, »aber technisch betrachtet nicht die einzelnen Reporter und Kolumnisten.« In seinem Kopf ratterte es. Hier bot sich ihm vielleicht die Chance, diesen gefährlich ansteckenden Mandanten loszuwerden, ohne dabei Dr. Richards vor den Kopf zu stoßen. »Natürlich versuchen wir, allein den Anschein von unangemessenem Verhalten zu vermeiden ...«

Wieder wurde er von Dr. Brown unterbrochen, diesmal durch einen ausgestreckten Arm, der Win einen Scheck reichte – eine Anzahlung in Höhe von fünfundsiebzigtausend Dollar.

»Sie haben keine Ahnung, wer ich bin, nicht wahr?«, fragte Brown mit schneidender Stimme. »Oder warum ich Sie aufsuche?«

Win nahm den Scheck entgegen und legte ihn auf seinen Notizblock. »Ich habe nur ein paar allgemeine Informationen erhalten«, gab er zu.

Brown lehnte sich vor und stützte die Hände neben dem Stapel Papiere, den er eben dort abgelegt hatte, auf Wins Schreibtisch ab.

»Ich bin Dr. Nathan Brown, und ich sterbe an Aids«, sagte er leise, fast flüsternd. Seine Stimme war rau, als würde ihm selbst das Sprechen Mühe bereiten. »Ich habe mich angesteckt, als ich während meiner Arbeit im

Norfolk General Hospital mit einer kontaminierten Nadel in Berührung kam. Und jetzt« – Brown hielt inne, drehte den Kopf zur Seite und hustete – »biete ich Ihnen an, den vielleicht wichtigsten Fall Ihrer Karriere zu verhandeln. In ein paar Monaten, vielleicht sogar nur ein paar Wochen, werde ich meiner Krankheit erliegen. Ich werde eine wundervolle Frau zurücklassen, die mich liebt, zusammen mit der Hoffnung auf ein Kind. Ich möchte mein Vermächtnis hinterlassen.«

Dr. Brown schwieg einen Moment und schloss langsam die Augen. Er sah mitgenommen aus – ob das an den Auswirkungen seiner Krankheit lag oder an dem Thema, dass er gerade ansprach, vermochte Win nicht zu sagen. Brown starrte auf seine gefalteten Hände und fuhr heiser flüsternd fort.

»Seit einigen Jahren schon versuchen Cameron und ich, ein Kind zu bekommen. Wir haben alles versucht. Meine Frau hat dann einen schweren Fall von Endometriose entwickelt, was das Ganze noch weiter verkompliziert hat. Dr. Lars Avery, ihr Gynäkologe, riet ihr zu einer teilweisen Entfernung der Gebärmutter.« Brown hielt inne und sah Mackenzie prüfend an. »Sie wissen doch, was eine Endometriose ist, oder nicht?«

»Aber sicher«, erwiderte Win, der seine Unkenntnis nicht eingestehen wollte. Die herablassende Art des Arztes wurde ihm langsam unsympathisch.

»Nach diesem Eingriff war Cameron nicht mehr in der Lage, ein Kind auszutragen ...«

»Natürlich nicht.«

Dr. Brown warf Mackenzie einen genervten Blick zu, schnaubte missbilligend und wartete unangenehm lange, bevor er fortfuhr. »Wir wollten unbedingt Kinder, also haben wir uns schließlich an Dr. Richards und seine Kinderwunschklinik gewandt. In Zusammenarbeit mit Dr. Avery gelang es der Klinik, meiner Frau zwei gesunde Eizellen zu entnehmen. Wissen Sie, wie so etwas gemacht wird?«

Um den Arzt nicht mit einem seiner Kommentare weiter zu verärgern, schüttelte Win nur stumm den Kopf.

»Es handelt sich um einen invasiven, also chirurgischen Eingriff. Das ist nichts, was man mal eben so macht.«

Win nickte zustimmend.

»Wie dem auch sei«, fuhr Dr. Brown fort, »es gelang der Klinik erst nach drei Monaten und der dritten Operation, Cameron geeignete Eizellen zu entnehmen und diese mit meinem Sperma zu befruchten. Nun verfügten wir über vier befruchtete Eizellen. Doch Cameron litt weiterhin unter einer schweren Endometriose, von der sowohl ihre Eierstöcke als auch ihre Eileiter befallen waren. Um es kurz zu machen, meine Frau musste sich einer kompletten Hysterektomie samt bilateraler Salpingoophorektomie unterziehen ...«

Win runzelte die Stirn und gab es auf mitzuschreiben, was Dr. Brown nicht zu bemerken schien.

»Sie war damals erst einunddreißig Jahre alt. Jetzt liegt ihre einzige Hoffnung, jemals ein leibliches Kind zu bekommen, in diesen vier mikroskopisch kleinen, befruchteten Eizellen.«

Während er weitersprach, schweifte Dr. Browns Blick an Win vorbei, aus dem Fenster im neunzehnten Stockwerk hinaus über den Elizabeth River. »Aber die Götter waren es noch nicht leid, uns zu quälen. Ein paar Monate später infizierte ich mich mit dem Aidsvirus ...« Browns heisere Stimme versagte. Einen Moment lang saß er nur stumm da, dann wandte sich sein trauriger Blick wieder Win zu.

»Sie wollte unbedingt ein Kind, Mr Mackenzie. Sie war von diesem Wunsch wie besessen. Sie sprach von nichts anderem, es war das Einzige, woran sie nach ihrer OP denken konnte. Verstehen Sie mich bitte nicht falsch, auch ich wollte ein Kind. Aber nicht so verzweifelt, wie sie es wollte. Es schien, als würde sie sich niemals komplett fühlen, wenn sie nicht Mutter sein konnte.«

Brown hielt inne und rieb sich über die Stirn.

»Nun brauchten wir eine Leihmutter. Doch uns war bewusst, dass selbst wenn man einer Leihmutter vier Präembryos einpflanzt, nur eine fünfundzwanzigprozentige Chance besteht, dass sich eines davon entwickelt. Also entschieden wir uns in dieser Situation für die einzig vernünftige Option.«

Brown legte eine Pause ein, die so viel Spannung aufbaute, dass Win für einen Moment seine Furcht vor der schrecklichen Krankheit des Mannes vergaß. Er lehnte sich vor und schaute Brown direkt in die Augen, gespannt darauf wartend, dass er endlich fortfuhr.

»Als die Präembryos das sechszellige Stadium erreicht hatten, wurde ein Verfahren angewendet, das sich Blastomeren-Isolation nennt. Dabei wurden die Präembryos geklont und somit eine Vielzahl von Kopien erschaffen. Im Prinzip wurde der natürliche Entstehungsprozess von Zwillingen oder Mehrlingen künstlich nachgeahmt. Insgesamt verfügten wir nun über zwölf Embryos. Vier natürliche und acht Klone.«

Win riss erstaunt die Augen auf. »Sie haben sie geklont?«

»Sie dürfen nicht vergessen, dass das Ganze vor achtzehn Monaten passiert ist, bevor der Kongress das Verbot verhängt hat«, erklärte Brown. »Und es handelte sich dabei auch nicht um die Art von Klonen, über die sich die ganze Welt aufregt. Es fand kein Kerntransfer somatischer Zellen statt, bei der man den Nukleus und die Gene einer Person in die Eizelle einer anderen Person pflanzt und somit eine genaue Kopie der ersten Person produziert. Auf diese Weise wurde das Schaf Dolly erschaffen – die gleiche Methode, die sich angeblich auch das US-Unternehmen Clonaid zunutze machte und damit eine Welle der öffentlichen Empörung auslöste. Wir hingegen haben lediglich die befruchtete Eizelle – die Zygote – ein paar Mal geteilt, um unsere Erfolgschancen zu erhöhen. Im Grunde genommen haben wir nur ein paar Zwillinge erschaffen.«

Win, der mittlerweile gar nicht mehr mitkam, kritzelte hastig ein paar Notizen auf seinen Block. Ihm schwirrten eine Million Fragen durch den Kopf, doch die meisten davon mussten vorerst warten. Schon seit Jahren vertrat er die Interessen des Unternehmens GenTech, aber er hatte sich noch nie mit den medizinischen Aspekten befasst, die dessen Geschäften zugrunde lagen. Wenn er nur die Begriffe richtig mitschrieb, konnte er später immer noch einen der jüngeren Anwälte darauf ansetzen, sie zu recherchieren – kein Grund also, sich vor dem Klienten eine Blöße zu geben. »Wie heißt das noch mal?«, fragte Win nach.

»Eine Zygote«, wiederholte Brown. »Das ist der medizinische Begriff für eine befruchtete Eizelle, die noch nicht in den Uterus eingepflanzt ist.«

»Richtig«, sagte Win, als hätte er das schon längst gewusst. »Wie buchstabiert man das?«

»So, wie es gesprochen wird. Z-Y-G-O-T-E.«

Win schrieb sich schnell noch ein paar Anmerkungen auf. Der Arzt zögerte einen Moment, bevor er wieder auf sein Anliegen zurückkam.

»Vor sechs Wochen haben wir die vier natürlichen Embryos einer Leihmutter eingepflanzt. Ein ganz reizendes Mädchen – eine Einwanderin aus Indonesien oder einem ähnlichen Land. Ich hoffe, dass sie ein gesundes Kind für uns austragen wird. Unser Kind.« Brown schaute zu Boden. »Auch wenn die Chancen nicht gut stehen, dass ich lange genug leben werde, um seine Geburt noch zu erleben.«

»Das tut mir leid«, sagte Win wenig überzeugend. Ihn beschäftigte immer noch die Frage, welches rechtliche Problem den Mann zu ihm geführt haben könnte.

»So bleiben also noch acht eingefrorene Präembryos übrig«, fuhr Nathan fort. »Cameron möchte sie aufbewahren für den Fall, dass dem Kind, das unsere Leihmutter austrägt, irgendetwas zustoßen sollte. Ich hingegen möchte sie der Forschung zur Verfügung stellen.«

»Warum das?«, fragte Win, ohne nachzudenken. Auf den ersten Blick schien der Standpunkt der Ehefrau einleuchtender zu sein. »Warum wollen Sie nicht erst einmal abwarten, was daraus wird?«

»Aus zwei Gründen. Erstens möchte ich nicht, dass Cameron das Gefühl hat, sie könne mich festhalten, indem sie unsere Kinder aufzieht. Es ist nicht leicht, sich damit abzufinden, dass man bald sterben wird, doch ich habe es geschafft. Cameron hingegen weigert sich, diese Tatsache zu akzeptieren. Wenn dieser erste Embryo nicht durchkommt, wird sie alle anderen Embryos einpflanzen lassen wollen, bis es einer schafft. Es handelt sich hier um eine Wissenschaft, die noch in den Kinderschuhen steckt, und es gibt keine Garantie dafür, dass einer der Embryos überleben wird. Selbst wenn das der Fall sein sollte, wird Cameron eine alleinerziehende Mutter sein, die aus einem Gefühl der Trauer und Verpflichtung heraus mein Kind großzieht, und das will ich einfach nicht. Ein Teil von mir hofft, dass es keiner dieser Embryos schafft. Ich will, dass Cameron wieder frei leben kann.«

Dr. Brown schluckte und versuchte, eine Träne wegzublinzeln. Win rutschte peinlich berührt auf seinem Stuhl hin und her und machte sich schwer beschäftigt noch ein paar Notizen. Nach einer angemessenen Pause sagte er: »Sie sprachen davon, dass Sie zwei Gründe hätten.«

»So ist es. Ich sagte ja bereits, dass ich mein Vermächtnis hinterlassen will. Ich möchte, dass diese Präembryos dazu genutzt werden, die Erforschung des Aidsvirus voranzutreiben. Gerade jetzt, wo die Stammzellenforschung im Begriff ist, aufregende neue Wege zu gehen, könnten sie zu einer schier endlosen Quelle von Stammzellen werden. Der Präsident hat zwar die staatliche Förderung zur Entwicklung neuer DNA-Stränge verboten, doch die Forschung selbst ist weiterhin erlaubt, solange sie privat finanziert wird. Ich will in meinem Testament festlegen lassen, dass die Präembryos zu Forschungszwecken gespendet werden, und außerdem einen großen Teil meines Vermögens bereitstellen, um einen Treuhandfonds aufzustellen, der die Forschungen von GenTech auf diesem Gebiet unterstützt.«

Erneut hielt Dr. Brown inne, atmete hörbar aus und schluckte. »Cameron wird höchstwahrscheinlich versuchen, dies zu verhindern. Und auch wenn ich sie mit jeder Faser meines Körpers liebe, bleibt mir keine andere Wahl. Ich will alles tun, was in meiner Macht steht, damit anderen Menschen der schreckliche Schmerz erspart bleibt, den Cameron und ich erdulden mussten.«

Der Arzt sah Win nun direkt an und wartete, bis dieser seine Aufzeichnungen beendet hatte, bevor er fortfuhr.

»Aids ist eine erniedrigende und lähmende Krankheit. Man wird anders behandelt, so als sei man der Teufel selbst. Als ob man sich schon anstecken würde, wenn man die gleiche Luft atmet.« Dr. Brown lehnte sich noch weiter über den Schreibtisch vor. Win blickte auf seinen Notizblock und bemühte sich, nicht zurückzuweichen.

»Ich will diese teuflische Krankheit mit allen Mittel bekämpfen. Einen anderen Weg gibt es für mich nicht. Es ist das einzig Richtige.« Brown sprach den letzten Satz, als versuchte er sich selbst zu überzeugen. Dann ließ er sich, scheinbar von seiner eigenen Erzählung ermüdet, in seinen Stuhl zurückfallen.

Win war sich nicht sicher, ob der Arzt das Richtige tat oder nicht, doch eines wusste er gewiss: Wenn Cameron sich dazu entschloss, sein Testament vor Gericht anzufechten, könnte das zu einem der größten Fälle in der schillernden Karriere von Winsted Mackenzie werden. Sollte sie obendrein noch den Fehler begehen, sich von ihrem Vater vertreten zu lassen – dem verrufenen Billy *The Rock* Davenport –, hatte er den Fall schon so gut wie gewonnen. Win hatte bereits zwei Fälle gegen *The Rock* verhandelt, lange bevor der Anwalt für Personenschäden seinen Rückfall erlitten hatte. Doch schon damals war er nicht besonders fähig gewesen. Heute würde es *The Rock* mit Sicherheit nicht mehr gelingen, lange genug nüchtern zu bleiben, um in einem Fall wie diesem einen ernst zu nehmenden Gegner darzustellen.

Win sah den Arzt direkt an und stellte überrascht fest, dass die Falten der Besorgnis in dessen Gesicht tiefen Furchen der Entschlossenheit gewichen waren. Sein Klient war bereit. Win warf erneut einen Blick auf den Vorschussscheck auf seinem Schreibtisch. Fünfundsiebzigtausend Dollar. Auch der Samurai war bereit.

4

Dr. Blaine Richards, Geschäftsführer der GenTech-Kinderwunschklinik, war selig. Dank des rasanten Wachstums von GenTech hatte er immer mehr Zeit mit der Leitung des Unternehmens zugebracht und immer weniger mit der Betreuung der Patienten. Seine Tage im Labor gehörten der Vergangenheit an, ersetzt durch langatmige, scheinbar unnütze Meetings. Doch heute war er im Labor, und er liebte es.

Er beugte sich über einen Mikromanipulator, ein hochauflösendes Mikroskop, das für Operationen an Embryos genutzt wurde. In seiner Rolle als Embryologe, dem Verkuppler von Spermium und Eizelle, hatte Dr. Richards bereits fast dreißig Eizellen per Hand befruchtet und immer noch zwei Stunden Zeit. Sein Rekord lag bei zweiundfünfzig an einem Tag.

Er machte eine Pause und fuhr sich von seinem spitzen Haaransatz, der die lange Stirn und seine scharf geschnittene Nase betonte, durch das gegelte schwarze Haar. Dann rieb er sich kurz mit der Hand über das Gesicht, bevor er seine Arbeit wieder aufnahm, strich sich über das schroffe Kinn mit dem Drei-Tage-Bart, der seiner düsteren Miene den bedrohlichen Ausdruck verlieh, den er bevorzugte. Er wusste, dass Frauen diesen Look anziehend fanden oder zumindest erträglich, angesichts seines dicken Bankkontos und seiner kürzlich vollzogenen Scheidung.

Sich wieder auf seine Aufgabe konzentrierend, zog Richards beherzt ein paar Eizellen aus dem Inkubator und platzierte sie auf der Heizplatte am Boden des Mikroskops. Die winzigen Eizellen waren mithilfe eines natürlichen Enzyms, das in Sperma zu finden war, bereits von dem umliegenden Gewebe befreit worden. »Das Enzym wird aus Stiersperma gewonnen«, erklärte Richards gerne Journalisten, die im Labor vorbeischauten, um sich von ihm den gesamten Prozess erläutern zu lassen. Er wusste, dass das nicht stimmte, aber der Ausdruck auf den Gesichtern, besonders den der Frauen, war die Lüge wert.

Mit der Eizelle an Ort und Stelle wandte sich Dr. Richards nun dem Inkubator zu, der die Spermien des Ehemannes enthielt. Es waren wahrhaftig nicht viele. Tatsächlich würde dieses Sperma in einer perfekt darwinistischen Welt nicht den leisesten Hauch einer Chance haben. Und das war auch kurz gesagt der Grund, warum es die künstliche Befruchtung überhaupt gab. Richards wandte diese Methode oft bei Paaren an, wenn der Mann nicht in der Lage war, die Eizellen seiner Frau auf natürlichem Wege zu befruchten. Ohne Richards und seine Kollegen würden diese Paare niemals Eltern werden.

Er fand ein gesundes Spermium und brach sofort dessen Schwanz ab. »Wenn wir etwas grober sind, erhöht das die Chancen auf eine erfolgreiche Befruchtung«, erklärte Richards gerne. »Niemand weiß wirklich, warum das so ist.«

Mithilfe des Mikroskops fand Richards das verletzte Spermium und fing es mit einer Glaspipette ein, einem Präzisionsinstrument, dessen Durchmesser nur ein Zehntel eines menschlichen Haars betrug. Dann schob er sanft, vorsichtig und geschickt die Pipette mit dem darin enthaltenen Spermium über die Heizplatte im Fuß des Mikromanipulators, bis ihr spitzes Ende die Wand der Eizelle berührte. Vorsichtig durchbohrte er die Zellwand und drehte an einem Rädchen – so wurde ein Unterdruck in der Piette erzeugt, der das Spermium in die Eizelle drängte.

Mission erfüllt.

Genauso vorsichtig wie zuvor entfernte er die Pipette und beobachtete, wie sich die Zellwand der Eizelle sofort wieder verschloss, das Spermium sicher in ihrem Inneren gefangen. Dr. Richards entspannte sich, legte den Kopf in den Nacken und rollte ihn hin und her. Und wieder hatte er mit

Händen Leben erschaffen oder zumindest die Chance auf Leben, wo es zuvor keine gegeben hatte.

Das Klingeln seines Handys riss ihn aus seinen Gedanken. Er griff in die Tasche seines Laborkittels und zog sein Smartphone heraus.

»Richards am Apparat.«

»Blaine, ich bin es, Win. Dr. Brown war eben bei mir. Wir haben das Testament aufgesetzt. Schon bald wirst du stolzer Besitzer von acht neuen Stammzelllinien sein.«

»Kannst du die Vereinbarung denn durchsetzen?«, fragte Richards bissig. »Wie du dich vielleicht erinnerst, hat sie mich fast hunderttausend Dollar gekostet.«

Die Frage hatte es in sich. Bei der »Vereinbarung« handelte es sich um den ersten Vertrag, den Dr. Brown und seine Frau bei GenTech unterschrieben hatten. Eine Standardvereinbarung, der ein Vertrag zugrunde lag, den Win einige Jahre zuvor im Auftrag der Klinik entworfen hatte. Darin legten Dr. Nathan Brown und Cameron Davenport-Brown fest, dass – konnten sich die Eltern nicht einigen, was mit den eingefrorenen Embryos geschehen solle – die Präembryos der GenTech-Klinik zu medizinischen Forschungszwecken und Experimenten zur Verfügung gestellt wurden. War die Vereinbarung rechtskräftig, würde Dr. Browns Wunsch, die übrigen Präembryos zu spenden und einen Treuhandfonds einzurichten, Realität werden.

»Als diese Vereinbarung verfasst wurde, wussten wir nicht, dass es um geklonte Embryos geht«, belehrte ihn Win. »Warum hast du mir nichts davon gesagt?«

Blaine Richards kochte innerlich. Er zahlte diesem Typen 250 Dollar die Stunde, er musste sich wohl kaum von seinem eigenen Anwalt im Nachhinein kritisieren lassen.

»Was macht das für einen Unterschied?«, fragte er schließlich. »Die Vereinbarung bezieht sich auf *alle* kryokonservierten Präembryos und Embryos. Jetzt werden wir ja sehen, ob der Vertrag, den *du* entworfen hast« – Richards hielt an dieser Stelle einen Moment inne, um seine Worte wirken zu lassen –, »auch vor Gericht standhält. Falls dem nicht so sein sollte, kenne ich genug andere Anwälte, die mir einen fehlerhaften und nutzlosen Vertrag für die Hälfte des Preises aufgesetzt hätten.«

Er konnte Win am anderen Ende der Leitung schwer atmen hören, doch der Anwalt war klug genug, den Mund zu halten.

»Wie viel Zeit bleibt Brown noch?«, fragte Win, um das Thema zu wechseln.

»Ich habe ihn schon länger nicht mehr gesehen, aber lange macht er es nicht mehr. Ihm bleiben vielleicht noch ein paar Wochen. Vielleicht auch nur Tage.«

»Dann werde ich unverzüglich die Papiere für eine sofortige Klage aufsetzen«, sagte Win etwas selbstsicherer. »Wenn seine Frau gegen Dr. Browns Wunsch, die Embryos zu spenden, vorgehen will, werden wir eine Feststellungsklage einreichen. Die Vereinbarung ist rechtsgültig, dafür verwette ich meinen guten Namen.«

»Das hast du bereits«, erinnerte ihn Richards. »Und lass uns nichts überstürzen. Die Embryos laufen uns nicht davon. Es besteht kein Grund, die trauernde Witwe vor Gericht zu zerren, noch bevor der Leichnam kalt ist.«

»Du bist der Arzt. Du entscheidest, wann der Leichnam kalt genug ist. Wir halten in der Zwischenzeit schon mal die notwendigen Papiere bereit.«

»Das reicht mir, Win. Ich muss los, Babys machen.«

»Bis bald, Blaine.«

»Danke für die Info.«

Blaine klemmte das Handy wieder an seinen Clip. Eine einzige Stammzelllinie würde Millionen von Dollar wert sein. Doch das war erst der Anfang. Er verfolgte weitaus größere, noch lukrativere Pläne. Und Win Mackenzie tappte im Dunkeln. Er war nur eine Schachfigur - na gut, vielleicht sogar ein Springer -, den Richards ganz nach Belieben auf dem Spielfeld hin und her schieben konnte. Nur Dr. Richards wusste um das große Ganze, selbst seine Königin hatte keine Ahnung, worauf das alles schlussendlich hinauslaufen sollte.

Er wandte sich wieder seinen Inkubatoren zu, wiederholte das Verfahren und schenkte einer weiteren Eizelle Leben. Nie zuvor hatte sich Dr. Blaine Richards so gottgleich gefühlt.

5

Mittwoch, 31. März

Mitchell Taylor erkannte Billy *The Rock* Davenport erst, als dieser in die ihm gegenüberliegende Bank der Essnische rutschte. Er hatte nach dem Mann Ausschau gehalten, den er aus den Werbespots im Fernsehen kannte – groß, athletisch gebaut, mit dichtem schwarzem Haar und einem finsteren Gesicht, das den Felsenporträts von Mount Rushmore ähnelte. Doch der Mann, der nun ihm gegenüber Platz nahm, war älter, klein und dicklich, mit einem grau melierten schmalen Haarkranz rund um den kahlen Kopf. Der echte *Rock* trug im Gegensatz zu dem Schauspieler, der ihn im Fernsehen verkörperte, außerdem eine Brille mit dicken Gläsern, rote Hosenträger und eine schlampig geknotete Krawatte, deren Knoten ihm auf der Brust hing. Seine Anzugjacke hatte er offensichtlich im Auto gelassen.

»Schön, Sie kennenzulernen, Mr Davenport«, sagte Mitchell. Nach dem Unterricht war er in seine Wohnung gehetzt und schnell in den grauen Nadelstreifenanzug geschlüpft, den er immer zu Bewerbungsgesprächen anzog und der ihn aussehen ließ wie jeden anderen jungen Anwalt in Norfolk auch. Mit Blick auf *The Rock* fühlte er sich auf einmal overdressed.

»Ganz meinerseits«, erwiderte *The Rock*. »Aber bitte nenn mich Billy oder *The Rock*. Niemand nennt mich Mr Davenport, da fühle ich mich direkt alt.«

»In Ordnung, Sir«, sagte Mitchell. Aus irgendeinem Grund fiel es ihm schwer, jemanden mit Vornamen anzusprechen, der alt genug war, um sein Vater zu sein. Und es stand ganz außer Frage, dass sich Mitchell dazu überwinden würde, dieses aufgequollene Hefeteigmännchen *The Rock* zu nennen.

»Hast du schon etwas bestellt?« *The Rock* winkte bereits der Bedienung.

»Nur einen Eistee.«

»Ich könnte etwas Stärkeres vertragen«, sagte *The Rock* geistesabwesend. Sein Handy klingelte, und er nahm den Anruf im gleichen Moment entgegen, in dem die Kellnerin an ihren Tisch kam. Ohne sich zu verhaspeln, plauderte er am Telefon, bestellte ein Light-Bier und begaffte das Hinterteil der Kellnerin, als sie sich von dem Tisch abwandte. Mitchell fühlte sich, als sei er unsichtbar.

Drei Telefonate und ein Light-Bier später kam *The Rock* endlich zur Sache.

»Wie kommt es, dass ein intelligenter junger Mann wie du immer noch arbeitslos ist? Nikki erzählte mir, dass du einer der besten Studenten deines Jahrgangs bist.«

»Nun, wir wissen beide, dass Nikki schon mal gerne etwas übertreibt«, erwiderte Mitchell.

»Da hast du wohl recht.«

»Kurz gesagt, ich habe ein Angebot von Wilkes und Hubbard angenommen, bevor die Kanzlei mit Petterson fusioniert hat. Nach dem Zusammenschluss riefen sie mich an und sagten, dass sie mich in die Niederlassung nach New York schicken wollen. Mir war klar, dass ich dort meine ersten sechs bis acht Jahre in der Bibliothek verbringen würde. Früher oder später möchte ich aber zur Staatsanwaltschaft, und dafür brauche ich die Praxis im Gerichtssaal.«

Mitchell hielt inne und versuchte, die Aufmerksamkeit von *The Rock* auf sich zu lenken, was keine leichte Aufgabe war. Der Mann hatte die ganze Zeit über jede Bewegung der Kellnerin verfolgt und wenn überhaupt mit nur einem Ohr zugehört.

»Du hast nicht zufällig mitbekommen, wie sie heißt, oder?«, fragte *The Rock*.

»Sie meinen die da?« Mitchell nickte in Richtung der Kellnerin. Sie war mindestens fünfundvierzig, trug viel zu viel Make-up und kaute energisch auf ihrem Kaugummi herum. »Nein, habe ich nicht.«

»Hey, Süße!«, rief *The Rock* nun quer durch den Raum. Die Kellnerin kam lächelnd zu ihnen herüber. Mitchell bemerkte den Ehering an ihrem Finger.

»Ist das Essen bald fertig?«, fragte *The Rock*. Sie hatten erst vor fünfzehn Minuten bestellt. »Ich hab es ein wenig eilig.«

»Ich frage mal in der Küche nach«, sagte sie. Dann zeigte sie auf sein leeres Glas und fragte, ob er noch eins vertragen könnte.

»Ich nehm noch eins, während wir warten«, erwiderte *The Rock* lässig.

Er verfolgte jeden Schritt der Frau, dann wandte er sich wieder Mitchell zu.

»Wie viel?«, fragte er.

»Wie viel was?«

»Wie viel hätten sie dir gezahlt?«

»Fünfundsiebzigtausend.«

The Rock stieß einen leisen Pfiff aus. »Und du hast den Job sausen lassen?«

Mitchell nickte.

»Warum sollte ich einen Anwalt mit einem so schlechten Urteilsvermögen für mich arbeiten lassen?«, fragte *The Rock*. Dann warf er den Kopf in den Nacken und lachte. Mitchell lächelte höflich.

»Ich sag dir was«, sagte *The Rock* und lehnte sich vor. »Du wurdest mir wärmstens empfohlen. Nikki sagt, dass du ein echt helles Köpfchen bist. Also werden wir Folgendes tun. Du fängst bei mir an und bekommst so viel Zeit vor Gericht, wie dein Herz begehrt. Ich habe gerade meinen einzigen Partner verloren und stecke deshalb bis zum Hals in Arbeit. Du darfst alle Strafverteidigungsfälle verhandeln und mir zusätzlich bei den Schadensersatzforderungen aufgrund von Personenschäden assistieren.« *The Rock* senkte verschwörerisch die Stimme. »Du willst es zur Staatsanwaltschaft schaffen? Dann schlag die Jungs am besten bei einigen Strafprozessen, die demnächst von meiner Kanzlei zu vertreten sind, und sie werden dich auf Knien anflehen, ihrem Klub beizutreten.«

Die Kellnerin tauchte wieder mit einem Bier für *The Rock* und zwei Sandwiches auf. »So, für heute mache ich Feierabend«, erklärte *The Rock*, während er das zweite Bier ansetzte. Mitchell hatte den Eindruck, dass *The Rock* seinen Alkoholkonsum rechtfertigen wollte, was ihn etwas beunruhigte. »Der Fall, den ich heute Nachmittag vor Gericht verhandeln sollte, wurde beigelegt.«

Ohne zu antworten, neigte Mitchell den Kopf und sprach schnell ein stummes Dankgebet. Er nahm an, dass *The Rock* ihm wahrscheinlich gerade ein Loch in den Kopf starrte. *Herr, schenke mir Weisheit.*

The Rock gaffte noch immer der Kellnerin hinterher.

»Was für ein Vergütungspaket können Sie mir anbieten?«, fragte Mitchell.

The Rock wandte sich ihm wieder zu und biss herzhaft in sein Thunfischsandwich mit gebackenem Käse, wobei ihm ein Klecks Mayonnaise langsam das Kinn herunterlief. »Dreißigtausend im ersten Jahr«, sagte er und wischte sich mit seiner Serviette den Mund ab. »Plus Altersvorsorge, Parkplatz, Versicherungsleistungen und ein eigenes Büro.« *The Rock* nahm noch einen großen Bissen, griff sich in die Tasche und zog ein einseitiges Dokument hervor, das er Mitchell zuschob und dabei fettige Fingerabdrücke hinterließ. Darauf waren die Gesundheitsvorsorge, Lebensversicherung, Invalidenrente und die Standard-Altersvorsorge beschrieben, die die Firma ihm bot. »Das kannst du alles hier nachlesen.«

Mitchell nahm einen großen Schluck von seinem Eistee und musterte *The Rock*. Entweder New York ... oder *das hier.*

»Fünfunddreißigtausend plus eine Fitnessklub-Mitgliedschaft«, erwiderte Mitchell, ohne das Papier auch nur eines Blickes zu würdigen.

The Rock sah von seinem Teller auf und wischte sich erneut über den Mund. »Nikki erzählte mir, dass du deine Zulassungsprüfung im Februar abgelegt hast. Stimmt das?«

»So ist es, Sir.«

»Hast du bestanden?«

»Aber sicher.«

The Rock schien hoch erfreut und gleichzeitig erstaunt, so als wäre ihm noch nie jemand begegnet, der die Prüfung auf Anhieb geschafft hätte.

»Also könntest du sofort anfangen?«

»Ich mache meinen Abschluss am Freitag in fünf Wochen. Nicht, dass ich die Tage zähle«, erwiderte Mitchell, der bereits dabei war, es sich anders zu überlegen.

»Sehr gut, dann fängst du am Montag nach deinem Abschluss an«, verkündete *The Rock*. Er streckte ihm die Hand entgegen, und Mitchell schlug ein.

»Das muss gefeiert werden«, sagte *The Rock* und winkte der Kellnerin. »Bringen Sie meinem Freund eine Flasche von, was immer er am liebsten trinkt«, beauftragte er die Bedienung stolz und wies dabei auf Mitchell. »Dieser junge Mann ist gerade zum neuesten Mitarbeiter der Kanzlei Davenport & Associates geworden.«

»Herzlichen Glückwunsch«, murmelte die Kellnerin.

Mitchell hob abwehrend die Hand und lächelte. »Nein, vielen Dank«, sagte er, »für mich nichts bitte. Um diese Uhrzeit trinke ich normalerweise keinen Alkohol.«

»Wann trinkst du denn dann?«, fragte *The Rock* misstrauisch und nahm einen tiefen Schluck von seinem bereits halb leeren Bier.

»Nie«, erwiderte Mitchell.

Fast wäre *The Rock* an seinem Bier erstickt.

* * *

Auf dem Weg zurück zu seiner Wohnung rief Mitchell in der Kanzlei Carson & Associates an und ließ sich zu Nikki durchstellen.

»Ich habe den Job bei *The Rock* bekommen«, erklärte er nach der anfänglichen Begrüßung.

»Das tut mir leid«, erwiderte Nikki.

Mitchell lachte. »In spätestens einer Woche tut es mir wahrscheinlich selbst leid.«

In den nächsten zehn Minuten erzählte Nikki Geschichten aus ihrer Zeit in der Kanzlei von *The Rock*, unterbrochen von Mitchells Ausrufen wie: »Du willst mich wohl auf den Arm nehmen?«, »Das ist nicht dein Ernst!« oder »Unglaublich!«.

Als er auf dem Parkplatz vor der Wohnanlage angekommen war, hatten sich Mitchells bereits ernsthafte Bedenken weiter verschärft.

Aber er ist der Einzige, der bereit ist, mir jetzt noch einen Job anzubieten, dachte Mitchell, *obwohl er weiß, dass ich wahrscheinlich nur ein oder zwei Jahre bleiben werde. Und überhaupt, wie schlimm kann es schon werden?*

6

Mittwoch, 5. Mai
Leitartikel, Tidewater Times

Aids macht vor keiner Tür halt
von Cameron Davenport-Brown

Dreimal die Woche entblöße ich meine Seele in dieser Kolumne und werfe Ihnen, meinen Lesern, meine Meinungen an den Kopf. Nichts ist mir heilig, sage ich immer. Nichts tabu oder zu persönlich, um es durch meine Tastatur zu jagen. Mit jedem Thema setze ich mich auseinander.

Bis heute war das eine Lüge.

Es gibt ein Thema, das zu persönlich, zu schmerzhaft war, um es in diese Kolumne zu schaffen. Es gab eine persönliche heilige Kuh.

Heute will ich dieses Thema angehen. Und ich tippe dabei auf einer Tastatur, die von Tränen durchnässt ist.

Das hier ist sehr persönlich. Dieser Artikel behandelt das Thema Aids.

Es ist eine Sache, darüber zu lesen, wie sich der Aidsvirus epidemieartig unter den Kindern Afrikas verbreitet. Eine andere Sache ist, die schrecklichen Auswirkungen der Krankheit bei den bedauernswerten Menschen dieses Landes zu beobachten, den Junkies, den Prostituierten, den Armen.

Doch es ist etwas ganz anderes, wenn Aids auch vor der eigenen Türschwelle nicht haltmacht. Angesehene, weiße, monogame, gläubige Ärzte aus der Vorstadt erkranken nicht an dieser Krankheit. Davon war ich zumindest bis vor achtzehn Monaten überzeugt. Doch eines Abends gestand mir der einzige Mann, den ich jemals geliebt habe, etwas, das mein ganzes Leben verändern sollte. »Ich bin HIV-positiv«, sagte er, während er mich an seine Brust drückte. »Ich habe Aids.«

Ich weiß, was Sie jetzt denken. Und das ist Teil des Problems. Aber manchmal sind die Opfer unschuldig. Wie mein Mann Nathan. In einem kurzen Moment sticht eine kontaminierte Nadel ins Fleisch, und schon im nächsten wird ein Notarzt, der sich mit großem Ernst dazu verpflichtet hat, anderen zu helfen, zum Opfer der Patienten, denen er immer gedient hat.

»Ich habe Aids«, sagte er.

Und auf einmal war alles anders.

Zuerst bekämpft man die Krankheit und fängt an, alle zu hassen, die sich nicht an diesem Kampf beteiligen wollen. Entscheidungen für und gegen die Subvention von Stammzellenforschung, die zuvor nur Anlass für politische Diskussionen waren, nimmt man auf einmal sehr persönlich. Man informiert sich über alle experimentellen Medikamente. Jeder Überlebende, von dem man hört, wird zum Hoffnungsträger. Ein Jahr überlebt. Fünf Jahre überlebt. Zehn. Man stellt fest, dass bei den meisten Patienten eine Kombination von AZT und anderen antiretroviralen Mitteln den Vermehrungszyklus von HIV hemmt. Anders gesagt, man kann mit der Krankheit leben. Doch es bleibt weiterhin eine unheilbare Krankheit.

Man lernt, jeden gemeinsamen Moment zu schätzen. Und man spart sich all seinen Hass für jene auf, die den eigenen Ehemann wie einen Aussätzigen behandeln, wie jemanden, der »Unrein! Unrein!« schreien sollte, wo immer er hingeht.

Manche Freunde kommen nicht mehr zu Besuch. Andere tuscheln hinter dem Rücken, wenn sie denken, dass man es nicht mitbekommt. Man stellt den Fernseher an und muss zusehen, wie heuchlerische Prediger davon sprechen, dass Gott mit dieser Krankheit unmoralische Menschen strafen will. Man schmeißt die Fernbedienung an die Wand ... nur um sie wieder aufzuheben und den Sender zu wechseln. Man sucht sich neue Freunde. Man tut sich mit anderen Leuten zusammen, die diese Krankheit ebenfalls bekämpfen.

Es heißt, dass sich die Seele einer Nation danach beurteilen lässt, wie sie ihre am wenigsten begünstigten Bürger behandelt. Wenn dies die Bewährungsprobe sein sollte, dann trauere ich um Amerika. Im günstigsten Fall ignoriert man die Opfer dieser tödlichsten aller Krankheiten. Im schlimmsten Fall werden sie verhöhnt und verspottet.

Es gibt keinen geeigneten Zeitpunkt, um den Ehemann zu verlieren. Und es gibt auch keine schöne Art, wie er sein Leben lassen kann. Doch es ist besonders grausam, wenn der Tod ihn in der Blüte seines Lebens ereilt, noch bevor sein erstes Kind geboren wird. Man denkt an all die Dinge, die niemals sein werden. Die Geburtstagsfeiern, die langen Spaziergänge in der Abenddämmerung, gemeinsam alt zu werden. Und man stellt sich Fragen, auf die es keine Antwort gibt. Wenn es ein Mädchen wird – wer wird sie dann später zum Altar führen? Wenn es ein Junge wird – wer bringt ihm dann bei, wie man Baseball spielt? Wo wird das Kind die tröstenden, ermutigenden und Sicherheit vermittelnden Umarmungen finden, die nur die starken Arme eines Vaters spenden können?

Für Nathan war dies ein schlechter Zeitpunkt zu sterben. Und mit Sicherheit war auch die Art, wie er aus dem Leben scheiden musste, schlimm. Die gleichen Medikamente, die bei so vielen anderen Menschen der Krankheit Einhalt gebieten konnten, haben bei uns versagt. Ich kann mich nicht mehr an den alten Nathan erinnern – so stark, lustig und voller Leben. Ich erinnere mich nur noch an die letzten paar Monate, an das erbarmungslose Fortschreiten dieser alles vernichtenden Krankheit, an den schwermütigen, doch tapferen Krieger, zu dem Nathan geworden war, mit seinen eingefallenen Augen und dem Fleisch, das von den Knochen hing. An seine Hilflosigkeit. Und an die Verzweiflung, die folgte. Den Wunsch, zu sterben.

Am Samstag hat sich Nathans Wunsch erfüllt.

Ich sollte diese Kolumne nutzen, um ein Loblied auf Nathan anzustimmen. Das hätte er verdient. Er liebte mich bedingungslos. Er war die Art von Mann, die dich wieder an die Menschheit glauben lässt.

Vielleicht werde ich eines Tages diesen Lobgesang verfassen. Doch zunächst muss ich meine Pflicht erfüllen. Und eine begonnene Schlacht zu Ende führen.

Schließen Sie sich mir im Kampf gegen Aids an. Ich werde alles in meiner Macht Stehende tun, um diese Krankheit zu bekämpfen. Und was ebenso wichtig ist: Unterstützen Sie mich in meinem Kampf gegen die Vorurteile, von denen Aidspatienten tagtäglich verfolgt werden. Diese Krankheit tritt nicht nur in Afrika auf, in der Großstadt oder unter Menschen, die ein risikoreiches Sexualleben führen. Diese Krankheit greift unsere Menschlichkeit in ihrem Innersten an. Sie verlangt nach unserem Mitgefühl, nach unseren Tränen.

Es ist eine Krankheit, die manchmal auch nicht vor der eigenen Haustür haltmacht. Und wie bei einem Orkan wird nichts sein wie zuvor, wo immer sie wütet.

7

Freitag, 7. Mai

Maryna starrte das unscharfe Bild auf dem Monitor ungläubig an. Dort präsentierte sich in Lebensgröße das wundersamste kleine Wesen, das sie jemals gesehen hatte. Camerons Baby!

Zum Glück wies Dr. Avery mit seinem Finger auf dem Bildschirm hin und her, um Cameron und ihr genau zu erklären, was sie da gerade sahen. »Hier sehen Sie den Kopf ... wir können noch nicht genau bestimmen, ob es ein Mädchen oder ein Junge wird ... Sehen Sie, wie sich der kleine Körper hier krümmt? Das nennt man die Scheitel-Steiß-Länge, mit der sich das Alter des Embryos ziemlich präzise bestimmen lässt. In diesem Fall wissen wir natürlich, wie alt das Baby ist ...«

Er fuhr fort, doch Maryna hörte schon bald nicht mehr zu, sondern lächelte glückselig den Monitor an. Sie sah verzaubert zu, wie das Baby im Einklang mit ihrem Herzschlag rhythmisch pulsierte.

Es ist ein Mädchen, dachte sie bei sich. *Ich weiß es genau, auch wenn Dr. Avery sich noch nicht sicher ist. Ich spüre es. Der Doktor wird es noch früh genug sehen.*

Dr. Averys änderte plötzlich den Tonfall, und das ließ Maryna aufhorchen. Sie wandte den Blick vom Monitor dem ernsten Gesichtsausdruck des zerzausten Arztes zu und wusste sofort, dass etwas nicht stimmte, auch wenn sie nicht zugehört hatte.

»Mir gefällt der iliakale Winkel des Beckens nicht«, murmelte er kopfschüttelnd, während er etwas auf dem Monitor ausmaß. »Und die Nackentransparenz ist auch nicht in Ordnung.« Zögernd drehte er sich zu Cameron und Maryna um, während er nach den richtigen Worten suchte.

»Ich kann es noch nicht mit Gewissheit sagen«, erklärte er sanft, »aber es gibt ein paar kritische Anzeichen, die weitere Untersuchungen nahelegen, um das Downsyndrom ausschließen zu können. Ich würde in etwa einer Woche gerne einen Termin für einen Triple-Test und eine weitere Ultraschalluntersuchung ansetzen.«

Maryna konnte hören, wie Cameron hinter ihr scharf die Luft einzog. »Das Downsyndrom?«, fragte sie. Und dann nach einer Pause: »Vor fünf Tagen musste ich meinen Ehemann begraben – und nun *das*?«

»Ich kann noch nichts mit Bestimmtheit sagen«, erwiderte Dr. Avery ernst. »Wenn sich nächste Woche nichts verändert hat, sollten wir eine Fruchtwasseruntersuchung vornehmen.«

»Und dann?«

»Lassen Sie uns einen Schritt nach dem anderen tun und nur wenn nötig handeln«, sagte Dr. Avery beschwichtigend. Er wandte sich von Cameron Maryna zu, die fassungslos und stumm auf den Monitor starrte. »Das Downsyndrom ist ein schwerer genetischer Defekt«, erklärte er. »Eine chromosomale Anomalie, für die es keine Heilung gibt. Downsyndrom-Kinder haben besondere Bedürfnisse und bringen ganz eigene Herausforderungen und Belohnungen mit sich.«

Das Gewicht seiner Worte traf Maryna wie eine Kugel in den Bauch. *Einen schweren genetischen Defekt* hatte er es genannt. Genau diese Worte tauchten in dem Leihmuttervertrag auf, in jener Passage, die bestimmte, wann Cameron von Maryna verlangen konnte, das Kind abzutreiben.

Eine beklommene Stille legte sich über den Raum, die nur von dem hörbar gemachten Geräusch des Fruchtwassers durchbrochen wurde, das im Einklang mit Marynas rasendem Puls rauschte. »Sie haben nichts falsch gemacht«, erklärte Dr. Avery, der sah, wie sich Marynas Augen mit Tränen füllten. »Diese genetische Störung entsteht im Moment der Empfängnis.«

»Ist es wahrscheinlich, dass die anderen eingefrorenen Präembryos den gleichen Defekt haben?«, fragte Cameron nach einer weiteren unangenehmen Pause. Sie sprach dabei über Marynas Kopf hinweg, so als sei die Leihmutter gar nicht anwesend.

»Nicht alle. Nur die Embryos, die exakte genetische Kopien des eingepflanzten Embryos sind.«

»Das heißt?«

»Wir haben noch acht eingefrorene Zygoten, die nach Aussage von Dr. Richards entstanden sind, indem bei vier verschiedenen Präembryos das sogenannte Blastomeren-Isolationsverfahren angewendet wurde. Zwei der acht Embryos werden den gleichen Defekt haben, die anderen nicht.«

»Mit anderen Worten ...«, sagte Cameron ganz sachlich, »wenn wir diese Schwangerschaft abbrechen und dafür die anderen Eizellen einpflanzen, liegt die Wahrscheinlichkeit bei 75 Prozent, dass wir ein gesundes Kind bekommen?«

Dr. Avery nickte nachdenklich. »Wenn man davon ausgeht, dass die geklonten Embryos ansonsten keine genetischen Mängel aufweisen, ist diese Annahme korrekt.«

Maryna zuckte bei diesen Worten zusammen. Sie konnte ihren Blick nicht von dem Monitor abwenden. Ihre Tränen ließen das grobkörnige Bild weiter verschwimmen, sodass sie das Baby nicht mehr erkennen konnte, doch der Schmerz, den sie empfand, ließ sich nicht verdrängen. Vor ihrem geistigen Auge konnte sie es ganz deutlich sehen, das genaue Profil des Babys, den vor Erstaunen und Verwunderung geöffneten Mund, ein neues Leben, bereit, im Mutterleib heranzuwachsen und in eine Welt endloser Möglichkeiten geführt zu werden.

»Wir schaffen das schon«, versprach Cameron und legte Maryna sanft eine Hand auf die Schulter. »Ein Schritt nach dem anderen.«

Maryna durchfuhr ein kalter Schauer, und sie fragte sich, ob Cameron es spüren konnte. Doch bis auf ein sanftes Seufzen zeigte Cameron keine Reaktion. Dann hörte sie, wie Cameron ganz nebenbei sagte: »Früher oder später muss mir doch auch mal etwas Positives widerfahren.«

8

Montag, 17. Mai

Eigentlich wollte Mitchell an seinem ersten Tag bei Davenport & Associates früh im Büro sein, doch *The Rock* hatte ihm aufgetragen, Sandra

Garrison erst um 8.30 Uhr aufzusuchen. Nach seinem ersten Tag würde Mitchell seinen eigenen Schlüssel bekommen, dann konnte er anfangen, wann er wollte, und zwar nicht später als sieben Uhr.

Das Büro lag am Military Highway, in einem abgelegenen Einkaufszentrum von Norfolk, etwa sechzehn Kilometer von Mitchells neuer Wohnung entfernt. An diesem Morgen hatte er für die Strecke fast dreißig Minuten gebraucht. Morgen jedoch, wenn er um 6.45 Uhr vor dem Berufsverkehr losfuhr, würde er nur halb so lange brauchen.

Er hatte keine Schwierigkeiten, einen Parkplatz zu finden, da viele der umliegenden Büros und Verkaufsräume leer zu stehen schienen. Links und rechts neben der Kanzlei lagen eine heruntergekommene Reinigung und eine Versicherungsagentur. Der einzige Laden, der auch nur halbwegs Mitchells Interesse weckte, war ein Bagel-Shop etwa drei Türen weiter. In den fünfundzwanzig Minuten, in denen er nun schon auf Sandra wartete, hatte er nur eine Handvoll Kunden hineingehen sehen.

Um Punkt 8.45 Uhr tauchte Sandra Garrison auf und schloss Mitchell die Tür zur Kanzlei auf. Sie war eine untersetzte Dame, gerade mal etwa ein Meter fünfzig groß, mit rosigen Wangen und einem freundlichen Gemüt.

Sie sei schon seit über zwanzig Jahren für Mr Davenport tätig, erklärte sie, in guten wie in schlechten Zeiten. Sie behauptete, dass ihr Haar damals noch »rabenschwarz« gewesen sei, aber das bringe das Juristenleben nun mal mit sich. Soweit Mitchell sehen konnte, war jede einzelne Strähne auf ihrem Kopf ergraut und strohig. Ihr Haar hätte eine Bürste bitter nötig gehabt, doch Sandra schien das nicht zu merken, oder aber es war ihr einfach egal.

»Schauen Sie sich ruhig erst mal ein wenig um, Mr Taylor«, sagte sie, nachdem sie die Tür aufgeschlossen, das Licht angeschaltet und ihren Computer hochgefahren hatte. »Ich setze schon mal eine Kanne Kaffee auf und geh dann schnell zum Bagel-Shop rüber. Möchten Sie auch irgendwas?«

»Nein, vielen Dank.« Es kam ihm seltsam vor, dass eine Frau, die doppelt so alt war wie er, ihn Mister nannte. Fast hätte er ihr gesagt, dass das nicht nötig sei, doch er war nun ein richtiger Anwalt. Wahrscheinlich war das einer der Vorteile seines Berufsstandes.

Doch an diesem Vormittag sollte das der einzige Vorteil bleiben, auf den er stieß. Mitchell Taylors idyllischer erster Tag als Anwalt, von dem er bereits seit Wochen geträumt hatte, prallte auf die harte und kalte Realität des drögen Alltags einer kleinen Kanzlei für Personenschäden.

Sein »Büro« bestand aus einem winzigen, fensterlosen Raum mit einem Spanplattentisch, einem kleinen Sideboard, einem abgewetzten dunkelbraunen Chefsessel, der sich ständig nach links neigte, und einem Holzstuhl für die Mandanten. Es gab außerdem ein Telefon und einen veralteten Computer, auf dem noch Windows ME lief - anscheinend hatte *The Rock* seit mehr als einem Jahrzehnt kein Geld mehr in die IT gesteckt. Der gesamte Schreibtisch war mit Kisten und Aktenordnern zugestellt, die auch fast jeden Quadratzentimeter des Bodens in Beschlag nahmen - die Wände hingegen waren komplett kahl.

Als Erstes räumte sich Mitchell einen Weg in das Büro und einen Platz zum Sitzen frei. Dann holte er aus seinem Wagen eine Kiste mit gerahmten Diplomen und einen gerahmten Druck, auf dem »Stonewall« Jackson seine Truppen anführte und sich seinen Spitznamen in der ersten Schlacht am Bull Run verdiente. Er packte die Kiste aus und stellte die Rahmen an der Wand auf, mit der Absicht, sie später, wenn er etwas Zeit hatte, aufzuhängen. Dann steckte er das Kabel seines kleinen Laptops in die Steckdose, holte sich eine Tasse Kaffee aus der kleinen, schmutzigen Küche am Ende des Flures und setzte sich, bereit für den Arbeitstag, an seinen Platz.

In den ersten drei Stunden musste er sich mit zwei verärgerten Klienten auseinandersetzen, die wissen wollten, wo das viele Geld blieb, das *The Rock* versprochen hatte, für sie durch einen Vergleich herauszuschlagen. Außerdem wurde er von einem Verteidiger in die Mangel genommen, der aus dem Bezirksgericht von Norfolk anrief, weil *The Rock* es versäumt hatte, dort aufzutauchen, um einer Anhörung zwecks Antrag zur Zwangsdurchführung beizuwohnen. Als Mitchell das Telefon stumm schaltete und bei Sandra nachfragte, erklärte sie ihm, dass *The Rock* an diesem Morgen im Bezirksgericht von Virginia Beach sei und sich wohl kaum zweiteilen konnte. Diese Erklärung schien den Anwalt am Telefon allerdings nicht zu besänftigen, da der Mann weiterhin darauf bestand, dass *The Rock* ihm versprochen hatte, nach Norfolk zu kommen.

Mitchell sprach außerdem mit drei potenziellen Klienten und wies jeden von ihnen ab. Sandra schien darüber höchst erfreut zu sein und erklärte, dass es Mr Davenports größte Schwäche sei, keinen Mandanten abweisen zu können. Angesichts der Fälle schien Mitchell keine große Wahl zu haben.

Im ersten Fall behauptete eine biestige ältere Dame, sich an einem Kaffee verbrüht zu haben, den sie bei McDonald's am Drive-in-Schalter gekauft hatte. Sie konnte sogar ein Foto von der Verbrennung auf ihrem wabbeligen linken Oberschenkel und eine McDonald's-Quittung über einen kleinen Becher Kaffee vorweisen. Allerdings wusste Mitchell aus einem Kurs über Schadensersatzrecht zufällig, dass McDonald's die Temperatur seines Kaffees gesenkt hatte, nachdem der Konzern nach einer landesweit publik gemachten Klage wegen Verbrennungen aufgrund verschütteten Kaffees eine Multimillionen Dollar schwere Abfindung hatte zahlen müssen. Somit stand ganz außer Frage, dass die Verletzungen der Dame von einem McDonald's-Kaffee herrühren konnten. Mitchell riet der Frau, eine zweite Meinung bei einem anderen Anwalt einzuholen.

Die zweite Person, die seine Dienste in Anspruch nehmen wollte, war eine Oberstufenschülerin, die in Begleitung ihrer Mutter kam, wild entschlossen, das Sonnenstudio zu verklagen, das sie vor ihrem Abschlussball aufgesucht hatte. Noch immer waren die Spuren der Verbrennungen zu sehen, die sie davongetragen hatte, als sie auf der Sonnenbank eingeschlafen war, während die Betreiberin des Studios damit beschäftigt war, fröhlich mit ihren Freundinnen am Telefon zu plaudern. Mitchell wies den Fall aufgrund von Mitverschulden zurück.

Die dritte Person, ein wütender Mann Ende vierzig, wollte seine Nachbarn verklagen, die ihm mit ihren wilden Partys bis spät in die Nacht den Schlaf raubten. Der Schlafmangel und die Neigung, nun am Arbeitsplatz wegzunicken, hatten dazu geführt, dass der Mann gefeuert wurde. Mitchell legte ihm nahe, einen Anwalt aufzusuchen, der auf Immobilienrecht spezialisiert war, und gab ihm einige Empfehlungen mit auf den Weg.

Um 11.30 Uhr wurde es dann richtig interessant. Vier weitere potenzielle Klienten saßen im Vorraum und warteten auf ein Aufnahmegespräch, während sich die rosafarbenen telefonischen Nachrichtenzettel auf Mitchells Schreibtisch stapelten. Sandra, die schon den ganzen Morgen die Mandanten am Telefon in Schach gehalten hatte, tauchte nun mit zwei kleinen Ordnern in der Hand an Mitchells Tür auf. Zum ersten Mal an diesem Morgen sah Mitchell sie nicht lächeln.

»Diese Akten sind leider noch nicht ganz vollständig«, entschuldigte sie sich, während sie die Ordner auf Mitchells Tisch ablegte, ohne ihn dabei anzusehen. »Nur ein Polizeibericht über den Unfallhergang und vielleicht eine Bescheinigung des Arztes über die Art der Behandlung.«

»Okay«, sagte Mitchell misstrauisch. Warum sollten ausgerechnet diese Akten seine besondere Aufmerksamkeit erfordern, unter all den unzähligen anderen, die sich über die gesamte Kanzlei, sein Büro, den Konferenzraum, Sandras Schreibtisch und wo sonst noch verteilten?

»Hat Mr Davenport Ihnen gesagt, was es damit auf sich hat?«, fragte Sandra vorsichtig nach.

»Nein. Ich habe Mr Davenport nicht mehr gesehen, seitdem er mich eingestellt hat.«

»Das habe ich befürchtet.« Sandra senkte den Blick, machte aber keinerlei Anstalten zu gehen.

»Wollen Sie mir sagen, worum es geht, oder mich weiter auf die Folter spannen?«, fragte er nach.

»Nun, diese, ähm, diese zwei Akten sind unserer Fälligkeitsliste nach etwas zeitkritisch ...«

Mitchells Telefon klingelte. Sandra griff über den Schreibtisch, um das Telefonat anzunehmen, doch Mitchell drückte seine Hand auf ihre, sodass sie den Hörer nicht hochnehmen konnte.

»Wie zeitkritisch genau?«, wollte er wissen.

»Nun, ich glaube, dass die Verjährungsfrist ... ähm ... heute ausläuft.« Sandra sprach so leise, dass Mitchell sie kaum verstand, doch die Bedeutung ihrer Worte traf ihn mit aller Wucht.

»Und wir haben noch keine Klage eingereicht?«, fragte er ungläubig.

Sandra schüttelte den Kopf.

Mitchell stöhnte laut auf. »Sie wollen mir sagen, dass diese zwei Fälle schon seit zwei Jahren hier herumliegen und wir bis zum letzen Tag gewartet haben, um Klage einzureichen?«

Sandra nickte. »Mr Davenport wollte versuchen, die Fälle außergerichtlich zu klären.«

»O Mann.« Mitchell verzog angewidert das Gesicht. »Dann muss ich jetzt schnell die Klageschriften aufsetzen und sie bis 17 Uhr einreichen.« Er stand auf, um auf und ab zu gehen, was ihm aber aus Platzmangel nicht gelang. »Sagen Sie alle Klientengespräche ab, und geben Sie den Leuten im Wartezimmer neue Termine. Stellen Sie keine Anrufe mehr durch. Wir müssen jetzt Prioritäten setzen, und diese Klagen stehen heute an erster Stelle.«

»Jawohl, Sir, Mr Taylor.« Sandra schien noch nicht gewillt zu gehen, und der bestürzte Ausdruck auf ihrem Gesicht verschwand genauso schnell, wie er gekommen war. »Da wäre noch etwas, Mr Taylor, aber das wird Ihnen gefallen.« Mittlerweile strahlte sie geradezu. »Das Filmteam ist da, um die neuen Werbespots zu drehen. Mr Davenport sagt, dass es keinen Sinn macht, einen Schauspieler zu bezahlen, wenn wir jetzt einen jungen gut aussehenden Anwalt wie Sie vorzuweisen haben.«

Mitchell starrte sie ungläubig an und ließ sich in seinen abgewetzten Sessel fallen, der knarrte und bedrohlich zur Seite kippte. Er stützte das Kinn in die Hand und machte keine Anstalten, seinen Unmut zu verbergen. Sandras Lächeln schwand, und bei ihrem schnellen Rückzug aus dem Büro wäre sie fast über ein paar staubige Akten gestolpert.

* * *

»So geht das nicht«, sagte die platinblonde Dame mit den knallroten Lippen und dem kurzen schwarzen Lederrock mit Nachdruck. Ihr Name war Lauren Upjohn. Ihre Visitenkarte wies sie als »Marketingspezialistin« aus. Anscheinend war sie auch mit der dritten Aufnahme des ersten Werbespots, den sie für *The Rock* aufzeichneten, nicht besonders zufrieden.

Mitchell warf einen verstohlenen Blick auf seine Armbanduhr und seufzte. Sie waren bereits eine halbe Stunde zu Gange und immer noch nicht weit gekommen. »Vielleicht sollten Sie doch lieber wieder den Schauspieler engagieren«, schlug er vor.

»Nein, Süßer, du bist perfekt«, schnurrte Lauren, während sie ihn von Kopf bis Fuß in Augenschein nahm. »Du hast diesen attraktiven, schroffen Look, und wenn du den Kiefer anspannst – Baby, dann siehst du wirklich unbeugsam aus.«

Aufgeregt lief sie auf und ab, wobei sie fast ihren eigenen Kameramann umgerannt hätte. »Und dann noch diese wunderschönen grünen Augen, der Inbegriff von Mitgefühl. Perfekt für unser neues Motto: ›Die eiserne Faust im Samthandschuh‹.«

Sie hielt einen Moment inne und verzog auf der Suche nach den richtigen Worten das Gesicht. »Es ist nur so, dass man fürs Fernsehen die Emotionen etwas übertreiben muss ... Du musst die Aufmerksamkeit der Zuschauer an dich reißen. Zeig ihnen die eiserne Faust, mit der du den Versicherungsunternehmen eins überbrätst.« Mit diesen Worten sauste Laurens zarte Faust mit aller Wucht auf den Schreibtisch von *The Rock* nieder. Mitchell schreckte zurück und lächelte dann verschämt. »Aber zeig ihnen auch den Samthandschuh, der ihnen sagt, dass dir deine Klienten am Herzen liegen.« Laura legte den Kopf zur Seite und warf Mitchell einen treuen Hundeblick zu.

»Vielleicht sollten Sie das besser machen«, schlug Mitchell vor. »Ich bin Anwalt, kein Schauspieler.«

Sie ging um den Tisch herum auf ihn zu und nahm ihn sanft am Ellenbogen. »In jedem Anwalt steckt ein Schauspieler, Mitchell. Du musst ihn nur rauslassen.« Sie zog ihn auf Position und wandte sich dann ihrem Kameramann zu. »Wir versuchen es noch mal, Rodney.«

Lauren trat vom Schreibtisch weg, und Mitchell nahm den Telefonhörer in die Hand.

Sie nickte ihm aufmunternd zu, dann hielt sie einen Finger hoch. »Stopp, ich habe eine Idee.«

Mitchell sagte nichts.

»Hast du mal irgendeinen Sport betrieben?«, fragte sie ihn.

»Ja, ein bisschen Football.«

»Hervorragend!«, rief sie begeistert aus. »Das habe ich mir fast gedacht. Ich meine, bei deinem Prachtkörper, Süßer.« Sie neigte den Kopf und zwinkerte ihm zu. »Wie auch immer, mach mal kurz die Augen zu, und stell dir Folgendes vor ...«

Mitchell kam sich idiotisch vor. Er rollte mit den Augen, ohne sie zu schließen.

»Komm schon, Mitchell, mir zuliebe.«

Mit einem weiteren Seufzen schloss er die Augen.

»Sehr schön. Jetzt stell dir deinen Erzrivalen vor, einen von diesen Blocker- oder Tackletypen, wie er schreiend auf dich zugerannt kommt, bereit, dich plattzumachen. Kannst du ihn sehen?«

Mitchell nickte. Es war gelogen.

»Gut. Sehr gut. Das ist jetzt die Versicherungsgesellschaft. Wenn du gleich die Augen aufmachst, sag deinen Text mit diesem Bild im Kopf. Das ist die Emotion, die wir sehen wollen.«

Mitchell öffnete die Augen, den Hörer noch immer an sein Ohr gepresst. »Nein!«, rief er bestimmt ins Telefon. »Angebot abgelehnt! Sie nennen es einen Vergleich, ich nenne es Verrat am Mandanten.« Mitchells Kiefer war angespannt, die Worte strömten wutentbrannt aus seinem Mund. Tatsächlich stellte er sich Lauren und nicht einen Footballgegner anstelle der Versicherungsgesellschaft vor, doch es funktionierte. »Uns bedeutet der einzelne Klient mehr als die Anzahl unserer Fälle. Wenn es sein muss, werden wir diesen Fall bis ans Oberste Bundesgericht bringen, aber unser Klient wird sein Recht bekommen.«

Mit den letzten Worten schlug er donnernd mit der Faust auf den Tisch, so wie er dies schon ein Dutzend Mal in der letzten halben Stunde getan hatte.

»Cut! Hervorragend! Das war genau richtig!«, schwärmte Lauren. »Das war's. Stell dir vor: Während du die letzten Worte sprichst, zoomen wir auf deine Faust, umgeben von Bewegungsunschärfe, und zeigen in Zeitlupe, wie sie auf den Schreibtisch niedersaust. Hintergrundmusik – und der großartige Slogan wird eingeblendet: ›Davenport & Associates. Die eiserne Faust im Samthandschuh.‹ Wie gefällt dir das?«

»Ich dachte schon, Sie würden nie fragen«, sagte Mitchell sofort. Er hielt kurz inne, um sich zu sammeln und den perfekt sarkastischen Ton zu treffen. »Ich komme mir wie einer dieser Wrestlingtypen im Fernsehen vor, die immer in die Kamera schreien, während sie irgendwelche Leute bedrohen. Warum verpassen wir mir nicht einfach einen pfiffigen Spitznamen, wie ›Die Kanone‹ oder so was in der Art? So hätten wir dann *The Rock* und *Die Kanone* ...«

Laurens Augen leuchteten auf, und sofort hob Mitchell abwehrend die Hand. »Das war nur ein Scherz.«

»Keine schlechte Idee«, warf sie ein.

»Aber dieser ganze Ansatz ... Das ist alles so grotesk«, protestierte Mitchell.

»Hör zu«, erklärte Lauren, »Marketing ist mein Tanzbereich; Jura ist deiner. Aus Marketingsicht gesehen, musst du etwas präsentieren, das dich einzigartig macht, damit Menschen, die Rechtsbeistand suchen, auf deine Kanzlei aufmerksam werden ...«

»Und die Qualität unserer Arbeit ist dafür nicht ausreichend?«, fragte Mitchell frustriert.

»Hey, wenn ihr genug Aufträge nur aufgrund eurer guten Arbeit einheimst, was mache ich dann hier?«, wollte Lauren mit weit ausgestreckten Armen wissen.

»*Ich* habe Sie nicht engagiert«, erklärte Mitchell mit wütender Stimme und sah erneut auf seine Uhr. »Aber das ist ein Problem, das wir ein anderes Mal klären werden. Ich muss jetzt zurück an die Arbeit. Lassen Sie uns einen neuen Termin für die restlichen Dreharbeiten ausmachen.«

»Wie du willst, aber es kommt euch günstiger, drei Spots in einem Anlauf zu drehen, als ...«

»Ich weiß«, unterbrach Mitchell sie. »Aber wir müssen den Termin verschieben.« Sein Tonfall ließ keinen Raum für Diskussionen. »Ich werde Mr Davenport sowieso dazu anhalten, unser Werbekonzept noch einmal genau zu überdenken.«

Die Botschaft schien bei Lauren angekommen zu sein. Sie machte einen Schritt auf ihn zu und schüttelte ihm forsch die Hand. »War mir ein echtes Vergnügen«, schnappte sie. »Hier ist meine Karte. Du wirst vom neuen Spot begeistert sein. Morgen geht er in den Schnitt, und spätestens am Mittwoch sollte er dann im Fernsehen laufen. Bis dahin senden wir weiter die alten Spots.«

»Danke«, sagte Mitchell. Er steckte die Visitenkarte in seine Hosentasche und zog sich in sein Büro zurück, wo er sie im Mülleimer entsorgte. Dann nahm die eiserne Faust einen Stift zur Hand und machte sich wieder daran, Plädoyers zu entwerfen.

9

Bis 17 Uhr hatte Mitchell erfolgreich seine beiden ersten Klageschriften eingereicht, eine um 16.15 Uhr am Bezirksgericht von Norfolk, die andere um 16.45 Uhr am Bezirksgericht von Virginia Beach. Auf dem Weg zurück zum Büro dankte er Gott mehrfach.

Um 18.30 Uhr wurde Mitchell langsam bewusst, wie erschöpft er war. Da er nun einen eigenen Schlüssel hatte, fuhr er zurück zum Büro, schaltete das Licht an und ließ sich in einen der bequemen Sessel am Empfang fallen. In der Kanzlei musste sich einiges ändern. Alles lief viel zu chaotisch, Fälle wurden vernachlässigt und die Klienten nicht ordentlich beraten. Mitchell nahm sich vor, die Nächte durchzuarbeiten, bis er jede Kiste und jede Akte durchgesehen, eine Bestandsaufnahme der kreuz und quer durch das Büro verteilten Fälle gemacht und ein System entwickelt hatte, um wichtige Fristen und Aufgaben festzuhalten. Es war nicht zu fassen, dass *The Rock* ohne ein solches System arbeitete. Mitchell bestellte sich eine Pizza und bereitete sich auf eine lange Nacht des Dokumentensichtens vor.

Es war nicht abzuschätzen, auf welche tickenden Zeitbomben er stoßen würde, doch es war besser, sie jetzt zu finden. Er ging davon aus, dass weit über hundert Akten in verschiedenen Bearbeitungsstadien hier herumlagen. Als Erstes wollte er mit den Ordnern in seinem Büro anfangen.

Mitchell hatte noch nicht einmal die erste Kiste zur Hälfte durchgesehen, als das Telefon klingelte. Erst wollte er es klingeln lassen, doch dann siegte die Neugier.

»Davenport & Associates«, sagte er in den Hörer.

»Noch so spät bei der Arbeit?«, lallte jemand am anderen Ende.

»Wer ist da?«

»Dein Chef«, antwortete *The Rock*. »Sandra sagt, dass du's geschafft hast, die Klageschriften einzureichen. Gute Arbeit.«

»Danke«, sagte Mitchell. *Das Kompliment kann ich nicht erwidern,* dachte er bei sich.

»Nun, ich hab da morgen noch was für dich.« *The Rocks* Worte klangen undeutlich und weit entfernt, als würde er den Hörer nicht richtig an den Mund halten. Mitchell konnte im Hintergrund laute Musik hören.

»Wie bitte?«, fragte Mitchell laut.

»Ws für mogn«, antwortete *The Rock*. »Etws für mogn.«

»Was denn?«

»Häh? Oh, äh ... 'n Fall.« Gedämpftes Rufen schallte durch den Hörer. Die Musik im Hintergrund wurde etwas leiser. »Was hab ich grad gesagt?«

»Irgendetwas über einen Fall«, half Mitchell ihm auf die Sprünge.

»Ja genau, der Fall.« Es folgte eine lange Pause. »Ja genau. Sollte 'n Vergleich werden, aber äh, Mack Strobel, der is der Anwalt ... fies wie 'ne Schlange. Der wollte nich mitmachen.«

Mitchell hörte, wie *The Rock* wieder jemanden im Hintergrund anschrie, der etwas zurückschrie, dann fuhr *The Rock* fort: »Wo war ich? Ach ja, wie auch immer, jetzt müssen wir Mittwoch vor Gericht. Kannste das morgen vorbereiten?«

»Der Name der Akte?«, wollte Mitchell wissen.

»Richtig«, erwiderte *The Rock*. »Geht um so 'n Auffahrunfall. Gewinnen wir im Schlaf. Bereite das vor, dann lasse ich dich ein paar Zeugen verhören.«

»In Ordnung, aber ich brauche den Namen der Akte.«

»Parsons gegen irgendwas oder irgendwen oder so was.« *The Rock* lachte laut und lange auf. »Is 'ne rote Mappe. Findest du schon. Ich schuld dir was.«

»Okay«, erwiderte Mitchell im Begriff das Telefonat zu beenden. »Ich sehe Sie dann morgen.«

»Hey, Junge ...«

»Ja?«

»Bist du sicher, dass du nicht trinkst?«

»Ganz sicher.«

Mitchell hörte, wie *The Rock* den Leuten im Hintergrund etwas wie »Der kommt nicht mehr« zurief. Dann sagte er zu Mitchell: »Also, wenn du dir's anders überlegst, sind hier ein paar Mädels, die dich gerne kennenlernen würden.«

»Ich werd's mir merken«, sagte Mitchell und legte auf.

Ungläubig starrte er das Telefon an. *Wo bin ich da nur hineingeraten?* Geistesabwesend las er den rosafarbenen Nachrichtenzettel, der auf einem Stapel von Papieren neben dem Telefon lag. Darauf stand die Überschrift

»Dringend«, wie auf jeder anderen Nachricht, die Sandra ihm heute hinterlassen hatte.

Der Anruf kam von Cameron Davenport-Brown, und Sandra hatte in Klammern »Mr Davenports Tochter« hinzugefügt. Die Nachricht besagte, dass Cameron auf einen Rückruf wartete, da sie einen Fall zu verhandeln hätte, mit dem sie gerne die Kanzlei ihres Vaters beauftragen würde. Am unteren Rand des Zettels hatte sie eine weitere Bemerkung hinzugefügt.

»Mr Davenport will, dass Sie den Fall übernehmen. (Er und seine Tochter haben ein schwieriges Verhältnis.)«

Ich hoffe, dass sie bis Donnerstag warten kann, dachte Mitchell nur. Dann machte er sich auf die Suche nach einer roten Akte, auf der der Name Parsons stand. Er wollte nicht bis morgen warten, um sie aufzuarbeiten.

10

17. Mai

Mein kleiner Schatz,
zehn Tage sind vergangen, seitdem ich dir zuletzt geschrieben habe. Entschuldige bitte, aber ich bin verwirrt und habe Angst. Seit zehn Nächten weine ich mich nun schon in den Schlaf.

Es sollte alles ganz anders sein. Und ich weiß nicht, was ich tun soll. Ich hoffe, dass du diese Zeilen eines Tages lesen wirst und es verstehst. Ich habe versucht, die richtige Entscheidung zu treffen, wie auch immer sie ausfallen mag.

Vor zehn Tagen hatte ich meine erste Ultraschalluntersuchung. Ein Bild von dir in meinem Bauch! Ich konnte es kaum erwarten. Wie oft musste ich mich morgens übergeben, zur Toilette rennen, mich nach vorne beugen und jedes Gramm Essen wieder ausspeien, während ich dir einen Guten Morgen *wünschte! Aber jetzt würde ich dich endlich zu Gesicht bekommen! Natürlich nicht ganz deutlich, aber zumindest den Umriss deines kleinen Lebens, wie es in mir heranwächst.*

Der Arzt sagte mir, ich soll nicht zu viel erwarten, da wir erst im dritten Monat sind. Ist es zu fassen, dass du schon so lange da bist? Wir konnten deinen kleinen Kopf, deine Ärmchen und Beinchen sehen. Auch wenn der Arzt sagte, dass wir das Geschlecht noch nicht erkennen würden, war ich mir sicher, dass du ein Mädchen bist (wehe wenn nicht!), weil Cameron so gerne ein Mädchen haben wollte. Du warst zu einer kleinen Kugel zusammengerollt, vielleicht konnten wir deine winzigen Finger und Zehen erkennen, die sich gerade ausprägen.

Fast hätte ich erwartet, mehr zu sehen. Süße runde Bäckchen, große blaue Augen und lockige blonde Zöpfchen, die du mit Sicherheit eines Tages haben wirst. Okay, vielleicht bin ich etwas zu ungeduldig. Aber du wirst wunderschön werden – das weiß ich genau. Ich meine, schau dir nur deine Mutter an.

Nicht mich, Dummerchen, ich trage dich nur aus und schütze dich in meinem Körper diese neun Monate lang. Ich bin das, was man eine Leihmutter nennt. Aber Cameron, deine echte Mutter, ist wunderschön! Sowohl ihre Erscheinung als auch ihr Charakter sind überwältigend. Und sie liebt dich von Herzen.

Doch das weißt du alles bereits. Ich habe es dir schon so oft erzählt.

Vor zehn Tagen haben wir schlechte Nachrichten erhalten.

Schon ein paar Minuten nachdem Dr. Avery begonnen hatte, uns zu erklären, was auf dem Ultraschallbild zu sehen ist, spürte ich, dass etwas ganz und gar nicht stimmte. Er hatte diesen ernsten Tonfall angeschlagen, und sein Blick wurde traurig. Ich bekam es so sehr mit der Angst zu tun, dass ich seinen Worten kaum noch folgen konnte.

Was er dann sagte, zerriss mir das Herz.

Er sei sich nicht sicher, erklärte er, aber es bestünde die Möglichkeit, dass du das Downsyndrom hättest. Ich hatte von dieser Krankheit gehört, wusste aber nicht, wie sie sich äußerte. Tränen nahmen mir die Sicht, ich konnte sie nicht zurückhalten; ich hatte mir so sehr gewünscht, dass mir diese eine Sache glücken würde – dass du ein perfektes kleines Kind werden würdest.

Cameron, deine Mutter, war sehr aufgebracht, was ich gut verstehen kann. Erst als sie gegangen war, brachte ich den Mut auf, dem Arzt ein paar Fragen zu stellen.

Es handelt sich um einen genetischen Defekt, erklärte mir Dr. Avery, was bedeutet, dass du ein zusätzliches Chromosom in jeder Zelle hast und das Chromosom 21 immer gleich dreifach vorhanden ist. Er meinte, dass das Ultraschallbild für eine genaue Diagnose nicht ausreichen würde. Ich sollte mir keine Sorgen machen, dass ich diesen Defekt durch irgendetwas vor oder während meiner Schwangerschaft verursacht hätte. Es sei auf keinen Fall meine Schuld, versicherte er mir, als suche er nach einem Schuldigen. Downsyndrom-Kinder würden sich in ihrer körperlichen Erscheinung von »normalen« Babys unterscheiden und hätten oft auch medizinische Probleme. Ich bat ihn, mir eine Liste der möglichen Komplikationen zusammenzustellen, damit ich sie mir merken und mich genauer darüber informieren konnte.

Bevor ich die Praxis verließ, machte Dr. Avery einen Termin für einen Bluttest und eine zweite Ultraschalluntersuchung mit mir aus. Morgen werden wir die Ergebnisse bekommen. Wenn sich dann noch nichts verändert hat, wird er einen weiteren Test anordnen – eine Fruchtwasseruntersuchung, wie in seinen Notizen steht –, um zu entscheiden, ob du wirklich das Downsyndrom hast.

Seit diesem ersten Ultraschall, mein kleiner Schatz, habe ich ein paar Nachforschungen angestellt. Ich habe herausgefunden, dass ein Ultraschallbild nicht aussagekräftig genug ist. Ich will einfach nicht glauben, dass du das Downsyndrom hast, aber selbst wenn das der Fall sein sollte, weiß ich, dass alles gut wird. Ich weiß, dass du einzigartig und bezaubernd und etwas ganz, ganz Besonderes bist. Und du bist eine Kämpfernatur. Aus irgendeinem Grund, auch wenn es keinen Sinn macht, glaube ich, dass du das von mir hast. Schließlich ist es mein Blut, das durch deinen Körper fließt.

Ich habe Geschichten von Müttern gelesen, die Kinder mit Downsyndrom haben. Die Mütter erzählen davon, was für ein Geschenk Gottes ihre Kinder sind – wie lebenslustig und fröhlich ihre geliebten kleinen Engel sind; wie viel man lernen kann, wenn man die Welt durch die unvoreingenommenen Augen eines Kindes mit Downsyndrom betrachtet; davon, wie sie die kleinen Herausforderungen des Alltags meistern.

Du bist vollkommen, mein kleiner Schatz – ob du das Downsyndrom nun hast oder nicht –, denn der eine, der dich geschaffen hat, hat dich vollkommen einzigartig gemacht. Gemeinsam werden wir diesen Ultraschall und alle anderen Tests überstehen. Es lässt sich nicht in Worte fassen, wie sehr ich dich schon jetzt liebe. Ich hätte niemals geglaubt, dass ich irgendjemanden so sehr lieben könnte. Es wird unglaublich schwer sein, dich nach deiner Geburt an deine echte Mutter zu übergeben. Doch ich werde es tun, weil es das Beste für dich ist – sie ist besser in der Lage, ein Kind großzuziehen. Und sie liebt dich von Herzen. (Habe ich dir das nicht oft genug gesagt?) Ich bin erst einundzwanzig Jahre alt, mein Schatz, und in Situationen wie diesen wird mir bewusst, wie weit entfernt ich noch davon bin, die Art von Mutter zu sein, die du brauchst – die Art von Mutter, wie es meine für mich war.

Ich habe Angst und bin erschöpft. Wenn es dir also nichts ausmacht, würde ich heute Nacht gerne etwas Schlaf bekommen. Wäre es möglich, dass du dein übliches Gestrampel und Gezappel ausnahmsweise auf ein Minimum reduzierst?

Ich mache natürlich nur Spaß. Noch kann ich dich nicht wirklich spüren, obwohl mir Dr. Avery erzählte, dass du schon mit sechs bis sieben Wochen angefangen hast, dich zu bewegen. Tatsächlich, hat er mir versichert, schwimmst du wahrscheinlich wie verrückt in meinem Bauch herum. Ich will das nicht bezweifeln. Wenn auch nur etwas von meinem Blut durch deine Adern fließt, wird es dir sehr schwerfallen, ruhig zu sitzen (oder zu schwimmen).

Vergiss niemals, dass ich dich von ganzem Herzen liebe. Und jetzt schlaf ein bisschen, mein Schatz – sonst sind die Gurken mit Eiscreme gestrichen.

* * *

Maryna legte den Stift zur Seite und starrte das Bild mit den Downsyndrom-Babys an, das sie sorgsam vor sich auf den Tisch gelegt hatte. Sie versuchte sich vorzustellen, welche Auswirkungen diese genetische Anomalie auf das geliebte kleine Mädchen haben würde, das in ihrem Bauch heranwuchs. Tränen tropften auf das Bild herab. Sie klappte ihr Tagebuch zu und blinzelte die nächsten sich anbahnenden Tränen zurück, fest entschlossen, tapfer zu sein. Sie wollte stark sein für ihr Kind, so wie ihre

Mutter es für sie gewesen war. Sollte die Ultraschalluntersuchung Dr. Averys erste Diagnose bestätigen, würde sie den Kontakt zu einigen Müttern von Kindern mit Downsyndrom suchen, die in der Gegend wohnten, und von ihnen lernen. Sie würde einen Weg finden, mit der Situation zurechtzukommen.

Sie hatte es nicht über sich gebracht, Camerons Reaktion auf die Ultraschalluntersuchung in ihrem Tagebuch festzuhalten. Vor diesem Tag war Cameron immer sehr freundlich zu Maryna gewesen. Doch Nathans Tod und die Nachricht, dass ihr Kind womöglich das Downsyndrom hatte, waren mehr, als Cameron ertragen konnte.

Nun sprach sie nur noch davon, die Schwangerschaft abzubrechen und es mit einem der anderen Embryos zu versuchen. Es sei nicht fair, behauptete Cameron immer wieder, »es« unter diesen Umständen auszutragen. Sie erklärte Maryna, dass sie als alleinerziehende Mutter nicht die Zeit und Zuwendung aufbringen konnte, die ein Kind mit »besonderem Förderungsbedarf« brauchte. Es sei für alle Beteiligten das Beste, noch einmal von vorne anzufangen.

Maryna respektierte Cameron, fürchtete sich sogar ein wenig vor ihr. Und Cameron schien so überzeugt davon, das Richtige zu tun. Doch für Maryna war eine Abtreibung undenkbar. Das Baby war nicht länger ein »es«. Maryna hatte die Ultraschallbilder mit eigenen Augen gesehen. Sollte die Diagnose durch den zweiten Ultraschall und die Fruchtwasseruntersuchung bestätigt werden, würde sie all ihren Mut zusammennehmen, um sich Cameron zu stellen und für das Leben des Kindes zu kämpfen, egal, was im Leihmuttervertrag festgelegt war. Maryna wusste, dass sich ihre eigene Mutter genauso verhalten hätte – dass sie es tatsächlich getan hatte, als sie ihr Leben für Maryna opferte.

Die Gedanken an ihre Mutter ließen Maryna ihre Einsamkeit spüren und riefen in ihr das Gefühl hervor, den Herausforderungen, denen sie sich nun stellen musste, nicht gewachsen zu sein. Sie fürchtete die Konfrontation mit Cameron und fragte sich, wie eine so wundervolle Sache so furchtbar enden konnte. Geistesabwesend strich sie sich über ihren Bauch, merkte, was sie da gerade tat, und lächelte sanft. Sofort schämte sie sich für das schlechte Gewissen, dass diese Schwangerschaft begleitete.

Es war wunderschön, dieses Wunder des Lebens. Einen Moment lang dachte sie nur an das hilflose kleine Wesen in ihrem Bauch, das voll und ganz von ihrem Schutz abhängig war. Der Gedanke ließ sie staunen.

Sie verließ den kleinen Küchentisch, durchquerte ihre winzige Wohnung und machte vor der Kommode halt, wo ihr Blick auf eine kleine, aus Holz gefertigte Buddhafigur im Lotussitz fiel. Sie betrachtete die fein geschnittenen Züge des Buddhas, dessen gelassener, verständnisvoller Blick ihr Kraft schenkte. Die Figur strahlte eine ruhige Entschlossenheit aus, in dessen Angesicht Marynas Probleme zu schwinden schienen.

Wie von selbst begann sie die Worte ihrer *metta* zu rezitieren, wie sie es schon so oft getan hatte. Die Worte, die sonst automatisch abgespult wurden, bekamen durch das neue Leben, das in ihr heranwuchs, eine ganz neue Bedeutung. Dieses Kind abzutreiben, würde bedeuten, ihrem Glauben abzuschwören, ihrem lebenslangen Streben nach alles umfassendem Mitgefühl und Liebe gegenüber allen Lebewesen.

»Alle Lebewesen, ob schwach oder stark - ohne Ausnahme -, in den hohen, niedrigen oder mittleren Ebenen des Seins, ob klein oder groß, sichtbar oder unsichtbar, nah oder fern, lebend oder noch nicht geboren« - bei diesen kaum hörbaren Worten hielt sie inne, nahm sich Zeit und dachte an das kleine Lebewesen in ihrem Bauch. Nach einer kurzen Pause fuhr sie immer noch leise, aber nun mit mehr Nachdruck fort. »Mögen alle Lebewesen glücklich und gelassen sein! Niemand soll einen anderen betrügen oder für das hassen, was er ist; niemand soll aufgrund von Ärger oder Bosheit einem anderen Schlechtes wünschen! So wie eine Mutter ihr Kind behütet und beschützt, ihr einziges Kind, so soll ein jeder mit offenem Geiste alle Lebewesen wertschätzen ...«

Marynas Stimme verstummte. Als sie darüber nachdachte, was sie nun zu tun hatte, wurde sie von ihrer Erschöpfung übermannt. Die Worte ihres Gebets waren wunderschön und überzeugend, doch verlangten sie auch nach einer äußerst schwierigen Maßnahme. Sie musste sich Cameron stellen, und dabei würde der kleine, leblose Holzbuddha ihr kaum Unterstützung bieten können.

»Schlaf jetzt, mein kleiner Schatz«, flüsterte sie dem Kind in ihrem Bauch zu. Sie drehte sich um und ging wieder an dem kleinen Küchentisch vorbei, schnurstracks auf ihr Schlafzimmer zu, um sich bettfertig zu machen. »Morgen steht dir ein großer Tag bevor, und deine Mutter könnte heute Nacht wirklich etwas Schlaf gebrauchen.«

Sie war so müde, so erschöpft von der Arbeit und der Last ihrer Sorgen, dass sie nicht einmal am Kühlschrank haltmachte, um sich ein Eis zu holen.

11

Dienstag, 18. Mai

Die Parsons-Akte war ein einziges Durcheinander. Mitchell hatte am Abend zuvor fast eine Stunde gebraucht, um alle Unterlagen zusammenzutragen. Erst jetzt, nach zwei Stunden frühmorgendlicher Arbeit unter dem strengen Blick von Stonewall Jackson, dessen Bild noch immer an der Sockelleiste zu Mitchells Füßen lehnte, hatte er das Puzzle endlich zusammengefügt.

Melinda Parsons war eine achtundfünfzigjährige Dame, die in einem Schnellimbiss arbeitete und vor drei Jahren in einen schweren Autounfall verwickelt gewesen war. Sie behauptete, mit ihrem Fahrzeug bei Grün eine Kreuzung überquert zu haben, als ein Sattelschlepper in ihre Beifahrerseite krachte. Der Lastwagenfahrer behauptete hingegen, sich vergewissert zu haben, dass Ms Parsons noch weit genug entfernt war, bevor er in die Kreuzung fuhr. Seiner Aussage zufolge musste Melinda viel zu schnell unterwegs gewesen sein, ansonsten hätte er problemlos abbiegen können.

Dieser einfache Fall hätte einen denkbar geeigneten ersten Prozess für Mitchell abgegeben, wäre die Prozessvorbereitung nicht so bedauernswert schlampig durchgeführt worden. *The Rock* hatte weder den Polizisten vorgeladen, der den Unfall aufgenommen hatte, noch irgendwelche Zeugen aufgetrieben. Er war auch nicht mit dem Orthopäden in Kontakt getreten, der Melinda operiert und zwei ihrer Wirbel zusammengeschweißt hatte. Die Patientenakte, die Krankenhausrechnungen und die Auflistung der Lohneinbußen waren kreuz und quer in den Ordner gestopft worden. Die Klientin war nicht einmal in die Kanzlei eingeladen worden, damit man gemeinsam ihre Aussage vor Gericht durchgehen konnte.

Um neun Uhr hatte Mitchell eine Liste all dessen zusammengestellt, was noch am selben Tag erledigt werden musste – und keinen Tag später –, um auf die Gerichtsverhandlung am nächsten Tag vorbereitet zu sein. Wenn er all seine Termine absagte, blieb ihm vielleicht noch genug Zeit. Er war fest entschlossen, bei seinem ersten Fall nicht dumm dazustehen.

Fünf Minuten später wurde seine Konzentration unterbrochen, als Sandra mit einem fröhlichen Summen zur Tür hereinschneite und ihren Arbeitstag begann. Mitchell konnte hören, wie sie ihren Platz am Empfang einnahm, den Anrufbeantworter abhörte und ihren Computer hochfuhr.

Dann kam sie in Mitchells Büro. »Wollen Sie einen Bagel oder eine Tasse Kaffee?«, fragte sie ihn.

»Nein, vielen Dank. Sandra, bitte stellen Sie heute keine Anrufe zu mir durch, und sagen Sie auch alle meine Termine ab. Ich muss noch den Fall Parsons vorbereiten, bevor wir damit morgen vor Gericht gehen.« Mitchell lächelte und wandte sich dann wieder den Unterlagen auf seinem Schreibtisch zu, in der Hoffnung, Sandra würde den Wink mit dem Zaunpfahl verstehen.

Das tat sie nicht. Nach ein paar Sekunden des Schweigens, in denen sie nervös zappelnd im Türrahmen stehen blieb, blickte Mitchell wieder auf und legte seinen Stift beiseite.

»Was gibt es?«, fragte er seufzend. »Spucken Sie's aus, ich beiße nicht.«

Sandra trat von einem Fuß auf den anderen, dann zog sie die Schultern hoch, warf einen Blick auf ihre Uhr und atmete tief durch.

»Mr Davenport hat gestern Abend eine Nachricht auf dem Anrufbeantworter hinterlassen. Erinnern Sie sich noch an den großen Fall, in den seine Tochter verwickelt ist?« Sandras Blick schnellte kurz zu Mitchell hoch, bevor sie die Augen rasch wieder zu Boden senkte. »Nun, es steht ein wichtiges Meeting mit den Anwälten der gegnerischen Partei an, Kilgore & Strobel, gleich um zehn Uhr. Anscheinend stellen wir nur die Terminsvertretung. Hauptanwältin ist irgend so eine Dame vom National Right to Choose Committee, dieser Pro-Abtreibungs-Organisation. Aber Mr Davenport hat darauf bestanden, dass Sie bei dem Treffen dabei sind.«

Sandra zögerte angespannt, als würde sie eine Explosion erwarten.

»Wo findet das Treffen statt?«, fragte Mitchell ruhig.

»In der Innenstadt von Norfolk. Im Hauptkonferenzraum von Kilgore & Strobel«, antwortete sie schnell.

»Warum kann Mr Davenport nicht hingehen?«

»Er hat heute Morgen einen Gerichtstermin.« Sandras Tonfall ging bei dem letzten Wort hoch und machte aus der Antwort eine Frage.

»An welchem Gericht? Um wie viel Uhr?«

Betreten blickte Sandra zu Boden. »Ich weiß nicht genau.«

Sie war eine schlechte Lügnerin. Mitchell starrte sie an, während sie nervös im Türrahmen stand und rot wurde. Die Frau tat ihm leid, sie war so loyal ihrem Chef gegenüber, bereit, ihn mit einer Lüge zu decken.

»Bitte geben Sie mir seine Nummer von zu Hause«, sagte er ruhig.

Sandra rührte sich nicht. Sie sah nicht auf. Das einzige Geräusch, das man in diesem Moment im Raum hören konnte, war der Verkehrslärm, der von außen zu ihnen drang.

»Sofort!«, schnappte Mitchell. »Oder besser noch: Holen Sie ihn mir direkt ans Telefon.«

Sandra fuhr angesichts seines Ausbruchs erschrocken zusammen und hastete davon, um ihren anderen Chef aus dem Land der Träume zu holen.

* * *

»Was is?«, fragte eine verschlafene Stimme am anderen Ende des Telefons.

»Ich dachte, Sie hätten heute einen Gerichtstermin«, sagte Mitchell kalt.

»Wie? Ja, das stimmt. Was zum ... Wie viel Uhr ist es überhaupt?«

»Billy, hier spricht Mitchell Taylor. Es ist zehn nach neun. In vierundzwanzig Stunden müssen wir vor dem Bundesgericht einen Fall verhandeln, den wir nicht mal ansatzweise vorbereitet haben, und Sie machen für heute auch noch einen Termin für mich aus, um einen neuen Fall zu besprechen, von dem ich vorher noch nie was gehört habe und ...« Obwohl er sich bemühte, die Fassung zu wahren, wurde Mitchells Stimme mit jedem frustrierten Wort lauter.

»Is ja gut, is ja gut«, fiel *The Rock* ihm ins Wort. »Hör mal, es tut mir leid. Ich wollte dich gestern Abend anrufen, aber ich habe einfach ...« *The Rock* verstummte.

»Schon in Ordnung. Aber Sie müssen verstehen, dass ich heute einfach keine Zeit habe, zu dem Meeting mit Kilgore & Strobel zu gehen, um den Fall Ihrer Tochter zu besprechen. Ich habe keine Ahnung, worum es dabei überhaupt geht, und ich ...«

»Mitchell, Mitchell, hör mir zu, mein Junge. Du musst überhaupt nichts machen. Wir stellen nur die Terminsvertretung. Geh einfach zu dem Meeting und hör zu, was gesagt wird, und wenn du schon mal da bist, versuch mit Mack Strobel zu sprechen, er vertritt die gegnerische Partei im Fall Parsons, musst du wissen.«

Während der alte Mann weiter ausschweifte, hielt sich Mitchell nur kopfschüttelnd den Hörer ans Ohr, während sein Nacken sich immer weiter verspannte.

»... sprich Mack auf den Vergleich im Fall Parsons an«, fuhr Billy fort. »Er hat uns hunderttausend Dollar angeboten, aber das ist nur die Summe, die die Versicherung zahlt. Deren Haftungsgrenze liegt bei hunderttausend, alle Kosten darüber hinaus muss die Spedition im Rahmen ihrer Eigenversicherung selbst tragen. Ich meine, wir reden hier verdammt noch mal von einer gebrochenen Wirbelsäule. Die Spedition muss auch zur Kasse gebeten werden. Wie auch immer, ich muss los. Kannst du mich noch mal zu Sandra durchstellen?«

»Billy, wenn dieser Fall abgewickelt ist, müssen wir unbedingt reden. Jetzt bleibt keine Zeit dafür, aber so kann es nicht weitergehen.«

»Ja, hast recht«, stöhnte Billy. »Lass uns Freitag gemeinsam Mittag essen gehen oder nächste Woche oder irgendwann anders. Stellst du mich jetzt bitte zu Sandra durch?«

Mitchell stieß entnervt mit seinem Zeigefinger auf die Transfertaste am Telefon, wählte dann Sandras Durchwahl und hörte, wie sich ihre Mailbox einschaltete. Ohne ein weiteres Wort stellte er seinen Mentor ins Niemandsland durch.

»Und für so was habe ich Jura studiert«, murmelte Mitchell.

12

Die Kanzlei von Kilgore & Strobel lag im Herzen von Norfolks Finanzviertel, angesiedelt in den obersten drei Etagen eines Bankhochhauses, das sich One Commercial Place nannte. Von ihrem luftigen Sitz aus genossen die Anwälte der Firma einen eindrucksvollen Blick über den Elizabeth River und den Marinehafen, der das industrielle Zentrum der regionalen Wirtschaft darstellte. Nirgendwo sonst in Norfolk bot sich eine solch atemberaubende Aussicht wie im beeindruckend dekorierten Konferenzraum A mit seinen Glaswänden, durch die man bis zum Horizont hinter dem Elizabeth River sehen konnte.

Mit fast fünfzehn Minuten Verspätung trat Mitchell Taylor, ohne zu klopfen, in den Konferenzraum ein. Der Verkehr auf der Autobahn war die Hölle gewesen. Als er endlich in der Innenstadt angekommen war, hatte er auf der Suche nach einem Parkplatz fast alle Seitenstraßen in der näheren Umgebung der Kanzlei abgefahren. Schließlich nahm er mit einem Stellplatz an einer Parkuhr vorlieb, an der nach Ablauf einer Stunde abgeschleppt wurde. Mitchell wusste, dass das Meeting länger dauern würde, dann würde er schon sehen, ob die Politessen pünktlich waren.

Als er hereinplatzte, wurde die Verhandlung kurz unterbrochen, damit sich alle vorstellen konnten. Ein hervorragend gekleideter Winsted Mackenzie schüttelte Mitchell die Hand und präsentierte dabei ein strahlend falsches Lächeln, während er Mitchell aufforderte, sich einen Kaffee oder Saft vom Getränkebüfett zu nehmen, das am Ende des Raumes auf einem Sideboard aufgebaut war.

Ein dünner, nachdenklich aussehender Mann mit scharfkantigen Gesichtszügen stellte sich ihm als Blaine Richards vor, ohne sich die Mühe zu machen, dabei aufzustehen. Er schwang nur in seinem Sessel herum und reichte Mitchell desinteressiert die Hand.

Die anderen beiden Teilnehmer des Treffens waren zwei Frauen, die auf der gegenüberliegenden Seite des Tisches saßen. Mitchell wusste, dass er zu ihrem Team gehörte, also ging er um den Tisch herum und gesellte sich zu ihnen. Er versuchte zu erraten, welche der beiden die Tochter von *The Rock* war, doch konnte er weder bei der einen noch der anderen optische Ähnlichkeiten feststellen. Die kleinere der beiden war eine dickliche Frau mittleren Alters mit kurzem, stufig geschnittenem dunklem Haar, hängenden Schultern und einem ovalen Gesicht, das Misstrauen ausstrahlte. Sie trug einen grauen Nadelstreifenanzug, der beeindrucken sollte, und schnellte energisch hoch, um Mitchell die Hand zu schütteln. »Nora Gunther«, stellte sie sich vor, »vom National Right to Choose Committee.«

»Angenehm.«

Nora erwiderte nichts.

»Tut mir leid, dass ich mich verspätet habe, der Verkehr war die Hölle.«

»Ja, das tut mir auch leid«, erwiderte Nora kalt.

Die zweite Frau war jünger und größer, fast so groß wie Mitchell und hatte ihr langes blondes Haar zurückgeflochten. Aus ihrem hübschen Gesicht stachen besonders die tief liegenden grünen Augen hervor. Sie war keine klassische Schönheit - ihren Zügen fehlte es an Sanftheit -, doch sie besaß eine Attraktivität, die auf Stärke beruhte; das gute Aussehen des jungenhaften Mädchens von nebenan, das auch mit fortschreitendem Alter nichts von seinem Charme eingebüßt hatte. Sie schenkte ihm ein warmes Lächeln und schien wegen Noras Distanziertheit etwas verlegen zu sein. Ihre leuchtend grünen Augen schlugen Mitchell in den Bann.

»Ich bin Cameron Davenport-Brown«, erklärte sie schlicht. »Schön, dass Sie da sind.«

»Vielen Dank. Entschuldigen Sie die Unterbrechung.« Mitchell nahm neben Cameron Platz. Er hatte Durst, bemerkte aber, dass keiner der Anwesenden sich am Getränkebüfett bedient hatte. Es schien nicht diese Art von Meeting zu sein.

»Kein Problem«, sagte Win. »Sie haben nicht viel verpasst. Ms Gunther erklärte uns gerade, warum sie bezweifelt, dass die Vereinbarung zwischen Dr. Brown, Cameron und GenTech rechtsgültig ist.«

Win warf Nora ein herablassendes Lächeln zu, das sie zum Anlass nahm, ihre juristischen Ausführungen wieder aufzunehmen. Mit aufgestellten Ellenbogen lehnte sie sich vor und fixierte Win.

»Seit Nathan und Cameron diesen Vertrag unterzeichnet haben, hat sich die Situation komplett verändert. Als er sein Testament abänderte, konnte Nathan das nicht ahnen, aber es sieht so aus, als habe der Embryo, der von der Leihmutter ausgetragen wird, das Downsyndrom. Unter diesen Umständen ist dieser sogenannte Vertrag wie auch das Testament von

Dr. Brown im Grunde nichts mehr wert. Wenn Sie die übrigen Embryos zerstören, zerstören Sie gleichzeitig Camerons Hoffnung, jemals ein gesundes Kind zu bekommen. In Anbetracht dieser Tatsache wird kein Gericht dieser Welt diesen fadenscheinigen Vertrag anerkennen.«

Nora schob Win Mackenzie einen dicken Schriftsatz über den Tisch zu, anscheinend um ihn zurückzugeben. Ohne auch nur einen Blick darauf zu werfen, schob Win ihn zu Mitchell hinüber.

»Dies ist der Vertrag, den Ihre Mandantin unterzeichnet hat, als sie gemeinsam mit ihrem Mann die GenTech-Kinderwunschklinik aufsuchte, um schwanger zu werden«, erklärte Win. »In Paragraf drei, Absatz zwei ist festgelegt, wie mit den eingefrorenen Embryos zu verfahren ist. Wie Sie dort nachlesen können, ist bestimmt worden, dass für den Fall, dass sich Dr. Brown und Ihre Klientin uneinig sind, die Embryos GenTech für Forschungszwecke zur Verfügung gestellt werden sollen.«

Mitchell nahm das umfangreiche Dokument zur Hand und fing an, es zu überfliegen. Während er damit beschäftigt war, zog Win ein weiteres Dokument aus dem Stapel vor ihm und schob auch dieses Mitchell zu.

»Dies ist das Testament von Dr. Brown ...«, setzte er an.

»Geben Sie sich keine Mühe«, schnappte Nora. Sie griff sich das Schriftstück und schob es wieder Mackenzie zu. »Wir alle wissen, was drinsteht ...«

Tun wir das?, dachte Mitchell.

»... aber das spielt keine Rolle. Außerdem, Mr Mackenzie, brauchen Sie Ihre Bemerkungen nicht an Mr Taylor zu richten, er ist nur der Terminsvertreter. Ich habe hier das Sagen.«

Vielen Dank für das Vertrauen. Warum verschwinde ich nicht einfach und arbeite weiter an dem Fall Parsons?

Nora hatte den Mund zu einer dünnen harten Linie verzogen. Mit einem herablassenden Grinsen hielt Win ihrem eisigen Blick stand.

Als sie endlich weitersprach, stieß sie den Männern auf der anderen Seite des Tisches ihre steif abgehackten Worte wie Torpedos entgegen.

»Mr Mackenzie und Dr. Richards, Sie sind beide intelligente und findige Männer. Und Sie wissen beide genau, dass der Oberste Gerichtshof der Vereinigten Staaten von Amerika seit nun mehr als dreißig Jahren das Recht der Frau anerkennt, zu entscheiden, ob sie ein Kind austragen will oder nicht. Deswegen sind wir überzeugt, dass unter diesen Umständen – da Cameron kein anderer Ausweg bleibt, ein gesundes Kind zu bekommen – das Verbot des Klonens zu Reproduktionszwecken als verfassungswidrig erklärt wird. So hätte Cameron das verfassungsmäßige Recht, die geklonten Embryos einer anderen Leihmutter einpflanzen zu lassen. Und Sie, Mr Mackenzie, sollten sich schämen, dass Sie auch nur in Erwägung ziehen, meiner Mandantin dieses verfassungsmäßige Recht durch Ihren lächerlichen Vertrag vorenthalten zu können. Besonders wenn man bedenkt, wie Ihr Klient meine Mandantin in einem der verletzlichsten Momente ihres Lebens irgendwie dazu überredet hat, dieses unverantwortliche Dokument zu unterschreiben ...«

»Einen Moment mal! Jetzt hören Sie gut zu.« Blaine Richards war von seinem Platz aufgesprungen und richtete empört den Finger auf Nora. »Wenn Sie hier auch nur für einen Moment andeuten wollen, wir hätten sie genötigt oder ungebührlich beeinflusst ...«

»Ich war noch nicht fertig«, sagte Nora streng. »Lassen Sie mich ausreden.«

»Lassen Sie *mich* ausreden«, fuhr Blaine sie an.

Sofort legte Win Mackenzie seinem Klienten eine Hand auf den Arm, um ihn zu beruhigen. »Lass uns anhören, was sie zu sagen hat«, riet er, ohne die Augen von Nora abzuwenden. Das Grinsen auf seinen Lippen war verschwunden. Einige Sekunden sah Dr. Richards seinen Anwalt mit einem Blick wütender Zurechtweisung an, bevor er sich wieder setzte. Mit mahlenden Kiefern starrte er an Nora vorbei zum Fenster hinaus.

»Vielen Dank«, sagte Nora zu Mackenzie. Dann wandte sie ihren stechenden Blick wieder Blaine Richards zu.

»Wenn Sie sich uns in den Weg stellen, werde ich Sie und Ihre Klinik in den nationalen Medien bloßstellen. Ich werde der ganzen Welt verkünden, dass es Ihnen egal ist, ob eine Frau wie Cameron nur eine einzige Chance hat, Mutter zu werden. Jeder Frau, die verzweifelt versucht, schwanger zu werden, werde ich erzählen, dass Ihrer Klinik der allmächtige Dollar wichtiger ist – die Möglichkeit, diese Stammzelllinien zu Forschungszwecken auszunutzen –, als dafür zu sorgen, dass sie gesunde Babys zur Welt bringen dürfen. Sie werden der meistverachtete Mann Amerikas sein, Dr. Richards, die Verkörperung unternehmerischer Profitgier.«

Dr. Richards riss seinen Blick vom Fenster los und lehnte sich mit funkelnden Augen zu Nora vor. »Wollen Sie mir etwa drohen?«

Wieder legte Mackenzie seinem Klienten die Hand auf den Arm. »Das ist nicht der richtige Zeitpunkt, Blaine. Vergiss es einfach.«

Nora schnaubte verächtlich. »Fassen Sie es auf, wie Sie wollen, Dr. Richards. Ich würde es lieber als Versprechen betrachten. Denn *drohen* impliziert, dass ich es vielleicht nicht wahrmachen kann.«

Blaine schluckte schwer. Neben seinem spitzen Haaransatz begann eine Ader sichtbar zu pochen. Er starrte die überhebliche Frau weiter wortlos an.

Win Mackenzie hingegen war während des gesamten Wortwechsels der Inbegriff der Gelassenheit geblieben; langsam kehrte auch das böse Grinsen auf sein Gesicht zurück. Das schien Nora Gunther noch mehr zu verärgern, als wenn seine Reaktion genauso aggressiv wie die seines Mandanten gewesen wäre. Sein gesamtes Auftreten schien zu sagen, dass ihre Mätzchen ihn langweilten, dass ein Mann seines Ansehens sich nicht mit ihrem kindischen Blödsinn abgeben konnte.

»Ich weiß, dass es sich hier um ein sehr emotionales Thema für Sie und Cameron handelt ...«, setzte Win an.

»*Warum*? Weil wir Frauen sind? Weil wir nicht damit umgehen können, wie Ihr *vernünftigen* Männer es tut?«

»Nein. Nicht weil Sie Frauen sind, sondern weil dies emotionale Themen sind: das Recht, Kinder zu bekommen, und ein drohender Geburtsfehler.« Win sprach nun langsam und mit herablassendem Tonfall, so als wolle er eine jugendliche Tochter belehren. »Doch Dr. Richards und ich können uns leider den Luxus einer auf Gefühlen basierenden Reaktion nicht leisten. Wir haben gegenüber Dr. Brown, Camerons verstorbenem Mann, die treuhänderische Pflicht, seinen Letzten Willen zu ehren, indem wir den ursprünglichen Vertragsbestimmungen nachkommen. Wäre die Situation umgekehrt, und Dr. Brown würde gegen den Willen von Cameron die Embryos einpflanzen lassen wollen, so würden wir mit dem gleichen Argument Camerons Wünsche verteidigen.«

»Die GenTech-Klinik wäre nichts wert, wenn sich unsere Patienten nicht mehr darauf verlassen könnten, dass wir auch bei solch extrem emotionalen Themen wichtigen vertraglichen Verpflichtungen nachkommen.

So leid es mir tut, Ms Gunther und Mrs Davenport-Brown, aber wir bleiben bei unserem Standpunkt.«

»Genau wie wir«, feuerte Nora zurück und knallte ein weiteres dickes Dokument auf den Tisch. »Ich gebe Ihnen vierundzwanzig Stunden, um Ihre Ansichten zu überdenken. Nach Ablauf dieser Frist habe ich unseren Unterbevollmächtigten angewiesen, Klage einzureichen. Wir werden eine einstweilige Verfügung wie auch eine Unterlassungsanordnung beantragen, um das Verbot aufzuheben, geklonte Embryos zu Fortpflanzungszwecken einzupflanzen. Die Klage umfasst außerdem die Forderung einer richterlichen Verfügung, die es Ihnen verbietet, die Embryos in der Zwischenzeit zu vernichten, und einen Strafschadensersatz, den Sie uns gegenüber zu leisten haben.«

Mitchell hörte Nora nun aufmerksam zu, da er davon ausging, dass er der Unterbevollmächtigte war, von dem sie gesprochen hatte. Er richtete sich in seinem Stuhl auf und machte ein grimmiges Gesicht.

»Tun Sie, was Sie nicht lassen können«, erwiderte Win genauso gelassen wie zuvor. »Wir ändern unseren Standpunkt nicht.«

Nora stand auf und packte ihre Unterlagen in ihre Tasche, wobei sie die Klageschrift unheilverheißend auf dem Tisch liegen ließ. Dann verließ sie den Raum, gefolgt von Cameron und Mitchell. Auf dem Weg nach draußen schnappte sich Mitchell eine Flasche Orangensaft vom Getränkebüfett, mit der er schon das ganze Meeting über geliebäugelt hatte.

»Danke für den Saft«, sagte er mit einem selbstgefälligen Grinsen und marschierte den beiden Frauen hinterher.

* * *

Bevor er die Lobby von Kilgore & Strobel verließ, erhielt Mitchell noch Anweisungen, wie er in Camerons Fall zu verfahren habe. Sollte Nora sich nicht bis zum Mittag des darauffolgenden Tages bei ihm gemeldet haben, würde er die Klageschrift einreichen, die sie ihm gegeben hatte, und so schnell wie möglich eine Anhörung bezüglich des Antrags auf eine einstweilige Verfügung beantragen.

»In spätestens einer Woche muss die Anhörung stattfinden«, forderte Nora. »Und sorgen Sie dafür, dass Sie an dem Termin verfügbar sind. Ich arbeite in unserer Niederlassung in Washington, daher bin ich nicht für das Gericht von Virginia zugelassen. Deswegen muss ein Terminsvertreter mit anwesend sein.«

»Mitchell, wir hätten lieber Sie als meinen Vater mit dieser Aufgabe betraut«, fügte Cameron hinzu. Ihr Gesicht wurde rot. »Nichts gegen meinen Vater, aber ich bin mir nicht sicher, ob er noch in Bestform ist. Ich habe mich trotzdem an ihn gewandt, weil ich gehört habe, dass er einen neuen Mitarbeiter engagiert hat. Ich dachte mir, dass es gute Publicity für ihn wäre, wenn seine Kanzlei zumindest die Terminsvertretung in diesem Fall übernimmt, der mit Sicherheit viel öffentliches Interesse wecken wird. Sie wissen schon, der Kanzlei wieder auf die Beine helfen.«

»Ich verstehe«, sagte Mitchell. »Wir wissen die Geste zu schätzen. Ich werde mich persönlich um den Fall kümmern.«

Nachdem Nora ihm ein paar weitere überflüssige Anweisungen zur genauen Klageeinreichung erteilt hatte, verabschiedeten sich die Frauen, sehr zu Mitchells Erleichterung.

Er fragte die Dame an der Rezeption, ob Mack Strobel wohl ein paar Minuten Zeit für ihn hätte. Sie rief Strobels Sekretärin an und bat Mitchell, in der Lobby Platz zu nehmen.

Fünf Minuten später tauchte ein großer, bedrohlich aussehender Mann mit gebräunter Glatze und schwarzem Ziegenbart im Empfangsbereich auf. Er war fast zehn Zentimeter größer als Mitchell, hatte breite Schultern und einen selbstbewussten Gang. Mit dröhnend tiefer Stimme begrüßte er ihn und schüttelte dabei seine Hand.

»Mr Taylor, nehme ich an? Was verschafft uns die Ehre?«

»Der Fall Parsons«, erwiderte Mitchell. Beide Männer standen. Strobel war offensichtlich nicht annähernd so gastfreundlich wie sein Partner. »Wir würden einem Vergleich zustimmen, aber die Spedition muss zahlen. Mit 150 000 würden wir uns zufriedengeben.«

Mr Strobel verschränkte die Arme. »Das wusste ich bereits. Ich hoffe, Davenport hat Sie nicht nur hergeschickt, um seine erste Forderung zu wiederholen.«

»Wir haben hier Arztrechnungen im Wert von über vierundzwanzigtausend Dollar«, sagte Mitchell und zog einen säuberlich sortierten Stapel Rechnungen aus seiner Aktentasche. Strobel machte keine Anstalten, sie entgegenzunehmen. »Und Melindas Orthopäde bescheinigt ihr eine Behinderung von 20 Prozent. Das macht siebenunddreißigtausend für Sonderausgaben plus eine Klage wegen Teilinvalidität. Sie ist eine wirklich sympathische Person, die Jury wird sie lieben. Da sind 150 000 ein echtes Schnäppchen.«

Der andere Anwalt warf den Kopf zurück und lachte lauthals los. »Sie haben aber auch ein paar ernst zu nehmende Probleme.« Seine Arroganz ließ Mitchell den Kiefer trotzig anspannen.

»Welche denn?«

»Na zum Beispiel, dass Aussage gegen Aussage steht, was die Geschwindigkeitsüberschreitung angeht, und dass die Glaubwürdigkeit Ihrer Mandantin sehr unter der damaligen Verurteilung wegen Ladendiebstahls leiden wird.«

Mr Strobel hielt inne, während Mitchell diese Nachricht mit stoischer Miene verdaute. Er gab sich Mühe, seine Überraschung zu verbergen. *Warum hatte* The Rock *ihm nichts davon gesagt? Wusste er überhaupt davon? Wie viele andere böse Überraschungen lauerten in dieser Akte?*

»Oder dass ich die Notwendigkeit der medizinischen Behandlungen infrage stellen werde, insbesondere die Physiotherapie, und Sie haben es versäumt, ihre Physiotherapeutin vorzuladen. Oder dass ich den Grad der Behinderung durch einen renommierten Orthopäden neu bewerten lassen werde, den Sie nicht einmal als Zeugen in Betracht gezogen haben. Oder dass ich die Einschätzung Ihrer Mandantin, was ihren Verdienstausfall betrifft, entkräften werde, da sie den Betrag nicht als Kapitalwert angegeben hat, und Sie keinen Rechnungsprüfer auf ihrer Zeugenliste haben, der diesen ermitteln könnte.«

Mr Strobel legte eine weitere Pause ein und rieb sich das Kinn, während er Mitchells ausdrucksloses Gesicht betrachtete. »Sie verstehen, worauf ich hinauswill.«

»Ja, das tue ich. Aber Sie verstehen nicht, worum es hier wirklich geht. Ihr Mandant hat eine rote Ampel überfahren. Meine Klientin wurde schwer verletzt. Das steht außer Frage. Betrachtet man nun noch die Tatsache, dass Sie hier eine große Spedition vertreten, würde ich es jederzeit darauf ankommen lassen. Und dieser ganze andere Kram«, sagte Mitchell mit einer abweisenden Handbewegung, »das sind doch nur alles irrelevante Details, für die sich nur Anwälte interessieren. Aber nicht die Geschworenen.«

Ein dünnes Lächeln stahl sich auf Mr Strobels Lippen. Er nickte einen Moment lang mit dem Kopf, lehnte sich vor und senkte die Stimme, als wolle er Mitchell ein großes Geheimnis verraten. »Mr Taylor, meiner dreißigjährigen Erfahrung vor Gericht zufolge werden Verfahren aufgrund von Sachverhalten gewonnen oder verloren, die Sie hier so unbekümmert als belanglose Details abtun. Gute Fälle werden genau wie imposante Gebäude Stein auf Stein aufgebaut. Wir Anwälte sind Maurer, Mr Taylor, nicht mehr und nicht weniger. Und um ehrlich zu sein, haben Sie nicht genug Steine, um morgen überhaupt irgendetwas bauen zu können.«

Damit wandte sich der Anwalt selbstzufrieden und ohne ein weiteres Wort ab.

Als er davonging, rief ihm Mitchell hinterher: »Das ist also Ihr letztes Wort? Sie zahlen nicht mehr als hunderttausend?«

Mr Strobel blieb stehen und wandte sich Mitchell zu. »Das ist ein großzügiges Angebot, Mr Taylor. Sie sollten es annehmen und sich aus dem Staub machen. Und richten Sie Billy aus, wenn er die hunderttausend annimmt, geb ich ihm obendrein noch einen aus.«

Mr Strobel lachte, drehte sich wieder um und verschwand den Gang hinunter.

13

18. Mai

Liebste Dara,
endlich traue ich mich, dich mit Namen anzusprechen! Wie gefällt er dir? Dara. Dara. Dara. Ich finde ihn wunderschön. Es war der Name meiner Mutter.

Seit dem Tag, an dem ich erfuhr, dass ich schwanger bin, wollte ich dich so nennen. Bis heute habe ich geglaubt, dass mir das Unglück bringen würde (und dir). Aber als Dr. Avery heute Morgen die Ultra-

schalluntersuchung gemacht hat, konnte er bestätigen, was ich schon lange weiß.

»Ich glaube, es ist ein Mädchen«, sagte er. Mein Herz machte einen Freudensprung. Ich weiß nicht, ob du es spüren konntest. Mir schien es bis in den Hals zu schlagen, so schnell und kräftig spürte ich es.

»Ihr Name ist Dara«, hätte ich Dr. Avery am liebsten erzählt. »Ich möchte sie nach meiner Mutter benennen.«

Doch ich sagte nichts. Deine Mutter war kurz da, bevor sie zu einem anderen Meeting musste. Du bist in Wirklichkeit Camerons Baby, und sie wird dir einen amerikanischen Namen geben wollen, was wahrscheinlich sowieso viel besser für dich sein wird. Doch wenigstens für diese ersten paar Monate und für immer danach in meinen Gedanken und in meinem Herzen wirst du – nur unter uns – Dara heißen.

Unserem traditionellen Verständnis nach wird der Name Dara deine Persönlichkeit maßgeblich beeinflussen. Er wird dir den Willen und die Gabe schenken, anderen zu helfen, doch wenn du dich nicht vorsiehst, läufst du Gefahr, dich in den Problemen anderer zu verlieren und dein eigenes Leben mit Sorge zu erfüllen. (An wen erinnert dich das?) Du wirst dir eine eigene Familie und ein eigenes Heim wünschen. Du wirst fürsorglich, nachsichtig und einfühlsam sein und Kinder lieben. Du wirst dich bemühen, niemals die Gefühle eines anderen Menschen zu verletzen, selbst wenn du deswegen selbst sehr leiden musst. All dies, kleine Dara, verrät mir dein Name. Und ich weiß, dass du ihm gerecht werden wirst, so wie es bei meiner Mutter war.

Bitte entschuldige meine krakelige Handschrift, ich fahre gerade mit dem Greyhound-Bus von Dr. Averys Praxis in Norfolk zu meiner Wohnung in Elizabeth City. Die Fahrt dauert etwa anderthalb Stunden, und der Fahrer scheint fest entschlossen, jedes Schlagloch mitzunehmen. Zumindest ist der Platz neben mir frei, und das ist auch gut so. Heute ist ein sehr emotionaler Tag für mich gewesen, eine wahre Achterbahn der Gefühle.

Bei der Ultraschalluntersuchung haben wir heute ein paar gute und ein paar schlechte Nachrichten erhalten. Zuerst die guten.

Dass du ein Mädchen bist, habe ich ja bereits erzählt – aber das wusstest du ja sowieso schon. Wie auch immer, für mich war es sehr auf-

regend, das zu erfahren. Außerdem durfte ich dich wiedersehen, und das Bild war diesmal viel besser. Ich saß nur da und habe dich auf dem Monitor betrachtet. Es war unglaublich!

Du bist so winzig, gerade mal fünf bis sieben Zentimeter lang und ein paar Gramm schwer. Kannst du dir das vorstellen? Du würdest ohne Probleme in meiner Handfläche Platz finden, und ich habe wirklich kleine Hände.

Du hast klitzekleine Fingerchen, Füßchen und Zehen. Deine Zehen konnte ich auf dem Ultraschallbild nicht wirklich erkennen, aber Dr. Avery versicherte mir, dass sie bereits ausgebildet sind. Auch deine dünnen, kleinen Finger konnte ich sehen. Und hör dir das an! Du hast schon einen Herzschlag, deine eigenen Hirnströme, einzigartige Fingerabdrücke und bist bereits berührungs-, licht- und geräuschempfindlich. Du kannst sogar schon an deinem Daumen lutschen, und ich könnte schwören, dass du das auf dem Bild auch getan hast!

Du warst auf jeden Fall unglaublich süß, wie du so dalagst, zu einer kleinen Kugel zusammengerollt, so behaglich und sicher in deiner Behausung.

Okay, kleine Dara, jetzt die schlechten Nachrichten. Dr. Avery sagt, dass er bei dieser Ultraschalluntersuchung keine Verbesserung zur letzten feststellen konnte, was den Winkel bei dieser Beckengeschichte angeht und woran man sonst noch das Downsyndrom erkennen kann. Er hat für nächste Woche einen Termin für eine Fruchtwasseruntersuchung angesetzt. Diese Untersuchung ist mit ein paar Risiken behaftet und wird seiner Aussage nach »etwas unangenehm« werden. Ist es nicht herrlich, wie Ärzte sich ausdrücken? Immer diese – wie sagt man doch gleich? – Untertreibungen. Was er eigentlich sagen will, ist, dass die Behandlung extrem schmerzhaft sein wird!

Wie auch immer, der Doktor meint, dass es nach der Untersuchung mindestens zehn Tage dauert, bis die Testergebnisse aus dem Labor vorliegen werden. Dann werden wir wissen, ob du diesen Gendefekt hast oder nicht. Dara, mir ist es völlig gleich. Ich liebe dich genau so, wie du bist. Genau so, wie du erschaffen wurdest.

Wir werden vielleicht kämpfen müssen, denn andere Menschen, darunter auch Dr. Avery, sind der Ansicht, dass es nicht fair wäre, ein Kind in dem vollen Bewusstsein in die Welt zu entlassen, dass es mit schweren körperlichen Behinderungen zu kämpfen haben wird. Er sagte mir, dass ich aufhören soll, in dieser Angelegenheit nur an mich zu denken. Ich soll lieber darüber nachdenken, was für das Baby und Cameron das Beste ist. Aber genau das versuche ich zu tun!

Deswegen bin ich froh, dass ich hier gerade alleine sitze. Auch wenn ich versuche, mich zusammenzureißen, schießen mir jedes Mal die Tränen in die Augen, wenn ich darüber nachdenke. Ich komme mir so dumm vor. Dr. Avery hat mir geraten, die Sache nicht mit meinem Herzen, sondern mit meinem Kopf zu betrachten. Manchmal fühlt es sich so an, als würden du und ich gegen den Rest der Welt stehen. Um ehrlich zu sein, Dara, kämpfen wir hier um unser Leben. Wie soll man da das Herz außen vor lassen?

Bitte entschuldige, ich wollte dich nicht mit diesen Dingen belasten. Doch eines Tages wirst du eine wunderschöne junge Frau sein und dieses Tagebuch lesen. Und ich will einfach nur sichergehen, dass du dann weißt, wie sehr ich dich vom ersten Moment an geliebt, wie sehr ich an dich geglaubt habe, selbst als die Aussichten düster waren, und wie viel ich bereit war zu opfern, um dich auf die Welt zu bringen.

Auch deine echte Mama Cameron liebt dich von Herzen. Sie will für dich nur das Beste. Das weiß ich genau. Daran darfst du niemals zweifeln, auch nicht an ihrer Liebe zu dir, was auch passiert, mein kleiner Schatz.

So, es ist gesagt, und ich bin müde. Lass uns auf dieser holprigen Fahrt nach Hause ein wenig schlafen. Wir müssen morgen zur Arbeit, und das bedeutet, dass wir lange auf den Beinen sein werden, die wahrscheinlich wieder anschwellen, aber hey, so ist das Leben.

Ich liebe dich, Dara.

Schlaf schön.

14

Mitchell warf seine Aktentasche auf den Vordersitz seines F-150-Pick-up und atmete erleichtert aus. Keine Politesse weit und breit zu sehen. Er schlüpfte aus seinem Jackett und schmiss es ebenfalls in den Wagen. Mitchell fing an zu schwitzen, das Hemd klebte ihm bereits am Rücken. Es war über dreißig Grad heiß mit einer Luftfeuchtigkeit, die fast nicht mehr messbar schien. Sein schwarzer Truck fühlte sich wie ein Hochofen an. Was für ein Pech, dass die coolste Farbe für einen Pick-up auch die sein musste, die am meisten Hitze anzog.

Mit Schweißperlen auf der Stirn ließ Mitchell sein Fenster herunter und drehte die Klimaanlage voll auf. Erst als er auf die Autobahn fuhr, wurde es im Auto langsam etwas kühler, und er fuhr das Fenster wieder hoch.

Mit nur einer Hand am Lenkrad griff er in seine Aktentasche und zog die Klageschrift heraus, die Nora Gunther ihm ausgehändigt hatte. Mit einem Auge auf den Verkehr überflog er das fünfunddreißigseitige Dokument. Nora schien, was das Aufsetzen solcher Schriften anging, ganz von der alten Schule: Das Dokument war gespickt mit endlosen Wiederholungen und in einem solchen Juristenjargon verfasst, als hätte Blackstone selbst es vor über zweihundert Jahren formuliert.

Doch der Kernpunkt der Klage war genau das, was Mitchell befürchtet hatte. Cameron wollte ihre eingefrorenen Embryos für weitere Einpflanzungsversuche aufbewahren. Damit konnte Mitchell leben. Tatsächlich war er davon überzeugt, dass die Embryos, ob nun Klone oder nicht, menschliche Wesen waren, die das Recht auf den gleichen Schutz hatten wie jede andere lebende Person. Cameron focht ihren Vertrag mit GenTech an, in dem unmissverständlich bestimmt wurde, dass die Embryos zu Forschungszwecken gespendet werden würden, sollte einer der beiden Elternteile sich gegen deren Einpflanzung aussprechen. Auch in dieser Frage war Mitchell auf Camerons Seite; wenn diese Embryos tatsächlich menschliches Leben darstellten, sollten sie unter keinen Umständen für Versuchszwecke missbraucht werden, egal, was der Vertrag sagte.

Aber Cameron und Nora wollten obendrein noch ein Bundesgesetz anfechten, das das Klonen von Embryos verbot, sei es nun zu Forschungs-

oder Fortpflanzungszwecken - das sogenannte Bioethikgesetz. Und zu Mitchells Entsetzen begründeten sie ihre Argumentation mit den gleichen Leitsätzen, die schon zum Recht auf Abtreibung geführt hatten - der Annahme, dass es bei Fragen der Reproduktion ein verfassungsmäßiges Recht auf Selbstbestimmung gäbe, das auch durch das geltende Bundesrecht nicht verletzt werden durfte.

Das gesamte Konzept des Klonens war Mitchell ein Gräuel - es widersprach allem, woran er glaubte. *Werden wir die Büchse der Pandora öffnen, wenn wir diesen Fall gewinnen? Wie viel Unheil wird dann im Namen der Wissenschaft geschehen? Werde ich mich mitschuldig machen, Klonversuchen an Menschen Tür und Tor geöffnet zu haben? Mal sehen, ich will einen Jungen – einen blonden, blauäugigen Hünen, der wie ein Baywatch-Darsteller aussieht. Könnten Sie mir vielleicht noch ein paar Julia-Roberts-gleiche Mädchen klonen, wenn Sie schon dabei sind?*

In Mitchells Kopf überschlugen sich die Fragen, während er die Interstate 264 entlangfuhr und dabei, voll auf das Plädoyer in seiner rechten Hand konzentriert, in der Spur hin und her schlingerte. Es war Zeit für das Mittagessen, aber ihm war der Appetit vergangen. Er bekam Kopfschmerzen, wenn er nur an die Auswirkungen eines solchen Urteils dachte. Sollte er sich weigern, sie in dieser Sache zu unterstützen? Doch was brachte es schon, wenn er das tat? *The Rock* würde als Terminsvertreter einspringen und das Verfahren auch ohne Mitchells Beteiligung weiterlaufen. Und was war mit diesen winzigen eingefrorenen Embryos? Er wusste, dass es noch hunderttausend andere wie sie gab. Doch er war gebeten worden, nur diese acht zu retten. Konnte er da Nein sagen? Sollte er Nein sagen?

Seine Gedanken drehten sich im Kreis. Je mehr er darüber nachdachte und sich Argumente dafür und dagegen überlegte, umso unklarer wurde ihm alles. Er nahm weder den Verkehr wahr, an dem er vorbeirauschte, noch die Gesichter der anderen Fahrer, die seinen unberechenbaren Fahrstil mit missbilligenden Blicken straften, bemerkte nicht einmal, dass sein Lieblings-Country-Song im Radio lief. Sein Kopf befand sich in einer Zwickmühle zwischen Rechtsethik und der Verpflichtung gegenüber der ihm aufgezwungenen Rolle.

Auf einmal wurde es ihm klar. Was er brauchte, war eine zweite Meinung. Er würde sich an einen Mann wenden, dessen Integrität und tadelloses Urteilsvermögen über jeden Zweifel erhaben waren – einen Experten im Bereich der Rechtsethik. Jemand mit Erfahrung, der ihm offen und ehrlich die Meinung sagen würde.

Er würde die 64 Richtung Osten nehmen und an der Ausfahrt Indian River Road abfahren. Es war Zeit, der Regent Law School einen kleinen Besuch abzustatten und den klugen Kopf seines alten Widersachers in Anspruch zu nehmen – den von Professor Charles Arnold. Es gab niemanden, den er mehr respektierte. Der Professor würde kein Blatt vor den Mund nehmen.

Beruhigt ob seiner Entscheidung, legte er das Plädoyer zur Seite und begann, im Rhythmus der Musik auf sein Lenkrad zu klopfen. Mitchell fragte sich, wie lange das Lied von den Dixie Chicks wohl schon lief. Hoffentlich würde er den Professor antreffen.

* * *

Während Professor Arnold sein Gespräch mit einem anderen Studenten beendete, lief Mitchell vor seinem Büro nervös im Gang auf und ab. Die Zeit lief ihm davon. Er hatte einen Fall vorzubereiten. Vielleicht war das alles doch keine so gute Idee gewesen.

Endlich durfte Mitchell das kleine Büro betreten, das mit Unterlagen, Lehrbüchern und Fachzeitschriften übersät war. An der Wand hingen Bilder von jedem einzelnen Jahrgang, den Arnold unterrichtet hatte, seine »Hall of Shame«, wie er es nannte, wie auch ein schwer mitgenommener Basketballkorb, der aussah, als würde er oft in Anspruch genommen. Nach einem freundlichen »Was führt Sie zu mir?« seitens des Professors kam Mitchell direkt zur Sache.

»Ich brauche Ihren Rat in einem Fall, den ich gerade verhandle, oder besser gesagt, den ich gebeten wurde, als Terminsvertreter zu übernehmen«, erklärte Mitchell. Er stellte überrascht fest, dass er etwas nervös war. Er feuchtete seine trockenen Lippen an und fuhr fort. »Es ist ein ziemlich komplizierter Fall, aber im Grunde genommen bin ich gebeten worden, eine Klientin zu vertreten, die verhindern will, dass eine Kinderwunschklinik mit acht gefrorenen Embryos herumexperimentiert, die aus ihren Eizellen gewonnen wurden.«

»Und der Ehemann ist dagegen?«, fragte der Professor mit sanfter Stimme.

»So ist es.«

»Und was besagt der Vertrag mit der Klinik?«

Mitchell war erstaunt, wie schnell es dem Professor gelang, zu den wichtigsten Fragen vorzustoßen und den Kernpunkt der Klage zu erkennen. Mitchell war sich nun sicher, dass dieser Mann ihm helfen konnte.

»Der Vertrag besagt: Wenn einer der beiden Eltern gegen das Einpflanzen der Embryos ist, dann sind sie Forschungszwecken zur Verfügung zu stellen.«

Der Professor nickte. Er faltete die Hände vor sich und blickte zur Decke. »Wenn ich mich recht erinnere, sind die Gerichte meist auf Seite des Ehepartners, der gegen die Einpflanzung ist, mit der Begründung, dass kein Ehepartner in der Lage sein sollte, den anderen zur Elternschaft zu zwingen. Diese Argumentation geht natürlich davon aus, dass die Eheleute nicht bereits Eltern sind, und setzt somit voraus, dass der Embryo nicht als Kind betrachtet wird. Für mich ist die gesamte Prämisse dieser Argumentation unhaltbar.«

»Mir geht es genauso«, erklärte Mitchell. »Und in diesem Fall hat meine Mandantin keine andere Möglichkeit, Kinder zu bekommen, da sie sich die Gebärmutter samt Eileiter entfernen lassen musste.«

»Warum haben Sie das nicht gleich gesagt?«, fragte der Professor.

»Denn das ändert alles«, fügte er hinzu. »Ihre Chancen stehen nicht schlecht, den Fall zu gewinnen. Soweit ich weiß, gab es noch nie ein Verfahren, in dem einer der Eheleute argumentieren konnte, dass dies der einzige Weg für ihn sei, Kinder zu bekommen. In diesem Fall wäre ich auf ihrer Seite.«

Mitchell konnte ein kleines Lächeln nicht unterdrücken. Professor Arnold hatte seinen Studenten immer eingebläut, sich niemals zu einem juristischen Argument hinreißen zu lassen, bis sie mit allen Aspekten des Falles vertraut waren. Gerade hatte er gegen seinen eigenen Grundsatz verstoßen.

»Was ist daran so witzig?«, fragte der Professor.

»Ich musste nur daran denken, dass Sie uns immer gesagt haben, wir sollen alle Fakten kennen, bevor wir unsere Argumente formulieren ...«

»Stimmt.«

»Nun, dann habe ich noch ein paar Details für Sie: Sie sollten vielleicht wissen, dass acht dieser Embryos Klone sind, die erschaffen wurden, bevor das Bioethikgesetz erlassen wurde.«

Professor Arnold riss erstaunt die Augen auf und lehnte sich vor.

»Klone?«

»So ist es. Jeder Einzelne von ihnen. Und um diesen Fall zu gewinnen und die Klone einpflanzen zu dürfen, müssen wir das Bioethikgesetz als verfassungswidrig anfechten.«

Mitchell zog die Klageschrift aus seiner Tasche und legte sie auf den Tisch.

»Zeigen Sie mal her«, sagte Professor Arnold.

Er nahm das Dokument zur Hand und begann es genau zu studieren, schlug Seite um Seite um und verschlang jedes Wort.

Mitchell wurde unruhig, als er dem Professor beim Lesen zusah, was eine Ewigkeit zu dauern schien. Doch Professor Arnold beachtete Mitchell gar nicht, sondern war nur darauf bedacht, jedes Wort des Plädoyers aufzunehmen – sich mit den Fakten vertraut zu machen –, bevor er weitersprach.

Als er fertig war, reichte er das Dokument vorsichtig Mitchell zurück, »Interessant«, murmelte er. »Interessant.«

»Und? Sind Sie immer noch auf meiner Seite?«, fragte Mitchell.

Der Professor stand auf und streckte sich, als müsste er sich noch entscheiden, ob er die Frage überhaupt beantworten wollte. Er hob seinen Basketball auf und warf ihn mit einer kleinen Bewegung aus dem Handgelenk durch den Ring. Mitchell schnappte ihn vom Boden auf und warf ihn zurück.

»Ich bin hier der Professor – wie wär's, wenn ich die Fragen stelle?« Arnold zog die Augenbrauen hoch. Mitchell nickte zustimmend. Noch ein Wurf aus dem Handgelenk, doch diesmal ging der Ball daneben.

»Glauben Sie, dass diese geklonten Zygoten vollwertige menschliche Wesen sind?«

Mitchell dachte einen Moment darüber nach; er fühlte sich, als wäre er wieder in der Schule. Doch seine Nervosität war verschwunden, und seine Gedanken waren klar und präzise. »Aber sicher.«

»Warum?«

»Sie sind eine Verbindung von Sperma und Eizelle. Sie enthalten eine vollständig kodierte DNS. Pflanzt man sie in eine Gebärmutter ein, wachsen sie zunächst zu einem Embryo heran, dann zu einem Baby, danach zu einem Kleinkind, zu einem Jugendlichen und schlussendlich, wenn das Schicksal es nicht gut mit ihnen meint, zu einem Juraprofessor heran.«

»Das wäre ein wahrer Glücksfall für sie.« Ein weiterer Wurf, diesmal ein perfekter Treffer. »Sind Sie ein Befürworter der Todesstrafe?«

»Wie kommen Sie jetzt darauf?«

»Ja oder nein?«

»Ja.«

»Also gut, Mitchell. Nehmen Sie nun an, dass Sie acht schwarze Klienten haben, die in der Todeszelle sitzen.« Professor Arnold lächelte. »Ein paar meiner Leute, wenn man so will. Nehmen wir an, der einzige Weg, sie aus der Todeszelle zu bekommen, besteht darin, die Todesstrafe aufgrund gleichen Schutzes durch das Gesetz anzufechten – indem Sie argumentieren, dass sie viel öfter bei Menschen meiner Hautfarbe angewandt wird. Würden Sie dieses Argument vorbringen?«

»Natürlich«, sagte Mitchell und zog die Stirn in Falten.

»Auch wenn andere, schuldige Männer aufgrund des gleichen Arguments ebenfalls freigesprochen werden würden?«

»Hmm, ich verstehe, worauf Sie hinauswollen.«

Mitchell war nachdenklich geworden und sah an Professor Arnold vorbei zum Fenster hinaus. Der Professor schien sich ganz auf seinen Basketballkorb zu konzentrieren – er warf, sprang zurück, lief auf und ab und warf den Ball erneut.

»So wie ich das sehe, haben Sie acht Klienten in der Todeszelle sitzen«, schlussfolgerte er. »Ja, in diesem Fall wäre ich auf Ihrer Seite.«

»Selbst wenn das den Umsturz ...«

»Mitchell.« Der Professor blieb stehen und blickte seinen Studenten mit seinen durchdringenden braunen Augen an. »Eines müssen Sie noch lernen, wenn Sie ein guter Anwalt werden wollen.« Er zögerte, sein ernster Tonfall erzeugte eine Art Spannung im Raum. »Es gibt nur einen Richter im Gerichtssaal, und das sind nicht Sie – es ist der Mann oder die Frau in der schwarzen Robe. Und es gibt auch nur einen Richter in diesem Spiel des Lebens, und auch das sind nicht Sie. Verstehen Sie, was ich meine?«

Mitchell nickte. Er hatte die Gerüchte gehört, denen zufolge Professor Arnold jeden Freitagabend die Straßen der Stadt entlanglief und den Menschen predigte. Nun, da der Professor sich warmgeredet hatte und in nur einem Moment vom Anwalt zum Prediger geworden war, konnte Mitchell sich das sehr gut vorstellen.

»Überlassen Sie es dem höchsten aller Richter zu entscheiden, wohin das alles führen wird. Wer weiß? Vielleicht wird er die lange Kette von Urteilen des Obersten Gerichtshofs, die Millionen von Abtreibungen gerechtfertigt haben, dazu nutzen, um jetzt Hunderttausende Embryos zu retten. Wer weiß, was er tun wird? Ihre Aufgabe, Ihre *einzige* Aufgabe ist, die Fälle Ihrer Mandanten vor Gericht zu vertreten – zumindest jene, an die Sie glauben. Lassen Sie den weltlichen Richter sich den Kopf darüber zerbrechen, welche Auswirkungen das auf die Rechtsprechung haben mag, und den himmlischen Richter, welche Auswirkungen es auf unser Leben haben wird. Sie machen sich Sorgen um Ihre Klientin, weil sie sich auf Sie verlässt. Aber sie braucht einen Anwalt, keinen Richter.«

Mitchell saß einen Moment lang nur stumm da und nickte mit dem Kopf.

»Vielen Dank, Professor«, sagte er schließlich.

Charles Arnold schenkte ihm ein warmherziges Lächeln. »Willkommen in der Oberliga, mein Freund. Ich glaube, Sie sind bereit dafür.«

15

Erst am späten Nachmittag schaffte es Dr. Blaine Richards zurück in sein großes Eckbüro in der Hauptniederlassung von GenTech. Er schloss die Tür hinter sich und fuhr seinen Computer hoch, ignorierte die Dutzende von E-Mails, die er seit dem Morgen erhalten hatte, und rief sein Online-Wertpapierdepot bei Charles Schwab auf. In der vergangenen Woche hatte er 800 000 US-Dollar auf das Konto überwiesen. Zeit, aktiv zu werden.

Zunächst sah er sich den Stand der GenTech-Aktien an. Sie lagen stabil bei achtzehn am Tag mit einem relativ niedrigen Handelsvolumen. Genau wie bei vielen anderen Biotech-Firmen auch hatte es in den ersten paar Jahren einen euphorischen Ansturm auf die Aktien seines Unternehmens gegeben, der sich mit der Zeit auf ein normales Level einpendelte. Alle staatlichen Versuche, die Branche mit dem Erlass von Beschränkungen hinsichtlich der Stammzellenforschung oder mit Anti-Klon-Gesetzen zu kontrollieren, hatten den Gewinn-und-Verlust-Aussichten und somit auch dem Aktienkurs dieses Industriezweigs schweren Schaden zugefügt. Richards selbst gehörten mehr als drei Millionen Anteile von GenTech, und nachdem der Kurs das letzte Mal eingebrochen war, hatte er einen Verlust von mehr als 20 Millionen Dollar hinnehmen müssen.

Aber das würde erst der Anfang der Talfahrt sein, wenn Nora Gunther mit ihrer Klage ernst machte. Richards wusste: Sobald die Klage öffentlich wurde, würden die GenTech-Aktien einbrechen. Deswegen wäre dies ein guter Zeitpunkt gewesen, einige seiner Anteile zu verkaufen, bevor es so weit kam – wenn es nicht die Gesetze gegen Insiderhandel gäbe. Stattdessen musste er sich nun Maßnahmen überlegen, wie er den Wert der Aktie wieder zurück auf 20 Dollar pro Anteil hochtreiben konnte.

Das war die magische Zahl: 20 Dollar pro Anteil. Er besaß Tausende von Kaufoptionen, die er als Boni in der Firma verdient hatte – jede davon griff, sobald die Aktie bei 20 Dollar stand. Für jeden Dollar, den die Anteile über 20 Dollar stiegen, würde Richards fast zwei Millionen Dollar aus den Optionen verdienen und zusätzlich drei Millionen Dollar aus seinen eigenen Anteilen. So verdiente er fünf Millionen Dollar, wenn die Aktie bei 21 Dollar stand, zehn Millionen Dollar bei einem Stand von 22 Dollar und 50 Millionen Dollar, wenn er es schaffte, den Kurs auf 30 Dollar pro Anteil hochzutreiben. Jedes Mal, wenn er nur darüber nachdachte, schlug sein Herz etwas schneller. Und jedes Mal, wenn er daran dachte, ging er die Einzelheiten seines Plans durch und suchte nach möglichen Schwachstellen, ohne welche zu finden. Schon bald würde er ein sehr reicher Mann sein. Niemand konnte ihn jetzt noch aufhalten.

Und heute wollte er sich einen kleinen Bonus genehmigen. Er rief den Aktienstand seiner beiden größten Konkurrenten auf – ProGen und Reproduction Services, Inc. (RSI). ProGen wurde mit 46,50 Dollar gehandelt,

RSI mit 42 Dollar und ein paar Zerquetschten. Mit nur ein paar Mausklicks ließ er sein Geld für sich arbeiten. Er nahm Kaufoptionen auf beide Unternehmen auf, weil er darauf setzte, dass ihr Kurs steigen würde. Er kaufte ProGen-Optionen im Wert von 400000 Dollar an bei einem Basiskurs von fünfzig und RSI-Optionen im Wert von 400000 Dollar bei einem Basiskurs von fünfundvierzig. Die Optionen liefen am 19. Juli aus - in nur zwei Monaten.

Das Risiko war immens. Sollten die Aktienkurse seiner Konkurrenten im Laufe der nächsten zwei Monate mehr oder weniger konstant bleiben, würde er jeden Cent verlieren. Nur wenn ProGen die Fünfzig-Dollar-Marke überschritt oder RSI die bei fünfundvierzig, würde er Gewinn machen. Doch wenn es passierte, wäre der Gewinn beachtlich, und seine Hunderttausende würden sich schnell in zig Millionen verwandeln. Großes Risiko gleich großer Gewinn.

Er bestätigte seinen Auftrag, atmete tief durch und griff zum Hörer. Nach ein paar Minuten war er mit Win Mackenzie verbunden.

»Ich habe über deinen Vorschlag nachgedacht«, erklärte Dr. Blaine seinem Anwalt, »Cameron anzubieten, die Embryos so lange aufzubewahren, bis wir festgestellt haben, ob das Baby, das gerade ausgetragen wird, tatsächlich das Downsyndrom hat. Ich gebe dir recht: Wenn das Baby gesund sein sollte, wird die ganze Angelegenheit irrelevant. Aber ich habe eben mit Dr. Avery gesprochen, und er hat bestätigt, was diese Ms Gunter uns heute Morgen erzählt hat. Der Bluttest wie auch die zweite Ultraschalluntersuchung sehen nicht gut aus. Nächste Woche wird er eine Fruchtwasseruntersuchung vornehmen.«

»Dieses Angebot würde das Unvermeidliche nur hinauszögern«, fuhr Richards fort. »Wir müssen in dieser Sache standhaft bleiben, Win. Vertrag ist Vertrag. Außerdem macht mich diese Gunther verrückt. Wenn es nur um Cameron ginge, wäre ich vielleicht sogar noch bereit zu verhandeln. Aber Frauen wie diese Gunther verstehen einfach nicht, wann man gut zu ihnen ist. Wenn wir ihr heute nachgeben, wird sie nächste Woche mit einem anderen Klienten auf der Matte stehen, um uns auf Haus und Hof zu verklagen.«

»Wahrscheinlich«, sagte Win, der Dr. Richards noch nie in irgendetwas widersprochen hatte.

»Also, lass uns ihr den Fehdehandschuh hinwerfen. Sag ihnen, dass sie sich ihre Klage sonst wohin stecken können«, sagte Blaine Richards mit Nachdruck.

»Ich werde es vielleicht ein wenig anders formulieren«, erklärte Win, »aber ich weiß, worauf du hinauswillst.«

»Wir dürfen diesen Fall auf keinen Fall verlieren, Win. Mir ist egal, wie viel die Verteidigung kostet, aber wir dürfen nicht verlieren.«

»Ich weiß«, sagte Mackenzie, wobei seine Stimme alles andere als selbstsicher klang.

Dr. Richards konnte sich genau vorstellen, wie sein Anwalt gerade in seinem schicken Büro saß, das Bild des Samurai an der Wand anstarrte und sich langsam Sorgen machte. *Gut, dass ich nicht auf meinen Anwalt angewiesen bin, um den Karren aus dem Dreck zu ziehen,* dachte der Arzt. *Bei einem fairen Kampf würde ich mein Geld auf Nora Gunther setzen.*

»Ich habe großes Vertrauen in dich, Win«, erklärte Dr. Richards. »Und das ist auch gut so, denn wenn es jemals einen Fall gab, in dem es um die Zukunft der Firma ging, dann ist es dieser.«

Blaine Richards musste angesichts seiner eigenen Gerissenheit und seiner gekonnten Wortwahl lächeln. Er hatte seinen Springer in Position gebracht. Nun war es an der Zeit, die Königin ins Spiel zu bringen.

* * *

Auf dem Weg zurück ins Büro rief Mitchell Sandra an, um zu hören, ob in der Zwischenzeit irgendwelche Nachrichten für ihn hinterlassen worden waren, erreichte aber nur ihre Mailbox, was ihn nicht sonderlich überraschte. Wahrscheinlich war sie gerade mal wieder in einer ihrer großzügig bemessenen Pausen. Er wählte die Durchwahl von *The Rock,* die ihn wieder zu Sandra und deren Mailbox umleitete. *Was für eine Firma!* Ein Klient konnte mitten am Tag mit einem heißen neuen Fall anrufen und würde nur zu Sandras Mailbox durchdringen, eine Nachricht hinterlassen und umsonst auf einen Rückruf warten.

Da ihm nichts anderes übrig blieb, rief er seine eigene Mailbox an und hörte sich ein halbes Dutzend Nachrichten an. Die meisten davon hatte

Sandra hinterlassen, die ihn an Mandanten und andere Anwälte verwies, die schon seit Tagen erfolglos versuchten, *The Rock* zu erreichen. Eine Nachricht ließ Mitchell aufhorchen, und sofort wählte er die Nummer, die sie ihm hinterlassen hatte, erpicht darauf, endlich eine freundliche Stimme zu hören.

»Was ist?«, meldete sich eine gereizt klingende Nikki Moreno.

»Du hast aber eine freundliche Art, ans Telefon zu gehen«, erwiderte Mitchell. »Das musst du dir bei *The Rock* abgeguckt haben.«

»Mitchell Taylor?«

»So ist es.«

Sie unterhielten sich einige Minuten lang über Nikkis neue Fälle bei Carsons & Associates und über Mitchells Schwierigkeiten mit Billy Davenport. Mitchell genoss es, Nikki zuzuhören. Sie strotzte vor Feuer und Selbstbewusstsein. Mitchell ließ sie reden, manchmal hörte er ihr zu, manchmal sog er nur die Energie ihrer provokanten Perspektive auf alles und jeden in sich auf. Er fühlte sich wie wiederbelebt, wenn er ihr nur zuhörte. Sie hatte von seiner Verhandlung am nächsten Tag gehört – es schien nichts zu geben, was Nikki nicht wusste –, also hatte sie ihn angerufen, um ihn anzuspornen. Und es funktionierte! Die Herausforderungen, vor denen er stand – sein Versuch, Billys Kanzlei zu retten, sich auf die Verhandlung am nächsten Tag vorzubereiten – schienen während des Gesprächs mit Nikki immer weniger unüberwindbar.

»Na gut«, sagte Nikki, die langsam wieder herunterkam, »ich muss los. Aber erst will ich dir noch vier Ratschläge für deine erste Verhandlung morgen mit auf den Weg geben. Bist du bereit?«

»Für die Verhandlung oder die Ratschläge?«

»Egal, denn beides kommt so oder so auf dich zu. Okay, erstens: Lass dich nicht von Strobel einschüchtern, er kann manchmal ein richtiges Arschloch sein. Denk immer daran, dass auch er nur ein Mensch ist.«

»Sollte ich mir das aufschreiben?«

»Zweitens«, fuhr Nikki fort, »du vertrittst die Klägerpartei, also wirst du am Tisch neben der Geschworenenbank sitzen. Wie ich dich kenne, wirst du so früh dort sein, dass du als Erster im Gerichtssaal bist, und glaub mir, es ist peinlich, wenn der andere Anwalt erscheint und dich zum anderen Tisch schickt.«

»Wieder etwas, das sie uns während des Jurastudiums vorenthalten haben.«

»Drittens, mir ist egal, welche Teile der Verhandlung Billy angeblich übernehmen will und welche er dir überlässt, bereite dich auf alles vor. Im letzten Moment wirst du Folgendes von ihm zu hören bekommen: ›Wie wär's wenn du das Eröffnungsplädoyer übernimmst, Mitchell?‹ oder ›Wie wär's, wenn du die Zeugen verhörst, Mitchell?‹«, äffte Nikki mit verstellter Stimme *The Rocks* betrunkenes Lallen nach. »Und noch etwas: Wenn der Richter dich zur Bank ruft, geh allein hin. Billys Fahne wird ihn sonst umhauen.«

»Das klingt ja sehr beruhigend«, bemerkte Mitchell trocken und blickte zu ihr herüber.

»Hey, sag nicht, dass ich dich nicht gewarnt habe.« Im Hintergrund hupte jemand. »Idiot!«, brüllte Nikki den Unbekannten an. »Wo war ich stehen geblieben? Ach, richtig, viertens.« Sie legte eine dramatische Pause ein. »Bist du bereit?«

»Schieß los.«

»Okay, verlang in deinem Eröffnungsplädoyer zweimal so viel, wie dir der Fall tatsächlich wert ist. Dieser Punkt ist in deinem Fall besonders kritisch, Mitchell, da du mir bereits gestanden hast, dass du eigentlich gar kein Rechtsberater werden wolltest, also wird dir das mit Sicherheit schwerfallen. *Aber tu es auf jeden Fall trotzdem!* Du kannst deine Mandantin nur entschädigen, wenn du ihr in einem Zivilprozess zu ihrem Recht verhilfst. Vergiss nicht, dass sie nur einen Tag vor Gericht hat, nur eine einzige Chance, um das zu bekommen, was ihr zusteht. Und wenn du eine so große Entschädigungssumme forderst, versuch nicht rot zu werden. Rote Ohren darfst du dabei ruhig bekommen, nur kein rotes Gesicht. Zeig den Geschworenen, dass du an deine Mandantin und deinen Fall glaubst. Das ist das Wichtigste überhaupt.«

»Das zumindest haben sie uns auch an der Uni beigebracht«, sagte Mitchell. »Den Mandanten immer enthusiastisch zu vertreten. Mach dir keine Sorgen um mich, Nikki, schon morgen wirst du davon überzeugt sein, dass ich der geborene Rechtsvertreter bin. Und solltest du das bezweifeln, hast du offensichtlich noch nicht meinen neuen Werbespot im Fernsehen gesehen: *Die eiserne Faust im Samthandschuh ...*«

»Du machst Witze!«, kreischte Nikki begeistert. »Die haben dich zu Werbeaufnahmen überredet?«

»Ich wurde gezwungen.«

»Die muss ich sehen«, sagte Nikki mit Nachdruck. »Die eiserne Faust und der Samthandschuh ... Das gefällt mir. Vielleicht hast du ja Glück, und du wirst von einem Hollywoodproduzenten für eine Daily Soap entdeckt.«

»Klappe«, erwiderte Mitchell.

Nikki lachte. »Da spricht wohl gerade die eiserne Faust aus dir.«

16

Nachdem sie den ganzen Abend im Surf House Restaurant gekellnert hatte, war Maryna Sareth erschöpft. Wie üblich fuhr eine der anderen Kellnerinnen, eine ältere Frau namens Joanne, sie nach Hause. Sie nahm den kleinen Umweg gern in Kauf, wenn sie damit Maryna helfen konnte. Schon ein paar Minuten später stand Maryna müde, aber zufrieden vor ihrer Haustür.

Sie dankte Joanne für die Mitfahrgelegenheit und ging dann allein die dunkle Auffahrt zu dem Einfamilienhaus hoch, das in einer der besseren Wohngegenden von Elizabeth City lag. Büsche und Bäume säumten die lange Auffahrt des stuckverzierten Hauses und warfen durch das Licht der entfernten Straßenlaternen seltsame Schatten auf den Boden. Es war dunkel und still, die Luft schwer und feucht, aber Maryna war es gewohnt. Sie konnte das leise Lied der Frösche und Grillen hören und das Geräusch eines vorbeifahrenden Autos.

Im Hauptgebäude brannte kein Licht, was nicht ungewöhnlich war. Eigentlich war dies nur der Zweitwohnsitz einiger Freunde von Dr. Nathan Brown. Das Haus lag nahe genug am Strand und war so luxuriös ausgestattet, dass sie es fast den gesamten Sommer über vermieten konnten. Das große strandhausähnliche Anwesen verfügte über fünf Schlafzimmer und einen Swimmingpool.

Maryna war in das kleine, aber hübsche Ein-Zimmer-Appartement gezogen, das über der Garage mit drei Stellplätzen lag.

Sie bemerkte, dass kein Licht aus dem kleinen Dachfenster ihrer Wohnung drang. Üblicherweise ließ sie immer eine kleine Leselampe an, damit sie ihre Wohnung nicht im Stockdunkeln betreten musste. Wahrscheinlich war die Glühbirne durchgebrannt.

Maryna liebte ihr kleines Zuhause. Der Hauptraum war eine Kombination aus Küche, Schlaf- und Wohnzimmer. Außerdem gab es noch ein winziges Badezimmer mit Dusche. Ein hohes Giebeldach verlieh dem Appartement den Look eines angesagten Dachateliers. Die gesamte Einrichtung war komplett neu – das wunderschöne Doppelbett, der große Fernseher, die Einbauregale wie auch die entzückende Kommode und der Schminktisch aus Kiefernholz. Das alles war bereits vorhanden, als sie eingezogen war, nichts davon hatte Maryna gekauft.

Doch das Beste an der Wohnung war die Miete. Kurz bevor sie den Leihmutterschaftsvertrag mit Dr. Brown und Cameron unterschrieben hatte, war Maryna hier eingezogen. Aus rechtlichen Gründen musste sie Virginia verlassen und nach North Carolina umsiedeln. Dr. Blaine Richards hatte ihr erklärt, dass Leihmutterschaftsverträge in Virginia einer gerichtlichen Genehmigung bedurften, was die gesamte Prozedur unnötig erschweren würde. Außerdem räumte das geltende Recht in Virginia den Leihmüttern eine bestimmte Bedenkzeit nach der Geburt ein, in der sie das Kind doch noch für sich beanspruchen konnten, und – das wog am schwersten – erlaubte es nicht, dass die leiblichen Eltern der Leihmutter etwas für ihre Dienste zahlten.

Doch wenn Maryna nach North Carolina umzog, erklärte Dr. Richards, unterlag der Vertrag der Gesetzgebung North Carolinas. Maryna konnte so, ohne die Einmischung des Gerichts, von Anfang an ihren Anspruch auf das Kind abtreten und außerdem neun- bis zehntausend Dollar pro Schwangerschaftsmonat verdienen. Zusätzlich versprachen Dr. Brown und Cameron, eine Unterkunft in Elizabeth City für sie zu finden.

Für die Maryna keinen Cent zahlen musste.

Als sie die Garage erreichte und die Stufen zu ihrem Appartement hochstieg, schwirrten ihr Gedanken an ihre Zukunft durch den Kopf. Zum ersten Mal in ihrem Leben kam sie wirklich voran. Mit ihren langen schlanken Beinen, den großen braunen Augen, ihrem strahlenden Lächeln und ansteckenden Lachen zog sie im Surf House Restaurant die

Aufmerksamkeit so mancher flirtbereiter Strandbesucher und großzügiger Gäste auf sich, besonders jetzt, da die Temperaturen stiegen und sie Shorts zur Arbeit trug. Außerdem gingen an den Unis gerade die Sommerferien los. Die Gäste schienen ihren Akzent zu lieben und mussten oft lächeln, wenn sie sie reden hörten. Heute Abend hatte sie fast 150 Dollar Trinkgeld bekommen, und das an einem Wochentag! Das wollte sie ausnutzen, solange sie noch konnte, solange ihr Bauch noch nicht sichtbar war und sie keine Schwangerschaftskleidung tragen musste.

Sie sparte jeden Cent. Tagsüber lernte sie für ihr Abitur auf dem zweiten Bildungsweg. Wenn sie dieses Baby ausgetragen hatte, wollte sie die Prüfung ablegen, ein Studentenvisum beantragen und zur Uni gehen. Sie war sich sicher, dass sie bestehen würde. Die Schule und die Prüfungen waren ihr immer leichtgefallen.

Amerika: das Land der unbegrenzten Möglichkeiten, in dem Träume wahr wurden. Endlich erlebte sie es am eigenen Leib.

Die letzten sechs Jahre hatte sie damit zugebracht, so amerikanisch wie möglich zu werden. Sie studierte die Kultur und feilte an ihrer Grammatik, wobei sie alles Kambodschanische aus ihrem Wortschatz strich. Mittlerweile war ihr Englisch fast perfekt, nur noch ein leichter Akzent erinnerte an ihre Herkunft. Sie kleidete sich amerikanisch, und je mehr sie dieses Land für sich erschloss, umso mehr schien sie dem Vater zu ähneln, an den sie sich kaum erinnern konnte – ein amerikanischer Katastrophenhelfer, der Marynas Mutter in seinen Bann geschlagen und verführt hatte und der sechs Jahre blieb, bevor er wieder in seine Heimat zurückkehrte.

Maryna war in diesen Jahren – den ersten sechs Jahren ihres Lebens – in einem bilingualen Zuhause aufgewachsen, in dem ihre ganze Familie davon träumte, eines Tages nach Amerika zu gehen. Dann verließ der Vater sie ohne Vorwarnung und nahm die Freude in ihrem Haus und ein großes Stück des Herzens ihrer Mutter mit sich. Doch der Traum, in die USA auszuwandern, blieb bestehen, und zehn Jahre später wurde er wahr.

Im Grunde ihres Herzens wollte Maryna Schauspielerin werden, doch diesen Traum hatte sie verworfen. Ihn zu verfolgen, stand ganz außer Frage, daran musste sie sich immer wieder erinnern. Dafür gab es zwei Gründe, gegen die sie einfach nichts ausrichten konnte. Der erste hatte mit ihrem Aussehen zu tun. Sie war vielleicht hübsch anzusehen und mit

Sicherheit auch schlank genug, doch was ihr fehlte, waren die sinnlichen Kurven der amerikanischen Schauspielerinnen, die es auf die große Leinwand geschafft hatten. Und anders als die meisten von ihnen war sie nicht gewillt, sich unters Messer zu legen, nur um dem Schönheitsideal von Hollywood zu entsprechen.

Außerdem musste sie, wenn sie Schauspielerin werden wollte, nach Hollywood gehen, nach *Los Angeles*. Die Stadt, in der die Snakeheads, die sie in dieses Land geschleust hatten, ihr entsetzliche Gräueltaten angetan hatten. Als sie ihnen die restlichen zehntausend Dollar »Überführungsgebühr« nicht zahlen konnte, musste sie ihre Schulden bei den Schleusern abarbeiten und wurde zu ihrer Sklavin. Sie zwangen sie, Dinge zu tun, die keine Sechzehnjährige auch nur sehen, geschweige denn erleben sollte. In Los Angeles lernte sie, ihren Geist von ihrem Körper zu lösen, seelenlos zu werden, während sie von abartigen und perversen Männern missbraucht wurde. Sie lernte, diese Rolle zu spielen, ohne etwas zu fühlen. Schließlich schaffte sie es sogar, die Verachtung und den Ekel, die sie gegenüber diesen Männern empfand, zu unterdrücken, genau wie die Scham angesichts ihrer Hilflosigkeit, bis die Übergriffe fast jemand anderen zu betreffen schienen und sie nur noch von außen als unbeteiligter Beobachter zusah.

Eines Nachts war sie im Schutz der Dunkelheit aus Los Angeles geflohen, ohne ihre angeblichen Schulden bei den Snakeheads zu zahlen. Sie würde niemals in diese Stadt zurückkehren.

Die Schauspielerei stand also ganz außer Frage.

Maryna hatte sich entschlossen, Lehrerin zu werden. Sie wollte Schauspiel unterrichten, Drehbücher schreiben und andere Schauspieler und Schauspielerinnen inspirieren, junge Männer und Frauen, die die Herzen ihrer Zuschauer erobern und ihren geistigen Horizont erweitern konnten. Das war ihr eigenes kleines Stück vom amerikanischen Traum. Und heute Abend, als sie ihre Wohnung aufschloss, schien sie ihm ein ganzes Stück näher gekommen zu sein.

* * *

An diesem Abend wurde es im Beach Grill früh ruhig, während die Kunden langsam das Lokal verließen. Nicht so Billy Davenport. *The Rock* kam gerade erst in Fahrt.

Er saß allein an der Bar und quasselte den Barkeeper voll, genau wie jeden, der den Fehler beging, neben ihm Platz zu nehmen. Thema des Abends war die Frage, wer als Gewinner aus der Sendung *Survivor* hervorgehen würde, die gerade im südamerikanischen Dschungel gedreht wurde. *The Rock* war sich sicher, dass es nur der ehemalige CIA-Agent sein konnte, einer der mittlerweile drei Finalisten. Er war gewillt, gutes Geld auf seinen Mann zu setzen, wenn er nur irgendjemanden finden konnte, der dagegenhalten wollte. Der Barkeeper dürfte dann die Wetteinsätze an sich nehmen und später an den Gewinner auszahlen, erklärte *The Rock*.

Niemand war an einer Wette interessiert.

Er musste ein- oder zweimal an Mitchell denken. Der Junge war entschlossen und clever. Und so idealistisch. Genau wie *The Rock* es selbst vor vielen Jahren einmal gewesen war. *Gib ihm ein paar Jahre,* dachte der grauhaarige Veteran bei sich, *und dieser Abstinenzler sitzt neben mir und schüttet sich am Abend vor dem großen Fall einen mit mir hinter die Binde.*

Der Anwaltsberuf, besonders die Arbeit vor Gericht, fraß einen auf und verpasste einem Magengeschwüre. Schon vor langer Zeit hatte *The Rock* es aufgegeben, sich um Gerechtigkeit zu sorgen; er konzentrierte sich nur noch aufs blanke Überleben. Man konnte es keinem recht machen. Die gierigen Versicherungsfirmen wollten nie zahlen, was der Fall wirklich wert war. Die gierigen Mandanten wollten immer mehr, als ihnen zustand. Die Richter schienen verärgert zu sein, wenn die Parteien sich nicht außergerichtlich einigen wollten und sie tatsächlich einen Fall verhandeln mussten. Und die Verteidiger – nun, zu denen hatte *The Rock* eine ganz eigene Meinung.

The Rock hatte auf die harte Tour lernen müssen, dass es keine gute Idee war, sich emotional auf seine Mandaten einzulassen. Jetzt hielt er sie immer auf Abstand; für ihn stellten sie nur noch eine Fallnummer und eine weitere bezahlte Rechnung dar.

Wenn er das nur schon damals gewusst hätte. Er dachte an seine Anfangszeiten, an den jungen *Rock*, der für jeden Mandanten in die Schlacht zog – David gegen Goliath. Ach, die Leidenschaft der Jugend. Doch die Gedanken an den jungen *Rock* weckten immer Erinnerungen an den Zimmermann-Fall und die exotische Anziehungskraft von Vicki Zimmermann, die ihn und das ganze System an der Nase herumgeführt und sie alle zum Narren gehalten hatte. Allein der flüchtige Gedanke an den Fall – wie seine eigene Tochter ihn für sein schändliches Benehmen angeprangert, wie sehr er seine Frau verletzt hatte, die peinlichen Auswirkungen seines Verhaltens – schnürte ihm die Kehle zu und trieben ihm die Galle hoch. Wie lang war das nun her? Zwölf Jahre? Vielleicht sogar länger? Doch er konnte all das einfach nicht hinter sich lassen. Dieser Fall hatte alles verändert: sein Leben, sein Ansehen, selbst die Beziehung zu seiner Familie.

Mitchell will zur Staatsanwaltschaft, grübelte er. *Doch um auf der Seite der Engel, der guten Jungs, der Cops zu kämpfen, braucht er Erfahrung. Da kann er genauso gut schon morgen damit anfangen, welche zu sammeln. Ich überlasse ihm einfach das Eröffnungsplädoyer und wenn er sich gut schlägt, auch das Abschlussplädoyer. So wird er in Nullkommanichts Staatsanwalt werden.*

»Schenk mir noch einen ein, Ted«, rief er dem Barkeeper zu und knallte sein leeres Glas auf den Tresen. »Ich meine, wie will man einen Typen besiegen, der eine Kampfsportausbildung hat und jedes Täuschungsmanöver trainiert hat? Wer weiß, vielleicht hat die CIA sogar die Show zu PR-Zwecken manipuliert, um ein größeres Budget rauszuschlagen.«

Niemand widersprach *The Rock*. Er konnte sehr überzeugend sein, wenn er in seinem Element war.

17

Maryna wollte gerade den Lichtschalter an der Wand anknipsen, als jemand in Handschuhen sie am Handgelenk packte, ins Innere der Wohnung riss und ihren Schrei mit der anderen Hand erstickte.

Der Eindringling trat die Tür zu und stieß Maryna gegen die Wand. Voller Panik riss sie die braunen Augen auf, ihr Blick schnellte hin und her, um die dunkle Gestalt genauer erkennen zu können. Der Einbrecher stand ganz dicht vor ihr und starrte sie mit kalten, zusammengekniffenen Augen aus zwei Schlitzen in einer Skimaske an, schwere Atemzüge drangen aus einem körperlosen Mund, der durch ein weiteres größeres Loch sichtbar war.

Marynas Knie wurden weich, und sie wäre sicherlich zu Boden gegangen, wäre da nicht die brutale, ihre Schreie und Schluchzer dämpfende Hand gewesen, die ihr den Mund zuhielt und ihren Kopf gewaltsam gegen die Wand drückte.

»Halt's Maul!«, zischte der Einbrecher.

Dann spürte sie es – kalter Stahl, der sich gegen ihre Kehle drückte. Sie konnte es nicht sehen, wagte nicht einmal nach unten zu blicken, aber sie war sich sicher. Er hatte ein Messer! Maryna schloss die Augen und versuchte ihr Schluchzen zu unterdrücken. Ihr Atem ging stoßweise, das Herz schlug ihr bis zum Hals, und ihr Kinn zitterte vor Angst.

»Klappe!«, befahl die furchteinflößende Gestalt erneut. Zentimeter um Zentimeter hob sich die Hand langsam von ihrem Mund, doch sosehr sie sich auch bemühte, Maryna bekam ihre Atmung einfach nicht unter Kontrolle und stieß weiterhin kleine angsterfüllte Kehllaute aus.

Ihre Augen begannen, ihr in der Dunkelheit Streiche zu spielen. Längst vergangene Bilder drängten sich wieder auf. Starke und brutale Männer bedienten sich ihres Körpers, misshandelten sie, lachten sie aus.

»Hör zu!«, befahlt ihr Angreifer. Mit einer Hand umschloss die vermummte Gestalt Marynas Wangenknochen und Nase und riss ihren Kopf zurück, sodass er erneut gegen die Wand knallte. Ein stechender Schmerz schoss ihr durchs Gehirn, und vor ihren Augen begann sich alles zu drehen. Sie versuchte sich zu beruhigen, doch sie schaffte es einfach nicht, ihre verkrampfte Atmung unter Kontrolle zu bringen.

Das Messer drückte sich immer fester an ihre Kehle.

»Weißt du, wer ich bin?«, fragte der Einbrecher mit einem rauen und verhaltenen Flüstern, während er seinen Körper gegen sie presste und sein Gesicht noch näher an ihres drückte. Maryna fühlte sich ausgeliefert und zitterte vor Angst. Sie war gefangen, hilflos und starr vor Schreck. Sie versuchte, sich in Gedanken an einen anderen Ort zu bringen.

Marynas Kopf zuckte kurz hin und her – eine Bewegung, die eher einem Tremor als einer Antwort glich.

»Du hast versucht, Tsao Vang zu bestehlen«, sagte der Angreifer. »Du schuldest ihm was und bist geflohen. Dafür wirst du jetzt bezahlen. Es ist an der Zeit.«

Maryna bekam wieder genug Luft und versuchte zu antworten. »Ich ... wollte nicht ...«

Blitzschnell, bevor Maryna überhaupt reagieren konnte, löste der Mann seine Hand von ihrem Mund und rammte sie ihr zur Faust geballt in den Bauch. Maryna schrie vor Schmerz auf und krümmte sich nach vorne, als ihr Kopf erneut hochgerissen und gegen die Wand geknallt wurde. Wieder spürte sie das Messer an ihrem Hals, doch diesmal konnte sie das laute Schluchzen und die Schmerzenslaute nicht länger unterdrücken.

»Du hast zehn Tage Zeit«, erklärte der Mann, »um Tsao Vang deine Schulden zu begleichen. Zehn Tage.«

Sie versuchte den Mut aufzubringen, zu protestieren, ihm zu erklären, dass sie für die eigene Überfahrt bereits bezahlt hatte und dass es nicht fair sei, sie auch noch für ihre Mutter zahlen zu lassen, die es noch nicht einmal ins Land geschafft hatte. Doch es war zwecklos. Der Schmerz war zu überwältigend, sie konnte sich auf nichts anderes konzentrieren. Ihre Bauchmuskeln wurden von Krämpfen zerrissen, ihr gesamter Bauch schien in Flammen zu stehen.

»Wir wissen, dass du schwanger bist. In diesem Zustand nutzt du uns nichts. Treib den Fötus ab, oder ich komme zurück und mache es selbst.« Der Einbrecher ließ das Messer langsam und bedrohlich vor Marynas Gesicht tanzen. Selbst in der Dunkelheit konnte sie den Stahl aufblitzen sehen.

Der Mann lehnte sich vor, schwang das Messer herum und drückte die Spitze an den Punkt zwischen ihren Schlüsselbeinen, kurz unter dem Hals.

Irgendwo tief in ihrem Inneren fand Maryna die Kraft, sich zu beruhigen und ihr krampfartiges Schluchzen zu unterdrücken. Stocksteif stand sie nun da, während sie nach Atem rang und das Feuer in ihrem Bauch ignorierte. Dann erwiderte sie den kalten Blick ihres Angreifers.

Der Einbrecher kniff angesichts dieser kleinen Trotzreaktion die Augen zusammen und erhöhte den Druck des Messers, das nun Marynas oberste

Hautschicht durchbohrte. Mit chirurgischer Präzision zog er das Messer von Marynas Schlüsselbein hinunter in ihr Dekolleté und fügte ihr einen zehn Zentimeter langen Schnitt zu. Sie schrie auf, als die Klinge durch ihre glatte Haut fuhr.

»Da ist das Zeichen von Tsao Vang«, lachte der Angreifer verächtlich. »Bis die Wunde verheilt ist, musst du in Los Angeles sein. Das nächste Mal ist Tsao vielleicht nicht mehr so gnädig, dann wird sein Zeichen nicht mehr so klein ausfallen.«

Maryna sah entsetzt zu, wie sich der gehässige Mund ihres Angreifers zu einem grotesken Lächeln verzog. Dann lehnte er sich leicht vor und küsste Maryna lange und hart auf den Mund, um die Erniedrigung perfekt zu machen. »Die Männer in Los Angeles sagen, dass sie das hier vermissen«, spottete er.

Am liebsten hätte sie ihn angespuckt, gebissen oder geschlagen, diesen Mann, dem es so viel Freude bereitete, sie zu demütigen. Doch sie wusste, dass jede weitere Form von Widerstand, und sei sie noch so klein, ihre Situation nur noch verschlimmern und ihr Leiden hinauszögern würde. Also zwang sie sich, das zu tun, was sie schon so oft hatte tun müssen – sie löste ihren Geist und zeigte ihrem Angreifer gegenüber keinerlei Reaktion. Sie brachte sich dazu, ihre Gefühle in diesem Moment zu ignorieren. Sie dachte an glücklichere Zeiten – die einfachen Freuden, die sie mit ihrer Mutter geteilt hatte. Sie war weit weg und starrte ihren Angreifer aus ausdruckslosen Augen gleichgültig an.

Plötzlich, genauso überraschend, wie er eingesetzt hatte, war der Übergriff vorbei. Der Angreifer zog das Messer zurück, riss die Tür auf und verschwand in die Nacht.

Maryna spitzte die Ohren, starr vor Schreck und perplex angesichts des plötzlichen Rückzugs ihres Peinigers. Nur das entfernte Zirpen der Grillen drang an ihr Ohr.

In diesem Moment, als die unmittelbare Gefahr vorüber war, schien Maryna in ihren Körper zurückzukehren, wo sie von dem Schmerz und ihrer Angst angesichts dieses Erlebnisses überwältigt wurde. Sie schlug die Hände vor ihr Gesicht und rutschte an der Wand herunter. Dann rollte sie sich auf dem Boden zusammen und schluchzte unkontrolliert in die Dunkelheit hinein.

Schmerzen durchfuhren ihren Bauch und ihre Brust. »Dara, Dara«, weinte sie. »Geht es dir gut, mein Schatz?«

Während ihre Rufe durch die Wohnung hallten, zog sie die Knie an und ließ ihren Tränen freien Lauf. Sie liefen ihr das Kinn herunter und durchtränkten ihre Bluse, wo sie sich mit dem roten Streifen ihres Blutes vermischten.

18

Mittwoch, 19. Mai
Endgültiger Entwurf, Leitartikel, Tidewater Times

Klonen oder nicht klonen, das ist hier die Frage
von Cameron Davenport-Brown

Das unentdeckte Land, von des Bezirk
Kein Wandrer wiederkehrt, den Willen irrt,
Dass wir die Übel, die wir haben, lieber ertragen,
Als zu unbekannten fliehn.
So macht Bewusstsein Feige aus uns allen,
Der angebornen Farbe der Entschließung
Wird des Gedankens Blässe angekränkelt,
Und Unternehmen hochgezielt und wertvoll
Durch diese Rücksicht aus der Bahn gelenkt,
Verlieren so der Handlung Namen.
Hamlet

Wie Hamlet, der den Mut zum Handeln verlor, haben auch wir zugelassen, dass unser kollektives Bewusstsein »Feige aus uns allen [macht]«, wenn es um das Thema Klonen geht. Wir stellen uns dann unsägliche Gräueltaten vor, jenes »unentdeckte Land, von des Bezirk/ Kein Wandrer wiederkehrt«. Es versetzt uns in solche Angst, dass wir einer Technologie keine Chance geben, die das Potenzial birgt, unser aller Leben von Grund auf zu verändern und unbeschreibliches Leid zu lindern.

Wir gehen davon aus, dass schon ein einziger Schritt in diese Richtung uns in das gefürchtete Land führen wird, also erklären wir den gesamten Weg dorthin für illegal. Wir erlassen Gesetze zur Bioethik und verbieten somit jede Form des Klonens. Dann lehnen wir uns mit einem selbstgefälligen Lächeln zurück und schauen dabei zu, wie Tausende von Kranken sterben und Tausende von unfruchtbaren Ehepaaren ihre Kinderlosigkeit beklagen.

Es ist an der Zeit aufzuwachen, den Tatsachen ins Gesicht zu sehen und das Richtige zu tun, egal, was die Panikmacher uns einreden wollen. Wir müssen begreifen, dass wir durchaus in der Lage sind, einen wissenschaftlichen Weg einzuschlagen, der Millionen von Menschen heilen kann, ohne Gefahr zu laufen, eine neue Welt der Frankensteine zu schaffen.

Es ist an der Zeit, dass wir uns über Folgendes klar werden:

Erstens: Menschen werden zukünftig so oder so geklont. Genau wie die Abtreibung ist dies eine Entwicklung, die sich nicht aufhalten lässt. Randgruppen wie die Rael-Bewegung werden weiterhin versuchen, Babys zu klonen, auch wenn sie dafür ins Ausland gehen müssen. Die einzige Frage, die wir uns stellen sollten, ist, ob wir solche Leute auf einen Schwarzmarkt abdrängen oder die gesamte Angelegenheit durch Gesetze regulieren und damit sicher und effektiv machen wollen. Der Vorgang des Klonens ist relativ simpel; die meisten fähigen Embryologen könnten den Eingriff mit einer erschwinglichen Laborausstattung vornehmen. Es ist mit Sicherheit klüger, wenn das Verfahren von unseren besten Wissenschaftlern mit Sorgfalt und Umsicht für positive Zwecke genutzt wird – statt eine Horde von Möchtegern-Wissenschaftlern auf gut Glück damit herumexperimentieren zu lassen, die auf diese Weise Tausende von Embryos in Gefahr bringen und gleichzeitig Tausende von Mutanten erschaffen.

Zweitens: Wir müssen uns bewusst werden, dass es verschiedene Formen des Klonens gibt. Bei dem Verfahren, das sich Blastomeren-Isolation nennt, wird eine Zygote – eine befruchtete Eizelle – in mehr als eine Zelle geteilt. Diese Methode kopiert im Grunde nur die natürliche Ent-

stehung von Zwillingen und kann die Chancen unfruchtbarer Paare auf eine erfolgreiche Empfängnis erhöhen. Hierbei taucht keines der ethischen Probleme auf, die wir gerne mit dem Klonen in Verbindung bringen.

Die andere Art des Klonens hingegen, der sogenannte somatische Zellkerntransfer, beinhaltet tatsächlich den Transfer von Nukleus und Genen einer Person in die Eizelle einer anderen, um so eine genaue Kopie der ersten Person zu erschaffen. Diese Klonmethode hat schon damals mit dem Schaf Dolly für Aufruhr gesorgt.

Obwohl der Kongress es versäumt hat, zwischen diesen Methoden zu unterscheiden und einfach beide durch das Bioethikgesetz verboten hat, können und sollten wir sie unterscheiden. Die erste Methode beinhaltet keines der ethischen Dilemmas, vor die uns die zweite stellt.

Drittens: Wir können und müssen ethische Grundsätze formulieren und durchsetzen. Mit dem Erlass des Bioethikgesetzes hat der Kongress wortwörtlich »das Kind mit dem Bade ausgeschüttet«. Nur weil sich die Klontechnologie missbrauchen lässt, heißt das nicht, dass man sie niemals auf eine verantwortungsvolle, moralisch integre und ethisch vertretbare Weise einsetzen kann. Nehmen wir nur das Beispiel des unfruchtbaren Paares, dessen einzige Hoffnung auf ein Kind in der Blastomeren-Isolation eines gefrorenen Embryos liegt. (Je weniger Embryos vorhanden sind, desto schlechter sind die Aussichten auf eine erfolgreiche Einpflanzung. Deswegen ist es von Vorteil, wenn man zusätzliche »Zwillinge« erschaffen kann.) Sollen wir diesem Paar wirklich sagen müssen, dass es kinderlos durchs Leben gehen wird, nur weil es Wissenschaftlern verboten ist, embryonale Zwillinge zu erschaffen? Und was ist mit der jungen Frau, die dringend ein neues Organ benötigt, aber keinen geeigneten Spender findet? Warum sollte man nicht Stammzellen klonen dürfen, wenn sich daraus eine neue Leber für sie gewinnen lässt?

Viertens: Klonen wirft sehr persönliche, ethische und religiöse Fragen auf, deren Beantwortung man nicht dem Staat überlassen sollte. Wenn wir irgendetwas aus der langen und erbitterten Diskussion gelernt haben, die das Thema Abtreibung in diesem Land ausgelöst hat, dann, dass die Menschen in diesen Angelegenheiten die verschiedens-

ten Ansichten und tief verwurzelte Überzeugungen haben, die auf religiösem Glauben, moralischen Vorstellungen und der eigenen Lebenserfahrung basieren. Es geht um Fragen rund um Fortpflanzung und Familie – hochgradig persönliche und intime Themen, in die sich der Staat nicht einmischen sollte. Ich persönlich finde es furchtbar, dass in Angelegenheiten, die meine Familienplanung betreffen, unsere Regierung die Moralpolizei spielt.

Hier geht es nicht um irgendwelche akademischen Theorien; das hier ist mein Leben. In der heutigen Tageszeitung werden Sie wahrscheinlich einen Artikel finden, der über meine Klage gegen GenTech und andere berichtet, in deren Rahmen ich außerdem die Bioethikgesetze anfechte. Um eine ausgeglichene Berichterstattung zu gewährleisten, wird morgen an gleicher Stelle ein Leitartikel erscheinen, der von Senator Jeffrey McWaters verfasst wurde, einem Befürworter des Bioethikgesetzes, damit er die Gelegenheit hat, diese Rechtsvorschriften zu verteidigen.

Bitte glauben Sie mir, wenn ich Ihnen sage, dass ich mich nicht um diesen Kampf gerissen habe – ich ziehe hier nicht in den Krieg, um das Aushängeschild der Pro-Klonen-Bewegung zu werden. Alles, was ich wollte, war, das einfache, doch tief empfundene Glück zu erfahren, das vielen anderen Frauen widerfährt – ich wollte die Möglichkeit erhalten, Mutter eines gesunden Kindes zu werden, das gute Aussichten auf ein glückliches Leben hat.

Ich bin die Mutter von acht geklonten Embryos, die tiefgekühlt in den Laboren von GenTech gelagert werden. Sie wurden zu einer Zeit geklont, als dies noch nicht verboten war. Nun soll eine Schar Juristen – die nichts über mich wissen und kaum etwas von Bioethik verstehen – für mich entscheiden, ob diese Embryos leben sollen oder entsorgt werden. Im Grunde ist Hamlets Frage nach »Sein oder Nichtsein« für uns alle bedeutsam. Ich bete, dass wir den Mut haben, sie gerecht zu beantworten.

* * *

Cameron las sich zum x-ten Mal ihren Entwurf durch und widerstand dem Drang, weitere Änderungen vorzunehmen. Sie war sich bewusst, dass sie mit dem Artikel niemals wirklich zufrieden sein würde, doch irgendwann musste sie es gut sein lassen. Falls GenTech nicht bereit war, einen Kompromiss einzugehen, und sie die Klage heute einreichen mussten, hatte ihr Redakteur eingewilligt, ihre Kolumne am Donnerstag als Leitartikel zu bringen. Sie musste ihm versprechen, den Artikel direkt am frühen Morgen einzureichen, damit noch genug Zeit blieb, ihn von der Rechtsabteilung prüfen zu lassen.

Camerons Schuss vor den Bug würde im ganzen Land für Aufruhr sorgen. Sie wusste, dass das Ausmaß des medialen Interesses, das sich schon bald auf sie richten würde, alles übersteigen würde, was sie jemals erlebt oder gesehen hatte.

Resigniert schüttelte sie den Kopf, klickte auf »senden« und schickte den Artikel durch den Cyberspace auf den Schreibtisch ihres Redakteurs. So. Das war erledigt.

Sie lehnte sich zurück, atmete tief durch und fragte sich, ob sie bereit war. Eines wusste sie genau – ab jetzt würde nichts mehr so sein wie zuvor.

19

Mittwoch, 19. Mai

Wie Nikki es vorhergesagt hatte, erschien Mitchell Taylor viel zu früh im Bundesgericht. Er wartete eine Viertelstunde, bis der Gerichtsdiener auftauchte und ihm den Gerichtssaal aufschloss. Die Verhandlung selbst würde erst in fünfundvierzig Minuten beginnen. Er legte seine Aktentasche auf dem Tisch neben der Geschworenenbank ab und sah sich langsam um. Sich um die eigene Achse drehend und mit offenem Mund sog er die ehrfurchtgebietende Atmosphäre des Raums in sich auf.

Seine allererste Verhandlung. Diesen Tag würde er niemals vergessen.

Zwanzig Minuten später tauchten die anderen Beteiligten auf. Leise und mit gesenkten Köpfen erschienen einer nach dem anderen die Geschworenen und nahmen in den Zuschauerreihen Platz. Dann traf auch Melinda Parsons ein, die aufgeregt und nervös aussah. Sie hatte ihre beachtliche Statur in ein knielanges Kleid gequetscht, das ihr, als sie noch fünf Kilo leichter war, wahrscheinlich besser gepasst hatte. Als Nächstes fand sich die Gerichtsschreiberin ein, die ihren Posten unter der Richterbank einnahm und ihren Stenografen mit Papier bestückte.

Dann endlich kam auch Mack Strobel durch die Tür. Er wirkte fast überlebensgroß, vor Selbstbewusstsein strotzend ging er durch den Zuschauerraum auf die Richterbank zu, gefolgt von einer jungen und hübschen Assistentin und dem gut gekleideten Vertreter der Spedition.

Mack ging auf Mitchell zu und schüttelte ihm die schweißnasse Hand.

»Ich habe mein Scheckbuch mitgebracht«, sagte Mack leise. »Die Hunderttausend sind noch zu haben.«

»Machen Sie Hundertfünfzigtausend draus, und ich schlage ein«, erwiderte Mitchell etwas lauter, in der Hoffnung, dass einer der Geschworenen versuchte, ihr Gespräch zu belauschen.

Mack lächelte. Diesmal flüsterte er nicht. »Nun, zumindest haben wir versucht, uns allen sowohl den Zeitaufwand zu ersparen« – hier legte er eine Pause ein, um seine Worte wirken zu lassen – »als auch die Peinlichkeit, diesen Fall tatsächlich zu verhandeln. Es ist nicht meine Art, alte Delikte aufzudecken, es sein denn, ich werde dazu gezwungen.«

Mitchell wurde starr. Er spürte Melinda Parsons empörten Blick in seinem Rücken und sah, wie sich einige der Geschworenen interessiert vorlehnten.

»Nun«, erwiderte Mitchell ganz sachlich, »wenn Sie über peinliche Vorfälle sprechen wollen, dann warten Sie nur ab, bis ich den Geschworenen mitteile, dass Ihre Kanzlei sich nicht einmal die Mühe gemacht hat, die Fahrer der Spedition auf alte Anzeigen wegen Trunkenheit am Steuer zu überprüfen.«

»Wovon reden Sie da überhaupt?«, schnappte Strobel. »Mein Mandant hat keine Anzeigen wegen Trunkenheit am Steuer.«

»Tatsächlich?«, fragte Mitchell sarkastisch. Dann drehte er Strobel den Rücken zu und fing an, durch seine Unterlagen zu blättern.

Melinda Parsons verfolgte gespannt, wie Strobel seinen Platz einnahm.

Dann rutschte sie zu Mitchell herüber und flüsterte ihm ins Ohr. »Der Fahrer des LKW ist schon einmal wegen Trunkenheit am Steuer verhaftet worden?«

»Das habe ich mit keinem Wort behauptet, oder?«

Sie warf ihm einen verwirrten Blick zu, dachte einen Moment lang nach und runzelte schließlich die Stirn. »Nein«, erwiderte sie, »das haben Sie wohl nicht.«

* * *

Um 9.15 Uhr fehlten immer noch zwei der wichtigsten Akteure im Fall Parsons. Es schien niemanden zu überraschen, dass Billy Davenport es noch nicht geschafft hatte, das Gericht mit seiner Anwesenheit zu beehren. Alle paar Minuten fragte Melinda Parsons nach, wo er nur bliebe, und Mitchell versicherte ihr immer wieder, dass *The Rock* auf jeden Fall erscheinen würde. »Sie wissen doch, wie schlimm der Verkehr in Tidewater werden kann«, sagte er dann.

Doch ohne die zweite Beteiligte - die ehrenwerte Richterin Cynthia Baker-Kline - konnten sie nicht anfangen. Auch wenn das Verfahren für neun Uhr angesetzt worden war, kam die Richterin, theoretisch betrachtet, nicht zu spät. Alle Anwälte, die schon einmal mit ihr zu tun gehabt hatten, wussten ganz genau, dass es erst dann neun Uhr war, wenn Mrs Baker-Kline durch die Tür schritt - keine Minute früher oder später.

»Erheben Sie sich«, rief der Gerichtsdiener, »die ehrenwerte Cynthia Baker-Kline hat den Vorsitz.«

Sie betrat den Saal und sah wie immer wütend aus. Mit finsterem Blick nahm sie in ein paar langen schnellen Schritten ihren Platz hoch oben auf der Richterbank ein. Ihr Körper schien nur aus Armen und Beinen zu bestehen, und ihre spitzen, schlaksigen Knochen waren sogar unter der weiten Richterrobe erkennbar. Sie trug die schwarzen Haare streng zurückgezogen, hatte eine lange gebogene Nase und einen hervorstehenden Kiefer, der den prozessierenden Parteien förmlich entgegensprang. Von den Anwälten wurde sie - natürlich nur hinter ihrem Rücken - Ichabod genannt, nach einer Figur aus dem Disney-Film »Die Abenteuer von Ichabod und Taddäus Kröte«. Die Ähnlichkeit war unverkennbar.

Ichabod ließ sich nieder und schob sich ihre halbmondförmige Lesebrille auf die Nasenspitze. Mitchell starrte die Brille gebannt an, sie drohte jeden Moment herunterzufallen.

»Nehmen Sie Platz«, befahl sie mit nasal greller Stimme. »Anwälte zu mir!«

Mitchell schaute sich schnell im Gerichtssaal um - noch immer war keine Spur von *The Rock* zu sehen –, dann trat er zögernd an die Richterbank heran, wo Strobel bereits auf ihn wartete.

Die Richterin legte die Hand über ihr Mikrofon. »Warum wurde dieser Fall nicht außergerichtlich geklärt?«, verlangte sie zu wissen.

Strobel räusperte sich. »Euer Ehren«, erklärte er feierlich, »in diesem Fall geht es um äußerst fragwürdige Schadensersatzforderungen im Zusammenhang mit einem Autounfall. Um genau zu sein, vierundzwanzigtausend Dollar nur für Arztrechnungen, wobei die meisten Behandlungen überflüssig waren, und wir haben bereits hunderttausend angeboten, was die Abdeckungssumme der Versicherung darstellt.«

Ichabod wandte sich Mitchell zu. »Entspricht das den Tatsachen?«

»Die Rechnungen sind alle legitim. Außerdem wurde meiner Mandantin aufgrund der Tatsache, dass zwei ihrer Wirbel zusammengeschweißt werden mussten, eine dauerhafte Behinderung von 20 Prozent bescheinigt.«

»Hat er Ihnen hunderttausend angeboten?«, fragte Ichabod Mitchell mit zornigem Blick.

»Ja, hat er.«

»Nehmen Sie das Angebot an.«

»Euer Ehren, bei allem gebotenen Respekt, aber wir empfinden hunderttausend nicht als angemessene Entschädigung ...«

»Sparen Sie sich das«, schnappte Ichabod und schnitt ihm das Wort ab. »Ich kann Sie nicht zwingen, auf einen Vergleich einzugehen, das weiß ich selbst. Aber lassen Sie mich Ihnen kurz erklären, wie es bei uns am Bundesgericht tatsächlich zugeht.« Ihr Blick wanderte von Mitchell zu Strobel, dann wieder zurück zu Mitchell. Er spürte, wie sich ihm die Nackenhaare aufstellten und sich sein Kampfgeist regte.

Sie hat sich noch nicht einmal die Beweislage angehört! Es ist ihre Aufgabe, diesen Fall zu verhandeln und nicht einen Vergleich zu erzwingen. Und wenn ich mich zusätzlich zu Strobel auch noch gegen die

Richterin stellen muss, um ein gerechtes Urteil für meine Mandantin rauszuschlagen, dann soll es so sein.

»Mr Taylor, hören Sie mir überhaupt zu?«

»Ja, Euer Ehren«, erwiderte Mitchell widerwillig.

»Dann hören Sie mir gut zu. Ich habe mehr als dreihundert Asbestosefälle, die auf ihre Verhandlung warten. Ich habe außerdem Kartellverstöße, Produkthaftungsfälle, Drogendelikte, Verschwörungsdelikte und Verstöße gegen den RICO-Act zu verhandeln. Ich will nicht, dass die wertvolle Zeit dieses Gerichts mit der Verhandlung eines banalen Autounfalls verschwendet wird. Sie beide wären gar nicht hier, wenn Ihre Mandanten nicht zufällig aus verschiedenen Bundesstaaten kämen. Ich bin mir bewusst, dass ich Sie nicht zwingen kann, einen Vergleich einzugehen, aber es gibt etwas anderes, das in meiner Macht steht. Mr Taylor und Mr Strobel« – beide Anwälte nickten –, »heute Vormittag werde ich eine halbstündige Pause anordnen, heute Mittag eine ganze Stunde und nachmittags nochmals eine halbe Stunde. Ich fordere Sie auf, jede Minute, jede einzelne Minute dieser Pausen damit zuzubringen, die Bedingungen für einen Vergleich zu diskutieren.« Sie hielt inne und atmete langsam und tief aus – das Inbild bis an die Grenzen ausgereizter Geduld. »Ist das klar?«

»Ja, Euer Ehren«, erwiderten beide Männer im Chor.

»Keine Besprechungen mit Zeugen, kein Mittagessen ohne den anderen, keine Anrufe an die Kanzlei – Sie beide setzen sich zusammen und finden einen Weg, diesen Fall außergerichtlich zu klären.«

»Wir werden uns bemühen«, versprach Strobel.

»Mr Taylor?«, wandte sich Ichabod mit hochgezogenen Brauen an Mitchell.

»Wir werden uns bemühen«, versprach er.

»Sehr gut. Dann lassen Sie uns damit anfangen, die Geschworenen auszuwählen.«

Mitchell ging zu seinem Tisch zurück und nahm neben Melinda Parsons Platz.

»Wie ist es gelaufen?«, fragte sie flüsternd.

»Gut«, erklärte Mitchell. »Ich glaube, sie mag mich.«

20

Jetzt gibt es kein Zurück mehr, dachte Cameron, während sie den Hörer auflegte.

Nora hatte ihr soeben mitgeteilt, dass Blaine Richards ihren Kompromissvorschlag abgelehnt hatte. Nora wollte gleich Mitchell anrufen und ihn beauftragen, noch heute Nachmittag die Klageschrift einzureichen. Später am Tag würde Nora eine Pressekonferenz in Washington D.C. abhalten, da es wichtig sei, so schnell wie möglich Einfluss auf die öffentliche Meinung zu nehmen.

Auch Cameron versuchte, Mitchell in der Kanzlei zu erreichen, bekam aber nur Sandra an den Apparat, die ihr mitteilte, dass Mitchell bei Gericht sei, und ihr seine Handynummer gab.

»Er darf es nicht mit in den Gerichtssaal nehmen«, erklärte Sandra. »Aber die Marshals werden ihm sein Telefon zurückgeben, sobald er das Gebäude verlässt. Das ist die schnellste Möglichkeit, ihm eine Nachricht zu übermitteln.«

Cameron wählte die Nummer. Mitchells Stimme forderte sie auf, eine Nachricht zu hinterlassen.

»Ähm, Mitchell, hier spricht Cameron. Hören Sie zu, entweder hat Nora Sie bereits erreicht, oder sie versucht es später, um ihnen mitzuteilen, dass Sie grünes Licht haben, heute meine Klage einzureichen. Wie Sie sich sicherlich vorstellen können, wird dieser Fall für viel Wirbel sorgen, und ich glaube, dass es entscheidend sein wird, in dieser Sache immer einen Schritt voraus zu sein. Wenn wir es schaffen, unsere Sicht der Dinge als Erste zu präsentieren, gelingt es uns vielleicht, auch die Debatte zu unseren Gunsten zu beeinflussen.«

»Also ... Ich hoffe, dass es Ihnen nichts ausmacht, aber ich habe einige der Kollegen hier bei der Zeitung eingeweiht und ihnen gesagt, dass Sie heute Morgen am Gericht sein werden. Nora wird um 15 Uhr eine Pressekonferenz in D.C. geben, und ich habe einen Artikel für die Zeitung geschrieben. Aber ich dachte, dass Sie vielleicht, wenn es Ihnen nichts ausmacht, zur weiteren Unterstützung unserer Sache ein paar kernige Sprüche auf den Treppen des Gerichtsgebäudes abgeben könnten.«

»Wie auch immer. Danke, Mitchell. Wir hören später voneinander. Ich hoffe, dass Ihr Verfahren gut für Sie ausgeht.«

Cameron legte auf und rief sofort die Gerichtsberichterstatter ihrer Zeitung an wie auch eine Reihe enger Freunde, die für die ansässigen Niederlassungen von NBC, CBS, ABC und FOX arbeiteten. Großzügig machte sie ihnen gegenüber einige inoffizielle Aussagen zu dem Fall und versprach, dass später ausführliche Interviews folgen würden.

Sie war sich ziemlich sicher, dass die erste Runde der Berichterstattung an sie gehen würde, das konnte sie ihren Kollegen anhören. Für diese Exklusivberichte hatte sie etwas bei ihnen gut. Sie standen in ihrer Schuld. Und zwar nicht zu knapp.

* * *

Um genau zehn Uhr, gerade als die Geschworenen im Begriff waren, Platz zu nehmen, schneite *The Rock* zur Tür herein. Mit leeren Händen, aber dafür gut gekleidet, schlenderte er den Gang des Gerichtssaals hinunter. Als er sich ihrem Tisch näherte, rutschte Melinda Parsons beiseite, damit er sich zwischen sie und Mitchell setzen konnte.

Der Geruch schlug ihnen schon ins Gesicht, bevor *The Rock* sie überhaupt erreichte. Mitchell kannte ihn aus seiner Zeit an der Uni. Es war der Gestank schalen Alkohols, der sich selbst mit einem starken Mundwasser und großzügigen Mengen Aftershave nicht überdecken ließ. Die rote Knollennase und seine blutunterlaufenen Augen bestätigten, was die Fahne nahelegte – *The Rock* hatte an diesem Morgen bereits tief in die Flasche geschaut. Mitchell vermutete, dass *The Rock* dem Druck einer Verhandlung ohne die Unterstützung zahlreicher Drinks einfach nicht standhielt.

»Schön, dass Sie sich doch noch zu uns gesellen, Mr Davenport«, sagte Ichabod.

The Rock kam auf die Füße, wobei er sich mit der Hand auf der Tischplatte abstützen musste, um das Gleichgewicht zu halten. »Vielen Dank, Euer Ehren.« Er lächelte abwesend und ließ sich langsam wieder auf seinen Stuhl fallen.

»Wünscht der Anwalt der Klägerpartei ein Eröffnungsplädoyer zu halten?«, fragte die Richterin.

The Rock war im Begriff, sich zu erheben, doch Mitchell streckte den Arm aus und legte seinem Partner die Hand auf den Arm. »Ich mach das schon«, flüsterte er.

Er stand auf und knöpfte sich das Jackett zu. »Ja, Euer Ehren.«

»Nun gut. Fangen Sie an.«

In den nächsten fünfzehn Minuten brillierte Mitchell Taylor. Es fühlte sich für ihn ganz natürlich an, zu den Geschworenen zu sprechen, er war in seinem Element. Drei Jahre lang hatte er sich auf diesen Moment vorbereitet. Er hatte Kurse in Verhandlungspraxis belegt, bei Wettbewerben unzählige Fälle vor dem Scheingericht der Uni gewonnen und seinen Auftritt stundenlang vor dem Spiegel geübt. Die Geschworenen schienen ihn zu mögen, und mit jedem Satz wurde er selbstbewusster. Schon bald prangerte er die Kaltschnäuzigkeit der Speditionsfirma an, drückte für seine Mandantin auf die Tränendrüse – nichts sei in ihrem Leben wie zuvor – und flehte die Geschworenen an, dafür zu sorgen, dass die Gerechtigkeit siegen würde. Zwischendurch warf er sogar Ichabod heimlich einen Blick zu, die sich gegen ihren Willen in den Bann seiner Worte hatte ziehen lassen.

Langsam kam er zum Ende – er wollte sich kurz fassen –, als er sich an Nikkis Rat erinnerte, eine übertriebene Summe Geld zu fordern. Nikkis Rat war richtig gewesen. Dies war Melinda Parsons einzige Chance, zu ihrem Recht zu kommen. Nach dieser Verhandlung ging das Leben für alle anderen ganz normal weiter. Doch für Melinda, deren Leben der Unfall für immer verändert hatte, bedeutete der Ausgang dieses Verfahrens einfach alles.

Mitchell setzte ein todernstes Gesicht auf und senkte die Stimme auf genau die richtige Tonlage. »Dies ist die einzige Chance auf Gerechtigkeit, die meine Mandantin je bekommen wird«, erklärte er, während er den Geschworenen direkt in die Augen sah, »und der einzige Weg, den unser Rechtssystem vorsieht, um sie für alles, was sie verloren hat, zu entschädigen, ist, den Beklagten für ihre Verletzungen zahlen zu lassen. Ich weiß, dass unsere Gesetzgebung mir das Recht einräumt, Ihnen einen angemessenen Betrag vorzuschlagen, doch bitte vergessen Sie nicht, dass es schlussendlich Ihre Aufgabe ist, eine Summe festzulegen, die Sie für angebracht halten. Ich habe viel darüber nachgedacht und nehme diese Verantwortung sehr ernst. Sorgfältig habe ich die Schmerzen und das Leid ermessen, denen meine Mandantin ausgesetzt ist; und ich habe außerdem die Tatsache in Betracht gezogen, dass sie nicht mehr in der Lage ist, eine für sie ansprechende Anstellung zu finden, dazu noch die nicht enden wollenden Arztrechnungen und die hohe Wahrscheinlichkeit, sich einer weiteren Operation unterziehen zu müssen. Deswegen bin ich zu dem Schluss gekommen, dass ein gerechtes Urteil nicht geringer als auf 175 000 Dollar Schadensersatz ausfallen darf.«

Mitchell brachte seine Worte mit so viel Überzeugungskraft hervor, wie er nur irgend aufbringen konnte, doch er sah einige Geschworenen irritiert blinzeln und andere schwer schlucken. Damit sie ihre zögerliche Haltung überwanden, musste er ihnen noch mehr stichhaltige Argumente liefern.

»Sie denken jetzt vielleicht: Ist das nicht ein bisschen viel Geld, das der Beklagte zahlen soll? Das scheint Mrs Parsons gegenüber vielleicht fair zu sein, doch ist es auch fair für den Beklagten? Nun, Sie sollten wissen, dass der Beklagte nicht die komplette Forderung wird zahlen müssen, da er über eine Haftpflichtversicherung verfügt ...«

Kaum hatte Mitchell diese Worte ausgesprochen, war Strobel schon empört aufgesprungen. »Einspruch, Einspruch!«, rief er wie besessen. Ichabod hämmerte mit ihrem Richterhammer auf den Tisch, und selbst *The Rock*, der bis zu diesem Zeitpunkt mit einem entrückten Lächeln still an seinem Platz gesessen hatte, schlug jetzt die Hände vors Gesicht.

»Euer Ehren, das ist ausgesprochen unangebracht, und ich stelle den sofortigen Antrag auf Feststellung der Ungültigkeit des Verfahrens wegen schwerer Verfahrensverstöße«, donnerte Strobel.

In all dem Tumult wandte sich Mitchell von den Geschworenen ab und fasste die Richterin und Strobel ins Visier. »Euer Ehren, jedes Wort von dem, was ich gerade sagte, ist die Wahrheit. Ich kann nichts dafür, wenn Mr Strobel versucht, den Geschworenen diese Tatsachen zu verheimlichen.«

»Anwälte zu mir!«, rief Ichabod erzürnt. Ihr Gesicht lief puterrot an, als sie sich auf ihre Ellenbogen gestützt vorbeugte. Mitchell eilte, so schnell er konnte, zur Richterbank.

»Sie auch!«, forderte Ichabod *The Rock* mit schneidender Stimme und bösem Blick auf. Der alte Anwalt erhob sich gemächlich, fand sein Gleichgewicht und stapfte gemütlich nach vorne.

Die Fahne war wieder deutlich zu riechen. Mitchell versuchte, sie etwas abzublocken, indem er sich zwischen seinem Partner und der Richterin aufstellte.

»Machen Sie ihm etwas Platz«, schnappte Ichabod.

So viel zu diesem Plan.

»Mr Taylor, ich weiß nicht, was Ihnen heutzutage an der juristischen Fakultät beigebracht wird.« Ichabods Stimme hatte eine schrille Tonlage erreicht und überschlug sich fast, obwohl sie sich bemühte, leise zu sprechen, damit die Geschworenen nichts von all dem mitbekamen. »Aber Ihr letzter Kommentar war äußerst unangebracht. Extrem unangebracht.« Sie hielt inne, kniff die Lippen zusammen und stieß ein paar abgehackte Atemzüge aus ihrem schnabelähnlichen Mund. »Der Versicherungsschutz wird in einer Geschworenenverhandlung niemals – *niemals* – erwähnt. Das ist einfach zu benachteiligend, wissen Sie das denn nicht?«

»Das hat mir niemand gesagt«, erwiderte Mitchell verzweifelt. »Auf jeden Fall steht davon nichts in der Prozessordnung oder den Beweisregeln.«

»Manche Regeln sind nicht auf Papier geschrieben«, erklärte sie etwas milder. Sie richtete ihren strengen Blick nun auf *The Rock*. »Das ist der Grund, warum junge Anwälte diese Dinge von erfahrenen Mitgliedern der Anwaltskammer beigebracht bekommen sollten.« Sein Blick war stur auf den Boden geheftet. Es schien Mitchell so, als versuchte sein Partner, die Luft anzuhalten.

»Mr Davenport?«

The Rock blickte auf. Er presste die Lippen aufeinander und atmete nur durch die Nase.

»Ich mache Sie für diesen Zwischenfall verantwortlich«, erklärte Ichabod schroff. »Es ist Ihre Aufgabe, einen jungen Anwalt wie Mr Taylor in diese Dinge einzuweihen.«

The Rock murmelte eine unverständliche Antwort vor sich hin. Mitchell ging davon aus, dass er so etwas wie »Jawohl, Euer Ehren« gesagt hatte, aber das ließ sich nicht mit Sicherheit sagen, da sein Partner entschlossen schien, mit geschlossenem Mund zu sprechen.

»Ich werde Mr Strobels Antrag auf Neuverhandlung stattgeben – mir bleibt in diesem Fall keine andere Wahl –, aber Sie, Mr Davenport, werde ich zur Verantwortung dafür ziehen, dass Sie die wertvolle Zeit dieses Gerichts verschwendet haben. Sie werden Mr Strobel jede Minute zahlen, die er heute mit diesem Fall zugebracht hat, und zwar zu seinem üblichen Stundensatz. Haben Sie mich verstanden?«

Wieder ließ *The Rock* nur ein beschwichtigendes Gemurmel hören.

»Euer Ehren?«, fragte Mitchell.

»Was denn noch?!«

»Euer Ehren, es tut mir leid, dass ich die Versicherung erwähnt habe, aber können Sie die Geschworenen nicht einfach anweisen, meinen Kommentar zu ignorieren ...?«

»Nein. Die Katze ist aus dem Sack. Das können sie nicht einfach außer Acht lassen.«

»Nun gut, Euer Ehren, aber es ist nicht gerecht, Mr Davenport für meine Fehler zu bestrafen. Ich habe mein Verhalten zu verantworten, nicht er.«

»Diese Entscheidung werden Sie wohl mir überlassen müssen, Mr Taylor. Also, Gentlemen, bitte kehren Sie an Ihre Plätze zurück, damit wir die Geschworenen entlassen können.«

»Ja, Eurer Ehren«, sagten die drei Anwälte im Chor.

Dieses Mal öffnete *The Rock* beim Reden den Mund und sprach die Worte deutlich aus. Seine Fahne haute Mitchell fast um.

Wie ausgeschimpfte Schulkinder wandten sich die Anwälte von der Richterbank ab und schlurften zu ihren Plätzen zurück.

»Sind die hunderttausend noch zu haben?«, fragte Mitchell Mr Strobel aus dem Mundwinkel.

»Träumen Sie weiter«, erwiderte Strobel kalt.

* * *

Geistesabwesend holte Mitchell sein Handy am Metalldetektor ab, während er immer noch damit beschäftigt war, *The Rock* eine Standpauke zu halten. Mit einem Blick auf das Display stellte er fest, dass ihm jemand zwei Nachrichten hinterlassen hatte.

Die höre ich mir später an, dachte er. Es gab noch ein, zwei Dinge, die er *The Rock* mitzuteilen hatte.

Ohne seine Schimpftirade an *The Rock* abreißen zu lassen, der neben ihm her schwankte, marschierte Mitchell zur Eingangstür hinaus, mitten in das grelle Licht von einem halben Dutzend Fernsehkameras, die alle auf ihn gerichtet waren.

»Sind Sie Mitchell Taylor?«, riefen ihm mehrere Stimmen entgegen.

The Rock trat einen Schritt zur Seite und zeigte auf Mitchell. »Das ist Ihr Mann.«

Sofort ging das Blitzlichtgewitter los, Galgenmikrofone senkten sich zu ihm hinab, und die Reporter drängten sich ihm entgegen.

Was zum Henker ...?

»Stimmt es, dass Sie die Zeitungskolumnistin Cameron Davenport-Brown im Fall gegen die Bioethikgesetze vertreten?«, rief einer der Journalisten.

»Werden Sie heute die Klageschrift einreichen?«, fragte ein anderer laut.

Mitchell atmete einmal tief durch, straffte die Schultern und setzte sein Pokergesicht auf.

»Meine Mandantin kämpft um das Leben von acht winzigen, eingefrorenen Embryos ...«, setzte er an.

Kameras wurden eingeschaltet, Reporter schrieben wild mit, während *The Rock* sich heimlich von der Menge entfernte und in Richtung seines Autos davonschlich. Aus dem Augenwinkel beobachtete Mitchell die schnelle Flucht seines Arbeitgebers. Der alte Mann sah aus, als könnte er jetzt einen starken Drink gebrauchen.

21

Mittwochmittag war Maryna das Weinen leid. Jeder Schluchzer riss an den Nähten auf ihrer Brust und fuhr ihr durch den Bauch. Sie hatte sich ausgeweint, fand keine Tränen mehr.

Sie versuchte, die quälende Angst für ein paar Minuten zu verdrängen, doch immer wieder kam ihr die Galle hoch. Ihre Gedanken und Emotionen wurden von ihren Problemen beherrscht, von ihrer Einsamkeit und der großen Verantwortung, die sie gegenüber Dara empfand.

Vorsichtig lief sie in ihrer kleinen Wohnung hin und her und stopfte ihre Habseligkeiten in eine große Reisetasche und einen bereits überquellenden Rucksack. Jeder Gegenstand, den sie in die Hände nahm, stellte einen emotionalen Wert für sie dar, doch sie versuchte, ihre Vernunft und nicht ihre Gefühle darüber entscheiden zu lassen, was sie mitnahm. Brauchte sie das unbedingt? War es zu sperrig? Oder zu schwer? Sie würde niemals wieder hierherkommen. Die Snakeheads wussten, wo sie wohnte. Alles, was sie zurückließ, war für immer verloren.

Den kleinen Holzbuddha packte sie ein, doch die übrigen Teile des kleinen Schreins, der auf ihrer Kommode stand, würde sie zurücklassen. Sie würde einfach einen neuen Schrein aufstellen, sobald sie eine neue Bleibe gefunden hatte. Für Kopfkissen oder Decken hatte sie nicht genug Platz, auch der CD-Player, der erst einen Monat alt war, musste hier bleiben. Der Verlust ihrer Schuhsammlung schmerzte sie am meisten. Sie würde ihre Birkenstocks anziehen und nur ein paar elegante Sandalen einpacken. Alle anderen musste sie aufgeben.

Sie stopfte so viele Kleidungsstücke wie nur möglich in die große Reisetasche, setzte sich oben drauf, um den Inhalt ein wenig platt zu drücken, und versuchte dann mit aller Gewalt, den Reißverschluss zuzuziehen. Als Nächstes war der Rucksack dran, der auch erst vollgepackt, zusammengestaucht und weiterbepackt wurde. Maryna warf einen sehnsüchtigen Blick auf all die Bücher, die sie selbst gekauft und so geliebt hatte. Sie waren ihr Zuflucht und Wissensquelle gewesen, aber gleichzeitig schwer und unhandlich, also mussten auch sie zurückbleiben.

Als Letztes packte sie ein paar Fotos ihrer Freunde, die sie bei der Arbeit kennengelernt hatte, und ihr kleines Ringbuch-Tagebuch in eine der Seitentaschen ihres Rucksacks. Sie ließ den Rucksack auf das Bett fallen und zuckte bei dem Schmerz, der dabei ihre Brust durchfuhr, unwillkürlich zusammen. Ein letztes Mal ließ sie sich auf das Bett plumpsen, legte sich auf den Rücken, starrte die Decke an und traute sich nicht, die Augen zu schließen.

Immer noch tobten die Ereignisse des letzten Abends durch ihren Kopf. Sie erinnerte sich noch ganz deutlich an den Eindringling, an sein heimtückisches Lächeln, die schwarzen Augen, die entsetzlichen Drohungen und sein scharfes Messer. Jedes Mal, wenn sie die Augen schloss, spulten sich die Bilder erneut in ihrem Kopf ab. Sein Atem, sein Körper, der brutale, salzig schmeckende Kuss.

Doch der Rest des Abends war nur noch ein verschwommener Brei. Sie erinnerte sich, dass sie einen Krankenwagen gerufen hatte. Freundliche und kompetente Sanitäter hatten sie schnell ins Elizabeth-City-Krankenhaus gebracht. Wieder und wieder erzählte sie den Ärzten die gleiche Geschichte, die diese mit hochgezogenen Brauen und ungläubigen Blicken quittierten. »Ich bin die Treppen runtergefallen«, versuchte sie ihnen weiszumachen, »während ich ein Messer in der Hand hatte.«

Sie informierte die Ärzte immer wieder, dass sie nicht versichert war und sich ihre medizinische Versorgung nicht leisten konnte, aber niemand schien ihr zuzuhören. Sie erinnerte sich, wie sie auf der Transportliege lag und zu den besorgten Gesichtern aufschaute, die über ihr schwebten und ihr Mut zusprachen. Dann entfalteten die Schmerzmittel ihre Wirkung, und die Nacht wurde zum Morgen.

Alles würde gut werden, versicherten ihr die Ärzte. Sie würde noch eine Weile mit den Schmerzen zu tun haben, aber wieder ganz gesund werden. Auch dem Baby ging es gut. Die Fruchtblase war nicht gerissen und der Herzschlag ebenfalls in Ordnung. Marynas Brust musste mit ein paar Stichen genäht werden. Sie benutzten Plastikgarn, das sich von selbst auflösen würde. Es hätte sehr viel schlimmer kommen können, teilten die Ärzte ihr mit. Der Schnitt war nicht tief und verlief gerade. Mit ein wenig Glück würde die Narbe später kaum sichtbar sein. »Wenn Sie in der Sonne braun werden, wird man sie vielleicht sehen können, aber ansonsten werden Sie ein Mikroskop brauchen, um sie zu erkennen«, sagte einer der Ärzte zu ihr.

Maryna war froh, das Krankenhaus wieder verlassen zu können, und unendlich erleichtert, dass Dara nichts zugestoßen war. Eine der Krankenschwestern war sogar so nett, sie nach Hause zu fahren. Doch als Maryna durch die Tür trat und all das Blut sah, fing sie sofort wieder an zu zittern und zu schluchzen. Ihr wurde schwindelig, und sie musste sich auf das Bett legen, um sich wieder zu fangen. Als es ihr endlich etwas besser ging, rief sie im Surf House Restaurant an, um zu sagen, dass sie eine Zeit lang nicht zur Arbeit erscheinen würde.

»Es ist besser, wenn du nicht wiederkommst«, sprach der Tagesmanager leise durch das Telefon. »Zwei Beamte der Einwanderungsbehörde waren heute hier und haben alle möglichen Fragen gestellt. Es scheint so, als hätte dich jemand verraten.«

In diesem Moment wusste Maryna, dass sie nicht länger bleiben konnte. Die Snakeheads wussten, wo sie wohnte. Sie wussten, wo sie arbeitete. Sie hatten sie verfolgt und in die Falle gejagt. Maryna kannte die Geschichten, wie die Gang üblicherweise ein Exempel statuierte. In L.A. hatte sie es mit eigenen Augen gesehen. Es war höchste Zeit, sich davonzumachen und woanders neu anzufangen.

Diesmal würde sie schlauer vorgehen. Das musste sie auch, da sie nun nicht mehr allein war. Sie war schwanger. Sie hatte eine Verantwortung Cameron und Dara gegenüber. Sie schloss die Tür ab, zog alle Rollos herunter, schaltete den Fernseher an, um die beunruhigende Stille zu verdrängen, und machte sich daran, weiterzupacken.

Bevor sie diese Wohnung für immer verlassen würde, hatte sie noch eine letzte Aufgabe zu erledigen. Es war etwas, das sie schon seit einer Stunde vor sich herschob, seit dem Moment, in dem sie beschlossen hatte, dass es getan werden musste. Es war Zeit, stark zu sein. Sie konnte ihre eigenen Ausflüchte und das ewige Aufschieben nicht mehr hinnehmen. Entschlossen setzte sie sich im Bett auf und nahm Stift und Papier zur Hand.

Doch bevor sie die ersten Worte überhaupt niederschreiben konnte, wurde sie durch einen Beitrag im Fernsehen abgelenkt. Sie hätte schwören können, dass der Name Cameron Davenport-Brown gefallen war. Spielte ihr Kopf ihr etwa schon wieder Streiche? Kerzengerade setzte sie sich im Bett auf und starrte den Bildschirm an.

Eine Kamera, die die Mittagsnachrichten aus Norfolk übertrug, zoomte gerade auf einen attraktiven Mann, der auf den Treppen vor dem Gerichtsgebäude stand. Er hatte breite Schultern, kurzes blondes Haar, und sein markantes Gesicht trug einen entschlossenen Blick. Er sprach langsam und deutlich und schaute dabei direkt in die Kamera.

»Diese Embryos, wie jeder andere Embryo auch, haben das Potenzial, zu lebensfrohen Mitgliedern der menschlichen Rasse heranzuwachsen. Die Tatsache, dass sie mithilfe der Blastomeren-Isolation in einer Petrischale erschaffen wurden, macht sie nicht zu weniger wertvollen Geschöpfen – oder ihre Seelen weniger kostbar – als Embryos, die in der Gebärmutter einer Frau empfangen wurden. Jede gegenläufige Ansicht legt nahe, dass alle Babys, die *in vitro* empfangen wurden, minderwertig und weniger menschlich sind.«

Schnitt zu einem geteilten Bildschirm, mit den Nachrichtensprechern im Studio auf der einen und der Reporterin vor dem Gerichtsgebäude auf der anderen Seite.

»Gibt es schon eine Stellungnahme seitens GenTech?«, fragte der Nachrichtensprecher.

Die Reporterin schüttelte ernst den Kopf. »Nein, Bob. Ein GenTech-Sprecher teilte uns mit, dass sie die Klage von Mrs Davenport-Brown zuerst genau prüfen wollen, bevor sie sich dazu äußern.«

Sie hatte richtig gehört! Hier ging es tatsächlich um Cameron!

Und sie hatte genug gehört. Dieser Mann, dieser junge und gut aussehende Anwalt, hatte ihr direkt aus dem Herzen gesprochen. Er sprach über die eingefrorenen Embryos, als seien sie bereits Babys, genauso wie sie Dara gegenüber empfand. Er hatte ihnen sogar Seelen zugesprochen! Außerdem wirkte er in seinem Bestreben so entschlossen, so standhaft. Fast schien es, als wäre das Thema eine Frage tiefer, religiöser Überzeugung für ihn, eine Frage von Leben und Tod.

Maryna *musste* ihn einfach treffen und mit ihm sprechen und ihn – falls nötig – sogar engagieren. Er würde wissen, was zu tun war. Nicht nur im Hinblick auf Dara, sondern auch wegen der Bedrohung durch die Snakeheads. Er würde all ihre Fragen beantworten können und außerdem den Mut haben, diese Antworten in die Tat umzusetzen. Sie wusste es einfach, konnte es förmlich spüren.

Doch während die Moderatoren im Hintergrund weitersprachen, wurde sich Maryna bewusst, dass sie nicht einmal den Namen dieses Mannes kannte. Wie sollte sie ihn nur herausfinden? *Er muss irgendwo in den Gerichtsakten aufgelistet sein. Oder vielleicht rufe ich einfach beim Sender an. Die mussten ihn schließlich kennen.*

Sie würde seinen Namen herausfinden, und wenn sie persönlich beim Sender vorbeischauen und mit den Reportern reden musste.

Ein weiterer Gedanke schoss ihr durch den Kopf. *Vielleicht bringen die anderen Nachrichtenstationen auch einen Bericht über ihn, da taucht sein Name mit Sicherheit wieder auf.*

Sie griff nach der Fernbedienung und fing an, von einem Kanal zum nächsten zu schalten – sie ging die Liste der großen Sender durch – hoch und runter – *klick, klick, klick.*

Als sie nun rasend schnell durch die Kanäle zappte, erregte eines der aufflackernden Bilder ihre Aufmerksamkeit. Das war seine Stimme gewesen! Sie schaltete zurück und versuchte, den vertrauten Klang wiederzufinden.

Da war er! Diesmal saß er in einem Büro und sprach über Versicherungsfirmen. Machte Werbung für seine Kanzlei. »Uns bedeutet der einzelne Mandant mehr als die Anzahl unserer Fälle«, erklärte er gerade. Dann schlug er mit der Faust auf den Schreibtisch. Spezialeffekte zeigten die niedersausende Faust in Zeitlupe. »Davenport & Associates«, sprach eine Stimme aus dem Off, »die eiserne Faust im Samthandschuh.«

Maryna schrieb schnell den Namen der Kanzlei und die Telefonnummer auf eine Seite ihres Tagebuchs: 1-800-CASH-NOW. Ungläubig starrte sie den Bildschirm an. Zum ersten Mal an diesem Tag hatte sie einen Funken Hoffnung verspürt und sich für den Bruchteil einer Sekunde erlaubt zu glauben, dass nun doch alles gut werden würde. Ohne den Mann überhaupt jemals getroffen zu haben, hatte er ihr bereits neue Hoffnung geschenkt. Ihr Herz fühlte sich etwas leichter an, als könne sie schon wieder durchatmen, ohne den großen Druck, den sie auf der Brust gespürt hatte.

Das kann kein Zufall sein, sagte sie sich. *Einmal vielleicht, aber nicht zweimal hintereinander. Ich meine, ich habe diesen Mann vorher noch nie gesehen, geschweige denn von ihm gehört. Und jetzt, wo ich so dringend Hilfe brauche wie nie zuvor, taucht er gleich zweimal auf mei-*

nem Bildschirm auf und spricht genau das Problem an, das mir das Herz zerreißt.

Mr Wer-auch-immer-Sie-sind bei Davenport & Associates, Sie sind ein Lebensretter. Mein Lebensretter. Morgen werde ich Ihnen persönlich einen Besuch abstatten.

Doch heute würde sie sich zuerst um eine andere Angelegenheit kümmern müssen. Eine unangenehme Angelegenheit. Auf dem Bett liegend schlug Maryna die Beine übereinander, schaltete mit der Fernbedienung den Fernseher aus und setzte sich endlich daran, den so lange aufgeschobenen Brief zu verfassen. Während sie nach den richtigen Worten suchte, kaute sie auf ihrem Stift herum und versuchte, ihre Tränen zurückzuhalten.

Doch die richtige Formulierung ließ auf sich warten; vielleicht gab es gar keinen guten Weg, um auszudrücken, was sie zu sagen hatte. Aber ihr lief die Zeit davon, und so schrieb sie einfach drauflos.

Liebe Cameron, begann sie ihren Brief.

22

Das Büro von Richterin Cynthia Baker-Kline war der letzte Ort auf Erden, an dem Mitchell Taylor jetzt gerade sein wollte, doch ihm blieb keine Wahl, also wartete er geduldig, bis er an der Reihe war. Wann immer er sich von der Sekretärin der Richterin nicht beobachtet fühlte, warf er einen heimlichen Blick auf seine Uhr. Er wartete nun schon bereits seit über einer Stunde vor ihrer Tür darauf, dass die Richterin ihm ein paar kostbare Minuten ihrer Zeit schenken würde. Es war mitten am Nachmittag, und er hatte keinen Termin, also ließ die Sekretärin ihn dafür büßen, dass er einfach so unangemeldet hereingeschneit war.

»Sie können bestimmt gleich reingehen«, sagte sie, ohne von ihrem Arbeitsplatz aufzuschauen.

»Danke.« Mitchell starrte die dicke Eichentür an, die ihn von ihrer Hoheit trennte. *Was zum Henker treibt sie nur da drinnen? Ich muss heute noch eine Million Dinge erledigen und sitze hier dumm rum, tue nichts*

Produktives und bereite mich darauf vor, eine Richterin um einen Gefallen zu bitten, die mich schon jetzt für einen kompletten Idioten hält.

Eine Stunde zuvor hatte Mitchell im Namen von Cameron Davenport offiziell Klage eingereicht. Doch als er versuchte, eine sofortige Anhörung für den gerichtlichen Unterlassungsbefehl zu erwirken, winkte die Beamtin, die für die Terminvergabe vor Gericht zuständig war, nur ab.

»Das müssen Sie mit einem der Richter abklären«, sagte sie ihm. »Ich darf so etwas nicht genehmigen und kann Ihnen nicht einmal versprechen, dass Sie angehört werden. Nur die Richter sind befugt, dringende Anhörungen so kurzfristig anzuberaumen.«

Mitchell kannte nur einen einzigen Richter. *Ein toller Terminsvertreter bin ich.* Und so saß er nun hier und wartete geduldig darauf, dass diese eine Richterin endlich ihr Telefonat beendete oder ihr Mittagsschläfchen oder was immer sie sonst gerade in ihrem Büro trieb, damit er endlich einen Termin für diese elende Anhörung bekam.

»Mr Taylor«, rief die Sekretärin, nachdem ihr Telefon einen kurzen Signalton abgegeben hatte, »die Richterin ist jetzt bereit, Sie zu empfangen.«

Mitchell stand nervös auf, klopfte leise an die Tür, trat in das beeindruckende Zimmer ein und zog die schwere Tür hinter sich zu. Regungslos saß Ichabod hinter ihrem Schreibtisch auf der gegenüberliegenden Seite des Zimmers und sah nicht einmal auf. Im Vergleich zur Größe ihres riesigen Büros schienen Mitchell und alles andere darin geradezu zwergenhaft. Die Richterin hatte mehr als genug Platz für ihren großen Eichenholzschreibtisch, einen Ecktisch mit einigen Stühlen, eine riesige dunkelbraune Ledercouch und unzählige Beistelltische und Lampen. Zu Mitchells rechter Seite erstreckte sich eine Reihe hoher Fenster, alle von prunkvollen Vorhängen gesäumt, die kaum Tageslicht ins Zimmer ließen.

Ein paar Minuten lang, die eine Ewigkeit zu dauern schienen, verharrte Ichabod über einige Unterlagen auf ihrem Schreibtisch gebeugt, während Mitchell geduldig direkt an der Tür wartete. Endlich blickte sie auf, nahm die Lesebrille ab und schenkte ihm ihre Aufmerksamkeit.

»Nehmen Sie Platz«, forderte sie ihn auf.

»Vielen Dank.« Mitchell ließ sich auf dem Stuhl nieder, der dem Schreibtisch am nächsten war.

»Euer Ehren, als Erstes wollte ich mich nochmals für mein Verhalten von heute Morgen entschuldigen. Ich dachte, dass ich mich gut auf das Verfahren vorbereitet hätte, aber offensichtlich war das nicht der Fall.«

Ichabod lehnte sich in ihrem Sessel zurück. Mitchell bemerkte, dass ihre Züge etwas sanfter wurden und sich ein leichtes Lächeln auf ihren Lippen andeutete.

»Wie lange sind Sie schon Anwalt, Mr Taylor?«

»Eigentlich, Euer Ehren, habe ich gerade erst angefangen.«

Sie nickte. »War dies Ihre erste Verhandlung?«

»Jawohl, Ma'am.«

»Nun, wie wir alle wissen, habe ich nicht viel von Ihrem Fall mitbekommen. Doch die Art und Weise, wie Sie sich selbst und Ihr Eröffnungsplädoyer präsentiert haben, konnte ich sehr wohl beobachten. Sie sind ein Naturtalent, Mr Taylor, Sie haben echtes Potenzial. Doch ein guter Anwalt lässt sich von einem Fehler nicht so einfach entmutigen. Man lernt daraus und macht weiter.«

Mitchell spürte, dass er rot wurde. Er hatte nicht damit gerechnet, Komplimente zu bekommen, besonders nicht von einer Richterin, die für ihren Zynismus bekannt war. Doch ihre Worte ermutigten ihn. Vielleicht war er, anders als Professor Arnold es ihm so voreilig prophezeit hatte, noch nicht bereit für die erste Liga, doch er hatte ein Händchen für das Leben vor Gericht, das konnte er spüren. Er war bereit, zu lernen und sein Lehrgeld zu zahlen.

»Vielen Dank, Euer Ehren.«

So schnell ihr Ausdruck weich geworden war, wurden ihre Züge auch wieder hart. »Wissen Sie, wem Sie eigentlich eine Entschuldigung schulden?«, fragte sie.

»Ma'am?«

»Ihrer Mandantin. Sie ist diejenige, die darunter leiden muss, wenn so etwas passiert.«

»Ich weiß, und ich habe mich bereits bei ihr entschuldigt. Wir werden das für sie wieder in Ordnung bringen, das verspreche ich.«

Ichabod stützte sich auf ihre Ellenbogen, lehnte sich vor und kniff die Augen zu Schlitzen zusammen. »Mr Davenport hat ein ernst zu nehmendes Problem, wissen Sie das?«

»Wie bitte?«

»Mr Davenport hat ein ernst zu nehmendes Problem«, wiederholte Ichabod langsam und mit Nachdruck. »Und Sie helfen ihm nicht, indem Sie ihn decken. Alkoholiker kommen mit ihrem Verhalten durch, weil ihre Familien, Freunde und Kollegen es tolerieren – sie unterstützen sie in ihrem Alkoholismus. Sie finden Entschuldigungen für sie, decken sie, sammeln die Scherben hinter ihnen auf. Alles, was Sie damit erreichen, ist, ihn weiter in die Sucht zu treiben und seine Krankheit zu verlängern.«

Mitchell blickte betreten auf seine Schuhe hinab. Die Richterin hatte natürlich recht, doch allein diese Unterhaltung zu führen, rief in Mitchell das Gefühl hervor, ein Verräter zu sein.

»Nun?«, fragte die Richterin.

Mitchell zögerte. *Was soll es bringen,* The Rock *weiter zu decken? Die Richterin hat recht.* The Rock *braucht Hilfe.* Und Mitchell wusste, dass der erste Schritt zur Besserung das Eingeständnis war, ein Problem zu haben.

»Er braucht Hilfe, Euer Ehren, aber ich weiß nicht, wie ich ihm helfen soll. Es ist ja nicht so, als würde er Hilfe annehmen.« Mitchell sah Ichabod direkt in die Augen. »Ich bin offen für Vorschläge.«

»Es wird nicht einfach werden«, warnte ihn die Richterin.

»Das weiß ich«, erwiderte Mitchell, ohne zu zögern. »Doch wenn es irgendetwas gibt, das ich tun kann ...«

»Gut.« Ichabod lehnte sich in ihren Sessel zurück. »Es gibt da ein Programm, das sich ›Anwälte helfen Anwälten‹ nennt, und das funktioniert folgendermaßen ...«

Als Mitchell fünfzehn Minuten später das Büro verließ, hatte er zwei weitere Termine mit der Richterin ausgemacht. Die Anhörung für Noras Antrag auf die einstweilige Verfügung würde in acht Tagen stattfinden – Donnerstag in einer Woche. Nora würde zufrieden sein – wenn so etwas überhaupt möglich war. Das zweite Treffen, das Mitchell eigentlich nicht geplant hatte, war für den nächsten Morgen um 9.30 Uhr angesetzt. *The Rock* würde darüber alles andere als glücklich sein.

Etwas an dem Plan ließ Mitchell sich irgendwie schmierig fühlen, als müsste er dringend eine Dusche nehmen. Dabei war es auch nicht besonders hilfreich zu wissen, dass er in dieser Sache von einer Richterin wie Ichabod unterstützt wurde, eine Frau, deren Boshaftigkeit und Hinterlist viele der Kriminellen, die sie verurteilte, in den Schatten stellte. Und es war auch kein gutes Gefühl, dass er sich hier offensichtlich gegen *The Rock* verschworen hatte, dessen Kanzlei er übernehmen würde, sollte ihr Plan funktionieren.

Was für ein Anwalt schmiedet ein Komplott gegen den eigenen Partner?, fragte sich Mitchell. *Bin ich hier der Brutus oder der Nathan? Verräter oder helfende Hand? Opportunist oder Freund?*

Das würde sich noch herausstellen. Fürs Erste war der Kurs festgelegt. Morgen Nachmittag würde er das Schlimmste überstanden haben.

* * *

Mittwochnachmittag gab es ein böses Erwachen für die GenTech-Aktionäre. Kurz nachdem Mitchells spontane Pressekonferenz auf den Stufen des Gerichtsgebäudes ausgestrahlt wurde, büßte die Aktie fast fünfzehn Prozent ihres Volumens ein und stürzte von 18 Dollar pro Anteil auf 15,75. Dank der Schnäppchenjäger stabilisierte sich der Preis für ein paar Stunden, während die Langzeitinvestoren fieberhaft abzusehen versuchten, welche weiteren Auswirkungen die Klage auf die Aktie haben würde. Dann hielt Nora Gunther ihre Pressekonferenz in Washington und prangerte GenTech für das schändliche Verhalten an, das die Klinik Frauen wie Cameron gegenüber an den Tag legte, die verzweifelt versuchten, schwanger zu werden. Und die Investoren reagierten, indem sie noch mehr ihrer GenTech-Aktien abstießen. Der Ausverkauf ging sogar nach Ertönen der Schlussglocke weiter, angetrieben durch Gerüchte, dass die ehrenwerte Richterin Cynthia Baker-Kline, eine bekennende Feministin, eingewilligt hatte, auf Antrag der Klägerin eine Notfallanhörung für ein vorläufiges Unterlassungsurteil einzuberufen.

Die GenTech-Aktie schloss mit weniger als 14 Dollar pro Anteil, ein dramatischer Wertverlust, der die Investoren mehrere hundert Millionen kostete. Blaine Richards selbst hatte in gerade mal vier Stunden über 12 Millionen Dollar verloren.

So war es nicht verwunderlich, dass der GenTech-Vorstand nach Börsenschluss mit einer eigenen Pressekonferenz zum Gegenschlag ansetzte. Als Erstes betonte Blaine Richards, wie dankbar das Unternehmen für den

Nachlass von Dr. Nathan Brown sei, in dem er der Klinik einen fast zwei Millionen Dollar schweren Treuhandfonds für private Forschungszwecke an den neuen Stammzelllinien von Dr. Browns Zygoten zur Verfügung stellte. Er betonte, welch wichtige Rolle diese neuen Linien bei der Entdeckung innovativer Heilungsmöglichkeiten für das Aidsvirus oder anderer heimtückischer Krankheiten spielen könnten. Dann wies er darauf hin, dass die Klage nicht die finanzielle Stiftung von Dr. Browns Testament anfocht, sondern nur die Spende der Zygoten. Außerdem erklärte Dr. Richards die Methode der Blastomeren-Isolation, mit der die betroffenen Embryos geschaffen worden waren, und bemerkte nachdrücklich, dass der Eingriff zum damaligen Zeitpunkt völlig legal gewesen sei.

Der externe Anwalt des Unternehmens, Winsted Mackenzie IV, trat als Nächster ans Mikrofon. Win legte einen beeindruckenden Auftritt hin und bekräftigte, dass das Recht auf der Seite von GenTech stehe. Die Klinik tat nichts anderes, als den Vertrag einzuhalten, den Dr. Brown und seine Frau Cameron zu Beginn der ganzen Unternehmung unterschrieben hatten. Selbstbewusst zitierte Mackenzie zahlreiche andere Fälle, bei denen ähnliche Klagen zugunsten der Klinik entschieden worden waren.

Als Richards und Mackenzie alle Fragen der Reporter gelassen beantwortet hatten, erschienen die Ereignisse des Tages in einem viel rationaleren Licht. Die GenTech-Aktionäre reagierten auf die Pressekonferenz mit Wohlwollen, und so erholte sich die Aktie im nachbörslichen Handel um fünfzig Prozent ihres eingebüßten Verlustes. Als Dr. Richards zu einem späten Abendessen nach Hause fuhr, hatte er seine Verluste von 12 Millionen Dollar auf nur noch sechs Millionen Dollar eingedämmt.

Auch die Konkurrenten von GenTech erfuhren einen außergewöhnlichen Handelsumsatz mit mehr als doppelt so viel gehandelten Aktien wie üblich, was jedoch keine große Auswirkung auf den Preis pro Anteil zu nehmen schien. Den ganzen Tag über wanderten die Aktien von Hand zu Hand, bis der Kurs schließlich etwas höher schloss. ProGen gewann fast einen halben Dollar an Wert und stieg auf 47 Punkte, während RSI mit einem Anstieg auf 43,50 Punkte fast einen Dollar an Wert zulegte. Die Börsenanalysten waren sich uneinig, welche Auswirkungen die Klage gegen GenTech schlussendlich haben würde. Manche fürchteten, dass sie eine Lawine unschöner und hochriskanter Klagen gegen jene Biotech-

Unternehmen lostreten würde, die Kinderwunschkliniken betrieben. Vertreter dieser Meinung stuften den Wert der Aktien aus diesem Wirtschaftssektor herab. Andere Analysten betrachteten die Situation mit sehr viel mehr Optimismus und stellten ein astronomisch hohes Gewinnpotenzial in Aussicht, sollten die Stammzelllinien tatsächlich für Forschungszwecke genutzt oder die Bioethikgesetze aufgehoben werden. Ein paar Analysten gingen sogar so weit, die Zielpreise für GenTech, ProGen und RSI anzuheben.

Dr. Richards verfolgte das Spiel der Analysten und Börsengurus bis tief in die Nacht hinein. Diese Eierköpfe waren so berechenbar. Er hätte genau voraussagen können, wie jeder Einzelne von ihnen reagieren würde. Dieser Haufen Erbsenzähler hatte einfach keinen Schimmer. Die finanzielle Seite verstanden sie wohl, die Gewinn-und-Verlust-Rechnung, die Bilanzaufstellung, die Marktanteile - all diese Ziffern konnten sie vorwärts und rückwärts aufsagen. Doch von den wissenschaftlichen Hintergründen hatten sie überhaupt keine Ahnung, und so konnten sie die Auswirkungen des heutigen Tages überhaupt nicht einschätzen, geschweige denn erahnen, wohin das alles noch führen würde.

Wie immer war Dr. Richards den klügsten Köpfen der Wall Street einige Schachzüge voraus. Er musste sie Schritt für Schritt führen, ihnen einen Bissen nach dem anderen anbieten, um sicherzugehen, dass sie das für sie bisher Unbegreifliche auch ordentlich verdauten. Dieses Vorgehen erforderte viel Geduld. Es würde diesen Einfaltspinseln nicht leichtfallen, all die finanziellen Auswirkungen der schönen neuen Welt zu begreifen, die sie im Begriff waren zu betreten.

23

Am Mittwochabend checkte Maryna in ein Days Inn Motel ein, etwa einen Block entfernt vom Battlefield Boulevard in Chesapeake, Virginia. Bis zur Interstate 64 war es nur ein knapper Kilometer und die Bushaltestelle mit Anbindung zum öffentlichen Nahverkehr von Tidewater war auch nur ein paar Blocks entfernt. Die Fahrt in die Innenstadt von Norfolk würde nicht mehr als eine halbe Stunde in Anspruch nehmen. Bei der Anmeldung gab sie einen falschen Namen an – Mary Sawyer – und zahlte für zwei Nächte bar und im Voraus.

Als am frühen Donnerstagmorgen die Frühlingssonne ihre ersten Strahlen aussandte, bestieg Maryna den Express-Bus Richtung Innenstadt. Sie trug Jeans, eine hochgeschlossene, ärmellose Baumwollbluse, ihre Birkenstocks, eine New-York-Yankees-Baseballkappe und eine billige Sonnenbrille. Das lange dunkle Haar hatte sie nach hinten zusammengebunden, sodass unter der Baseballkappe nur noch ihr Pferdeschwanz sichtbar war und bei jedem ihrer Schritte mitschwang.

So unauffällig wie nur möglich versuchte Maryna ihre Umgebung im Auge zu behalten – sie hielt Ausschau nach Fremden, die sie vielleicht beobachteten.

In Norfolk angekommen, stieg sie etwa vier Häuserblocks von dem Bürogebäude der *Tidewater Times* entfernt aus dem Bus, davon überzeugt, dass sie nicht verfolgt wurde. Es war immer noch früh am Morgen, noch nicht einmal sieben Uhr, und kaum ein Fußgänger begegnete ihr auf ihrem Weg durch das noch schlafende Stadtzentrum. Doch Maryna wollte kein Risiko eingehen. Sie ging schnell und wechselte bei fast jeder Kreuzung im Zickzackkurs die Straßenseite, wobei sie immer einen Blick über die Schulter warf, um zu sehen, ob ihr jemand folgte.

Kurz nach sieben Uhr erreichte sie das Zeitungsgebäude und gab ihren Brief beim Wachmann ab, der ihr versprechen musste, ihn Cameron Davenport-Brown auszuhändigen, sobald sie im Büro eintraf. Maryna griff in ihre Tasche, schluckte schwer und zog einen Zwanzig-Dollar-Schein hervor.

»Ich kann Ihnen gar nicht sagen, wie wichtig es ist, das Ms Davenport diesen Brief bekommt«, erklärte Maryna, während sie dem Wachmann das Geld in die Hand drückte. »Kann ich später irgendwo anrufen, um mich zu vergewissern, dass sie ihn auch bekommen hat?«

»Worum geht's denn?«, fragte der Wachmann misstrauisch. Er hielt den Brief ganz vorsichtig in den Händen, so als wäre er verseucht.

Sofort erkannte Maryna, dass ihre hartnäckige Art ein Fehler gewesen war. Sie war ganz offensichtlich eine Ausländerin, die frühmorgens eine Sonnenbrille trug und gerade einen mysteriösen Brief für eine Zeitungsjournalistin abgegeben hatte, die seit Kurzem im Rampenlicht stand. Als sie den besorgten Blick des Wachmanns sah, wusste sie sofort, dass er den Brief niemals weitergeben würde.

»Es geht um eine persönliche Angelegenheit«, erklärte Maryna. Sie setzte die Sonnenbrille ab und senkte die Stimme. »Haben Sie schon von der Klage gehört, die Ms Davenport gegen die Kinderwunschklinik eingereicht hat?«

Der Wachmann nickte, in seinen Augen blitzte ein Anflug der Erkenntnis auf.

»Ich bin die Leihmutter für Ms Davenport. Ich trage ihr Kind für sie aus«, sagte Maryna und klopfte dabei sanft auf ihr kleines Bäuchlein.

»Oh«, entfuhr es dem Wachmann, seine Kiefermuskulatur entspannte sich sichtbar. »Ich wusste nur nicht, was das hier soll ... Heutzutage weiß man ja nie, da ist es besser, vorsichtig zu sein.«

»Das verstehe ich natürlich«, sagte Maryna. »Wenn Sie sich dabei wohler fühlen, rufen Sie einfach Ms Davenport an, sobald sie im Büro ist, und sagen ihr, dass Sie einen Brief von Maryna Sareth für sie haben. Sie können ihr gerne beschreiben, wie ich aussehe, das sollte dabei helfen, meine Geschichte zu bestätigen.«

»Das mache ich«, sagte der Wachmann, der nun den Brief auf seinen Tisch legte und sich das Geld in die Tasche stopfte.

»Vielen Dank.«

»Kein Problem.«

Erleichtert verließ Maryna schnell das Zeitungsgebäude und machte sich auf den Weg zurück zu ihrem Motel. Mittlerweile waren schon viel mehr Menschen unterwegs, was sie sehr nervös machte. *Woran soll ich sie bloß erkennen? Jeder Fremde, jeder Blick, jeder Schritt hinter mir ist eine mögliche Bedrohung. Wie soll ich so weiterleben? Und wie lange halte ich das durch?*

Auf der Busfahrt zurück war sich Maryna plötzlich sicher, dass der untersetzte, asiatisch aussehende Mann, der drei Reihen hinter ihr saß und ihr dauernd Blicke zuwarf, für Tsao Vang arbeitete. An der nächsten Haltestelle sprang Maryna aus dem Bus, bereit, um ihr Leben zu laufen, doch der Mann blieb sitzen. Sie stieg in den nächsten Bus und stand kurze Zeit später endlich vor ihrem Motelzimmer, warf einen letzten Blick über die Schulter und ging hinein.

Maryna hängte das »Bitte-nicht-stören«-Schild an die Türklinke, packte ihren Buddha aus und ließ ihren Kopf und ihren Geist zur Ruhe kommen. Allmählich beruhigte sich auch ihre stoßartige Schnappatmung, sie atmete tief ein und aus, spürte, wie sie sich entspannte und langsam davondriftete.

24

Liebe Cameron,
Sie waren mir gegenüber immer sehr freundlich und hatten immer Verständnis, für alles, was passiert ist. Deswegen fällt es mir sehr schwer, diesen Brief zu schreiben, aber ich schaffe es einfach nicht, diese Dinge von Angesicht zu Angesicht mit Ihnen zu besprechen. Also musste ich Ihnen schreiben.

Ich bin gerade sehr verwirrt und mache mir große Sorgen. Bei unserem ersten Treffen habe ich Ihnen und Dr. Brown viele traurige Dinge aus meiner Vergangenheit anvertraut. Manche Geschichten waren zu schmerzhaft, um sie zu erzählen, auch wenn ich Ihnen mittlerweile wie einer Mutter vertraue.

Ich habe Ihnen erzählt, wie ich Tsao Vang und den Snakeheads in L.A. entkommen bin, von dem Geld, das sie von mir verlangten, obwohl ich es ihnen nicht schulde, und von all ihren Grausamkeiten mir gegenüber. Was ich Ihnen jedoch vorenthalten habe, ist, wie sie meinen Körper benutzten, um die angeblichen Schulden zu begleichen. Wie sie mich auf den Straßen von L.A. verkauften und zum Spielzeug vulgärer und abstoßender Männer machten, bis ich endlich ihren Klauen entkommen konnte. Mir wurde erst bewusst, wie viel Glück ich hatte, als all die medizinischen Tests, die vor dieser Schwangerschaft vorgenommen wurden, negativ ausfielen.

Ich hätte es Ihnen nicht verheimlichen dürfen, aber manche Geheimnisse sind einfach zu qualvoll, um gelüftet zu werden. Jetzt habe ich das Gefühl, dass alles, was passiert ist, meine Schuld ist – als Strafe dafür, dass ich Ihnen nicht die ganze Wahrheit gesagt habe.

Tsao Vangs Männer haben mich aufgespürt. Einer von ihnen ist gestern Abend in meine Wohnung eingedrungen und hat mich angegriffen. Sie wollen mich zwingen, nach L.A. zurückzukehren, und schwanger bin ich ihnen nicht von Nutzen. Sie haben versucht, Ihrem Baby, unserem Baby, etwas anzutun, doch dem Kind geht es gut.

Ich werde wieder untertauchen, muss wieder untertauchen, aber werde Ihnen schreiben, da ich Ihr Kind in mir trage. Nun folgt der schwere Teil meines Briefes, denn Sie waren immer so gut zu mir.

Ich weiß, dass Sie diese Schwangerschaft beenden möchten, damit wir es mit einem anderen Embryo, der kein Downsyndrom hat, erneut versuchen können. Doch auch wenn ich Sie sehr mag und respektiere, bin ich noch nicht bereit, diesen Schritt zu gehen. Der Arzt sagt, es besteht die Chance, dass das Kind vielleicht doch ganz gesund zur Welt kommt, doch das lässt sich erst nach weiteren Tests genau sagen. Und nachdem wir bereits so viel gemeinsam durchgemacht haben, wie können wir da jetzt auf einmal dieses Baby abtreiben, ohne uns vollkommen sicher zu sein?

Cameron, selbst wenn das Kind das Downsyndrom hat, können wir es nicht trotzdem retten? Wenn es keine andere Möglichkeit gibt und Sie damit einverstanden wären, würde ich es selbst großziehen. Ich habe viel über Mütter von Kindern mit Downsyndrom gelesen, und sie alle betrachten ihre Kinder als einen großen Segen. Ich kenne Sie mittlerweile gut genug, um zu wissen, was für eine großartige Mutter Sie für ein Kind mit Downsyndrom abgeben würden.

Wie dem auch sei, lassen Sie sich das Ganze erst einmal in Ruhe durch den Kopf gehen, ich werde Sie in ein paar Tagen wieder kontaktieren. Ich muss vorsichtig vorgehen, damit die Snakeheads mich niemals finden. Ich kann auf keinen Fall nach L.A. zurück, Cameron, egal, was passiert. Eher würde ich sterben.

Vielen Dank für Ihr Verständnis. Das alles tut mir wirklich von Herzen leid.

Alles Liebe,
Maryna

25

Das Klingeln des Telefons hörte sich für *The Rock* wie eine explodierende Atombombe an. Er zog sein Kissen über den Kopf und versuchte, das Geräusch auszublenden. Doch es klingelte beharrlich weiter, fünfmal, sechsmal. *Wann kapiert dieser Idiot endlich, dass ich nicht drangehe? Wie viel Uhr ist es überhaupt?*

Endlich ließ der unbekannte Anrufer Gnade walten, und das Klingeln hörte auf. Nachdem er eine Verwünschung und einen tiefen Seufzer ausgestoßen hatte, glitt *The Rock* wieder ins Land der Träume.

Das Telefon begann erneut zu klingeln und löste damit bei *The Rock* eine wahre Flut von Schimpfwörtern aus. Er zwang sich, ein Auge zu öffnen, und spürte, wie es in seinem Kopf schmerzhaft zu pochen begann. Sein Mund war so ausgetrocknet, dass sich seine Lippen wie zusammengeklebt anfühlten. Er lag auf der Couch im Erdgeschoss seines Hauses und trug noch immer das Anzughemd, das er schon am Abend zuvor angehabt hatte. Mittlerweile war es allerdings halb aufgeknöpft, außerdem trug er noch ein paar Boxershorts und schwarze Socken aus Seide, die ihm bis über die Waden reichten. Seine Anzughose, das Jackett, die Krawatte und seine Schuhe lagen neben der Couch. Der Fernseher lief mit voller Lautstärke.

Ring ... Ring ...

Das wievielte Mal war das jetzt? Das zehnte, das elfte? Warum hängt dieser Penner nicht einfach auf? Warum schaltet sich mein Anrufbeantworter nicht ein?

The Rock setzte sich auf der Couch auf und ließ seinen schwindeligen Kopf in die Hände fallen. Langsam kam er in Bewegung, hielt dabei aber den Kopf gesenkt. Als Protestreaktion drehte sich ihm der Magen um. Jede Bewegung und jedes Klingeln trafen wie ein Presslufthammer auf seinen Kopfschmerz. Ring ... Ring ... *Endlich* hörte es auf.

Er hob den Kopf und griff nach der Fernbedienung, rieb sich die Augen und schaltete mit vorsichtigen Bewegungen den Fernseher aus. *Jetzt reicht es mit dem Lärm. Mein Magen bringt mich um.* Suchend sah er sich nach dem Telefon um. *Wo habe ich es nur liegen lassen?*

Ring ... Ring ... Dieses Mal schien das Geräusch noch lauter zu sein, als es nun die Stille durchbrach und in seinem Kopf widerhallte. Erneut ließ *The Rock* eine Schimpftirade los. Dann kam er langsam auf die Füße und wartete, bis der Raum aufgehört hatte, sich um ihn herum zu drehen. Ring ... Ring ... Ring ... Es gab kein Entkommen, er musste verdammt noch mal drangehen.

The Rock stolperte zum Küchentresen hinüber, wo er zwischen dem schmutzigen Geschirr, das sich dort schon seit ein paar Tagen stapelte, sein Handy fand. Nach dem sechsten oder siebten Klingeln ging er dran. Er hatte es versäumt mitzuzählen. *Ist ja auch egal.*

»Was ist?«, fragte er ungehalten. Er hatte die Worte eigentlich nicht flüstern wollen, doch mehr brachte er gerade nicht zustande.

»Billy, hier ist Mitchell. Wir haben hier eine Art Notfall.«

»Um Himmels willen, Mitchell. Weißt du überhaupt, wie viel Uhr wir haben?«

»Es ist 9.05 Uhr, Billy. Ich habe mit meinem Anruf gewartet, bis ich davon ausgehen konnte, dass Sie wach sein würden.«

The Rock stöhnte auf. Er kniff seine immer noch lichtempfindlichen Augen zusammen und griff nach einer Flasche Scotch.

»Richterin Baker-Kline hat angeordnet, dass wir heute Morgen um zehn Uhr in ihrem Büro erscheinen, ansonsten droht uns eine Geldstrafe wegen Missachtung des Gerichts. Ich nehme an, dass sie die ganze Nacht darüber gebrütet hat, wie die Sache mit dem Fall Parsons gelaufen ist. Sie klang alles andere als zufrieden.«

The Rock nahm einen tiefen Schluck aus seiner Flasche. Sofort zog sich ihm der Magen zusammen. »Teil Euer Ehren mit, dass sie mich mal gernhaben kann.«

»Das werden Sie ihr selbst mitteilen können«, sagte Mitchell gelassen. »Sie hat darauf bestanden, dass wir beide um zehn Uhr in ihrem Büro erscheinen.«

»Wenn ich es nicht rechtzeitig schaffen sollte, sag ihr ruhig, dass sie schon mal ohne mich anfangen soll.«

Damit legte *The Rock* auf und warf das Handy auf den Teppich. Er hob erneut die Flasche an, doch sein Magen knurrte drohend.

Ich muss erst mal einen Kaffee trinken. Mir die Zähne putzen. Viel-

leicht lassen sich die Dämonen in meinem Kopf dann mit ein oder zwei Schuss Rum besänftigen ...

* * *

Auch Mitchells Magen tobte und verkrampfte sich, und er spürte, wie die Magensäure seine Magenwände attackierte, während er in Ichabods Büro darauf wartete, dass *The Rock* endlich auftauchte. Ichabod saß scheinbar gleichgültig an ihrem Schreibtisch und ging ein paar juristische Schriftsätze durch. Auch Cameron war anwesend und las entspannt ihre Zeitung. In einer anderen Ecke des Raumes saß Sandra Garrison auf einem Sofa, rang nervös mit den Händen und starrte vor sich hin. Schon zweimal hatte sie die Toilette aufgesucht.

Die Anspannung, die angesichts der bevorstehenden Konfrontation deutlich spürbar war, ließ Mitchell kalt. Er war Anwalt. Ein Anwalt, der gerne wetteiferte, um genau zu sein. Früher einmal war er ein Sportler gewesen. Die Konfrontation lag ihm im Blut. Doch das unangenehme Gefühl, illoyal zu sein, ließ sich einfach nicht abschütteln. Er hatte seinen Arbeitgeber hinters Licht geführt und war nun im Begriff, sich mit anderen gegen *The Rock* zu verschwören, um den Mann zu etwas zu zwingen, gegen das er sich schon seit Jahren sträubte.

Mitchell war der Anführer eines Überfalls, daran gab es keinen Zweifel.

Um 10.10 Uhr informierte Ichabods Sekretärin die Richterin, dass Mr Davenport eingetroffen war. *Nur zehn Minuten zu spät. Nicht schlecht für* The Rock.

Alle Augen waren jetzt auf die schwere Eichentür gerichtet. Mitchell und Cameron standen automatisch von ihren Plätzen auf. Für Mitchell hatte die Situation etwas Surreales, wie eine Mischung aus Überraschungsgeburtstag und Trauerfeier. Noch nie im Leben hatte er sich so unwohl gefühlt.

The Rock betrat das Büro mit hängenden Schultern und tief geneigtem Kopf. Er tat einen oder zwei Schritte in den Raum, bevor er sich umsah – seine Augen verrieten sein Misstrauen. Mit zur Seite geneigtem Kopf fixierte er seine Tochter.

»Cameron?«, fragte er ungläubig, als habe er eine Erscheinung gesehen. »Was machst du denn hier?«

»Ich habe sie gebeten, heute dabei zu sein«, verkündete Ichabod, die sich hinter ihrem Schreibtisch erhob. »Genau wie Mr Taylor und Ms Garrison.«

Zum ersten Mal schien *The Rock* auch Sandra wahrzunehmen, die sitzen blieb und auf den Boden starrte.

»Was ist hier los?«, verlangte er mit rauer Stimme zu wissen.

»Nehmen Sie Platz, Mr Davenport.« Die Worte waren keine höfliche Aufforderung, sondern ein Befehl.

Widerwillig ließ sich *The Rock* auf einem Ledersessel nieder, der in der Mitte des Raumes platziert war. Schweigend zogen die anderen ihre Stühle in einen großen Kreis um ihn herum, sodass er nun der Richterin direkt gegenübersaß, genauso wie sie es zuvor besprochen hatten. Dann nahmen alle Platz und beobachteten, wie sein Blick von einem zum anderen huschte, während er versuchte, aus der Situation schlau zu werden.

Mitchell, der direkt rechts neben *The Rock* saß, konnte dessen morgendlichen Scotch-Genuss riechen. Außerdem erkannte er an diesem Morgen vielleicht zum ersten Mal die deutlichen Anzeichen eines ernst zu nehmenden Alkoholproblems – das rote Gesicht, die blutunterlaufenen Augen, die knollige Nase und das leichte Zittern der Hände.

»Was ist hier los, Sandra?«, wollte *The Rock* erneut wissen. Er schien zu spüren, dass seine Sekretärin das schwächste Glied in der Kette war, doch sie gab ihm keine Antwort, sah noch nicht einmal hoch, um seinem Blick nicht zu begegnen.

»Mr Davenport«, schnappte Ichabod, »Sie haben ein ernst zu nehmendes Alkoholproblem.« Sie starrte *The Rock* offen an, der schließlich seinen Blick von Sandra abwandte und die Richterin ansah. Ihre Stimme wurde sanfter, als sie nun fortfuhr. »Sie liegen den Menschen, die sich heute hier versammelt haben, zu sehr am Herzen, als dass sie schweigend mit ansehen, wie Sie sich zugrunde richten. Wir haben Sie heute hergebeten, damit wir gemeinsam herausfinden können, wie wir Ihnen am besten helfen können.«

Das Gesicht von *The Rock* lief dunkelrot an. Mitchell rutschte unbehaglich auf seinem Stuhl hin und her. Cameron lehnte sich vor, ihrem Vater entgegen. Sandra starrte weiter den Boden an.

»Euer Ehren, ich weiß Ihre Besorgnis wirklich zu schätzen, aber ich habe kein Problem ... wirklich nicht.« *The Rock* sprach diese Worte völlig unbekümmert, als sei das Ganze nur ein Kommunikationsfehler, der sich durch sein Dementi einfach aus dem Weg räumen ließ. Fast erwartete Mitchell, dass er nun aufstehen, der Richterin einen schönen Tag wünschen und in seine Kanzlei zurückkehren würde. »Ab und an genehmige ich mir schon mal einen Drink, aber wer tut das nicht? Es ist ja nicht so, als hätte ich es nicht unter Kontrolle.«

»Dad«, sagte Cameron, die ihrer Rolle bis ins Letzte gerecht wurde, »sei doch ehrlich. Deine Trinkerei ist schon seit Langem außer Kontrolle.« Sie hielt inne und befeuchtete ihre trockenen Lippen. »Seit dem Tag, an dem Mom und du euch getrennt habt. Und jedes Mal, wenn wir versuchen, mit dir darüber zu reden, reagierst du genauso wie eben.« Cameron verstellte ihre Stimme und ahmte ihren Vater nach: »Mir geht's gut ... Ich brauch keine Hilfe ... Ich trinke schon viel weniger ... Ihr wisst ja nicht, was ich gerade durchmache ...«

Als *The Rock* offensichtlich getroffen zusammenfuhr, versagte Camerons Stimme. Tränen stiegen in ihren grünen Augen auf, und die harten Züge ihres Gesichts wurden angesichts einer überwältigenden Traurigkeit ganz weich. Mitchell schluckte schwer. Er war gleichermaßen bekümmert wie auch peinlich berührt, dass er diesen schmerzlichen Moment zwischen Vater und Tochter mit ansehen musste.

Cameron schien einen Moment um Fassung ringen zu müssen, doch dann fuhr sie unbeirrt fort. »Dad, ich habe es satt, ohne einen echten Vater auskommen zu müssen. Ich bin es leid, dir aus dem Weg zu gehen, aus Angst, was du zu mir sagst, wenn du betrunken bist, und wie sehr du mich vielleicht wieder mit deinen grausamen Äußerungen verletzt. Dad, das bist nicht du.« Die Worte, die offensichtlich seit Jahren zurückgehalten worden waren, strömten nun aus Camerons Mund, und *The Rock* konnte seiner Tochter nicht länger in die Augen sehen. »Außerdem bin ich es leid, immer hören zu müssen: ›Das glaube ich einfach nicht‹, ›Das tut mir aber leid für Sie‹ oder Ähnliches, sobald die Leute herausgefunden haben, dass du mein Vater bist. Ich weiß, das klingt kindisch, aber ich will meinen Vater zurückhaben.«

Nun war *The Rock* an der Reihe. Dieser Teil des Treffens war genauestens geplant worden, und Ichabod hatte darauf bestanden, dass sie so lange warten würden, bis *The Rock* sich schließlich äußerte. Es reichte nicht, dass er nur zuhörte, sie mussten ihn mit einbeziehen, ihm erlauben, seine Ausreden vorzubringen, um sie dann eine nach der anderen zu entkräften.

Eine Ewigkeit lang blieb Camerons Schniefen das einzige Geräusch, das im Raum zu hören war.

»Das hältst du also von mir?«, fragte *The Rock* schließlich mit tonloser Stimme. »Dein alter Vater ist nur ein nichtsnutziger Trunkenbold. Dein alter Vater ist an allem schuld.«

»Dad, so ist es doch gar nicht. Du hörst mir überhaupt nicht zu.«

»Nein, Cameron. Ich glaube, ich habe sehr gut aufgepasst. Die ganze Nummer hier ist doch auf deinem Mist gewachsen, oder nicht?«

Diese Schuldzuweisungen zwischen Vater und Tochter waren mehr, als Mitchell ertragen konnte. Sie beide taten ihm leid, ihre so aussichtslos erscheinende Beziehung machte ihn betroffen, und er bereute, dass er sich überhaupt zu diesem Treffen hatte überreden lassen. Doch jetzt war er hier, und er würde nicht zulassen, dass Cameron die ganze Schuld auf sich nahm. Laut Plan war er noch nicht an der Reihe, doch er entschloss sich, zu improvisieren.

»Billy, Sie tun Ihrer Tochter unrecht. Das hier war nicht ihre Idee. Sie wollte zuerst nicht einmal kommen, und wissen Sie auch warum?«

»Ich bin mir sicher, dass du mich gleich darüber aufklären wirst ...«

»Weil sie wusste, dass Sie auf sie losgehen würden, genau wie Sie es gerade eben getan haben. Es war meine Idee, Billy. Meine und die der Richterin.«

»War ja klar«, murmelte *The Rock* leise.

»Wissen Sie was?«, blaffte Mitchell, der mittlerweile keinerlei Mitleid mehr gegenüber diesem sarkastischen Mann verspürte. »Es ist höchste Zeit, dass Sie die Verantwortung für Ihr Verhalten übernehmen. Am besten fangen Sie damit an, sich bei Ihrer Tochter zu entschuldigen ...«

The Rock rollte nur abfällig mit den Augen, doch Mitchell meinte zu bemerken, dass Cameron etwas aufrechter auf ihrem Stuhl saß und die Richterin ihm einen zufriedenen Blick zuwarf.

»Ich für meinen Teil bin es leid, Sie dauernd zu decken. Und ich arbeite gerade mal drei Tage für Davenport & Associates! Wie Sandra es all die Jahre mit Ihnen ausgehalten hat, ist mir ein Rätsel ...«

Die folgenden Minuten nutzte Mitchell, um seine Sicht der Dinge zu schildern und *The Rock* anzuflehen, sich doch Hilfe zu besorgen. *The Rock* reagierte zwar mit weiterem Leugnen und noch mehr Ausreden, aber zumindest war sein Sarkasmus verschwunden. Jede Ausrede, die *The Rock* vorbrachte, konterte Mitchell mit bohrenden Fragen, die den alten Mann sofort auffliegen ließen und deutlich machten, wie sehr er sich davor scheute, Verantwortung zu übernehmen. Schließlich hatte *The Rock* das Katz-und-Maus-Spiel satt, ignorierte Mitchells Fragen und zuckte nur noch gleichgültig mit den Schultern.

Die Stille, die sich daraufhin über den Raum legte, schien noch bedrückender als zuvor und hielt länger an, da Sandra Garrison, die langjährige Sekretärin und Vertraute von *The Rock*, erst all ihren Mut zusammennehmen musste, bevor sie sprach. Als sie sich endlich überwunden hatte, strömten die Worte in einem kaum hörbaren Flüstern aus ihrem Mund, während ihr Blick noch immer am Boden haftete und Tränen über ihre Wangen liefen.

»Sie haben recht, Mr Davenport. Sie können sich gar nicht vorstellen, wie sehr ich mich gesträubt habe, heute herzukommen, aber die anderen haben recht. Sie waren in all den Jahren immer so gut zu mir, dafür muss ich mich nun revanchieren, indem ich Ihnen helfe.«

Sandra hielt inne und fand den Mut, erst ihrem Chef und dann auch den anderen in der Runde einen schnellen Blick zuzuwerfen. Mitchell nickte ihr ermutigend zu. »Bitte hassen Sie mich nicht, weil ich dabei mitmache«, sagte sie mit zitternder Stimme, »wir mussten es zu Ihrem eigenen Besten tun.«

The Rock antwortete nicht. Er hatte nichts mehr zu sagen, der Mann war geschlagen. Mitchell konnte es an seiner Körperhaltung erkennen – sein Kopf hing fast auf seiner Brust. Mitchells Mitgefühl kehrte zurück. Natürlich hatte *The Rock* sich das alles selbst zuzuschreiben, doch es war trotzdem schwer, das Elend eines Mannes mit anzusehen, der sich von seiner Familie und seinen Freunde verraten fühlte. Sein Blick war wohl dem von Julius Cäsar ähnlich, als er Brutus mit dem Dolch auf sich zukommen sah.

»Wir haben alle Vorbereitungen getroffen, damit Sie ungestört in eine der besten Entzugskliniken von Tidewater einchecken und sich helfen lassen können«, erklärte Ichabod, die mit autoritärer Stimme nun wieder das Ruder in die Hand nahm. »Ich habe alle Richter des Staatsgerichts, die Ihre Fälle verhandeln, höchstpersönlich angerufen und Aufschübe für Sie erwirkt. Mitchell kann sich um Ihre Kanzlei kümmern, Ms Garrison um die Finanzen. Und Cameron hat Ihnen eine Tasche mit Kleidung und anderen Dingen, die Sie benötigen werden, gepackt. Sie steht dort drüben, hinter meinem Schreibtisch.«

The Rock, der gerade erst besiegt worden war, saß nun mit weit aufgerissenen Augen und offenem Mund da. Mitchell, dem der Plan gestern noch so vernünftig vorgekommen war, überkam mittlerweile das Gefühl, dass sie viel zu rabiat vorgingen.

Als er *The Rock* genauer in Augenschein nahm, stellte er fest, dass die blassen Hände des Anwalts noch stärker zitterten als zuvor. Sprachlos und wie ein Häufchen Elend saß er da, wütend und verwirrt, mit abwehrender Haltung und offensichtlich hoffnungslos.

Ohne ein Wort zu sagen, stand *The Rock* schwankend auf und schaute den Verschwörern der Reihe nach ins Gesicht.

»Gott schütze mich vor meinen Freunden«, sagte er, »mit meinen Feinden komme ich schon selbst klar.«

Dann kehrte er ihnen den Rücken und ging in Richtung Tür, während seine Schritte durch die Stille des Raumes hallten. Auch auf diesen Ausgang waren sie vorbereitet. Als *The Rock* seine Hand auf den Türgriff legte, ertönte Ichabods Stimme ein letztes Mal.

»Wenn Sie diesen Raum jetzt verlassen, ohne auf direktem Wege eine Entzugsklinik aufzusuchen, werde ich persönlich dafür sorgen, dass Sie nie wieder vor Gericht arbeiten werden.«

Angesichts dieser Drohung drehte sich *The Rock* noch einmal um und fixierte die Richterin. Zum ersten Mal an diesem Tag konnte Mitchell das Feuer in seinen blutunterlaufenen Augen sehen.

»Und wie wollen Sie das bitte anstellen, Euer Ehren? Sie haben mir nicht das Recht erteilt, Anwalt zu werden, und das können Sie mir genauso wenig nehmen. Nur weil Sie meinen, hier Gott spielen zu können …«

»Mr Davenport«, fiel ihm Ichabod ins Wort und erhob sich, ein Dokument in der Hand schwenkend. »Ich habe im Verlauf des Falls Parsons genug gesehen, gehört und *gerochen,* um mir große Sorgen zu machen, ob Sie überhaupt in der Lage sind, Ihre Mandanten angemessen zu vertreten, ohne sich der Verletzung Ihrer Berufspflicht schuldig zu machen. Deswegen ordne ich an, dass Sie von nun an für jeden Fall, den Sie beim Bundesgericht einreichen, eine Kopie Ihrer schriftlichen Urteilsbegründung im Fall Parsons an den Träger Ihrer Haftpflichtversicherung schicken müssen, in der die genauen Umstände für den Abbruch des Verfahrens dargelegt sind und ich das Versicherungsunternehmen über meine Bedenken informiere.«

Während Ichabod nun auf *The Rock* zuging, konnte Mitchell beobachten, wie sich der Ausdruck endloser Entmutigung auf seinem Gesicht ausbreitete. Ohne eine Berufshaftpflichtversicherung konnte man als Anwalt nicht praktizieren, und keine Versicherungsgesellschaft würde einen Anwalt versichern, der gezwungen war, ihr einen Brief vorzulegen, in dem er von einem Richter des Bundesgerichts als Alkoholiker entlarvt wurde.

The Rock riss Ichabod die Urteilsbegründung aus der Hand und stopfte sie in die Tasche seines Jacketts, ohne auch nur einen Blick darauf zu werfen. Er starrte die Richterin kurz an, anscheinend bereit, kehrtzumachen und durch die Tür zu verschwinden, als der verzweifelte Ruf von Sandra Garrison die Spannung durchbrach.

»Mr Davenport, *bitte.* Um Himmels willen, lassen Sie sich doch helfen!« Daraufhin ließ die bedauernswerte, kleine rundliche Frau, von ihren Gefühlen überwältigt, den Kopf in die Hände sinken und schluchzte drauflos.

Nun endlich zeigte auch der emotionale Schutzwall von *The Rock* Risse. Er ging zu Sandra hinüber, legte seine Arme um sie und ließ sie sich an seiner Schulter ausweinen. Cameron gesellte sich zu ihnen, umarmte ihren Vater vorsichtig und flüsterte ihm leise zu: »Danke, Dad.«

Auch Mitchell bewegte sich langsam auf die Gruppe zu und legte *The Rock* eine Hand auf die Schulter. »Sie schaffen das«, sagte er. »In Nullkommanichts sind Sie wieder in der Kanzlei.«

The Rock presste nur die Lippen zusammen und nickte grimmig. Cameron holte die Sporttasche mit der Kleidung ihres Vaters hinter dem Schreibtisch der Richterin hervor, nahm ihn bei der Hand und führte ihn in Richtung Tür. »Ich hoffe, du hast mir ein paar Jeans eingepackt«, sagte *The Rock*.

Cameron lächelte. »Sogar zwei.«

Jedes kleinste Detail war zuvor genau geplant worden. Mitchell würde Camerons Auto fahren, während sie und ihr Vater auf dem Rücksitz Platz nahmen. Sie würden bei ihm bleiben, bis er in der Klinik aufgenommen worden war, dann könnte Sandra nach Hause fahren.

»Danke«, sagte Mitchell zu Ichabod gewandt, als er *The Rock* und Cameron durch die Tür aus dem Büro der Richterin folgte.

Er hätte schwören können, dass in den kalten grauen Augen der Richterin eine Träne aufblitzte.

26

Auch wenn ihm dazu eigentlich keine Zeit blieb, fühlte Mitchell sich verpflichtet, Cameron auf eine Tasse Kaffee einzuladen, nachdem sie *The Rock* in der Entzugsklinik abgeliefert hatten, wo er die nächsten Wochen damit zubringen würde, trocken zu werden. Zehn Minuten nachdem sie ihre Becher geleert hatten, waren die beiden noch immer in ein angeregtes Gespräch vertieft, wobei sie Themen wie Camerons Klage und die Entziehungskur ihres Vaters peinlich vermieden. Sie konzentrierten sich nur aufeinander und blendeten die anderen Kunden in dem belebten kleinen Café komplett aus.

Eine Pause in ihrem Gespräch gab Cameron Gelegenheit, etwas nachzudenken und die Unterhaltung auf ein Thema zu lenken, das ihr offensichtlich schwer auf der Seele lag. »Meinen Sie, dass wir das Richtige tun?«, fragte sie Mitchell.

Er dachte einen Moment lang nach, hob den leeren Becher zum Mund und setzte ihn wieder ab.

»Uns blieb keine andere Wahl«, erwiderte er. »Wir hätten ihn so nicht weitermachen lassen können.«

»Ja, ich weiß.« Cameron machte ein verbissenes Gesicht. Mitchell spürte, dass sie noch immer verzweifelt versuchte, sich selbst davon zu überzeugen.

»Glauben Sie, er schafft es?«, fragte sie.

Wer weiß?, dachte Mitchell. Aber er wusste, dass das nicht die Antwort war, die Cameron hören wollte.

»Er wird es schaffen, Cameron. Ihr Vater ist ein zäher, alter Hund. Seine Sturheit wird ihm dabei zugutekommen. Gott sei Dank haben Sie das nicht von ihm geerbt.«

Cameron zeigte ein breites Lächeln. Ihre grünen Augen, die von den emotionsreichen Ereignissen des Morgens noch immer ganz rot waren, funkelten Mitchell an.

»Darf ich Ihnen eine persönliche Frage stellen?«, wollte Mitchell wissen und wartete höflich auf ihre Zustimmung.

»Sie sind Anwalt, das ist Ihr Job«, erwiderte Cameron. »Außerdem sind Sie mein Anwalt, also wissen Sie bereits mehr über meine persönlichen Angelegenheiten – z. B. die Anzahl der Operationen, denen ich mich unterziehen musste –, als irgendein Mann es tun sollte.«

»Okay, ich habe mich nur gefragt ...«

»Aber ich möchte Sie warnen«, fuhr Cameron ihm ins Wort. »Ich bin Journalistin, eigentlich Zeitungskolumnistin, aber das ist fast dasselbe. Für jede persönliche Frage, die Sie mir stellen, müssen Sie mir auch eine beantworten.«

Mitchell verzog mit gespieltem Missfallen das Gesicht. »Na gut. Ich zuerst.«

»Ich bin bereit«, sagte Cameron und richtete sich in ihrem Stuhl auf.

»Was ist zwischen Ihnen und Ihrem Dad vorgefallen?«

Cameron atmete tief ein und runzelte die Stirn.

»Das ist eine lange Geschichte.«

»Ich habe Zeit.«

Sie schwieg einen Moment und schien sich zu sammeln. »Früher war er mal ein echt guter Anwalt. Auffallend, schillernd, vielleicht sogar etwas aufdringlich. Die Mandanten liebten ihn. Er setzte sich mit Vorliebe für die Unterdrückten ein, immer vertrat er David gegen Goliath.«

»Das glaube ich sofort«, sagte Mitchell.

»Die Beziehung zu meiner Mutter war niemals innig, zumindest habe ich nie einen Funken Liebe zwischen den beiden bemerkt. Er arbeitete Tag und Nacht, hatte kaum Zeit für uns, und sie zeigte ihm gegenüber keinerlei Nachsicht. Nachdem ich ausgezogen war und bei der Zeitung angefangen hatte, suchte eine blonde Versuchung namens Vicki Zimmermann die Kanzlei meines Vaters auf und bat ihn, sie zu vertreten. Würde er die Geschichte erzählen, würde er vielleicht sagen – zum Teufel, er hat es bereits gesagt –, dass meine Mutter sich mittlerweile weigerte, seine Bedürfnisse zu befriedigen. Er fand alle möglichen Entschuldigungen für sein Verhalten. Wie auch immer, er war dieser Frau mit Haut und Haar verfallen und versuchte nicht einmal, diese Tatsache zu verbergen. Ms Zimmermann war die Sekretärin des Vizepräsidenten einer dieser riesigen Produktionskonzerne an der Ostküste. Sie behauptete, von ihrem Chef sexuell belästigt worden zu sein, dass er ihr gegenüber wiederholt anzügliche Bemerkungen geäußert habe und sie bei jeder Gelegenheit, die sich ihm bot, begrapscht hatte. Eine besonders pikante Geschichte wusste sie von der Weihnachtsparty im Büro zu berichten, als der Kerl sie ...«

Cameron bemerkte, dass Mitchell die Augen zu Boden schlug, und hielt inne. »Bringe ich Sie mit dieser Geschichte in Verlegenheit?«

Mitchell zuckte mit den Schultern. »Ich verstehe schon, worauf Sie hinauswollen.«

»Sie sind süß«, erwiderte Cameron. »So altmodisch. Die wiederauferstandene Ritterlichkeit.«

»Das würde ich jetzt so nicht sagen ...«

»Nun, dann lassen Sie mich nur so viel sagen, dass es Vicki Zimmermanns Chef offensichtlich schwerfiel, seine Hände bei sich zu behalten, okay? Wie auch immer, meinem Dad erging es nicht viel anders, nachdem er erst einmal begonnen hatte, diese *arme, kleine, unschuldige* und manipulative Sirene bei ihrer Klage wegen sexueller Belästigung gegen den Konzern zu vertreten.«

Langsam ergab die Geschichte für Mitchell einen Sinn. Unglücklicherweise war er keineswegs überrascht.

»Also verlässt mein Dad meine Mutter wegen dieses kleinen Flittchens, das gerade mal so alt ist wie ich. Das bricht meiner Mutter das Herz, wovon sie sich nie mehr erholt. Mein Dad schlägt mit der Klage einen

Haufen Geld für Ms Zimmermann raus, weil der Chef schließlich alles zugibt. Und dann, als sie meinen Vater lang genug ausgenutzt hat, um reich zu werden, macht sich Vicki Zimmermann ohne ein Wort des Abschieds in einer Nacht-und-Nebel-Aktion auf und davon. Danach waren sowohl mein Dad als auch meine Mom reif für die Klapsmühle.«

»Das tut mir sehr leid«, sagte Mitchell aufrichtig.

»Warten Sie, es kommt noch besser.«

»Ich muss das nicht unbedingt wissen, wenn es Ihnen schwerfällt, darüber zu sprechen«, sagte Mitchell.

»Eigentlich habe ich nach heute Morgen festgestellt, dass es mir hilft, darüber zu reden.« Cameron sah Mitchell beschwörend an. »Ich habe diese Frau für das, was sie der Ehe meiner Eltern angetan hat, gehasst. Ich konnte die Sache nicht auf sich beruhen lassen, also suchte ich im ganzen Land nach ihr und fand schließlich heraus, dass sie mittlerweile in Texas wohnte. Und jetzt raten Sie mal ...«

Mitchell zuckte mit den Schultern. Er hatte keinen Schimmer.

»Sie lebte mit ihrem ehemaligen Chef zusammen, und die beiden machten sich ein schönes Leben mit dem Geld, das die Firma damals an sie zahlen musste. Ist das zu fassen? Die ganze Klage war nur ein großer Schwindel!«

Mitchell rutschte näher, die Ellenbogen auf den Tisch aufgestellt. *Unglaublich! Na wenn das kein Paradebeispiel für zerrüttete Familienverhältnisse war.* »Was haben Sie getan, nachdem sie es rausgefunden hatten?«

»Was jeder gute Reporter tun würde. Ich schrieb einen investigativen Enthüllungsbericht, und Vicki Zimmermann wanderte ins Gefängnis. Erstaunlicherweise war mein Dad noch immer in sie verliebt und, ... na ja, sagen wir einfach, dass unsere Beziehung durch die ganze Geschichte gelitten hat.«

»Und Ihre Mutter?«

Cameron schwieg und blickte betreten in ihren Kaffeebecher. Sie hatte den Styroporrand in kleine Fetzen gerissen, die sie vorsichtig auf dem Boden des Bechers stapelte. Ihre Stimme war nur noch ein Flüstern.

»Selbstmord. Schlaftabletten.«

Sprachlos beobachtete Mitchell Cameron dabei, wie sie langsam und systematisch ihren Styroporbecher zerstörte. »Wow«, sagte er, »das tut mir sehr leid.«

»Danke, Mitchell«, erwiderte Cameron noch leiser als zuvor. Sie schwieg einen Moment lang. »Und um ehrlich zu sein, habe ich ihm das niemals vergeben. Trotzdem gebe ich die Hoffnung nicht auf, dass sich eines Tages etwas ändern wird ...«

Cameron schenkte Mitchell ein halbherziges Lächeln. Er wollte sie trösten, doch was sagte man zu jemandem, dessen Mutter Selbstmord begangen hatte? Jeder Satz, der normalerweise in solchen Situationen angebracht war, schien abgedroschen.

Vielleicht spürte sie, wie viel Unbehagen ihm ihre Geschichte bereitete; vielleicht wollte sie auch nur selbst das Thema wechseln. Als hätte jemand einen Schalter umgelegt, wurde Cameron auf einmal wieder fröhlich, und ihre Stimme fand zu ihrer normalen Tonlage zurück.

»Jetzt bin ich an der Reihe, Sie ins Kreuzverhör zu nehmen«, erklärte sie, hob den Kopf und warf ihre Haare zurück. »Kein Ring?«

Mitchell schaute auf seinen Ringfinger herunter, als wäre ihm der leere Fleck noch nie aufgefallen. »Nein.«

»Gibt es dazu eine Geschichte?« Sie machte eine kurze Pause. »Ich liebe gute Geschichten.«

Mitchell zuckte mit den Schultern. »Soll ich mir was Abenteuerliches ausdenken ... oder wollen Sie die Wahrheit hören?«

Cameron wartete lächelnd ab. Es war klar, dass sie ihn nicht so leicht vom Haken lassen würde.

»Na gut«, sagte Mitchell. »Es ist keine große Sache. Während meines Grundstudiums am Virginia Military Institute habe ich ein Mädchen kennengelernt. Das typische Freundin-eines-Freundes-Szenario ...«

»Sie war ein *Kadett*?«, fragte Cameron mit hochgezogener Braue.

Mitchell lachte. »Nein, sie ging an die Richmond – ich habe sie auf der Party einer Studentenverbindung kennengelernt. Kadetten werden gerne zu solchen Veranstaltungen eingeladen.« Wieder machte er eine Pause. »Es waren echte Gefühle im Spiel, doch wir entschlossen uns, mit dem Zusammenziehen zu warten, bis ich meinen Abschluss gemacht und sie ihr Grundstudium beendet hatte. Also zog ich nach Virginia Beach und stürzte mich in mein Studium an der Regent. Ich war so mit Lernen beschäftigt, dass ich nicht bemerkte, wie schnell wir uns auseinanderlebten. In meinem letzten Jahr an der juristischen Fakultät ließ sie die Bombe platzen.« Mitchell hatte die ganze Zeit über auf seine Hände gestarrt, während er mit seinem Becher herumhantierte. Nun schaute er Cameron direkt in die Augen. »Der Typ hieß Justin.«

»Sie hat das Nachsehen«, sagte Cameron leise.

Sie schien ihren Kommentar ganz ohne Hintergedanken ausgesprochen zu haben - so als würde sie eine Tatsache feststellen, anstatt mit ihm zu flirten. Trotzdem spürte Mitchell, dass er rot anlief. Ihm wollte einfach keine witzige Gegenbemerkung einfallen - kein Spruch, der das Kompliment auf nonchalante Weise abgetan hätte.

Und wieder kam ihm Cameron zu Hilfe.

»Vielen Dank für den Kaffee«, sagte sie freundlich. »Und für die nette Gesellschaft.«

Dann stand sie auf und sammelte ihren Müll zusammen. Mitchell nahm das als Stichwort, erhob sich ebenfalls von seinem Platz und tat es ihr gleich.

27

20. Mai

Liebste kleine Dara,
fast hätte ich dich Piseth genannt. Jawohl, Piseth Peaklica Sareth. Ich wette, du bist froh, dass ich mich anders entschieden habe.

Aber lass mich dir kurz erklären, warum ich den Namen überhaupt in Betracht gezogen habe. Piseth Peaklica war eine wunderschöne und graziöse klassische Tänzerin in meiner Heimat. Die meisten Menschen hielten sie für die begnadetste Tänzerin, die unser Land je gesehen hatte. Sie war außerdem Schauspielerin, ein echter kambodschanischer Filmstar. Sie war einfach einzigartig.

Ich wünschte, du hättest sie erleben können, dann hättest auch du ihre Schönheit bestaunt. Sie war hinreißend – sie hatte langes, dunkles

Haar und wunderschöne braune Augen. Und so ein freundliches Wesen. Das ganze Land liebte sie. Sie war die Stimme des Volkes, drehte Filme wie Shadow of Darkness, *in dem sie sich offen gegen das grausame Khmer-Regime aussprach.*

Dann eines Tages, in der Blüte ihrer Jugend, wurde sie mitten auf dem Marktplatz kaltblütig niedergeschossen. Sie und ihre siebenjährige Nichte wurden mehrmals angeschossen, wobei einige Kugeln in ihrer Wirbelsäule stecken blieben. Die Tat wurde am helllichten Tag in der Öffentlichkeit ausgeführt.

Man brachte sie ins Krankenhaus, wo sie sofort operiert wurde. »Ich habe doch nichts Unrechtes getan. Womit habe ich diesen Hass verdient?«, fragte sie verzweifelt.

Eine Woche später starb sie.

Jeder im Land wusste, wer sie erschossen hatte. Sie war in den Polizeichef verliebt gewesen, dessen eifersüchtige Frau ihre Hinrichtung in Auftrag gegeben hatte.

Arme, schöne Piseth. Für ihren Mord wurde nie jemand zur Rechenschaft gezogen.

Es schien, als wäre das ganze Land zu ihrer Beerdigung gekommen. Meine Mom nahm mich mit, da wir beide Piseth sehr verehrt hatten. Man sagt, dass an diesem Tag zehntausend Menschen anwesend waren. Ich bin mir sicher, es waren mehr.

Ich war gerade erst fünfzehn geworden. Die Polizei stellte sich als menschliche Barriere auf, um die Massen im Zaum zu halten, doch ich kletterte auf einen Baum, von dem aus ich das ganze Spektakel beobachten konnte. Ich hörte die Reden und Gesänge durch die Lautsprecher schallen. Die Beerdigungszeremonie zog sich über Stunden hin.

Niemals werde ich die Worte eines anderen Schauspielers namens Daro vergessen, als er über Piseth sprach. »Lasst uns zu der Seele Lady Peaklicas sprechen, bevor die Flammen ihren wunderschönen Körper verschlingen«, sagte er. »Mag sein, dass sie diese Welt für immer verlassen hat, aber was uns bleibt, ist ihr leuchtendes Beispiel von Heldenmut. Wir werden sie niemals vergessen. Nun wollen wir uns von unserer geliebten Piseth verabschieden und ihr Lebewohl sagen ... Lebewohl für immer ... wir werden dich nie wiedersehen.«

Daro fing an zu weinen, und ich weinte mit ihm. Alle Anwesenden schluchzten hemmungslos.

Dann passierte etwas Außergewöhnliches. Ein traditioneller Musiker namens Nol Sobon stand auf und nahm seine Flöte zur Hand. Bevor er anfing zu spielen, wandte er sich mit leisen Worten den Trauernden zu. »Früher habe ich sie mit anderen Liedern begleitet, wenn sie auf nationalen und internationalen Feierlichkeiten getanzt hat. Aber heute werde ich einen Grabgesang für sie spielen. Das hätte ich mir niemals vorstellen können.«

Er fing an zu spielen, sanft und bezaubernd. Es war wunderschön und wirkte beruhigend auf die Trauergemeinde. Das Schluchzen ließ nach und wich einer friedlichen Resignation.

Schließlich zündete Piseths Ehemann die Fackel an und leitete die Kremation ein. Im selben Moment setzte ein leichter Regen ein. Ich hörte Stimmen in der Menge, die murmelten, dass der Regen Piseth in eine andere, friedlichere Welt begleiten würde, wo sie wieder tanzen konnte.

An jenem Abend, auf dem langen Fußmarsch nach Hause, beschloss ich, Schauspielerin zu werden und mein Leben dem Studium der Kunst zu widmen. Ich hatte gesehen, nein gespürt, wie Piseth die Seele einer Nation in ihren Bann geschlagen und beflügelt hatte. Das Waisenkind Piseth hatte allein mithilfe seiner Güte, seiner Schönheit und der Anmut seiner Darbietung unsere Kultur vor dem Regime der Roten Khmer bewahrt. Ich suchte nach etwas, dass die Gewalt und den Hass in meinem Land überwinden konnte. An diesem Tag fand ich es.

Auf eben diesem Gang nach Hause sagte mir meine Mutter, dass wir Kambodscha verlassen würden.

»In diesem Land ist ein Leben nichts wert«, erklärte sie. »Wie können sie Lady Peaklica am helllichten Tage auf offener Straße ermorden, ohne dafür bestraft zu werden? In diesem Land herrschen das Chaos und böse Männer.«

Sie blieb stehen, wandte sich mir zu und wechselte von Kambodschanisch zu Englisch. »Wir werden in ein Land gehen, in dem du deine Träume frei von Angst ausleben kannst. Wir werden in ein Land gehen, das das Leben wertschätzt, Maryna. Wir gehen nach Amerika.«

In meinem Kopf schwirrten eine Million Fragen. Meine Freunde, mein Zuhause, mein Land – wie konnte ich all das zurücklassen? Wie würde es sein, in Amerika zu leben? Wie sollte uns die Flucht aus unserem Land gelingen? Wie sollten wir die Reise bezahlen?

Bevor ich sie überhaupt aussprechen konnte, wurden all meine Fragen vom Blick meiner Mutter hinweggefegt. Dieser entschlossene Ausdruck ließ sich nicht infrage stellen. Wir würden nach Amerika gehen.

Du musst verstehen, liebste Dara, dass meine Mutter und ich nur wegen dieser außergewöhnlichen Frau, Piseth Peaklica, den Mut gefunden hatten, den Weg in dieses weit entfernte Land zu wagen. Deshalb hätte ich dich beinahe für die wenigen Monate, in denen du nur mir gehörst, Piseth genannt.

Es gibt allerdings noch einen weiteren Grund, warum mir dieser Name zusagte. Als wir in dieses Land kamen, erwarteten wir, eine Nation vorzufinden, die das Leben wertschätzt. Doch wir mussten feststellen, dass Amerikaner viel mehr mit Kambodschanern gemein haben, als wir vermutet hätten.

Die Starken sehen auf die Schwachen herab, die Mächtigen verfolgen die Wehrlosen.

So gibt es in diesem Land Menschen, die dein Leben beenden würden, bevor es überhaupt begonnen hat. Sie würden dich genauso reuelos auslöschen wie damals Piseth Peaklica.

Das werde ich nicht zulassen.

Meine kleine Dara, bei mir bist du sicher. Und eines Tages wirst du zu einer wunderschönen jungen Dame heranwachsen, die es vielleicht sogar schafft, diese Nation auf ähnliche Weise zu berühren, wie es Lady Peaklica mit Kambodscha tat. Wir werden das hier gemeinsam durchstehen.

Ich will dich nicht mit meinen Problemen belasten, aber so albern es vielleicht auch klingt: Wenn ich manchmal in dieses Tagebuch schreibe, habe ich das Gefühl, mit deiner Seele kommunizieren zu können. Und im Moment brauche ich alle Unterstützung, die ich bekommen kann.

Schon jetzt liebe ich dich über alle Maßen. Und das wird sich nie ändern.

Du bist meine kleine Dara. Und ich träume davon, dass du eines

Tages den Kampfgeist und die Entschlossenheit meiner Mutter mit der Anmut und Schönheit von Piseth in dir vereinst.

Du siehst also, Piseth Peaklica ist gar kein schlechter Name. Auch wenn man dich in diesem Land ständig fragen würde, wie er geschrieben wird.

28

Der Mann war tief in den Sitz seines Mercedes gerutscht. Er parkte am hintersten Ende des Days-Inn-Parkplatzes, zwischen zwei anderen Fahrzeugen eingekeilt, einer davon ein Transporter. Er hatte seine Baseballkappe tief ins Gesicht gezogen und seine Augen hinter einer Oakley-Sonnenbrille versteckt. Für eine Rasur war ihm in den letzten zwei Tagen keine Zeit geblieben, für mehr als ein paar Stunden Schlaf auch nicht. Doch die Stoppeln an seinem Kinn wurden von dem dichten langen Haar eines falschen Bartes verdeckt, und sein eigenes kurz geschnittenes dunkles Haar steckte unter einer Langhaarperücke. Er war nun augenscheinlich blond, mit blondem Bart, nur seine Augenbrauen und Augen waren immer noch dunkel. Wenn er in den Rückspiegel sah, erkannte er sich selbst kaum wieder.

Er verfolgte Maryna, seit er ihre Wohnung am Dienstagabend verlassen hatte. Er beobachtete, wie sie von einem Krankenwagen abgeholt wurde, und er wartete geduldig vor dem Krankenhaus, bis die Schwester sie nach Hause fuhr. Mittwochnachmittag folgte er mit sicherem Abstand dem Bus, in dem sie saß, bis sie an ihrem Motel in Chesapeake ausgestieg. Heute früh, an diesem Donnerstagmorgen, war er ihr dann in die Innenstadt von Norfolk gefolgt.

Maryna war extrem vorsichtig gewesen, hatte sich andauernd umgesehen und sogar sein Auto in den Blick genommen, sodass er schließlich gezwungen war, etwas mehr Abstand zu halten. Aus einiger Entfernung beobachtete er, wie sie das Bürogebäude der *Tidewater Times* betrat. Als sie ein paar Minuten später wieder auf dem Gehsteig auftauchte, schien sie direkt in seine Richtung zu sehen. Aufgescheucht fuhr er schnell zurück zum Motel und wartete darauf, dass sie zu ihrem Zimmer zurückkehrte. Er vertrieb sich die Zeit, indem er den Zimmermädchen bei ihrer Arbeit zuschaute.

Er machte einen Anruf und erstattete Bericht über Marynas Aktivitäten. Die Antwort war klar und deutlich. Offensichtlich ignorierte das Mädchen seine Drohung und versuchte, sich vor den Snakeheads zu verstecken. Ihr Trotz würde sie teuer zu stehen kommen. Sie würden keine zehn Tage warten.

Er wurde angewiesen, in Marynas Abwesenheit in ihr Motelzimmer einzubrechen und sich ein wenig umzusehen. Wenn es Anzeichen dafür gab, dass sie eine Abtreibung plante und vorhatte, nach L.A. zurückzukehren, sollte er sie in Ruhe lassen. Doch wenn es so aussah, als sei sie auf der Flucht oder als versuchte sie, sich weiter zu verstecken, musste er sie kaltmachen. Die Entscheidung, was zu tun war, wurde ihm überlassen.

Donnerstagnachmittags beobachtete der Stalker, wie Maryna mit der gleichen Baseballkappe und Sonnenbrille, die sie schon am Morgen getragen hatte, ihr Zimmer verließ. Anders als am Vormittag trug sie nun jedoch eine enge Seidenhose und eine weiße, hochgeschlossene und ärmellose Baumwollbluse, die sich an ihren Körper schmiegte und ihre schlanke Figur betonte. Offensichtlich versuchte sie, mit dieser Aufmachung jemanden zu beeindrucken, doch diesmal würde er ihr nicht folgen – er hatte andere Aufgaben zu erledigen.

Die folgenden Stunden verbrachte er damit, den Zimmermädchen weiterhin bei der Arbeit zuzusehen. Sie benutzten einen Generalschlüssel, um in die Zimmer zu gelangen, und ließen die Türen offen, während sie die Bettlaken wechselten, die Badezimmer putzten und den Boden saugten. Eine untersetzte Frau, etwa Mitte vierzig, putzte die Räume im zweiten Stockwerk, in dem auch Marynas Zimmer lag. Sie ließ den Wagen mit ihren Utensilien immer auf dem Betongang stehen, der vor den Zimmertüren entlanglief.

Zuerst hatte er geplant zu warten, bis die Frau mit ihrer Arbeit fertig war, um ihr nach Hause, in den Supermarkt oder wohin auch immer zu folgen und sie dann am hellen Tag zu überfallen. Er würde ihr alles abnehmen, auch ihre Handtasche, doch eigentlich war er nur hinter einer einzigen Sache her: dem Schüssel zum zentralen Versorgungsraum des Motels. Der Raum lag am anderen Endes des Ganges gegenüber der Rezeption, und er hatte früh am Morgen beobachten können, wie die Zimmermädchen zur Arbeit kamen, den Versorgungsraum betraten und ein paar Minuten später mit ihren Putzwagen und Generalschlüsseln bewaffnet wieder herauskamen. Er würde den Schlüssel für diesen Raum stehlen, zum Motel zurückkehren und den Generalschlüssel auftreiben. Sollte Maryna noch nicht wieder in ihrem Zimmer sein, hatte er ein paar Tricks auf Lager, wie er an der Türkette vorbeikam, wenn er ihr später am Abend wieder einen Besuch abstattete. War sie allerdings schon wieder zurück, würde er einfach bis tief in die Nacht warten, dann den Generalschlüssel einsetzen, um das Türschloss zu öffnen, und die Türkette einfach mit einem Bolzenschneider durchtrennen. Diese Variante war riskanter, aber so oder so würde Maryna am nächsten Morgen tot sein.

Doch gerade hatte er eine Möglichkeit erkannt, wie sich ein besserer Plan in die Tat umsetzen ließ. Er wartete, bis das Zimmermädchen einen Raum betrat, der zwei Türen von Marynas Zimmer entfernt war. Schnell lief er über den Parkplatz, die Außentreppe hoch zu Marynas Zimmer und drehte das »Bitte-nicht-stören«-Schild um, das sie an der Türklinke hatte hängen lassen, sodass nun die Seite mit »Bitte Zimmer aufräumen« sichtbar war. Dann sah sich der Mann um, um sicherzugehen, dass ihn niemand beobachtet hatte, und kehrte schnell zu seinem Wagen zurück.

Geduldig wartete er, bis das Zimmermädchen bei Marynas Zimmer mit der Nummer 207 angelangt war: Sie tauschte Laken und Handtücher aus und führte dabei ohne Unterlass Selbstgespräche. Gerade als das Zimmermädchen damit fertig war, das Bett zu machen, kam er herein.

»Wie lange brauchen Sie noch?«, fragte er und setzte sich auf den einzigen Stuhl im Zimmer. Er gab sich ganz zwanglos, vermied es aber peinlich genau, irgendetwas anzufassen.

»Oh, entschuldigen Sie bitte«, sagte das Zimmermädchen und wurde rot. »Ich kann später noch mal wiederkommen, wenn Sie möchten.«

»Nein, schon in Ordnung. Lassen Sie mir einfach ein paar saubere Handtücher und Waschlappen da, das reicht mir.«

»Sind Sie sicher?«

»Ganz sicher. Ich habe noch eine Menge Arbeit zu erledigen.«

Das war einfach gewesen. Nach wenigen Minuten war das ahnungslose Zimmermädchen verschwunden, ohne zu bemerken, dass es in dem Zimmer keinerlei Hygieneartikel für Männer gab. Sie hatte dem Mann, der so selbstverständlich tat, als sei dies sein Zimmer, keine einzige Frage gestellt.

Nachdem sie gegangen war, musste der Eindringling grinsen. Er schüttelte den Kopf, zog ein paar weiße Latexhandschuhe an und begann sich im Zimmer umzusehen. Er hoffte, einen Ersatzschlüssel zu finden, den Maryna möglicherweise zurückgelassen hatte, doch er hatte kein Glück.

Was er fand, war ihr Tagebuch. Er schlug die letzte Seite auf und begann zu lesen. »So gibt es in diesem Land Menschen, die dein Leben beenden würden, bevor es überhaupt begonnen hat«, hatte Maryna ihrem Baby geschrieben. »Sie würden dich genauso reuelos auslöschen, wie damals Piseth Peaklica ... Das werde ich nicht zulassen.«

»Wie herzerweichend«, murmelte der Mann. »Und dumm.«

Vorsichtig legte er das Tagebuch wieder dort ab, wo er es gefunden hatte. Vielleicht konnte er einfach im Zimmer warten und sich in der Dusche verstecken, bis Maryna zurückkehrte. Doch dann musste er sie bei Tag umbringen, und die Gefahr, gesehen zu werden, wenn er das Zimmer wieder verließ, war einfach zu groß. Also würde er sich an seinen ursprünglichen Plan halten.

Er kehrte kurz in sein Zimmer zurück, während er die Zimmertür leicht angelehnt ließ, um eine kleine Nike-Tasche zu holen. Dann schloss er die Tür von Marynas Zimmer, schob die Kette vor und zog einen Bolzenschneider aus der Tasche. Ohne viel Kraftaufwand durchtrennte und entfernte er eines der kleinen Metallglieder, sodass sie nun in zwei Teilen herunterhing – eine Seite an der Tür befestigt, die andere noch immer in der Schiebevorrichtung am Türrahmen.

Dann griff er erneut in seine Tasche und holte vorsichtig drei kleine Plastikschlaufen hervor, die so gefertigt waren, dass sie genau wie die Metallglieder der kleinen Kette aussahen. Er setzte sie in die Lücke der echten Kette ein und schob sie mehrmals ins Schloss. Es funktionierte und fühlte sich genauso an wie vorher, nur dass die Kette jetzt länger war. Außerdem hatte sie nun drei strategisch platzierte Glieder aus Plastik, sodass jemand, der die Tür von außen öffnete, einfach einen scharfen

Gegenstand durch den Türspalt schieben und die Kette mühelos durchtrennen konnte.

Stolz begutachtete er sein Werk ein letztes Mal, packte dann seine Werkzeuge zusammen, verließ den Raum und ging zurück in sein Zimmer. Jetzt musste er nur noch warten, bis das Zimmermädchen mit seiner Arbeit fertig war und nach Hause ging. Er würde am Fenster warten, bis die Frau zu ihrem Auto ging, ihr folgen, seine Skimaske aufsetzen und sie überfallen, wenn sie es am wenigsten erwartete. Dann würde er den Generalschlüssel an sich nehmen und Maryna im Schutze der Dunkelheit einen letzten Besuch abstatten.

Das Zimmermädchen schien eine nette Frau zu sein. Er würde ihr Leben wahrscheinlich verschonen. Auf jeden Fall aber würde er sie aufschlitzen oder zumindest ein wenig zusammenschlagen, nur damit der Überfall auch echt wirkte.

29

Am Donnerstagnachmittag war Mitchell nicht besonders produktiv gewesen. Nachdem er seinen Chef an diesem Morgen in die Entzugsklinik eingewiesen und sich eine lange Kaffeepause mit dessen Tochter genehmigt hatte, war er kurz nach dem Mittagessen schließlich widerwillig in die Kanzlei zurückgekehrt. Dort musste er sich einer niedergeschlagenen Sandra Garrison stellen und einem Wartezimmer voller Möchtegern-Mandanten.

Mitchell bat die Mandanten, sich neue Termine geben zu lassen, da *The Rock* aufgrund eines Notfalls heute nicht anwesend sei. Er war sich bewusst, dass er einige von ihnen nie wieder sehen würde, da sie einfach den nächstbesten Anwalt für Personenschäden aufsuchen würden. Wofür er nicht undankbar war.

Aber mit Sandra fertigzuwerden, war nicht ganz so einfach. Mitchell versuchte erfolglos, sie aufzumuntern – er hörte ihr zu, erteilte Ratschläge, gab ihr schweigend ein paar Minuten Zeit, sich auszuweinen, und versuchte es sogar mit ein paar harmlosen Witzen, die allerdings überhaupt nicht gut ankamen. Sie sagte Mitchell, dass sie sich ihrem Chef gegenüber wie eine Verräterin vorkam. Immer wieder musste sie an den Gesichtsausdruck von *The Rock* denken, als er Ichabods Büro verließ. Sie fürchtete, dass er sich etwas antun könnte, und war sich sicher, dass das alles allein ihre Schuld war.

Sandra suhlte sich in ihren Schuldgefühlen, indem sie all die guten Taten von *The Rock* aufzählte, bevor der Alkohol ihn ruiniert hatte. Einmal verlor er einen extrem schwierigen Fall, bei dem er ein schwer verbranntes Kleinkind vertrat. Das war zu einer Zeit, erklärte Sandra, in der sich ein verlorener Fall an den nächsten reihte und die Kanzlei finanziell in den Seilen hing. Doch zwei Monate später, als *The Rock* endlich für einen anderen Mandanten ein sehr lukratives Urteil erwirkt hatte, steckte er jeden Cent seines Anwaltshonorars in einen Treuhandfonds für das verbrannte Kind. Als die Gläubiger der Kanzlei davon Wind bekamen, hätte er fast sein Haus verloren, sagte Sandra, die wieder mit den Tränen kämpfte. Das war der echte *Rock*, erklärte sie beharrlich.

Um 15 Uhr gab Mitchell seine Aufmunterungsversuche endlich auf. Sandra hatte es geschafft, dass er sich nun auch schäbig fühlte. Es kam ihm vor, als habe er irgendwie das Vermächtnis des Kanzlei-Schutzheiligen geschändet.

Habe ich den Mann zu schnell verurteilt? Macht mir Sandra Vorwürfe, weil sie glaubt, dass ich versuche, die Kanzlei an mich zu reißen? Hatte ich überhaupt eine andere Wahl?

Eines Tages, versprach Mitchell sich selbst, während Sandra eine weitere Geschichte vom Stapel ließ, *wird der Mann mir danken*. Doch im selben Moment, als ihm dieser Gedanke durch den Kopf schoss, wusste Mitchell, dass er selbst nicht daran glaubte. Er konnte nicht genau sagen warum, doch seine Tat schien etwas Endgültiges zu haben – er spürte, dass *The Rock* nie wieder der Alte sein würde.

Mitchell wurde Sandras Selbsthass schnell leid. In dem Bewusstsein, dass der Tag, was produktives Arbeiten betraf, sowieso schon hinüber war – Sandra war in den letzten zwei Stunden noch nicht mal ans Telefon gegangen –, schickte Mitchell sie kurzerhand nach Hause. »Ruhen Sie sich etwas aus«, riet er ihr. »Sie sind körperlich und emotional erschöpft. Morgen, wenn Sie nicht mehr so müde sind, sieht die Welt schon wieder ganz anders aus.« Mit einer Mischung aus Sorge und Erleichterung sah er Sandra dabei zu, wie sie sich mit hängenden Schultern und roten Augen langsam auf den Weg nach Hause machte.

Für Mitchell war es noch nicht zu spät, mindestens ein oder zwei Stunden zu arbeiten. Er hatte genug davon, über *The Rock* nachzudenken, sich über dessen Probleme Gedanken zu machen und sich zu fragen, ob er und die anderen richtig gehandelt hatten. Was getan war, war getan. Zeit, weiterzumachen.

Mitchell schob seine Bedenken beiseite, stürzte sich auf ein paar der alten Akten, die in seinem Büro herumlagen, und verlor sich in der endlosen und undankbaren Aufgabe, niederzuschreiben, welche rechtlichen Fragen in den einzelnen Fällen noch zu klären waren.

Eine Stunde später, als er gerade eine weitere unerledigte Entdeckung durchblätterte, hörte er, wie die Eingangstür im Empfangsbereich auf und zu ging. Dann rief eine Stimme mit Akzent leise: »Hallo? Hallo? Ist da jemand?«

Kurz zog er in Erwägung, einfach still sitzen zu bleiben, bis der Störenfried wieder ging. Er war nicht in der Stimmung, sich weiterer Laufkundschaft zu stellen, die mit einer bereits von zehn anderen Kanzleien abgelehnten Klage schnell und einfach zu Geld kommen wollte.

»Hallo«, rief die Frauenstimme erneut. »Haben Sie geöffnet?«

Mitchell wartete auf das Geräusch der sich hinter ihr schließenden Tür, doch stattdessen konnte er hören, wie sie anscheinend in einem der abgewetzten Sessel im Wartezimmer Platz nahm. Widerwillig entschloss er sich, herauszufinden, was die Frau wollte.

Als er in den Empfangsbereich kam, stand sein Gast sofort auf, lächelte nervös und streckte ihm die Hand entgegen.

»Ich heiße Piseth Peaklica«, sagte sie. »Sind Sie Mr Taylor?«

Piseth was? Woher kam dieser Name und besonders dieser reizende Akzent? Er widerstand dem Drang, sie zu bitten, ihren Namen zu wiederholen.

Ihre Hand war feucht, ihr Griff jedoch fest und selbstbewusst. Sie war eine sehr attraktive junge Frau, mit einer hervorragenden Körperhaltung. Mitchell schätzte sie auf etwa 1,70 m, doch ihre schlanke Gestalt und das lange, schimmernd braune Haar ließen sie sehr viel größer wirken. Ihre

Augen schlugen ihn sofort in ihren Bann – diese großen, intelligenten, dunkelbraunen Augen, die ihn mit aufmerksamem Blick beobachteten. Sie hatte die schönen, sanften Züge, die man aus dem südpazifischen Raum kannte – Ferner Osten trifft auf Amerika.

»Nennen Sie mich Mitchell. Mr Taylor ist mein Vater.«

Die junge Frau lächelte. Ihr Strahlen war einfach unwiderstehlich. Sofort beschloss Mitchell, dass er doch noch genügend freie Kapazitäten für einen weiteren Mandanten hatte.

»Ist Ihr Vater auch Anwalt?«, fragte sie förmlich. Mitchell wusste nicht, ob sie ihn auf den Arm nehmen wollte oder nicht.

»Nein.«

»Dann möchte ich Sie engagieren.«

Wow, dachte er. *Nicht nur schön, sondern auch schlau.*

»Nun gut«, sagte Mitchell. »Dann lassen Sie uns einen Termin ausmachen, um Ihren Fall zu besprechen.« Er ging zu Sandras Schreibtisch hinüber und warf einen Blick auf den Terminplaner, der mit nicht zu entziffernden Kritzeleien übersät war.

Einen Moment lang versuchte er, aus den Einträgen schlau zu werden, schlug dann die Seite um, stieß nur auf weitere Hieroglyphen und warf der Frau einen Blick zu.

»Wann würde es Ihnen passen?«, fragte er.

»Es handelt sich um eine Art Notfall, Mr Taylor ...«

»Mitchell«, erinnerte er sie.

»Ich meine Mitchell. Hätten Sie vielleicht jetzt ein paar Minuten für mich Zeit?«

Ihre traurigen braunen Augen und der gequälte Gesichtsausdruck ließen vermuten, dass sie auf der Stelle sterben würde, wenn er jetzt Nein sagte.

»Warum nicht? Wenn es nicht zu lange dauert.« Insgeheim hoffte er, dass das Gegenteil der Fall sein würde, da er gerade nichts Dringendes zu erledigen hatte. Doch das konnte er natürlich nicht zugeben. Welcher Anwalt ließ sich mitten am Nachmittag einfach durch Laufkundschaft von der Arbeit abhalten?

»Ich verspreche, dass ich mich kurz fasse.«

»In Ordnung, dann kommen Sie mit nach hinten«, sagte Mitchell, während er auf sein Büro zusteuerte, es sich im letzten Moment aber anders überlegte und schnell in das Eckbüro von *The Rock* abbog. »Kann ich Ihnen etwas zu trinken anbieten?«

»Nein, danke.«

»Wie, sagten Sie, heißen Sie noch gleich?«

»Piseth Peaklica.«

»Ein schöner Name«, log Mitchell. Er zögerte einen kurzen Moment, bevor er fragte: »Wie buchstabiert man das?«

30

Im Verlauf der nächsten Stunde erzählte sie ihm viel, aber nicht alles. Sie begann mit der Geschichte, wie sie nach Amerika gekommen war. Schilderte ihre Erlebnisse mit den Snakeheads, den Kojoten, Charlie Coggins und seinen teuflischen Hunden. Sie erzählte von den mutigen Opfern, die ihre Mutter gebracht hatte, so viele Male auf dem Schiff und zum letzten Mal, als sie über die Grenze gekommen waren.

Sie war fest entschlossen, nicht in Tränen auszubrechen. Also berichtete sie tapfer von den Geschehnissen, als würde sie die Odyssee einer anderen Person wiedergeben. Sie erzählte ihre Geschichte völlig emotionslos, da sie in dieser kritischen Situation nicht wagte, den Verlust ihrer Mutter und ihres Selbstwertgefühls erneut zu durchleben. *Ich muss einen klaren Kopf bewahren*, sagte sie sich. *Meine Gedanken dürfen nicht von Emotionen verschleiert werden, die ich nicht unter Kontrolle habe.*

In einfachen Worten legte sie das Elend ihres Lebens in Kambodscha und die Torturen ihrer Reise nach Amerika dar. Während sie sprach, erinnerte sie sich an die Lehren des Buddha. *Leid lässt sich nicht vermeiden. Es ist die Bedingung allen Seins. Entscheidend ist nur, wie wir damit umgehen.*

Mitchell war ein aufmerksamer Zuhörer. Doch nach einiger Zeit bemerkte sie, dass er aufgehört hatte, sich Notizen zu machen oder Fragen zu stellen. Er hörte wie gebannt zu und erwiderte ihren Blick, fast ohne zu blinzeln. Wann immer sie eine Pause einlegte, stellte er ihr eine kurze

Frage, um sie wieder zum Reden zu bringen. Dann nickte er aufmunternd, und sie konnte großes Mitgefühl in seinen ausdruckstarken Augen erkennen.

Maryna berichtete von den Forderungen der Snakeheads, die sie zu erfüllen hatte, als sie in L.A. ankam. Sie schilderte, wie sie buchstäblich zur Sklavin der Gang gemacht worden war und fast zwei Jahre lang Tag und Nacht gezwungen wurde, für sie zu arbeiten. Was genau sie allerdings tun musste, verschwieg sie. Vielleicht würde sie es Mitchell irgendwann einmal erzählen, aber nicht heute. Bestimmt nicht bei ihrem ersten Treffen. Und Mitchell war höflich genug, nicht nachzufragen.

Dann beschrieb sie die grauenvollen Umstände ihrer Flucht vor ihren skrupellosen Peinigern. Wie sie in den Osten der USA gekommen war, um neu anzufangen ... sich in die Gegend von Virginia Beach verliebt hatte ... einen Job gefunden hatte ... für ihren Abschluss auf dem zweiten Bildungsweg lernte. Noch war es nicht an der Zeit, ihm von dem Leihmutterschaftsvertrag zu erzählen, den sie mit Cameron eingegangen war. Auch diese Geschichte musste warten. Vielleicht würde sie sie erzählen, bevor sie ging, je nachdem wie sich die Dinge hier entwickelten.

Zum Schluss berichtete Maryna, dass die Snakeheads sie in Elizabeth City aufgespürt hatten und in ihre Wohnung eingedrungen waren. Wieder erzählte sie nicht die ganze Wahrheit, da das unwillkürliche Bedürfnis, ihre Erniedrigung geheim zu halten, noch stärker war als ihr Vertrauen zu Mitchell.

»Dieser Mann ... hat mich mit einem Messer bedroht.« Sie sah, wie Mitchells Augen besorgt aufblitzten, schaffte es aber nicht, ihm zu sagen, dass der Angreifer es nicht bei einer Drohung belassen hatte. »Er sagte, dass er wiederkommt, wenn ich nicht tue, was er verlangt. Die Snakeheads wollen, dass ich nach L.A. zurückkomme. Sie haben mich an die Einwanderungsbehörde verpfiffen, damit ich meinen Job verliere. Am nächsten Tag tauchten Beamte der Einwanderungsbehörde an meinem Arbeitsplatz im Surf House Restaurant auf. Da habe ich meine Sachen gepackt und bin auf und davon. Jetzt wohne ich in einem Motel in Chesapeake.«

Es fiel ihr sehr schwer, sich zu offenbaren. All ihre Hoffnung ruhte jetzt auf Mitchell Taylor.

»Ich will in Amerika bleiben. Vielleicht bekomme ich ja ein Studentenvisum. In Kambodscha habe ich Tanz und Schauspielerei studiert. Ich fände es toll, hier in Amerika Schauspiel zu unterrichten – besonders in den großen Städten. Ich weiß, dass es eine große Nachfrage für solche Dozenten gibt.« Sie zögerte und biss sich auf die zitternde Unterlippe. Maryna zwang sich, ruhig und emotionslos zu bleiben. »Mr Taylor, ich meine Mitchell, können Sie mir helfen?«

Sie blickte zum ersten Mal, seit sie begonnen hatte, zu Boden.

Mitchell atmete tief durch und rutschte in seinem Sessel herum. »Piseth«, sagte er, »ich will Ihnen wirklich helfen. Wenn ich auch nur das kleinste bisschen Ahnung von Einwanderungsrecht hätte, würde ich es auch versuchen.«

Maryna sah auf. In seinen Augen konnte sie Traurigkeit und aufrichtige Besorgnis erkennen. Sie spürte, wie sich ihre eigenen Augen mit Tränen füllten, und blinzelte sie weg. Schwer schluckend hörte sie ihm zu, als er weitersprach.

»Aber ich würde Ihnen einen schlechten Dienst erweisen, wenn ich Ihren Fall übernähme. Was Sie brauchen, ist ein erstklassiger Anwalt für Einwanderungsrecht. Jemand, der Ihnen ein Studentenvisum besorgen kann. Sie haben einen hohen Preis bezahlt, um in dieses Land zu kommen. Und Gott weiß, dass wir wirklich mehr Lehrer in den Städten gebrauchen können. Wenn Sie es schaffen, ein Visum zu bekommen, können Sie zur Polizei gehen und diesen chinesischen Verbrecherring melden. Was die treiben, ist einfach abscheulich. Bei diesem Teil werde ich Ihnen gerne helfen, aber zunächst brauchen Sie ein Visum. Und bis dahin bleiben Sie in Deckung.«

Er blickte Maryna erwartungsvoll an. »Okay«, sagte sie leise, immer noch mit den Tränen kämpfend.

»Wenn Sie wollen, kann ich jetzt direkt ein paar Anwälte für Einwanderungsrecht anrufen. Ich stelle den Lautsprecher auf laut, erkläre die Situation und sorge dafür, dass Sie einen guten Deal bekommen.«

Maryna nickte eifrig. Aus Angst, in Tränen auszubrechen, wagte sie nicht zu sprechen. Mitchell drehte sich zum Telefon, das auf dem Sideboard stand, und blätterte die Gelbe-Seiten-Annoncen durch. Als er fündig wurde, fing er an zu wählen.

»Warten Sie«, rief Maryna schnell und wischte sich die Tränen aus den Augen. »Bevor Sie einen anderen Anwalt anrufen, muss ich Sie noch etwas fragen.«

Mitchell hörte auf zu wählen und sah sie erwartungsvoll an.

»Haben Sie das ernst gemeint, was Sie gestern im Fernsehen über die eingefrorenen Embryos von Cameron Davenport gesagt haben?«, fragte Maryna. »Sie sprachen von ihren Seelen, wissen Sie noch?«

»Ja«, erwiderte Mitchell zögernd, seine Antwort selbst eine Frage. Dann wartete er ab. Völlig verblüfft legte er den Kopf auf die Seite und beobachtete Maryna, die mit den Händen rang.

»Mein Name ist Maryna Sareth«, sagte sie leise, fast flüsternd. Während sie sprach, betrachtete sie, beschämt über ihre Unaufrichtigkeit, ihre Hände. Als sie dieses Treffen geplant hatte, schienen ihr die Lügen ein kluger Schachzug, ja eine Notwendigkeit zu sein. Jetzt kam sie sich einfach nur dumm vor. »Ich bin die Leihmutter von Cameron Davenports Kind.«

Sie sah zu Mitchell auf, der noch immer mit den Gelben Seiten in der Hand hinter dem Schreibtisch saß. Sollte er überrascht sein, gelang es ihm gut, diese Tatsache zu verbergen. Mitgefühl leuchtete in seinen Augen auf.

»Alles, was ich Ihnen über meine Immigrationsprobleme erzählt habe, ist die Wahrheit. Das ist wahrscheinlich auch der Grund, weswegen Cameron und Dr. Brown mich als Leihmutter für ihr Kind ausgesucht haben. Sie wissen, dass sie mich komplett in der Hand haben. Ich kann mich niemals an ein Gericht oder die Behörden wenden, da ich sonst sofort nach Kambodscha zurückgeschickt werden würde.«

Marynas Stimme brach bei dem Gedanken an eine Abschiebung abrupt ab. All die Opfer ihrer Mutter wären dann umsonst gewesen. Mit einer schnellen Handbewegung wischte sie eine weitere Träne weg, die ihr gerade die Wange herablief, und rang schluchzend um Fassung.

Ohne ein Wort zu sagen, reichte Mitchell ihr eine Packung Taschentücher. Maryna nahm sie dankend entgegen und tupfte sich Augen und Nase trocken. Dann zerknüllte sie ihr Taschentuch und zerknautschte es in den Händen, während sie weitersprach.

»Ich habe einen Leihmutterschaftsvertrag unterschrieben, in dem steht, dass ich die Schwangerschaft abbrechen kann, wenn meine Gesundheit auf dem Spiel steht. Aber Cameron darf die Schwangerschaft sogar bis zum dritten Trimester abbrechen, sollte der Fötus ...« - sie versuchte, die richtigen Worte zu finden, während Mitchell geduldig wartete - »sollte der Fötus eine Krankheit oder ... *Fehlbildungen,* glaube ich, heißt es, entwickeln ... die schwerwiegend genug sind, um zu verhindern, dass ihr Kind normal und gesund zur Welt kommt. Jetzt sagen die Ärzte, dass mein Baby ... ich meine der Fötus ... das Downsyndrom hat.«

Maryna schluckte den Klumpen in ihrem Hals runter. *Diese verdammten Tränen! Du musst einen kühlen Kopf bewahren! Denk an Dara. Atme durch. Alle Menschen müssen leiden,* erinnerte sie sich selbst. *Ausschlaggebend ist nur, wie wir damit umgehen.*

Buddha, wo bist du, wenn ich dich am meisten brauche? Wie hätte der Große Lehrer die Situation gemeistert?, fragte sie sich.

»Ich glaube, dass Ms Davenport das Baby abtreiben lassen will«, fuhr sie fort. Es war das erste Mal, dass Maryna das Wort *Abtreibung* laut aussprach. Bis jetzt hatten alle - Cameron, Dr. Avery, sogar Maryna selbst - immer nur verharmlosend davon gesprochen, die Schwangerschaft »abzubrechen«. Doch es war an der Zeit, das Kind beim Namen zu nennen. »Ich kann das einfach nicht, Mr Taylor. Auch wenn dieses Baby nicht perfekt ist, haben wir noch lange nicht das Recht, es zu töten, es in den Müll zu werfen und einfach von vorne anzufangen, als ob nichts gewesen wäre.«

Es fiel ihr mittlerweile unglaublich schwer, weiterzusprechen, Tränen strömten über ihr Gesicht. Sie nahm sich noch ein Taschentuch und wischte sich damit die Augen trocken, so gut es eben ging.

Ihre Stimme klang tränenerstickt, doch sie fuhr tapfer fort. »Cameron war immer so gut zu mir. Ich fand es furchtbar, ihr sagen zu müssen, dass ich die Schwangerschaft nicht abbrechen werde. Aber wenn ich muss, werde ich dieses Kind selbst großziehen. Ich dachte, wenn Sie als Camerons Anwalt einer Meinung mit mir sind, Sie vielleicht etwas sagen könnten ...«

Sie brach ab. Von Verzweiflung übermannt, ließ Maryna die Schultern hängen, blickte zu Boden und ließ ihren Tränen freien Lauf. Der Mangel an Selbstbeherrschung war ihr peinlich, doch ihre Gefühle ließen sich einfach nicht mehr unter Kontrolle bringen. Die Angst vor den Snakeheads und die tödliche Bedrohung, die gerade erst zwei Nächte zurücklag.

Ihr Leben war auf den Kopf gestellt. Und obendrein noch der verzweifelte Kampf, ihr Baby vor übermächtigen Widersachern zu retten. So lange schon war sie stark gewesen und hatte ihr Leid erduldet. *Warum muss ich ausgerechnet jetzt zusammenbrechen? Warum lässt mich meine Kraft ausgerechnet jetzt im Stich?*

Die Wunde auf ihrer Brust schmerzte, denn das Weinen riss an den Nähten. Sie starrte auf ihren Schoß und fragte sich, ob sie ihre letzte Chance, dieses Kind zu retten, verspielt hatte.

Dann spürte sie seine Berührung. Eine starke, warme Hand auf ihrer Schulter. Er fasste sie so sanft, so liebevoll an, ließ einfach nur seine Hand auf ihr ruhen, nachdem er zu ihr herübergekommen war und sich neben sie gestellt hatte. Sie genoss das beruhigende Gefühl seiner Berührung, die sie teils durch ihre ärmellose Bluse, teils auf ihrer nackten Haut spürte. Irgendwie schien über diese Verbindung auf magische Art und Weise ein starker Frieden von seinem Körper in ihren überzugehen, und seine Geste war ihr Antwort genug.

In seiner anderen Hand hielt er die Packung Taschentücher. Dann tat er etwas, das sie verblüffte. Er hockte sich vor sie hin und ließ seine Hände sanft von ihren Schultern zu ihren Unterarmen gleiten, ohne die magische Berührung zu unterbrechen. Maryna hob den Kopf, blickte in seine Augen und sah in ihnen Mitgefühl, Verständnis und noch etwas anderes. Sie konnte nicht beschreiben, was es war, doch auf einmal wusste sie, dass sich alles zum Guten wenden würde, dass das Schicksal in der Stunde ihrer größten Not das Herz dieses Mannes hatte weich werden lassen.

»Hey, alles wird wieder gut«, versicherte Mitchell ihr. »Ich werde mit Cameron sprechen. Sie ist ein guter Mensch, sie wird es verstehen. Und noch etwas, Maryna ...« Er hielt inne und sah ihr tief in die Augen. Unter der Zärtlichkeit wurde nun harter Stahl sichtbar. »Was ich über diese Embryos gesagt habe, meinte ich auch so.«

Sie musste sich beherrschen, ihm nicht sofort um den Hals zu fallen. Sie hatte gelernt, Männer zu fürchten, ihnen nicht zu vertrauen. Doch Mitchell Taylor war irgendwie ganz anders. Ihm konnte man vertrauen, musste man sogar vertrauen. Sie hatte keine andere Wahl. *Wäre es so schlimm, wenn sie diesen Mann jetzt vor Dankbarkeit umarmte?*

Doch der richtige Zeitpunkt schien verpasst, und er stand auf. Er ließ die Packung mit den Taschentüchern auf ihrem Schoß liegen, und sie spürte, dass ihre Tränen langsam versiegten und ihr Schluchzen verstummte. Erneut drückte er ihre Schulter, ging einen Schritt zurück und lehnte sich gegen den Schreibtisch.

»Es tut mir leid, dass ich Sie in diese unangenehme Lage bringe«, sagte Maryna. »Ich wusste einfach nur nicht mehr, was ich tun soll. Und dann habe ich Sie in diesem Fernsehinterview gesehen, und es hat Klick gemacht.« Sie sah ihn an und zwang sich ein Lächeln ab. »Das viele Weinen war nicht Teil des Plans.«

»Aber eine sehr effektive Beigabe«, erwiderte Mitchell und lächelte zurück. »Es ist schwer, einer weinenden schönen Frau etwas abzuschlagen.«

Ihr blieb das Herz im Hals stecken, oder war das nur Dara, die wild in ihrem Bauch herumtobte? Sein Kommentar traf sie völlig unvorbereitet. *Schnell, sag was Schlaues,* dachte sie. *Tu das Kompliment ab und zeig ein bisschen Bescheidenheit.* Sie hatte sechs Jahre lang mit amerikanischen Männern geflirtet und schon alles erlebt, erst auf den Straßen von L.A., dann als Kellnerin in den verschiedensten Restaurants entlang der Ostküste. Sie wusste, wie man dieses Spiel spielte. Doch mit Mitchell war es etwas ganz anderes, er wirkte so ehrlich und hatte ein so einnehmendes Wesen. Es fiel ihr schwer, einen klaren Gedanken zu fassen, und sie spürte, wie ihr das Blut in die heißen Wangen schoss.

»Vielleicht nehme ich jetzt doch etwas zu trinken«, das war alles, was sie herausbrachte.

31

Es war schon fast 21.30 Uhr, als er zum Days Inn zurückkehrte. Die Vorhänge waren zugezogen, doch in Marynas Zimmer brannte noch Licht. Er stellte den Wagen im hinteren Teil des Parkplatzes ab, von wo aus er einen guten Überblick hatte, rutschte tiefer in den Fahrersitz und wartete ab.

Am späten Nachmittag war er dem Zimmermädchen nach Hause gefolgt, doch als diese einen Drogeriemarkt aufsuchte, entschied er, doch lieber Vorsicht walten zu lassen. Die Frau am Tag zu überfallen, war vielleicht wagemutig, doch sie auf einem belebten Parkplatz anzugreifen, wäre einfach nur dämlich. Jetzt waren Geduld und ein gut durchdachter Plan gefragt. Also folgte er ihr in einen heruntergekommen Teil von Portsmouth, wo er mit seinem Auto definitiv Aufsehen erregte. Einen Block von ihrem Reihenhaus entfernt parkte er so, dass er von seinem Aussichtspunkt aus kaum noch ihren abgestellten Wagen erkennen konnte.

Dann wartete er wieder.

Drei Stunden später, nachdem es schon dunkel geworden war, zahlte sich seine Geduld endlich aus. Das Zimmermädchen verließ das Haus, stieg in ihren Wagen und fuhr zu einem Supermarkt, der nur vier Blocks entfernt war. Während sie einkaufte, benutzte er einen Autoknacker-Bügel, um ihr Fahrzeug zu öffnen, und kletterte auf den Rücksitz. Über sein Gesicht, den falschen Bart und die Perücke zog er eine Skimaske und legte sich in den Fußraum, wo er auf ihre Rückkehr wartete.

Eine Viertelstunde später trat das Zimmermädchen an ihr Auto heran und öffnete zuerst den Kofferraum, in dem sie ihre Einkaufstüten deponierte. Dann machte sie den Kofferraum wieder zu, setzte sich hinter das Steuer und ließ den Wagen an. Ohne Vorwarnung hielt er ihr eine Waffe an den Kopf und sah, dass sie instinktiv in den Rückspiegel blickte. »Fahr in die Ecke da hinten«, knurrte er und wies auf eine verlassene Stelle des Parkplatzes.

Als sie dort angekommen waren, zwang er sie, den Motor abzustellen. Dann verband er ihr die Augen. Ohne die Waffe von ihrem Kopf zu nehmen, befahl er ihr, nach hinten zu ihm auf den Rücksitz zu klettern. Fast hätte er laut gelacht, weil die Frau wie ein Trottel zitterte und versuchte, ihre beachtliche Leibesfülle über die Lehne des Vordersitzes zu wuchten, ohne ihn dabei anzusehen. Zum Glück waren sie weit genug von den anderen Fahrzeugen entfernt, sodass niemand das Spektakel mitbekam.

Endlich hatte sie es nach hinten zu ihm auf den Rücksitz geschafft. Er fesselte ihre Hände und Füße mit Klebeband und benutzte einen weiteren Streifen, um ihr den Mund zuzukleben. Barsch drohte er ihr, sie zu töten, sollte sie versuchen, vor dem nächsten Morgen ihren Wagen zu verlassen. Als er sie fragte, ob sie verstanden hatte, antwortete sie mit heftigem Kopfnicken.

Dann, ohne Vorwarnung, schlug er ihr den Griff seiner Waffe gegen die Stirn und hinterließ eine klaffende Wunde. Der Kopf der Frau schlug gegen das Fenster, und sie sackte bewusstlos zusammen. Er steckte die Waffe wieder ein, schnappte sich ihre Handtasche und die Autoschlüssel und stieg schnell aus.

Ich hätte sie besser töten sollen, dachte er sich. Zwar war er sich sicher, dass sie ihn auf keinen Fall identifizieren konnte - nicht mit der Skimaske, die fast sein ganzes Gesicht verdeckt hatte -, aber trotzdem hätte er sie besser getötet. Kurz bevor er zuschlug, hatte seine Hand gezittert. Sie war nicht darauf vorbereitet gewesen. Er hatte mit voller Wucht zugeschlagen, das Geräusch von Metall auf Knochen gehört, gesehen, wie das Blut hervorschoss, und gespürt, wie das Adrenalin durch seine Adern rauschte. Diese Frau würde ernst nehmen, was er ihr angedroht hatte, die Polizei ermitteln und nichts herausfinden. Es war genau so gelaufen, wie er es geplant hatte.

Trotzdem hätte er sie besser umgebracht.

Er steckte ihre Autoschlüssel ein, zog die Skimaske aus und fuhr zurück zum Motel. Er parkte mit Blick auf die Rezeption und wartete. Als die Empfangsdame ihren Tresen verließ und in einem der hinteren Büroräume verschwand, ging er schnell in die Lobby, am Empfang vorbei und bog in den Versorgungsraum des Reinigungspersonals ab. Mithilfe einer Taschenlampe suchte er einen alten Metalltisch ab und fand den Generalschlüssel. Dann schlich er genauso leise, wie er gekommen war, wieder hinaus und hastete am Empfang vorbei nach draußen auf den Parkplatz.

An einem abgelegenen Zimmer, in dem schon seit mehr als einer Stunde kein Licht brannte, probierte er den Schlüssel aus. Dafür schob er den elektronischen Schlüssel in den Schlitz, wartete, bis das kleine grüne Licht aufleuchtete, und öffnete die Tür zu dem unbewohnten Zimmer. Dann schob er den Schlüssel zurück in seine Tasche, zog die Tür wieder zu und ging zurück zu seinem Wagen, wo er weiter Marynas Zimmer überwachte.

Über eine Stunde lang starrte er wie hypnotisiert auf die Fenster, bis das Licht in Marynas Zimmer endlich ausging. Es war dort nun komplett dunkel, er konnte nur das fluoreszierende Licht des Fernsehers erkennen. *Nur Geduld,* sagte er sich selbst.

Doch das fiel ihm von Minute zu Minute schwerer. Er brannte darauf, loszulegen, diesen Job zu erledigen. Still sitzen, fiel ihm definitiv schwer. Im Kopf ging er seinen Plan ein letztes Mal durch, sah sich seine tödliche Mission erfüllen und machte sich auf alle Eventualitäten gefasst.

Eine weitere Stunde verging, während er still die Schatten beobachtete, die vom flackernden Schein des Fernsehers gegen die Fenster geworfen wurden. In den anderen Zimmern kamen und gingen die Gäste, und langsam erloschen die Lichter in den Zimmern auf seiner Seite des Motels. Mittlerweile war es weit nach 23 Uhr, und auf dem Parkplatz war es ruhig geworden. Eine weitere Stunde verstrich.

Um 0.30 Uhr ging endlich auch der Fernseher in Marynas Zimmer aus, und hinter ihrem Fenster wurde es komplett dunkel. Er konnte sich kaum noch zurückhalten. Seine Beine begannen zu zittern – ohne Unterlass kleine, nervöse Zuckungen. Er zwang sich, eine weitere halbe Stunde zu warten, und sah den Wolken zu, die über das Gesicht des Mondes hinwegzogen.

Das war ein Zeichen, musste einfach ein Zeichen sein.

Er zog die Skimaske unter seine Yankees-Baseballkappe, ohne sie über sein Gesicht zu ziehen. Dann überprüfte er seine Waffe, eine Glock 38, und steckte sie in das Halfter an seiner Brust. Unter seinem blauen Hemd drückte sich eine deutliche Beule ab, doch wer sollte sie schon sehen? Nur ein schneller Sprint über den Parkplatz, und schon hätte er Marynas Zimmer erreicht. Er nahm den Drahtschneider zur Hand, stieg vorsichtig aus seinem Wagen und schloss die Tür so lautlos, wie es ihm möglich war.

Sich umblickend, überquerte er schnell den Parkplatz und lief dann die Treppen hoch, wobei er immer zwei Stufen auf einmal nahm. Als er oben angekommen war, spürte er, dass ihm das schweißnasse Hemd am Rücken klebte. Er hastete den Gang entlang zum Zimmer 207. Direkt vor Marynas Tür machte er halt, sah sich noch einmal um und warf einen Blick auf den Parkplatz. Weit und breit war niemand zu sehen.

Er nahm den Generalschlüssel aus der Tasche und schob ihn schnell durch den Schlitz an der Tür. Das grüne Licht zeigte an, dass das Schloss nun entriegelt war. Die Hände durch Handschuhe geschützt, packte er vorsichtig den Türknauf und drehte ihn leise nach links. Kaum hörbar klickte es. Er hielt inne, wartete eine Sekunde lang ab und schob dann langsam die Tür auf, bis sich die Sicherheitskette straff über den offenen Türspalt spannte. Im Zimmer war kein Mucks zu hören.

Er hob den Drahtschneider zur Kette und durchtrennte die Plastikglieder, die er zuvor eingefügt hatte. Das schnappende Geräusch des durchtrennten Plastiks ließ ihn zusammenfahren. Schnell machte er einen halben Schritt zurück – und die Kette schwang rasselnd frei. In der Stille der Nacht klang es wie eine Explosion, doch nun gab es kein Zurück mehr. Schnell schlüpfte er durch die Tür, sah ihre regungslose Gestalt auf die Seite gedreht auf dem Bett liegen, mit dem Rücken zu ihm. Nur der stete Rhythmus ihres Atems war zu hören.

Der Auftragskiller atmete tief durch und griff nach seiner Waffe. Vor Aufregung hatte er vergessen, die Skimaske über sein Gesicht zu ziehen. Leise verfluchte er sich selbst. *Hat mich jemand gesehen? Sei nicht albern. Wie oft hast du dich da draußen umgesehen? Nimm dich zusammen. Du darfst jetzt nicht die Nerven verlieren. Konzentration!*

Er zog sich die Skimaske übers Gesicht, atmete tief durch die muffige Wolle ein und zog dann seine Glock hervor, an der er einen Schalldämpfer befestigte. Sein Magen verkrampfte sich, er schwitzte unter der Maske – besonders über den Augenbrauen und im Nacken –, und sein Puls rauschte ihm in den Ohren. Er ging einen Schritt auf das Bett zu, dann einen weiteren, sein rasendes Herz machte ihn verrückt. Seine Kehle war trocken. Er duckte sich und griff die Waffe mit beiden Händen, zielte damit auf sein Opfer. *Du kannst deiner Vergangenheit nicht entkommen, Maryna Sareth. Du hattest deine Chance!* Seine Hände fingen an zu zittern, gefährdeten seine Treffsicherheit.

Schieß doch!, schrie sein Kopf seinen festgefrorenen Körper an. Doch seine Finger wollten nicht gehorchen. Das Zittern in seinen Händen wurde nur noch schlimmer. *Das ist deine Chance! Tu es, du Idiot!*

Endlich fing er sich und drückte den Abzug. Die Waffe machte in seiner Hand einen Satz, und eine Kugel zischte durch die Luft. Wieder und wieder. *Wie unglaublich befreiend sich das anfühlte!* Ein irres Grinsen machte sich in seinem Gesicht breit, während er zuschaute, wie ihr Körper im Bett hin und her zuckte. Er ging einen Schritt näher, schoss noch zweimal auf ihren Kopf los und traf. Alles schien wie im Zeitraffer abzulaufen, während er den Abzug drückte, jede Kugel löste ein schauerliches Wohlgefühl in seinem Körper aus und jagte tödliche Metallfragmente durch ihren.

Genauso plötzlich wie der Angriff begonnen hatte, endete er auch. Im Zimmer war es wieder still, Dunkelheit überschattete das entsetzliche Szenario. Die Zeit verstrich wieder ganz normal. Ruhig und professionell steckte er seine Waffe samt dem Schalldämpfer zurück in sein Halfter. Dann wandte er sich schnell um, öffnete die Tür und warf einen letzten Blick auf das Massaker hinter sich. Durch das gedämpfte Licht, das vom Parkplatz durch die Vorhänge drang, konnte er sein Werk nur teilweise bewundern. Die Visitenkarte eines gestörten Killers.

Schnell verließ er das Zimmer und zog die Tür hinter sich zu. Das Gesicht immer noch hinter der Skimaske versteckt, rannte er die Treppen hinunter zu seinem Auto, ließ den Motor an und verließ den Parkplatz.

Auf seinem Weg zur Autobahn blickte er ständig in den Rückspiegel und achtete darauf, streng nach Vorschrift zu fahren. Mit einer Hand am Lenkrad zog er die Skimaske, die Baseballkappe, den falschen Bart und die Perücke aus und stopfte die Sachen zusammen mit der Glock, dem Halfter und dem Schalldämpfer in einen grünen Müllsack, den er anschließend zuzog. In ein paar Minuten würde er auf dem Seitenstreifen einer hohen Brücke anhalten und den Müllsack in das tiefe Wasser der Küstenwasserstraße werfen. Erst nach acht Kilometern merkte er, dass er nicht aufhören konnte zu grinsen.

32

Freitag, 21. Mai

Blaine Richards graute es bei dem Gedanken, um fünf Uhr morgens aufstehen zu müssen, doch diese Gelegenheit durfte er nicht verpassen. Kurz nach sechs Uhr fuhr er auf den Parkplatz vor der GenTech-Konzernzentrale – einem achtzehnstöckigen Spiegelglasgebäude, das in einem der Büroparks von Virginia Beach lag. In der weitläufigen marmorverkleideten Lobby begrüßte er eine fröhliche Rothaarige und ihr Kamerateam, die für CNNs Finanzsektor arbeiteten. Sie hatten abgemacht, mit den Liveaufnahmen von »Frühstück mit einem CEO« pünktlich um sieben Uhr zu beginnen.

Auch wenn er es zu verbergen versuchte, musste Dr. Richards zugeben, dass er ein wenig nervös war. Cameron Davenports Klage und die Bekanntmachung, dass GenTech Embryos geklont hatte, waren seit zwei Tagen das Thema im Fernsehen. Bis jetzt hatten die GenTech-Aktien dieser Prüfung standgehalten, sie blieben stabil bei 16,25. An diesem Morgen bot sich Blaine Richards die beste Gelegenheit, den Medien seine Sicht der Dinge zu schildern, den Preis der Aktie weiter zu stärken und den Shareholder-Value um Millionen zu steigern.

Sein tiefschwarzes Haar wurde durch die übliche Menge Gel im Zaum gehalten, was seinen spitzen Haaransatz umso mehr betonte. Er hatte sich zum letzten Mal am vorangegangen Abend nach der Arbeit rasiert, und im Licht der Kameras war sein Rasurschatten deutlich sichtbar. Für den heutigen Anlass trug er eine maßgeschneiderte Mikrofaserhose, ein weißes Hemd mit Monogramm, eine Krawatte und einen knielangen Laborkittel. In diesem Outfit wirkte er wie eine Mischung aus Fortune-500-CEO und einem überarbeiteten verrückten Wissenschaftler, und genau so hatte er es geplant.

Das Interview verlief sogar noch besser, als Dr. Richards erwartet hatte. Sofort fand er einen guten Draht zu der hübschen jungen Moderatorin, die offensichtlich keinen Schimmer von dem Geschäft mit der Fruchtbarkeit hatte. Dr. Richards war charmant, selbstbewusst und professionell. Über einem Teller Eier Benedikt und Erdbeer-Parfait erklärte er das Bestreben von GenTech, mithilfe der von Dr. Nathan Brown gespendeten eingefrorenen Embryos eine neue Stammzelllinie anzulegen. Diese Stammzellen und die fast zwei Millionen Dollar, die Dr. Brown dem Unternehmen in Form eines Treuhandfonds zur Verfügung gestellt hatte, könnten als Anreiz für weitere Fördergelder dienen und es GenTech ermöglichen, neue Heilmittel gegen das Aidsvirus zu entwickeln. Und obwohl er sein großes Mitgefühl gegenüber Cameron Davenport-Brown zum Ausdruck brachte, machte Dr. Richards ganz deutlich, dass es ihm schleierhaft war, wie sich die Frau diesem erfolgversprechenden medizinischen Fortschritt in den Weg stellen konnte.

Auf Nachfrage der Moderatorin ließ sich Dr. Richards sogar zu Spekulationen über mögliche Auswirkungen hinreißen, sollte GenTech den Prozess verlieren. Dieser Teil des Interviews war Blaine Richards Ansicht nach seine persönliche Glanzleistung. Mit der nötigen Bescheidenheit erklärte er zögernd, dass GenTech die Konkurrenz, was das technische Gebiet der Blastomeren-Isolation anging, weit hinter sich gelassen hatte. Sollte das Gericht entscheiden, dass die Anti-Klon-Gesetze verfassungswidrig seien, wäre GenTech bereit, seine überlegenen Kenntnisse einzusetzen, um Eltern zu helfen, erbliche Geburtsfehler zu umgehen, die manchmal mit den risikoreichen, im Labor erzeugten Schwangerschaften einhergingen.

»Denken Sie nur an den genetischen Defekt, der für das Downsyndrom verantwortlich ist«, erklärte er der Moderatorin. »Nehmen wir an, dass wir einer Frau, die erfolglos versucht hat, auf natürlichem Wege schwanger zu werden, vier Eizellen entnommen und mit dem Sperma ihres Mannes befruchtet haben. Gehen wir nun weiter davon aus, dass dieses Paar einer Blastomeren-Isolation zugestimmt hat, um mögliche Erbkrankheiten auszuschließen.«

Die rothaarige Moderatorin lehnte sich vor und nickte, während sie einen weiteren winzigen Bissen von ihrem Parfait nahm. Die Kamera zoomte auf Dr. Richards unrasiertes Gesicht.

»In diesem Fall könnten wir drei oder vier exakte Kopien von jeder der befruchteten Eizellen produzieren. Ein oder zwei dieser Kopien würden dann herangezüchtet werden, um auf Chromosomendefekte untersucht zu werden. Dazu lassen wir die Probeembryos in einem Reagenzglas heranwachsen, bis sie groß genug sind, dass man das Erbgut ausreichend analysieren kann. Sollten wir bei dieser Untersuchung auf einen genetischen Defekt stoßen, werden alle identischen Kopien der betroffenen Eizelle aussortiert und nur die Eizellen mit gesundem Erbgut eingepflanzt.«

Dr. Richards machte eine dramatische Pause und drehte sich leicht nach links. Er sah direkt in die Kamera, um seine Pointe zu setzen.

»Wir könnten es schaffen, dass das Downsyndrom und andere Geburtsfehler der Vergangenheit angehören.«

Die Kameraeinstellung wurde weiter, sodass nun auch wieder die Moderatorin neben Dr. Richards im Bild zu sehen war. »Da hören Sie es«, sagte die fotogene Dame, »das Potenzial der vielversprechenden Blastomeren-Isolation. Erfahren Sie gleich noch mehr über dieses spannende Thema, wenn wir unser Frühstück mit dem CEO der GenTech-Kinderwunschklinik Blaine Richards fortsetzen.«

Das rote Aufnahmelicht an der Kamera erlosch, und Dr. Richards entspannte sich ein wenig.

»Wow«, entfuhr es der Moderatorin, »das ist unglaublich.«

* * *

Anscheinend teilten die Börsengurus die Begeisterung der Moderatorin. Die GenTech-Aktie genoss einen steilen Anstieg im vorbörslichen Handel und erreichte bei 17,50 pro Anteil ihren Höchstwert, einen Zuwachs von ca. zehn Prozent. Nun lag die GenTech-Aktie nur noch einen halben Dollar unter dem Ausgangswert, bevor die Klage öffentlich gemacht worden war.

Auch die Aktien der öffentlichen Kinderwunschkliniken erholten sich wieder, wenn auch nicht im gleichen Ausmaß. ProGen stieg von 47 auf 48,75, während RSI eineinhalb Dollar an Wert zulegte und von 43,50 auf fast 45 stieg.

Dr. Richards' Auftritt hatte allein im vorbörslichen Handel einen solchen Wertanstieg mit sich geführt, dass seine Kaufoptionen auf ProGen und RSI fast »im Geld« waren. Die Aktien der Konkurrenz mussten nur noch um jeweils ein paar Dollar steigen, und schon würde Richards das ganz große Geld scheffeln.

Doch viel wichtiger war, dass er nun auch das Vermögen seiner eigenen Firma wieder gesichert hatte. Die Einschätzung der Marktanalysten, dass das Schicksal von GenTech vom Ausgang des Prozesses abhing, wurde nach der Ausstrahlung seines gelungenen PR-Auftritts wieder verworfen. Einige bezeichneten es sogar als Win-win-Situation für Richards Firma, während andere sich immer noch sorgten, dass eine negative Publicity sich ungünstig auf den Wert der Aktie auswirken könnte.

Alles in allem konnte Dr. Richards sich selbst zu einem sehr erfolgreich verlaufenen Interview beglückwünschen. Er hatte das Vertrauen der Investoren in seine Firma wiederhergestellt und einen sehr guten Draht zu seiner Gastgeberin von CNN gefunden. Dr. Richards warf einen langen

Blick auf ihre Visitenkarte in seiner Hand und drehte sie ein letztes Mal um, bevor er sie in die Tasche steckte.

Bewusst hatte er darauf geachtet, ob sie an der linken Hand einen Verlobungs- oder Ehering trug, doch es war nichts zu entdecken. Das würde die Sache um einiges erleichtern.

Ein paar Tage würde er warten, bis er sie anrief, schließlich wollte er nicht zu erpicht wirken. Er wusste auch schon genau, was er zu ihr sagen würde; er hatte den perfekten Spruch gefunden, um das Eis zu brechen.

»Frühstück mit einem CEO hatten Sie ja schon – wie wäre es jetzt mit einem Abendessen?«

33

Win Mackenzie verfolgte den tadellosen Auftritt seines wichtigsten Mandanten auf CNN. Staunend beobachtete er, wie der Börsenticker für den vorbörslichen Handel einen deutlichen Anstieg der GenTech-Aktie anzeigte. Blaine Richards war ein brillanter Mann. Vielleicht ein wenig verrückt, aber trotzdem brillant.

Win selbst war sicherlich auch kein fauler Typ, doch er hatte bereits alle Hände voll damit zu tun, sich auf die Anhörung wegen der einstweiligen Verfügung vorzubereiten, die in nur sechs kurzen Tagen für den kommenden Donnerstag angesetzt war. *Wie haben Nora Gunther und Mitchell Taylor bloß so schnell einen Termin bekommen?* Die Richter im östlichen Bezirk waren eigentlich bekannt dafür, es langsam anzugehen, wenn es um die Terminvergabe von Anhörungen wegen Unterlassungsurteilen ging.

Auf jeden Fall war Win sich bewusst, dass er sich hochrangige juristische Unterstützung suchen musste, wenn er den Fall zu Dr. Richards Zufriedenheit präsentieren wollte. Er zog alle Möglichkeiten in Erwägung und kam doch immer wieder zu dem unangenehmen Schluss, dass der beste Mann bei Kilgore & Strobel, um ihn bei diesem Fall zu unterstützen, der Mann mit dem besten Ruf und der längsten Erfahrung vor Gericht war. Mack Strobel.

Der Gedanke, Seite an Seite mit Mack arbeiten zu müssen, war Win zuwider. Die beiden waren Erzrivalen, wobei Mack die alte Schule vertrat und Win die neue. Außerdem legte Mack Marotten an den Tag, die es fast unmöglich machten, mit ihm zu arbeiten. Dennoch musste Win zugeben: Wenn das gesamte Unternehmen eines Mandanten auf dem Spiel stand, gab es keinen besseren Verbündeten als Mack.

Zumindest solange er nicht gezwungen war, sich nachher mit ihm einen hinter die Binde zu gießen.

Es war die übliche Geschäftspolitik der Kanzlei, solche Dinge vorher mit dem Mandanten abzuklären, also wartete Win, bis »Frühstück mit einem CEO« vorbei war. Dann rief er Blaine Richards an. Win wusste, dass er nach einem solch überragenden Auftritt guter Dinge sein würde.

Nachdem er ein paar Minuten lang von Dr. Richards hervorragendem Interview geschwärmt hatte, erklärte Win den Grund seines Anrufs. Auch wenn es ihm schwerfiel, lobte er Mack Strobels Fähigkeiten in den höchsten Tönen und erklärte, dass zwei Top-Anwälte vonnöten seien, um sich auf eine so wichtige Anhörung in solch kurzer Zeit vorzubereiten.

Als Win endlich fertig war, wurde es still in der Leitung. Mit dieser Reaktion hatte er nicht gerechnet.

»Bist du noch dran?«, fragte er schließlich.

»Ja«, antwortete Richards bissig, »aber ich denke noch nach. Und ich frage mich gerade: Warum habe ich dich engagiert, und warum bezahle ich dir diesen unerhörten Stundenlohn, wenn du mit einer solchen Anhörung nicht allein zurechtkommst?«

»Es ist nicht so, dass ich das nicht allein könnte; es ist nur so, dass ...«

»Blödsinn!«, unterbrach ihn Richards wutentbrannt. »Ich will nur einen Anwalt für diesen Fall. Ich kenne diesen Mr Strobel nicht, und ich vertraue ihm nicht. Ich habe dich engagiert. Wenn du der Sache nicht gewachsen bist, muss ich mir eine andere Kanzlei suchen.«

Wins Hand krampfte sich um den Telefonhörer, er biss die Zähne zusammen. Langsam stieg Wut in ihm auf, und er musste sich beherrschen, die Worte, die ihm in der Kehle steckten, nicht auszusprechen, da er sie später sicherlich bereuen würde. Er schnaubte empört in die Stille des Telefons und kochte innerlich, angesichts der Arroganz seines Mandanten.

»Also?«, fragte Richards.

»Ich habe verstanden«, erwiderte Win knapp. Er verdrängte den Gedanken an das, was er wirklich hatte sagen wollen, und schluckte die befreienden Worte herunter. Einen guten Anwalt machte auch ein großes Maß an Selbstdisziplin aus, und diese Unterhaltung brauchte gerades jedes Fünkchen auf, über das er verfügte.

»Gut«, sagte Dr. Richards. »Ich vertraue dir und keinem anderen Anwalt, egal, wie gut er sein mag.«

Win spürte, wie es ihm die Brust zusammenschnürte, als das gesamte Gewicht des Falls auf seinen Schultern abgeladen wurde. Stumm schüttelte er den Kopf und starrte das Samurai-Gemälde an seiner Wand an. Wie üblich erwiderten die Krieger den Blick – der grimmige Ausdruck auf ihren Gesichtern verriet ihr offensichtliches Missfallen.

34

Mitchell Taylor schreckte aus dem Schlaf hoch und saß kerzengerade im Bett. Ein messergleicher Schmerz fuhr ihm durch den unteren Rücken, die Quittung dafür, dass er die Nacht im Schlafsack auf dem Boden verbracht hatte. Das Licht, das durch die Schlitze der Jalousie fiel, veranlasste ihn, einen hektischen Blick auf seine Armbanduhr zu werfen: 7.45 Uhr.

Ungläubig starrte er die schwarze Sportuhr an. Er war sich sicher, dass er den Alarm auf sechs Uhr gestellt hatte. Mitchell rollte sich auf die Seite und kam langsam hoch. Wieder schoss ihm der Schmerz durch den Rücken. Sofort hielt er inne und verzog das Gesicht. *Ich bin viel zu jung für so einen kaputten Rücken.* Vorsichtig stand er auf und streckte die schmerzenden Gliedmaßen. Er brauchte fast fünfzehn Minuten, bis er überhaupt aufrecht stehen konnte.

Sein Orthopäde hatte ihm erklärt, dass die acht Jahre seiner professionellen Football-Karriere, in der er keinerlei Zurückhaltung an den Tag gelegt hatte, ihre Spuren auf dem L5/S1-Wirbel in seinem unteren Rücken hinterlassen hatten. Nicht der Football selbst war das Problem, sondern die Art, wie Mitchell spielte. Er war ein erbarmungsloser Defensive Back gewesen, der keine Kollision ausließ und seinen Körper selbst viel größeren Gegenspielern stets gerne entgegengeworfen hatte, wofür er nun den Preis bezahlen musste. »Achten Sie darauf, die Rückenmuskulatur zu stärken«, hatte der Arzt ihm geraten, »damit der Nerv nicht weiter gequetscht wird und wir nicht operieren müssen.«

Mitchell rollte sich aus seinem Schlafsack und stopfte ihn zusammen mit seinem Kopfkissen in den Schrank. Er stand in der Mitte des »Gästezimmers« seiner Zweizimmerwohnung und streckte sich noch etwas. Im Raum herrschte ein muffiger Geruch, eine Kombination aus Umkleidekabine und Antiquariat. Er hatte das Zimmer in einen Fitnessraum verwandelt, überall lagen Lang- und Kurzhanteln herum, es gab eine Trainingsbank und einen Langhantelständer. In einer Ecke war eine kleine Musikanlage aufgebaut, in einer anderen stand ein Fernseher auf Betonbausteinen. Entlang der Wände hatte Mitchell Stapel von juristischen Fachbüchern aufgereiht. Für ein Bett blieb kein Platz, deswegen hatte Mitchell auch die Nacht auf dem dünnen Teppich in einem abgewetzten Schlafsack verbracht.

Er ging in die Küche, machte den Kühlschrank auf und trank einen Schluck Orangensaft direkt aus der Packung. Dann zog er die Kaffeemaschine aus einer Ecke des Küchenschranks und setzte eine Kanne auf. Wenn er allein war, machte er sich nie diese Mühe, dann genügte ihm der Becher Kaffee, den er auf dem Weg zur Arbeit an der Tankstelle holte. Doch an diesem Morgen war er nicht allein.

Er fragte sich, ob Maryna überhaupt Kaffee trank.

Bei dem Gedanken an sie musste er lächeln.

Als sie am Abend zuvor wieder in der Kanzlei aufgetaucht war, dachte Mitchell zuerst, dass Maryna durchgedreht sei. Sie war extrem nervös, fast hysterisch, und er fragte sich, in was er da nur hineingeraten war.

Sie sagte, sie sei sicher, dass jemand in ihr Hotelzimmer eingebrochen sei. Sie hatte das »Bitte-nicht-stören«-Schild außen an der Tür hängen lassen, als sie Mitchell zum ersten Mal aufsuchte, doch irgendjemand hatte dennoch das Zimmer betreten und ihre Handtücher und Waschlappen ausgetauscht. Daraufhin rief sie die Rezeption an, die ihr versicherte, dass keines der Zimmermädchen ein Zimmer aufräumen würde, wenn das »Bitte-nicht-stören«-Schild an der Tür hing. Maryna erzählte Mitchell außerdem, dass sie ein kurzes Stück Klebestreifen, von außen nicht sichtbar, in Bodenhöhe zwischen Türrahmen und Tür geklebt hatte, bevor sie das Zimmer verließ. Als sie zurückkehrte, hing der Streifen frei.

»Also habe ich ausgecheckt und bin hierhergekommen«, erklärte sie Mitchell atemlos, »doch ich fürchte, dass sie mir gefolgt sind.«

Mitchell hielt sie für verrückt oder zumindest für extrem paranoid. Dennoch führte er sie in den Konferenzraum, damit er überlegen konnte, was jetzt zu tun sei. Langsam beruhigte sie sich, sodass sie in der Lage waren, die möglichen Optionen zu besprechen. In einem anderen Hotel abzusteigen, stand außer Frage. Sie wollte auch keinen ihrer Freunde in diesen Albtraum mit den Snakeheads hineinziehen. Außerdem würde die Gang sie dort zuerst suchen.

Mitchell versuchte, einige seiner Freundinnen von der juristischen Fakultät anzurufen, um Maryna bei einer von ihnen unterzubringen. Als er niemanden erreichte, tat er etwas, das er sich geschworen hatte, niemals zu tun. Doch unter den gegebenen Umständen schien es in dieser Nacht die einzige vernünftige Alternative zu sein. Er bot dem Mädchen an, die Nacht in seiner Wohnung zu verbringen, natürlich ganz ohne romantische Hintergedanken, wie er sich selbst immer wieder sagte, nur damit sie einen sicheren Ort zum Übernachten hatte.

Wie sich herausstellte, war Maryna eindeutig charmante Gesellschaft. Sie brauchte einige Zeit, um aufzutauen, doch als das Eis gebrochen war, wurde klar, dass das Warten sich gelohnt hatte. Sie hatte einen hinreißenden Akzent, einen tollen Humor und eine interessante Vergangenheit. Und erst diese wundervollen dunkelbraunen Augen, die von innen zu leuchten schienen, eine Million Emotionen auszudrücken vermochten und ihn tief in ihre Seele blicken ließen. Mehr als einmal erwischte er sich dabei, wie er sie anstarrte, während sie sich bis in die frühen Morgenstunden unterhielten.

Er hätte die ganze Nacht mit ihr reden können.

Sie war so anders als all die Frauen, die er bisher kennengelernt hatte. Nach diesen wenigen Stunden in der letzten Nacht hatte er das Gefühl, sie seien alte Freunde. Je länger sie sich unterhielten, desto mehr wünschte er sich, dass die Nacht nie enden würde. Er wollte alles in Zeitlupe ablaufen lassen und jeden ihrer bezaubernden Züge studieren, bis er sich ihn für immer eingeprägt hatte. Selbst jetzt konnte er noch ihr wunderschönes Lächeln sehen, wenn er die Augen schloss.

Doch irgendwann hatten die schönen Augen angefangen, immer langsamer zu blinzeln, und das strahlend weiße Lächeln, das früher am Abend so oft aufgeleuchtet hatte, war mittlerweile zu einem müden schiefen Grinsen geworden.

Mitchell bestand darauf, dass Maryna sein Zimmer nahm, da dort das einzige Bett stand. Sie hatte sich mit Händen und Füßen gegen diesen Vorschlag gewehrt, doch er ließ nicht mit sich reden.

Es machte ihm nichts aus, im Gästezimmer zu schlafen. Ein schmerzender Rücken war nur ein geringer Preis, wenn ihr bezauberndes Gesicht seinen Morgen versüßen würde.

Mitchell begann leise den kleinen, runden Tisch, der in einer Ecke seiner Küche stand, für zwei Personen zu decken. Normalerweise setzte er sich einfach mit einer Schüssel Frühstücksflocken auf die Couch, während er sich die Morgennachrichten anschaute. Doch an diesem Tag war alles anders. Er hatte einen weiblichen Übernachtungsgast, den er nun zu beeindrucken versuchte.

Frühstücksflocken kamen nicht infrage. Maryna verdiente etwas Besseres. Nun gut, vielleicht kam er an diesem Morgen etwas zu spät zur Arbeit, aber er würde trotzdem höchstwahrscheinlich immer noch vor Sandra in der Kanzlei sein. Das war es ihm wert. Maryna war es ihm wert. So schnell würde sich diese Situation wahrscheinlich nicht wiederholen, also gedachte er, das Beste daraus zu machen.

Er wollte schnell los und eine Packung warme, frische und zuckersüße *Krispy-Creme*-Donuts holen. Das alles war Marynas Schuld, dank ihr fühlte er sich wieder wie ein Kind.

Leise öffnete er die Schlafzimmertür und schlich zu seinem Kleiderschrank. Dort schnappte er sich schnell ein altes T-Shirt und ein paar Sandalen, die er zu den weiten Shorts tragen wollte, die er gestern Abend zum Schlafen angezogen hatte. Dabei konnte er einfach nicht widerstehen und musste sich umdrehen, um die schlafende Frau in seinem Bett anzusehen, und wenn es nur für einen kurzen Moment war. Es war dunkel, aber er konnte trotzdem die sanften Züge ihres Gesichts erkennen, die teilweise von Strähnen ihres zerzausten, langen schwarzen Haares verdeckt waren. Sie sah aus wie ein Model, das posierte, um die unberührte und natürliche Schönheit einer Frau zu präsentieren, die schlief.

Doch sie war auch eine komplett Fremde, eine Frau, deren religiöser Glaube unvereinbar mit seinem eigenen war – und die außerdem das Kind eines anderen Paares austrug.

Sie hatte ihn am vorigen Abend aufgesucht, weil sie juristischen Beistand brauchte, nicht weil sie auf der Suche nach einer Romanze war. Es war seine Aufgabe – seine Pflicht –, ihr in seiner Funktion als Anwalt so gut zu helfen, wie er es eben vermochte, ungeachtet der Gefühle, die jedes Mal in ihm aufstiegen, wenn er sie ansah. Er würde nicht zulassen, dass diese Gefühle sein Handeln lenkten und ihm den Verstand trübten.

Bestärkt drehte er sich von Maryna weg und verließ leise den Raum. Er hatte keine Zukunft mit diesem Mädchen. Doch das hieß nicht, dass er sie nicht mit ein paar *Krispy-Creme*-Donuts verwöhnen durfte. Wenigstens dieses eine Mal.

* * *

Als sie hörte, wie sich die Tür leise wieder schloss, öffnete Maryna die Augen. Sie hatte still dagelegen und durch ihre fast geschlossenen Augen beobachtet, wie Mitchell sich aus dem Schrank ein T-Shirt holte, sich dann umdrehte und sie ansah.

Ob die kleine Dara wohl mit ihrem rasenden Herzen Schritt halten konnte? »Gleich wird es wieder langsamer schlagen«, flüsterte sie. »Er ist weg.«

Sie durfte das nicht zulassen. Sich in Mitchell zu verlieben, würde nur noch mehr Schmerz erzeugen und ihrem verkümmerten Herzen eine weitere Wunde zufügen. Am Abend zuvor war er so nett zu ihr gewesen, hatte ihr so aufmerksam zugehört. Aber wahrscheinlich wollte er nur rücksichtsvoll sein. Es bestand nicht die geringste Chance, dass aus ihrer Freundschaft mehr werden würde. Mitchell war ein attraktiver junger Anwalt und Maryna – war was? Eine schwangere, illegale Einwanderin, die das Kind anderer Leute austrug! Nein, es gab eine Million Gründe, die dagegen sprachen, dass sich etwas zwischen ihnen entwickeln konnte, und eine Million weiterer Gründe, warum ihre Beziehung scheitern würde, sollte es dennoch dazu kommen.

Aber warum wollte ihr Herz das nicht verstehen?

Sie drückte das Kopfkissen fest an sich, atmete tief ein und sog den Geruch von Mitchell Taylor in sich auf.

35

Mitchells Meeting mit Nora Gunther und Cameron Davenport begann um 9.30 Uhr und dauerte fast drei Stunden. Schon vor dem Treffen hatte er nicht viel für Nora Gunther übrig gehabt, doch bis zum Mittag war das Gefühl zu einer offenen Antipathie herangewachsen. Soweit er es beurteilen konnte, schien diese Empfindung auf Gegenseitigkeit zu beruhen.

Nora reiste zu dem Treffen aus Washington an und erschien in ein paar schmuddeligen Jeans, einem alten T-Shirt und Sandalen. Das T-Shirt war zu kurz und zu eng und betonte jede unansehnliche Wulst an ihrem alternden, untersetzten Körper. Noras Gesicht war blass und rund, und unter ihren Augen bildeten sich große Tränensäcke, die Mitchell noch ein paar Tage zuvor nicht bemerkt hatte.

»In sechs Tagen steht uns eine wichtige Anhörung bevor, in der unser Antrag auf Unterlassung geprüft wird«, verkündete sie, als wären das Neuigkeiten für Mitchell. »Ich gedenke, dort vorbereitet zu erscheinen.«

Die erste Stunde brachte sie damit zu, die Strategie für die Anhörung zu diktieren und Mitchell mit einer Reihe von niederen Aufgaben zu beauftragen. Als Nächstes besprachen Nora und Mitchell die verschiedenen Schriftsätze, die sie vor Beginn der Anhörung bei Gericht einreichen würden. Dann diskutierten Nora und Cameron mögliche Zeugen, die sie vorladen lassen wollten, und hielten nur inne, um Mitchell zu erklären, warum seine Vorschläge allesamt ungeeignet waren. Mit der Zeit wurde Mitchell klar, dass es besser war, sich nicht einzumischen und die Frauen ungestört beraten zu lassen, wen man nun kontaktieren und aussagen lassen wollte. Normalerweise wäre Mitchell schon längst an die Decke gegangen, doch an diesem Morgen versuchte er mit aller Kraft, das Fünkchen guten Willen zu erhalten, das noch zwischen ihm und Nora bestand. Denn darauf war er am Ende des Meetings angewiesen, wenn er wie geplant die Bombe platzen lassen wollte.

»Mitchell, abgesehen von den bereits genannten Personen werden wir auch Dr. Lars Avery vorladen müssen. Außerdem werden wir eine Vorladung *duces tecum* für die Patientenakte von Maryna Sareth veranlassen müssen, die uns spätestens ein oder zwei Tage vor der Anhörung vorliegen sollte.«

Mitchell gab einen zustimmenden Laut von sich und sah auf seine Uhr. Sie waren bereits seit zweieinhalb Stunden zugange. Es war 12.05 Uhr. Mitchell warf Nora einen halb verärgerten, halb bewundernden Blick zu. Muss diese Frau denn nie pinkeln? *Was ist sie nur, so eine Art juristischer Roboter – eine seltsame Mischung aus Angela Merkels Äußerem, der Hartnäckigkeit eines Steuerfahnders und der Arbeitsmoral eines Duracell-Häschens?*

Mitchell stand auf und streckte sich. »Ich muss mal eine kurze Pause einlegen«, verkündete er.

»Warum?«, fragte Nora, ohne aufzublicken.

Was soll das heißen, warum?

»Einige von uns sind menschlich veranlagt«, erklärte Mitchell ruhig, »und können nicht längere Zeit durchhalten, ohne bestimmten körperlichen Funktionen nachzugehen – darum.« Er ging um den Konferenztisch herum in Richtung Tür. »Wenn unsere Augen anfangen, gelb anzulaufen, ist das üblicherweise ein Anzeichen dafür, dass es höchste Zeit ist.«

Cameron kicherte. Nora verzog keine Miene, sah nicht einmal von ihrem gelben Block auf, auf dem sie immer noch wie wild herumschrieb.

»Ich glaube, wir sind hier sowieso so gut wie durch«, erklärte sie. »Lassen Sie uns einfach nochmals unsere To-do-Liste durchgehen, dann kann ich mich auf den Weg zurück nach Washington machen.«

Hin und her gerissen zwischen dem Drang, eine Toilette aufzusuchen, und der Aussicht, Nora schnellstmöglich loszuwerden, entschied Mitchell sich, noch ein paar Minuten länger durchzuhalten. Er ließ sich auf dem nächstgelegenen Stuhl nieder und schlug die Beine übereinander.

Gewissenhaft ging Nora jeden einzelnen Punkt auf der Liste durch. Mitchell schien es, als würde sie jetzt mit Absicht langsamer sprechen.

Nach den fünf längsten Minuten seines Lebens kam Nora endlich zum Schluss.

»Gibt es sonst noch irgendwelche Fragen, die wir klären sollten, bevor ich abreise?«, fragte sie, während sie ihre Unterlagen in eine bereits prall gefüllte Aktentasche stopfte.

Mitchell seufzte und atmete tief aus. »Ich hätte da etwas ziemlich Wichtiges zu besprechen, das vielleicht etwas länger dauern könnte. Lassen Sie uns doch eine kurze Pause einlegen, dann werde ich Ihnen und Cameron schildern, worum es geht.«

»Können wir das nicht jetzt schnell klären, ich muss noch ...«

»*Nein*«, unterbrach Mitchell sie, während er aufstand und zur Tür ging. »Das können wir nicht.« Bevor Nora etwas erwidern konnte, verließ er den Raum und schlug die Tür hinter sich zu.

Fünf Minuten später kehrte ein sichtlich erleichterter Mitchell Taylor in den Konferenzraum zurück und begann, das Problem zu erläutern. Er erzählte den beiden Frauen, dass Maryna Sareth ihn am vorangegangenen Nachmittag aufgesucht und um juristischen Beistand gebeten hatte. Als Nächstes berichtete er, dass sie von den Snakeheads verfolgt und überfallen worden war, ging dann näher auf Marynas schwierige Situation als Immigrantin ein und auf ihren Wunsch, das Kind, das sie in sich trug, zur Welt zu bringen, auch wenn das bedeutete, dass sie es selbst großziehen musste.

Während er sprach, beobachtete Mitchell ganz genau jede von Camerons und Noras Regungen. In Noras Gesicht zeichnete sich deutlich Missbilligung ab. Sie kniff die Lippen zusammen, verschränkte die Arme und schüttelte ab und zu den Kopf. Cameron wiederum schien gefesselt zu sein. Sie lehnte sich mit leicht geöffnetem Mund vor und sog jedes Detail von Marynas Geschichte in sich auf, als hörte sie sie zum ersten Mal.

Mitchell kam zum Ende und ließ bewusst aus, dass Maryna am Abend in die Kanzlei zurückgekehrt war und schlussendlich in seiner Wohnung übernachtet hatte.

»Ich habe nur zwei Fragen«, beendete Mitchell seine Ausführungen. »Wäre es ein Problem, wenn ich Maryna helfen würde, ein Visum zu bekommen, angesichts der Tatsache, dass sie eine wichtige Zeugin für unseren Fall ist? Und zweitens: Sollten wir ihr nicht gestatten, das Baby auszutragen? Ich meine, wie wollen wir glaubhaft als Beschützer der eingefrorenen Embryos auftreten, wenn wir gleichzeitig Maryna zu einer Abtreibung zwingen?«

»Sind Sie verrückt geworden?«, schnaubte Nora. Ihr Gesicht war wutverzerrt. »Haben Sie die geringste Ahnung, was für einen riesigen Interessenkonflikt allein Ihr Treffen mit dieser Frau darstellt?«

Mitchell hob beschwichtigend die Hände. »Ich habe es nicht als Interessenkonflikt gesehen. Ihre Position und unsere ist ...«

»Sie haben es nicht als Interessenkonflikt gesehen?«, äffte Nora ihn abfällig nach. »Wie könnte man es anders betrachten?« Sie warf Cameron einen fassungslosen Blick zu, als hätte Mitchell nun komplett den Verstand verloren und eben behauptet, dass fliegende Untertassen auf dem Parkplatz gelandet seien. »Diese junge Frau, diese illegale Einwanderin, will unsere Mandantin zwingen – wohlgemerkt, Ihre Mandantin und meine, Mitchell –, Mutter eines Kindes mit Downsyndrom zu werden – was, sollten Sie es noch nicht bemerkt haben, ganz und gar nicht den Vorstellungen unserer Mandantin entspricht –, und das betrachten Sie nicht als Konflikt?«

»Sie sagt, dass sie das Kind selbst großziehen wird, wenn Cameron es nicht will ...«

»Das löst keines unserer Probleme!«, explodierte Nora. »Was ist nur los mit Ihnen?« Ihr Atem ging mittlerweile stoßweise, und ihre Stimme zitterte. »Sie glauben doch nicht ernsthaft, dass diese illegale Einwanderin, die noch nicht einmal einer legalen Arbeit nachgehen kann, in der Lage ist, für ein Kind mit Downsyndrom zu sorgen? O ja, das Kind wird sie bekommen, natürlich. Sie wird es wie Mutter Teresa zur Welt bringen und dann verstoßen. Was dann? Es wird an der armen Cameron sein, sich für den Rest ihres Lebens um dieses Kind zu kümmern.«

Geschlaucht von der eigenen Wut, hielt Nora inne. Sie starrte Mitchell böse an, der ihrem Blick ohne Weiteres standhielt.

»Was haben Sie sich nur dabei gedacht?«, fragte Nora angewidert. Das war offensichtlich eine rhetorische Frage, auf die sie keine Antwort von ihm erwartete.

Die beiden starrten sich eine Weile lang stumm an, während die Spannung zwischen ihnen immer unerträglicher wurde. Mitchell spürte, wie seine Gesichtsmuskeln zuckten und er unwillkürlich die Hände zu Fäusten ballte. Am liebsten hätte er das Feuer erwidert, ihren Sarkasmus und die verletzenden Bemerkungen mit bösen Worten gekontert. *Doch was würde das bringen?* Er zwang sich, seine Wut herunterzuschlucken, die seine Gedanken vernebelte. Maryna und auch Cameron zuliebe musste er einen kühlen Kopf bewahren.

»Sind Sie fertig?«, fragte Mitchell schnippisch, ohne seinen Blick von Nora abzuwenden.

»Das können Sie mir glauben.«

»Dann hören Sie mir jetzt einen Moment lang zu, auch wenn Sie das nicht gewohnt sind.« Er lehnte sich auf seinem Stuhl zurück, stemmte die Arme gegen die Tischkante und sprach leiser weiter. »Sie haben diese Kanzlei aufgesucht und um juristischen Beistand in einem Fall gebeten, der mir vom ersten Tag an nicht geheuer war ...«

»Warum haben Sie das nicht gleich gesagt ...«

»*Hey!*«, schnappte Mitchell. »Ich habe Sie auch ohne Unterbrechung ausreden lassen, jetzt hören Sie mir zu.«

»Lassen Sie ihn sagen, was er zu sagen hat«, befahl Cameron.

Nora seufzte und kniff die Augen zusammen.

»Mir ist nicht wohl bei dem Gedanken, dabei zu helfen, die Bioethikgesetze außer Kraft setzen zu lassen und so Tür und Tor für alle möglichen Arten des Klonens zu öffnen.« Während Mitchell sprach, brummte Nora missbilligend. »Und trotzdem habe ich für diesen Fall mein Bestes gegeben, weil ich wusste, dass all unsere Bemühungen letztendlich darauf abzielten, acht winzige Embryos zu retten. Alles andere war für mich zweitrangig.«

Mitchell wandte sich nun Cameron zu und suchte in ihren Augen nach Antworten, während er Noras verächtliche Laute ignorierte. »Sollte unser Standpunkt nun lauten, dass diese Embryos und der Fötus in Marynas Bauch nur dann einen Wert haben, wenn sie frei von Mängeln sind, dann ist das ein Standpunkt, den ich vor Gericht nicht vertreten kann. Genau das ist der Grund, warum die meisten Menschen solch eine Angst vor dem Klonen haben; sie glauben, dass diese Technologie über kurz oder lang zu Designerbabys führen wird.« Mitchell konnte spüren, dass seine Worte bei Cameron Wirkung zeigten.

»Ich will hier nicht den harten Anwalt markieren oder irgendwelche Ultimaten stellen, ich sage nur: Wenn unsere Strategie lauten soll, Maryna zu einer Abtreibung zu zwingen, müssen Sie sich einen neuen Unterbevollmächtigten für diesen Fall suchen ...«

»Natürlich ist das unsere Strategie«, schnaubte Nora. »Wie sollen wir sonst glaubhaft argumentieren, dass man Cameron die Chance verwehrt, Mutter zu werden, wenn wir diese Leihmutter einfach das Kind austragen lassen, mit dem sie gerade schwanger ist?«

»Sehen Sie das genauso?«, fragte Mitchell, der immer noch nur Cameron ansah.

Cameron senkte den Blick und sah dann zu Nora hinüber. Mitchell erkannte eine Traurigkeit in ihren Augen, die die vielen Stunden widerspiegelte, in der sie das Schicksal ihres Downsyndrom-Kindes bedacht hatte. In diesem Moment hatte er Mitleid mit ihr und schämte sich ein wenig, sie so unter Druck zu setzen und ihre schwere Last nur noch zu vergrößern.

»Könnten Sie uns einen Moment allein lassen?«, fragte Cameron Nora leise. Mit einem Schulterzucken stand Nora auf und verließ den Raum.

36

Als sich die Tür hinter Nora geschlossen hatte, stand Cameron auf und ging langsam zu dem einzigen Fenster im Raum hinüber, von dem aus man über den Parkplatz blicken konnte. Von Mitchell abgewandt, starrte sie einige Sekunden schweigend hinaus, die Hände hinter dem Rücken verschränkt.

Mitchell studierte ihren Rücken, die schlanke und doch muskulöse Gestalt einer in die Jahre gekommenen Athletin und das blond gelockte Haar, das ihr über die Schultern fiel.

»Mitchell, ich brauche wirklich Ihre Unterstützung«, sagte sie. Ihre Stimme war so leise, dass Mitchell sich anstrengen musste, um sie zu verstehen. Er lehnte sich auf seinem Stuhl vor, ohne die Augen von der Gestalt am Fenster zu lösen. »Vor dem gestrigen Tag, als Sie geholfen haben, meinen Vater zu einem Entzug zu bewegen, waren Sie nur ein weiterer Anwalt für mich ... ein warmer Körper. Aber jetzt sind Sie auf einmal irgendwie viel mehr als das. Ich weiß, dass Nora eine echte Nervensäge sein kann, aber so ist sie nun mal. Sie ist so von dieser Sache überzeugt ... dem Recht der Frau, ihr Schicksal selbst in die Hand zu nehmen, wenn es um das Kinderkriegen geht. Stellen Sie sich nur vor, wie die Medien reagieren würden, wenn Sie jetzt von diesem Fall abspringen. Natürlich könnten wir uns einen anderen Terminsvertreter suchen, aber die Presse würde uns in der Luft zerreißen. Sie werden uns als Heuchler abstempeln – die einerseits das Leben der eingefrorenen Embryos im Labor retten wollen, aber andererseits ihren eigenen Anwalt bekämpfen, um den Fötus im Bauch der Leihmutter abtreiben zu können ...« Cameron schüttelte langsam und traurig den Kopf. »Was für ein Schlamassel.«

Sie drehte sich zu ihm um, und erst jetzt sah er die Tränen in ihren Augen. »Wenn wir Maryna gestatten, das Kind auszutragen, werden wir alle anderen Embryos verlieren. Sie werden vernichtet werden, genau wie es mein Mann in seinem Testament bestimmt hat. Können Sie das nicht verstehen, Mitchell? Unser einziges Argument ist, dass das Recht der Frau auf Fortpflanzung mehr gelten sollte als der Vertrag, den ich und Nathan mit GenTech eingegangen sind, mehr auch als die Bioethikgesetze und alles andere, das sich diesem Recht in den Weg stellt. Aber wenn ich bereits ein Kind habe, selbst ein krankes, ist dieses Argument hinfällig, und all diese potenziell gesunden Embryos werden zu Forschungszwecken vernichtet.«

Cameron trat vom Fenster weg, ließ sich auf den Stuhl neben Mitchell fallen und sah ihn an. »All meine Träume, besser gesagt: meine und Nathans, Eltern eines gesunden Kindes zu werden, wären für immer geplatzt.« Sie streckte den Arm aus und legte ihre Hand sanft auf Mitchells, die auf dem Tisch ruhte.

»So wie ich das sehe, Mitchell, und so wie das Gesetz gegen uns arbeitet, werden wir nur in der Lage sein, einen einzigen Embryo auszutragen. Ich hatte so gehofft, dass es ein gesunder sein würde. Ist das denn so falsch?«

Mitchell schaute sie an, ohne etwas zu erwidern – ihm fehlten die Worte.

»Tun Sie es mir zuliebe, Mitchell.« Sie drückte seine Hand und lehnte sich vor, blickte ihm so tief in die Augen, dass Mitchell sich sicher war, dass sie jeden seiner Gedanken lesen konnte. »Werden Sie wenigstens bis zur Anhörung nächste Woche mitmachen, wenigstens bis wir die Ergebnisse der Fruchtwasseruntersuchung vorliegen haben? Sollte das Kind gesund sein, werde ich für dieses Wunder dankbar sein und die Klage fallen lassen. Aber wenn nicht, könnte Maryna es sich vielleicht doch noch anders überlegen, und wir alle würden gemeinsam nach vorne schreiten, um für unser Recht zu kämpfen, Maryna einen gesunden Embryo einpflanzen zu lassen.«

Er hätte Cameron von Herzen gern geholfen; sie hatte schon so viel durchgemacht. Der Selbstmord ihrer Mutter, der Tod ihres Mannes, der Vater Alkoholiker und nun die Aussicht auf ein Kind mit Geburtsfehler. Wie viel schwerer konnte das Leben noch für sie werden? Und wie konnte er nur daran denken, ihr Leid weiter zu vergrößern?

»Ich kann ja zumindest das Ergebnis der Fruchtwasseruntersuchung abwarten«, sagte Mitchell ernst. »Ich habe Sie gern und möchte Ihnen wirklich helfen.«

Sie drückte seine Hand und atmete tief durch. »Das weiß ich«, sagte sie leise. Sie lehnte sich vor, flüsterte ihm ihren aufrichtigen Dank ins Ohr, schloss die Augen und küsste ihn sanft auf die Wange. Dann zog sie sich langsam zurück, ohne die Hände von seinen zu lösen. Keiner von beiden sagte ein Wort.

Diese unerwartet zärtliche Geste hatte eine Wirkung auf Mitchell, die er selbst nicht beschreiben konnte. Dieser eine einfache Kuss, dieses hauchzarte Gefühl ihrer Lippen auf seiner Haut hatte sie auf eine Weise zusammengeschweißt, wie Worte es nicht vermochten. Der Kuss war keineswegs romantischer Natur gewesen, und dennoch konnte Mitchell spüren, dass sie die Grenze der reinen Anwalt-Mandanten-Beziehung hinter sich gelassen hatten. Ihre Verbindung ging nun tiefer, da war etwas direkt unter der Oberfläche, das sie verband. Er musterte sie vorsichtig und fragte sich, was diese faszinierende Frau als Nächstes tun würde.

»Ich bin mir sicher, dass sich eine Lösung finden ließe, wenn ich nur mit Maryna sprechen könnte,« sagte Cameron. »Würden Sie mir dabei helfen? Mich vielleicht sogar zu dem Treffen begleiten?«

Ihre Bitte bereitete Mitchell Unbehagen, auch wenn er nicht genau sagen konnte, warum. Er dachte einen Moment lang nach, doch dann siegte sein Mitgefühl, und er nickte zustimmend, wenn auch zögerlich. Sie machte es ihm wirklich schwer, Nein zu sagen.

»Ich spreche mit Maryna und versuche, sie zu einem Treffen mit Ihnen zu überreden.«

Cameron schenkte Mitchell ein müdes und trauriges Lächeln. »Sie wissen gar nicht, wie viel mir das bedeutet«, sagte sie. Dann setzte sie sich auf, wischte sich die Augen und fand ihr inneres Gleichgewicht wieder. »Nun gut, sollen wir dann Nora wieder hereinlassen und ihr sagen, dass wir uns geküsst und wieder vertragen haben?«

Mitchell rollte mit den Augen und lächelte zurück. »Lieber nicht«, erwiderte er, »nachher will sie noch mitmachen.«

37

Mit zitternden Händen griff Maryna zum Hörer und rief in Mitchells Kanzlei an. Während es klingelte, starrte sie ausdruckslos auf den Fernsehbildschirm und wollte immer noch nicht glauben, was sie gerade gesehen hatte.

Nach dem vierten Klingeln ging Sandra Garrison dran.

»Davenport & Associates, können Sie kurz dranbleiben?«

Bevor Maryna überhaupt antworten konnte, war sie auch schon in der Warteschleife und hörte die typische Fahrstuhlmusik, die sie allerdings überhaupt nicht wahrnahm. In ihrem Kopf überschlugen sich die Gedanken, sie war hin- und hergerissen zwischen Wut und Angst. *Wann hört das endlich auf? Wie können sie einfach unschuldige Menschen umbringen, als hätte ein Leben keinen Wert?*

Bevor sie den Anruf tätigte, hatte sie versucht, sich zu beruhigen, indem sie tief durchatmete, die Mantras des Großen Lehrers wiederholte und ihren Geist von allen flüchtigen Gedanken befreite. Doch nichts funktionierte. Sie musste mit Mitchell sprechen.

Endlich wurde die Musik von Sandra Garrisons Stimme unterbrochen.

»Wie kann ich Ihnen helfen?«

»Ich muss bitte sofort mit Mitchell Taylor sprechen.«

»Einen Moment, bitte.«

Erneut landete sie in der Warteschleife und wieder ertönte die nervtötende Aufzugmusik. Sie erhob sich aus dem abgewetzten Ledersessel in Mitchells Wohnzimmer und begann auf und ab zu laufen, den Hörer ans Ohr geklemmt. »Komm schon ... komm schon«, murmelte sie.

Sandra war zurück. »Es tut mir leid, Sie sagten, dass Sie auf Mr Taylor warten?«

»Ja. Und bitte beeilen Sie sich! Das ist ein Notfall.«

»Einen Moment, bitte«, sagte Sandra fröhlich.

»Nein!«, schrie Maryna, doch es war zu spät. Wieder erklang die Aufzugmusik.

Ein drittes Mal kam Sandra an den Apparat, so heiter wie immer.

»Es tut mir leid, aber Mr Taylor ist leider gerade beschäftigt. Möchten Sie eine Nachricht hinterlassen?«

»Nein, das möchte ich nicht«, sagte Maryna aufgebracht. »Sagen Sie ihm, dass Maryna Sareth in der Leitung ist und es sich um einen Notfall handelt.«

»Sie müssen entschuldigen, aber Mr Taylor hat mich angewiesen ...«

»Sagen Sie es ihm einfach!«

Wieder erklang die Aufzugmusik. »Einfach unfassbar«, murmelte Maryna.

* * *

Cameron und Nora hatten gerade die Kanzlei verlassen, als Sandra Mitchell mitteilte, dass eine Maryna Sareth am Telefon war und darauf bestand, mit ihm zu sprechen.

»Eine sehr unhöfliche Dame«, fügte Sandra hinzu. »Sie behauptet, es sei ein Notfall.«

»Danke«, erwiderte Mitchell ruhig, während er versuchte, sich seine Besorgnis nicht anmerken zu lassen. »Stellen Sie den Anruf bitte in mein Büro durch.« Er schloss die Tür hinter sich. Sandra war eine gute Sekretärin, doch irgendwie war sie zu der Auffassung gekommen, dass das

Belauschen seiner Telefonate ein wichtiger Bestandteil ihres Aufgabenbereichs sei.

»Mitchell Taylor am Apparat.« Selbst ihm fiel auf, wie besorgt er klang. »Es ist ein Notfall«, hatte Sandra gesagt.

»Gott sei Dank«, antwortete Maryna. Er konnte die Angst in ihrer brüchigen Stimme hören. »Ich habe gerade die Zwölf-Uhr-Nachrichten gesehen. Du kennst doch das Days Inn Hotel, in dem ich mir ein Zimmer genommen hatte?«

»Ja.«

»Dort wurde eine Frau ermordet ... man hat mehrmals auf sie geschossen, während sie schlief«, sagte Maryna mit ihren Emotionen ringend. Sie zögerte. »Mitchell, der Anschlag galt mir.«

»Maryna, geht es dir gut? Wo bist du jetzt?«

Am anderen Ende der Leitung blieb es still.

»Maryna?«

»Ich rufe aus deiner Wohnung an, Mitchell. Aber ich muss weg. Ich will dich nicht in Gefahr bringen. Und sie werden nicht eher ruhen, bis sie mich gefunden haben ...« Ihre Stimme verhallte und durch den Hörer waren nur noch kurze Schluchzer zu hören. »Ich muss einfach ... weg ... weit ... weg von hier ...«

»Hör mir zu«, forderte Mitchell sie auf. Er versuchte, seiner Stimme einen autoritären und gleichzeitig beruhigenden Tonfall zu verleihen. »Du darfst nicht gehen. Nicht jetzt.«

»Ich muss aber ...«

»Hör zu! Die Snakeheads wissen nicht, wo du bist. Denk doch mal nach. Wenn sie gewusst hätten, dass du gestern Abend das Hotel verlassen hast und nicht mehr zurückgekommen bist, hätten sie nicht diese andere Frau erschossen. Sie dachten, dass du noch dort bist. Mittlerweile hat die Gang wahrscheinlich herausgefunden, dass sie die falsche Person erschossen haben, aber sie haben keine Ahnung, wo du bist.«

Das Schluchzen ließ etwas nach, doch noch immer brachte Maryna keinen Ton heraus.

»Im Moment bist du sicher. Aber wenn du versuchst, woanders hinzugehen ...« Er musste den Satz nicht zu Ende führen.

»Okay, wahrscheinlich habe ich das Ganze nicht richtig durchdacht.«

Ihre Stimme klang noch immer zittrig, doch sie wirkte ruhiger und viel kontrollierter. »Ich wollte dich da einfach nur nicht mit hineinziehen.«

»Hey, ich stecke schon mittendrin.« Mitchell versuchte, gelassen zu wirken, so als sei das Ganze keine große Sache. »Wenn sich diese Kriminellen mit einem meiner Mandanten anlegen, legen sie sich auch mit mir an.«

Maryna zögerte, bevor sie weitersprach. »Also bin ich jetzt deine Mandantin?«

»Nicht offiziell. Aber ich arbeite daran.«

Wieder war nur Stille zu hören. Mitchell wusste, dass er sie enttäuscht hatte, aber er wollte ehrlich zu ihr sein.

»Ich habe Cameron und Nora heute deine Situation erklärt. Sie sagten, dass sie bis nächste Woche abwarten werden, wenn das Resultat der Fruchtwasseruntersuchung vorliegt, um zu entscheiden, ob du das Kind austragen darfst. Dann wird sich auch entscheiden, welche Rolle ich bei dem Verfahren weiterhin spielen werde. Wärst du in der Zwischenzeit bereit, dich mit Cameron zu treffen und die ganze Angelegenheit zu besprechen?«

Mitchell musste einige Zeit auf eine Antwort warten. Als sie endlich sprach, klang Marynas Stimme ruhig, aber entschlossen. »Mitchell, ich kann das einfach nicht. Selbst wenn ich es könnte, würde es nichts bringen. Ich habe ihr bereits in meinem Brief erklärt, wie ich die Dinge sehe.«

»In Ordnung«, erwiderte Mitchell, der spürte, dass er sie jetzt nicht bedrängen durfte, »aber lass uns noch einmal in Ruhe darüber sprechen, wenn ich nach Hause komme. Bis dahin geh nicht ans Telefon oder an die Tür, mach alle Jalousien zu und ruf niemanden an. Und, Maryna?«

»Ja?«

»Versprich mir, dass du noch da bist, wenn ich nach Hause komme.«

Sie zögerte. »Okay.«

»Versprich es«, verlangte Mitchell.

»Okay, ich verspreche es.«

Ihr Ton hatte sich verändert. Mitchell konnte förmlich hören, wie sie sich entspannte.

38

Es waren die längsten vierundzwanzig Stunden in seinem Leben gewesen. Die ersten paar Stunden nach seiner Einweisung hatten *The Rock* vor Angst die Knie geschlottert. Er verfluchte seine tote Frau, seine boshafte Tochter und seinen heimtückischen neuen Angestellten. Doch er war auch fest entschlossen, zumindest während dieser ersten Stunden, wieder trocken zu werden. Er hatte alle Papiere unterzeichnet, die die Klinik berechtigten, ihn in der ersten Woche auch gegen seinen Willen dazubehalten.

Sein Aufenthalt war von ständigen Selbstmordgedanken begleitet. Er würde sich das Hirn wegblasen, nur um es ihnen zu zeigen. Dann würde es Cameron leidtun. Und Sandra Garrison, diese untreue alte Schachtel, würde gar nicht aufhören können zu weinen. Selbst Mitchell und die eiskalte Ichabod würde ihr schlechtes Gewissen plagen, wenn sie sich fragen mussten, ob sie es zu weit mit ihm getrieben hatten. Er würde es ihnen allen heimzahlen. Erst würde er ein neues Testament aufsetzen, in dem er sein gesamtes Vermögen irgendeiner sinnlosen wohltätigen Organisation wie PETA vermachte, und sich dann den Lauf einer 45er in den Mund schieben und abdrücken.

Oder noch besser, er würde sich erhängen. Er würde Cameron bitten, ihn in der Klinik zu besuchen, und kurz bevor sie eintraf, würde er sich aufhängen.

Nachdem er zwei oder drei Stunden in Selbstmitleid geschwelgt hatte, wurde ihm hundeübel. Dann setzten der Schüttelfrost und bohrende Kopfschmerzen ein. Am Abend hatte ihn trotz der Medikamente, die ihm die Entgiftung erleichtern sollten, der Säuferwahnsinn voll eingeholt, sodass er schreiend versuchte, seinen Halluzinationen zu entkommen, die so echt schienen, dass er glaubte, sie greifen zu können. Die Ärzte stellten vor seinem Zimmer eine Wache auf, die verhindern sollte, dass er echten Schaden nahm.

Als der nächste Tag heranbrach, konnte er wegen dem ständig zunehmenden Schmerz in seinem Magen nur noch zusammengekrümmt auf dem Bett liegen. Kein Medikament schien zu helfen, als *The Rock* sich stöhnend durch den Vormittag quälte und nur noch sterben wollte. Mittags war er wieder in der Lage, aufrecht zu sitzen und sogar etwas Flüssigkeit zu sich zu nehmen. Doch in seinem Kopf hämmerte es noch immer. In einer Minute war er schweißgebadet, in der nächsten schlotterte er vor Kälte. Sein Körper wurde von einem unkontrollierbaren Zittern geschüttelt, und noch immer drehte sich alles um ihn herum, doch mittlerweile glaubte er, das Schlimmste überstanden zu haben. Mit Sicherheit würde er in dieser Nacht von weiteren Halluzinationen heimgesucht werden, doch sie würden weniger intensiv sein und mit der Zeit ganz nachlassen. Er hatte das alles schon einmal durchgemacht. Er wusste, wie die Nummer hier ablief.

Am späten Nachmittag lag *The Rock* zusammengerollt auf seinem Bett und hatte irgendein Fernsehprogramm eingeschaltet, das er sich anschaute. Er trug einen dicken Pullover und war in eine Decke eingehüllt. Zum Schutz vor der grellen Nachmittagssonne hatte er die Vorhänge zugezogen. In ein paar Stunden würde er an einer Sitzung dieser lächerlichen Selbsthilfegruppen teilnehmen müssen, wo man von ihm erwartete, dass er ganz gefühlsduselig wurde und seine Emotionen mit einer Horde Fremder teilte.

So weit kam es noch. *The Rock* würde das hier auf die altbewährte Art hinter sich bringen und es alleine schaffen oder gar nicht. Sollten sie ihn doch zu so vielen Treffen zitieren, wie sie wollten, aber sie konnten ihn nicht zum Reden zwingen.

Ein unerwartetes Klopfen an der Tür ließ *The Rock* aus seinem Selbsthass aufschrecken.

»Bin beschäftigt«, knurrte er. »Kommen Sie später wieder.«

Die Tür wurde geöffnet, und zum Erstaunen von *The Rock* steckte Mitchell Taylor den Kopf ins Zimmer.

»Kann mir jemand sagen, wo ich einen guten Anwalt finde?«, fragte er.

»Was willst du?« Die Frage klang kehlig und rau, als wäre *The Rock* gerade erst wach geworden.

Mitchell blieb im Türrahmen stehen und musterte *The Rock* von Kopf bis Fuß. Dann erklärte er verlegen, dass er tatsächlich einen Rat in Camerons Fall brauchte, dass es ihm leidtat, *The Rock* unter Vortäuschung falscher Tatsachen zu dem Treffen in Ichabods Büro gelockt zu haben, und dass er die Kanzlei am Laufen halten würde, bis *The Rock* seine Entziehungskur hinter sich gebracht hatte und wieder fest im Sattel saß.

Als er fertig war, blieb *The Rock* eine ganze Weile einfach nur stumm. Dann rieb er sich die Schläfen, ging zu dem einzigen Stuhl im Zimmer, setzte sich und warf Mitchell einen Blick aus zusammengekniffenen Augen zu.

»Nun?«, fragte er trocken.

Mitchell legte den Kopf auf die Seite und runzelte verwirrt die Stirn.

The Rock wies auf sein Bett. »Na komm schon, setz dich. Dann erzähl mal, wo der Schuh drückt. Lass dir ruhig Zeit, ich hab's nicht eilig. Ich würde dir ja gern einen Drink anbieten, aber ...«

Mitchell murmelte seinen Dank und setzte sich an das Fußende des Bettes. Er wirkte gedankenverloren, so als wüsste er nicht, wo er anfangen und wie viel er erzählen sollte. Dann legte er einfach los und hatte *The Rock* schon bald die ganze Geschichte geschildert.

Als Mitchell fertig war, durchfuhr den Kopf von *The Rock* ein weiterer gleißender Blitz, und er verzog vor Schmerz das Gesicht. Er stieß murmelnd eine Salve von Kraftausdrücken aus und lehnte sich in seinem Stuhl vor, die Arme um den Bauch geschlungen, während ihm die Decke von den Schultern rutschte. Sein Magen fühlte sich an, als würde er gleich explodieren, und ein paar Minuten lang verharrte er vornübergebeugt und stöhnte. Als der Schmerz nachließ, hob er leicht den Kopf an und sah zu dem erschrockenen jungen Anwalt hinüber, der auf seinem Bett saß.

Erschöpft seufzte er auf. »Es geht mir gut«, knurrte *The Rock*, wie Espenlaub zitternd. »Nichts, was ein paar Bier nicht heilen könnten.« Er schlang die Decke wieder fest um sich.

»Soll ich lieber ein anderes Mal wiederkommen?«

»Nein!«, kam die Antwort energisch, als habe Mitchell ihn beleidigt. »Lass mich dir nur zwei Ratschläge mit auf den Weg geben ... *ahh*. Erstens will ich, dass du die Finger von Camerons Fall lässt, solange du nicht weißt, ob du diese andere Frau vertreten willst, diese ...«

»Maryna.«

»Ja, genau die. Wenn es sein muss, werde ich die Terminsvertretung für Cameron übernehmen ... nur um damit einen Interessenkonflikt auszuschließen. Du kannst dann vorerst den Fall dieser Asiatin übernehmen. Wir werden die sprichwörtliche ... ahhh ... *Ich hasse diesen Scheiß!« The*

Rock fuhr sich mit einer Hand über die Stirn, schloss die Augen und streckte Mitchell vorsichtig die andere Hand entgegen, als Zeichen, dass er kurz warten sollte. Nach ein paar Minuten des Schweigens öffnete *The Rock* die Augen und fuhr fort. Er sprach undeutlich und müde weiter, so als wäre es ein Kraftakt, Worte auszusprechen.

»Wo war ich stehen geblieben? Ach ja ... Wir werden die Chinesische Mauer zwischen uns errichten ... Der Vergleich passt doch gut, oder nicht? Du hältst dich von Camerons Fall fern, bis dieses chinesische Mädchen mit Sicherheit weiß, ob sie ein behindertes Kind hat oder nicht ... und ich mache dafür einen großen Bogen um ihren Fall. Verstanden?«

»Sie kommt aus Kambodscha, Billy.«

»Wie auch immer, macht doch keinen Unterschied«, schoss *The Rock* zurück.

»Das heißt also, ich darf Marynas Fall annehmen?«

»Natürlich nicht«, schnappte *The Rock*. Seine Worte waren bestimmt, doch seine Stimme, die immer leiser wurde, während er sprach, klang müde. »Es bedeutet nur, dass wir uns alle Optionen offenhalten sollten. Dann können wir später immer noch entscheiden, wie wir vorgehen wollen. Aber wenn wir uns nicht an diesen Plan halten, könnten wir unter Umständen nachher beide Fälle aufgrund eines Interessenkonflikts verlieren. Und ungeachtet der Tatsache, dass ich gerade eine Entziehungskur mache, habe ich nicht die Absicht, diesen PR-trächtigen Fall zu verlieren.«

»Abgesehen davon, dass eine der Mandantinnen zufällig auch Ihre Tochter ist.«

»Ja, das kommt auch noch dazu.«

»Okay.«

»Zweitens ...« *The Rock* legte eine Pause ein, während er zur Decke starrte und nach den richtigen Worten suchte. »O Mann, ich kann mir einfach nichts mehr merken ... Ach ja ... Hol Nikki Moreno an Bord, um diesen Fall zu untersuchen. Sie ist die Beste und weiß, was zu tun ist ...«

Mitchell runzelte die Stirn, scheinbar beleidigt wegen der Annahme, dass er Marynas Fall allein nicht gewachsen sein könnte. Er wollte gerade anfangen zu protestieren, als *The Rock* beschwichtigend die Hände hob.

»Junge, du bist ein toller Anwalt. Aber Nikki kennt Tricks, die du in keinem juristischen Fachbuch finden wirst. Tu mir einfach den Gefallen und stell die Frau ein.« *The Rock* zwang sich ein Lächeln ab. »Ich kenne nicht viele Männer, die sich darüber beschweren würden, Zeit mit ihr verbringen zu müssen.«

Mitchell machte ein finsteres Gesicht. »Na gut.«

»Drittens ...«, setzte *The Rock* erneut an.

»Ich dachte, es wären nur zwei Ratschläge«, fiel Mitchell ihm ins Wort.

The Rock grunzte. »Stimmt auch. Was ich bisher sagte, waren nur Ratschläge. Mach es oder lass es. Was ich dir als Nächstes erzähle, solltest du dir besser verdammt noch mal zu Herzen nehmen.« *The Rock* starrte Mitchell durchdringend an, zum ersten Mal an diesem Nachmittag wirkte sein Blick aus den blutunterlaufenen Augen wach und konzentriert.

»Lass dich bloß nicht mit diesem ausländischen Mädchen ein. Sie ist bislang noch nicht einmal eine Mandantin, Mitchell«, sagte *The Rock* und stieß ihm seinen Finger entgegen, um seiner Aussage Nachdruck zu verleihen. »Und selbst wenn sie es wäre, sollte man Liebe niemals mit Geschäftlichem verbinden.«

Mitchell biss sich auf die Lippe und wählte die nächsten Worte mit Bedacht. »Wer hat denn was von Liebe gesagt, Billy? Ich meine ja nur, dass ich sie wohl kaum so einfach vor die Tür setzen kann.«

»Wo sie unterkommt, ist nicht dein Problem, Mitchell. Du bist ihr Anwalt, verdammt noch mal, nicht ihr Vater. Ich sag dir, mein Junge, du spielst mit dem Feuer ... verliebst dich in sie ... ich kann es in deinen Augen sehen.«

»Ich versuche nur, eine Unterkunft für sie zu finden«, protestierte Mitchell.

The Rock krümmte sich wieder zusammen und stöhnte. »Ahhh«, schrie er niemand Spezielles an, »ich hasse diesen Scheiß. Schnell, besorg mir einen Drink!«

39

Auf dem Weg nach Hause fuhr Mitchell in der Praxis von Dr. Lars Avery und Dr. Elisabeth Strong vorbei. Mitchell erklärte der dunkelhaarigen

Dame am Empfang den Grund seines Besuchs, doch sie reagierte wenig beeindruckt. Nach fast fünfundvierzig Minuten hatte der gute Doktor dann schließlich doch für ihn Zeit.

Avery führte Mitchell einen kurzen Gang voller Patienten und medizinischen Personals entlang, bis zu einem kleinen Büro, in dem sich medizinische Fachliteratur, Zeitschriften, Tabellen und Akten stapelten. Avery räumte einen Stapel Bücher von einem der Stühle vor seinem Schreibtisch und bot Mitchell an, Platz zu nehmen.

Mitchell war vom Aussehen des Arztes überrascht. Aus irgendeinem Grund, wahrscheinlich wegen des Namens, hatte Mitchell einen großgewachsenen, attraktiven blonden Schweden erwartet. Dr. Avery war jedoch ein schmächtiger kleiner Mann, nicht größer als 1,70 m, mit tiefschwarzen Haaren und mit einem Zottelkopf, der aussah, als sei er schon seit Wochen mit keinem Kamm mehr in Berührung gekommen. Mitchell schätzte den Mann auf etwa fünfzig, auch wenn er aufgrund seiner Haare sehr viel jünger wirkte.

»Ich habe nicht viel Zeit«, verkündete Dr. Avery mit einem Blick auf seine Uhr, »also schießen Sie los.«

In den folgenden Minuten erklärte Mitchell, dass er Maryna Sareth vertrat, deren Leben in Gefahr schwebte. Deswegen sei es unbedingt notwendig, dass Dr. Avery den Termin für die Fruchtwasseruntersuchung verschob. Die Männer, die Maryna nach dem Leben trachteten, wussten mit Sicherheit, wann der ursprüngliche Termin angesetzt war, warnte Mitchell, und ihn einzuhalten, würde bedeuten, Maryna einer enormen Gefahr auszusetzen. Auch wenn Dr. Avery nicht begeistert war, erklärte er sich bereit, Maryna einen Tag früher in seinen Terminplan am späten Montagnachmittag einzuschieben.

Daraufhin bat Mitchell Dr. Avery zu versprechen, gemäß seiner Schweigepflicht als Arzt den neuen Termin geheim zu halten. Avery verzog angesichts dieser Bitte beleidigt das Gesicht.

»Das versteht sich von selbst, Mr Taylor. Niemand wird davon erfahren, mit Ausnahme von uns dreien und Cameron.«

»Nein, nicht einmal Cameron darf davon wissen.«

»Aber es ist ihr Kind«, protestierte Avery. »Sie wollen doch nicht etwa vorschlagen ...«

»Doch, genau das will ich. Meine Mandantin, die übrigens auch Ihre Patientin ist, hat ein Recht auf Ihre Verschwiegenheit in allen Belangen ihrer Arzt-Patienten-Beziehung. Alles, was sie verlangt, ist, dass Sie sich an Ihre gesetzlich vorgeschriebene Schweigepflicht halten. Cameron hat der Fruchtwasseruntersuchung bereits zugestimmt, Sie können ihr das Ergebnis mitteilen, sobald die Untersuchung abgeschlossen ist. Aber hier steht das Leben meiner Mandantin auf dem Spiel, und verständlicherweise möchte sie den Kreis der Personen, die über ihren jeweiligen Aufenthaltsort Bescheid wissen, so klein wie möglich halten.« Mitchell hielt inne und fixierte den Arzt mit seinem Blick. »Sollten Sie sich also nicht in der Lage sehen, diesem Wunsch Folge zu leisten, werden wir jemanden finden, der es kann.«

Dr. Avery ließ sich für seine Entscheidung einen Moment Zeit. »In Ordnung«, sagte er kühl. »Aber ich werde Cameron anrufen, sobald Ms Sareth die Klinik verlassen hat.«

Der Arzt warf noch einen Blick auf den Terminplaner auf seinem Schreibtisch und sah dann auf die Uhr. »So«, verkündete er, »wenn Sie mich jetzt entschuldigen wollen, ich muss mich wieder um meine Patienten kümmern.«

»Vielen Dank, Doktor.« Mitchell stand auf und reichte Dr. Avery zum Abschied die Hand. Der Doktor hatte einen festen Griff, doch Mitchell stellte überrascht fest, wie feucht seine Handflächen waren.

»Das hier muss wirklich unter uns bleiben«, betonte Mitchell erneut, während er die Reaktion des Arztes ganz genau beobachtete.

»Ich weiß, ich weiß«, erwiderte Dr. Avery. Er war schon halb um seinen Schreibtisch herum und auf dem Weg zur Tür. »Sagen Sie Maryna, dass ich mich freue, sie am Montag zu empfangen.«

Mitchell blickte dem Arzt hinterher, der nun schnellen Schrittes den Gang hinunterlief und in einem der Behandlungszimmer verschwand.

»Ich finde dann allein hinaus«, murmelte er.

* * *

Durch die Jalousien des leeren Behandlungszimmers sah Lars Avery auf den Parkplatz hinaus. Er beobachtete, wie Mitchell Taylor in seinen Truck stieg und davonfuhr. Dann ging er zurück in sein Büro und schloss die Tür. Er versuchte, nicht daran zu denken, was er nun tun musste.

Dr. Avery atmete tief durch und wählte die Nummer aus dem Gedächtnis. Nach einer kurzen Begrüßung kam er direkt zum Grund seines Anrufs.

»Eben war ein Anwalt namens Mitchell Taylor hier, der behauptet, Maryna Sareth zu vertreten. Er wollte, dass wir die Fruchtwasseruntersuchung auf Montag vorziehen.«

»Verstehe«, erwiderte eine nachdenkliche Stimme am anderen Ende der Leitung. Es gab eine kurze Pause. »Das ändert aber nichts. Jeder weiß, dass eine Fruchtwasseruntersuchung mit gewissen Risiken verbunden ist – wie zum Beispiel einer Fehlgeburt. Habe ich recht?«

Avery schwieg.

»Lars, verstehst du, worauf ich hinauswill?«

»Ja, ich verstehe.«

»Achte nur darauf, dass du sie vorher über die Risiken aufklärst. Du willst doch nicht später wegen eines Kunstfehlers verklagt werden.«

Avery sparte es sich, auf diese Bemerkung einzugehen. Bei dem Gedanken daran, was er nun zu tun hatte, drehte sich ihm der Magen um. Er konnte das Telefonat gar nicht schnell genug beenden.

40

Unterwegs rief Mitchell bei einem Chinesen an und bestellte das Abendessen. Erst als er es abholte, fiel ihm ein, wie unglücklich seine Wahl gewesen war. Maryna würde ihn mit Sicherheit für einen echten Hinterwäldler halten, der davon ausging, dass sie automatisch chinesisches Essen mögen musste, nur weil kambodschanisches Blut durch ihre Adern floss. *Was für eine bescheuerte Idee,* dachte er, während er das Restaurant verließ. Doch er hatte das Essen bereits bezahlt und musste es jetzt einfach darauf ankommen lassen.

Es kam noch schlimmer als erwartet. Weil sie schwanger war, wollte Maryna das Natriumglutamat vermeiden, dass meist in chinesischem Essen verwendet wurde, und fragte Mitchell höflich, ob er noch etwas anderes im Haus hätte. Doch er konnte nur mit Chips oder Mikrowellenmenüs aufwarten oder eine Pizza bestellen. In seiner Küche fand sich leider überhaupt nichts Gesundes, was sich hätte schnell zubereiten lassen, also entschied sie sich schließlich für Cornflakes und Toast. Obwohl Maryna protestierte, aß Mitchell das Gleiche. Er wollte nicht vor ihren Augen Rindfleisch mit Brokkoli und Reis essen, wenn sie sich mit Vollkornflocken begnügen musste.

Ihm war die ganze Angelegenheit furchtbar peinlich, aber Maryna schien es überhaupt nicht zu stören. Die Stimmung beim Abendessen war heiter, und sie lachten über Mitchells Entscheidung, chinesisches Essen zu holen. Maryna legte die Handflächen vor ihrem Körper zusammen, verbeugte sich ein paar Mal tief und gab einen furchtbar schlechten chinesischen Akzent zum Besten.

Marynas Haltung erstaunte Mitchell. Sie war ruhig, wirkte fast sorgenfrei. Er hatte sich auf Trübsal und Tränen eingestellt. Doch das Mädchen war hart im Nehmen. Niemand, der sie beim Abendessen beobachtet hätte, hätte geglaubt, dass sie von einem kaltblütigen Killer verfolgt wurde.

Mitchell berichtete von seinen Besuchen bei *The Rock* und Dr. Avery. Sie diskutierten ein paar Möglichkeiten, wie sich Marynas Verfolger am besten aufspüren ließen und wo sie in der Zwischenzeit sicher wäre. Dann überlegten sie, wo Maryna in der kommenden Nacht unterkommen konnte. Die ganze Zeit über wartete Mitchell darauf, dass sie emotional zusammenbrechen würde, doch das tat sie nicht. Maryna war gelassen und vernünftig, so als würden sie über einen Film sprechen und nicht über ihr eigenes Leben.

Das Abendessen war viel zu schnell vorüber. Mit Maryna verging die Zeit immer wie im Flug.

»Willst du nicht zumindest den Glückskeks essen?«, fragte Mitchell in der stillen Hoffnung, dass er vielleicht eine Romanze prophezeien würde.

Maryna grinste. Dann breitete sich ein Lächeln auf ihrem Gesicht aus, das durch das Strahlen in ihren Augen und die Grübchen in den Wangen noch intensiver wirkte. Prompt durchwühlte sie die Tüte auf der Suche nach ihrem Glück.

Da klingelte es plötzlich an der Tür.

Sofort verwandelte sich ihr verspielter Ausdruck in Angst. Sie riss die Augen weit auf und starrte Mitchell erschrocken an.

Er legte den Zeigefinger an die Lippen und kam auf ihre Seite des Tisches und flüsterte: »Geh ins Schlafzimmer. Ich werde mich um unseren Besucher kümmern. Wahrscheinlich ist es gar nichts.«

Sie stand schnell auf und verschwand, ohne ein Wort zu sagen, im Flur. Mitchell ging langsam zur Eingangstür und versuchte, sich zu sammeln. Es war fast 18.30 Uhr. *Wer konnte das bloß sein?*

Ein Blick durch den Spion verriet ihm, dass vor der Tür zwei Männer in Anzügen standen. Einer von ihnen war ein kleiner, untersetzter Asiate, der andere ein größerer und älterer Weißer mit dünnem, drahtigem Körperbau. Sein spitzes Gesicht wurde durch eine lange, nach unten gerichtete Nase und eine hohe Stirn betont. Beide Männer hatten finstere Mienen. Der Asiate klingelte erneut.

Mitchell atmete tief durch und öffnete die Tür einen Spalt weit.

Sofort zückten die Männer Ausweise aus ihren Anzugtaschen. »Agent Jenkins, Einwanderungsbehörde«, verkündete der größere Mann sachlich. »Dürfen wir einen Moment hereinkommen und Ihnen ein paar Fragen stellen?« Er machte bereits einen Schritt nach vorne, als wäre es selbstverständlich, dass er die Wohnung betreten durfte.

»Nein«, erwiderte Mitchell und versperrte ihm den Weg. Er war mit diesem Spiel vertraut. Wenn er ihnen gestattete, seine Wohnung zu betreten, wäre alles, was sie dort sehen würden, vor Gericht verwendbar, selbst wenn sie keinen Durchsuchungsbefehl hatten. Sie würden sich darauf berufen, dass ihnen der Zutritt gewährt worden war.

»Wenn Sie Fragen haben, können Sie sie mir auch hier stellen«, fügte er hinzu.

Jenkins warf seinem Partner einen wissenden Blick zu, was Mitchell nicht entging. »In Ordnung«, sagte er. »Wenn Sie uns auf diese Tour kommen wollen.« Er warf Mitchell einen durchdringenden Blick zu. »Kennen Sie eine junge Frau namens Maryna Sareth?«

Mitchell schluckte. Er sah dem Mann direkt in die Augen und antwortete. »Ja.«

Die Antwort wurde mit einem sauren Lächeln quittiert. »Das dachten wir uns bereits. Ist sie hier?«

Ohne ihren Blicken auszuweichen, blickte Mitchell von einem Beamten zum anderen. Er wollte sich nicht von diesen Typen einschüchtern lassen.

»Ist sie hier?«, wiederholte Jenkins seine Frage.

»Darauf werde ich nicht antworten«, sagte Mitchell schließlich.

Der asiatische Beamte schnaubte empört. »Mit welcher Begründung?«

»Ich kenne meine Rechte«, sagte Mitchell ruhig, aber mit Nachdruck, »und ich weigere mich, diese Frage zu beantworten.«

Der Beamte machte einen Schritt nach vorn. »Sie haben wohl zu viel Fernsehen geguckt.« Sein Tonfall war abfällig. »Sie sind kein Tatverdächtiger, also beantworten Sie die Frage, oder wir werten Ihr Schweigen als ein Nein.«

»Wie heißen Sie?«, fragte Mitchell.

Der Mann verzog verärgert das Gesicht. »James Chen«, fauchte er.

»Okay, Mr Chen, lassen Sie mich Ihnen kurz mitteilen, was ich weiß. Und das habe ich nicht aus dem Fernsehen. Wenn Sie hinreichenden Verdacht für einen Haftbefehl hätten oder für die Annahme, dass sich Ms Sareth in meiner Wohnung aufhält, dann würden wir diese Unterhaltung jetzt nicht führen. Aber da Sie das offensichtlich nicht haben, versuchen Sie, mich dazu zu bringen, Ihnen hinreichenden Verdacht zu liefern, um meine Wohnung betreten zu können. Aber raten Sie mal: Da spiele ich nicht mit. Und dementsprechend, Mr Chen, ist meine Antwort auch zu bewerten. Nicht als ein Ja und auch nicht als ein Nein. Es bedeutet nur, dass ich mich weigere, zu antworten.«

Chens Blick wurde hart, und er trat noch einen Schritt vor. Er stand Mitchell nun Auge in Auge, oder besser gesagt: Auge in Kinn gegenüber und starrte zu Mitchell hoch. »Beantworten Sie die Frage«, verlangte er. »Wenn Sie zugeben, dass Ms Sareth sich in Ihrer Wohnung befindet, werden wir sie verhaften. Wenn Sie lügen, werden wir Sie wegen Behinderung der Justiz mitnehmen. Und wenn Sie sich weiterhin weigern zu antworten ...« Chen legte eine Pause ein und atmete schwer aus. »... werden wir Sie ebenso wegen Behinderung der Justiz einbuchten.«

Mitchell musste eine Entscheidung treffen. In seinem Kopf überschlugen sich die Gedanken, während er die verschiedenen Alternativen durchging. *Soll ich ihnen antworten? Soll ich es darauf ankommen lassen? Sind diese Typen überhaupt von der Einwanderungsbehörde? Würden die wirklich noch um 18.30 Uhr jemanden vorbeischicken? Würden die mich ernsthaft aufgrund von Justizbehinderung verhaften? Selbst wenn ich es schaffe, sie abzuwimmeln, werden sie dann nicht einfach vor der Tür warten, bis Maryna das Haus verlässt?*

Mitchell wusste, dass er diese Typen nicht anlügen konnte, doch die Wahrheit wäre verheerend.

Aber es gab noch einen Ausweg ...

»Ich bin ihr Anwalt«, verkündete Mitchell. »Alle Informationen, die sie mir mitgeteilt hat, ihren aktuellen Aufenthaltsort mit inbegriffen, unterliegen der Schweigepflicht.«

Jenkins lachte höhnisch auf. »Jetzt kann ich wirklich sagen, dass ich schon alles gesehen habe.« Er schüttelte ungläubig den Kopf. »Sie wollen also ihr Anwalt sein«, wiederholte er sarkastisch.

»So ist es, Agent Jenkins. Ich bin ihr Anwalt. Wenn ihr Jungs mich jetzt entschuldigen wollt, ich muss mich jetzt um ein paar rechtliche Angelegenheiten kümmern.«

Mitchell wollte gerade die Tür schließen, als Jenkins seinen Fuß in den Türspalt schob. »Wir sehen uns dann am Montag, *Anwalt* Taylor – wenn ich mit einem Vorladungsbefehl in Ihrer Kanzlei aufkreuze.«

»Vielen Dank für die Vorwarnung«, schoss Mitchell zurück. »Ich werde eine Kanne Kaffee aufsetzen. Wenn Sie mich jetzt entschuldigen ...« Mitchell sah auf den Fuß des Beamten hinunter. Sobald er ihn zurückgezogen hatte, knallte Mitchell den Männern die Tür vor der Nase zu und bereute sofort, was er soeben getan hatte.

Er schob den Sicherheitsriegel vor und beobachtete durch den Spion, wie sich die Beamten mit zornigen Gesichtern entfernten. Während er in das Schlafzimmer zurückging, um Maryna mitzuteilen, was eben passiert war, gingen ihm die Worte von *The Rock* ständig durch den Kopf.

Lass dich bloß nicht mit diesem ausländischen Mädchen ein. Sie ist bislang noch nicht einmal eine Mandantin, Mitchell. Er sah den mahnenden Finger vor sich. *Und selbst wenn sie es wäre, sollte man Liebe niemals mit Geschäftlichem verbinden.*

* * *

Ein paar Stunden zuvor hatte Mitchell bei Nikki Moreno angefragt, ob sie Interesse habe, an dem Fall mitzuarbeiten. Nachdem Mitchell ihren Honorarforderungen nachgegeben hatte und ihr einen Stundenlohn zusicherte, der dem der meisten Anwälte gleichkam, war Nikki mit dabei. Sie versicherte Mitchell, dass sie jeden Cent wert sei.

Sobald die Beamten der Einwanderungsbehörde verschwunden waren und er mit Maryna gesprochen hatte, beschloss Mitchell, dass es für Nikki an der Zeit war, für ihr Geld aktiv zu werden.

Doch als er sie anrief, war nur der Anrufbeantworter dran, was ihn nicht sonderlich überraschte. Es war Freitagabend, Partyzeit. Mitchell hinterließ Nikki eine Nachricht, in der er sie bat, sich bei ihm zu melden, egal, wie spät es werden würde.

Erst nach Mitternacht rief sie ihn zurück. Im Hintergrund konnte er Partylärm hören. Sie erklärte, dass sie ihren Anrufbeantworter vom Haus eines Freundes aus abgehört hatte.

Mitchell entschuldigte sich, dass er sie am Wochenende belästigte, und erklärte ihr, dass er wegen Marynas Fall anrief. »Ich wollte wissen, ob du vielleicht für die nächsten paar Tage einen Mitbewohner gebrauchen könntest«, fragte er vorsichtig nach.

»Mitchell, ich dachte schon, du würdest nie fragen. Aber, mein Hübscher, ich sollte dir vielleicht mitteilen, dass die anderen Männer in meinem Leben alles andere als begeistert sein werden.«

Mitchell lächelte. »Nicht ich bin der Mitbewohner, sondern Maryna.«

Sie lachte lauthals los. »Das weiß ich doch, Mitchell. Aber ein Mädchen wird doch wohl noch träumen dürfen.«

»Du bist unmöglich, Nikki.«

»Danke.«

»Also, darf sie bei dir wohnen?«

»Natürlich, Mitchell. Ich kümmere mich um sie.«

»Sehr gut«, sagte er und atmete erleichtert auf.

Nikki horchte sofort auf. »Oh«, rief sie, »du meintest, sich *wirklich* um sie kümmern.«

Er hielt inne. »Ja«, gab Mitchell zu. »Das meinte ich.«

* * *

Um 1.30 Uhr fuhren insgesamt neun Autos vor Mitchells Wohnhaus vor. Kurz darauf drängte sich in seiner Wohnung eine Horde von Nikkis Freunden. Sie hatten die Party einfach zu ihm verlagert.

Diese Schnapsidee ging auf Nikkis Konto. Der Plan lautete, dass alle auf einmal im Schutz der Dunkelheit das Haus verlassen würden. Dabei sollten sie sich mit gesenkten Köpfen dicht aneinanderdrängen und schnell auf die Autos aufteilen. Maryna würde mit in Nikkis Wagen einsteigen und die anderen Partygäste sich ebenfalls jeweils zu zweit zusammentun. Sollte jemand auf dem Parkplatz Maryna auflauern, wüsste er nicht, welchem Auto er folgen sollte. Nachdem Nikki sichergestellt hätte, dass sie nicht verfolgt wurden, würde sie Maryna zu ihrer Wohnung fahren, wo sie für die nächsten Tage unterkommen konnte.

Bevor die Partygäste sein Appartement verließen, umarmte Mitchell Maryna lange und versprach ihr, dass alles gut werden würde. »Ich schleiche mich morgen raus und komme dich besuchen«, flüsterte er ihr zu.

»Kommt schon«, rief Nikki, während sie die anderen zur Tür hinausschob, »jetzt ist keine Zeit dafür, sentimental zu werden.«

41

22. Mai

Liebste kleine Dara,
ich möchte dir heute etwas erzählen, das ich mich bislang nicht getraut habe, dir zu sagen. Und eines Tages, wenn du erwachsen und dafür bereit bist, werde ich dir dieses Tagebuch geben. Du sollst die ganze Wahrheit erfahren. Nur dann kannst du verstehen, was es für ein Wunder war, dass wir es überhaupt geschafft haben.

Manchmal geht es ums reine Überleben. Heute Morgen bin ich aufgewacht und wie üblich als Erstes zur Toilette gerannt. Wann hört das bloß auf?

Doch an diesem Morgen war etwas anders. Ich war dankbar, einfach nur am Leben zu sein. Und dankbar, dass auch du noch in mir lebst.

Wir sind gerade bei einer sehr seltsamen und wundervollen Frau namens Nikki Moreno untergekommen. Sie hilft damit einer ebenso wundervollen Person, einem Mann, der Mitchell Taylor heißt.

Mr Taylor (ein gut aussehender Anwalt) hat unseren Fall übernommen und wird uns vor allen beschützen, die versuchen, uns etwas anzutun.

Es scheint, als habe sich die ganze Welt auf einmal gegen uns verschworen, mit Ausnahme von Mitchell und Nikki.

Eine Gruppe böser Männer, die sich die Snakeheads nennen, hat versucht, mich umzubringen. Sie haben vor sechs Jahren meiner Mutter und mir geholfen, illegal in dieses Land zu kommen. Den Preis, den sie dafür verlangten, habe ich bezahlt, doch dann wollten sie, dass ich auch für die Überfahrt meiner Mutter aufkommen sollte, obwohl sie es nicht einmal ins Land geschafft hat. Daraufhin haben sie mich für zwei Jahre zu ihrer Sklavin gemacht. Doch eines Tages gelang mir die Flucht. Und bis zu dieser Woche wussten sie nicht, wo ich bin.

Aber jetzt haben sie mich gefunden, und sie wollen, dass ich wieder für sie arbeite. Das werde ich nicht tun, Dara. Ich will dir gar nicht sagen, zu welchen Abscheulichkeiten sie mich zwingen werden.

Vor zwei Nächten haben sie versucht, mich umzubringen, doch dank Mitchells Hilfe bin ich ihnen entkommen. Jetzt jagen sie mich wieder.

Auch dich wollen sie töten. Sie verlangen, dass ich meine Schwangerschaft »beenden« und nach L.A. zurückkommen soll. Und sie sind nicht die Einzigen.

Selbst Cameron glaubt, dass ich dich nicht austragen sollte. Aber ich bin mir sicher, dass sie ihre Meinung ändern und dich in ihr Herz schließen wird, wenn sie dich eines Tages zu Gesicht bekommt. Sollte es so kommen, werde ich diese Seite aus meinem Tagebuch entfernen, bevor ich es dir gebe. Wenn nicht, möchte ich, dass du weißt, wie sehr ich mich bemüht habe, deine echte Mutter zu überzeugen.

Das einzig Gute, was uns in letzter Zeit zugestoßen ist, ist die Bekanntschaft mit Mitchell. Ich werde dir später noch mehr über ihn erzählen. Aber im Moment reicht es zu sagen, dass er ein echtes Geschenk des Himmels ist. Und ob du es glaubst oder nicht, er bringt mein Herz zum Schmelzen.

Ich liebe dich, mein Kleines. Eines Tages werden wir auf diese schweren Zeiten zurückblicken und uns kopfschüttelnd fragen, wie zum Schluss doch noch alles ein so gutes Ende nehmen konnte. Doch in der Zwischenzeit müssen wir einfach die Zähne zusammenbeißen.

Wie gesagt, manchmal geht es nur ums reine Überleben.

Ach, noch etwas, nicht erschrecken, wenn du spürst, wie jemand meinen Bauch streichelt, das ist nur Nikki. Sie kann nicht glauben, dass du wirklich da drin bist.

Ich liebe dich,
deine Mama

42

Die Sonne spiegelte sich im Wasser der Bucht und ließ alles so grell funkeln, dass Mitchell selbst im Inneren des Appartements fast seine Sonnenbrille aufgesetzt hätte. Die Wohnung war umwerfend, und die beiden Frauen schienen sich trotz der furchterregenden Umstände, die sie zusammengeführt hatten, in den Strahlen zu sonnen, die ihre natürliche Schönheit noch betonten.

Sie saßen im Wohnzimmer von Nikkis Wohnung an der Lynnhaven-Bucht. Ihre weiße Ledergarnitur wurde durch einen Couchtisch und mehrere Beistelltische ergänzt, unter deren Glasoberflächen Muscheln eingelassen waren. Nikkis Wohnzimmer, Esszimmer und die Küche waren in einem einzigen, offenen Raum auf der zweiten Etage untergebracht, der auf allen Seiten bodentiefe Fenster hatte und außen komplett von einem Balkon umrahmt wurde. Mitchell konnte nicht widerstehen, ab und zu einen sehnsüchtigen Blick über Nikkis Schulter auf den weißen Sand und die anbrandenden Wellen zu werfen.

Nikki war für ihre taktische Besprechung wie für einen Tag am Strand gekleidet und trug eine kurze Turnhose und ein Bikinioberteil, das so viel Haut wie möglich entblößte. Maryna hingegen trug Shorts und ein hochgeschlossenes Baumwoll-T-Shirt. Mitchell, der in Kakihose und einem T-Shirt mit abgeschnittenen Ärmeln aufgetaucht war, hatte sich ein Beispiel an den barfüßigen Frauen genommen und war auch aus seinen Sandalen geschlüpft.

»Wir können sie nicht für immer verstecken«, sagte Nikki. »Wir müssen diese Kerle aufspüren.«

»Ja«, stimmte Mitchell ihr zu, »aber wer sind sie? Wo sind sie? Und wie locken wir sie aus ihrem Versteck hervor?« Mitchell legte die Beine auf dem Couchtisch ab, lehnte sich zurück und verschränkte die Hände hinter dem Kopf.

Maryna nippte an ihrem Eistee. »Die erste Frage lässt sich leicht beantworten, Mitchell. Das sind Männer, die von den Snakeheads angeheuert wurden. Wer genau und wie viele es sind, weiß ich auch nicht. Und wie wir gegen sie vorgehen sollen, nun ...« Sie schüttelte den Kopf und sah über das Meer zum Horizont. »Ich habe nicht die leiseste Ahnung. Vielleicht sollte ich einfach ...« Ihre Stimme brach ab.

»Du gehst nirgendwo hin ohne uns«, sagte Nikki mit Nachdruck. Sie warf Mitchell einen Blick zu, der den langsam rotierenden Ventilator an der Decke beobachtete. »Was geht dir durch den Kopf, mein Hübscher? Etwas Hinterlistiges, hoffe ich.«

Mitchell schnaubte. »Ich denke gerade daran, dass außer uns nur fünf andere Personen ahnen konnten, dass Maryna gestern Abend bei mir war. Einer dieser fünf muss uns bei der Einwanderungsbehörde verpfiffen haben.«

»Cameron, Dr. Avery, Mr Davenport ...« Maryna zählte die Namen an ihren Fingern ab. »Wen habe ich vergessen?«

»Sandra Garrison«, sagte Mitchell. Sein Blick schwenkte vom Ventilator zu Nikki. »Und Nora Gunther.«

»Ich habe Sandra noch nie vertraut«, erwiderte Nikki, ohne die Anspielung auf Ms Gunther zu beachten. Dann sprang sie auf und lief in die Küche, um sich noch etwas zu trinken zu holen. »Niemand ist wirklich so nett.«

Maryna warf Mitchell einen skeptischen Blick zu. »Willst du etwa andeuten, dass einer von ihnen mit den Snakeheads unter einer Decke steckt?«

»Nicht unbedingt.« Mitchell erhob sich nun ebenfalls und ging zum Fenster hinüber, die Hände tief in den Taschen versenkt. »Die Snakeheads wollen deinen Tod. Aber jemand anderes will, dass du abgeschoben wirst. Jemand, für den viel auf dem Spiel steht, wenn du im Land bleibst.« Er drehte sich wieder um und sah Maryna an. Ihm blieb keine Zeit für Anspielungen. »Ich wette, dass Nora Gunther dahintersteckt. Sie nimmt diesen Fall sehr ernst.«

»Okay«, erwiderte Nikki nüchtern, »will noch jemand etwas trinken?« Sie machte sich eine Dose Light-Bier auf.

»Nein, vielen Dank.« Mitchell war enttäuscht, dass die anderen ihm seine »Nora-ist-der-Bösewicht«-Theorie nicht abkauften.

»Lasst uns unsere Optionen durchgehen«, fuhr Nikki fort. »Wir können damit nicht zur Bundespolizei gehen, die würden direkt die Einwanderungsbehörde verständigen. Wir können Maryna auch nicht für immer verstecken. Sie hat schließlich eine Fruchtwasseruntersuchung am Montag.«

Nikki schwieg einen Moment, und die anderen warteten geduldig ab. »Ich sage, wir engagieren ein paar erstklassige Jungs vom örtlichen Polizeipräsidium in Virginia Beach, die sich für ein oder zwei Tage an Marynas Fersen heften. Dann stellen wir sie richtig zur Schau. Mitchell, du führst sie zu ein paar gut besuchten öffentlichen Plätzen aus und beobachtest, ob ihr jemand folgt oder sogar Anstalten macht, sie anzugreifen. Die Polizisten werden sich einfach bedeckt halten, bis die Snakeheads aktiv werden, dann schlagen sie zu, nehmen die Bande hoch, und wir sind aus dem Schneider.«

Mitchell runzelte die Stirn. Nikkis Plan hatte mehr als eine Schwachstelle. Er entschied sich, zunächst die offensichtlichste anzusprechen.

»Wenn wir Maryna an diese öffentlichen Plätze bringen, wird es den Beamten der Einwanderungsbehörde ein Leichtes sein, sie zu verhaften.«

Nikki lachte verächtlich. »Machst du Witze? Die haben gesagt, dass sie am Montag mit einer Vorladung vor der Tür stehen. Du glaubst doch nicht im Ernst, dass die auf ihr Wochenende verzichten, nur um eine illegale Einwanderin zu schnappen.«

»Na gut«, sagte Mitchell noch immer nicht wirklich überzeugt, während er über ein weiteres auffallendes Manko nachdachte. »Wie bekommen wir die Polizei dazu, uns für die nächsten Tage ein paar Beamte als Personenschutz für eine illegale Einwanderin zur Verfügung zu stellen?«

Nikki grinste wie die Grinsekatze aus Alice im Wunderland. »Nichts leichter als das. Gib mir ein paar Stunden, und ich komme mit zwei Polizisten zurück.« Nikki schmunzelte, als sie Mitchells und Marynas verdutzte Gesichter sah. »In der Zwischenzeit könnt ihr zwei Turteltauben die Aussicht auf die Bucht genießen.«

Maryna lief knallrot an, und Mitchell warf Nikki einen tadelnden Blick zu.

»Sehr witzig, Nikki«, sagte er patzig.

* * *

Drei Stunden später trieb Nikki Staatsanwalt Harlan Fowler am neunten Loch des Golfplatzes von Virginia Beach auf. Sie fuhr mit einem gemieteten Golfwagen auf die Gruppe der vier Golfspieler zu, stellte sich ruhig an den Rand und sah schweigend zu, wie sie abschlugen. Harlans Schlag ging fürchterlich daneben. Er fluchte wie ein Droschkenkutscher und musste den Spott seiner Mitspieler über sich ergehen lassen.

Harlan war ein stämmiger Mann, kurz und kräftig gebaut, mit einem platten Gesicht und einer breiten Römernase. Sein dichtes, zurückgegeltes Haar und der furchteinflößende mürrische Blick hatten die Wähler davon überzeugt, dass dieser Mann ein harter Hund war, wenn es um die Bekämpfung der Kriminalität ging. Doch während seiner Amtszeit als Staatsanwalt war Fowler zum mehr oder weniger perfekten Politiker mutiert; seit fast vier Jahren hatte er keinen Fall mehr selbst verhandelt.

»Guter Schlag«, sagte Nikki, während sie auf ihn zuging. »Du hebst die vordere Schulter zu früh und verlierst den Ball aus dem Auge.« Nikki hatte in ihrem ganzen Leben noch keine einzige Runde Golf gespielt.

»Nikki Moreno!«, rief Harlan erstaunt und reichte ihr die Hand. Die anderen Männer starrten sie nur stumm an. Nikki hatte das Bikinioberteil gegen ein tief ausgeschnittenes Tanktop getauscht, doch der Unterschied war kaum bemerkbar. »Was machst du denn hier? Ich wusste gar nicht, dass du Golf spielst.«

Sie schüttelte ihm die Hand und nahm seine Mitspieler in Augenschein. Eine wahre Altherrenriege, wahrscheinlich Wahlkampfspender, die aussahen, als könnten sie ein bisschen Spaß vertragen.

»Du tust gerade so, als hättest du mich schon seit Jahren nicht mehr gesehen, Süßer«, flirtete sie. »Ich wollte dir nur sagen, dass du gestern Nacht deine Brille bei mir hast liegen lassen.«

Dieser Kommentar erntete bewundernde Pfiffe und ungläubiges Brummen von den Männern. »Ist das alles, was er vergessen hat?«, lachte einer von ihnen hämisch.

»Spielt er nicht so, als bräuchte er seine Brille?«, fragte Nikki unschuldig.

»Absolut.«

»Ich hole sie gerne für ihn ab«, bot ein anderer an.

Alle lachten, Nikki eingeschlossen. Der Mann war alt genug, um ihr Großvater zu sein.

»Kann ich dich einen Moment allein sprechen?«, fragte sie Harlan.

»Ooooh jaaa«, neckten seine Kumpels ihn. »Wie soll er dazu Nein sagen?«

Das konnte er nicht. Als Nikki ihn beiseitegenommen hatte, wurde sie mit einem Schlag ganz professionelle Geschäftsfrau.

»Du schuldest mir was«, sagte sie.

Harlan nickte. »Der Fall Hornsberger.«

»Nur deswegen konntest du letztes Jahr unangefochten kandidieren«, erinnerte ihn Nikki. Sie warf einen Blick über Harlans Schulter zu seinen Kumpels und blickte dann zu Boden. »Und ich habe dafür keinerlei Gegenleistung verlangt ... bis heute. Wenn du mir helfen kannst, sind wir quitt.« Sie sah ihm direkt in die Augen und wusste, dass sie ihn an der Angel hatte.

Harlan wurde sichtbar nervös und schwieg. »Und dann ist die Sache für immer vom Tisch?«

»Für immer.«

Er schwieg erneut. »Wenn dein Anliegen nicht illegal ist und im Rahmen des Machbaren, werde ich sehen, was ich tun kann.«

In den nächsten Minuten schlug Nikki für Mitchell und Maryna einen 24-Stunden-Personenschutz heraus. Harlan behauptete, dass er dem Polizeichef aufgrund von akutem Personalmangel bei der Polizei nicht abverlangen konnte, ihm seine Leute auch nur eine Stunde länger zur Verfügung zu stellen. »Und selbst das ist eigentlich zu viel verlangt.«

Nikki versprach, ihn persönlich auf dem Laufenden zu halten. »Du wirst wieder der Held sein, Harlan«, versprach sie ihm auf dem Weg zurück zu ihrem Golfwagen. Dann, als sie weit genug weg war, um schreien zu müssen, drehte sie sich um und rief so laut, dass es Harlans Kumpels auch hören konnten: »Bis heute Abend, Schätzchen!«

Sofort fingen die Golfer wieder an zu johlen und Witze auf Harlans Kosten zu reißen, was ihn aber nicht im Geringsten zu stören schien.

43

Das läuft überhaupt nicht gut, stellte Cameron fest. Sie konnte so gut wie keine Verbesserung bei ihrem Vater feststellen. Noch immer wurde er tagsüber vom Schüttelfrost und nachts von Albträumen geplagt. Er sah ausgemergelt und erschöpft aus. Mit seinem grauen Zwei-Tage-Bart konnte man ihn leicht für einen Obdachlosen halten. Das Einzige, was er wissen wollte, war, ob Cameron ihm die kleine Flasche Rum mitgebracht hatte, um die er sie gebeten hatte. Das hatte sie ihm bereits am Telefon abgeschlagen, doch er schien es nicht registriert zu haben.

Cameron hatte andere Sorgen.

»Ich muss mit Maryna sprechen, Daddy. Nora sagt, dass wir ihre Aussage vor Gericht brauchen. Und sie muss aussagen, dass sie es für das Beste hält, die Schwangerschaft abzubrechen, sollte die Fruchtwasseruntersuchung ergeben, dass das Kind tatsächlich das Downsyndrom hat. Kannst du Mitchell nicht überreden, uns zu verraten, wo sie sich aufhält?«

»Habe seit gestern nicht mit ihm geredet«, sagte *The Rock* mit rauer Stimme. »Weiß nicht, wo er sie versteckt.«

»Du musst es herausfinden.« Camerons Stimme war hart und kalt. Sie war in ihrer Beziehung eher die strenge Mutter als das Kind. »Wenn es sein muss, ruf ihn an. Bitte ihn, dich zu besuchen.«

The Rock zuckte gleichgültig mit den Schultern. Sein Blick war starr auf Camerons Handtasche gerichtet. »Was ist da drin? Was hast du deinem alten Herrn mitgebracht?« Er zwang sich ein kurzes Lächeln ab.

»Daddy, du wirst niemals gesund, wenn ich ...«

»Halt mir keine Predigten«, schnappte *The Rock*. Dann fing er an zu zittern. »In ein paar Tagen bin ich komplett weg von dem Zeug. Aber dieser kalte Entzug ist nichts für mich.«

Cameron betrachtete ihren erbärmlichen Vater, der zusammengekauert auf seinem Stuhl saß und sie um einen Drink anbettelte, die blutunterlaufenen Augen nur auf die Handtasche neben ihr auf dem Bett gerichtet. Seine Verzweiflung war ihr peinlich.

Ohne es zu wollen, musste sie automatisch an ihre Kindheit denken und den damals so charismatischen Vater, der von jedem geliebt wurde. Und der jeden liebte – außer seine eigene Familie. Sie erinnerte sich daran, dass sie immer verzweifelt versucht hatte, von ihm beachtet zu werden. »Darf ich mit dir einkaufen gehen, Daddy? Kannst du rauskommen und mit mir spielen, Daddy?« Aber alles, was sie zu hören bekam, war: »Nicht jetzt, Süße« oder »Später, Süße« oder »Das macht deine Mama mit dir, Süße«. Und jetzt hielt sie es kaum aus, im gleichen Raum mit dem Mann zu sein, nach dessen Aufmerksamkeit sie sich damals so verzehrt hatte. Langsam wurde ihr bewusst, dass sie zu ihrem Vater, wie er hier vor ihr saß, überhaupt keine Beziehung haben wollte; sie wollte eine Beziehung zu der Art Vater, die er niemals sein würde.

»Dad, ich muss dich um einen Gefallen bitten.«

The Rock starrte einfach zitternd vor sich hin und wartete darauf, dass Cameron fortfuhr.

»Du musst Mitchell davon überzeugen, Maryna nicht zu vertreten. Ich habe gestern selbst mit ihm gesprochen, aber es nicht über das Herz gebracht, ihm zu sagen, dass er Maryna überhaupt nicht mehr vertreten darf. Ich habe versprochen, dass wir das Ergebnis der Fruchtwasseruntersuchung abwarten und dann entscheiden. Ich habe sogar so getan, als gäbe es nach dem Test vielleicht gar keine Unstimmigkeiten mehr zwischen mir und Maryna. Aber dann habe ich mit Nora gesprochen, und sie sagte, dass das Ganze inakzeptabel sei. Wir müssen Mitchell bei der Anhörung nächste Woche auf unserer Seite haben. Er kann nicht an zwei Fronten kämpfen. Ich bitte dich, sag du ihm als sein Chef, dass er bereits mich vertritt und er einfach einen anderen Anwalt für Maryna finden soll.«

The Rock schüttelte den Kopf, und Cameron merkte, wie sie vor Wut rot anlief. »Geht nicht«, erwiderte ihr Vater, »ich habe ihm versprochen, dass unsere Kanzlei beide Seiten vertritt, bis das Ergebnis des Tests bekannt ist ...« Wieder erschauerte er.

»Das geht so nicht!«, rief Cameron schroff. »Ich bin verdammt noch mal deine Tochter. Du hast dich nicht um mich gekümmert, als ich klein war und dich brauchte – hilf mir wenigstens jetzt! Wann habe ich dich jemals um irgendetwas gebeten?«

The Rock ließ die Anschuldigung seiner Tochter wortlos im Raum stehen. Erst das Klingeln ihres Handys durchbrach die Stille.

»Ja, bitte?«, rief sie barsch in den Hörer, stand auf und hörte dem Anrufer zu. Sie begann, im Zimmer auf und ab zu laufen. Ihr Gesicht hatte einen besorgten Ausdruck angenommen. »Einen Moment«, sagte sie. Das Handy fest ans Ohr gepresst, ging sie aus dem Zimmer in den Gang hinaus und zog die Tür hinter sich zu.

* * *

The Rock konnte sein Glück kaum fassen. Schnell stand er auf – und sofort wurde ihm schwindelig. Er stützte die Hände einen Moment lang auf den Knien ab und schüttelte den Kopf, um seine Gedanken zu ordnen, während er versuchte, sein Gleichgewicht zu gewinnen. Dann schwankte er langsam, aber zielstrebig auf Camerons Handtasche zu.

Mit einem Auge auf die Tür fing er an, darin herumzuwühlen. Sie schleppte so viel Müll mit sich herum. Er konnte den Rum schon fast schmecken – das sanfte Brennen, dessen Wärme sich langsam in Hals und Brust ausbreitete. Sie musste ihm etwas mitgebracht haben, da war er sich sicher. Seine Hände zitterten, als er ihre Sachen durchging: Lippenstift, Mascara, ein Portemonnaie, ein Haufen Quittungen und dann ...

»Was zum ...?«, murmelte er. Mit noch zittrigeren Händen als zuvor hob er den Gegenstand hoch. Er schüttelte ungläubig den Kopf, diesmal noch heftiger, um den Schleier der Verwirrung loszuwerden. Das konnte nicht sein. Das hielt er nicht wirklich in seinen Händen ... Er stopfte es sich in die Tasche, seine Hände zitterten nun unkontrollierbar.

Was hatte das nur zu bedeuten?

* * *

Später am selben Abend kam Mitchell zu Besuch. *The Rock* hatte extrem schlechte Laune.

»Ich sehe keine Möglichkeit, wie wir gleichzeitig Cameron und dieses asiatische Mädchen vertreten sollen«, sagte *The Rock*, sobald Mitchell das Zimmer betreten hatte. »Wir vermeiden einen Interessenkonflikt, um unsere Loyalität nicht teilen zu müssen. Aber meiner Meinung nach wird unsere Loyalität geteilt sein, wenn wir weiter an dem Fall dieses Mädchens arbeiten.«

Mitchell spürte, wie ihm seine Frustration den Hals zuschnürte. Er schluckte schwer und erzählte dann von dem Besuch der Beamten der Einwanderungsbehörde, denen er bereits gesagt hatte, dass er Marynas Anwalt sei. Außerdem, argumentierte er, hatte *The Rock* selbst zugestimmt, dass sie beide Fälle, zumindest zeitweise, vertreten konnten.

Doch *The Rock* wirkte desinteressiert, sah sich im Zimmer um, rieb sich die Schläfen und grummelte ab und zu missbilligend.

Als Mitchell fertig war, ließ er sich einige Sekunden Zeit, bevor er antwortete.

»Also da ist sie jetzt? Bei dir zu Hause?«

»Jetzt nicht mehr«, sagte Mitchell. Er entschloss sich, nicht weiter darauf einzugehen.

The Rock seufzte und schüttelte ungläubig den Kopf. »Du wirst sie nicht länger vertreten. Sag ihr, dass sie sich einen neuen Anwalt suchen muss.«

»Ich dachte, Sie hätten gesagt, dass wir das Ergebnis der Fruchtwasseruntersuchung abwarten«, protestierte Mitchell. »Ich kann sie jetzt nicht im Stich lassen!«

The Rock starrte Mitchell direkt in die Augen. »Ich habe dir gesagt, dass du ihr gegenüber keine Zugeständnisse machen sollst, Mitchell. Ich sagte, dass wir uns einfach alle Optionen offenhalten wollen. Ich habe dir gesagt, dass du dich nicht mit ihr einlassen sollst. Und du bist losgezogen und hast alle meine Anweisungen komplett ignoriert.« *The Rock* verbarg seine Enttäuschung nicht. »Ich kann so etwas nicht dulden, Mitchell. Vielleicht bin ich ein alter Knacker, der in einer Entzugsklinik einsitzt, aber immer noch leite ich Davenport & Associates, und ich kann so etwas einfach nicht dulden.«

»Es tut mir leid, Billy«, sagte Mitchell leise. »Aber die Beamten der Einwanderungsbehörde standen vor meiner Tür und wollten sie abschieben. Ich musste ihr einfach helfen, ich hatte keine andere Wahl.«

Schweigend saßen die beiden Männer eine gefühlte Ewigkeit einfach nur so da. Als *The Rock* endlich das Wort ergriff, starrte er dabei die Wand hinter Mitchell an.

»Du willst sie also unbedingt vertreten?«

»Ja, Sir, das will ich.«

Es folgte eine lange Pause. »Dann bist du hiermit gefeuert, Mitchell.« *The Rock* sprach leise und ohne Zorn. »Ich kann dich gut leiden, Junge. Aber ich kann nicht jemanden für mich arbeiten lassen, bei dem ich nicht darauf vertrauen kann, dass er tut, was ich ihm sage.« Seine raue Stimme wurde noch sanfter. »Sag Sandra, dass ich Montag wieder da bin ...«

»Das können Sie nicht machen, Billy! Sie sind noch nicht bereit.«

Doch der alte Mann hatte bereits abwehrend die Hand gehoben und ließ sein müdes Gesicht auf die Brust fallen. Mitchell wurde klar, dass es nichts brachte, noch weiter zu diskutieren. *The Rock* würde Mitchell nicht davon abbringen, Maryna zu vertreten, und Mitchell würde *The Rock* nicht davon überzeugen, in der Klinik zu bleiben. Es war zu einer Pattsituation zwischen zwei sturen Männern gekommen. Und es brachte nichts, weiter zu streiten.

Mitchell beobachtete, wie *The Rock* die Augen schloss und langsam den Kopf zurücklehnte, als hätte Mitchell den Raum bereits verlassen. In diesem Moment konnte Mitchell ihm gegenüber keine Wut empfinden, nur Mitleid. Leise und respektvoll stand Mitchell auf. Eigentlich wollte er *The Rock* die Hand zum Abschied reichen, aber er entschied sich, einfach leise zu gehen.

Aus irgendeinem Grund bewunderte er den Mann, der ihn gerade gefeuert hatte. Er spürte, dass *The Rock* versuchte, ihm einen Gefallen zu tun, ihn vor einer Gefahr zu beschützen, die er noch nicht verstand. So verrückt es auch schien – tatsächlich würde er es vermissen, für *The Rock* zu arbeiten.

Aber jetzt war es Zeit, sich voll und ganz der einen Mandantin zu widmen, die ihm noch geblieben war, entschied Mitchell auf dem Weg zur Tür. Wenn er auf der ganzen Welt nur einen Mandanten haben durfte, würde er sich immer wieder für die schöne und mitfühlende junge Dame namens Maryna Sareth entscheiden – mit diesem Gedanken tröstete er sich.

»Vertritt das Mädchen«, rief *The Rock* ihm hinterher, als Mitchell das Zimmer verließ. »Aber sei vorsichtig. Nichts an diesem Fall ist so, wie es scheint.«

44

Sonntag, 23. Mai

Maryna fühlt sich, als sei sie gestorben und in ein anderes Leben wiedergeboren worden. Sie zwickte sich unter ihrem Rockende ins rechte Bein, um sicherzugehen, dass es sich nicht um einen schlechten Traum handelte. Sie saß in der Kirche – einer christlichen Kirche – neben Mitchell Taylor. Das perfekte amerikanische Paar, ohne Sorgen, ohne Probleme.

Nichts könnte der Wahrheit ferner sein.

Maryna konnte sich nicht erinnern, wann sie sich das letzte Mal so fehl am Platz gefühlt hatte. Immer wieder blickte sie sich verstohlen um, in der Gewissheit, dass die anderen Gottesdienstbesucher sie anstarrten. Die ganze Sache war Mitchells Idee gewesen. Anfangs hatte es sich sogar nach einem vernünftigen Plan angehört. »Lass uns zusammen in meine Kirche gehen«, hatte er vorgeschlagen. »Die Snakeheads werden uns folgen und an uns dranbleiben. Dann können die Polizisten sich an unsere Fersen heften und warten, bis die Gangster zuschlagen. Welcher Ort wäre besser, wenn man auffallen und trotzdem sicher sein will?«

Sie hatte keine Diskussion angefangen. Doch jetzt fühlte sie sich wie ein Trottel.

Sie war viel zu schick angezogen. Woher sollte Maryna wissen, dass die Leute sich für diese Kirche nicht herausputzten? Sie hatte sich an Nikkis Kleiderschrank bedient, und natürlich wusste Nikki ebenso wenig wie sie, wie man sich für einen Gottesdienst angemessen kleidete. Also hatte Maryna sich einen engen schwarzen Rock, hohe Schuhe und eine ärmellose, hochgeschlossene Baumwollbluse ausgeliehen. Am Abend zuvor hatte sie darauf geachtet, die obersten Knöpfe ihres Schlafanzugs geschlossen zu halten. Soweit sie es beurteilen konnte, hatte Nikki die Narbe noch nicht gesehen.

Mitchell trug eine Anzughose und ein Poloshirt. Offensichtlich war er zu höflich, um ihr zu sagen, dass niemand unter vierzig in der Chesapeake-Gemeinde ein Kleid zum Gottedienst anzog. »Du siehst fantastisch aus!«, schwärmte er.

Sie spürte, dass sie rot wurde. Sein Kompliment schmeichelte ihr.

Jetzt fühlte sie sich wie eine Frau im Hochzeitskleid auf einer Strandparty.

Den anderen zuzusehen, wie sie voller Inbrunst Lieder sangen, die sie noch nie zuvor gehört hatte, machte die Sache auch nicht besser. Mit geschlossenen Augen und zum Himmel gestreckten Händen, sangen sich die Leute die Seele aus dem Leib. Sie verfolgte die Worte auf einer Leinwand, bewegte ihren Mund dazu und wünschte sich, dass man auch die zugehörigen Noten mit eingeblendet hätte. Aber egal. Als der Refrain zum vierten Mal wiederholt wurde, hätte sie mitsingen können, wenn sie es gewollt hätte.

Bisher sagte ihr das Gebet am meisten zu. Der Mann, den Mitchell Reverend Bailey nannte, forderte die Kirchengemeinde von seinem Podium aus auf, die Köpfe zu neigen. Als Maryna seiner Anweisung folgte, fühlte sie, wie Mitchells starke Hand behutsam ihre umschloss. Unwillkürlich öffnete sie ihre Augen und hob den Kopf, um ihn anzusehen, doch seine Augen waren geschlossen, also umfasste sie mit ihren Fingern seine Hand.

Ihn zu berühren, war ein ganz besonderes, unbeschreibliches Gefühl. Ihre Haut fing an zu kribbeln, und ihr Herz raste. Ein Stromstoß ging von Mitchell zu Maryna und – wie sie hoffte – wieder zurück zu ihm. Sie musste sich beruhigen. Er dachte sich wahrscheinlich nichts dabei.

Auf der anderen Seite durfte ein Mädchen auch einmal träumen. Und so wünschte sie sich, dieses Gebet würde niemals enden.

Fast sollte ihr Wunsch in Erfüllung gehen. Reverend Bailey kam vom Hölzchen aufs Stöckchen, sein Gebet schien kein Ende zu nehmen. Zwischendurch fühlte es sich für Maryna an, als würde er der Gemeinde eine Predigt halten, anstatt zu Gott zu sprechen. Doch dann kam er mit einer großen Geste und gefolgt von einem lauten Chor aus »Amen« zum Ende. Mitchell drückte ihre Hand und ließ sie dann los. *Verdammt.*

Als Nächstes gingen Diakone mit Klingelbeuteln herum, und die Kirchenmitglieder zückten ihre Portemonnaies. Ganz diskret steckten sie Bargeld in weiße Umschläge oder falteten ihre Schecks in der Mitte zusammen, damit die anderen nicht sehen konnten, wie viel Geld sie spendeten. Reverend Bailey hatte zwar gesagt, dass von Besuchern nicht erwartet wurde, einen Beitrag zu leisten, aber Maryna hatte das Gefühl, dass er bloß höflich sein wollte. Obwohl sie völlig pleite war, griff sie in ihre Handtasche und stopfte einen Zwanziger in einen Umschlag. Stolz legte sie den Umschlag in den Klingelbeutel in der Hoffnung, Mitchell würde es mitkriegen.

Nach einem weiteren Lied nahm Reverend Bailey erneut seinen Platz auf dem Podium ein, um eine Predigt zu halten. Diesmal ließen die Leute ihre Augen geöffnet, und zu Marynas Enttäuschung griff Mitchell nicht mehr nach ihrer Hand.

Reverend Bailey begann mit einem Vers aus einem sehr alten Teil der Bibel, den er das Buch Jeremia nannte. Es beeindruckte Maryna, dass Mitchell sofort wusste, welche Seite er aufschlagen musste. Maryna verfolgte die Zeilen, während der Reverend laut vorlas.

Dieses Buch Jeremia war unglaublich. Als hätte der Autor ihr Tagebuch gelesen. Sie warf Mitchell einen schnellen Blick von der Seite zu. Er musste das vorher mit dem Reverend abgesprochen haben.

»Ich kannte dich schon, bevor ich dich im Leib deiner Mutter geformt habe«, las Reverend Bailey vor. »Schon vor deiner Geburt habe ich dich dazu bestimmt, dass du den Völkern meine Botschaften überbringst.«

»Wow«, sagte Maryna leise zu sich selbst. Ihre Aufmerksamkeit gehörte nun Reverend Bailey. Sie glaubte nicht an Zufälle, also konzentrierte sie sich auf jedes seiner Worte. Auch wenn Hunderte andere Menschen in der Schulaula, in der der Gottesdienst stattfand, zuhörten, wusste Maryna, dass diese Nachricht eindeutig für sie bestimmt war.

»Jeder von uns«, erklärte Reverend Bailey, »ist, wie die Bibel sagt, wunderbar gemacht. Wir sind alle einzigartige, besondere Werke aus Gottes Schöpfung. Und Gott stellt keinen Ramsch her. Manch einer wird sich wünschen, er hätte bessere Fähigkeiten, wäre intelligenter, würde weniger wiegen oder hätte eine kleinere Nase. Aber wer gibt uns das Recht, Gott infrage zu stellen?«, rief er in die Runde. »Gott hat uns geschaffen. Er ist der Töpfer; wir sind der Ton. Diskutiert der Ton etwa mit dem Töpfer? Gott hat uns so geschaffen, wie wir sind«, fuhr Bailey fort, »mit all unseren Schwächen, all unseren Behinderungen.«

Hat er das tatsächlich gerade gesagt: »all unseren Behinderungen«?, fragte sich Maryna. *Viel wichtiger ist: Stimmt das, was er sagt? Würde ein liebender Gott tatsächlich einigen von uns besondere Herausforderungen mit auf den Weg geben? Selbst so etwas wie das Downsyndrom?*

Der Reverend schien ihre Gedanken gelesen zu haben. »Waren Sie schon einmal bei den Special Olympics?«, fragte er. »Ist Ihnen aufgefallen, dass diese jungen Menschen glücklicher wirken und das Leben mehr genießen als die Teilnehmer der Internationalen Olympischen Spiele? Dabei scheint ihr Glücksgefühl nicht davon abzuhängen, ob sie gewinnen.«

Da hat er recht, dachte Maryna. Sie spürte, dass es Gott war, der zu ihr sprach und ihr sagte, dass ihr Gefühl für Dara richtig war. *Ich kannte dich schon, bevor ich dich im Leib deiner Mutter geformt habe, hieß es in diesem Jeremia-Buch.* Es war wie ein Tagebuch an Dara, dass Gott vor ihrer Geburt für sie geschrieben hatte, in dem er sie bei ihrem Namen nannte und ihr sagte, dass sie etwas Besonderes war.

Maryna gab sich ihren Gedanken hin, und als sie sich wieder auf Reverend Bailey konzentrierte, hatte dieser bereits das Thema gewechselt.

»Auch wenn Gott jeden von uns einzigartig gemacht hat, sind wir auf eine grundlegende Art und Weise alle gleich«, verkündete er. »Er hat uns allen tief in unserem Herzen ein ›Gott-förmiges Vakuum‹ mitgegeben – ein intensives Verlangen, dass nur durch die persönliche Beziehung zu Gott befriedigt werden kann.« Laut Bailey war diese persönliche Beziehung zu Gott nur durch die Hilfe seines Sohnes Jesus Christus möglich.

Maryna hatte natürlich den Namen Christus schon einige Male gehört, in der englischen Sprache nutzte man ihn allerdings häufig auch als Ausdruck von Verärgerung. Für sie war Christus die westliche Version des Großen Buddha – ein weiser Lehrer, dessen friedliche Lehren den Menschen dabei helfen konnten, ihr Leben zu verändern, nicht mehr.

Doch Reverend Bailey zufolge war Jesus Christus weitaus mehr als das.

Christus hatte selbst behauptet, Gott zu sein, erklärte Bailey. Er lebte ein vorbildliches Leben und starb den Märtyrertod am Kreuz. Am dritten Tag stand Christus, so der Reverend, von den Toten auf und erwachte wieder zum Leben. Er hatte damit den Tod besiegt. Dies sei eine historische Tatsache, die sich nachweisen lasse, fügte er hinzu.

Maryna warf Mitchell einen kurzen Blick zu. Der Mann, dem sie innerhalb so kurzer Zeit Vertrauen schenkte, dieser gerissene junge Anwalt mit seinem analytischen Verstand saugte die Worte des Pastors förmlich in sich auf und machte sich sogar Notizen. *Glaubte er das tatsächlich? Von den Toten auferstanden?* Buddha hätte niemals so etwas Unverfrorenes behauptet.

Und Bailey war noch nicht am Ende. Unsere Sünden würden uns von Gott trennen, fuhr er fort. *Sünden?* Maryna runzelte die Stirn.

»Fehler, Versagen, Stolz, Selbstsucht, solche Sachen meint er«, flüsterte Mitchell, der ihr offensichtlich ansah, was in ihrem Kopf vorging.

»Da Gott heilig und rein ist«, erklärte Bailey, »kann er uns, wenn wir sterben, erst im Himmel empfangen, wenn wir den Preis für unsere Sünden bezahlt haben. Und das ist der Moment«, sagte Bailey freudig erregt, »in dem Jesus Christus ins Spiel kommt. Er hat diesen Preis bezahlt! Er kam auf die Erde, um uns zu zeigen, wie wir leben sollen, und er starb bereitwillig am Kreuz einen Tod, den wir eigentlich verdient hätten! Gott sandte seinen eigenen Sohn, um für uns zu sterben – wenn wir dieses Opfer anerkennen, erhalten wir das ewige Leben. Das Gott-förmige Vakuum wird ausgefüllt, wenn wir um Vergebung für unsere Sünden bitten, Christus als unseren Retter anerkennen und ihn darum bitten, Herr unseres Lebens zu werden.«

Maryna war überwältigt von diesen Worten. Sohn Gottes. Retter der Menschen. Bezwinger des Todes. *Wer ist dieser Christus eigentlich?*

So abrupt seine Rede begonnen hatte, so plötzlich endete sie auch wieder. Es folgte ein weiteres Gebet – diesmal ohne Händchenhalten, die Stimmung war ernst geworden –, dann forderte Reverend Bailey alle, die das Gott-förmige Vakuum in ihrem Herzen spürten, dazu auf, ihre Hand zu heben. Ohne groß darüber nachzudenken, hob Maryna langsam ihre Hand. Dabei wurde sie von einer fremden Kraft geleitet, als würde sie sich selbst bei einem Theaterstück zusehen. Auch wenn ihr Herz schmerzte, schlug es gleichzeitig dermaßen intensiv, wie sie es noch nie zuvor wahrgenommen hatte. Das tiefe Verlangen, Gott persönlich kennenzulernen, und die Sehnsucht nach Frieden und einem tieferen Sinn waren die einzigen realen Gefühle. Sie konnte es nicht leugnen. Widerstand war zwecklos.

Die Predigt war vorbei, und die gesamte Gemeinde stimmte ein Lied an. Reverend Baileys Stimme erhob sich über dem Gesang; er bat alle, die ihre Hand gehoben hatten, zu ihm nach vorne zu kommen. Maryna wusste, dass auch sie gehen sollte. Sie *verlangte,* nein, sie *sehnte* sich nach dem, was er der Gemeinde beschrieben hatte. Doch als der Reverend sie ansah, erstarrte sie. *Was wird Mitchell von mir denken? Was passiert, wenn ich aufstehe und nach vorne gehe? Was ist mit Buddha und dem Glauben meiner Mutter? Kann Christus wirklich den Weg zu Gott ebnen und dieses Vakuum füllen?*

Und so blieb sie wie angewurzelt stehen, als befände sie sich außerhalb von Raum und Zeit, während das Lied kein Ende zu nehmen schien. »Noch eine Strophe«, hörte sie den Reverend, »es ringt noch jemand mit sich, seine Sünden loszulassen und zu Jesus zu kommen.«

Seine Worte ließen sie erzittern. Aus irgendeinem Grund wusste er Bescheid. Er konnte direkt in sie hineinsehen. Wahrscheinlich konnte Mitchell es ebenfalls spüren. Dennoch zögerte sie; auf ihrem Nacken und ihrer Stirn bildeten sich Schweißperlen. *Entspann dich,* forderte sie sich selbst auf, *tief ein- und ausatmen.* Das alles könnte sie auch später noch mit Mitchell besprechen. Inmitten der momentanen Aufregung wären emotionale religiöse Entscheidungen nicht sonderlich hilfreich. Wenn das die Wahrheit war, dann würde sie auch morgen noch wahr sein. Und den Tag danach. Gott würde ihr sicherlich so viel Zeit lassen, um das Ganze zu überdenken.

Dann endlich war die letzte Strophe gesungen und das Lied vorbei. Reverend Bailey schloss den Gottesdienst mit einem Gebet.

Auf dem Weg nach draußen schüttelten Mitchell und Maryna Reverend Bailey die Hand. Er hatte sich neben dem Ausgang aufgestellt und gab jedem ein Lächeln oder ein paar Worte mit auf den Weg.

»Das ist meine gute Freundin Maryna Sareth«, stellte Mitchell Maryna vor.

Maryna streckte dem Reverend ihre Hand entgegen. *Als wüsste er das nicht,* dachte sie bei sich.

45

Als Anwalt wusste *The Rock* natürlich ganz genau, dass die Klinik ihn nicht zum Bleiben zwingen konnte, ganz gleich, was er unterschrieben hatte. Ihn gegen seinen Willen festzuhalten, wäre nur auf der Grundlage einer Zwangseinweisung möglich, und die würde voraussetzen, dass er nachweislich eine Gefahr für sich selbst oder andere darstellte. Weder die Klinik noch seine Tochter konnten ihm ein solch gefährliches Verhalten nachweisen. Und das wussten sie auch.

Nicht einmal Ichabods Drohung, seine Karriere zu sabotieren, konnte ihn aufhalten. Er brauchte sowieso keine Haftpflichtversicherung, eine Eigenversicherung reichte völlig aus. Das war natürlich riskant, aber *The Rock* hätte es nie so weit gebracht, wenn er Risiken scheuen würde.

Und so spazierte er nach vielen heftigen Diskussionen am Sonntagnachmittag um 15.30 Uhr, entgegen der Empfehlung und dem Bitten der Ärzte, als freier Mann aus der Klinik. »Sie haben der Behandlung keine Chance gegeben«, versuchten sie ihn zu überzeugen. »Sie werden niemals ein normales Leben führen, wenn Sie sich nicht Ihrer Sucht stellen.«

Er hörte das alles nicht zum ersten Mal. Die Tatsache, dass sie wahrscheinlich recht hatten, hinderte ihn ebenso wenig an seiner Entscheidung. Er hatte keine Zeit, in einer Entzugsanstalt einzusitzen und zu versauern. Seine Tochter brauchte ihn diese Woche, und er musste einfach einen Weg finden, mit der Sache klarzukommen. Wenn er nur diese eine Woche irgendwie überstehen und Cameron bei der ersten Anhörung unterstützen könnte, wäre das vielleicht der erste Schritt in die richtige Richtung.

In den kommenden Wochen blieb noch genug Zeit, um trocken zu werden. Cameron brauchte ihn *jetzt.* Und diesmal würde er für sie da sein.

The Rock musste beinahe zwanzig Minuten auf ein Taxi warten. Er entschied sich dafür, draußen vor der Klinik zu warten – die Hitze und die schwüle Luft vor der Tür waren immer noch besser als das Gezeter drinnen. Als das Taxi kam, war er bereits nassgeschwitzt. Sein Hirn fühlte sich an, als würde es mit einem Presslufthammer bearbeitet, und die Sonne grillte seinen kahlen Schädel. Kurz bevor das Taxi kam, begann sich der Himmel dermaßen zu drehen, dass *The Rock* sich hinsetzen und die Augen schließen musste, um zumindest einen Anflug von Gleichgewichtssinn wiederherzustellen.

Der Taxifahrer half ihm in den Wagen und stellte keine Fragen auf dem Weg zum nächsten Mini-Markt. Für zwanzig Dollar Trinkgeld kaufte er sogar selbst das Sixpack und ließ *The Rock* kommentarlos gewähren, als er das erste Bier im Auto auf dem Parkplatz öffnete. Als sie den Friedhof erreichten, machte er sich gerade an seine dritte Dose.

»Halbe Stunde«, murmelte *The Rock*, während er, sich an die drei restlichen Dosen klammernd, aus dem Wagen stieg. Bevor er die Tür zuschlug, warf er zwei weitere Zwanzig-Dollar-Scheine auf den Vordersitz. Wenige Minuten später saß *The Rock* niedergeschlagen auf dem Grabstein von Gwyneth Davenport. Die Sonne brannte unbarmherzig auf seine Glatze und seine bleichen, speckigen Arme nieder, die unter seinem kurzärmligen T-Shirt hervorlugten.

»Ich brauche deinen Rat«, sagte er und sah hinunter auf die flache, gravierte Steinplatte, die ihm momentan als Sitzmöglichkeit diente. »Du wusstest schon immer viel besser mit ihr umzugehen, als ich es tue. Und dies könnte meine einzige Chance sein, alles wiedergutzumachen und sie zurückzugewinnen, Gwyneth.« Er blickte nach oben und schloss die Augen vor der grellen Sonne. Dann lehnte er sich zurück und stützte sich auf seine Hände, während eine Träne langsam seine Wange hinunterlief. »Ich könnte es nicht ertragen, euch beide verloren zu haben. Was soll ich bloß tun, Gwyneth? Was soll ich tun?«

Dann wischte er mit seinem Handrücken die Träne weg und nahm einen großen Schluck von seinem mittlerweile lauwarmen Bier.

* * *

Mitchell und Maryna verbrachten fast den kompletten Sonntag damit, von möglichst vielen Leuten gesehen zu werden. Nach dem Gottesdienst gingen sie zurück in seine Wohnung, um sich kurze Hosen, T-Shirts und offene Schuhe anzuziehen. Dann machten sie einen Abstecher in Mitchells altes Büro, in der Hoffnung, Marynas Stalker würde ihre Spur von dort aus aufnehmen. Als Nächstes aßen sie auf der direkt an der Straße gelegenen Terrasse eines Restaurants zu Mittag und gingen ausgiebig am Strand spazieren.

Den ganzen Tag über blickte Mitchell sich unauffällig um, stets auf der Suche nach jemandem, der aus der Menge stach, den beiden besonders viel Aufmerksamkeit schenkte oder aus irgendeinem anderen Grund auffällig wirkte. Er versuchte, nicht darüber nachzudenken, dass sie sich mit ihrer Aktion absichtlich zu Zielscheiben machten und mit einem unsichtbaren Fadenkreuz auf dem Rücken herumliefen. Er beruhigte sich mit dem Gedanken, dass zwei zivil gekleidete Beamte der Polizei von Virginia Beach ihnen auf Schritt und Tritt folgten.

Doch als die Nachmittagssonne den Himmel herabwanderte, fand Mitchell sich mit der Tatsache ab, dass Marynas Angreifer entweder den Braten gerochen hatte oder sich aus einem anderen Grund zurückhielt.

Sie hatten getan, was sie konnten. Nun war es an der Zeit, Spaß zu haben.

Am frühen Abend machte Mitchell erneut bei seinem Büro und seiner Wohnung halt, um eine Decke einzupacken. Ihr letztes Ziel an diesem Tag würde garantiert eine schöne Überraschung für Maryna werden. Mitchell und Nikki hatten gemeinsam mit den Polizisten alles geplant und Maryna nichts von ihrem Vorhaben erzählt. Erst als Mitchell auf den Parkplatz des Virginia-Beach-Amphitheaters fuhr und sie die Schilder sahen, wurde Maryna klar, dass sie auf das ausverkaufte George-Strait-Konzert gingen – ganz Virginia Beach sprach an diesem Wochenende davon.

»Wie hast du es bloß geschafft, noch Tickets zu bekommen?«, fragte Maryna erstaunt. Sie standen in einer langen Schlange mit anderen Pickups und Geländewagen.

»Um ehrlich zu sein, hab ich das Nikki zu verdanken«, antwortete Mitchell bescheiden. »Wir sitzen leider weiter hinten auf der Wiese, aber es wird bestimmt trotzdem toll. Und während des letzten Songs haben die Polizisten alles vorbereitet, damit du Backstage gehen und durch einen Hinterausgang verschwinden kannst. Nikki wird dich dort abholen und dich mit in ihre Wohnung nehmen. Für den Fall, dass jemand hinter uns her ist, wird er dir nicht folgen können. Ich fahre nach dem Konzert einfach zurück nach Hause.«

»Das ist unfassbar«, jauchzte Maryna vor Freude.

Mitchell konnte ein Grinsen nicht unterdrücken. Es war nicht einfach gewesen, diese Überraschung für sich zu behalten. »Warst du schon mal auf einem Countrykonzert?«

»Nein.« Sie erwiderte Mitchells Grinsen. Dann lehnte sie sich vor und drückte ihm einen flüchtigen Kuss auf die Wange. »Aber es gibt niemanden, mit dem ich lieber auf mein erstes Countrykonzert gehen würde als mit dir.«

Mitchell konnte das Knistern zwischen ihnen spüren, und es beunruhigte ihn ein wenig. Der Ausflug sollte nicht zu einem Date werden, nicht mit jemandem, der seine Religion und seinen Glauben nicht teilte. Mitchell hielt sich streng an diese Regel und hatte nicht vor, sie zu lockern.

Aber das hier ist ja gar kein Date, beruhigte Mitchell sich. *Wir versuchen nur, die Snakeheads aus der Reserve zu locken.* Außerdem würde er aufpassen, dass er dem Mädchen nichts vormachte, versprach er sich selbst.

»Hast du die Musik gehört, die den ganzen Tag in meinem Auto lief?«, fragte er sie.

»Hab ich!«

»Das ist George Strait.«

Maryna kicherte. »Ich wusste schon, warum ich gefragt habe, ob wir lieber das Radio einschalten wollen.«

»Live ist er besser«, versicherte Mitchell ihr, als er von Radio auf CD umschaltete und die Musik laut drehte.

* * *

George Strait. Maryna konnte es nicht fassen, dass sie auf seinem Konzert war – und das schon den ganzen Abend. Noch weniger konnte sie fassen, wie sehr es ihr gefiel.

Anfangs fiel es ihr schwer, sich auf die Show zu konzentrieren. Die Dunkelheit, Mitchells ständiger Blick in die Runde und die diskrete Anwesenheit der Polizisten erinnerten sie daran, dass sich hinter jedem lächelnden Gesicht ihr Stalker verbergen könnte. Doch nach einer Weile entspannte sie sich dank den sanften Klängen von George Strait und der warmen, sternenklaren Nacht. Es dauerte nicht lange und Maryna lag völlig entspannt neben Mitchell auf der Decke, als wäre ihr Leben komplett sorgenfrei.

Das Publikum war schon etwas Besonderes – niemals zuvor hatte sie so viele Cowboyhüte, große Gürtelschnallen und spitze Stiefel auf einem Haufen gesehen –, aber all das war im Moment nebensächlich. Sie war mit Mitchell zusammen, und er war ganz in seinem Element. »Das Lied wird dir gefallen«, sagte er. »Es ist eins meiner Lieblingslieder.« Er sang den Text mit, und sie rutschte lächelnd näher an ihn heran.

Sie lachten und klatschten zum Rhythmus der Gitarre. Gelegentlich amüsierten sie sich über ein paar der Hinterwäldler mit ihren Bauern-Mädchen. Dann legten sie sich auf der Decke zurück und zählten die Sterne. Wie sehr wünschte Maryna sich, sie könnte die Zeit langsamer drehen, damit diese Nacht niemals zu Ende ging!

Als der Abend sich dem Ende neigte, verwandelte sich ihre Freude in eine Art Melancholie. Die Erkenntnis, dass ihre Zeit mit Mitchell begrenzt war und der morgige Tag eine Tortur werden würde, entmutigte sie und schnürte ihr die Kehle zu.

»Alles okay?«, fragte Mitchell, als er sie dabei ertappte, wie sie in die Dunkelheit starrte.

Maryna zwang sich zu einem Lächeln. »Ich denke nur über morgen nach.«

»Ich wäre wirklich gerne dabei.«

»Ich weiß, aber Nikki hat recht.« Maryna drehte sich um und sah Mitchell an. Sie lehnte sich an ihn, damit er sie trotz George Straits Gesang verstehen konnte. »Wenn du kommst, könnten die Snakeheads dir zum Krankenhaus folgen. Dieses Risiko dürfen wir nicht eingehen. Nikki wird mich den ganzen Tag begleiten. Es ist nur ein ambulanter Eingriff. Wird schon gut gehen ...« Sie sah auf ihre Hände hinunter. In Wirklichkeit hätte sie ihn furchtbar gerne dabeigehabt.

Mitchell kam ihr immer näher, bis seine Stirn ihre berührte. Für Maryna gab es nur noch die beiden, alle anderen Menschen auf der Welt hatte sie komplett ausgeblendet. Sie schloss die Augen und fühlte, wie Mitchell seinen Arm um sie legte.

Genau in diesem Moment, als es nicht hätte schöner sein können, endete der Song, und die Menge stand auf und klatschte. Mitchell und Maryna taten es ihnen gleich, sein Arm war noch immer um ihre Schulter gelegt.

Der Sänger begann bereits den nächsten langsamen Song. Ein Teil des Publikums setzte sich wieder, andere wiegten sich langsam im Takt oder umarmten sich und tanzten eng umschlungen.

»When you come around, I get carried away by the look – by the light of your eyes ...«

Und bevor sie sich versah, tanzten sie ebenfalls. Dabei bewegten sie sich kaum, sondern schmiegten sich eng aneinander, ihr Kopf behutsam auf seine Brust gelegt. Sie fühlte seine starken Arme und seinen Herzschlag, während er leise die Melodie mitsummte.

»Before I even realize the ride I'm on ... Baby, I'm long gone. I get carried away. And nothing matters but being with you ...«

Sie spürte seine Wange auf ihrem Haar, er umschloss ihre linke Hand, und ihre rechte lag auf seiner Schulter. Es ging alles so schnell und fühlte sich dennoch so *vertraut* an, so sicher, so behaglich. Ob er das Gleiche fühlte? Sie fühlte sich wie schwerelos, als tanzte sie in einem Traum. Die Musik von George Strait war weit weg, überschattet von Mitchells zarten Berührungen.

»It might seem like an ordinary night. The same old stars; the same old moon up high. But when I see you standing at your door, nothing's ordinary anymore.«

Der Text war kitschig, die Melodie ganz simpel. Und dennoch war es einfach ... perfekt. Countrymusik. George Strait. Sie schmiegte sich noch enger an Mitchell, und die Welt um sie herum verschwand.

Von jetzt auf gleich war dies ihr Lieblingssong geworden.

* * *

Aus etwa dreißig Meter Entfernung beobachtete der Mann angewidert, wie Mitchell und Maryna tanzten. Er trug Jeans, ein schwarzes T-Shirt und einen ungepflegten Vollbart, der täuschend echt aussah. Seine Augen lugten unter einer tief heruntergezogenen Baseballkappe hervor. Im Grunde sah er aus wie alle anderen George-Strait-Fans, mit dem einzigen Unterschied, dass er Countrymusik nicht ausstehen konnte. Trotzdem zwang er sich, zusammen mit den anderen aufzustehen, zu klatschen und ab und an zu lächeln, damit er nicht auffiel.

Vorhin hatte er sich Mitchell und Maryna sogar auf drei Meter genähert, nur um sich selbst zu beweisen, dass er es konnte. Sie waren so schutzlos und bemerkten gar nicht, was um sie herum passierte.

Als das Lied zu Ende war, verbeugte George Strait sich mehrmals, als wäre das Konzert vorbei. Er wartete hinter der Bühne darauf, dass das aufgeheizte Publikum nach einer Zugabe schrie, was es mit hocherhobenen Feuerzeugen selbstverständlich auch tat, und spielte dann einen Song, der die Menge zum Toben brachte. Währenddessen beobachtete der Mann, wie Mitchell und Maryna sich durch die Menge in Richtung Bühne kämpften.

Mit ausreichendem Abstand folgte er den beiden, wobei er sich anstrengen musste, sie nicht aus den Augen zu verlieren. Auf seinem Weg stellte er sich immer wieder auf die Zehnspitzen und reckte den Hals. Rücksichtslos rempelte und schubste er sich durch die wogende Menschenmenge, von allen Seiten beschimpft, aber das war ihm egal.

Panik stieg in ihm auf, denn er verlor die sich auf und ab bewegenden Köpfe von Mitchell und Maryna immer wieder aus dem Blick, als er sich durch das Meer von Cowboyhüten, langen Haaren und nach oben gereckten Armen kämpfte. Er blieb stehen, sah sich hektisch um und stellte fest, dass er sie verloren hatte. Weil er laut zu fluchen begann, zog er die Blicke der Leute auf sich und ging zurück zu seinem Platz weiter hinten in der Menge.

Wenige Minuten später saß er in seinem Auto auf dem Parkplatz und sah, wie Mitchell allein in seinen Truck stieg und sich in die Schlange einreihte, um den Parkplatz zu verlassen. Maryna Sareth hatte dazugelernt und ihn abgeschüttelt.

Seine Lippen verzogen sich zu einem selbstgefälligen Lächeln. Das war nicht weiter tragisch. Natürlich hatte er geduldig auf eine Möglichkeit gewartet, Maryna heute allein ohne Mitchell abzufangen. Und diese Möglichkeit hatte sich ihm nicht geboten. Aber er war ein geduldiger Mensch. Er hatte viel Zeit.

Und er wusste, wo Maryna sich morgen aufhalten würde.

46

Montag, 24. Mai
Leitartikel, Tidewater Times

Darf der Mensch Gott spielen?
Die Moral des Klonens
von Cameron Davenport-Brown

Es ist nicht schwer, das Klonen abzulehnen, wenn man Fundamentalist ist. »Der Mensch sollte nicht Gott spielen« ist eine wundervolle Plattitüde. Dazu faltet man einfach die Hände und sperrt sich dagegen, jegliche Form des Klonens auch nur in Erwägung zu ziehen. Dass dadurch unschuldige Frauen und Männer zum Tode verurteilt werden, indem man ihnen einen atemberaubenden Fortschritt in der Medizin vorenthält, der nur mithilfe der Klontechnologie zu erzielen ist, scheint dabei keine Rolle zu spielen.

Unsere Gesellschaft steht kurz vor dem Durchbruch, die Stammzellen eines Menschen nachbilden und »trainieren« zu können, damit diese die Funktion jeder lebenswichtigen spezialisierten Zelle im Körper übernehmen können. Eine Zelle zu klonen und zur Reproduktion zu animieren bedeutet, dass wir die Stammzellen eines Menschen nachbauen und somit beschädigte Gehirnzellen, Rückenmarkzellen, Lungenzellen oder jede andere beliebige Zelle wieder aufstocken können, die zur Heilung von bisher als unheilbar geltenden Krankheiten notwendig sind. Parkinson, Alzheimer und Muskelschwund könnten der Vergangenheit angehören. Chromosomenstörungen wie das Downsyndrom könnten verhindert werden, indem man befruchtete Eizellen klont, diese Klone untersucht und lediglich die gesunden Eizellen einsetzt.

Ist es richtig, diesen großen Fortschritt abzulehnen, nur weil wir es uns nicht zutrauen, diese Technologie verantwortungsbewusst einzusetzen?

Das finde ich nicht. Denn meiner Meinung nach kann die Moralfrage des Klonens erfolgreich von Fall zu Fall abgewogen werden, wenn man sich an die folgenden drei Grundsätze hält.

Zunächst sollten wir immer dem unumstößlichen Grundsatz folgen, dass die Nächstenliebe von uns verlangt, alles in unserer Macht Stehende zu tun, um menschliches Leid und Krankheiten zu verhindern. Der zweite Grundsatz lautet, dass wir die Vielfalt in Gottes Schöpfung sowie die Einzigartigkeit eines jeden Individuums wertschätzen. Grund für das Klonen sollte niemals sein, dass wir ein schöneres Baby »kreieren« möchten oder den »perfekten« Mensch erschaffen wollen. Und als dritten Punkt müssen wir anerkennen, dass wichtige Entscheidungen zum Thema Fortpflanzung persönlicher Natur sind, die von der betroffenen Person bestimmt und nicht von der Regierung festgelegt werden sollten.

Auf der Grundlage dieser drei Prinzipien stelle ich die Gesetzgebung zur Bioethik infrage, die das Klonen in jeglicher Form und unter allen Umständen verbietet. Die oben genannten drei Grundsätze weisen uns die Richtung, wenn wir das vielversprechendste und kontroverseste Thema unserer Gesellschaft diskutieren. Und ich glaube daran, dass diese Grundsätze im Gegensatz zum engstirnigen Ansatz der Fundamentalisten eine faire Herangehensweise an das Thema Klonen ermöglichen.

Würde Gott tatsächlich wollen, dass wir dem Leid so vieler Menschen den Rücken kehren und ihnen die einzige Hoffnung auf Heilung verwehren? Mein Gott würde das nicht wollen.

Aus diesem Grund fechte ich das Bioethikgesetz an, was nicht bedeutet, dass ich es befürworte, wenn unsere Wissenschaftler Gott spielen. Ich finde lediglich, sie sollten die moralischen Grundsätze Gottes nicht missachten.

Aus Gründen der Fairness sollte erwähnt werden, dass meine Gegenspieler im Prozess die Möglichkeit bekommen haben, ihre Sicht der Dinge im heutigen Kommentar darzustellen. Aus welchen Gründen auch immer haben sie sich dazu entschlossen, diese Möglichkeit nicht zu nutzen. Am kommenden Donnerstag werden sie es sich vor Gericht nicht leisten können zu schweigen. Denn dann werden sie die Frage beantworten müssen, warum es moralisch vertretbar sein soll, ernsthaft erkrankten Menschen ihre größte medizinische Hoffnung zu verwehren.

Ich für meinen Teil bin sehr gespannt auf ihre Erklärung.

47

Es trieb Mitchell in den Wahnsinn, dass er Maryna bei der Fruchtwasseruntersuchung im Krankenhaus nicht beistehen konnte. Er hatte genug über den Test gelesen, um sich Sorgen zu machen. Der Arzt würde ein Ultraschallgerät einsetzen und mit einer langen Nadel durch Marynas Unterleib in die Fruchtblase des Babys stechen, um etwa zwanzig Milliliter Fruchtwasser zur Untersuchung zu entnehmen. Danach würde Maryna eine Stunde unter Beobachtung ruhen; danach durfte sie das Krankenhaus wieder verlassen.

Es würde einige Tage dauern, bis das Ergebnis vorlag. Nach allem, was Mitchell über den Eingriff herausfinden konnte, ging er mit einem zweiprozentigen Fehlgeburt-Risiko einher.

Maryna hatte ihm tapfer versichert, dass sie es schon schaffen würde, und Nikki hatte versprochen, bei ihr zu bleiben. Dennoch wäre Mitchell lieber selbst bei ihr gewesen, hätte sie beruhigt und die Sache gemeinsam mit ihr durchgestanden. Auch wenn er wusste, dass es zu gefährlich war, weil er vielleicht in genau diesem Moment von jemandem verfolgt wurde, machte das die Sache nicht einfacher.

Sein schlechtes Gewissen wäre halb so schlimm gewesen, hätte er sich nicht trotz seiner guten Vorsätze auf dem Konzert von seinen Gefühlen leiten lassen, mit Maryna getanzt und bei ihr die Hoffnung geweckt, dass aus ihrer Beziehung mehr werden könnte, als jemals möglich sein würde. Die Tatsache, dass er jetzt mit ihr darüber reden und ihr die Gründe erklären musste, warum eine Beziehung zwischen ihnen niemals funktionieren würde, ließ ihn nicht zur Ruhe kommen. Der Gedanke, Maryna in dieser verletzlichen Phase ihres Lebens wehzutun und sie vielleicht für immer von dem Gott zu entfremden, an den Mitchell glaubte, war unerträglich. Er betete dafür, dass ihm zum richtigen Zeitpunkt die richtigen Worte einfallen würden.

Als Erstes machte Mitchell an diesem Morgen einen Abstecher in die Kanzlei. Lange vor Sandra traf er um acht Uhr dort ein und räumte seinen Schreibtisch. Neben den wenigen persönlichen Dingen, die er in der Woche zuvor ins Büro gebracht hatte, packte er das Bild von Stonewall und seine Diplome zurück in einen kleinen Karton und hinterließ Sandra eine nette Nachricht, in der er ihr für ihre Hilfe dankte. Außerdem schrieb er ihr, dass sie den Beamten der Einwanderungsbehörde – falls sie mit einer Zwangsvorladung vor der Tür ständen – einfach mitteilen sollte, er sei nicht mehr für die Kanzlei tätig.

Dann legte er seinen Büroschlüssel auf Sandras Schreibtisch, drehte sich im Kreis, um seinen Blick ein letztes Mal durch die kleine Klitsche schweifen zu lassen, in der er seine Karriere als Anwalt begonnen hatte. Als er das Büro verließ, überprüfte er, ob er die Eingangstür richtig zugezogen hatte. Der Abschied ging ihm nahe.

Eine Viertelstunde später erreichte er die Regent Law School.

Er wusste, dass Professor Arnolds Acht-Uhr-Kurs um kurz vor neun Uhr enden würde, deswegen entschied er sich, direkt in sein Büro zu gehen und dort auf ihn zu warten. Mitchell hatte weder einen Termin, noch war er sich sicher, dass Arnold nach dem Kurs sein Büro aufsuchen würde, aber er hatte es nicht eilig. Irgendwann im Laufe des Vormittags würde er den Professor schon antreffen; da war er sich sicher.

Als er an Arnolds Bürotür klopfte, erwartete Mitchell keine Antwort. Er drehte den Türknauf. Glücklicherweise hatte der vertrauensselige Professor nicht abgeschlossen. Mitchell trat ein, nahm auf einem Stuhl mit dem Rücken zur Wand direkt neben der Tür Platz, öffnete seine Aktentasche und fing an, sich einen der vielen Artikel zum Thema Klonen durchzulesen, die er aus verschiedenen medizinischen Fachblättern ausgeschnitten hatte.

Als Mitchell gerade den zweiten Zeitungsausschnitt in Angriff nahm, hörte er den Professor nahen. Dem Geräusch nach zu urteilen, schien der Mann leise vor sich hin zu summen. Arnold wehte durch die Tür, ohne Mitchell zu bemerken, legte seine Bücher auf dem Schreibtisch ab und wirbelte herum.

»Du meine Güte!«, rief er erschrocken aus. »Wollen Sie, dass ich einen Herzinfarkt bekomme, junger Mann? Wissen Sie denn nicht, dass man *niemals* einem schwarzen Mann auflauern sollte?«

Mitchell lachte, während Professor Arnold bloß den Kopf schüttelte und seinen Eindringling stirnrunzelnd anblickte. »Bei mir haben Männer schon aus geringeren Anlässen mit dem Leben bezahlt, müssen Sie wissen!«

Mitchell nahm die Arme hoch, als würde er sich ergeben. »Ich bin erstaunt, dass ein Mann, der so viele Feinde wie Sie hat, seine Tür nicht abschließt.«

Arnold erwiderte Mitchells Lachen und streckte ihm seine Hand entgegen. »Wahnsinn, wie *weiß* Sie sind«, witzelte er.

»Kann man wohl sagen«, entgegnete Mitchell. »Ich komme gerade von einem George-Strait-Konzert. Da war weit und breit kein Schwarzer zu sehen.«

Der Professor seufzte. »Ich muss Ihnen dringend irgendwann zeigen, was *richtige* Musik ist«, zog er Mitchell auf, während er sich hinter seinen Schreibtisch schob. »Soulmusik.«

Mitchells Miene wurde ernst. »Haben Sie einen Augenblick Zeit?«

»Selbstverständlich.«

Charles Arnold hörte geduldig zu, während Mitchell ihm sein Herz ausschüttete. Detailliert berichtete er dem Professor, was in der vergangenen Woche alles vorgefallen war – zumindest alles, was für das anstehende Verfahren von Belang war. Der Tanz mit Maryna, seine komplizierten Gefühle ihr gegenüber – all das ging den Professor natürlich nichts an.

»Die typische erste Woche«, sagte Professor Arnold.

»So ist es«, seufzte Mitchell.

Arnold musterte ihn einen Augenblick. »Sie mögen die junge Dame, nicht wahr?«

Woher wusste er das? »Ich versuche, objektiv zu bleiben«, antwortete Mitchell. »Manchmal klappt es, manchmal nicht.«

Der Professor gab einen missbilligenden Laut von sich. »Das ist gefährlich«, sagte er nachdenklich. »Und macht die Dinge kompliziert ... beeinträchtigt Ihr Urteil.«

»Das weiß ich«, sagte Mitchell.

Professor Arnolds Blick wanderte durch das Büro und blieb an seinem Basketball hängen. Er hob ihn auf und fing an, damit auf und ab zu laufen. Während er auf den Korb warf, stellte er weiter Fragen.

»Werden Sie das Mädchen trotz der verzwickten Situation vertreten?«

»Werde ich.«

»Das habe ich befürchtet.«

Mitchell entgegnete darauf nichts.

»Haben Sie einen schriftlichen Antrag gestellt, damit Sie in die Anhörung am Donnerstag eingreifen können?«

»Nein, sollte ich?«

»Selbstverständlich. Bringen Sie Ihre vorige Klientin, die liebenswürdige Cameron Davenport-Brown, in Bedrängnis. Sie soll fordern, dass die eingefrorenen geklonten Embryos gerettet werden, der Embryo, der in Marynas Bauch heranwächst, jedoch vernichtet wird.« Der Professor hielt den Ball einen Moment lang fest und sah Mitchell an. »Wie gefällt Ihnen diese Argumentation?«

»Starker Tobak«, gab Mitchell zu.

»Danach«, fuhr Arnold fort, »müssen Sie anbringen, dass der Vertrag über die Leihmutterschaft, den Ihre Klientin unterschrieben hat, gegen öffentliches Recht verstößt, da Ihre Klientin darin gezwungen wird, gegen ihren Willen eine Abtreibung vorzunehmen.«

»Okay«, entgegnete Mitchell. »Also ähnlich wie der *Roe-vs.-Wade*-Fall, nur umgekehrt?«

»Es ist etwas weit hergeholt ...«, gab Arnold zu, und als ob er seiner Aussage Nachdruck verleihen wollte, versuchte er, den Ball hinter seinem Rücken vom Schreibtisch aus in den Korb zu werfen.

»Reine Angeberei.« Mitchell warf ihm den Ball zurück – hoffentlich war das kein Omen.

Arnold probierte es erneut, wieder ohne Erfolg. Dann runzelte er die Stirn und wurde nachdenklich. »Warum wird heute bei dem Mädchen noch gleich die Fruchtwasseruntersuchung gemacht?«

»Um zu überprüfen, ob das Baby das Downsyndrom hat.«

»Zu welchem Zweck?«

»Was meinen Sie mit ›zu welchem Zweck‹? Damit wir uns sicher sein können. Wenn die Ergebnisse des Ultraschalls und Bluttests falsch waren und das Baby gar kein Downsyndrom hat, löst sich auch die Auseinandersetzung zwischen Maryna und Cameron auf, und ...«

»Wie hoch ist die Wahrscheinlichkeit, dass das passiert?«

Mitchell überlegte kurz, was Maryna ihm erzählt hatte. »Nicht sehr hoch, um ehrlich zu sein. Dr. Avery hat Maryna versichert, er hätte sich noch nie zuvor geirrt - die Fruchtwasseruntersuchung hätte jedes Mal seine vorherige Diagnose vom Ultraschall und Bluttest bestätigt.«

Professor Arnold nickte mit dem Kopf. »Genau das meine ich.« Er verharrte nun ruhig, um dem Rat, den er jetzt weitergeben wollte, besonderen Nachdruck zu verleihen. »Im Moment besteht zumindest ein geringer Zweifel daran, dass das Baby wirklich das Downsyndrom hat. Wenn Sie den Test *nicht* machen lassen und dieser Zweifel somit weiter bestehen bleibt: Wie wahrscheinlich wird es dann sein, dass eine Richterin der jungen Frau auferlegt, einen so risikobehafteten Test wie diesen überhaupt durchführen zu lassen? Wenn Sie mit Ihrer Klientin morgen im Gericht sind und der Richterin sagen, dass Ihre Klientin - wie war ihr Name noch gleich?«

»Maryna.«

»... dass Maryna bereit ist, das Baby auszutragen, egal, ob es das Downsyndrom hat oder nicht, und *das Kind auch großziehen würde* – glauben Sie wirklich, die Richterin würde von ihr verlangen, die Fruchtwasseruntersuchung zu machen, um ihr dann eine Abtreibung aufzuzwingen?«

Mitchell lehnte sich zurück und verschränkte die Arme. »Von der Seite habe ich es noch gar nicht betrachtet.«

»Ich habe das Gefühl«, fuhr der Professor fort, »dass Sie mit der Fruchtwasseruntersuchung nur den anderen in die Karten spielen und den Fall zu deren Gunsten lösen. Denn die können dann sagen: ›Sehen Sie, das Baby hat eine schwerwiegende Behinderung; laut Leihmutterschaftsvertrag muss die Schwangerschaft in solch einem Fall abgebrochen werden.‹«

Er hat recht!, schoss es Mitchell durch den Kopf. *Warum bin ich nicht selbst darauf gekommen?* Während Professor Arnold seinen Gedanken noch zu Ende führte, war Mitchell bereits dabei, die Artikel, die er zuvor gelesen hatte, in seine Aktentasche zu stopfen.

Er sah auf die Uhr: Es war 9.45 Uhr. Die Fruchtwasserentnahme war für 10.00 Uhr angesetzt.

»Vielen Dank, Professor«, sagte Mitchell, während er sein Handy aus der Tasche zog und sich verabschiedete. »Mir bleiben fünfzehn Minuten, um den Eingriff zu verhindern.«

* * *

Wütend raste Mitchell die Interstate entlang. Nikki ging nicht an ihr Handy. Er hatte bereits vier Nachrichten hinterlassen. Maryna konnte er ebenfalls nicht erreichen, und die Angestellten der chirurgischen Abteilung waren erst recht keine Hilfe. Auch Dr. Avery war nicht erreichbar, obwohl sein Assistent vor zehn Minuten versprochen hatte, den Doktor anzupiepsen.

Es war zehn Uhr. Mitchell fuhr seit zehn Minuten konstant auf der linken Spur. Nun konnte er nur noch darauf bauen, dass sich der Arzt, wie alle anderen Ärzte auf dieser Welt, verspäten würde. Er betete, dass Dr. Avery nicht zu den Ausnahmen gehörte.

Mitchell hupte, er hing seinem Vordermann bereits an der Stoßstange. Mit Erfolg. Die Frau zog nach rechts, jedoch nicht ohne Mitchell einen bösen Blick zuzuwerfen, als er an ihr vorbeirauschte. Wenige Kilometer später wechselte Mitchell die Spur und nahm die nächste Ausfahrt.

Wie konnte ich bloß so dämlich sein? Ich habe noch nicht einmal darüber nachgedacht, Maryna vorzuschlagen, den Test nicht machen zu lassen. Warum nicht? Hat Professor Arnold recht damit, dass meine Beziehung zu Maryna meine Objektivität beeinträchtigt? Wenn er recht hat, wie soll ich mich dann verhalten? Wer sonst würde gegen eine so schlechte Bezahlung diesen Fall übernehmen?

Er versuchte erneut, Nikki zu erreichen, dann Dr. Avery und schließlich das Krankenhaus. 10.10 Uhr. Vor dem Eingang der Notaufnahme angekommen, parkte er am Bordstein im absoluten Halteverbot und sprintete ins Krankenhaus. Eine Krankenschwester erklärte ihm, in welchem Stock die ambulanten Operationen durchgeführt wurden. Auf dem Weg dorthin hätte er beinahe einen Pfleger umgerannt.

Endlich fand er den Aufzug, den die Schwester ihm beschrieben hatte, drückte mehrmals den Knopf und hatte das Gefühl, das es eine Ewigkeit dauerte, bis der Aufzug kam. Er hatte noch überlegt, das Treppenhaus zu benutzen, doch er wusste nicht, wo es sich befand. Als endlich die Türen aufgingen, stieg ein Pulk von Menschen in aller Seelenruhe aus. Mitchell sprang in den Aufzug, drückte auf den Knopf für den dritten Stock und hielt so lange den Finger auf der »Schließen«-Taste, bis die Tür sich endlich schloss, noch bevor ein älteres Paar einsteigen konnte.

Unruhig ging Mitchell in der Kabine auf und ab, sprang im dritten Stock hinaus, bog scharf rechts und dann sofort wieder links ab und rannte durch zwei Schwingtüren einen langen Flur entlang. Als er schließlich das Schwesternzimmer der Ambulanz erreichte, fragte er atemlos nach Maryna Sareth. Die genervte Schwester hob ihre Hand, um Mitchell zu signalisieren, er solle sich kurz gedulden, bis sie ihr Telefonat beendet hatte.

Mit finsterer Miene wartete Mitchell, Minute um Minute. »Um Himmels willen«, platzte es aus ihm heraus. Seine Ungeduld schien nicht förderlich zu sein, die Schwester winkte nur noch energischer ab. In diesem Augenblick bog eine andere Schwester um die Ecke.

»Kann ich Ihnen weiterhelfen?«, fragte sie.

Noch bevor Mitchell antworten konnte, hörte er hinter sich eine vertraute Stimme.

»Mitchell, was machen Sie denn hier?«

Es war Nikki. »Wo ist sie? Welche Zimmernummer?«

»Beruhigen Sie sich, Mitchell. Sie ist dort hinten den Flur entlang ... und ruht sich aus. Sie sind gerade fertig mit der Untersuchung.«

48

The Rock gab schließlich doch seinem Wecker nach, als er zum dritten Mal um 10.30 Uhr klingelte. In der Hoffnung, seine rasenden Kopfschmerzen zu dämpfen, warf er sich zwei Schmerztabletten ein und machte sich fertig fürs Büro. Er rasierte sich den Drei-Tage-Bart ab, wobei er ein paar offensichtliche Stellen übersah, dann sprang er in die Dusche und schlüpfte in einen dunkelgrauen Anzug. Vor dem Entzug hatte er sich eher leger gekleidet, es sei denn, er musste ins Gericht. Aber der neue Rock nahm seine Rolle als Anwalt ernst und besonders die wichtige Anhörung seiner Tochter. Der neue Rock wollte Eindruck schinden.

Als er in seinen Wagen stieg, zitterten seine Hände bereits. Er hielt auf dem Weg ins Büro an, um sich einen Kaffee zu holen, und widerstand der Versuchung, sich in einem nahe gelegenen Spirituosengeschäft eine Flasche Bacardi zu kaufen.

Auch wenn er Sandra Garrisons Enttäuschung darüber, dass er die Klinik wieder verlassen hatte, förmlich spüren konnte, gab sie sich große Mühe, ihm das nicht zu zeigen. Keiner der beiden verlor über die Klinik, die Auseinandersetzung in Ichabods Büro oder sein Alkoholproblem auch nur ein Wort.

Im Laufe der Jahre hatten sie sozusagen eine stille Übereinkunft getroffen – eine Art Pakt –, diese Themen zu vermeiden. Heute hielten sich beide besonders strikt an diesen Pakt.

Nachdem er erklärt hatte, warum er Mitchell kündigen musste – eine weitere Entscheidung, die Sandra nicht guthieß –, zog *The Rock* sich in sein Büro zurück und begann, an Camerons Fall zu arbeiten. Da er nur der Terminsvertreter war, wollte er sich auf die Bereiche konzentrieren, mit denen er sich am besten auskannte, um so am besten helfen zu können. Nora Gunther würde wahrscheinlich einige gut bezahlte Experten engagieren, die über das Klonen und die Methode der künstlichen Befruchtung referieren würden. Zweifelsohne würde sich Nora um die Zeugenbefragung kümmern sowie das Eröffnungs- und Schlussplädoyer übernehmen. Alles, was *The Rock* zu tun hatte, war, zuzuhören und sich Notizen zu machen. Vielleicht durfte er eine bedeutendere Rolle übernehmen, wenn er vor dem Verfahren überzeugende Ermittlungsarbeit leistete.

»Sandra«, rief er aus seinem Büro. Sofort erschien sie in seiner Tür. »Können wir eine Internetrecherche zu Dr. Lars Avery und Dr. Blaine Richards starten? Ich würde gerne wissen, ob einer der beiden schon einmal wegen irgendetwas angeklagt wurde.«

Sandra lächelte. »Sehr gerne, Mr Davenport.« Sie blieb noch einen Moment stehen, bis *The Rock* aufblickte. »Und wenn ich das sagen darf – schön, dass Sie wieder da sind.«

The Rock murmelte ein Dankeschön und winkte ab. Gefühle zu zeigen war nicht gerade seine Stärke.

Dafür war Sandra umso besser bei der Internetrecherche. Bereits nach wenigen Minuten hatte sie einen Treffer gelandet und legte *The Rock* ein Blatt Papier auf den Tisch.

»Dr. Avery wurde vor sieben Jahren vor dem Berufungsgericht von Portsmouth verklagt«, berichtete sie. »Der Fall zog sich sechs Jahre hin und wurde erst letztes Jahr außergerichtlich beigelegt. Joel Sanger war Anwalt der Klägerpartei.«

The Rock nahm das Blatt Papier zur Hand und las sich alles gründlich durch. »Gut ... rufen wir Joel an«, wies er an.

»Jawohl, Sir«, rief Sandra freudig. Es sah aus, als würde sie gleich salutieren, so glücklich war sie darüber, dass *The Rock* wieder in der Kanzlei saß und seine Arbeit machte.

Joel Sanger war ein Gleichgesinnter. Seine Werbekampagnen standen denen von *The Rock* in nichts nach; der Mann verklagte alles, was atmete. Der einzige Unterschied zwischen *The Rock* und Sanger war, dass Sanger einen Weg gefunden hatte, den Laden zum Laufen zu bringen, mit Dutzenden Partnern und Gehilfen, die nach seiner Pfeife tanzten. Und vielleicht noch die Tatsache, dass Joel fast jeden Fall gewann.

Sandra gab alles, um Joel ans Telefon zu bekommen, woraufhin die beiden »Krankenwagenjäger«, die beide gerne Unfallopfer als Klienten anwarben, erst einmal fünf Minuten über belanglose Dinge plauderten. Sanger fand die neuen Werbespots mit dem »Eiserne-Faust-im-Samthandschuh«-Slogan besonders gut. Als er auf den Fall Parsons und Ichabod zu sprechen kam – anscheinend brodelte die Gerüchteküche bereits –, fiel *The Rock* ihm ins Wort.

»Ich muss dich was über einen Fall fragen, den du letztes Jahr gegen Dr. Lars Avery geführt hast. Was kannst du mir darüber erzählen?«

Sanger antwortete nicht direkt. »Es war Teil der Vereinbarung, dass wir den Fall versiegeln, Rock. Das alles ist streng vertraulich. Ich würde dir gerne helfen, aber ...«

»Hör zu, Joel, die Sache ist wirklich wichtig für mich. Der Typ war der Frauenarzt meiner Tochter, als sie sich für ein Baby aus dem Reagenzglas entschlossen hat. Offensichtlich hat sie ihn an die Leihmutter weiterempfohlen. Er wird einer unserer Hauptzeugen am Donnerstag sein, wenn wir gegen dieses Bioethikgesetz angehen ...«

Am anderen Ende der Leitung ertönte ein beeindrucktes Pfeifen. »Du hast den Fall an Land gezogen?«

»Momentan bin ich nur Unterbevollmächtigter, aber ich denke, bald werde ich mehr Verantwortung bekommen. Meine Tochter ist schließlich die Klägerin ...«

»Natürlich, *Rock*. Ich wusste nur nicht, dass ihr beiden wieder miteinander sprecht.«

»Das ist ein anderes Thema. Kannst du mir denn helfen? Wir wollen Avery ja nicht in die Pfanne hauen. Ganz im Gegenteil, er ist unser Zeuge, wir versuchen nur, ihn zu schützen ... und wollen deshalb wissen, ob es irgendetwas gibt, das gegen ihn verwendet werden könnte.«

»O Mann, *Rock*, ich würde dir gerne helfen, aber ... nun ja, du weißt ja, wie streng diese Vertraulichkeitsanweisungen sind.«

The Rock dachte einen Augenblick nach, während es an beiden Enden der Leitung still war. Er wusste, dass Sanger die Situation als unangenehm empfand – das war Teil seines Plans. »Darf ich dich etwas fragen, Joel? Enthält die Vertraulichkeitserklärung die übliche Klausel, dass Anwälte aus deiner eigenen Kanzlei davon ausgenommen sind, sofern sie die Informationen benötigen?«

»Natürlich.«

»Da haben wir doch die Lösung. Stell mich für dieses Telefonat ein und feuer mich danach wieder. In der Zeit, in der ich bei dir angestellt bin, erzählst du mir einfach von dem Fall.«

»Brrr«, lachte Sanger. »*The Rock* als mein Angestellter. Das könnte funktionieren.«

Sanger brauchte fünf Minuten, um die Einzelheiten des Falls offenzulegen. Avery war wegen eines Behandlungsfehlers verklagt worden, als eine schwierige Entbindung mit einer Totgeburt endete. Im Lauf des Falls hatte man herausgefunden, dass Avery das Krankenblatt bearbeitet und bei ein paar wichtigen Einträgen die Zeiten verändert hatte. Daher hätte er zu einer Schadensersatzzahlung verpflichtet werden können, die nicht von seiner Versicherung gedeckt wurde und auch bei Zahlungsunfähigkeit zu leisten war.

Aufgrund dieser drohenden Schadensersatzzahlung bekam Sanger die Gelegenheit, die finanzielle Lage des Doktors zu prüfen. Er fand heraus, dass die Arztpraxis hoch verschuldet war und der Arzt wegen seiner Fehlinvestitionen schon vor Jahren hätte Insolvenz anmelden können, wenn sein Stolz dies zugelassen hätte. Es handelte sich laut Sanger um den klassischen Fall eines Arztes, der in Bereiche investiert hatte, von denen er nichts verstand, und so sein letztes Hemd verlor.

Aufgrund Averys finanzieller Misere und der Tatsache, dass er eine hohe Schadensersatzforderung sowieso nicht hätte zahlen können, war die Aussicht auf eine außergerichtliche Einigung gering. Doch am Abend vor der Verhandlung warf die Versicherung die höchstzugelassene Deckungssumme von einer Million Dollar in den Topf, die im Fall eines einfachen Kunstfehlers nach geltendem Recht zulässig war. Avery selbst steuerte eine weitere Million hinzu. Woher dieses Geld kam, so Sanger, war ihm damals wie heute ein Rätsel. Aber ehrlich gesagt, fügte er hinzu, war es ihm egal, solange der Scheck nicht platzte.

Nachdem Joel Sanger alle Fragen von *The Rock* beantwortet hatte, feuerte er seinen neuen Angestellten wieder und wünschte ihm viel Glück. Unmittelbar nach dem Gespräch erteilte *The Rock* Sandra neue Aufgaben.

»Ich möchte, dass wir sofort einen Antrag auf Einsicht in Dr. Lars Averys finanzielle Unterlagen stellen, insbesondere alle Unterlagen, die mit dem damaligen Behandlungsfehler zu tun haben und aufzeigen, wie er an das Geld für die Schadensersatzzahlung gekommen ist. Rein interessehalber hätte ich außerdem gerne Einsicht in die finanziellen Aufzeichnungen von Dr. Blaine Richards – damit sie nicht merken, dass wir Avery auf der Fährte sind. Ach ja ... Sandra?«

»Ja, Sir.«

»Wären Sie so gut und reichen Sie die Anträge noch heute persönlich ein?«

»Selbstverständlich, Chef.«

Damit machte sie auf dem Absatz kehrt und verließ sein Büro.

Schön, die Zügel wieder in der Hand zu haben, dachte er.

49

Aufgeregt näherte sich Mitchell dem Aufwachraum, in dem Maryna lag. Nikki hatte sich bei ihm eingehakt und versicherte ihm, dass der Eingriff gut verlaufen war. Bevor sie die Tür öffneten, stellte sich Nikki vor Mitchell und legte behutsam ihre Hände auf seine Brust.

»Bevor du da hineingehst, möchte ich dir etwas sagen.«

Ungeduldig blickte Mitchell sie an. »Okay.«

»Sie trägt gerade ein Krankenhaushemd« - Nikki verzog ihr Gesicht, offensichtlich auf der Suche nach den richtigen Worten -, »und du wirst auf ihrer Brust, etwa acht bis zehn Zentimeter unter ihrem Schlüsselbein eine Narbe sehen, die mit mehreren Stichen genäht werden musste.« Nikki zeigte den Abstand mit dem Finger auf ihrer eigenen Brust an. »Sie wollte es dir nicht erzählen ..., weil sie sich zu sehr schämt. Aber ich dachte, du wirst die Narbe jetzt sowieso sehen ...« Nikki wartete Mitchells Reaktion ab, bevor sie weitersprach.

»Wie ist das passiert?«, fragte er.

»Der Mann, der sie überfallen hat ... es sollte eine Warnung sein ...«

Mitchell fühlte, wie ihm das Blut in den Kopf schoss, sein Hals vor Wut anschwoll und sich jede Muskelfaser in seinem Körper anspannte. *Dieser Feigling sucht sich eine unschuldige junge Frau als Opfer aus, schlitzt ihr die Brust auf, demütigt sie ... er hätte ihr genauso gut das Herz rausschneiden können.*

»Ich bringe diesen Typen um«, sagte Mitchell kalt. In seiner Stimme war keine Spur von Emotion zu erkennen. Er spürte, dass seine Hände sich zu Fäusten ballten und er die Zähne aufeinanderbiss. Nichts wünschte er sich mehr, als diesen widerwärtigen Feigling in diesem Moment vor sich zu haben.

Wütend ging er an Nikki vorbei und öffnete die Tür. Sie machte einen Schritt zur Seite, um ihn durchzulassen.

Als er den Raum betrat und Maryna erblickte, schmolz seine Wut dahin und verwandelte sich in Mitgefühl und Besorgnis. Sie sah so friedlich und erschöpft aus. Ihre dunklen Haare lagen zerzaust auf dem Kissen, die sonst strahlenden Augen waren geschlossen, der Mund hing offen. Der surrende Monitor, an den sie angeschlossen war, zeigte starke Herztöne an – ihre eigenen und die des Kindes. Ihre Hände waren über dem Bauch gefaltet und das Operationshemd und die Bettdecke ein Stück von ihrer Brust gerutscht, sodass man wenige Zentimeter der Narbe sah.

Mitchell ging vorsichtig zur anderen Seite des Bettes hinüber, blieb dort einen Augenblick stehen und betrachtete die schlafende Maryna. Dann neigte er den Kopf und sprach in Gedanken ein kurzes Dankgebet. Er beugte sich vor, zog behutsam die Decke bis zu Marynas Hals hoch und steckte sie ihr hinter den Schultern fest. Dann strich er ihr die Haare aus den Augen und fuhr mit seinen Fingern sanft über ihr Gesicht.

»Sie müssen der junge Mann sein, von dem sie so viel erzählt hat«, hörte er eine Frauenstimme an der Tür. Sie stand neben Nikki und trug einen Krankenhaus-Kittel. Für einen Arzt, wenn sie denn einer war, sah sie jung aus. Sie hatte ein hübsches Gesicht und lange, lockige blonde Haare, die mit einer Haarspange zu einem Zopf gebunden waren. Das Schönste an ihr waren ihre Augen, die durch die dünnen braunen Augenbrauen und ihre hohe Stirn besonders zur Geltung kamen. Ihre hohen Wangenknochen unterstrichen zusätzlich ihren strahlend blauen Blick. Ihr leichtes Übergewicht wurde durch ein selbstbewusstes Auftreten wettgemacht, man merkte einfach, dass sie sich in ihrer Haut wohlfühlte.

Sie kam auf Mitchell zu und streckte ihm die Hand entgegen. »Dr. Elizabeth Strong«, stellte sie sich vor. »Ich bin Dr. Averys Partnerin.«

»Mitchell Taylor«, entgegnete er. »Sehr erfreut.«

»Ich weiß nicht, ob Nikki es Ihnen bereits erzählt hat«, begann die Ärztin, während sie das Krankenblatt zur Hand nahm und den Verlauf auf den Monitoren überprüfte, »aber Dr. Avery ist heute Morgen ein höchst komplizierter Kaiserschnitt dazwischengekommen. Er hat mich gebeten, die Fruchtwasseruntersuchung für ihn zu übernehmen, und Maryna versicherte mir, es mache ihr nichts aus.«

Sie notierte etwas auf dem Krankenblatt. »Sieht aus, als ginge es Maryna und dem Baby bestens.«

Dann ging sie ans Kopfende des Bettes und weckte Maryna sanft. »Wie geht's der Mama?«, fragte sie sacht.

Mitchell schnitt Nikki gegenüber hinter dem Rücken der Ärztin eine Grimasse. Er deutete auf die Ärztin und hob seinen Daumen. Die Frau gefiel ihm. Anders als Lars Avery, der ihm nicht geheuer war.

* * *

Dr. Avery konnte sich etwas Schöneres vorstellen, als diesen Anruf zu tätigen. Aber je schneller es vorbei war, desto besser. Er würde die Standpauke einfach über sich ergehen lassen und dann weitermachen. Ihm war von Anfang an klar gewesen, dass dies der schwierigste Teil seines Plans sein würde.

In einer ruhigen Ecke des Krankenhauses zog er sein Handy hervor und wählte eine Nummer. »Ich habe auf deinen Anruf gewartet«, begrüßte ihn eine Stimme schroff.

»Ich habe schlechte Neuigkeiten«, antwortete Avery und sah sich noch einmal um, um sicherzugehen, dass niemand mithörte. »Ich wurde heute Morgen mit einem Notfallkaiserschnitt aufgehalten, wir hätten das Baby beinahe verloren.« Er schluckte und holte tief Luft. »Meine Partnerin musste die Fruchtwasseruntersuchung für mich durchführen.«

Am anderen Ende der Leitung blieb es still. Für Avery war das schlimmer, als angeschrien zu werden. Nach einer gefühlten Ewigkeit sagte sein Gesprächspartner endlich etwas. »Also gehe ich davon aus, dass es zu keiner Fehlgeburt gekommen ist.«

Avery zögerte. »Das stimmt.«

»Dann haben wir alle ein großes Problem.«

»Ich weiß«, stimmte Avery zu. »Ich weiß.«

»Du hattest bloß eine einzige Aufgabe zu erledigen, und die hast du vergeigt«, zischte die Person am anderen Ende der Leitung. Avery entschloss sich, nicht darauf zu antworten.

»Ich rufe später zurück«, sagte die Person. »Ich habe noch einen Plan B.«

»Okay«, entgegnete Avery und drückte die Beenden-Taste auf seinem Handy. Erleichtert seufzte er laut auf. Es waren ihm keine Fragen zu dem Kaiserschnitt gestellt worden. Anscheinend hatte man seine Geschichte für bare Münze genommen. Vielleicht war damit das Schlimmste überstanden.

* * *

»Was soll dieser Antrag auf Einsicht in meine persönlichen finanziellen Unterlagen?«, schrie Blaine Richards ins Telefon. »Was hat er vor? Wie viel weiß er?«

»Mach dir keine Sorgen«, beruhigte ihn Win Mackenzie. »Das ist nur ein Trick, den Typen wie Davenport anwenden, wenn sie verzweifelt sind. Bis Donnerstag werde ich den Antrag abgeschmettert haben. Du musst überhaupt nichts offenlegen.«

»Den für Avery auch, oder? Du sorgst doch dafür, dass auch er nichts vorlegen muss, oder?«

»Ich werde mein Bestes geben, Blaine, aber ich kann in dem Fall nichts garantieren. Davenport behauptet, dass es dabei irgendwie um Verdacht auf Befangenheit geht.«

Richards schnaubte. »Win, ich bezahle dich nicht dafür, dass du es *versuchst*. Räum das aus der Welt. Wie schwer kann das schon sein?«

»Manchmal schwerer, als du denkst«, entgegnete Mackenzie gereizt. Er verlor langsam die Geduld. »Ich sage dir nicht, wie du deinen Job als Arzt machen sollst. Und genauso wenig brauche ich deine klugen Ratschläge, wie man als Anwalt praktiziert.«

»Schon gut«, antwortete Richards etwas ruhiger, obwohl seine Ungeduld immer noch deutlich zu hören war. »Aber wenn du irgendwann einen dreifachen Bypass brauchst, wirst du auch einen Arzt aufsuchen wollen, der seine Arbeit erledigt und es nicht bloß versucht.«

»In Ordnung«, willigte Win ein. »Wir werden beide Anträge abschmettern.«

»Das klingt schon besser. Unsere finanzielle Situation geht diesen Idioten einen feuchten Kehricht an.«

50

Der Montagabend verlief genau nach Nikkis Plan. Sie hatte eine Strategie ausgeklügelt, mit der sie die Snakeheads dingfest machen würden, die Maryna nachstellten. Allerdings würde es einige Zeit in Anspruch nehmen. In den kommenden Tagen wollte sie erst einmal dafür sorgen, dass Maryna sich in Sicherheit von dem Eingriff und ihrer Brustverletzung erholen konnte. Und da Nikki Maryna ins Krankenhaus begleitet hatte, war nun auch ihre Wohnung kein sicherer Aufenthaltsort mehr für sie. Sie musste Maryna an einen Ort bringen, den die Snakeheads niemals vermuten würden, und aufpassen, dass ihnen niemand dorthin folgte.

Direkt nach Marynas Entlassung fuhr Nikki sie in das nächstgelegene Einkaufszentrum namens Greenbrier Mall, wo die beiden Frauen kurze Zeit durch die Läden schlenderten und sich dabei ständig umsahen. Um Punkt 18.30 Uhr betraten sie einen Möbelladen. Nikki sprach mit einem Verkäufer über einen großen Spiegel, den sie einen Tag zuvor hatte zurücklegen lassen. Wenige Minuten später spazierten Nikki und Maryna durch das Lager hinter dem Möbelgeschäft zu einer Laderampe, die in einen abgetrennten Bereich hinter dem Gebäude neben dem Parkplatz führte. Falls ihnen jemand ins Einkaufszentrum gefolgt war, konnte er nur über diese Laderampe in diesen Bereich gelangen.

Dort wartete bereits eine gute Bekannte aus Mitchells Gemeinde. Ihr Name war Sarah Reed, eine ehemalige Missionarin. Nikki wusste, dass Sarah zuverlässig war und Köpfchen hatte. Daher vertraute sie ihr, als Sarah versprach, sie würde Maryna so lange wie nötig bei sich verstecken. Maryna wandte sich Nikki zu, umarmte sie kurz, kletterte in Sarahs verbeultes Auto und starrte Nikki verloren hinterher, als Sarah losfuhr.

Danach wandte sich Nikki an den verwirrten Lagerarbeiter, teilte ihm mit, dass sie sich dazu entschlossen hatte, den Spiegel doch nicht zu kaufen, und ging zurück in den Laden, um ihr Geld zurückzuverlangen.

Zwanzig Minuten später traf sie sich mit Mitchell in der riesigen Rechtsbibliothek der Regent University. Sie ergatterten einen Tisch in Nähe des hinteren Teils des Hauptsaals und machten sich bereit für einen Rechercheabend zum Thema Leihmutterschaftsverträge.

Schwungvoll klatschte Nikki die ersten Seiten der *Tidewater Times* auf den Tisch. Sie hatte die Seite mit dem Kommentar von Cameron über das Klonen aufgeschlagen. »Hast du das gesehen?«, fragte sie. »Die Frau hat Nerven.«

Wortlos nahm Mitchell die Zeitung hoch und las sich den Artikel durch. Nikki konnte sehen, wie sein Gesicht die Farbe wechselte. Als er fertig war, fing er noch einmal von vorne an.

»Wie kommt diese Frau damit durch, so etwas zu schreiben?«, fragte Nikki empört. »Wie kann jemand argumentieren, dass alle Fragen der Fortpflanzung nur von den Betroffenen selbst entschieden werden sollten, und im gleichen Atemzug darauf bestehen, dass Maryna auf Grundlage des Leihmutterschaftsvertrages das Kind abtreiben muss?« Mit jedem Satz sprach Nikki schneller und redete sich richtig in Rage. »Selbst wir beide, die vollkommen unterschiedliche Meinungen zum Thema Abtreibung vertreten, sind uns wohl einig, dass ein Vertrag, der von einer Frau *verlangt*, gegen ihren Willen eine Abtreibung vorzunehmen, mehr als zweifelhaft ist.«

Sie atmete durch und wartete auf Mitchells Antwort.

»Da gebe ich dir recht«, sagte er bloß. Nikki nahm diese Äußerung zum Anlass, ihre Tirade fortzusetzen.

»Die gesamte Vorgehensweise – eine illegale Einwanderin wie Maryna auszusuchen, den Vertrag in North Carolina zu unterschreiben, um die gerichtlichen Vorschriften in Virginia zu umgehen –, die ganze Sache stinkt nach Arroganz und Missbrauch ...«

Mitchell nickte wortlos, sein Blick war auf die Wand hinter Nikki gerichtet.

»Und noch etwas«, fuhr sie fort, während sie sich vorlehnte und die Zeitung vom Tisch schnappte, »auf der einen Seite schreibt sie, dass wir die Vielfalt in Gottes Schöpfung und die Einzigartigkeit jedes Individuums wertschätzen sollen, und auf der anderen Seite will sie die Schwangerschaft beenden, weil das Baby das Downsyndrom haben *könnte*. Wo ist da die Logik?«

Mitchell zuckte bloß mit den Schultern.

»Es gibt keine Logik«, erklärte Nikki unbeirrt. »Und wie kann sie im nächsten Moment umschwenken und sich für das Klonen einsetzen, wenn dadurch Babys mit Mutationen und Geburtsfehlern entstehen? Du wirst diese Frau im Zeugenstand auseinandernehmen – vorausgesetzt, wir bekommen die Gelegenheit dazu.«

Nikki bemerkte, dass Mitchell ihren Kommentar mit einem gequälten Gesichtsausdruck quittierte.

»Was ist los?«, fragte sie.

»Ich glaube, ich habe mir einfach mehr von Cameron versprochen«, antwortete Mitchell leise. »In den wenigen Tagen, in denen ich sie vertreten habe, habe ich angefangen, sie zu mögen ...«

Nikki neigte den Kopf und kniff die Augen zusammen. *Sie zu mögen? Wie meinte er das?*

»Nicht so, wie du denkst«, verteidigte sich Mitchell. »Aber ich dachte, sie wäre ein guter Mensch, der lediglich versucht, sich in einer äußerst schwierigen Situation richtig zu verhalten. Ihre Anwältin ist sehr schwierig, aber was Cameron anbelangt ... nun ja, ich glaube, ich bin einfach enttäuscht von ihr.«

Nikki ließ die Stille einen Moment lang wirken, aber nur einen Moment.

»Vielleicht sollten wir für Maryna einen neuen Anwalt suchen«, schlug sie vor. »Jemand, der ganz unbefangen an die Sache herangeht. Jemand, der nicht zögert, wenn es darum geht, gegen Cameron vorzugehen.«

Sie wartete Mitchells Antwort ab.

»Nein«, sagte Mitchell bestimmt. »Ich habe nicht gesagt, dass ich nicht gegen sie vorgehen *werde*, sondern nur, dass es mir keinen Spaß machen wird.«

Zufrieden lehnte Nikki sich zurück. Das hatte sie hören wollen. In Wahrheit wusste sie genau, dass es keinen besseren Anwalt für Maryna gab als ihn. Niemanden, der mehr an ihren Fall glaubte.

»Vielleicht ziehst du jetzt besser den Samthandschuh aus und versuchst es mal mit der eisernen Faust«, neckte sie ihn.

Mitchell verzog keine Miene. »Lass uns anfangen«, schlug er vor. »Ich werde tun, was getan werden muss.«

51

Dienstag, 25. Mai

Als *The Rock* es am Dienstagmorgen endlich ins Büro geschafft hatte, warteten bereits drei Nachrichten von Nora Gunther auf ihn.

»Sie wurde mit jedem Anruf wütender«, erklärte Sandra. »Sie hätten kein Recht, Anträge in diesem Fall einzureichen, ohne das vorher mit ihr abgesprochen zu haben. Sie seien nur Unterbevollmächtigter, hat sie betont, und dass sie es Ihnen schon sagen würde, wenn sie Einsicht in irgendwelche Akten haben wollte.«

The Rock schnaubte abfällig. »Ich reiche so viele Anträge ein, wie es mir gefällt«, entgegnete er, ohne auf dem Weg in sein Büro auch nur langsamer zu werden. »Wenn ihr das nicht gefällt, soll sie sich einen anderen Unterbevollmächtigten suchen.«

Aus dem Augenwinkel sah er, wie Sandra schmunzelte. Anscheinend gefiel es ihr, die angriffslustige Seite des alten *Rock* wieder aufleben zu sehen.

»Sie hat Glück, dass ich *nicht* da war, als sie angerufen hat«, setzte er noch einen drauf, bevor er in sein Büro stürmte.

Sekunden später klingelte das Telefon, zuerst auf seinem Apparat, dann wurde der Anruf an den Empfang zu Sandra weitergeleitet. Sandra klopfte auf der anderen Leitung bei *The Rock* an.

»Nora ist auf Leitung 1«, sagte Sandra. »Möchten Sie mit ihr sprechen?«

»Och, nee.« *The Rock* versuchte lässig zu klingen. »Reden Sie mit ihr.«

»Okay«, entgegnete Sandra widerwillig. »Allerdings beharrt sie darauf, mit Ihnen zu sprechen.«

»Ist mir egal«, antwortete er mit schneidender Stimme, fast schreiend. »Sie ist nicht der Chef dieser Firma. Das bin ich!«

»Ja, Sir. Ich kümmere mich darum.«

Und damit verstummte Sandras liebliche Stimme wieder. *Ich muss mir etwas gegen diese fürchterlichen Kopfschmerzen besorgen. Hoffentlich hat Sandra schon Kaffee gemacht.*

Nach einer Tasse Kaffee mit einem ordentlichen Schuss Brandy ließ der Druck auf seine Schläfen deutlich nach. Fast fühlte er sich gut genug, um Nora Gunther selbst zurückzurufen. Stattdessen beschäftigte er sich mit Papierkram und ließ seine Gedanken schweifen. Gerade dachte er über einen Abend im Beach Grill mit einer Menge Alkohol und Jimmy-Buffet-Musik nach.

Das Klingeln des Telefons holte *The Rock* zurück in die Realität.

»Dr. Lars Avery auf Leitung 1«, kündigte Sandra an.

»Ich übernehme.« *The Rock* drückte den Knopf und räusperte sich. »Billy Davenport«, knurrte er, als wäre er wichtig und in Eile.

»Mr Davenport, Dr. Lars Avery am Apparat.« Er machte eine Pause, und *The Rock* konnte hören, dass er schnell atmete. »Wir müssen uns unterhalten.«

* * *

Mit jedem Martini spürte *The Rock*, wie die Anspannung seinen Körper verließ. The Town Point Club gehörte zu den besten Restaurants in Norfolk – Fensterfront mit Blick auf den Elizabeth River. Dort wartete er auf Dr. Avery. In diesem Laden waren nur Mitglieder zugelassen, und *The Rock* gehörte sicherlich nicht dazu. Doch als er den Namen des Doktors erwähnte, wurde ihm ein Tisch am Fenster zugewiesen und ein Oberkellner, der bemüht war, ihm so viele Martinis zu bringen, wie er nur trinken konnte.

Gerade nippte er an seinem zweiten, vielleicht auch dritten Drink, während er geduldig auf Avery wartete. Die Kombination aus Martinis und dem Brandy am Morgen brachte wieder Normalität in seinen Tag. Wie waren ihm doch die Zeiten in angenehmer Erinnerung, in denen er sich dank des Alkohols einfach nur gut fühlte. Dieser angenehme Rausch, der eine Stimmungskanone aus ihm machte. Heutzutage musste er trinken, nur um sich normal zu fühlen. Um überhaupt einen Rausch zu bekommen, erforderte es eine ganze Menge mehr Alkohol als früher. Und wenn der Pegel zurückging, verschwand meist auch die Fröhlichkeit. Wenn er nicht trank, gab es nur noch den unglücklichen *Rock* – den mit den stechenden Kopfschmerzen, dem stechenden Magen, den empfindlichen Nerven.

Nach einer Weile begann alles um ihn herum zu verschwimmen, die Stimmen drangen wie von ferne zu ihm, und alles klang gedämpft, so als säße er in seiner eigenen kleinen Höhle, ein Zustand, der *The Rock* sehr zusagte. Obwohl es Dr. Avery war, der dieses Treffen einberufen hatte, kam er zu spät. Er hatte bestimmt, wann und wo sie sich treffen würden. Aber *The Rock* kümmerte das nicht – weder Avery noch der Fall, noch irgendetwas anderes kümmerten ihn in diesem Moment.

Er gab dem Kellner ein Zeichen, dass er ihm noch einen Martini bringen sollte.

Als Avery kurze Zeit später auftauchte, hatte *The Rock* Probleme, aufzustehen, um dem Mann die Hand zu schütteln. Entschuldigend grinste er und fiel unbeholfen zurück in den Stuhl.

Er kannte Avery bereits – schließlich war er Camerons Frauenarzt –, aber irgendetwas an dem Arzt war anders als sonst. *The Rock* kniff die Augen ein wenig zusammen. Er hatte vergessen, wie klein Avery war und wie zerbrechlich er wirkte. Seine hängenden Schultern und die dürre Statur erweckten den Eindruck, als würde der Mann in zwei Stücke brechen, wenn man ihm mal ordentlich auf den Rücken klopfte. Avery trug einen dunkelgrauen Anzug, aber sein dichtes, dunkles Haar sah wie immer aus, als wäre er gerade aus einem Windkanal gekommen. Seine Bartstoppeln ließen darauf schließen, dass er das Rasieren heute einfach übersprungen hatte, und unter seinen Augen waren große dunkle Schatten zu erkennen.

Mit hastigen, nervösen Gesten bestellte er ein Glas Chardonnay und teilte dem Kellner mit, dass sie kein Essen bestellen würden. Dann lehnte er sich vor und fing an, im Flüsterton auf *The Rock* einzureden.

»Ich möchte Ihnen und Cameron helfen«, sagte er. »Aber Dr. Richards und GenTech sollen nichts über dieses Treffen erfahren.«

»Kein Problem«, antwortete *The Rock* mit lauter Stimme.

Avery warf ihm einen finsteren Blick zu. »Nicht so laut«, forderte er ihn auf und blickte sich dabei um. *The Rock* nickte einsichtig, und Avery fuhr fort.

»Sie fechten die Gesetzgebung zur Bioethik an und werden mich mit Sicherheit als Zeugen aufrufen, damit ich über die Behandlungen von Cameron und Maryna berichte. Genauer gesagt, sie werden mich bestätigen lassen, dass ich die Gebärmutter von Cameron vollständig entfernt habe, weswegen sie keine Kinder mehr bekommen kann, und dass ich Maryna eine befruchtete Eizelle eingesetzt habe. Dann werden Sie mich wahrscheinlich noch danach fragen, wie hoch die Wahrscheinlichkeit ist, dass dieser eingepflanzte Embryo das Downsyndrom hat, und mich aussagen lassen, dass andere, derzeit kryokonservierte Eizellen von Cameron kein Downsyndrom aufweisen. Sehe ich das so weit richtig?«

The Rock nahm das als Wink, noch einen großen Schluck von seinem Martini zu nehmen und sich dann nach vorne zu beugen. Dieses Mal sprach er in einem übertrieben lauten Flüsterton. »So weit sehen Sie das goldrichtig.«

»Nun, das wird zusammengefasst der Inhalt meiner sachverständigen Zeugenaussage sein«, fuhr Avery fort. Er zappelte auf seinem Stuhl herum und blickte sich kurz um. Seine Augen waren irgendwie dunkler geworden, sein Blick hatte etwas Bedrohliches angenommen. »Aber was wäre, wenn ich als *sachverständiger Zeuge* über die anderen Klonversuche von GenTech an menschlichen Eizellen aussagen würde? Was, wenn ich bezeugen würde, dass das Klonen von Menschen durch die Experimente von GenTech als relativ sicher gilt? Wenn ich aussagen würde, dass anderen Leihmüttern bereits geklonte Blastozysten eingesetzt wurden? Und dass diese anderen Klone heimlich hergestellt wurden, und zwar nicht bevor, sondern nachdem das Klonverbot eingeführt wurde?«

Die Augen von *The Rock* weiteten sich. Er beugte sich über den Tisch und konnte nur schwer ein Lächeln unterdrücken. *War das ein Traum? GenTech hat ungeniert das Gesetz gebrochen, und ich habe einen glaubwürdigen Zeugen, der dies bestätigen kann.*

»Und was wäre«, fuhr Avery fort, »wenn die geklonten Blastozysten, die den anderen Frauen eingesetzt wurden, nicht durch Zellspaltung hergestellt wurden, wie es bei Cameron der Fall war, sondern mithilfe des Zellkerntransferverfahrens wie bei dem Schaf Dolly?« Avery hielt eine gefühlte Ewigkeit lang inne. »Wenn ich all diese Dinge als sachverständiger Zeuge aussagen würde, würde Ihnen das bei Ihrem Fall weiterhelfen?«

Wow! The Rock fühlte sich, als hätte man ihn gerade ins All geschossen. *Ob mir das bei meinem Fall helfen würde – machen Sie Witze?* Doch selbst in seinem verwirrten Zustand wusste er, dass Dinge, die sich zu schön anhörten, um wahr zu sein, es meist auch waren. *Warum sagte Avery all das im Konjunktiv? Warum ist er damit nicht schon früher herausgerückt?* Lauter Fragen schwirrten durch seinen Kopf, seine Gedanken wirbelten herum wie windgepeitschter Staub.

Energisch schüttelte *The Rock* den Kopf und platzte mit der Frage heraus, die ihn momentan am meisten beschäftigte: »Ist das wirklich wahr?« Es war vielleicht unklug gewesen, diese Frage so offen zu stellen, aber er musste es einfach wissen.

Er sah, wie sich Averys Lippen ganz langsam nach oben kräuselten.

Bedächtig nahm der Mann einen Schluck von seinem Wein und starrte *The Rock* direkt in die Augen. »Was wahr ist, ist das, was im Gerichtssaal als wahr bewiesen werden kann, sehen Sie das nicht auch so?«

»Natürlich.«

»Fragen Sie alle sachverständigen Zeugen danach, ob ihre Meinung der Wahrheit entspricht? Ich dachte, der Sinn und Zweck eines sachverständigen Zeugen wäre es, dass er seine Meinung äußert ...«

»Ja, aber rufe niemals einen Sachverständigen in den Zeugenstand, der eine Meinung vertritt, die sich dann im Nachhinein als falsch erweist ...« *The Rock* dachte einen Augenblick nach. Er bewegte sich auf dünnem Eis und musste seine Worte vorsichtig formulieren. »Es gibt viele Wege, wie man Ihre Aussage beweisen oder widerlegen kann. Win Mackenzie könnte Sie zum Beispiel nach den Namen der Leihmütter und leiblichen Mütter fragen, bei denen das Verfahren angewandt wurde.«

Avery hob die Hand und unterbrach *The Rock* mitten im Satz. »Das habe ich alles bedacht - ich bin ja nicht blöd. Wenn ich lediglich aussage, dass Dr. Richards mir all diese Dinge *erzählt* hat, als er mich darum bat, den Embryo in Maryna einzupflanzen, sind wir auf der sicheren Seite. Dann kann ich sagen, dass ich nicht nach den anderen Damen gefragt habe und er es mir dementsprechend nicht erzählt hat. Seine Aussage stünde gegen meine. Ich bin ein unabhängiger Zeuge, der nichts zu gewinnen oder verlieren hat. Bei ihm steht einiges auf dem Spiel. Wem werden die Geschworenen eher glauben?«

Das könnte klappen, dachte *The Rock*. Der Mann servierte ihm den Fall auf einem silbernen Tablett. Außerdem wusste *The Rock* nicht hundertprozentig, ob die Aussage des Arztes falsch war. Es könnte genau so abgelaufen sein, wie Avery es beschrieben hatte.

Im Lauf seiner wechselhaften Karriere als Anwalt hatte *The Rock* niemals von einem Zeugen unter Eid eine bestimmte Aussage verlangt. Und obwohl von diesem Fall eine Menge abhing, wollte er auch jetzt nicht damit anfangen. Dennoch schien klar, dass Averys Meinung käuflich war, und wenn *The Rock* nicht zugriff, ging mit Sicherheit ein anderer auf sein Angebot ein. Seiner Erfahrung nach verhandelte ein Zeuge mit hoher Wahrscheinlichkeit mit beiden Seiten, wenn er seine Aussage zum Verkauf anbot.

Hektisch gab *The Rock* dem Kellner ein Zeichen – es musste dringend ein neuer Drink her. Er führte das leere Glas zum Mund und trank die letzten Tropfen. Dann atmete er tief durch, während Avery auf seine Antwort wartete.

»Sind Sie bereit, in den Zeugenstand zu treten und unter Eid zu schwören, dass das, was Sie mir gerade über ihr Gespräch mit Richards erzählt haben, der Wahrheit entspricht?« *So. Ich habe die Frage gestellt.* Wenn er sie mit Ja beantwortet, bedeutet das normalerweise, dass seine Aussage in der Tat wahr ist. Unter diesen Umständen könnte ihn niemand für Bestechung eines Zeugen oder Anstiftung zum Meineid belangen.

Außerdem war dies eine reine Vorsichtsmaßnahme. Er musste Avery im Gerichtssaal ja nicht wirklich zu dem Thema befragen, aber indem er ihn in sein Team holte, würde er ihn davon abhalten, eine Falschaussage zugunsten von Richards und GenTech zu leisten.

»Selbstverständlich.«

The Rock seufzte kurz. »Wie viel wird diese Aussage eines *sachverständigen Zeugen* mich kosten?«

»Fünfundsiebzigtausend.«

The Rock wägte Averys Gesichtsausdruck ab. Platz für Verhandlungsspielraum schien es nicht zu geben. Einerseits hatte er keine Ahnung, woher er das Geld nehmen sollte, andererseits konnte er diese Gelegenheit nicht verstreichen lassen – sie konnte ausschlaggebend dafür sein, ob seine Tochter den Fall gewann oder verlor. Und das wiederum könnte entscheiden, ob *The Rock* ein gesundes Enkelkind oder ein Enkelkind mit Downsyndrom bekam.

Er schluckte und starrte auf sein leeres Glas Martini. »Fairer Preis«, sagte er.

»Und mit der Aussage, die ich Ihnen beschrieben habe, wäre Ihnen geholfen?«, fragte Avery.

»Sie haben es erfasst«, murmelte *The Rock*.

* * *

Eine halbe Stunde später kehrte Lars Avery in sein Büro zurück. Er hatte immer noch nicht zu Mittag gegessen. Genau genommen hatte er an diesem Tag noch gar nicht gegessen. Der bloße Gedanke an Essen machte ihn krank. Er hasste sich selbst für das, was er tat; und noch mehr hasste er die Person, die ihn zu dieser Handlung zwang.

Was ist nur aus mir geworden?, fragte er sich. *Bin ich tatsächlich so tief gesunken? Aber habe ich überhaupt eine Wahl?*

Diese letzte Frage half ihm immer wieder, den Tag zu überstehen. Er steckte viel zu tief in der Sache drin. Immer schmerzlicher wurde ihm bewusst, dass er für die Rettung seines Rufs mit seiner Seele bezahlt hatte, als er vor fast zwei Jahren ihr Geld nahm, um sich so aus seiner aussichtslosen Lage zu befreien.

Hinter verriegelter Tür zog er sein Jackett, seine Krawatte, sein gebügeltes weißes Hemd und sein Unterhemd aus. Um seine Taille trug er einen weißen Gürtel mit Klettverschluss, an dem ein kleines Aufnahmegerät an seinem unteren Rücken befestigt war.

Das Gerät war jedem anderen Modell mit Mikrokassette qualitativ überlegen und ließ sich leichter als jedes verstecken – ein Grund dafür, warum es beim FBI als erste Wahl für hochsensible verdeckte Ermittlungen eingesetzt wurde. Kleine Drähte führten zu den glatt rasierten Stellen auf Averys Brust, an denen er die nach allen Seiten ausgerichteten Mikrofone mit Klebeband befestigt hatte. Ein weiteres Kabel führte von dem Aufnahmegerät durch ein kleines Loch, das er in seine Hosentasche geschnitten hatte, in seine Hose. Es war mit einem kleinen Schalter verbunden, mit dem man es an- und ausschalten konnte.

Avery nahm das Gerät mit all seinen Kabeln ab und spulte das Band zurück. Voller Anspannung hörte er sich sein Gespräch mit *The Rock* noch einmal an. Man verstand jedes Wort. Die Aufnahme war perfekt. Kristallklarer Klang.

Avery hasste das Gerät dafür, dass es so fehlerlos funktionierte.

52

Mittwoch, 26. Mai

Richterin Cynthia Baker-Kline erließ am frühen Mittwochmorgen drei Anordnungen zum Fall Davenport-Brown vs. GenTech et al. Sie beauftragte ihren Assistenten damit, die Anordnungen an den Anwalt von Ms Davenport-Brown und an den Anwalt von GenTech zu faxen. Per E-Mail schickte er sie an den Anwalt von Maryna Sareth, da Mitchell Taylor keinen Zugang mehr zu einem Faxgerät hatte. Eine Kopie dieses Schreibens legte er in die Gerichtsakte, in die nationale Nachrichtenagenturen, CNN sowie die lokalen Nachrichtensender Einblick hatten. Innerhalb weniger Minuten berichteten Journalisten im ganzen Land über die Anordnung und schürten so das Interesse für das bereits landesweit verfolgte Gerichtsverfahren.

Die erste Anweisung richtete sich an das Gesuch mehrerer Nachrichtenagenturen, die Verhandlung live übertragen zu dürfen. Richterin Baker-Kline hatte bereits so viele von diesen Bittschriften vorliegen, dass sie ein vorgefertigtes Antwortschreiben nutzte und lediglich den Namen der Parteien änderte. Wie sie es mit jeder einzelnen Bittschrift handhabte, seitdem sie das Richteramt angenommen hatte, lehnte sie alle Anträge ab mit der Begründung, es gäbe keinen Präzedenzfall oder eine verfahrensrechtliche Berechtigung für die Liveübertragung einer Verhandlung vom Bundesgericht des Eastern District von Virginia. Diese erste Anordnung unterschrieb sie mit Genugtuung; es machte ihr Freude, der hechelnden Medienmeute mitzuteilen, dass ihre geliebten Kameras keinen Zutritt zu ihrem heiligen Gerichtssaal hatten.

Die zweite Anweisung bezog sich auf die *subpoena duces tecum,* die von *The Rock* angestoßene Vorladung, in der er forderte, dass sowohl Dr. Avery als auch Dr. Richards ihre finanzielle Situation in schriftlicher Form offenlegten. Trotz Nora Gunthers wiederholten Anrufen hatte *The Rock* sich geweigert, den Antrag zurückzuziehen, daher lag es im Ermessen der Richterin, ob dieser, wie von Win Mackenzie gefordert, abgelehnt oder durchgesetzt werden sollte.

Zu diesem Thema hatte Ms Baker-Kline einiges zu sagen. »Die durch den Antrag angeforderten Dokumente«, schrieb sie, »haben keine erkennbare Relevanz für den Fall. Der Antrag selbst scheint nicht mehr als ein oberflächlich getarnter Versuch zu sein, die beiden Ärzte zu schikanieren und bloßzustellen.« Folglich wies die Richterin den Antrag von *The Rock* ab und rügte ihn dafür, dass er ihn überhaupt eingereicht hatte. Außerdem fügte sie hinzu, dass alle relevanten finanziellen Daten von GenTech auch öffentlich bei der US-Börsenaufsicht SEC einsehbar wären, falls die finanzielle Beziehung zwischen Dr. Richards und GenTech in irgendeiner Weise eine Rolle spielte. Somit sei eine Vorladung nicht notwendig.

Die dritte Anordnung beschäftigte sich mit dem Antrag von Mitchell Taylor, der als Anwalt von Maryna Sareth erbat, in diesem Verfahren intervenieren und teilnehmen zu dürfen. Mitchell und Nikki hatten Dienstag die ganze Nacht an dem Gesuch gearbeitet. Nora Gunther hatte noch am selben Tag einen Antrag gestellt, um sein Gesuch ablehnen zu lassen, zusammen mit einem weiteren Antrag, der darauf abzielte, Mitchell Taylor aufgrund seiner vorherigen Vertretung von Cameron Davenport-Brown als Anwalt in diesem Fall auszuschließen. Win Mackenzie und sein vielköpfiges Team von Anwälten arbeiteten den kompletten Dienstag bis tief in die Nacht an ihrer Reaktion auf Mitchells Gesuch und stellten ein wahres Prachtergebnis auf die Beine. Am frühen Mittwochmorgen verlieh man dem dreißig Seiten langen Antwortschreiben den letzten Schliff. Gerade als ein Kurier der Kanzlei Kilgore & Strobel sich auf den Weg machte, um das beeindruckende Dokument einzureichen, wurde es durch die Entscheidung der Richterin irrelevant. Als der Kurier am Gericht ankam und von der Anordnung erfuhr, steckte er Mackenzies Schreiben klugerweise wieder in seine Tasche und fuhr zurück zur Kanzlei, um den Anwälten zu berichten, dass ihre mühselige Arbeit umsonst gewesen war.

»Im Sinne eines wirtschaftlich geführten Verfahrens«, schrieb Baker-Kline in ihrer dritten Anweisung, »erlaubt das Gericht, den Fall von Ms Sareth in demselben Verfahren abzuhandeln, damit alle komplexen und zusammenhängenden Themen zum Leihmutterschaftsvertrag, der letztwilligen Verfügung und dem Testament von Dr. Nathan Brown, dem Vertrag zwischen dem Ehepaar Brown und der Kinderwunschklinik, der Veräußerung der eingefrorenen Embryos und der Gesetzgebung zur Bioethik zusammen in einem Verfahren geklärt werden. Weiterhin betrachtet das Gericht die Forderung, Mr Taylor müsste das Mandat für Ms Sareth abgeben, als unbegründet. Laut der eidesstattlichen Erklärung, die Mr Taylor abgegeben hat, als er den Fall übernahm, versichert er, dass er während der kurzen Vertretung als Anwalt von Ms Davenport-Brown keine vertraulichen Informationen erhalten hat, die er gegen sie in diesem Fall verwenden könnte. Das Gericht hat aktuell keinen Grund zur Annahme, die geschworene Aussage von Mr Taylor anzuzweifeln. Dementsprechend wird ihm gestattet, als Anwalt von Ms Sareth fortzufahren, beginnend mit der Anhörung zur einstweiligen Verfügung am Donnerstag.«

* * *

Mit einer Mischung aus Erschöpfung, Hochgefühl und Angst las Mitchell Taylor die E-Mail von Richterin Baker-Kline am Mittwochmorgen. Zwei Tage nach der offiziellen Eröffnung seiner eigenen Kanzlei bekam er die Erlaubnis, als Anwalt in einem Fall tätig zu werden, über den das gesamte Land sprach. Ihm war klar, dass er eigentlich außer sich vor Freude sein müsste dank der Gelegenheit, Teil der Rechtsgeschichte zu werden.

Stattdessen fühlte er, dass erneut eine Welle der Erschöpfung seinen Körper übermannte. Er hatte Maryna seit der Fruchtwasseruntersuchung nicht mehr gesehen und fürchtete sich davor, mit ihr über ihre Beziehung zu sprechen. Dazu kam, dass er sich für die kommende Anhörung nicht ausreichend vorbereitet fühlte und das Ganze ihm einfach eine Nummer zu groß war.

Während der letzten beiden Nächte hatte er insgesamt sieben Stunden geschlafen, und es blieben ihm weniger als 24 Stunden, um sich auf seinen Fall vorzubereiten. Er würde es schaffen, die rechtlichen Hintergründe zu recherchieren, die Verträge durchzugehen und die mit dem Fall verbundenen Emotionen unter Kontrolle zu halten. Aber die komplexen medizinischen Zusammenhänge waren eine Sache für sich. In weniger als einem Tag musste er sich mit den schwierigen Einzelheiten einer Ultraschall- und Fruchtwasseruntersuchung vertraut machen, mit der Methode der künstlichen Befruchtung, den Hintergründen des Downsyndroms, dem Thema Klonen und vielen weiteren Fragen.

Mitchell fühlte sich wie ein Pilot eines Streuflugzeugs, den man nun an das Steuer eines Spaceshuttles gesetzt hatte. Mit ihm an Bord waren die

Hoffnungen und Träume von Maryna Sareth und unzähligen anderen Frauen, die sich eines Tages in der gleichen Situation befinden würden.

Auch wenn er vor Selbstbewusstsein und Mumm strotzte, war Mitchell Taylor von der Mitarbeit an diesem Verfahren an diesem Mittwochmorgen überfordert. Dennoch hatte er keine Zeit, sich über seine Misere zu beklagen. Dieser Luxus war ihm nicht vergönnt. Er rief Nikki an, um die Recherchearbeiten zwischen sich und ihr aufzuteilen, und machte sich an die Arbeit.

Sie würden alles geben, damit Maryna das Recht zugesprochen wurde, das Kind auszutragen. Und falls sie sich geschlagen geben mussten, dann wenigstens nicht kampflos.

* * *

Um 14 Uhr stellte Dr. Blaine Richards die Ereignisse des Morgens mit ein paar eigenen Ankündigungen in den Schatten. Stoisch saß er an einem Tisch am Kopfende eines langen Raumes in der GenTech-Zentrale. Er trug Kakihosen, ein weißes Hemd, eine dezente Krawatte und einen weißen Laborkittel. Der Kittel war die Idee seines PR-Beraters gewesen.

Zu seiner Rechten saß Win Mackenzie, der ebenfalls schlicht gekleidet war, allerdings einen maßgeschneiderten blauen Anzug trug. Vor den beiden Männern war eine Reihe von Mikrofonen mit den Logos verschiedener Nachrichtensender aufgebaut. In dem Raum drängten sich Journalisten, Fotografen und Kameramänner, die miteinander um den besten Platz rangelten und ihre Aufregung kaum unterdrücken konnten.

Als der PR-Beauftragte von GenTech kurz nach 14 Uhr zur Ruhe aufrief, verstummten die Journalisten und hielten ihre Stifte und Aufnahmegeräte bereit. Dr. Richards räusperte sich und fing an, eine vorverfasste Stellungnahme zu verlesen.

»Wie Sie wissen, werden GenTech und meine Wenigkeit morgen im Bundesgerichtshof an einer Anhörung zu einer einstweiligen Verfügung teilnehmen, bei der über das Schicksal von acht eingefrorenen Zygoten und einem Embryo, der einer Leihmutter eingepflanzt wurde, entschieden wird. Ich werde mich heute nicht zu dem Fall äußern. Bitte nehmen Sie zur Kenntnis, dass diese Pressekonferenz kein Versuch sein soll, den

Rechtsstreit in irgendeiner Weise zu beeinflussen. Dennoch sehe ich mich dazu veranlasst, diese Pressekonferenz einzuberufen, da es gewisse Dinge gibt, die zweifellos während der Anhörung angesprochen und daraufhin von den Anwälten in einem Maß verdreht werden, dass es im Nachhinein schwierig sein wird, die tatsächlichen Hintergründe des wissenschaftlichen Klonens zu vermitteln.«

Dr. Richards sah von seiner schriftlichen Erklärung auf und sonnte sich kurz in den erwartungsvollen Blicken der Medienmeute. Auf gewisse Weise machte es ihn stolz, die Kontrolle über diesen Raum zu haben und zu sehen, wie die Anwesenden an jedem seiner Worte, die aus seinem Mund kamen, hingen. Das Schachbrett, auf dem er in seinem Geiste spielte, war mittlerweile hervorragend aufgestellt. Nicht mehr lange und die ganze Welt würde seine Genialität erkennen.

»Die Anwälte der Klägerin haben sich auf gerissene Weise das Recht zunutze gemacht, alle relevanten Informationen vor der Verhandlung von der beklagten Partei, also von uns, abzufragen. Sie haben sich so Zugang zu bestimmten firmeneigenen Dokumenten verschafft, die mit Sicherheit in den nächsten Tagen noch Gegenstand vor Gericht sein werden. Diese Dokumente beinhalten gewisse vertrauliche Patentanmeldungen, die GenTech eingereicht und bisher nicht veröffentlicht hat. Richterin Baker-Kline hat entschieden, dass die Einzelheiten des Patentverfahrens vertraulich bleiben werden, aber der Gegenstand der Patentanmeldungen von den Anwälten der Klägerin bei der Anhörung aufgegriffen werden darf. Uns ist es daher ein Anliegen, der Öffentlichkeit persönlich mitzuteilen, um welche Patente es sich genau handelt und warum wir diese Patente angemeldet haben.«

An dieser Stelle ließ Dr. Richards einen einstudierten Seufzer los und sah zu Win Mackenzie hinüber. Das Schauspiel war perfekt. Wie sie es zuvor einstudiert hatten, nickte Mackenzie ihm mit ernster Miene zu, und Dr. Richards richtete seinen Blick wieder auf das Schreiben vor seiner Nase. Es wirkte, als hätte Mackenzie dem zögernden Richards ein Zeichen gegeben, dass er fortfahren sollte, als wäre es seine heilige Pflicht, die Öffentlichkeit über die weltverändernden Fortschritte in der Genforschung zu informieren. Daraufhin bekam Blaine Richards, der zurückhaltende Krieger, einen entschlossenen Blick und las mutig weiter.

»Die Genforschung schafft großartige therapeutische Lösungen, aber stellt uns auch vor enorme Herausforderungen. Ein Beispiel ist die Herstellung von embryonalen Stammzellen mithilfe des Klonverfahrens – dabei wird aus einer Eizelle DNA entnommen, durch die DNA einer anderen Zelle ersetzt und die Eizelle daraufhin animiert, sich zu teilen. Patienten können durch dieses Verfahren mit frischen Zellen versorgt werden, die dem eigenen genetischen Code entsprechen. Fehlgeschlagene Transplantationen und Immunsuppressiva könnten damit bald der Vergangenheit angehören. So wie Antibiotika und Impfstoffe vor einem halben Jahrhundert die Welt von ansteckenden Seuchen befreiten, so könnten durch Klonen gewonnene Stammzellen heutige Degenerationskrankheiten wie Krebs, Alzheimer und Herzleiden auslöschen.«

Blaine sah erneut auf, doch dieses Mal rutschten die Journalisten ungeduldig auf ihren Stühlen herum und sahen sich im Raum um. Das hatten sie alles schon einmal gehört. *Nicht weiter schlimm,* dachte er, *gleich werden sie eine Neuigkeit zu hören bekommen, die sie mit den Ohren schlackern lassen wird.*

»Bevor Cameron Davenport-Brown in unsere Klinik kam, hatte GenTech noch nie Eizellen zu Fortpflanzungszwecken geklont, um sie einer Leihmutter einzupflanzen. Doch die Frauen, denen in unserer Klinik geholfen wurde, ihren größten Wunsch nach einem Kind in Erfüllung gehen zu lassen, haben Tausende ihrer ungebrauchten Eizellen zu Forschungszwecken gespendet. Vor Einführung des Bioethikgesetzes umfasste diese Forschung Versuche, diese Zellen zu therapeutischen Zwecken zu klonen, beispielsweise zur Produktion von Stammzellen. Seit der Verabschiedung des Gesetzes haben wir zwar keine Klone mehr erschaffen, aber weiterhin Forschung an den bereits eingefrorenen – also kryokonservierten – geklonten Eizellen betrieben.« Blaine legte erneut eine kunstvolle Pause an.

»Wir haben herausgefunden, dass die menschliche Eizelle unglaublich zerbrechlich ist. Um die Chromosomen mit einer mikroskopischen Nadel zu extrahieren, braucht es Hunderte Versuche, bis man es schafft, die Eizelle dabei nicht zu zerstören. Daraufhin bleibt nur ein kleines Zeitfenster von höchstens zwei Stunden, um die neuen Chromosome so zu injizieren, dass sie mit der Eizelle verschmelzen. Aber der schwierigste Teil ist der nächste Schritt des Verfahrens. Da beim Klonen keine Spermien verwendet werden, muss man der Eizelle irgendwie vorgaukeln, dass sie gerade befruchtet wurde. Dafür setzen wir entweder Chemikalien oder elektrische Impulse ein, um das Wachstum der Eizelle anzuregen. Frühere Experimente an menschlichen Eizellen sind meist an diesem Punkt gescheitert, da die Eizelle nach einer Behandlung mit den falschen Chemikalien oder der falschen Stromspannung abstirbt.« Blaine gab den Journalisten etwas Zeit, um sich Notizen zu machen.

»Und hier kommt unsere erste Patentanmeldung ins Spiel. GenTech hat dank eines systematischen Labortestverfahrens das exakte Verhältnis und die genaue Menge von Chemikalien festgestellt, bei der die gewünschte Interaktion mit der DNA der Eizelle stattfindet, sowie die exakt benötigte Menge von Sauerstoff, damit die geklonte Eizelle zu einer gesunden Stammzelle heranwächst. Unsere Erfolgsrate sowie die nicht patentierten Aspekte unserer Vorgehensweise werden im Detail in der Sommerausgabe des *Journal of Genetic Therapies* veröffentlicht und damit einer penibel genauen Überprüfung durch kompetente Fachleute unterzogen.«

Blaine Richards legte erneut eine Pause ein, und die Journalisten schrieben eifrig mit - offensichtlich witterten sie eine große Story, einen wissenschaftlichen Durchbruch von ungeklärtem Ausmaß, und das, obwohl Richards ihnen noch nicht einmal die wirklich spektakulären Fakten präsentiert hatte.

Er beobachtete sein Publikum und unterdrückte ein Lächeln. »Bis hierhin hört sich diese Pressekonferenz für Sie wahrscheinlich wie eine Werbeveranstaltung für das therapeutische Klonen an. Und teilweise ist sie das auch. Wir kämpfen vor Gericht für die Rechtmäßigkeit des von Dr. Nathan Brown und Ms Davenport-Brown unterzeichneten Vertrages und setzen uns somit gleichzeitig dafür ein, dass das Gesetz zur Bioethik nicht aufgehoben wird. Dennoch ist für uns offensichtlich, welche deutlichen medizinischen Vorteile das therapeutische Klonen birgt, sofern sich der Kongress oder die Gerichte dafür entscheiden, den aktuellen Kurs zu ändern.«

Richards arbeitete auf die entscheidende Pointe hin. »Es macht mich sehr stolz, Ihnen heute mitteilen zu können, dass die Debatte um das Thema Klonen dank weiterer aktueller Forschungsergebnisse von GenTech in Teilen irrelevant werden wird. Wir haben nämlich ein weiteres

Patent für ein Verfahren angemeldet, mit dem embryonale Zellen und letztendlich Stammzellen geschaffen werden können, ohne dass man hierfür eine Eizelle als Brutkasten benötigt. Seit einiger Zeit untersuchen wir schon die geleeartige Masse im Inneren der Eizelle. Sie enthält Tausende Proteine, die dafür sorgen, dass die alte DNA der Eltern ihre Jugendlichkeit zurückerhält und sich dann zu einem Embryo weiterentwickelt. Bestandteile dieser Masse haben wir in bestimmte Körperzellen von freiwilligen Testpersonen injiziert und so versucht, diese Zellen in ihren embryonalen, formbaren Zustand zurückzuversetzen.«

Nach diesem Satz hörte Richards erst ein paar Journalisten nach Luft schnappen, dann ging eine Welle der Begeisterung durch den Raum. Sie hatten genau verstanden, worauf er hinauswollte. Was er beschrieb, war ein real gewordener Jungbrunnen. Die Energie im Raum nahm stetig zu, als den Anwesenden klar wurde, dass sie gerade etwas noch nie Dagewesenes zu hören bekamen.

»Obwohl wir uns noch in der Vorbereitungsphase unserer Arbeit befinden und es für eine Veröffentlichung noch zu früh ist, können wir jetzt schon sagen, dass dieses Verfahren ein enormes Potenzial birgt. Am bedeutendsten ist, dass diese Methode unserer Meinung nach die aktuell vielversprechendste Hoffnung auf die Heilung von Aids darstellt, da wir bestimmte Zellen des Patienten neu programmieren könnten. So ließen sich diese zunächst in Stammzellen umwandeln und dann zu weißen Blutkörperchen umfunktionieren, um die Zellen zu ersetzen, die durch die Krankheit zerstört wurden. Wenn wir diesen Rechtsstreit gewinnen, werden wir das von Dr. Brown gespendete Geld und die von den Browns und anderen Patienten gespendeten Eizellen zur Weiterentwicklung des Verfahrens nutzen.«

Dr. Richards musterte die Horde von Journalisten vor ihm. Fast alle waren in ihren Sitzen nach vorne gerutscht und warteten nur darauf, ihm ihre Fragen entgegenzurufen.

»Ich danke Ihnen für Ihre Aufmerksamkeit«, murmelte Richards abschließend. Dann standen Mackenzie und er auf, um den Raum zu verlassen. Die Tatsache, dass die bisherigen Testergebnisse nicht besonders vielversprechend ausfielen und dass ProGen und RSI tatsächlich viel weiter mit der Forschung in diesem Bereich waren, ließ er außen vor. Es spielte auch keine Rolle. Keine andere Firma konnte sich die öffentliche Plattform im Moment so zunutze machen und stand so im Rampenlicht wie GenTech.

Durch den Raum schallten nun die Fragen der Journalisten, die mittlerweile von ihren Plätzen aufgesprungen waren. Sofort setzte ein grelles Blitzlichtgewitter ein. Die Reporter schubsten und drängelten, wurden immer lauter und schubsten und drängelten weiter. Doch innerhalb von Sekunden waren die beiden Männer, die diesen Trubel verursacht hatten, zur Hintertür hinaus verschwunden und ließen die Fragen unbeachtet an ihren Rücken abprallen.

»Gut gemacht«, lobte Dr. Richards Mackenzie. Dann lachte er lauthals los – ein schallendes Gelächter, das tief aus seiner Brust kam – als wäre er der einzige Mann auf dem Planeten, der seinen genialen Scherz verstand.

* * *

Richards' Pressekonferenz hatte einen explosionsartigen Effekt auf die GenTech-Aktie. Der Handel war während der Pressekonferenz zum Stillstand gekommen, aber unmittelbar im Anschluss war der Aktienpreis in die Höhe geschnellt. Der erste Anstieg brachte die Aktie von 17,50 auf fast 20. Dann kamen die Analysten ins Spiel, die Blaine für seine Offenheit lobten, sich aber dafür aussprachen, Vorsicht walten zu lassen und das Gewinnpotenzial nicht erprobter wissenschaftlicher Verfahren nicht zu hoch zu bewerten.

Eine halbe Stunde lang schwankten die Makler zwischen Euphorie und Vorsicht und ließen letztendlich die Euphorie siegen. Bei Handelsende erreichte die GenTech-Aktie ihren Gipfel mit 22 Dollar pro Aktie, ein beeindruckender Anstieg um fast 25 Prozent am Abend vor Beginn des hochriskanten Verfahrens. Blaine Richards' nicht realisierter Kursgewinn stieg allein durch die GenTech-Aktie auf 25 Millionen Dollar. Umgerechnet bedeutete das für Richards, dass er bei der Pressekonferenz eine Million Dollar pro Minute verdient hatte.

Gemäß der Theorie, dass ein aufregender Durchbruch in der Regel andere antreibt, profitierte auch die GenTech-Konkurrenz von der frohen Botschaft. Die ProGen-Aktie, die bei einem Preis von 48 Dollar stagnierte, kletterte plötzlich auf 52 Dollar. RSI, die mit 45 Dollar in den Tag gestartet waren, beendeten ihn mit 50,25 Dollar. Richards' Optionen waren nun für beide Aktien ganz offenkundig im Geld, und er hätte fast 2,8 Millionen Dollar verdient, wenn er sich dafür entschieden hätte, sie zu verkaufen.

Stattdessen wartete er ab.

Für ihn fing es gerade erst an, interessant zu werden.

53

26. Mai

Dara, heute Nacht hat sich mein Leben für immer verändert.

Es war nicht meine Absicht, dass es passiert. Aber ich habe gelernt, dass die besten Ereignisse im Leben für gewöhnlich nicht geplant sind. Bist du bereit, Dara? Deine eingefleischte Buddhistenmutter ist zum Christentum übergetreten. Kannst du dir das vorstellen? Ich muss mich selbst zwischendurch kneifen, ob das nicht alles nur ein Traum ist.

Die letzten zwei Tage haben wir bei einer Frau namens Sarah Reed verbracht, die Mitchell aus der Kirche kennt. Sie ist, glaube ich, so etwas wie eine Legende in der Chesapeake-Kirchengemeinde. Früher war sie als Missionarin bei den Muslimen in Saudi-Arabien tätig und hat ihnen dabei geholfen, die christliche Religion zu verstehen und zu akzeptieren. Als die Religionspolizei des Landes vor ein paar Jahren hart gegen Christen vorging, verlor sie dabei ihren Mann und beinahe ihr Leben. Dennoch ist sie überhaupt nicht verbittert und einfach eine tolle Frau. Sobald ihre Kinder demnächst aufs College gehen, möchte sie sogar wieder in ein muslimisches Land gehen und dort unter einem anderen Namen arbeiten.

Zunächst dachte ich, so nett wie sie kann gar kein Mensch sein. Aber als ich sie dann zwei volle Tage im Umgang mit ihrer Tochter Meredith erlebt habe (die etwas schwierig ist, musst du wissen – guck dir bloß nichts von ihr ab), habe ich festgestellt, dass diese Frau tatsächlich etwas Besonderes ist. Ich habe dann all meinen Mut zusammengenommen und sie gefragt, wie sie so fröhlich sein kann, obwohl sie so viel Elend erlebt hat. Ihre Antwort hat mich nachdenklich gemacht.

Sie antwortete, dass Gott sie so sehr liebt, dass er seinen einzigen Sohn gesandt hat, damit er für sie in den Tod geht und sie die Ewigkeit mit Gott verbringen kann. Egal, was auf dieser Welt passiere, eines Tages werde sie bei ihrem Mann im Himmel sein. Und dank des Opfers von Jesus Christus, Gottes eigenem Sohn, wurden ihre Sünden vergeben, und sie kann durch ihre Gebete und die Heilige Schrift Gott nahe sein. »Wie kann ich unglücklich sein, wenn ich an all das denke, was er für mich getan hat?«, fragte sie mich.

Die Unkompliziertheit des Christentums hat mich überwältigt. Eine Frage nach der anderen habe ich ihr gestellt, und sie hat mir geduldig die Liebe und Opferbereitschaft von Jesus Christus erklärt. Ich konnte nicht glauben, wie rein und einfach ihr Glauben ist.

Im Gegenzug versuchte ich, ihr von den Lehren Buddhas zu erzählen. Sie wirkte aufrichtig interessiert, aber ich selbst merkte, während ich sprach, dass Buddha mir beigebracht hatte, wie ich im Leben zurechtkomme, aber nicht, wie ich den Tod bezwinge. Sarahs Glaube versprach Frieden und Freude, und beides habe ich seit dem Tod meiner Mutter nicht mehr erlebt.

Ich erzählte Sarah, dass es meiner Mutter gegenüber nicht loyal wäre, wenn ich das Christentum als meine Religion annähme. Doch sie versicherte mir, dass ich mir darüber keine Sorgen zu machen brauche. »Nach dem zu urteilen, was du mir von deiner Mutter erzählt hast«, erklärte sie mir, »wollte sie nur das Beste für dich. Sie wünschte sich, dass du die Möglichkeit bekommst, deine eigenen Entscheidungen zu treffen, unabhängig zu sein und selbstständig zu denken. Dass du deine eigenen Träume verfolgst. Ist das nicht der Grund dafür, warum sie dich nach Amerika gebracht hat?«

Natürlich hatte Sarah damit recht. Als ich in dieses Land gekommen war, wusste ich es noch nicht, aber wenn ich jetzt zurückblicke, erkenne ich auf einmal, dass Gott alles gelenkt hat, was bisher in meinem Leben passiert ist.

»Wie kann ich das bekommen, was du hast?«, fragte ich sie.

»Ich dachte schon, du fragst nie«, war Sarahs Antwort. Sie erklärte

mir, dass es so einfach sei, eine persönliche Beziehung zu Gott aufzubauen. Alles, was wir dafür tun müssen, ist – beten.

»Was, wenn ich es probiere, und es passiert nichts?« So richtig überzeugt war ich immer noch nicht. Die Wahrheit ist, Dara, dass ich außerdem Angst hatte. Ich brauchte diese Veränderung so dringend; ich weiß nicht, was ich getan hätte, wenn es nicht echt gewesen wäre, nicht funktioniert hätte. Seit dem letzten Sonntag habe viel darüber nachgedacht, was der Reverend in der Kirche über das Gott-förmige Vakuum gesagt hat. Ich habe dieses Vakuum schon vorher gespürt, Dara. Und der Tod meiner Mutter und die Grausamkeit der Snakeheads haben dieses Gefühl bloß verstärkt. Ich war so einsam in den letzten Monaten. Wenn du nicht da gewesen wärst, weiß ich nicht, ob ich die Kraft gehabt hätte, weiterzumachen.

Und bevor ich mich versah, Dara, habe ich mein erstes Gebet gesprochen. Mein allererstes Gebet – kaum zu glauben, nicht wahr! Es ist mir nicht leichtgefallen, also habe ich einfach Sarahs Worte nachgesprochen. Ich erzählte Gott, dass mir bewusst ist, dass ich seine Liebe, den Himmel und all die guten Dinge, die das Christentum verspricht, nicht verdient habe. Dann bat ich ihn, mir meine Sünden zu vergeben. Ich fragte Jesus Christus, ob er in meinem Herz leben und der Herr meines Lebens sein will. Tief in meinem Herzen wusste ich, dass es ihn gibt und dass Gott ihn von den Toten hat auferstehen lassen. Mitchell glaubt es von ganzem Herzen, und wie ich ihn kenne, wird er alle historischen Beweise geprüft haben, bevor er es glaubte.

Was ich nicht wusste, war, ob Jesus auch für mich real werden konnte. Aber dann passierte etwas Unglaubliches, als ich mein Gebet sprach, Dara. Damit meine ich nicht so etwas wie einen Blitz oder ein Erdbeben, ich spreche von einer plötzlich in mir aufsteigenden Wärme und einem Gefühl von Frieden, das meinen ganzen Körper durchströmte. Während wir beteten, fing ich auf einmal an zu weinen. Aus dem Weinen wurde ein Lächeln, und ich umarmte Sarah. Mir war, als würde ich schweben; allein der Gedanke, dass der Gott des ganzen Universums mein Gebet erhört hatte, war zu viel für mich. Dann erinnerte ich mich an die Worte aus der Bibel, die der Reverend am Sonntag vorgelesen hatte: »Ich kannte dich schon, bevor ich dich im Leib deiner Mutter geformt habe. Schon vor deiner Geburt habe ich dich dazu bestimmt, dass du den Völkern meine Botschaften überbringst ...«

Und auf einmal, liebe Dara, fühlte ich mich rein, ich fühlte mich geliebt, und ich fühlte mich ... nun ja, als wurden mir meine Sünden vergeben.

Dann, wie aufs Stichwort, kam genau in diesem Moment Mitchell vorbei. Er war überglücklich und froh, als Sarah ihm erzählte, was passiert war. Man hatte fast das Gefühl, er wäre erleichtert, als er davon erfuhr. Als hätte jemand eine große Last von seinen Schultern genommen. Er umarmte mich so fest, dass ich fast fürchtete, meine Nähte würden wieder aufreißen. Immer wieder betonte er, wie wundervoll er meine Entscheidung fand. Dann lächelte er, schüttelte den Kopf und sagte, er habe gewusst, dass das passieren würde, nur um mich dann wieder ganz fest an sich zu drücken. Es ist vielleicht peinlich, so im Mittelpunkt zu stehen – aber unter uns: Ich fand es toll. Ich hatte Angst davor gehabt, was Mitchell von mir denken würde. Aber seine Reaktion war großartig.

Er konnte nicht lange bleiben, weil er sich auf das Verfahren am nächsten Tag vorbereiten musste. Er hatte drei Häuserblocks entfernt geparkt und war durch die Hintergärten geschlichen, um zu Sarahs Haus zu gelangen. Ich konnte es nicht glauben, dass er all das auf sich nahm, nur um mich zu sehen.

Bevor er wieder ging, fragte er Sarah und mich, ob wir mit ihm beten würden. Also beugte ich meinen Kopf, schloss die Augen und hörte zu, wie Mitchell zu Jesus sprach, als wären die beiden alte Freunde. Sollte ich jemals daran gezweifelt haben, ob Mitchell wirklich glaubte, dass Christus von den Toten auferstanden ist, waren diese Zweifel mit unserem Gebet für immer verschwunden.

Und ja, meine kleine Schlaubergerin, Mitchell hat meine Hand während des Gebets gehalten, so wie er es am Sonntag getan hat. Das alles ist einfach unglaublich. Jetzt weiß ich, wie sehr Gott mich liebt. Und langsam glaube oder zumindest hoffe ich, dass Mitchell es auch tut.

So, meine kleine Dara, ich weiß, dass ich dir heute Abend eine Menge erzählt habe. Es handelt sich dabei aber auch um einen sehr großen Schritt für mich, für uns beide. Das war keine Entscheidung aus dem

Bauch heraus; ich denke seit Sonntag darüber nach. Es ist jetzt fast zwei Uhr nachts, und ich bin seit Stunden wach und lese etwas, das sich das Johannesevangelium nennt. Es handelt davon, wer Jesus war und was er getan hat. Ich verstehe zwar immer noch nicht alles, aber laut Sarah verstehe ich das Wichtigste – nämlich dass die Erlösung durch Christus so einfach ist, dass selbst ein Kind es verstehen kann.

Ich kann nicht schlafen, aber das macht mir überhaupt nichts aus. Alles ist so neu, so wunderbar. Wie es aussieht, brauchte es nur die innere Freude einer Missionarin und die Rationalität eines Anwalts, um mich erkennen zu lassen, dass Christus existiert. Hoffentlich wird die Liebe deiner Mutter dir das eines Tages beweisen können.

Gute Nacht, meine Kleine. Wenn ich heute Nacht an dich denke, werde ich dabei lächeln. Bestimmt wird die Anhörung morgen gut verlaufen. Denn noch bevor Gott dich im Mutterleib formte, kannte er dich. Und noch ehe du geboren wurdest, hatte er dich auserwählt. Etwas Besseres könnte dir nicht widerfahren.

Deine Mama liebt dich. So wie Gott dich liebt.

* * *

Mitchell fühlte sich wie ein Einbrecher, als er durch die Hintergärten der dicht aneinandergedrängten, briefmarkengroßen Grundstücke von Chesapeake huschte. Er mied das Licht, das durch die Fenster der Häuser fiel, und kroch gebückt von Schatten zu Schatten. Zum Glück wurden die Grundstücke nur durch niedrige Palisadenzäune getrennt, die leicht zu überwinden waren. Die Gartentüren an den meisten der höheren Zäune waren nicht verriegelt. Das Einzige, was Mitchell beunruhigte, war die Möglichkeit, dass er in irgendeinem Garten plötzlich auf einen unfreundlichen Hund stoßen könnte.

Er konnte immer noch nicht glauben, was er da machte, beziehungsweise gemacht hatte. Aus Angst, dass ihm jemand folgen könnte, war er nicht einfach bei Sarahs Haus vorgefahren. Also musste er weiter unten an der Straße parken und wie ein jugendlicher Straftäter hinter den Häusern herumschleichen, um seinen möglichen Verfolger abzuhängen. Er wusste, dass er eigentlich keine Zeit für solche Aktionen hatte. Er würde sowieso schon die halbe Nacht wach bleiben müssen, um sich auf die Anhörung am nächsten Morgen vorzubereiten. Und trotzdem hatte er sich zwei kostbare Stunden Zeit genommen, um durch den Hinterhof von Fremden zu robben, nur damit er ein paar Minuten mit Maryna verbringen konnte.

Und das Verrückte daran war, dass er froh war, es getan zu haben.

Wow, dachte er, *was für eine Nacht!*

Mitchell wusste, dass Maryna spirituell auf der Suche gewesen war. Sie hatten fast zwei Stunden am Sonntag über die Offenbarungen Jesu und Lehren Buddhas gesprochen. Und Mitchell wusste auch, dass niemand Maryna besser helfen konnte als Sarah Reed. Doch selbst der stets optimistische Mitchell konnte es nicht glauben, als die beiden Frauen ihm von Marynas Erlösung erzählten. Die Entscheidung kam so plötzlich und mit einer derartigen Entschlossenheit.

Gott, du bist so gut. Du hast Maryna errettet und mich gleichzeitig vor meiner eigenen Dummheit bewahrt. Dank dir ist es nicht zu dem »Gespräch« gekommen ...

Mitten in seinen Gedanken hielt er inne, fuhr mit dem Kopf herum und kauerte sich hinter die Rückwand eines weißen, kunststoffverkleideten Hauses. Er war sich sicher, etwas in einem Abflussgraben ca. fünfzehn Meter entfernt gehört zu haben. Es hörte sich an wie Fußstapfen, die parallel zu seiner Fährte durch das Gras wanderten. Konzentriert starrte er in die Richtung, aus der das Geräusch kam. Mit angehaltenem Atem blieb er still sitzen und hörte hin.

Die nächsten Minuten blieb er in der Hocke und suchte mit seinen Augen den Graben ab. Dabei hielt er den Atem an und wartete auf ein weiteres Rascheln. Doch außer den üblichen nächtlichen Geräuschen – dem Zirpen der Grillen, einem vorbeifahrenden Auto, laufenden Klimaanlagen, den gedämpften Klängen von Fernsehern in den Häusern – war nichts zu hören.

Dann griff er vor sich auf den Boden und hob einen kleinen Stein auf. Er warf ihn in den Abflussgraben, und zwar an die Stelle, von der aus seiner Meinung nach das Geräusch gekommen war. Immer noch nichts. Er wiederholte das Spiel mit zwei weiteren Steinen und wartete wieder ab. Keine Reaktion.

Erleichtert duckte Mitchell sich wieder und durchquerte zwei weitere Gärten. Nachdem er mit einem Rundumblick sichergestellt hatte, dass ihn niemand beobachtete, trat er aus den Schatten hervor, richtete sich zu seiner vollen Größe auf und ging selbstbewusst die Straße hinunter zu seinem zuverlässigen Pick-up.

Ein letztes Mal blickte er sich um, dann kletterte er in seinen Truck und startete den Motor. Voller Erleichterung atmete er auf und dachte noch einmal an das wunderbare Gefühl, als er Maryna im Arm hielt. Selbst wenn die morgen beginnende Anhörung nichts Gutes bringen würde, hatte das Verfahren jetzt schon etwas ganz unglaublich Gutes in sein Leben gebracht.

Dankbar ließ er seinen Kopf auf das Lenkrad fallen und schloss die Augen. »Ich danke dir, Herr«, flüsterte er.

Irgendwie war er jetzt erleichtert, dass seine Gefühle nun nicht mehr im Konflikt mit dem biblischen Grundsatz standen, dem er sich verpflichtet fühlte.

Nach einem Moment der Ruhe blickte er wieder auf und legte den ersten Gang ein. »Diese komplizierten Treffen müssen ein Ende haben«, murmelte er Maryna zu, als könnte sie ihn hören. Dann legte er seine Lieblings-CD ein und begann mitzusingen.

»I get carried away ...«, summte er. Und für ein paar Minuten hielt er sich an den Songtext und ließ sich davontragen.

Die Tatsache, dass er in weniger als zwölf Stunden eines der wichtigsten Verfahren seiner Karriere verhandeln würde, war wie vergessen. Und auch die Berge von Arbeit, die zu Hause in seiner Wohnung auf ihn warteten, kümmerten ihn in diesem Moment nicht. Alles, woran er denken konnte, war Maryna, ihr Treffen heute Abend und ihr erster gemeinsamer Abend auf dem George-Strait-Konzert.

Er hatte den Song schon immer gemocht. Aber jetzt liebte er ihn.

»... by the look, by the light of your eyes. Before I even realize the ride I'm on ... Baby, I'm long gone. I get carried away, and nothing matters but being with you ...«

Das alles war einfach verrückt. In seinem Kopf spukten Worte von *The Rock* herum – *Fang nie etwas mit einer Klientin an.* Trotz ihres Übertritts zum Christentum sagte ihm sein Verstand immer noch dasselbe.

Siehst du denn nicht, wie verschieden ihr beide seid, maßregelte er sich selbst.

Doch sowohl der gut gemeinte Rat von *The Rock* als auch sein gesunder Menschenverstand wurden mühelos von George Straits Gitarrenklängen weggefegt. Es war zwar richtig, dass er Maryna erst seit ein paar Tagen kannte, aber sie hatten schon einiges erlebt. Und Mitchell war Zeuge geworden, wie beeindruckend sie mit den schrecklichsten Ereignissen, die einem im Leben widerfahren konnten, umgegangen war. Die Frau hatte Persönlichkeit. Und sie war einfach wunderschön. Und jetzt teilten sie denselben Heiland.

»Ich danke dir, Herr«, murmelte Mitchell erneut. Dann drückte er eine Taste am CD-Player, damit der Song erneut abgespielt wurde. Und wieder ertönte George Straits »Carried Away«.

54

Donnerstag, 27. Mai

Langsam erhob sich Win Mackenzie von seinem Schreibtisch, beflügelt von den dramatischen Schlusszeilen seines Eröffnungsplädoyers. Er flüsterte seine Worte leise, aber mit großem Nachdruck vor sich hin, während er in seinem Büro auf und ab lief und sich dabei ermahnte, langsam zu sprechen und Richterin Baker-Kline direkt in die Augen zu sehen.

Selbst er bekam von diesem Eröffnungsplädoyer eine Gänsehaut. Es schien, als hätte er seine beste Arbeit für den wichtigsten Fall seines Lebens aufgespart. An diesem Tag würde er für die Zukunft der Medizin und die wissenschaftliche Forschung kämpfen; für das Recht, das von Nathan Brown gespendete Geld und die Stammzellen zu nutzen, um eine Möglichkeit zu finden, die Opfer von Aids, Parkinson oder anderen degenerativen Krankheiten zu heilen.

Außerdem würde er für den Grundsatz kämpfen, dass man sich auf das Wort eines Menschen verlassen können musste. Wie sonst konnten Kinderwunschkliniken und Forscher auf diesem jungen Gebiet der Medizin

Fortschritte machen, wenn es keine Gewährleistung für Vertragstreue gab? Der Forschungsbereich barg schon genug Risiken; wenn dann noch die zwischen Patient und Klinik abgeschlossenen Verträge unverbindlich waren und einfach aufgehoben werden konnten, nur weil eine Frau es sich anders überlegt hatte – wie sollte eine Klinik dann jemals in dieser Grauzone des Gesetzes arbeiten?

Aber am wichtigsten war Win, dass er für das Bioethikgesetz kämpfte – um die Art von reproduktivem Klonen zu verhindern, mit der die Gesellschaft noch nicht umgehen konnte. Er wusste, dass die meisten Amerikaner in diesem Punkt hinter ihm standen. Sie waren gegen das Klonen auf Nachfrage.

Wo sollte das auch enden? Designerbabys? Die Zucht von Föten zur Herstellung von Ersatzteilen? Das Klonen von Kindern, damit die Eltern einen kleinen Ersatz-Johnny hatten, für den Fall, dass ihrem Original-Johnny etwas passierte?

In seinem Kopf wirbelten die möglichen Auswirkungen dieser Technologie umher. Win Mackenzie fühlte sich, als wäre er der Einzige, der zwischen diesem ethischen Niemandsland und den sicheren Grenzen der heutigen Gesellschaft stand.

Nein, entschied er, in Wirklichkeit würde er nicht bloß Dr. Blaine Richards und GenTech vertreten. Heute setzte er sich für Millionen Amerikaner, für die ethische wissenschaftliche Forschung und für die Vertragstreue ein – und er kämpfte gegen eine Gesellschaft, die Gott spielen wollte.

Motiviert ging er zu seinem Schrank, um sich ein frisches dunkelblaues Jackett zu holen. Der Anzug war für besondere Anlässe reserviert – Fernsehauftritte und andere Ereignisse dieser Art. Er zog das Jackett feierlich und mit Bedacht an, wie ein Ritter, der seine Rüstung anlegt. Als Nächstes zupfte Win so lange an dem Einstecktuch herum, bis es perfekt aufgeschüttelt war, knöpfte die zwei obersten Knöpfe zu und strich die Ärmel glatt.

Er war auf dem Weg zu dem elegant eingerichteten Konferenzraum, in dem er sein Plädoyer vor einem wohlgesonnenen Publikum von Kilgore-&-Strobel-Mitarbeitern einstudieren wollte. Sie würden ihm auf höfliche Weise Verbesserungsvorschläge unterbreiten und ihm versichern, wie brillant sein Plädoyer tatsächlich war.

Nachdem er die Schranktür geschlossen hatte, ging er zu dem Bild seiner geliebten Samurai hinüber. Mit ausgestreckter Hand berührte er mit seinen Fingerspitzen behutsam das Glas vor dem Foto und ließ die Finger auf den am gefährlichsten aussehenden Kriegern ruhen. Einen Augenblick hielt er inne und spürte, wie eine Woge der Entschlossenheit seine Venen durchströmte. Als er sich abwandte, formten seine Lippen eine dünne, grimmige Linie.

Die Anhörung zur Unterlassungsklage im Fall *Davenport-Brown vs. GenTech* begann in zwei Stunden. Und Winsted Aaron Mackenzie IV war mehr als bereit.

* * *

Mitchell schlürfte die letzten Tropfen seines lauwarmen Kaffees, machte sich noch ein paar hastige Notizen und warf einen Blick auf seine Uhr. Es war kurz vor sieben Uhr, Nikki würde jeden Moment eintrudeln. Mitchell versuchte, nicht darüber nachzudenken, wie wenig er die letzte Nacht geschlafen hatte. Normalerweise müsste er jetzt völlig übermüdet und erschöpft sein. Doch dank der Kombination aus Koffein und Adrenalin war er hellwach und bereit, die Anhörung in Angriff zu nehmen.

Natürlich war er etwas aufgeregt, gestand sich Mitchell ein. Und die Tatsache, dass alle Nachrichtensender an diesem Morgen Sonderberichte zu diesem Gerichtsverfahren ausstrahlten, machte die Sache nicht gerade einfacher. Aber er hatte genügend Football-Spiele mitgemacht, um zu wissen, dass das Lampenfieber mit dem Anstoß verschwand. Sobald er den Gerichtssaal betreten würde und die Anhörung begann, war alles in Ordnung. Zumindest versuchte er sich das immer wieder einzureden.

Schweren Herzens stand Mitchell vom Tisch auf und schlurfte den Gang hinunter zu seinem Kleiderschrank. Den Karton mit seinen Abschlusszeugnissen und dem Bild von Stonewall Jackson auf dem Boden des Schrankes beachtete er nicht. Er besaß nur zwei Anzüge, die für einen Auftritt im Bundesgerichtshof tauglich waren: einen grauen und einen dunkelblauen. Keiner von beiden war in letzter Zeit gereinigt worden. Mit einem Stirnrunzeln schnappte er sich seinen grauen Anzug, den er schon beim Vorstellungsgespräch mit *The Rock* und bei seiner katastrophalen ersten Begegnung mit Richterin Baker-Kline getragen hatte und den er auch am Dienstag erneut anziehen würde, sollte sich die Voruntersuchung über das Wochenende hinausziehen. Dann zog er ein zerknittertes weißes Hemd aus dem Schrank. Er schnupperte kurz daran - es schien noch in Ordnung zu sein - und steckte das Bügeleisen ein. Er musste am Wochenende unbedingt zur Reinigung und durfte bis dahin nicht am Aftershave sparen.

* * *

Die sollte sich mal locker machen, dachte Cameron. Sie beäugte Nora Gunther während ihres Frühstücks im Marriott, wo sich Nora für die Dauer des Gerichtsverfahrens einquartiert hatte. Ohne das Essen vor sich auch nur angerührt zu haben, starrte Nora konzentriert auf den gelben Notizblock in ihrer linken Hand. In der anderen Hand hielt sie einen Becher mit Kaffee.

Auf dem Notizblock standen ihre Anmerkungen zur Vernehmung von Cameron Davenport-Brown. Zum dritten Mal gingen die beiden das Ganze nun durch. Die Anspannung war den beiden Damen ins Gesicht geschrieben.

»Cameron, diesen Tonfall müssen Sie sich verkneifen«, belehrte Nora sie. »Die Art, wie Sie etwas sagen, ist fast genauso wichtig wie das, was Sie sagen.«

Cameron presste ihre Lippen zusammen und biss sich auf die Zunge. Sie wusste, dass es sinnlos war, mit Nora zu diskutieren. Die Frau war in jeder Hinsicht uneinsichtig. Selbst unwichtige Themen wurden bei ihr zur Prinzipienfrage und so lange diskutiert, bis ihr Gegenüber aufgab.

»Vor Gericht werde ich einen anderen Tonfall anschlagen«, antwortete Cameron ausdruckslos.

»Gut, dann lassen Sie es uns noch einmal probieren.«

Viele weitere Fragen und Antworten später, von denen keine Nora hundertprozentig zufriedenstellen konnte, legte die Anwältin ihren Notizblock zur Seite und nahm endlich einen Löffel von ihrem mittlerweile kalt gewordenen Haferbrei. »Das reicht erst einmal«, verkündete sie. »Wir können heute Abend weiter üben.«

»Können Sie mich nicht heute in den Zeugenstand rufen?«, fragte Cameron. Bei dem Gedanken an einen weiteren Übungslauf mit Nora und weiteren 24 Stunden Kopfkino wegen ihrer Aussage wurde ihr ganz schlecht.

Nora schüttelte den Kopf. »Wir müssen mit Dr. Richards anfangen. Er wird nicht damit rechnen, so früh in den Zeugenstand gerufen zu werden. Und ich will ihn bearbeiten, bevor er die Zeit hatte, sich ausführlich vorzubereiten.«

Cameron zuckte ablehnend mit den Schultern, aber Nora ignorierte sie einfach. »Das Zeug ist eiskalt«, beschwerte sie sich stattdessen und schob den Haferbrei in die Mitte des Tisches. Dann sah sie auf ihre Uhr. »Wo steckt er bloß?«

»Wer weiß das schon!«

Nora schüttelte den Kopf. »Ich finde die Idee großartig, ihn als Unterbevollmächtigten bei diesem Verfahren einzusetzen, *vorausgesetzt,* er versteht seine Rolle richtig. Dieses Vater-und-Tochter-Gespann wird uns eine Menge Sympathiepunkte einheimsen und macht das Schauspiel perfekt. Nur die Nummer mit der Vorladung ... Was sollte das werden?«

Cameron antwortete nicht. Sie wusste, dass die Frage rhetorisch gemeint war. Außerdem: Wer war schon in der Lage, die verworrene Denkweise von *The Rock* nachzuvollziehen?

* * *

»Oooooh«, stöhnte *The Rock.* Sein Wecker schrillte bereits das dritte Mal an diesem Morgen los. Zwei Mal hatte er die Schlummertaste gedrückt, aber der nervige Weckton ertönte nun schon wieder. Er zog das Kopfkissen über das Gesicht und tastete mit seiner freien Hand nach dem Wecker. Endlich fanden seine Finger die Snooze-Taste und drückten sie erneut.

Sein Kopf fühlte sich riesig an – als wäre er fünfmal so groß wie sonst. Und jeder einzelne Zentimeter pochte wie wild. Sein Mund war so trocken, dass seine Lippen zusammenklebten, verschmolzen durch das weiße, krustige Zeug in seinen Mundwinkeln. Die Zunge war an seinen Gaumen zementiert, sein Hals zugeschwollen. Sein Magen war wie verknotet und rumorte kräftig gegen das Gift an, dass *The Rock* am Abend zuvor in sich hineingekippt hatte. Seine Leber arbeitete wahrscheinlich gerade auf Hochtouren und versuchte, die gewaltigen Mengen an Rum, Light-Bier und diesem anderen Getränk, das er ab Mitternacht gebechert hatte, aus seinem System zu schleusen. *Was um Himmels willen war das überhaupt für ein Zeug gewesen?*

Es gab nur ein Heilmittel gegen diesen Zustand – mehr Schlaf. Noch konnte er nicht aufstehen und sich der Welt stellen. Vielleicht sagte er einfach das Meeting mit Nora und Cameron ab und traf die beiden später im Gerichtssaal. Eigentlich sollte er sie anrufen, aber dann würden sie den Braten riechen. Außerdem war er sowieso nur Unterbevollmächtigter. Nora hatte deutlich gemacht, dass sie keinerlei Wert auf seinen Beitrag legte.

Der beste Anwalt, sagte er sich, während er wieder wegdöste, *ist ein gut ausgeruhter Anwalt.*

55

Mitchell hatte sich vorgenommen, mindestens fünfzehn Minuten vor der Anhörung um neun Uhr im Gericht zu sein. Doch sein Plan scheiterte an Nikki, die sich wie immer verspätete. Als sie endlich am Gerichtsgebäude ankamen, mussten sie zwei Häuserblocks entfernt parken und dann vor den Metalldetektoren Schlange stehen.

Als sie endlich die Sicherheitskontrolle hinter sich gelassen hatten, nahmen sie den Aufzug in den dritten Stock und liefen den langen Flur entlang bis zu dem größten Gerichtssaal im Gebäude. Mitchell war froh, dass Nikki ihn begleitete, auch wenn sie es zu verantworten hatte, dass er spät dran war. Zunächst einmal sah sie fantastisch aus. Ihre langen, dunklen Haare waren zu einem Zopf geflochten, was ihre hohen, spitzen Wangenknochen und verführerischen Augen besonders gut zur Geltung brachte. Sie trug ein schwarzes Kostüm, dessen Rock gerade über die Knie ging, und dazu eine teure weiße Bluse. Hohe Schuhe, eine Kette aus Platin und ein dazu passendes Armband vollendeten ihren Look.

»Wow«, rutschte es Mitchell heraus, als er sie an diesem Morgen sah.

»Was denn?«, entgegnete Nikki.

»Das weißt du ganz genau«, antwortete er.

Nikki lächelte bloß. Sie wusste, wie gut sie aussah.

Aber sie hatte mehr als nur ihr Aussehen vorzuzweisen. Auch wenn Nikki keine Zeugen befragen oder Plädoyers halten durfte, konnte sie im Verlauf des Verfahrens Mitchells Strategie kritisch beurteilen. Außerdem würde sie Mitchell in den richtigen Momenten schonungslos antreiben, besonders da er nicht das Risiko eingehen konnte, Maryna zum Gericht mitzunehmen.

Als die beiden sich durch eine Gruppe von Journalisten kämpften, stellte Nikki ihre Fähigkeiten sofort unter Beweis. »Wir äußern uns zu dem Fall nur im Gerichtssaal«, winkte sie ab, während sie sich mithilfe ihrer Ellbogen einen Weg bahnte. Mitchell blieb in ihrem Windschatten. Hastig schoben ihnen die Reporter Mikrofone unter die Nase und riefen ihnen lautstark Fragen zu.

»Wird Ms Sareth heute erscheinen und als Zeugin aussagen? Stimmt es, dass sie eine illegale Einwanderin ist? Hat das Baby das Downsyndrom?«

»Entschuldigen Sie bitte ...« Nikki blieb beharrlich, auch als das Gedränge ausartete. »Kein Kommentar.« Das hielt die Reporter nicht davon ab, sie weiterhin mit Fragen zu bombadieren. »Ich sagte: kein Kommentar!« Mitchell beobachtete, wie Nikkis Gesichtszüge hart wurden. Fast hatten sie die Tür zum Gerichtssaal erreicht.

Doch plötzlich wurde in dem Gedränge ein Journalist geschubst und hätte Nikki beinahe umgeworfen. Sie konnte sich gerade noch fangen, blitzte den Mann mit funkelnden Augen an, blieb abrupt stehen und wandte sich der Horde zu.

»Alle mal herhören!«, schrie sie in einer Lautstärke, die die Menge verstummen ließ. Die Kameras wurden eingeschaltet. Mitchell stellte sich schnell neben Nikki auf.

»Vielleicht wird unsere Mandantin heute erscheinen und als Zeugin aussagen, vielleicht auch nicht«, erklärte sie. »Um ehrlich zu sein: Ich finde dass schon genug in ihrer Privatsphäre herumgewühlt wurde.« Sie hielt inne, – und erneut schwirrten tausend Fragen durch den Raum. Doch als Nikki ihre Hand hob, verstummten alle wieder.

»Der Fall ist mehr als einfach. Wir vertreten nicht nur Maryna Sareth, sondern auch das winzige Leben, das in ihr heranwächst.« Ruhig und selbstbewusst blickte sie die Reporter an. »Wenn wir verlieren, wäre dies das erste Mal in der erfassten amerikanischen Geschichte, dass ein Richter eine Mutter dazu zwingt, das Kind in ihrem Bauch abzutreiben. Das wird unserer Meinung nach nicht passieren.«

Mit diesen Worten machte Nikki auf dem Absatz kehrt und bahnte sich ihren Weg zum Gerichtssaal. Mitchell wollte sich ihr gerade anschließen, als ein finster dreinblickender Mann asiatischer Herkunft ihm den Weg versperrte. Der Mann, der aussah wie ein Klotz aus Stein, war einen Kopf kleiner als Mitchell und kam ihm irgendwie bekannt vor, auch wenn er ihn nicht zuordnen konnte.

»Darf ich mal«, forderte Mitchell ihn auf. Der Mann rührte sich keinen Zentimeter, doch Mitchell warf ihm nur einen bösen Blick zu und ging um ihn herum. Das war nicht der richtige Ort, um einen Kampf zu provozieren.

Der Mann ließ ihn gehen, dennoch hatte Mitchell ein komisches Gefühl - er konnte nicht erklären, was genau ihn beunruhigte. Das machte es noch schlimmer. Er spürte Gefahr, aber das Chaos mit den Reportern hielt ihn davon ab, dieser Gefahr weiter auf den Grund zu gehen. Dennoch blickte er sich ein letztes Mal um, bevor er den Gerichtssaal betrat. Der Mann starrte ihm immer noch zornig hinterher.

Als Mitchell den Gerichtssaal betreten hatte, fühlte er sich wie in eine andere Welt versetzt.

Obwohl der Raum voller Menschen war, herrschte eine überraschend ruhige Atmosphäre. Die dicken Eichentüren schluckten offensichtlich den Lärm vom Gang. Hier drinnen sprachen alle mit gedämpften Stimmen und zollten der ernsten Angelegenheit ihren Respekt.

Mitchell war mit der berühmten Ruhe vor dem Sturm vertraut. Dennoch spürte er eine Anspannung, wie er sie in dieser Form noch nie erlebt hatte. Am ehesten konnte man die Situation mit dem Augenblick vergleichen, in dem sich das Team während der Vorsaison in der Umkleidekabine versammelt und der Coach verkündet, wer weiter dabei ist und wer rausfliegt. Aber selbst das war etwas anderes. Dabei ging es nur um ein Football-Team. Und Football war nur ein Spiel. Mitchell war sich bewusst, dass es heute um weitaus mehr ging.

Als er den Gang entlanglief und vorgab, selbstsicher zu sein, obwohl ihm eigentlich eher schlecht war, sah er deutlich, wie sich die Reihen der Zuschauer kollektiv umdrehten und Nikki und ihn mit ihren Blicken verfolgten. Sah man ihm an, wie nervös er in Wirklichkeit war? Spürten sie, dass das hier eine Nummer zu groß für ihn war - ein Anwalt im ersten Jahr, *im ersten Monat* sogar, der in der Oberliga mitspielen wollte? Oder beachtete ihn vielleicht überhaupt niemand, weil alle Blicke nur auf Nikki gerichtet waren?

Glaube ist Angst, die gebetet hat, beruhigte Mitchell sich selbst, als er die hüfthohen Türen aufschwang, die den Zuschauerraum von dem Bereich mit den Anwaltstischen und der Richterbank trennte.

Und dann, in einem schrecklichen Moment der Erkenntnis, traf es ihn wie ein Blitz. *Es war kein Platz mehr frei!*

Nora und Cameron hatten sich an den Anwaltstischen direkt neben der Geschworenenbank ausgebreitet. Nora war ganz mit der Durchsicht von einiger Unterlagen beschäftigt. Cameron nickte Mitchell zu, der ihren Gruß erwiderte. *The Rock* war ganz offensichtlich nicht anwesend. Fünf Minuten blieben ihm noch, danach wäre er offiziell zu spät.

Auf der anderen Seite des Gerichts standen zwei lange Tische, auf denen sich Dokumente, Verteidigungsschriften, Bücher und Aktenordner türmten. Hinter den Tischen, genau in der Mitte, stand Dr. Blaine Richards und unterhielt sich mit jemandem aus dem Zuschauerraum. Eine Gruppe von Kilgore-&-Strobel-Mitarbeitern - Mitchell zählte insgesamt fünf Personen - besetzte fast alle Stühle an den Tischen, sortierte die Dokumente und bereitete alles für die Sitzung vor. Als Mitchell sich umblickte, entdeckte er Win Mackenzie im hinteren Teil des Saals. Er unterhielt sich mit einem lässig gekleideten Mann, der aufmerksam mitschrieb. Wahrscheinlich ein letztes Interview, kurz bevor es losging.

Ohne zu wissen, ob er nach links oder rechts gehen sollte, folgte Mitchell einfach Nikki, die selbstbewusst auf die Tische der Kilgore-&-Strobel-Fraktion zusteuerte.

»Gentlemen«, sprach sie die Kilgore-Mitarbeiter kurzerhand an, als sie den Tisch erreicht hatte. Zwei der jungen Männer - Frauen gab es keine - sahen kurz auf und nickten. Die anderen waren zu beschäftigt, um von Nikkis Anwesenheit Notiz zu nehmen.

Dann machte sie vor dem zweiten Tisch halt, an dem zwei Mitarbeiter vor einer Unmenge von Papieren saßen, und verkündete lauthals: »Ich glaube, Sie sitzen auf unseren Plätzen.«

Das Gemurmel, das den Gerichtssaal erfüllt hatte, verstummte, und alle blickten zu ihnen herüber.

Einer der älteren Mitarbeiter, ein großer Mann mit hoher Stirn, dickem Bauch und einem eingeübten finsteren Gesichtsausdruck, schnaubte Nikki empört an und zeigte auf die Tische auf der anderen Seite des Saals. »Da drüben ist noch genug Platz. Setzen Sie sich doch dahin.«

Mitchell versteifte sich, doch Nikki schenkte dem Herrn stattdessen ein strahlend weißes Lächeln. »Wohl kaum«, sagte sie laut. »Beteiligte Drittparteien müssen im Gerichtsaal auf der Seite der Verteidigung sitzen – auch wenn ich persönlich es gerne anders hätte.« Im nächsten Moment fuhr sie blitzschnell mit ausgestrecktem Arm über den Tisch und schob alle Dokumente, Bücher, Stifte und Notizblöcke auf den Nachbartisch hinüber. Ein paar Sachen fielen zu Boden.

»So«, verkündete sie lächelnd. »Jetzt haben wir genügend Platz, denke ich.«

Alle fünf Mitarbeiter sprangen sofort auf. Der ältere Mann fluchte laut. »Was erlauben Sie sich?«, fuhr er Nikki an und lehnte sich dabei vor.

Mitchell lehnte sich ihm entgegen, sie standen sich nun von Angesicht zu Angesicht gegenüber. Im gesamten Gerichtssaal herrschte jetzt absolute Stille, alle beobachteten die Auseinandersetzung am Tisch der Hauptverteidiger. »Das sind unsere Plätze«, grinste Mitchell höhnisch. »Warum rutschen Sie nicht rüber an den ersten Tisch? Da ist genug Platz für Sie und Ihre Freunde.«

»Das ist doch lächerlich«, sagte der andere nicht mehr ganz so laut wie zuvor. »Wir waren zuerst hier.«

»Na gut«, antwortete Nikki. Dann drehte sie sich zum Gerichtsdiener um und sprach laut genug, dass der gesamte Saal sie hören konnte. »Könnten Sie die Richterin bitten, kurz zu uns zu kommen? Sie hat uns zwar das Recht zugesprochen, an diesem Verfahren mitzuwirken, aber es sieht so aus, als wollte die Verteidigung, dass wir bei den Zuschauern sitzen.«

Der Gerichtsdiener, der angesichts des kindischen Verhaltens der prozessführenden Parteien große Augen machte, nickte nur mit dem Kopf und ging los, um die Richterin zu holen.

»Warten Sie«, warf Win Mackenzie ein, der gerade durch die Schwingtüren in den für das Gericht abgetrennten Bereich eilte. Mit leiser Stimme wandte er sich an Mitchell. »Wir wollen die Richterin doch nicht schon vor Beginn der Anhörung verärgern. Ihr wird es bestimmt nicht gefallen, wenn wir uns noch nicht einmal darauf einigen können, wer wo sitzt.«

Dann sah er sich um, schnappte sich den ersten Anwaltstisch und gab einem seiner Mitarbeiter ein Zeichen, mit anzufassen. »Helfen Sie mir mal eben, den ein bisschen nach hinten zu ziehen.«

Nachdem Win und seine Mitarbeiter die Tische ein paar Meter auseinandergezogen hatten, begutachtete er sein Werk und zwang sich ein Lächeln ab. »Lassen Sie uns noch ein paar Stühle hinter unseren Tisch stellen. Mr Taylor und Ms Moreno können dann diesen Tisch haben.«

Aus dem Augenwinkel sah Mitchell, wie Dr. Blaine Richards Win Mackenzie einen vernichtenden Blick zuwarf. Mackenzie tat so, als würde er es nicht bemerken.

»Das passt so«, sagte Nikki und ließ ihre kleine Aktentasche auf den großen Tisch plumpsen, den sie gerade frei gemacht hatte. Die Tasche sah etwas verloren aus, aber sie hatte sich durchgesetzt.

Nikki Moreno hatte ihren ersten Treffer gelandet. Und Mitchell Taylor hatte zumindest für diesen Moment sein Lampenfieber überwunden.

* * *

Wenige Augenblicke später, nachdem er und Nikki sich an ihrem frisch errungenen Tisch eingerichtet hatten, drehte sich Mitchell um und beobachtete die Zuschauer. Er freute sich über die jungen Mütter, die erwartungsvoll in der zweiten Reihe saßen und die er liebevoll »Nikkis Armee« getauft hatte. So Gott wollte, würden sie in der Anhörung eine entscheidende Rolle übernehmen. Direkt hinter ihnen, genau in Mitchells Blickfeld, saß der asiatisch aussehende Mann, mit dem er im Gang zusammengestoßen war. Dieses Mal erkannte Mitchell ihn sofort, vielleicht, weil er direkt neben seinem hageren Kollegen saß, einem weißen Mann mit großer Hakennase und einer hohen Stirn, die sich fast bis zum Hinterkopf zog. Es waren die beiden Ermittler der Einwanderungsbehörde, die vor einigen Tagen bei ihm vor der Haustür gestanden hatten. *Zumindest,* dachte Mitchell, *behaupten sie, sie wären von der Einwanderungsbehörde.*

Er fragte sich, ob sie ihre Drohung tatsächlich wahr gemacht hatten und mit einer Zwangsvorladung in der Kanzlei von *The Rock* aufgetaucht waren.

Mitchell drehte sich zu Nikki, um ihr von den beiden zu erzählen – und sah sich stattdessen Auge in Auge mit Cameron, die plötzlich auf der anderen Seite des Tisches stand. Ihr Gesicht sah angespannt und blass aus, die traumatischen Ereignisse der letzten Tage hatten offensichtlich ihren Tribut gefordert. Ihre leidenschaftlichen blauen Augen strahlten immer noch Kraft aus, aber es war eine müde Kraft, eine traurige Entschlossenheit, den Job zu Ende zu bringen.

Sie lehnte sich vor und sprach in einem leisen, ernsten Tonfall, sodass nur Mitchell und Nikki sie hören konnten.

»Mitchell, tun Sie das nicht«, bat sie ihn. »Machen Sie einen Rückzieher.«

Man konnte deutlich erkennen, dass sie nicht versuchte, ihnen etwas vorzuspielen; die Worte schmerzten sie. »Wenn Sie wirklich glauben, dass die Embryos in den Laboren von GenTech lebendige, kleine Menschen sind, helfen Sie mir, sie zu retten. Sie, Maryna und ich können uns außerhalb des Gerichts einigen. Ihre Anwesenheit hier ... Ihre Intervention gegen mich im Auftrag von Maryna ... lassen mich nur in einem schlechten Licht erscheinen und führen dazu, dass GenTech diese Embryos töten und für Forschungszwecke nutzen kann. Mitchell, dies ist meine einzige Chance, ein gesundes Kind zu bekommen. Ich bitte Sie ...« Cameron stoppte, weil sie mit den Tränen kämpfte. Sie blickte von Mitchell zu Nikki und dann wieder zu Mitchell.

Nikki verpasste Mitchell einen leichten Tritt unter dem Tisch und nickte ihm kurz zu. *Sag es ihr,* war in ihrem Blick zu lesen.

Mitchell sah auf den Tisch und wandte sich dann mit traurigen Augen seiner früheren Klientin zu.

»Es tut mir leid«, sagte er mit sanfter Stimme.

Cameron blieb für einen Augenblick stehen, vielleicht in der Hoffnung,

Mitchell würde seine Meinung ändern, vielleicht auch, weil sie überlegte, was sie sagen sollte. Schließlich seufzte sie tief und richtete sich auf.

»Dann kann ich Ihnen nicht helfen«, beendete sie das Gespräch. »Und Maryna auch nicht.«

Bevor Mitchell nachfragen konnte, was sie damit meinte, hatte sie sich schon umgedreht und ging davon.

»Der haben Sie es aber diesmal gezeigt«, flüsterte Nikki. »Jawohl, Sir, ein richtiges Machtwort haben Sie gesprochen.« Sie zog ein paar Dokumente und einen Notizblock aus ihrer Aktentasche und klatschte sie auf den leeren Tisch.

56

The Rock war gut in Form. Just in dem Moment, als die Gerichtsdiener mit strenger Stimme alle Anwesenden aufforderten, sich zu erheben – »Das Gericht tagt, den Vorsitz führt die ehrenwerte Richterin Cynthia Baker-Kline« –, schneite er durch die hinteren Türen herein und schlurfte den Gang hinunter. Eine Millisekunde später platzte Richterin Cynthia Baker-Kline mit wehender Robe durch die Vordertür des Gerichtssaals. Sie schlug mit ihrem Richterhammer auf ihren Tisch und rief das Gericht zur Ordnung.

Zerzaust huschte *The Rock* durch die Schwingtüren und ließ sich auf den Platz neben Cameron nieder.

»Wie nett von Ihnen, dass Sie uns mit Ihrer Anwesenheit beehren, Mr Davenport«, begrüßte Ichabod ihn mit eisigem Blick.

The Rock erhob sich und knöpfte dabei sein Jackett zu. In seiner Eile verknöpfte er sich, sodass das Jackett in einem komischen Winkel an ihm herunterhing. »Vielen Dank, Eurer Ehren«, antwortete er. »Ich hatte etwas Probleme, einen Parkplatz zu finden.«

»Das kann ich mir vorstellen«, entgegnete Ichabod trocken.

The Rock setzte sich wieder.

Einige Zuschauer im hinteren Teil des Gerichtssaals kicherten, verstummten jedoch sofort wieder, als die Richterin ihnen einen grimmigen

Blick zuwarf. Nachdem sie nun die ungeteilte Aufmerksamkeit aller Anwesenden hatte, neigte sie ihren Kopf kaum merklich in Richtung des Gerichtszeichners, wobei sie exakt den richtigen Winkel traf, um ihre enorme Nase vorteilhafter wirken zu lassen. Sie platzierte ihre Lesebrille auf diesem besonders auffälligen Gesichtsmerkmal und begann, ihre gut vorbereiteten Ausführungen vorzulesen.

»Dies ist die Anhörung, in der über den Antrag der Klägerpartei bezüglich einer einstweiligen Verfügung entschieden werden soll. Gegenstand der Verhandlung sind acht eingefrorene Embryos der GenTech-Klinik in Norfolk, Virginia, und ein Embryo, der in einer Leihmutter namens Ms Maryna Sareth heranwächst.« Ichabod visierte über ihre Nase hinweg Mitchell an, als würde sie ihn über einen Gewehrlauf beobachten. »Spreche ich den Namen richtig aus?«

»Ja, Euer Ehren.«

»Gut. Sowohl die Klägerpartei, Ms Davenport-Brown, als auch der Intervenient in diesem Fall, Ms Sareth, haben einen Antrag auf Erlass einer einstweiligen Verfügung gestellt. Die Gesetzeslage in solch einem Fall ist eindeutig. Ich kann diesem Rechtsmittel nur dann stattgeben, wenn ich mir in zwei Punkten sicher bin. Erstens muss ich davon überzeugt sein, dass die Partei unter den gegebenen Umständen erfolgreich sein könnte. Soll heißen, ich muss davon ausgehen können, dass die Partei den Fall höchstwahrscheinlich gewinnt. Und zweitens ist es genauso wichtig, dass ich glaube, dass die Partei einen irreparablen Schaden davonträgt, wenn ich dem Unterlassungsanspruch nicht nachkomme. Anders ausgedrückt: Wenn schlimme Folgen zu erwarten sind, die nicht rückgängig gemacht werden können.«

Ichabod legte eine kurze Pause ein, in der sie ihre Lesebrille etwas zurechtrückte.

»Die Klägerpartei in diesem Fall, Ms Davenport-Brown, setzt sich dafür ein, dass die acht eingefrorenen Embryos aufbewahrt werden, damit sie bei einer anderen Leihmutter ihrer Wahl eingepflanzt werden können. Ihre Behauptung, einen irreparablen Schaden zu erleiden, ist eindeutig nachzuvollziehen. Wenn GenTech die Erlaubnis bekommt, die Embryos zu Forschungszwecken zu nutzen, wird sie die einzige Gelegenheit verlieren, leibliche Mutter eines Kindes ohne genetische Erkrankung zu werden. Andererseits sind diese Embryos mithilfe eines Klonverfahrens, das sich Blastomeren-Isolation nennt, entstanden, und da das Gesetz zur Bioethik es verbietet, geklonte Embryos einzupflanzen, müsste ich dieses Gesetz als verfassungswidrig erklären, damit die Klägerin obsiegt. Außerdem müsste ich den ersten Vertrag zwischen der Klägerin und der GenTech-Klinik für nichtig erklären.«

Obwohl die Richterin bisher bloß Fakten darlegte, schienen ihre Ausführungen Nora Gunther zur Weißglut zu treiben. Mitchell fiel auf, dass sie anfangs noch Notizen auf ihren Block gekritzelt hatte, aber mittlerweile nur noch zornig die Richterin anstarrte.

»Die angeklagte Partei«, fuhr Ichabod fort, »fordert, dass die Embryos zu medizinischen Forschungszwecken genutzt werden, getreu der letztwilligen Verfügung und dem Testament von Dr. Nathan Brown. Das Problem hierbei ist, dass dieses Testament zu einer Zeit verfasst und unterzeichnet worden ist, zu der Dr. Brown nicht wusste, dass der Embryo, der der Leihmutter eingesetzt wurde, am Ende das Downsyndrom entwickeln würde – zumindest den Voruntersuchungen nach.«

Ichabod legte erneut eine Pause ein und sah Win Mackenzie an. Mitchell lehnte sich leicht vor und sah ebenfalls zu Mackenzie hinüber. Dieser erwiderte den Blick der Richterin mit stoisch-hoffnungsvoller Miene, sichtlich unbeeindruckt von ihren Kommentaren.

Ichabod wandte sich nun Mitchell zu. »Der Intervenient, also die Leihmutter, die mit dem Kind der Klägerin schwanger ist, bittet das Gericht, anzuweisen, dass sie dieses Kind austragen darf. Der irreparable Schaden aus ihrer Sicht besteht in der Abtreibung des Kindes, wie es die leibliche Mutter wünscht. Die Problematik hierbei ist, dass sie einen Vertrag mit den Browns und GenTech unterzeichnet hat. Außerdem ist sie nicht die leibliche Mutter des Kindes. Wenn der Intervenient sich durchsetzt, wird das Gericht anweisen müssen, dass Ms Davenport-Brown Mutter eines Kindes mit Geburtsfehler wird, auch wenn im Vertrag das genaue Gegenteil festgelegt wurde.«

Mitchell lief es kalt den Rücken herunter. Ihm gefiel Ichabods Wortwahl ganz und gar nicht. Hier ging es nicht darum, *Cameron* zu ihrem Muttersein zu zwingen – Maryna hatte ihr bereits angeboten, als Mutter für das Kind zu sorgen –, es ging darum, dass *Maryna* zu einer Abtreibung gezwungen werden soll. Aus irgendeinem Grund schien Ichabod diesen wichtigen Unterschied zu ignorieren.

»Diese heiklen Fragen gilt es, vor dem Gericht zu klären. Auch wenn dies nur die Anhörung zum Erlass einer *einstweiligen* Verfügung ist, wird mein Entschluss am Ende dieser Anhörung praktisch gesehen den Fall entscheiden. Die einstweilige Verfügung wird für sechs Monate von heute an bis zum Termin der Hauptverhandlung in Kraft bleiben, es sei denn, das Urteil wird angefochten und aufgehoben. Bis dahin werden die Parteien Maßnahmen in die Wege geleitet haben, die weitere Entscheidungen durch das Gericht wohl irrelevant werden lassen.«

Ichabod hielt inne, um einen Blick in die Runde ihres Publikums zu werfen. Sie legte ihre Unterlagen auf den Tisch und nahm die Brille ab. Dann rieb sie sich über Stirn und Augen, als hätte sie mit der erdrückenden Last dieses bedeutenden Falls zu kämpfen. Mit leiser Stimme fuhr sie fort, sodass die Leute in den hinteren Reihen des Gerichts sie kaum verstehen konnten. »Das Gericht ist sich der enormen Tragkraft seiner Entscheidung und der Bedeutung seines Beschlusses hinsichtlich des Antrags auf Erlass einer einstweiligen Verfügung sehr bewusst. Dieses Verfahren wird nicht nur Auswirkungen auf die Prozessparteien, sondern vielleicht auf Tausende anderer Menschen in diesem Land haben.« Damit wandte sie sich an die Anwälte vor ihr.

»Aus diesem Grund bittet das Gericht den Rechtsbeistand inständig um ein für einen Fall dieser Größe angemessenes Verhalten. Lassen Sie uns auf unbedeutende Zankereien und Spielereien verzichten und uns auf die strittigen Fragen konzentrieren. Ich habe drei Tage für diese Anhörung anberaumt – das sollte ein ausreichender Zeitraum sein, sofern wir uns an diese Verhaltensregeln halten.«

»Sind Sie nun bereit für Ihre Eröffnungsplädoyers?«

»Ja, Euer Ehren«, antworteten die Anwälte im Chor.

In Mitchells Magengrube bildete sich ein Knoten. Er hatte das ungute Gefühl, dass Ichabod an diesen Fall nicht gerade unvoreingenommen heranging.

* * *

Mitchell beobachtete Nora Gunther, die sich für ihr Eröffnungsplädoyer erhob. Sie stellte sich mit Blick auf die Richterbank hinter dem großen Holzpodium auf und ging sofort zum Angriff über. Ihre Stimme klang vom ersten Wort an bissig, und je länger sie sprach, desto lauter und wütender wurde sie. Ihr emotionsgeladener Ausbruch schien keinen Einfluss auf Ichabod zu haben, die Gunther mit verschränkten Armen und kalten, ausdruckslosen Augen ansah. Ichabods unbeeindruckte Körperhaltung schien Gunther nur noch mehr in Rage zu versetzen. Die Stimme der Anwältin erreichte im Laufe ihrer Rede eine schrille Tonlage, und ihr normalerweise blasses Gesicht wurde puterrot.

»Dieser Fall ist nichts weiter als ein Frontalangriff von GenTech und seinen Anwälten auf das Selbstbestimmungsrecht der Frau«, verkündete Nora. »Die grundlegende Lehre aus dem Fall *Roe vs. Wade* ist, dass jede Frau das unverzichtbare, verfassungsmäßige Recht besitzt, selbst zu entscheiden, ob sie Nachkommen haben möchte oder nicht. Und jetzt, dreißig Jahre später, besitzen GenTech und Mr Mackenzie die Dreistigkeit, in dieses Gericht zu marschieren und den Beschluss von *Roe vs. Wade* komplett zu ignorieren - einfach so zu tun, als hätte es ihn nie gegeben.« Mit diesen Worten drehte sich Nora um und schenkte Dr. Blaine Richards ein vernichtendes Lächeln. »Dieser Fall hat das Potenzial, die Rechte der Frauen um dreißig Jahre zurückzuwerfen.«

Damit wandte sie sich wieder der steinern wirkenden Ichabod zu. »Es handelt sich in der Tat um eine *kritische* Entscheidung, Euer Ehren, die zu dem Kern der Frage vordringt, was eine Frau ausmacht. Hier steht das Recht meiner Mandantin, Mutter zu sein, auf dem Spiel. Und wer wäre am ehesten qualifiziert, die schwierige moralische Entscheidung zu treffen, ob Cameron Davenport-Brown ein Kind haben sollte oder nicht?«, fragte Nora bissig. »Dr. Blaine Richards und sein riesiger Biotech-Konzern - dasselbe Unternehmen, das von den fast zwei Millionen Dollar profitieren wird, die in die Stammzellenforschung fließen, wenn das Gericht gegen meine Klientin entscheidet?«, fragte Nora verächtlich, ohne sich die Mühe zu geben, diese Frage zu beantworten.

»Oder ist es Dr. Nathan Brown, der verstorbene Ehemann meiner Klientin? Ein Mann, der beträchtliche Mühen in Kauf genommen hat, um Vater zu werden - ein leibliches Kind in die Welt zu setzen. Ein Mann, der gestorben ist, ohne zu wissen, dass der von ihm und seiner Frau geschaffene Embryo eine unheilbare Genkrankheit hat. Kann jemand allen Ernstes argumentieren, dass Dr. Brown, wäre er heute noch am Leben und wüsste er von dem Downsyndrom des von der Leihmutter ausgetragenen Babys, die übrigen gesunden Embryos immer noch vernichten wollen würde? Verzeihen Sie meine Unverblümtheit, Euer Ehren, aber sollten wir diese Entscheidung wirklich dem Testament eines nichtsahnenden toten Mannes überlassen?«

Wenn es Nora Gunthers Taktik war, bis an die Grenze zu gehen, um aus der Richterin eine Reaktion herauszukitzeln, hatte sie keinen Erfolg. Außer einem kurzen finsteren Blick blieb Ichabods Körpersprache unverändert, im Gegensatz zu der anwesenden Presse, in deren Reihen sich verärgerte Laute breitmachten. Und selbst Cameron wandte den Blick von ihrer unsensiblen Anwältin ab.

Ohne zu zögern, richtete Nora Gunther ihren Angriff nun gegen Mitchell und seine Klientin. »Manch einer versucht zu argumentieren«, sagte sie mit einer abschätzigen Handbewegung in Mitchells Richtung, »dass die Leihmutter am ehesten imstande sei, diese Entscheidung zu treffen. Dabei sprechen wir von einer Person, die offensichtlich noch nicht einmal vorhat, vor diesem Gericht zu erscheinen, da allein ihre Anwesenheit in diesem Land gegen unsere Gesetzgebung verstößt. Sollte eine Leihmutter – die emotional an den in ihr heranwachsenden Embryo gebunden ist, aber rechtlich gesehen keinen Anspruch auf das Kind hat, sobald es geboren wurde –, soll diese Frau darüber entscheiden, welche Embryos überleben und welche nicht?«

Mitchell erwiderte Gunthers herablassenden Blick mit einem leeren Gesichtsausdruck. Dank Ichabod hatte er schnell erkannt, dass dies der beste Weg war, um sie aus der Fassung zu bringen. Gunther wandte ihren Blick von Mitchell ab und sah auf ihre Notizen, von denen sie bisher keinen Gebrauch gemacht hatte. Ichabod nutzte die kurze Pause, um eine Zwischenfrage zu stellen.

»Nebenbei bemerkt, Ms Gunther, wer hat die Leihmutter ausgesucht?«

Gunthers Augen wurde noch dunkler, als könnte sie es nicht fassen, dass Ichabod die Unverfrorenheit besaß, ihr eine Frage zu stellen.

»Meine Klientin, ihr Mann und Dr. Richards«, antwortete Nora spitz.

»Und Ihre Klientin wusste, dass Ms Sareth zu diesem Zeitpunkt eine illegale Einwanderin war?« Ichabod stellte ihre Frage vollkommen emotionslos.

»Ja, natürlich.«

»Dann sollten Sie sich jetzt wohl auch nicht darüber beschweren«, entgegnete Ichabod kühl.

Ihr Kommentar entlockte Mitchell ein heimliches Lächeln.

»Ich beschwere mich nicht«, protestierte Gunther. »Aber rein praktisch betrachtet, fällt es schwer zu verstehen, wie Sie dem Antrag eines Intervenienten als Drittpartei stattgeben können, wenn diese Person nicht einmal vor Gericht erscheint, um ihre Aussage zu machen. Insbesondere, wenn dieser Antrag zur Folge hat, dass Camerons Kind von einer Frau zur Welt gebracht und großgezogen wird, die nicht einmal legal in den Vereinigten Staaten arbeiten darf.«

Als klar wurde, dass Ichabod auf diese Ausführungen nicht antworten würde, warf die Anwältin einen weiteren Blick auf ihre Notizen, sammelte sich und feuerte erneut drauflos.

Die nächste halbe Stunde klagte sie über jedes einzelne Dokument, das den von ihr gewünschten Ausgang des Falls für Cameron erschweren könnte. So sei der von Cameron, Nathan Brown und GenTech unterzeichnete Vertrag eine »Farce«. Schließlich sei er von GenTech-Anwälten verfasst und Cameron in einer emotional verletzlichen Zeit ihres Lebens aufgedrängt worden, erklärte Gunther. »Außerdem«, fügte sie hinzu, »weiß jeder Anwalt, dass Verträge wie dieser im Fall einer unvorhersehbaren *Veränderung der Umstände* entkräftet werden können.«

Als Nächstes verwies sie auf *Krell vs. Henry,* ein klassischer Fall, den jeder Jurastudent im ersten Semester im Rahmen der Vertragslehre durchnahm. Bei *Krell,* erinnerte Nora die Richterin – als hätte sie dieses Fach nie belegt –, mietete der Angeklagte von dem Kläger für zwei Tage eine »Wohnung« zu dem ausschließlichen Zweck, den Festzug für die Krönung von König Edward VII. anzusehen. Als die Krönung abgesagt wurde, da der König schwer erkrankte, erlaubte das Gericht dem Angeklagten, auf der Grundlage einer unvorhersehbaren Änderung der Umstände von dem Vertrag zurückzutreten.

»Auf unseren Fall angewandt«, dozierte Gunther mit ihrer schrillen

Stimme, »bedeutet das: Wenn die Tatsache, dass bei dem Embryo das Downsyndrom diagnostiziert wurde, keine ausreichende Veränderung der Umstände darstellt, um den Vertrag für nichtig zu erklären, würde dieses Gericht über hundert Jahre Vertragsrecht revidieren, und jedes Lehrbuch zur Vertragslehre müsste umgeschrieben werden.«

Ichabod verzog angesichts dieser überzogenen Darstellung und der zunehmenden Schärfe der Argumente das Gesicht, doch die Anwältin schien dies nicht zu bemerken. Sie stürzte sich gerade auf das Bioethikgesetz.

Es sei zu breit gefasst, argumentierte sie, und verletze unmittelbar das Recht auf Selbstbestimmung der Frau, wie es erstmalig im Fall *Roe vs. Wade* formuliert wurde. Das Problem sei, dass die übereifrigen Mitglieder des Repräsentantenhauses versucht hätten, beim Verbot des somatischen Zellkerntransfers, der allgemein Besorgnis erregte, auch das Verfahren der einfachen Blastomeren-Isolation zu verbieten. Was erlaubten die Abgeordneten sich, Frauen wie Cameron vorzuschreiben, dass sie dieses einfache medizinische Verfahren bei der Zeugung ihres Kindes nicht anwenden durften?

Wenn dieses Gesetz nicht aufgehoben wurde, würde es eines Tages auch ein Verbot für Abtreibung und Empfängnisverhütung geben. Entweder hatte die Frau das Recht, über ihre Fortpflanzung zu entscheiden, oder aber der Kongress, erklärte Gunther. So einfach war das.

Nebenbei bemerkt, fügte Nora hinzu, könne der Kongress nicht behaupten, dass er es als seine Pflicht ansähe, die kleinen Präembryos zu beschützen. Diese Embryos in den frühen Zellstadien, oder genauer gesagt Zygoten, seien noch kein menschliches Leben, so viel stünde fest. Ansonsten wäre es gesetzwidrig, überschüssige befruchtete Eizellen wegzuwerfen oder Experimente an ihnen durchzuführen.

Nachdem Gunther eine Weile gegen den Kongress gewettert hatte, ohne scheinbar auch nur ein einziges Mal Luft zu holen, übernahm Ichabod endlich das Wort.

»Wie viel Zeit brauchen Sie noch, Ms Gunther? Bitte denken Sie daran, dass ich um ›kurze‹ Plädoyers gebeten hatte.«

»Nur noch eine Sache, Euer Ehren.«

Ichabod seufzte. »Fassen Sie sich kurz.«

»Ich werde es versuchen«, antwortete Gunther eindeutig empört.

Soweit Mitchell das beurteilen konnte, strengte sie sich dabei nicht sonderlich an.

Eine Viertelstunde später war auch der letzte Aspekt erklärt, nämlich die Tatsache, dass der Vertrag zwischen Cameron und »der Leihmutter« – aus irgendeinem Grund weigerte sie sich, Marynas Namen zu nennen – aufrechterhalten bleiben sollte. Im Gegensatz zu dem Vertrag, den Cameron unterschrieben hatte, der selbstredend null und nichtig war, sollte diese Vereinbarung Punkt für Punkt eingehalten werden. Warum? Weil sie genau die Umstände erfasste, die aktuell eingetreten waren. Die Parteien hatten sich schriftlich darauf geeinigt, dass die Schwangerschaft abgebrochen werden sollte, wenn durch die Schwangerschaft die Gesundheit der Leihmutter beträchtlich gefährdet sei oder der Fötus innerhalb der ersten zwei Trimester Anomalien entwickeln würde, die ihn daran hinderten, zu einem normalen, gesunden Kind heranzuwachsen. Wenn ein solcher Gendefekt entdeckt wurde, hatte Cameron laut Vertrag das Recht, die Schwangerschaft abbrechen zu lassen.

Unglücklicherweise, erklärte Gunther, war genau *dieser Fall* eingetreten. In Bezug auf *diesen* Vertrag gab es keine veränderten Umstände, von denen die Parteien überrascht wurden. Die traurige Möglichkeit einer Anomalie wie dem Downsyndrom sei bei der Unterzeichnung des Vertrages besprochen worden. Und nun, da diese Situation eingetroffen sei, gäbe es keinen Grund dafür, warum die Leihmutter ihr Wort nicht halten sollte.

Gunther beendete ihre Rede mit der Bitte an das Gericht, zur Kenntnis zu nehmen, dass Cameron nichts gegen Kinder mit Downsyndrom habe. Sie bewundere besonders das fröhliche Temperament und die Begabung solcher Kinder sowie die Engelsgeduld und Liebe der Eltern, die sie großzogen. Aufgrund von unkontrollierbaren Umständen war Cameron nun eine verwitwete Frau, die ein Kind allein großziehen würde und gleichzeitig in Vollzeit berufstätig sei. Ein behindertes Kind bräuchte zu Recht sehr viel mehr Zuwendung.

»Es ist eine schwere Entscheidung«, erkannte Gunther an und senkte endlich ihre Stimme. »Sie bricht und zerreißt einem das Herz. Aber es ist genau die Art von schwerer Entscheidung, die unsere Verfassung klugerweise der am stärksten betroffenen Frau aufbürdet – der potenziellen

Mutter. Sie ist die einzige Person, die ihr Leben lang mit den Konsequenzen leben muss. Es ist eine Entscheidung, die Cameron gequält und für die sie gebetet hat. Eine Entscheidung, die sie zu treffen bereit ist. Und es ist die Aufgabe des Gerichts sicherzustellen, dass sie die Möglichkeit dazu bekommt. Jedes andere Ergebnis, Euer Ehren, wird nicht nur irreparablen Schaden bei meiner Klientin anrichten. Die Rechte der Frau in diesem Land werden außerdem um über dreißig Jahre zurückgeworfen.«

Endlich, dem Himmel sei Dank, hörte Nora Gunther auf zu sprechen. Sie starrte die Richterin ein letztes Mal durchdringend an, dann sammelte sie ihre Papiere zusammen und ging zurück zu ihrem Platz. Die durch ihr aggressives Eröffnungsplädoyer hervorgerufene Anspannung war deutlich spürbar. Sie hatte keine Zweifel daran gelassen, dass sie bereit war, für jeden einzelnen Punkt zu kämpfen – wenn notwendig sogar mit der Richterin –, um das Recht ihrer Mandantin auf Selbstbestimmung zu verteidigen.

»Lassen Sie uns eine kurze Pause einlegen«, sagte Ichabod, »bevor ich Mr Mackenzie das Wort erteile.«

57

Win Mackenzie erhob sich majestätisch für seinen Moment im Rampenlicht. Er knöpfte sein Jackett zu, strich sorgsam mit der Hand die Ärmel entlang, um die Falten zu glätten, nahm seine Notizen zur Hand und stellte sich hinter das Podium. »Hohes Gericht«, sagte er mit tiefer, melodischer Stimme, die einen angenehmen Kontrast zu Nora Gunthers aufgeregtem Tonfall darstellte. Dann begann er, sein sorgfältig vorbereitetes Eröffnungsplädoyer vorzutragen.

Als Erstes sprach sich Mackenzie in den höchsten Tönen für den Vertrag aus, den Nora soeben als »Farce« bezeichnet hatte. Er führte an, dass medizinischer Fortschritt in diesem Bereich der Biotechnologie nur dann möglich sei, wenn man sich auf die Gültigkeit der entsprechenden Verträge verlassen könne.

»Wie sollen Kinderwunschkliniken und Biotech-Unternehmen ihrer Arbeit nachgehen, wenn Verträge zu kritischen Fragen wie der Entsorgung von befruchteten Eizellen einfach außer Kraft gesetzt werden können? Und warum sollte Ms Davenport-Brown *allein* entscheiden dürfen, was mit diesen Embryos passiert? Sollte nicht auch ihr Ehemann ein Mitspracherecht haben? Natürlich sollte er das. Und das ist der Grund, warum die Eheleute Brown vorsorglich diesen Vertrag mit GenTech eingegangen sind: um Streitigkeiten wie diese zu vermeiden, die vor Gericht enden.«

Mackenzie ging ein paar Schritte zu seinem Tisch zurück und holte ein großes, auf weiße Pappe geklebtes Poster hervor. Darauf war das lebensgroße Fotoporträt von Dr. Nathan Brown zu sehen. Mitchell traute seinen Augen nicht.

Mackenzie stellte das Poster auf eine Staffelei und drehte es der Richterin zu. Dr. Browns Blick schien nun auf Ichabod gerichtet zu sein, und auch Mitchell fühlte sich aus dem Augenwinkel beobachtet. Mitchell sah, dass Cameron die Hand auf ihre Stirn legte und den Blick senkte; ihr Missfallen war deutlich zu erkennen.

»Das ist echt verlogen«, flüsterte Nikki. »Und unsensibel.«

»Dieser Mann kann heute nicht unter uns sein«, fuhr Mackenzie fort und hielt sich mit den Händen am Podest fest, »aber seine Stimme sollte nicht - darf nicht - ignoriert werden. Es ist nun einmal Fakt, dass die Angelegenheit im Vertrag eindeutig und klar geregelt wurde. Laut Vertrag dürfen sowohl der Ehemann als auch die Ehefrau entscheiden, dass die eingefrorenen Präembryos für Forschungszwecke gestiftet werden. Warum? Weil keiner der beiden gegen seinen Willen dazu gezwungen werden sollte, Vater oder Mutter zu werden.«

An dieser Stelle präsentierte Mackenzie eine lange Liste von Fällen, die zu der gleichen Schlussfolgerung kamen und auf Verträgen basierten, die dem von GenTech auffällig ähnlich waren. Die Gerichte betrachteten die Präembryos als Eigentum. Und genau wie bei jedem anderen Eigentum auch konnte man die Rechte an den Präembryos vertraglich veräußern.

»Erklären Sie diesen Vertrag, der von allen beteiligten Parteien unterzeichnet wurde, als rechtskräftig«, drängte Mackenzie, »und dieses Verfahren ist beendet.«

Seine Argumente schienen an Ichabod abzugleiten, als wäre sie eine Teflon-Pfanne. Sie machte sich weder Notizen, noch änderte sie ihren Gesichtsausdruck, während er sprach. *Kauft sie ihm seine Argumentation widerstandslos ab?*, fragte sich Mitchell. *Oder ist das einfach ihre Art – den Anwälten während ihrer Eröffnungsplädoyers das Wort zu überlassen, schweigend zuzuhören und sich ihre Fragen für später aufzuheben?*

»Sind diese kleinen Zygoten menschliche Wesen?«, fragte Mackenzie, ohne seine Haltung oder seinen Tonfall zu ändern. Er klammerte sich immer noch an das Podest, neben ihm das Porträt von Brown. Seine Augen wanderten zwischen Ichabod und seinen Notizen hin und her, seine Stimme klang immer gleich. »Auf keinen Fall. Wenn sie dies wären – wenn das Gesetz jede befruchtete Eizelle als menschliches Wesen anerkennen würde, selbst solche, die nicht eingepflanzt wurden –, dann würden wir Abtreibungen verbieten, wir würden Spiralen als Verhütungsmittel verbieten, und wir würden jede andere Form der Empfängnisverhütung verbieten. Euer Ehren, das Gesetz sieht das anders, und jeder Jurastudent im ersten Semester weiß das.«

Einen Moment wirkte es so, als hätte Mackenzie den Faden verloren. Er kramte in seinen Notizen herum und lief rot an, während sich Stille im Gerichtssaal ausbreitete. Doch dann fasste er sich wieder, räusperte sich und hielt den Finger auf die Stelle, bei der er erneut ansetzen wollte.

»Die Behauptung der Klägerin, GenTech würde in diesem Fall rein gewinnorientiert handeln, ist einfach lächerlich. Absolut lächerlich! Wer würde mehr als GenTech davon profitieren, wenn das Verbot des Klones aufgehoben wird? Die Firma hat Tausende eingefrorener Embryos gelagert und besitzt die notwendige Technologie, um sie für therapeutische Klonexperimente zu nutzen, die den Fortschritt der Medizin auf unglaubliche Weise vorantreiben könnten. Dennoch befindet sich GenTech heute in der seltsamen Situation, die Gesetzgebung zur Bioethik zu verteidigen – gegen die eigenen finanziellen Interessen –, aus dem einfachen Grund, dass sich die Klinik für die Rechtmäßigkeit eines Vertrages einsetzt. Hört sich das für Sie nach einem Unternehmen an, das gewinnorientiert handelt?«

»Nun ja«, warf Ichabod mit einem gequälten Lächeln ein, »wollen Sie damit sagen, dass GenTech finanziell nicht davon profitiert, wenn ich den Vertrag für rechtskräftig erkläre und die Vernichtung der Embryos gemäß

Dr. Browns Testament gestatte? Wenn ich das richtig verstehe, können diese Embryos genutzt werden, um neue Stammzelllinien zu Forschungszwecken zu erschaffen, die größtenteils durch Vermächtnisse aus Dr. Browns Testament finanziert werden. Sehe ich das richtig?« Sie zog eine Augenbraue hoch.

»Sie werden ... sie könnten ... natürlich wird es gewisse finanzielle Vorteile geben«, stammelte Mackenzie. Mackenzie ließ sich also aus dem Gleichgewicht bringen, indem man ihm Fragen stellte, deren Antworten er nicht ablesen konnte. »Was ich damit sagen wollte, ist, dass sie so oder so profitieren werden, dementsprechend ist mein Klient nicht durch einen finanziellen Vorteil motiviert.«

»Fahren Sie fort.« Ichabod hörte sich nicht sonderlich überzeugt an.

Wieder blätterte Mackenzie in seinen Unterlagen. Dann legte er die Notizen beiseite, richtete sich auf, sah der Richterin direkt in die Augen und verließ sich ab jetzt nur noch auf sein Gedächtnis.

»Dr. Richards wird im Zeugenstand dem Gericht von einigen erstaunlichen medizinischen Fortschritten berichten, die GenTech auf den Weg gebracht hat ...«

»Sind das die gleichen, über die er bereits gestern die ganze Welt informiert hat?«, unterbrach ihn Ichabod.

»Ähm ... diese und andere, ja. Dr. Richards wird aussagen, dass dieses Verfahren den Schlüssel zu weiteren medizinischen Durchbrüchen im Bereich der Biotechnologie birgt. Dass GenTech und andere Firmen an Wegen arbeiten, um embryonale Stammzellen mit und ohne Klontechnologie zu entwickeln, die dann als gesunde, neue Nerven- und Gehirnzellen eingesetzt werden können – und so möglicherweise Heilmethoden für Krankheiten wie Alzheimer und Parkinson darstellen. Doch die Forschungsversuche können nicht abgeschlossen werden, nicht einmal begonnen werden, wenn die Verträge, denen zufolge die Eizellen gespendet werden, nicht rechtskräftig sind.« Mackenzie hatte seine Sicherheit offensichtlich zurückgewonnen.

»Warum sind wir heute hier, Euer Ehren? Weil es in diesem Land Tausende von Menschen gibt, die sich in einer Notlage befinden – gefangen in dem brennenden Haus ihres eigenen Körpers. Dr. Richards und GenTech verfügen über die passenden Feuerlöscher – den medizinischen Fortschritt und die finanzielle Förderung, dank derer diese Menschen gerettet werden können –, doch die Klägerin versucht, Dr. Richards die lebensrettende Ausrüstung aus der Hand zu nehmen. Euer Ehren, es gibt zwar nur drei Parteien in diesem Gerichtsverfahren, aber tatsächlich werden Hunderttausende Menschen von der Entscheidung dieses Falls betroffen sein.«

Mackenzie hielt inne und atmete tief durch. Dann sprach er mit gedämpfter Stimme weiter, die nun einen bittenden Tonfall angenommen hatte. »Die Flammen sind kaum noch zu bezwingen, die Zeit rennt uns davon, die Feuerwehrmänner sind bereit, die Opfer schreien nach Hilfe. Erhören Sie die Schreie dieser Menschen, Euer Ehren. Geben Sie ihnen Hoffnung. Retten Sie ihr Leben.«

Einen Augenblick stand Mackenzie einfach da, um seine Schlussbitte wirken zu lassen. Andächtiges Schweigen erfüllte den Saal, und selbst Mitchell war bis an die Kante seines Stuhls vorgerutscht. Er verfolgte aufmerksam, wie Mackenzie wortlos das Porträt von Dr. Brown herunternahm, sich umdrehte und an seinen Platz zurückkehrte. Mit ernstem Blick legte Dr. Richards seinen Arm um Mackenzies Schulter und flüsterte etwas in sein Ohr.

Nikki unterbrach Mitchells Gedanken. »Schwache Vorstellung«, flüsterte sie. »Ein plumper Versuch, auf die Tränendrüse zu drücken. Das zieht bei Ichabod nicht.«

»Richtig«, pflichtete Mitchell ihr bei. Aber seine Gedanken waren ganz woanders. Im Kopf ging er ein letztes Mal seine emotionsgeladene Rede durch, die er gleich der Richterin mit dem Herzen aus Stein vortragen würde.

Der Knoten in seinem Bauch zog sich immer fester zu.

58

»Mit seinen vierzehn Wochen«, begann Mitchell, »ist dieses Baby ungefähr acht bis zehn Zentimeter lang und wiegt um die 60 Gramm. Es hat bereits kleine Fingerchen und Zehen, einen Herzschlag, Hirnströme, Fingerabdrücke und reagiert auf Licht und Geräusche.« Während Mitchell redete, sah er direkt in Ichabods kalte graue Augen. Seine Stimme wurde immer selbstsicherer, und er merkte, dass die Anspannung in seinem Bauch langsam nachließ.

Aus seiner Hosentasche zog er eine winzige rosafarbene Plastiknachahmung eines Embryos heraus. »Auch wenn es im Moment nur so groß ist, dass es in meine Handfläche passt, besitzt es schon all die Eigenschaften, das genetische Rohmaterial und komplette Potenzial für den gefühlstechnischen, psychologischen und geistigen Aufbau eines Menschen.«

»Mr Taylor«, unterbrach ihn Ichabod, »meiner Meinung nach wäre es dem Zweck dienlich, wenn wir uns an die rechtlichen Fakten halten und die Emotionen außen vor lassen.« Die Richterin lehnte sich vor und sprach langsam und mit Nachdruck.

»Könnten Sie mir bitte sagen, ob es andere Rechtsfälle zu einer ähnlichen Thematik gibt, bei denen ein vierzehnwöchiger Embryo als voll entwickelter Mensch betrachtet wurde? Meines Wissens haben andere Gerichte solche Situationen nach dem Sachenrecht beurteilt und solche kleinen, nicht entwickelten Embryos eher als ein Organ der Mutter als eine eigenständige Person angesehen.«

»Sehr gerne würde ich auf diese Frage eingehen, Euer Ehren«, antwortete Mitchell und steckte die Plastiknachbildung zurück in seine Tasche. »Allerdings ist es so, dass kein anderes Gericht bisher mit einer solchen Sachlage konfrontiert wurde – bei der die leibliche Mutter versucht, die Leihmutter zu einer Abtreibung zu *zwingen*. Die Gerichtshöfe, die den Status eines Embryos im Falle einer Leihmutterschaft bestimmt haben, haben für gewöhnlich befunden, dass der Embryo zwar streng genommen weder eine Person noch Eigentum ist, aber trotzdem ein besonderes Recht auf Schutz hat, da aus ihm *potenziell* ein menschliches Wesen entstehen kann. Diese Begründung brachte zum Beispiel das oberste Gericht in Tennessee im Fall *Davis vs. Davis* an.«

»Genau das meinte ich«, schoss Ichabod zurück. »Handelte es sich bei diesem Fall nicht um eine Scheidung, bei der die leibliche Mutter gegen den Willen des leiblichen Vaters eingefrorene Embryos eingesetzt haben wollte?«

»Das ist korrekt, Euer Ehren.«

»Und in diesem Fall befand das Gericht, dass der Vater das verfassungsmäßige Recht hatte, sich gegen die Zeugung des Kindes zu entscheiden ...«

»Ja, Euer Ehren, aber ...«

»Mr Taylor ...« Ichabods Augen verengten sich. »Darf ich meine Frage beenden?«

»Aber natürlich, Euer Ehren«, entgegnete Mitchell schnell.

»In diesem Fall gab es keinen Vertrag, aber das Gericht entschied, dass ›niemand gegen seinen Willen zur Elternschaft gezwungen werden darf‹. Das Gericht entschied außerdem: Wenn es einen Vertrag zwischen den beiden Parteien gegeben hätte, dann hätte dieser Vorrecht gehabt. Nun, Mr Taylor, in unserem Fall besteht ein Vertrag, der von allen Parteien inklusive Ihrer Mandantin unterzeichnet worden ist. Warum sollte ich nicht auf die Einhaltung des Vertrages bestehen und Ms Sareth die Beendigung ihrer Schwangerschaft auferlegen?«

Mitchell zögerte. *Warum nimmt sie mich so in die Mangel? Den anderen hat sie diese Art von Fragen nicht gestellt.*

Seine Stimme klang verärgert, als er antwortete. »Darf ich die Frage jetzt beantworten?«

»Ich *bitte* darum, Mr Taylor.«

»Weil der Vertrag in unserem Fall, Euer Ehren, gegen die öffentliche Ordnung verstößt. Wir wissen alle, dass Verträge, die gegen die allgemeine öffentliche Ordnung verstoßen, nicht vom Gericht erzwungen werden dürfen. Auf dieser Grundlage schützen wir Autokäufer vor den unhaltbaren Verträgen von Autoverkäufern, wir schützen Versicherungsnehmer vor Versicherungen, wir schützen Hauskäufer vor Bauunternehmern – sollten wir da nicht auch die hilflosesten aller Individuen schützen?«

Ichabod stützte ihr Kinn auf ihre rechte Hand und studierte Mitchell mit neugierigem Blick, als wäre sie eine Biologin, die eine interessante Laborprobe untersucht.

»Was könnte deutlicher gegen die öffentliche Ordnung verstoßen als eine leibliche Mutter, die ein Baby ablehnt, weil es nicht ihren Vorstellungen entspricht, und die eine andere Frau zu einer Abtreibung zwingt? Warum haben Dr. Brown und seine Frau eine illegale Einwanderin als Leihmutter ausgesucht? Sie brauchten jemanden, den sie, falls nötig, in der Hand hatten. Jemanden, der sie nicht verklagen und diesen skrupellosen Vertrag nicht anfechten konnte.« Mitchell kam jetzt in Fahrt, und es gefiel ihm.

»Laut Vertrag soll die Schwangerschaft abgebrochen werden, wenn der Fötus innerhalb der ersten zwei Trimester Anomalien aufweist, die ihn daran hindern, sich zu einem normalen, gesunden Kind zu entwickeln. Aber wer definiert, was ein normales, gesundes Kind ist, Euer Ehren? Hinter diesem Vertrag steht schlicht und einfach ein eugenisches Konzept. Er gibt Ms Davenport-Brown das Recht, ein Kind abzulehnen, weil es nicht ihrer Definition von normal entspricht. Euer Ehren, genau so haben es auch die Nazis gemacht, und so machen es die Chinesen, wenn sie ihre kleinen Mädchen abtreiben. Aber, Euer Ehren, wir in Amerika tun so etwas nicht.«

Mitchell spürte, wie Nora und Camerons Blicke seinen Rücken durchbohrten. Mit seinem Nazivergleich hatte er alle Register gezogen, aber er konnte einfach nicht verharmlosen, was sie taten. Sie waren es, die eine Machtprobe vor Gericht erzwungen hatten, nicht er. Auch wenn er Cameron mochte – es stand zu viel auf dem Spiel, um sich Sorgen darum zu machen, ob er ihre Gefühle verletzte.

»Für wen hält die Klägerin sich? Sie stolziert hier herein und besteht darauf, dass das Gericht eine Abtreibung anordnet, nur weil das Baby das Downsyndrom haben *könnte*. Wer hat die Klägerin zu Gott gemacht? Warum sollte sie allein entscheiden, wer leben darf und wer sterben muss?«

»Mr Taylor«, warf Ichabod ein und hielt eine Ausfertigung des Vertrages hoch, »Ihre Klientin hat Ms Davenport-Brown das Recht dazu gegeben, als Ihre Klientin *diesen Vertrag* unterschrieb.«

»Sie hat ihn unterschrieben, Euer Ehren, aber es liegt nun an diesem Gericht zu entscheiden, ob die Rechte aus diesem Vertrag geltend gemacht werden dürfen. Und kein Gericht hat es je zugelassen, dass Rechte aus Verträgen geltend gemacht werden dürfen, die gegen öffentliche Grundsätze verstoßen.«

»Und wer sagt, dass die Abtreibung eines Fötus mit einem möglichen genetischen Defekt gegen öffentliche Grundsätze verstößt?«

Endlich. Auf diese Frage hatte Mitchell gewartet. Nikki hatte Mitchell versichert, dass er nur lange genug auf dem Thema herumreiten musste, bis ihm diese oder eine ähnliche Frage gestellt werden würde. Und Nikki war es auch, der die passende Antwort dazu einfiel, und zwar eine, mit der die Richterin niemals rechnen würde.

Mitchell atmete tief durch, drehte sich zur Seite und zeigte auf die zweite Reihe im Zuschauerraum, in der sich unzählige erwartungsvolle Gesichter und flehende Augen von jungen Frauen drängten. »Ich sage das, Euer Ehren. Und genauso sehen es diese Mütter von Kindern mit Downsyndrom in der zweiten Reihe, von denen jede bereit ist, auszusagen, dass ihr Kind ein gesundes, erfülltes und lebenswertes Leben lebt. Um genau zu sein, Euer Ehren, werden sie bestätigen, dass wir von diesen ganz besonderen Kindern alle etwas über das Leben lernen können.«

Mitchell drehte sich wieder um und blickte der Richterin direkt in die Augen.

»Versuchen Sie ihnen zu erklären, dass eine Aussonderung aufgrund von Gendefekten nicht gegen öffentliche Grundsätze verstößt. Und dann versuchen Sie ihnen zu erklären, dass durch die Anordnung einer Abtreibung kein irreparabler Schaden entsteht.«

59

»Bitte rufen Sie Ihren ersten Zeugen auf«, forderte Ichabod Nora Gunther auf.

Nora stand auf, überprüfte ihre Notizen, ließ sich Mitchells Meinung nach viel zu lange Zeit und verkündete dann dem gesamten Gerichtssaal: »Die Klägerin ruft Maryna Sareth in den Zeugenstand.«

»Wie bitte?«, platzte es aus Nikki heraus. »Das ist lächerlich.«

»Pssst«, flüsterte Mitchell und stand auf. Nikki hatte so laut gesprochen, dass nicht nur Mitchell sie gehört hatte. Ichabod reagierte mit einem tadelnden Blick in Nikkis Richtung.

»Euer Ehren, Ms Sareth ist heute nicht anwesend«, bemerkte Mitchell sachlich. »Wir haben nicht vor, sie in diesem Verfahren in den Zeugenstand zu rufen, und wussten nicht, dass die Klägerin sie aufrufen würde.«

Nora Gunther sah Mitchell an und spottete: »Kommen Sie, Mr Taylor, mehr haben Sie nicht auf Lager?«

»Meine Damen und Herren«, schnappte Ichabod, »richten Sie Ihre Kommentare an das Gericht, nicht persönlich aneinander.«

Als beide Anwälte gleichzeitig antworten wollten, hob Ichabod ihre Hand. »Sie zuerst, Ms Gunther.«

»Vielen Dank, Euer Ehren. Ms Sareth hat sich *selbst* in den Fall eingeschleust. Sie behauptet, ihr stände das Recht zu, das Kind meiner Klägerin auszutragen. Sie behauptet außerdem, dass sie das Kind großziehen möchte – ein Kind mit einer schwerwiegenden Genkrankheit. Und aus irgendeinem Grund glaubt sie, dass das Gericht diese Fragen klären kann, ohne sie jemals gesehen zu haben, geschweige denn ihre Aussage gehört zu haben. Wie soll das Gericht beurteilen können, ob sie eine gute Mutter abgeben würde?«

Alle Augen waren nun auf Mitchell gerichtet. Ihm war bewusst, wie viel von seinen nächsten Worten abhing – Marynas Hoffnungen, die Zukunft ihres Babys.

»Das Recht sollte nicht erfordern, dass eine Frau riskieren muss, abgeschoben zu werden, um das Leben ihres Kindes zu retten. Ms Gunther weiß genau, dass meine Klientin keine Aufenthaltsgenehmigung besitzt. Wir werden sogar beweisen, dass Ms Davenport-Brown meine Klientin als Leihmutter auserwählt hat, gerade *weil* sie eine illegale Einwanderin ist und gerade *weil* meine Klientin höchstwahrscheinlich davor zurückschrecken würde, für ihre Rechte zu kämpfen – aus Angst vor der Abschiebung. Ich bin heute hier, um Ms Sareth auch ohne ihre Aussage, so gut ich es kann, zu vertreten. Wenn Sie keine Aussage macht, schadet das nur *uns*, nicht der Klägerin. Lieber leben wir mit dieser Konsequenz, als dass wir es riskieren, dass sie in diesem entscheidenden Zeitpunkt ihres Lebens abgeschoben wird.«

»Euer Ehren, es steht uns zu, unsere Ankläger zu *konfrontieren* und vor einem ordentlichen Gericht zu verhören«, erklärte Gunther verächtlich. »Mr Taylor ist nicht derjenige, der bestimmen darf, wer aussagt und wer nicht. Ich habe das uneingeschränkte *Recht,* jeden Zeugen meiner Wahl aufzurufen, sofern es nicht der Vorladungsgewalt des Gerichts widerspricht. Und da Ms Sareth eine Prozesspartei in diesem Verfahren ist, fällt sie als Zeugin eindeutig in die Vorladungsgewalt des Gerichtes.«

»Aber, Euer Ehren, ihr steht das Recht zu, sich nicht selbst beschuldigen zu müssen«, flehte Mitchell die Richterin an.

»Das schlägt dem Fass den Boden aus«, schoss Nora zurück. »Darf ich mich dazu äußern, Euer Ehren?«

»Das wird nicht nötig sein.« Ichabod wandte sich nun Mitchell zu. Zum ersten Mal in diesem Verfahren wurden ihre Gesichtszüge weicher. Selbst ihre Worte wirkten nicht mehr so scharf wie zuvor, als müsste sie einer Pflicht nachkommen, die ihr selbst nicht gefiel. »Ich befürchte, Ms Gunther hat recht – ich kann niemandem erlauben, sich in ein ausstehendes Verfahren einzuschalten, wenn er sich weigert, in den Zeugenstand zu treten. Es ist richtig, dass für sie keine Pflicht besteht, sich selbst zu belasten, aber da es sich hier um einen Zivilprozess und keine Strafsache handelt, steht es mir zu, ihre Verweigerung der Zeugenaussage als Beweismittel zu handhaben. Und welche Schlussfolgerung soll ich daraus ziehen, außer dass Ms Sareth eine illegale Einwanderin ist, die eine Abschiebung riskiert, wenn sie in meinem Gerichtssaal erscheint, und zwar höchstwahrscheinlich an einen Ort, der dem Wohl des Kindes alles andere als zuträglich ist?«

Ichabod spitzte den Mund, nahm ihre Brille mit dem Drahtgestell ab und rieb sich über die Stirn. Dann setzte sie die Brille wieder auf und sah Mitchell an. »Ihre einzige Chance besteht darin, Ihre Klientin hier vor Gericht aussagen zu lassen und das Gericht davon zu überzeugen, dass sie in der Lage ist, auch in ihrem Heimatland gut für das behinderte Kind zu sorgen.« Sie hielt inne und verzog das Gesicht. »Das soll nicht heißen, dass sie den Fall so gewinnen – dafür müssen zu viele andere Aspekte berücksichtigt werden – es soll lediglich heißen, dass Sie auf keinen Fall gewinnen werden, wenn Sie nicht zumindest dieser Anweisung Folge leisten. War das verständlich?«

»Ja, Euer Ehren«, murmelte Mitchell.

»Dann haben Sie bis morgen Zeit, sie hierhin zu bringen. In der Zwischenzeit«, Ichabod wandte sich wieder Nora Gunther zu, »rufen Sie bitte Ihren nächsten Zeugen auf.«

Erneut zog Nora Gunther ihre Schau ab, indem sie ihre Notizen überprüfte und ihrer Klientin etwas zuflüsterte. Als sie sichergehen konnte, dass alle Augen nur auf sie gerichtet waren, kündigte sie stolz ihren nächsten Zeugen an:

»Die Anklage ruft Dr. Blaine Richards in den Zeugenstand.«

* * *

Mitchell beobachtete genau, wie Blaine Richards seine Hand hob und schwor, die Wahrheit zu sagen. Der Arzt war der Inbegriff der Arroganz. Sein kohlrabenschwarzes Haar war wie immer glatt nach hinten gegelt, damit sein spitzer Haaransatz gebührend zur Geltung kam. Sein dunkelgrauer Anzug hatte einen tollen Glanz, die rote Krawatte setzte einen kraftvollen Akzent. Dazu trug er ein hellblaues Hemd mit weißem Tab-Kragen und Manschettenknöpfen, die wahrscheinlich mehr gekostet hatten als Mitchells gesamte Garderobe. Mitchell meinte, auf Richards Lippen ein zynisches Lächeln zu entdecken, während er seinen Eid ablegte, als hätte er damit gerechnet, genau in diesem Moment in den Zeugenstand gerufen zu werden.

Er nahm Platz, trank einen Schluck Wasser und lächelte Nora Gunther an.

Sie blickte grimmig zurück.

Mithilfe von ein paar einleitenden Fragen versuchte sie, sofort die Kontrolle an sich zu reißen. Richards ließ sich mit seinen Antworten Zeit und schmunzelte herablassend, wenn er gerade nicht sprach. Seine ruhige Art bewirkte, dass die Fragen nur noch schneller und lauter aus Noras Mund schossen.

»Sie haben ein Verfahren namens Blastomeren-Isolation angewandt, um vier gesunde befruchtete Eizellen meiner Klientin zu teilen und daraus im Endeffekt acht geklonte Eizellen zu gewinnen. Ist das richtig?«

»Ja.«

»Und Sie gingen zu der Zeit davon aus, dass die Methode sicher ist?«

»Selbstverständlich.«

»Sie führte zum gewünschten Ergebnis, ist das korrekt?«

»Ja, das tat sie.«

»Und Sie hielten das Klonverfahren für eine sichere und effektive Methode. Ihrer Meinung nach waren die geklonten Eizellen genauso gesund

und in der Lage, Leben zu erzeugen, wie die ursprünglichen befruchteten Eizellen?«

Richards zögerte und beobachtete Noras angespannten Gesichtsausdruck. Mitchell wusste genau wie alle anderen im Raum, wie Richards' Antwort lauten würde, wie sie lauten musste, aber es wirkte, als würde sich der Zeuge absichtlich Zeit lassen, einfach nur, um dabei zuzusehen, wie die Furchen auf Noras Gesicht immer tiefer wurden.

»So kann man es formulieren.«

»Sie wandten das genannte Verfahren an, weil Sie wussten, wie sehr sich Dr. Brown und Ms Davenport-Brown ein Kind wünschten, ist das richtig?«

»Jeder Patient, der in meine Klinik kommt, wünscht sich ein Kind«, antwortete Richards ruhig. »Das ist der Grund für ihren Besuch.«

»Antworten Sie einfach auf die Frage.«

»Habe ich doch.«

Gunther sah Ichabod an und breitete ihre Hände aus. »Euer Ehren?«

»Beantworten Sie die Frage, Dr. Richards«, sagte Ichabod. »Die Kommentare sind unnötig.«

»Natürlich«, sagte Richards naserümpfend.

»Bei einer Leihmutterschwangerschaft setzen Sie nur ungefähr vier Eizellen auf einmal ein. Ist das korrekt?«

»Das ist korrekt.«

»Dennoch ist die Wahrscheinlichkeit, dass eine von ihnen sich an der Gebärmutterwand festsetzt und zu einem Fötus entwickelt nicht besonders hoch, nicht wahr?«

Richards lächelte wissend. »Um ehrlich zu sein, sind die Chancen in unserer Klinik höher als bei den meisten anderen. Dennoch liegen sie bei weniger als 50 Prozent.«

»Also für den Fall, dass die ersten vier Eizellen nicht zum gewünschten Ergebnis führten, hatten Sie weitere Eizellen für einen neuen Versuch erschaffen, richtig?«

»Ja.«

»Kommen Sie auch irgendwann mal zum Punkt?«, fragte Ichabod ungeduldig.

Gunther warf der Richterin einen Blick zu, als hätte sie gerade gefragt, ob es sich bei einem unbezahlbar wertvollen Gemälde um Malen nach Zahlen handelte. »Ich bin kurz davor, Euer Ehren.«

»Lassen Sie sich ruhig Zeit damit«, schnaubte Ichabod.

»Dr. Richards, kann man sagen, dass sowohl meine Klientin als auch ihr Ehemann die Absicht hatten, alle Möglichkeiten auszuschöpfen, um ein gesundes Kind auf die Welt zu bringen, selbst wenn sie Ihnen dafür gestatten mussten, Eizellen zu klonen?«

Richards schenkte Gunther einen Blick strapazierter Geduld – das ruhige und hämische kleine Lächeln eines Profis, der von einem blutigen Anfänger infrage gestellt wurde. »Ich kann keine Gedanken lesen«, antwortete er. »Ich weiß nicht, mit welcher Intention Ihre Klientin gehandelt hat.«

»Haben Sie die Eizellen aus Spaß geklont?«

Richards drehte sich zu Ichabod um. »Muss ich auf so was antworten?«

Missmutig schüttelte Ichabod den Kopf und sah Gunther an. »Sie haben Ihr Argument angebracht, bitte fahren Sie fort.«

»Als Dr. Brown sein Testament verfasst hat, in dem er entschied, dass die Präembryos der Forschung gespendet werden sollen, ging er davon aus, dass die Leihmutter bereits ein gesundes, sich normal entwickelndes Baby in sich trug. Ist das korrekt?«

»Ich würde sagen, das ist korrekt«, antwortete Richards und stützte das Kinn in die Hand. »Der Verdacht auf das Downsyndrom trat erst später auf.«

»Also war Dr. Browns Testament, in dem er die Eizellen der Forschung spendet, das Ergebnis der fälschlichen Annahme, dass er und seine Frau die geklonten Eizellen nicht mehr für ein Kind ohne Gendefekt benötigen würden, richtig?«

»Sie scheinen mich mit Dr. Browns Anwalt zu verwechseln«, entgegnete Richards höhnisch. »Ich habe sein Testament nicht verfasst.«

Diese Antwort quittierte Nora Gunther mit einer langen Pause, in der sie den Zeugen mit einem vernichtenden, angewiderten Blick ansah. »Finden Sie das witzig?«, fragte sie mit spröder Stimme. »Ist die Zukunft der acht Präembryos, die Unfähigkeit von Ms Davenport-Brown, ein gesundes Kind zu bekommen, der Aidstod von Dr. Brown – sind all diese Dinge für Sie Scherze, über die man lachen kann?«

»Der einzige Scherz in diesem Gerichtssaal«, antwortete Richards gelassen und nahm einen Schluck Wasser, »sind Ihre Fragen.«

»Euer Ehren ...«, beschwerte sich Gunther nörgelnd.

»Darf ich meine Antwort zu Ende bringen?«, fragte Richards.

Ichabod lehnte sich auf ihrer Bank vor und sah den Zeugen böse an. »Dr. Richards, Ihre einzige Aufgabe ist es, die Fragen zu beantworten, nicht laufend Kommentare zu der Anwältin abzugeben, die Ihnen die Fragen stellt.« Dann lehnte sie sich noch weiter vor und sah über ihre Nase zu Nora herab. »Und Ihre Aufgabe, Ms Gunther, ist es, professionell zu arbeiten und aufzuhören, den Zeugen zu ködern.« Ichabod lehnte sich zurück, während Nora Gunther die Augen verdrehte. »Und meine Aufgabe ist es, für Ordnung in diesem Gerichtssaal zu sorgen. Um das zu gewährleisten, werde ich Sie beide, falls nötig, wegen Missachtung des Gerichts belangen.«

»Jetzt beantworten Sie die Frage, Dr. Richards.«

Der Weg war nun bereitet. Die Aufmerksamkeit aller im Raum Anwesenden war jetzt allein auf den Zeugen gerichtet.

In aller Ruhe trank er einen großen Schluck Wasser, dann antwortete er mit klaren und deutlichen Worten, die er wie bei einer Wasserfolter nach und nach in die Stille des Gerichtssaals tropfen ließ. »Als mich Dr. Brown ein paar Monate vor seinem Tod aufsuchte, um sein Testament zu besprechen, war er in dem Glauben, dass sich der Präembryo, der Maryna Sareth eingepflanzt wurde, zu einem gesunden Kind entwickeln würde. Er erzählte mir, dass sich seine Frau, Cameron Davenport-Brown, nichts sehnlicher wünschte als ein Kind, ein Vermächtnis. Aber Dr. Brown vertraute mir außerdem an, dass er vorhatte, eine ganz andere Art von Vermächtnis zu hinterlassen. Er sagte, dass er die Krankheit bekämpfen wollte, die seinen Körper zerstört hatte. Er wollte der Forschung helfen, eine echte Heilmethode für Aids zu finden, nicht nur weitere Medikamente, die die Krankheit im besten Fall eindämmen konnten. Obwohl ihm bewusst war, dass er den Kampf gegen die Krankheit selbst verlieren könnte, wollte er anderen helfen, sie zu überwinden. Daher wollte er sein Geld *und die acht geklonten Zygoten* der Aidsforschung vermachen.«

Während Richards redete, sah Mitchell, wie Nora Gunther nervös auf ihrem Platz herumrutschte. Sie hatte mit ihrer weit gefassten Frage über

Browns Absichten eine Tür geöffnet und Richards war klug genug, diese Chance zu nutzen. Der Zeuge war gerissen und bald würde Mitchell Gunthers Position einnehmen und versuchen, ihn in die Ecke zu drängen und ihm Aussagen zu entlocken, die nur aus Richards Mund kommen durften, um nicht seinem eigenen Fall irreparablen Schaden zuzufügen. Mitchells Handflächen fingen an zu schwitzen, als er über das anstehende Kreuzverhör mit dem raffinierten Dr. Richards nachdachte.

»Außerdem erzählte Dr. Brown mir«, fuhr Richards fort, »ziemlich ausdrücklich, dass, sollte dem bereits eingepflanzten Embryo etwas zustoßen, er *nicht* wollte, dass einer der geklonten Embryos einer Leihmutter eingesetzt wird. Wenn das Schicksal es wollte, dass die beiden ein Kind bekommen, dann würde der bereits eingepflanzte Embryo zu einem gesunden Kind heranwachsen. Wenn nicht, so Dr. Brown, dann würde er dieses Schicksal ebenso akzeptieren. Er sagte, dass sich Cameron sonst ihr ganzes Leben darauf konzentrieren würde, ein Kind zu bekommen und für es zu sorgen. Sie würde das Gefühl haben, sie wäre es Dr. Brown schuldig, erklärte er mir. Davon wollte er sie befreien. Wenn sich der eingesetzte Embryo aus irgendeinem Grund nicht weiterentwickelte, wollte er daher nicht, dass sie sich ihrem verstorbenen Mann gegenüber verpflichtet fühlte, einen der eingefrorenen Zygoten zu retten. Dr. Brown wusste, dass der Vertrag, den er beim ersten Besuch in der Klinik unterzeichnet hatte, sowohl ihm als auch Cameron das Recht verlieh, die kryokonservierten Embryos der Forschung zu stiften. Aus diesem Grund verfasste er ein Testament, um von diesem Recht Gebrauch zu machen.«

»Um Ihre Frage zu beantworten, Ms Gunther, es ist nicht so, als wäre niemand auf die aktuelle Situation vorbereitet gewesen. Das Downsyndrom des Embryos hätte Dr. Browns Ansicht nicht geändert. Er plante vorausschauend und hat deswegen vorgesorgt. Die geklonten Zygoten sollen auf seinen Wunsch für Forschungszwecke genutzt werden, unabhängig davon, was aus dem eingepflanzten Embryo wird. Und der von seiner Frau und ihm unterzeichnete Vertrag verleiht ihm das Recht dazu, dies zu entscheiden.« Richards beendete seine Antwort und blickte Gunther selbstgefällig an. *Zufrieden*?, fragten seine Augen.

Mitchell richtete seine Aufmerksamkeit auf die blass gewordene Nora Gunther. Hektisch blätterte sie durch ihre Notizen, zögerte und blätterte dann erneut einige Seiten um. Dr. Richards hatte ihren Fall gerade fachmännisch seziert und fein säuberlich das Herz aus ihrem Hauptargument herausgeschnitten - dass der Leihmutterschaftsvertrag und das Testament von Dr. Brown aufgrund einer falschen Voraussetzung aufgehoben werden sollten - und das Ganze mithilfe eines Gesprächs, dass vermeintlich zwischen ihm und einem toten Mann stattgefunden hatte. Es gab niemanden, der seine Aussage widerlegen oder bestätigen konnte. *Wie praktisch,* ging es Mitchell durch den Kopf.

Er beobachtete Nora Gunther, die schnell abschätzte, wie weit sie bei dem Zeugen gehen konnte. Nach einem tiefen Atemzug hatte sie neue Fragen gefunden, bei denen sie sich auf der sicheren Seite wägte.

»Führt GenTech Tests zu genetischen Defekten als Teil Ihrer In-vitro-Protokolle durch?«

»Wenn die Eltern das wünschen, ja.«

»Beinhalten diese Tests Protokolle, die feststellen, ob der Fötus möglicherweise das Downsyndrom hat?«

»Ja, natürlich. In der Regel führt der zuständige Frauenarzt diese Tests durch.«

»Warum?«

»Damit die Eltern entscheiden können, ob sie die Schwangerschaft fortsetzen möchten oder den Fötus abtreiben, und es erneut versuchen.«

»Erzählen Sie uns, Dr. Richards, was passiert, wenn die leiblichen Eltern des Fötus, die das Kind später großziehen, sich dafür entscheiden, die Schwangerschaft aufgrund dieser Untersuchungen abzubrechen, die Leihmutter das Kind aber austragen will.«

»Derselbe Vertrag, den ich vorhin erwähnt habe, der Vertrag, der ganz am Anfang von Ihrer Klientin, Dr. Brown und der Leihmutter unterzeichnet wurde, klärt genau diese Frage. Er bestimmt, dass den leiblichen Eltern das Recht zusteht, diese Entscheidung zu treffen. Solche Entscheidungen sind höchst emotional, und es besteht immer die große Gefahr, dass die beteiligten Parteien sich anfangs einig sind, später aber ihre Meinung ändern. Doch wenn sie ihre Meinung ändern, hat das meist nicht nur Auswirkungen auf das eigene Leben, sondern auch auf das anderer. Deswegen arbeiten wir mit Verträgen. Und in diesem Fall besagt der Vertrag, dass die leiblichen Eltern nicht gegen ihren Willen gezwungen werden dürfen, ein Kind mit einem Gendefekt großzuziehen. Aus diesem Grund sollte die Schwangerschaft beendet werden.«

»Aber Dr. Richards«, Gunthers Stimme bekam einen sarkastischen Unterton, »Ms Sareths Anwalt behauptet, dass es in diesem Vertrag nur um die Gentechnik geht.«

»Das ist nicht richtig, es geht hier um eine aufgeklärte Form medizinischer Betreuung. Wissen Sie, Ms Gunther, wir untersuchen die Föten weder nach unbedeutenden oder ästhetischen genetischen Eigenschaften, noch erlaubt der Vertrag den Eltern, die Leihmutterschwangerschaft zu beenden, weil die genetischen Eigenschaften nicht ihren Vorstellungen entsprechen. Aber wie bei gewöhnlichen Schwangerschaften wird der Fötus auf schwerwiegende genetische Defekte getestet. Daraufhin können die Eltern entscheiden, wie sie auf Grundlage ihrer religiösen und moralischen Überzeugungen weiter vorgehen möchten.«

Nora atmete erleichtert aus, als sie auf ihre Notizen herabsah. Sie blätterte eine Seite um, und bekam plötzlich einen versteinerten Gesichtsausdruck.

»Denken Sie, eine Frau besitzt das Grundrecht, in Sachen Fortpflanzung und Geburt ihre eigenen Entscheidungen zu treffen, ohne dass sich die Regierung einmischt?«

»Absolut.«

»Daraus ergibt sich, dass meine Klientin das Grundrecht besitzt, zu entscheiden, ob sie Kinder gebären möchte oder nicht, ob der Fötus abgetrieben werden soll oder nicht, ob ihr ein gesunder Embryo eingepflanzt werden soll oder nicht?«

Win Mackenzie sprang auf. »Einspruch, Euer Ehren. Dr. Richards ist kein Anwalt, er ist Arzt.«

»Das hat ihn nicht daran gehindert, große Reden über das Vertragsrecht zu schwingen«, schoss Gunther zurück.

»Einspruch stattgegeben«, entschied Ichabod. »Die Verfassungsmäßigkeit der Gesetzgebung zur Bioethik gemessen an den gegebenen Umständen obliegt letztendlich der Entscheidungsgewalt des Gerichts. Ich glaube, dass ich bei dieser juristischen Frage auf die Hilfe von Dr. Richards verzichten kann.«

»Dann würde ich gerne eine letzte Frage stellen«, kündigte Gunther an.

»Wenn Sie diesen Fall gewinnen, Dr. Richards, und die Stammzellenforschung an den geklonten Embryos mit Unterstützung von Dr. Browns Treuhandfonds betreiben könnten, würde das Ihrer Firma doch letztendlich Millionen von Dollar einbringen, nicht wahr?«

»Ja«, antwortete Richards mit einem dünnen, verkrampften Lächeln. »Aber noch wichtiger ist, dass es uns helfen würde, einen großen Schritt bei der Suche nach einer Heilmethode für Aids voranzukommen.«

»Das glaube ich sofort«, spottete Gunther und kehrte an ihren Platz zurück.

60

Als Mitchell aufstand, um sich dem nun nachweislich brillanten Blaine Richards zu stellen, spürte er sein Herz rasen. Es fühlte sich an, als würde jemand durch seinen Magen pflügen und die Säure zum Schäumen bringen, die seine Magenwände angriff. Von seinem Auftritt hing so viel ab, und er wünschte, er hätte mehr Zeit gehabt, sich vorzubereiten.

Nichtsdestotrotz stellte er sich kerzengerade vor Richards auf und sah ihm direkt in die Augen. Er hatte ein paar interessante Fragen für den guten alten Doktor auf Lager, und er würde sich nicht von der Arroganz dieses Mannes einschüchtern lassen. Sein Kampfgeist war nun geweckt. Es war Zeit, sich auf seinen cleveren Kontrahenten zu stürzen. Alles oder nichts, so wie er es auch beim Football immer gehandhabt hatte.

»Mr Taylor«, unterbrach Ichabod seine Gedanken und ließ ihn auf dem Weg zum Podium erstarren, »wie üblich werden wir Mr Mackenzie den Vortritt lassen, um den Zeugen als Erster zu befragen.«

Mitchell fühlte die Blicke der Zuschauer auf sich ruhen und sah, dass Win Mackenzie ebenfalls aufgestanden war. Mit herablassendem Lächeln stolzierte Mackenzie selbstsicher zum Podium. Mitchell rutschte zurück in seinen Stuhl.

»Guter Zug«, flüsterte Nikki. »Lass sie glauben, dass du es kaum erwarten kannst, diesen heuchlerischen Lügner auseinanderzunehmen.«

»Mmh«, antwortete Mitchell.

»Ms Gunther hat angedeutet, dass Sie den Vertrag mit GenTech und das Bioethikgesetz aus finanziellen Gründen verteidigen«, begann Mackenzie. »Stimmt das?«

Richards schüttelte den Kopf wie ein allwissender Vater, der einem kleinen Kind etwas zum zigsten Mal erklärt. »Ganz im Gegenteil. GenTech hätte einen enormen finanziellen Vorteil, wenn Ms Davenport-Brown mit ihrer Klage durchkommen würde. Das Bioethikgesetz verbietet die hilfreichste Methode, mit der wir unsere Mission erfüllen könnten. Stellen Sie sich vor: Wenn Klonen gesetzlich wieder erlaubt wäre, selbst in der rudimentären Form der Blastomeren-Isolation, würde das ein enormes Potenzial bergen, um Gutes zu tun. Wenn eine junge Dame wie Cameron Davenport-Brown unsere Klinik aufsucht, müssen wir ein hochriskantes und invasives Verfahren anwenden, um ihre Eizellen zu entnehmen.«

Richards änderte die Position in seinem Stuhl und wandte sich der Richterin zu. »Für gewöhnlich entnehmen wir mehrere Eizellen am geeignetsten Zeitpunkt ihres Zyklus. Aber selbst wenn wir es schaffen, sagen wir, acht Eizellen zu entnehmen, sind die Chancen immer noch gering, dass sich eine von ihnen erfolgreich in der Gebärmutter der Leihmutter festsetzt und zu einem gesunden Embryo heranwächst. Was, wenn wir diese Eizellen klonen könnten – eine unbegrenzte Anzahl erschaffen könnten? Erstens werden wir schon bald in der Lage sein, kosteneffiziente Tests durchzuführen, um sicherzugehen, dass die geklonten Eizellen keine Chromosomendefekte aufweisen. Und zweitens könnten wir den Frauen die Garantie geben, dass sie die Entnahmeprozedur nur ein einziges Mal über sich ergehen lassen müssen. Diese garantierte Verbesserung der Ergebnisse würde gleichzeitig einen höheren Preis rechtfertigen.«

Richards wandte sich wieder seinem Anwalt zu und seufzte. »Nein, Mr Mackenzie, wir verteidigen das Bioethikgesetz definitiv *nicht* aus finanziellen Gründen. Als eine Firma, die über Tausende von Eizellen zu Forschungszwecken verfügt und bestimmte Patente ausstehen hat, die uns einen erheblichen Vorsprung in diesem Forschungsbereich verschaffen, würden wir wahrscheinlich mehr als andere Unternehmen unserer Branche davon profitieren, wenn das Gericht das Gesetz außer Kraft setzen würde. Wir verteidigen das Gesetz, weil es die einzig richtige Entscheidung ist. Wir verteidigen das Gesetz, weil der Vertrag zwischen uns und

Dr. und Mrs Brown dies von uns verlangt. Wir wollen unseren Patienten die Sicherheit geben, dass wir alles tun, um unser Wort zu halten, wenn sie einen Vertrag mit uns eingehen.«

»Eine Frage hätte ich noch ...« Mackenzie war offensichtlich sehr zufrieden mit seinem Zeugen. »Ms Gunther hat es so aussehen lassen, als würde ihre Firma versuchen, Ms Davenport-Brown das Recht zu entreißen, selbst über ihre Fortpflanzung zu bestimmen, insbesondere was die eingefrorenen Präembryos anbelangt. Ist das wahr?«

Dr. Richards lachte verächtlich. »Auf keinen Fall. Die Klägerin und ihr Ehemann haben gemeinsam entschieden, was mit den eingefrorenen Präembryos passieren soll. Wir haben ihnen alle Möglichkeiten aufgezeigt. Daraufhin haben sie entschieden, dass sie beide das Recht und die Möglichkeit haben sollten, zu entscheiden, die Präembryos zu Forschungszwecken zur Verfügung zu stellen. Anders ausgedrückt: *Sie* und nicht wir haben die Entscheidung getroffen, dass die eingefrorenen Embryos nicht eingepflanzt werden, wenn einer der beiden dies nicht möchte. Dr. Brown sollte Cameron nicht dazu zwingen können, Mutter dieser Präembryos zu werden, und umgekehrt sollte Cameron ihren Mann nicht dazu zwingen können, Vater zu werden. Es war ihr Entschluss, und mit der Unterzeichnung des Vertrages haben sie diesen Entschluss bestätigt. Sehen Sie, Mr Mackenzie, wir versuchen nicht, der Klägerin diese Entscheidung abzunehmen. Wir versuchen nur, ihren bereits getroffenen Entschluss in die Tat umzusetzen. Der Klägerin zu gestatten, sich jetzt anders zu entscheiden, nachdem sich alle Beteiligten auf ihre Entscheidung eingestellt haben, wäre grob unbillig.«

»Ich danke Ihnen, Dr. Richards, momentan habe ich keine weiteren Fragen«, sagte Win Mackenzie. Dann wendete er sich an die Richterin: »Wir würden gerne von dem Recht Gebrauch machen, Dr. Richards im Fall GenTech später noch einmal als Zeugen aufzurufen, damit er uns von den medizinischen Fortschritten im Bereich des Klonens berichten kann, die GenTech erzielt hat.«

»In Ordnung«, antwortete Ichabod. Daraufhin nahm Win Mackenzie wieder Platz. Mitchell wartete, bis Ichabod ihn ansah und ihm zunickte, dann stand er auf.

»Schnapp ihn dir, Tiger!«, flüsterte Nikki.

* * *

»Das Baby in Marynas Bauch ist nun ungefähr vierzehn Wochen alt, nicht wahr?«, fragte Mitchell mit finsterem Blick.

Richards überschlug die Beine und nahm in Ruhe einen Schluck Wasser. »Ja, das ist richtig. Der *Fötus* ist ungefähr vierzehn Wochen alt.«

»Und Sie haben mein Eröffnungsplädoyer gehört, nehme ich an?«

Richards nickte.

»Sie müssen mit Ja oder Nein antworten«, belehrte Mitchell ihn. »Der Protokollführer kann ein Nicken nicht niederschreiben.«

Richards lächelte den Gerichtsschreiber an. »Dann lautet die Antwort *Ja*«, sagte er. Danach wandte er sich wieder Mitchell zu: »Unglücklicherweise musste ich Ihr Eröffnungsplädoyer mitanhören.«

Mitchell entschied sich, die Beleidigung zu überhören, auch wenn Richards' Arroganz ihm bereits unter die Haut ging. »Dann haben Sie ja gehört, wie ich das *Baby* beschrieben habe – mit seinen kleinen Fingern und Zehen, dem Herzschlag, Gehirnströmen, Fingerabdrücken und einem Empfinden für Licht, Geräusche und Schmerz. Ist das eine korrekte Beschreibung für ein vierzehnwöchiges *Baby?*«

Richards dachte einen Augenblick nach, strich mit den Händen seine Wangen hinab und faltete sie unter dem Kinn. »Kann man so sagen. In der Regel spricht man jedoch von einem vierzehnwöchigen Baby, wenn vierzehn Wochen seit der letzten Menstruation der Mutter vergangen sind. Auf diese Art berechnen sich die Schwangerschaftswochen. Die Empfängnis findet jedoch ungefähr zwei Wochen nach diesem Datum statt. Technisch gesehen ist die Frau zum Zeitpunkt der Empfängnis also bereits zwei Wochen schwanger. Da dieser Embryo erst befruchtet und dann vor vierzehn Wochen Ihrer Klientin eingepflanzt wurde, könnte man auch von einem sechzehnwöchigen Baby sprechen.«

Wie bitte? Mitchell hob eine Augenbraue, er war verwirrt. Schnell schüttelte er den Kopf und setzte erneut an.

»Habe ich in meinem Eröffnungsplädoyer das *ungefähre* ...« – er stockte kurz, um dem Wort mehr Bedeutung zu verleihen –, »ähm, eine *ungefähr korrekte* Beschreibung des Entwicklungstandes dieses Babys gegeben?«

Der selbstgefällige Zeuge zögerte keinen Moment. »Es gibt kontroverse Ansichten, ob der Fötus in diesem frühen Entwicklungsstadium tatsächlich Schmerz empfinden kann, aber Licht und Geräusche konnten bereits nachgewiesen werden. Für einen Laien ist Ihre Beschreibung nicht schlecht.«

Diese Tour geht mir langsam wirklich auf die Nerven, dachte Mitchell. Dann holte er die Plastiknachahmung des vierzehnwöchigen Babys aus seiner Tasche. »Und diese Figur entspricht der Größe des *Babys,* das sicher im Bauch von Maryna Sareth heranwächst, während wir hier sprechen. Ist das korrekt?«

Vorsichtig streckte Mitchell Richards die fünf Zentimeter große Plastiknachahmung entgegen, die er schützend in seiner Handfläche hielt, als wäre sie lebendig.

Richards prustete. »Nein, diese billige Figur aus einer Cornflakes-Packung, die Sie in der Hand halten, hat nichts mit dem Fötus in Ms Sareths Bauch gemein. Zunächst verfügt diese minderwertige Nachahmung in Ihren Händen nicht über die eine Sache, wegen der wir uns heute hier im Gericht zusammengefunden haben – die Tatsache, dass Ms Sareths Fötus einen behindernden, lebensverändernden und unheilbaren Chromosomendefekt hat.« Ablehnend schüttelte Richards den Kopf.

»Indem Sie hier diese Plastikpuppe präsentieren, lediglich um an das Mitgefühl des Gerichts zu appellieren, banalisieren Sie den Entstehungs- und Entwicklungsprozess des Fötus. Sie zeichnen damit ein mehr als primitives Bild von dem, was gerade in der Fruchtblase Ihrer Klientin vor sich geht.«

Mitchell konnte nicht anders, als seine Stimme zu heben. »*Ich* banalisiere den Fortpflanzungsprozess? *Sie* sind doch derjenige, der mit Babys herumexperimentiert, als wären sie kleine Geräte aus Fabriken, die ständig geflickt werden müssen, damit sie in Ihre alles bestimmende und unnachgiebige Gussform passen und Ihrem Ideal von einem perfekten, kleinen *Fötus* entsprechen.« Mitchell blickte Richards grimmig an. Wie sehr wünschte er sich, dass er mit dem Mann allein im Raum wäre, damit er ihm sein dreistes Grinsen aus dem Gesicht schlagen konnte.

»Einspruch«, rief Mackenzie und sprang auf. »Das ist keine Frage, sondern ein kindischer Gefühlsausbruch.«

Ichabod sah Mitchell streng an. »Mr Mackenzie hat recht. Beleidigungen sind vielleicht auf dem Spielplatz angebracht, aber in diesem Rahmen helfen sie uns nicht weiter.«

Betroffen steckte Mitchell die Plastikfigur zurück in seine Tasche. Er fummelte einen Augenblick damit herum und ordnete dabei seine Gedanken, indem er sich ins Gedächtnis rief, was der wahre Grund für seine Anwesenheit im Gericht war. Langsam beruhigte er sich wieder. Er musste vorsichtiger werden, sich besser unter Kontrolle halten. Maryna und ihr Kind verdienten einen Anwalt, der nicht so schnell die Fassung verlor.

»Sie wissen nicht zu hundert Prozent, ob das Kind das Downsyndrom hat, oder?«

»Wir sind uns ziemlich sicher. Dr. Lars Avery, den ich sehr schätze, hat zwei Ultraschalluntersuchungen und einen Triple-Test gemacht, die alle die Wahrscheinlichkeit des Downsyndroms bestätigt haben.« Der Zeuge nahm einen weiteren Schluck von seinem Wasser und fuhr sich danach mit der Zunge über die Innenseiten seiner Lippen.

Mitchell merkte sich diesen Tick und konzentrierte sich wieder auf seine Fragen. »Ultraschalluntersuchungen und Bluttests können falschliegen, oder nicht? Ich meine, wir wissen es erst mit Bestimmtheit, wenn das Ergebnis der Fruchtwasseruntersuchung vorliegt, richtig?«

Richards Zunge wanderte erneut über die Innenseite seiner Lippen, diesmal war seine unbewusste Angewohnheit allerdings kaum zu erkennen. »Ich habe es noch nie erlebt, dass sich Dr. Avery bei den Screenings vertan hat«, sagte er.

Da stimmt doch etwas nicht, dachte Mitchell. *Irgendetwas macht Richards extrem nervös.* Mitchell zögerte, sah sich den Zeugen genau an und wartete auf ein erneutes Anzeichen seiner Nervosität. Was hatte diese Unruhe bloß ausgelöst? Beeindruckenderweise hielt Richards Mitchells Blick stand und widerstand eisern dem Drang, für seine trockenen Lippen und den Mund einen weiteren Schluck Wasser zu sich zu nehmen.

»Mr Taylor«, sagte Ichabod nach ein paar Sekunden, »möchten Sie dem Zeugen eine weitere Frage stellen?«

»Entschuldigen Sie, Euer Ehren.« Mitchell ließ Dr. Richards nicht aus den Augen. »Aber Sie müssen zugeben, dass in manchen Fällen sowohl Ultraschall als auch Blutuntersuchung zu einer falschen Diagnose führen und dass genau dies der Grund ist, warum Dr. Avery eine Fruchtwasseruntersuchung empfohlen hat, habe ich recht?«

Die Zunge fing wieder an zu wandern, gefolgt von einem Schluck Wasser. »Ich weiß nicht, was der Grund dafür war, dass Dr. Avery die Fruchtwasseruntersuchung angeordnet hat. Aber eines kann ich Ihnen sagen. Eine Fruchtwasseruntersuchung ist mit einem hohen Risiko verbunden. Sie verordnen eine solche Untersuchung nur, wenn Sie absolut davon überzeugt sind, dass mit hoher Wahrscheinlichkeit ein Defekt vorliegt. In wenigen Tagen sollten wir die endgültigen Ergebnisse vorliegen haben.«

»Wo wir gerade von Defekten sprechen«, fuhr Mitchell fort, »es gibt keine Garantie dafür, dass die geklonten Embryos nicht auch einen genetischen Defekt aufweisen, oder?«

»Das ist sehr unwahrscheinlich.«

»Aber ausschließen können Sie es nicht, oder?«

Richards blickte zu seinem Wasserglas, streckte aber nicht die Hand danach aus. »Wir sprechen hier von modernster Wissenschaft, Mr Taylor. Nichts lässt sich ausschließen.«

»Möchten Sie noch ein Wasser?«, fragte Mitchell und zeigte auf das halb leere Glas.

»Nein, danke.«

»Gut, denn ich möchte Ihnen ein paar Fragen dazu stellen, warum Sie Ms Sareth als Leihmutter ausgewählt haben, und mir wäre es wichtig, dass Sie sich wohlfühlen, wenn Sie diese Fragen beantworten.«

»Einspruch!«

»Stattgegeben.«

Ohne eine Miene zu verziehen, fuhr Mitchell fort: »Wahren Sie die Rechte der Leihmütter in Ihrer Klinik?«

»Selbstverständlich. Wenn dem nicht so wäre, gäbe es uns schon lange nicht mehr.«

»Wessen Idee war es dann, Ms Sareth während ihrer Schwangerschaft nach North Carolina umzusiedeln?«

»Das haben wir alle gemeinsam entschieden.«

»Und Sie haben dies getan, um die Gesetzgebung für Leihmutterschaftsverträge in Virginia zu umgehen und Ms Sareth ihre Rechte nach dem Gesetz von Virginia zu verwehren, nicht wahr?«

»Wir haben dies getan«, antwortete Richards mit geduldiger Herablassung, »damit wir Ms Sareth bezahlen konnten.«

»Was in Virginia gesetzlich verboten ist, richtig?«

Richards zuckte mit den Schultern.

»Ich bitte Sie, Dr. Richards. Wollen Sie dem Gericht weismachen, dass Sie als Geschäftsführer einer der weltweit größten Kinderwunschkliniken mit Sitz im Herzen von Virginia nicht die Gesetzgebung des Staates für Leihmutterschaftsverträge kennen?«

»Das habe ich nicht gesagt.«

»Dann beantworten Sie die Frage«, forderte Mitchell ihn auf.

Mackenzie sprang auf und hob die Hände. »Euer Ehren ...«

»Der Zeuge wird die Frage beantworten«, entschied Ichabod, ohne zu zögern.

»Ja, es ist in Virginia gesetzlich verboten, Leihmütter zu bezahlen.«

»Und Sie sind auch mit dem Artikel 20-162 im Gesetzbuch von Virginia vertraut, der besagt, dass einer Leihmutter nach der Geburt eine Bedenkzeit von 25 Tagen zusteht, um zu entscheiden, ob sie ihre Elternrechte abtreten möchte. Ist das korrekt?«

Richards antwortete mit ruhigem Blick und ausgeglichener Stimme. »Es sei denn, der Leihmutterschaftsvertrag wurde vom Gericht im Vorfeld anerkannt. In diesem Fall stehen der Leihmutter nur die in dem Vertrag festgelegten Rechte zu.«

»Ach so«, gab sich Mitchell überrascht. »Dann gehe ich davon aus, dass Sie diesen Leihmutterschaftsvertrag im Vorfeld von einem Gericht in Virginia haben absegnen lassen.«

»Nein, haben wir nicht.«

»Und wieso nicht?«

Richards wurde etwas leiser. »Weil die Leihmutter in North Carolina lebte.«

Seine Antwort zauberte ein Lächeln auf Mitchells Lippen, begleitet von einem Kopfschütteln. Es war Zeit, zum entscheidenden Schlag auszuholen.

»Der wahre Grund, warum Sie das Gesetz in Virginia umgehen wollten, war: Sie wussten, dass *kein* Gericht in Virginia jemals einen Leihmutterschaftsvertrag mit einer illegalen Einwanderin anerkennen würde. Sie wussten, dass laut Gesetzgebung in Virginia nur Verträge mit Leihmüttern anerkannt werden, wenn die Frau verheiratet ist, mindestens eine Schwangerschaft hinter sich hat und eine weitere Schwangerschaft im Rahmen einer Leihmutterschaft von einem Psychologen abgesegnet wurde. Liege ich damit richtig?«

Richards zögerte und rutschte auf seinem Stuhl hin und her. Währenddessen machte Mitchell einen Schritt auf den Anwaltstisch zu und ließ sich von Nikki Moreno ein Dokument reichen, das er dem Zeugen entgegenwedelte. »Möchten Sie eine Kopie des Gesetzbuches sehen?«

Richards verzog das Gesicht. »Nein. Ich kenne das Gesetz sehr gut. Aber in diesem Fall wollte Ihre Mandantin für ihre Dienste bezahlt werden, und die Browns wollten sie gerne bezahlen. Daher haben wir sie nach North Carolina umgesiedelt.«

Mitchell schäumte vor Wut. *Die Arroganz dieses Mannes war unfassbar!* »Also dachten Sie sich, indem Sie ihr erbärmliche neuntausend Dollar für eine neunmonatige Schwangerschaft zahlen, sie ihrer Rechte nach dem Gesetz in Virginia berauben zu können? Und weil Ms Sareth eine illegale Einwanderin ist, konnten Sie sich sicher sein, dass Sie niemals deswegen vor Gericht gehen würde.«

»Wir waren uns einig, dass dies eine faire Bezahlung ist.«

Mitchell musste fast lachen, so absurd war das Argument. Er merkte, wie Ichabod sich auf der Bank nach vorne beugte, die Stirn in tiefe Falten gelegt.

»Neuntausend Dollar für neun Monate Schwangerschaft«, betonte Mitchell, »für stundenlange Schmerzen während der Geburt, für die emotionale Belastung, ein Kind auf die Welt zu bringen, um es dann an jemand anderen abzugeben – wie nannten Sie die Bezahlung noch gleich?«

Mitchell sah, wie Ichabod den Kopf schüttelte. Dann bemerkte er mit Genugtuung, wie Richards Zunge vor Nervosität eine weitere Runde drehte, er einen Schluck Wasser nahm und zum ersten Mal ein Anflug von Panik in seinen Augen aufblitzte. Doch seine Gelassenheit kehrte genauso schnell zurück, wie sie ihn verlassen hatte. »Das sind neuntausend Dollar mehr, als sie laut Gesetzgebung in Virginia bekommen hätte«, sagte er abfällig.

»Wie großzügig«, kommentierte Mitchell ausdruckslos.

»Euer Ehren …«, beschwerte sich Mackenzie.

»Stattgegeben.«

Ein zurückhaltender Anwalt, dachte Mitchell, *wäre versucht, es hierbei zu belassen. Aber mit Zurückhaltung wäre ich niemals so weit gekommen.* »Eine letzte Frage, Doktor. Ich bin mir sicher, dass sich viele junge Frauen eine Antwort auf diese Frage wünschen. Schwören Sie immer noch, dass Sie in Ihrer Klinik die Rechte der Leihmütter respektieren und Sie alles in Ihrer Macht Stehende getan haben, um die Rechte von Maryna Sareth in diesem Fall zu wahren?«

Noch bevor Richards antworten konnte, entschied sich Mitchell, der Frage einen dramatischen Touch zu verleihen, etwas, wovor die Dozenten während seines Studiums eigentlich immer gewarnt hatten. »Denken Sie daran, Dr. Richards, Sie haben einen Eid geleistet, die Wahrheit zu sagen.«

Dieses Mal zögerte Richards keine Sekunde. »Die Wahrheit, Mr Taylor, ist, dass Ihre Klientin mehr an der Bezahlung interessiert war als am Schutz ihrer Rechte, dieses Kind zu gebären und großzuziehen. Sie wollte nach North Carolina ziehen, weil sie nur dort bezahlt werden konnte. Wenn sie ihre Meinung inzwischen geändert hat, sollte sie wenigstens den Anstand haben, ins Gericht zu kommen und uns dies selbst mitzuteilen.«

Die Antwort traf Mitchell wie ein harter Fausthieb in die Magengrube. Zu spät fiel ihm auf, dass er in die gleiche Falle getappt war, der jeder junge Anwalt erlag. Gier. Die letzte Frage war eine Frage zu viel gewesen.

»Keine weiteren Fragen«, brachte er gerade noch heraus, bevor er sich wieder zu seinem Platz begab.

61

The Rock lehnte sich leicht vor, strich über das Knie seiner Tochter und lächelte ihr gönnerhaft zu. »Für einen Anfänger macht der gute alte Mitch sich nicht schlecht«, flüsterte er. »Das eine oder andere hat er wohl doch von mir gelernt.«

The Rock dachte, er hätte leise genug gesprochen, aber sein Kommentar wurde direkt mit einem lauten »Schhhh« von Nora Gunther quittiert, die auf der anderen Seite neben Cameron saß.

The Rock reagierte nur mit einem missbilligenden Laut.

»Sie dürfen wieder Platz nehmen«, sagte Ichabod zu Dr. Richards, »Ihre Aussage war sehr aufschlussreich.«

Richards nickte der Richterin zu und stand stolz auf. Gebeugt, leicht geprellt, aber nicht geschlagen.

Nicht so voreilig, dachte sich *The Rock* und stand auf. Der Raum drehte sich langsam um ihn herum, sodass er sich mit einer Hand an der Lehne seines Stuhls abstützen musste.

Showtime.

»Ich habe noch ein paar Fragen an den Zeugen, bevor er den Zeugenstand verlässt«, kündigte *The Rock* an. Aus dem Augenwinkel sah er, wie Nora aufsprang. Camerons Mund stand sperrangelweit offen. »Da wir den Zeugen aufgerufen haben, sind wir, denke ich, berechtigt, ihn ein zweites Mal zu befragen.«

»Aber dazu besteht kein Anlass«, sagte Nora. Fassungslos starrte sie *The Rock* an und warf ihm einen tödlichen Blick zu. Auch wenn er sie aus dem Augenwinkel sehen konnte, entschied er sich, sie zu ignorieren.

Ichabod sah von einem Anwalt zum anderen und sagte dann: »Bitte setzen Sie sich, Mr Davenport. Ms Gunther ist die Hauptanwältin, und sie sagt, sie hätten keinen Bedarf, den Zeugen erneut zu befragen.«

»Vielen Dank, Euer Ehren«, sagte Nora.

The Rock lächelte. Das war die Gelegenheit, sowohl Ichabod als auch Nora zu zeigen, wie der Hase lief.

Langsam ... zielgerichtet ... und vorsichtig, damit er nicht hinfiel, ging *The Rock* die wenigen Schritte zum Podium hinüber. Er hielt sich an dessen Seiten fest und fand sein Gleichgewicht. Weniger fähige Anwälte verließen sich bei dem eindringlichen Kreuzverhör eines Hauptzeugen auf ihre Notizen, nicht so *The Rock*.

»Mr Davenport, haben Sie gehört, was ich gerade gesagt habe?«, fragte Ichabod überrascht.

»Natürlich, Euer Ehren.« Er entschied sich, zu lächeln und ganz freundlich zu bleiben. »Aber ich bin der Unterbevollmächtigte in meinem Team und genau genommen der einzige Anwalt der Klägerpartei, der für dieses

Gericht zugelassen ist. Wenn Ms Gunther mir die Zeugenbefragung verweigert, werde ich zurücktreten. Und dann wird das Gericht den Fall zurückstellen müssen, bis es einen neuen Unterbevollmächtigten als Ersatz gefunden hat.«

The Rock sah in Ichabods fassungsloses Gesicht. Sein Magen rebellierte so laut, dass man ihn seiner Einschätzung nach noch im Gerichtssaal nebenan hören können musste.

Nach einer langen Pause hatte Ichabod sich wieder so weit im Griff, dass sie antworten konnte. »Nun gut«, sagte sie mit schneidender Stimme, »aber halten Sie sich kurz.«

»Euer Ehren, das können Sie nicht zulassen«, protestierte Nora.

»Warum haben Sie ihn dann überhaupt als Ihren Unterbevollmächtigten ausgesucht?«, schoss Ichabod zurück. Daraufhin war Gunther sofort ruhig und nahm widerwillig Platz.

Zur Beruhigung seiner Nerven und seines brennenden Magens hätte *The Rock* gut noch einen oder zwei Schluck Rum gebrauchen können. Auf der anderen Seite verschwammen die Umrisse des Zeugen schon jetzt ein wenig vor seinen Augen, und seine Zunge fühlte sich überdimensional groß an. Er hatte gerade so viel getankt, dass sein übergroßes Selbstvertrauen ihn nicht im Stich ließ. Ob betrunken oder stocknüchtern, die anderen Anwälte in diesem Saal steckte er allemal in die Tasche.

»Wie geht's?«, eröffnete er die Befragung des Zeugen.

»Gut«, antwortete Richards, der seine Verachtung kaum verbergen konnte.

»Haben Sie selbst schon mal ein Baby bekommen?«, fragte *The Rock*. *Clever,* fand er seine Frage. *Clever und gleichzeitig reizend.*

Richards schnaubte bloß, als wäre die Frage keine Antwort wert.

»Dann können Sie nicht wissen, was im Herzen und Kopf von ...« – *The Rock* hatte einen totalen Blackout, wie war noch gleich ihr Name? – »ähm, von diesem orientalischen Mädchen vor sich geht, oder?« *Huch, das ging aber daneben.*

»Keiner kann das. Deswegen sollte sie entweder selbst hier auftauchen und aussagen oder die Klage fallen lassen.«

Vielleicht sollte ich mich besser auf die Verteidigung meiner eigenen Klientin konzentrieren ...

»Wissen Sie, was eine unzulässige Beeinflussung ist?«

»Ja.«

»Dann ist Ihnen bewusst, dass ein Testament, das unter Zwang oder auf Grundlage von unzulässiger Beeinflussung verfasst wurde, keine Gültigkeit besitzt.«

»Das war in diesem Fall nicht gegeben.«

»Dr. Brown starb an Aids, oder nicht?«

»So ist es.«

»Durch die Krankheit war er geschwächt und emotional verletzlich, habe ich recht?«

»Das ist doch lächerlich.«

»Zur selben Zeit geriet der Aktienkurs Ihrer Firma bei gerade einmal achtzehn Dollar pro Aktie ins Stocken. Seit Monaten tat sich nichts – ist es nicht so?«

Dr. Richards griff nach dem Wasserglas. Dieses Thema war ihm offensichtlich unangenehm. Als er beobachtete, wie Richards einen langsamen Schluck nahm, um etwas Zeit zu gewinnen, und das kühle Nass ihm Mund und Kehle befeuchtete ... wurde *The Rock* selbst unfassbar durstig.

»So würde ich es nicht ausdrücken«, entgegnete Richards gelassen, als wollte er gerade die Investoren beruhigen. »Unsere Firma verzeichnet ein stetiges Wachstum im Laufe der letzten Jahre, und wie jede Aktie, die schnell ansteigt, mussten sich die neuen Werte erst einmal eine Weile stabilisieren.«

The Rock hustete. Etwas steckte in seinem Hals. Er spürte, dass sein Gesicht rot anlief, ihm Tränen in die Augen schossen und der gesamte Gerichtssaal seine kleine Hustenattacke verfolgte.

»Alles in Ordnung?«, fragte Ichabod.

Er winkte ab. »Alles bestens«, antwortete er. Dann schüttelte er leicht den Kopf, um seine Gedanken zu ordnen, lächelte die Richterin an und ging ganz vorsichtig zu seinem Tisch, um einen Schluck Wasser zu nehmen.

Schon viel besser.

»Die Aussage des Zeugen ist teilweise einfach schwer zu schlucken«, sagte er mit einem Lächeln. *Kluger Kommentar,* fand er.

Niemand lachte.

Was war nur los mit diesen Leuten?

»Wie dem auch sei, auch wenn Sie es anders beschreiben würden, Tatsache ist doch, dass Sie Tausende von Aktienbezugsrechten besitzen, bei denen Sie Gewinne einfahren, sobald die Aktie auf zwanzig Dollar steigt. Wenn die Aktie in den kommenden sechs Monaten bei unter zwanzig Dollar geblieben wäre, wären sie alle wertlos geworden – das ist Fakt, oder nicht?« Während er sprach, blätterte *The Rock* durch ein paar Dokumente, die er vorher an seinem Platz deponiert hatte. Er musste sich stark konzentrieren, damit die kleinen Buchstaben vor seinen Augen nicht zu wellenförmigen schwarzen Linien verschwammen. »Hier irgendwo steht es geschrieben ... im Jahresbericht und den Quartalsberichten Ihres Unternehmens«, murmelte er.

Richards ließ *The Rock* einen Moment herumsuchen, dann sagte er: »Sparen Sie sich die Mühe ... Diese Informationen sind alle öffentlich einsehbar. Ich hatte Aktienoptionen, die bei zwanzig Dollar Gewinne einfahren, und zusätzlich drei Millionen Stammaktien. Wenn Sie zu beweisen versuchen, dass ich persönlich daran verdiene, wenn die GenTech-Aktie steigt, dann bin ich wohl schuldig.« Richards grinste arrogant. Nach einer kurzen Pause sagte er dann: »Wie jeder andere Geschäftsführer in diesem Land, wenn ich dies hinzufügen darf.«

Der Magen von *The Rock* grummelte bei dieser Antwort, selbst als er zurück ans Podium trat. Richards machte es ihm nicht leicht.

»Wollen Sie damit sagen, dass es sich hier um einen Zufall handelt – Ihre Aktien laufen nicht gut, dann setzt Dr. Brown zufällig ein Testament auf, das eine riesige Klage mit sich zieht und Ihre Firma wieder ins Licht der Öffentlichkeit rückt ... Und rein zufällig hat Ihr Unternehmen Patente für Stammzellenforschungsverfahren angemeldet, die im Zuge des großen Medieninteresses, das dieser Fall auslöst, zutage treten ... und daraufhin steigt Ihre Aktie mal eben auf über zwanzig Dollar, und Sie machen damit ganz unverhofft einen Millionen-Dollar-Gewinn? Wollen Sie damit sagen, dass Sie das Ganze nicht geplant haben und Dr. Brown nicht genötigt oder geködert haben, damit er ein Testament verfasst, das dieses öffentliche Interesse hervorrufen sollte? Also anstelle eines ausgeklügelten, betrügerischen Plans soll das alles nur rein zufällig Ihr Glückstag gewesen sein?«

Äußerst zufrieden mit seiner Frage räusperte sich *The Rock*, als er seinen vernichtenden Schlag platziert hatte.

Er sah, wie sich Richards Gesichtsausdruck verhärtete. Richards Ungeduld machte sich nun auch im Tonfall bemerkbar. »Mr Davenport …«

Doch dann sprang Mackenzie auf. »Antworten Sie nicht auf diese Frage«, befahl er seinem Mandanten. Dann wandte er sich an die Richterin: »Ich erhebe Einspruch gegen den gesamten Verlauf der Befragung, Euer Ehren. Der Zeuge ist nicht der Angeklagte. Es ist nicht verwerflich, Aktien an seiner eigenen Firma zu besitzen. Außerdem hat das Gericht bereits zuvor einen Antrag abgewiesen, demzufolge Dr. Richards seine persönlichen finanziellen Unterlagen offenlegen sollte, da es entschieden hat, dass seine privaten Angelegenheiten in diesem Fall nichts zur Sache tun. Und jetzt …«

»Ich habe genug gehört«, schnappte Ichabod zurück. Dann wandte sie sich *The Rock* zu und blickte ihn finster an. »Mr Davenport, Sie stehen kurz davor, sich eine Strafe wegen Missachtung des Gerichts einzuhandeln. Mr Mackenzie hat recht. Ich hatte bereits entschieden, dass seine privaten finanziellen Angelegenheiten in diesem Fall nicht relevant sind. Haben Sie das verstanden?«

Ichabod wartete kurz ab und wiederholte dann langsam und mit Nachdruck: *»Nicht relevant.«*

The Rock nickte.

»So kurz davor, Mr Davenport«, wiederholte Ichabod und zeigte mit Zeigefinger und Daumen den Abstand an.

The Rock nickte erneut. *Zumindest habe ich jetzt ihre Aufmerksamkeit. Und wenn ihr das schon gefallen hat … dann wird sie lieben, was jetzt kommt.*

»Dann lassen Sie uns über die finanzielle Lage von Dr. Lars Avery sprechen … über seine Insolvenz und wer ihm geholfen hat, nicht die Hand heben zu müssen …«

»Einspruch!«

»Stattgegeben!« Ichabod schwang den Hammer. »Letzte Warnung, Mr Davenport. Sonst verurteile ich Sie wegen Missachtung des Gerichts.«

Wow! Das ging fix! Höchste Zeit für das Fazit.

»Die Eizellen meiner Tochter ... ähm, ich meine, die Eizellen von Ms Davenport-Brown, sind nicht die einzigen Eizellen, die Sie geklont haben, habe ich recht?«

»Ich bevorzuge es, das Wort ›klonen‹ in diesem Zusammenhang nicht zu verwenden, weil es andere Assoziationen weckt. Aber es stimmt, dass wir das Verfahren der Blastomeren-Isolation nicht nur bei Ms Davenport-Browns Zygoten angewendet haben. Wie Sie wissen, wird bei dieser Methode die Zygote lediglich in zwei identische Teile gespalten. So erschaffen wir auf künstliche Weise Zwillinge, wenn Sie möchten. Vor dem Erlass des Bioethikgesetzes haben wir dieses Verfahren gelegentlich genutzt, damit die Frauen nicht mehrere Operationen über sich ergehen lassen mussten, um ihre Eizellen zu entnehmen, für den Fall, dass der erste Versuch nicht von Erfolg gekrönt war, nachdem wir einige dieser Eizellen eingepflanzt hatten.«

The Rock musste bei dieser Antwort grinsen, als wüsste er etwas, das kein anderer im Raum wusste. Es musste etwas Dramatik aufgebaut werden. Dann trat er hinter dem Podium hervor, fühlte, wie die Wände sich zu verschieben begannen, und entschied sich, doch lieber zu bleiben, wo er war. Das wäre zwar nicht ganz so dramatisch, aber er konnte seine Binsenweisheit auch von da loswerden, wo er stand.

»Ich weiß, was eine Blastomeren-Isolation ist«, sagte *The Rock* mit autoritärer Miene, »aber davon spreche ich nicht. Ist es nicht wahr, Sir, dass Sie das Verfahren der nuklearen Transplantation ... oder wie immer das sich auch nennt ... das Verfahren, das bei dem Schaf Dolly angewandt wurde ... bei dem ein ganzes Horrorkabinett von genetischen Mutationen erschaffen werden kann, weil es so unverlässlich ist ... dass Sie dieses Verfahren sowohl vor als auch *nach* der Einführung des Bioethikgesetzes angewandt haben?«

Es folgte die Reaktion, auf die *The Rock* gewartet hatte. Ein Raunen ging durch den Gerichtssaal. Mackenzie war aufgesprungen und rief: »Das ist absurd!« Der Zeuge schüttelte erbost den Kopf und beteuerte: »Das ist *nicht* wahr!« Und Ichabod schlug immer wieder mit ihrem Hammer auf den Tisch.

»Das sind schwere Anschuldigungen«, fauchte Ichabod, nachdem sie den Saal zur Ordnung gerufen hatte. »Kriminelle Anschuldigungen.« Sie durchbohrte *The Rock* mit ihren Blicken. »Und ich rate Ihnen, diese schleunigst mit etwas anderem als Ihrer ausgeprägten Vorstellungskraft zu belegen.«

»Euer Ehren«, verkündete *The Rock* stolz, »ich werde morgen jemanden in den Zeugenstand rufen, der genau dies tun wird.«

Er konnte nicht widerstehen, einen Blick auf seine Tochter zu werfen. Die junge Frau, die er so viele Jahre zuvor so unverantwortlich im Stich gelassen hatte. Heute hatte er sich für sie eingesetzt. Und morgen würde er sogar noch mehr für sie tun. Er hatte seine Chance auf Wiedergutmachung auf beeindruckende Weise genutzt.

Väter mussten schließlich Helden sein, keine Feiglinge.

Aber als er in Camerons Augen blickte, erkannte er nicht den Stolz einer schönen jungen Frau auf ihren tapferen Vater. Stattdessen sah er Enttäuschung. Resignation. Ihr Blick war von Schmerz und Mitleid erfüllt und wurde von einem kleinen traurigen Kopfschütteln begleitet.

Ihr Blick sagte alles, was er wissen musste. Dennoch setzte er sich und sah auf das Blatt Papier, dass Cameron auf seine anderen Dokumente gelegt hatte. Er guckte genau hin, blinzelte, guckte erneut, um sicherzugehen, dass er sich nicht verlesen hatte. »Sie sind gefeuert«, stand auf dem Blatt. Es trug die Unterschrift von Nora Gunther ... und von seiner eigenen Tochter. Wieder blinzelte er. Die Worte waren verschwommen, aber unverkennbar. Sie hatte in einer Art unterschrieben, wie er es nie zuvor gesehen hatte. Nämlich nur mit »Cameron Brown«.

62

Richards trat seinen grauen BMW bis zum Limit, wie eine Gewehrkugel flog er an den anderen Autos auf der Autobahn vorbei. Die sanften Töne seiner Lieblings-Jazz-CD wogten über jeden Zentimeter seiner weichen, beigen Ledersitze und wunderschönen Holzarmaturen. Mit ihren pulsierenden Diagrammen auf dem Display im Armaturenbrett, die den sanften Rhythmus der Musik darstellten, erzeugte die digitale Anzeige eine fast hypnotisierende Lightshow, die beruhigend und entspannend wirkte.

Ohne die Musik überhaupt wahrzunehmen, schlug Richards mit der Handfläche auf das Lenkrad und verfluchte Billy Davenport. *Was weiß er?*, fragte er sich. *Und wer hat mich an ihn verraten?*

Billy *sollte* von den angeblichen Versuchen mit der anderen Klonmethode erfahren. Das war so geplant gewesen. Eine schöne kleine Falle, in die Billy da hineingetappt war. Aber die Fragen zu den Finanzen – und nicht nur zu seinen Finanzen, sondern auch denen von Dr. Avery – hatten Richards beunruhigt.

Und auf die Palme gebracht.

Entweder war Davenport verdammt gut ... nein, das konnte unmöglich der Fall sein. Davenport war ein inkompetenter Alkoholiker. Jemand musste ihm geholfen haben. Irgendjemand hatte geredet.

Begleitet von weiteren Kraftausdrücken, schlug Richards erneut auf das Lenkrad. Alles war genauestens geplant gewesen – jede Eventualität abgedeckt. Es gab einen Plan B, einen Plan C und, für den Fall der Fälle, sogar einen Plan D. Und jetzt sollte die ganze Geschichte wegen eines alten Trinkers platzen, der die Intelligenz eines Pantoffeltierchens besaß.

Billy Davenport wusste zu viel. Man konnte ihn nicht einschätzen. Er wurde viel zu gefährlich. Es war an der Zeit, ihn aus dem Spiel zu kicken.

Richards war dazu in der Lage. Er hatte sogar bereits Vorkehrungen getroffen. Während er seine Möglichkeiten im Kopf durchging, fuhr er immer weiter, schneller und aggressiver, weil ihm die Person Sorgen machte, die Davenport mit Informationen versorgt hatte.

Noch einmal ging er jede seiner Optionen durch. Er nahm jede Möglichkeit genau unter die Lupe, so wie er es mit einer Laborratte tun würde. Er zerlegte sie in alle Einzelteile, ging sie immer wieder im Kopf durch, suchte die einzelnen Optionen aus jedem Blickwinkel auf Schwachstellen ab. Jedes Mal kam er zum selben unausweichlichen Ergebnis.

Als er das Telefon nahm und wählte, ging Lars Avery beim zweiten Klingeln dran.

»Hallo, Blaine.«

»Wir treffen uns um neun Uhr in meinem Büro«, befahl Richards. »Und bring das Tonband mit.« Unbewusst fuhr er mit der Zunge über die Innenseite seiner Lippen. »Wir müssen etwas gegen Billy Davenport unternehmen.«

* * *

The Rock entwickelte gerade einen angenehmen Rausch – die Art von Rausch, bei der alle Gespräche und Geräusche um ihn herum das gleichmäßigen Surren eines Automotors annahmen und zu einem Hintergrundgeräusch verschmolzen. Die ganze Welt wurde zu einem Hintergrundgeräusch – die Einzelheiten nicht zu unterscheiden und unwichtig.

Außerdem schwebte er ein wenig. Natürlich nicht wirklich. Sein Hinterteil hatte diesen Barhocker während der letzten zwei Stunden höchstens ein- oder zweimal verlassen oder vielleicht auch fünfmal, wer wusste das schon. Das letzte Mal, als er aufstand, war er praktisch zur Männertoilette geschwommen und musste sich auf dem Weg dahin immer wieder an Stuhlrücken und Tischkanten festhalten. Vage konnte er sich daran erinnern, ein hübsches Mädchen in den Allerwertesten gekniffen zu haben, angefaucht worden und mit einem Lachen weitergewankt zu sein.

Er sackte ein wenig auf dem Hocker zusammen, stützte die Unterarme auf dem Tresen ab und schob sein leeres Glas nach vorne. Ted würde das Zeichen verstehen und ihm nochmals einschenken. Worte waren überflüssig.

Das liebte er an der Beach Grill Bar. Angeheitert, war er in der Regel lustig drauf – David Letterman war dann nichts gegen ihn –, und die Jungs an der Bar lachten sich kaputt. Aber manchmal, so wie heute Abend, wurde er einfach nur wehmütig. Fast schon depressiv. Dann ließen die anderen Männer ihn einfach in Ruhe.

»Bist du sicher?«, fragte Ted, als er das Bierglas von *The Rock* nahm und anfing, ein neues Corona zu zapfen.

The Rock nickte. »Das ist mein erstes heute.« Er lächelte Ted melancholisch an. »Ich hab morgen eh nichts vor.«

»Diese Gunther ist verrückt«, sagte Ted, als er dem Bier eine Schaumkrone aufsetzte. »In den Sechs-Uhr-Nachrichten haben sie gesagt, dass du den Zeugen fertiggemacht hast. Die GenTech-Aktie ist allein wegen deinen Fragen um anderthalb Dollar gefallen.«

»Ja, ja, ja«, winkte *The Rock* ab, während er einen Schluck nahm. Ted hatte eine Gabe dafür, die Dinge positiv zu sehen. Er versuchte, *The Rock* aufzuheitern, seitdem dieser ihm einige Bier zuvor von seiner Kündigung erzählt hatte. »Soll ich dir etwas verraten?« *The Rock* deutete Ted an, er solle sich etwas vorlehnen, damit er ihm etwas zuflüstern konnte.

Das einzige Problem war, dass *The Rock* vergaß, leise zu sprechen. »Ich glaube, die Gunther und Ichabod sind ...« *The Rock* machte eine Geste mit der rechten Hand und wackelte mit den Augenbrauen. »Verstehste?«

»Ehrlich?«, fragte Ted ungläubig.

»Das wusste ich«, kommentierte der Mann auf dem Barhocker nebenan.

The Rock warf ihm einen Blick zu, beendete das Gespräch und zog sich in sein Schneckenhaus zurück. Er konzentrierte sich auf sein Bier und beobachtete, wie die kleinen Luftblasen zur Oberfläche aufstiegen. Ob sie wohl einem bestimmten Muster folgten?

»Sie hat auf jeden Fall eine Schraube locker«, entgegnete Ted. »Jeder, der dich feuert, hat echt keine Ahnung.«

The Rock stimmte Teds Einschätzung zu, verzichtete aber darauf zu antworten.

Millionen von Luftblasen und ein paar Bier später entschied *The Rock*, dass es genug für heute war. Die ständige Geräuschkulisse um ihn herum – die laute Musik und noch lauteren Gespräche – begannen ihn einzuengen. Es fühlte sich an, als würden die Wände schrumpfen. Er brauchte dringend frische Luft.

Als Ted das nächste Mal an ihm vorbeilief, schob er dem Barkeeper das Glas entgegen und hielt seine Handfläche hoch.

»Genug für heute?«, fragte die verschwommene Gestalt vor *The Rock*.

»Ich glaube ja.« *The Rock* rieb sich das Gesicht, rutschte vom Barhocker, stolperte und fing sich wieder. Grinsend fragte er: »Was bekommst du von mir?«

»Das geht aufs Haus. Ich ruf dir ein Taxi, mein Freund.«

Energisch schüttelte *The Rock* den Kopf. »Ich brauche kein Taxi. Außerdem bin ich kein Sozialfall.« Er griff tief in seine Hosentasche und fühlte ein paar zusammengeknüllte Geldscheine, ein Taschentuch, gefaltete Zettel, Wechselgeld, Schlüssel und wer weiß was noch. Ted würde sich schon nehmen, was er brauchte. Er nahm einfach eine Handvoll von allem und knallte es auf die Theke.

Ted fischte ein paar Dollar und etwas Kleingeld heraus. »Bist du sicher, dass alles okay ist?«

»Ging mir niemals besser.«

»Was ist das denn?« Ted zog etwas aus dem kleinen Haufen. »Die Antibabypille?«

The Rock wurde schwindelig. Das war nicht gut. »Gib her«, sagte er. Er stopfte die kleine runde Pillendose, seine Schlüssel, das Wechselgeld und alles andere zurück in seine Hosentasche. Nichts war schlimmer als ein neugieriger Barkeeper.

Dann fischte er von dem Zeug, das er gerade in seine Tasche gestopft hatte, etwas heraus, das sich anfühlte wie zwei 25-Cent-Stücke, und schmiss sie auf die Bar. Das hatte er nun davon! Bei diesem knauserigen Trinkgeld würde sich Ted vielleicht das nächste Mal um seine eigenen Angelegenheiten kümmern.

The Rock drehte sich um, um aus der Bar zu stolzieren. Stattdessen musste er sich an einem Barhocker festhalten, bis er sein Gleichgewicht wiedergefunden hatte. Dann bereitete er sich darauf vor, geradewegs zur Tür zu marschieren. Kein leichtes Unterfangen. Jemand schien das blöde Ding ständig zu verrücken.

* * *

The Rock war der Ansicht, dass er mit ein paar Bier intus tatsächlich besser Auto fahren konnte als sonst. Alkohol lockerte ihn auf, ölte seine Reflexe. An diesem Abend fuhr er wie ferngesteuert nach Hause, fast so, als hätte sein Audi einen Autopiloten.

Er nahm den Umweg über die Seitenstraßen, um die Autobahn so weit wie möglich zu meiden. Dort lagen oft die Cops auf der Lauer, sodass man häufig ganz ohne Grund an den Seitenstreifen gewunken wurde. Auch wenn er noch ohne Probleme fahren konnte, schienen diese nervigen Alkoholmessgeräte nicht zwischen erfahrenen Autofahrern wie *The Rock*, der alles im Griff hatte, und betrunkenen Teenagern unterscheiden zu können, die eine Gefahr für die Gesellschaft darstellten.

Die Straßenlaternen verschwammen zu großen diesigen Lichtpunkten, die mit den Scheinwerfern der vereinzelt entgegenkommenden Autos verschmolzen – weiteren großen und unscharfen Lichtpunkten. Alle Lichter, selbst die der Straßenlaternen, tanzten vor seinen Augen hin und her. Er blinzelte mehrere Male, um seinen Blick zu schärfen, was nur zur Folge hatte, dass die grünen und orangefarbenen Lichter seines Armaturenbretts und die Lichter draußen zusammenliefen, als schaue er auf ein riesiges psychodelisches Display.

Er fuhr ohne nachzudenken, ohne jegliches Gefühl, aber dennoch vorsichtig. Vorsichtiger sogar, ging es ihm durch den Kopf, als in den Nächten, in denen er stocknüchtern war. Er könnte um einiges schneller fahren, wenn er wollte, aber Vorsicht war besser als –

Ohne Vorwarnung passierte alles gleichzeitig. Einerseits viel zu schnell, als dass er hätte reagieren können, andererseits wie in Zeitlupe. Große, helle Lichter rasten auf ihn zu, in der Ferne hupte jemand. Sein Gehirn schrie Gefahr, spürte, dass es handeln musste, aber seine Hände und Füße schienen an endlosen Gliedmaßen zu hängen ... die großen Hände und Füße tollpatschig, kontrolliert von einer fremden Person.

In diesem Bruchteil einer Sekunde, kurz bevor die Lichter durch seine Windschutzscheibe krachten, verstummten die Geräusche, die Lichter blendeten sich aus, und er schien unter Wasser zu schwimmen. Die unkooperativen Hände hatten endlich das Lenkrad nach rechts gezogen, die Welt drehte sich heftig, aber dennoch langsam ... ein Baum kam auf ihn zu, im Bruchteil einer Sekunde leuchtete ein letzter Lichtblitz auf.

Er spürte einen Aufprall – eher eine Art Explosion –, doch bevor der Schmerz zu ihm durchdringen konnte, wurde es dunkel um ihn herum.

63

»Warum sollte Avery so etwas tun?«, fragte Mackenzie und starrte an die Decke von Blaine Richards' imposantem Büro.

Der Anwalt saß zurückgelehnt in seinem Stuhl, sein Körper spiegelte sich in dem dunklen, bodentiefen Fenster hinter ihm. Wenn er wollte, konnte Blaine an Mackenzie vorbei seinen eigenen abgeklärten Gesichtsausdruck bewundern. Seine Gelassenheit bildete einen eindrucksvollen Kontrast zu seinem Anwalt, der tapfer versuchte, gefasst zu wirken. Doch als Mackenzie seine Hände hinter dem Kopf zusammenfaltete, wurden kleine Schweißkränze unter den Armen seines gestärkten weißen Hemds sichtbar, das er schon im Gericht getragen hatte. *Wenn nicht so viel auf dem Spiel stehen würde, könnte die Sache fast Spaß machen,* dachte Blaine und schlug ein Bein über das andere.

»Wer weiß«, antwortete Blaine und sah auf die Uhr. »Wegen Geld ... wahrscheinlich. Ich meine, es sei denn, du hast eine bessere Erklärung.« 9.10 Uhr. Avery verspätete sich. »Deswegen habe ich ihn heute Abend hierhergebeten.«

Mackenzie ließ die Arme wieder fallen, fuhr sich mit einer Hand durch die Haare und schüttelte den Kopf. »Ich weiß nicht. Die ganze Sache ist so ...«

»Bizarr?«

»Ja, bizarr.«

Die beiden Männer saßen eine lange Minute schweigend da. Mackenzie starrte auf den Boden, Richards betrachtete sein Spiegelbild im Fenster. Lautes Telefonklingeln durchbrach die Stille – der lange Signalton deutete einen internen Anruf an.

»Ja«, hob Blaine den Hörer ab.

»Ein Dr. Avery ist hier, um Sie zu sehen«, berichtete der Wachmann.

»Schicken Sie ihn hoch.«

Richards nickte dem besorgten Win Mackenzie zu. »Avery ist da.«

Richards stand auf und streckte sich. »Macht es dir etwas aus, wenn ich zuerst fünf Minuten allein mit ihm spreche? Ich könnte mir vorstellen, er ist redseliger, wenn kein Anwalt im Raum ist.«

»Kein Problem«, entgegnete Mackenzie offensichtlich erleichtert darüber, dass er den Anfang der Konfrontation nicht miterleben musste.

»Du kannst einfach im Zimmer bleiben. Ich hole dich dann dazu, sobald er irgendetwas Hilfreiches von sich gibt.«

Ohne eine Antwort abzuwarten, machte Richards sich auf den Weg den Flur entlang und ließ Mackenzie einfach zurück. Er befand sich auf der obersten Etage des GenTech-Gebäudes, das mit seinen achtzehn Stockwerken beinahe so hoch wie die Bürogebäude im Zentrum von Norfolk war. Am Aufzug empfing er Avery mit einem festen Händedruck.

»Danke, dass du gekommen bist, Lars.«

Richards führte ihn in den Besprechungsraum.

Dort stand ein großer Eichentisch, der von zwölf Drehstühlen umgeben war. An der Wand hing eine Reihe von Werken mit abstrakter Kunst, ausgesucht von einem Innenarchitekten. Richards hatte sie nie wirklich verstanden. Aber das war auch egal. Man hatte ihm versichert, dass sie mehr kosten würden als die Bilder, die im Hauptkonferenzraum der Kilgore-Kanzlei hingen, und nur das zählte. Die Außenwand des Raumes bestand aus einem riesigen Fenster aus dickem Glas, das von der Decke bis zum Boden reichte und von ein paar dekorativen, vertikal verlaufenden Metallstreben unterbrochen wurde, um der gesamten Konstruktion Stabilität zu verleihen.

Avery sah blasser aus als je zuvor, seine dunklen Haare standen in alle Richtungen ab. Er ließ sich in einen Stuhl fallen und legte seine dünne schwarze Ledertasche auf den Tisch. Ein erbärmlicher Anblick, urteilte Richards, als er den Arzt mit den dürren, hängenden Schultern und den eingefallenen Augen eines geschlagenen Mannes betrachtete.

Während Richards sich in Richtung Servierwagen am anderen Ende des Konferenzraumes bewegte, fing er an zu reden. »In diesem Fall sind wir auf gewisse Weise Verbündete, Lars. Manche Leute sagen, dass der alte Davenport mich heute fertiggemacht hat. Hast du davon schon etwas mitbekommen?«

»Nicht wirklich.« Avery klang nicht besonders überzeugend.

Richards nahm eine Flasche Sodawasser vom Servierwagen und schenkte zwei kleine Gläser ein. »Davenport ist gefährlich. Es heißt, die Gerüchte über das illegale Klonen hätten den Aktienmarkt in Aufruhr versetzt.«

»Sieht so aus.«

Er fasste nach unten, öffnete die Tür der Glasvitrine und brachte eine kleine Flasche Scotch zum Vorschein. Averys Lieblingsdrink. Er füllte beide Gläser mit einem großzügigen Schuss auf, brachte sie zum Konferenztisch und schob eines der beiden dem kleinen, nervösen Mann zu.

Avery hob ablehnend die Hand.

»Quatsch«, schnaubte Richards und nahm einen großen Schluck. »Ich weiß, dass das dein Lieblingsdrink ist, und wir haben eine lange Nacht vor uns.« Er sah Avery eindringlich an, dem man die Angst in seinen Augen ablesen konnte. »Ich will, dass du dich entspannst.«

Avery nahm das Getränk mit leicht zitternden Händen entgegen und trank einen Schluck. »Ich entspanne mich, wenn die ganze Geschichte vorbei ist.«

»Hast du das Band?«

Avery holte aus seiner Tasche einen kleinen Kassettenrekorder hervor, den er auf den Tisch legte.

»Sehr gut«, sagte Richards und sah zu, wie Avery einen weiteren Schluck von seinem Drink nahm. »Dann schalt mal ein.«

Die nächsten Minuten hörten sich die beiden Männer wortlos das aufgenommene Gespräch zwischen Lars Avery und Billy Davenport an: Averys Angebot, gegen die Zahlung von fünfundsiebzigtausend Dollar einen Meineid auf das illegale Klonen von GenTech zu leisten, und Davenports Einverständnis, Avery als sachverständigen Zeugen aufzurufen.

»Gut gemacht«, kommentierte Richards. Er leerte sein Glas und knallte es auf den Tisch als stumme Aufforderung an Avery, mitzuhalten.

»Stolz bin ich darauf nicht.«

»Ich auch nicht. Aber es ging nicht anders. Wir mussten uns absichern. Jetzt, da wir wissen, dass Davenport in unseren Finanzen herumschnüffelt, brauchen wir das Tape.«

Wieder nahm Avery einen Schluck. *Jetzt kommt der entscheidende und schwierige Teil,* rief Richards sich ins Gedächtnis. *Jetzt könnte ich ein bisschen Glück gut gebrauchen.*

Ohne dass Avery es sehen konnte, griff Richards in seine Hosentasche und zog ein kleines Aufnahmegerät heraus. Dasselbe Gerät, das er im Labor nutzte, um seine Beobachtungen und Anmerkungen festzuhalten. Er legte es auf den Stuhl neben sich, ohne es anzuschalten. Mit der freien Hand griff er nach dem Kassettenrekorder auf dem Tisch, in dem Averys Aufnahme gerade ans Ende gekommen war.

»Wenn die Fruchtwasseruntersuchung nach Plan gelaufen wäre«, sagte Richards und sah den kleineren Doktor streng an, »müssten wir von diesem Band keinen Gebrauch machen – der Fötus wäre abgetrieben und diese ganze unschöne Geschichte mit Maryna irrelevant geworden.«

Im selben Moment, in dem er das Wort »irrelevant« aussprach, drückte Richards den Aufnahmeknopf seines unter dem Tisch versteckten Aufnahmegerätes.

Avery senkte den Blick und sprach mit leiser Stimme. »Ich habe dir die Wahrheit gesagt. Ich meine, was willst du denn noch von mir? Mein Terminkalender war ... na ja, es gibt halt solche Tage. Da kann ich nichts gegen machen.«

Idiot, schrie Richards innerlich. *Das ist nicht das, was ich hören wollte.*

Unbemerkt schaltete er das Gerät wieder aus und spulte zurück auf Anfang, um einen erneuten Versuch zu starten.

In der Zwischenzeit nahm Avery noch einen Schluck von seinem Drink, den er mittlerweile fast ausgetrunken hatte. Richards glaubte zu sehen, dass seine Augen ein bisschen nach hinten wegrollten. *Ich muss mich beeilen. Erst trinkt er fünf Minuten lang kaum einen Schluck, und jetzt schüttet er sich voll!*

Trotz seiner aufkommenden Panik hörte sich Richards' Stimme immer noch ruhig und bestimmt an. Schließlich brauchte er diese neue Aufnahme nicht unbedingt. Sie diente lediglich der Absicherung. Dennoch wäre es schön, wenn er seinem ausgeklügelten Plan noch das Sahnehäubchen aufsetzen könnte.

Er drückte auf Aufnahme.

»Ich kann dir nicht sagen, wie enttäuscht ich darüber bin«, sagte Richards in ernstem Ton. Er wartete einen Augenblick ab und ließ seine Worte wirken. Avery weigerte sich, ihm in die Augen zu sehen.

»Aber zumindest hast du das Band.«

Richards' Hände begannen zu schwitzen. »Bist du bereit, alles zu tun, um das wieder zurechtzubiegen? Bist du bereit, morgen ins Gericht zu spazieren und der Richterin zu erzählen, dass du Davenport mit der Geschichte über das illegale Klonen angelogen hast, nur um zu sehen, ob er dich für eine Falschaussage bezahlen würde? Bist du bereit, dem Gericht zu bestätigen, dass es bei GenTech nie illegale Klonversuche gegeben hat?«

Avery verzog das Gesicht und schob sein Glas von sich weg. »Blaine, ich weiß nicht recht ... ich weiß nicht, ob ich das schaffe ...«

Blaine zwang sich, ruhig weiterzusprechen. »Hey, du bist derjenige, der diesen Schlamassel zu verantworten hat. Entweder sagst du vor Gericht über dieses Tape aus, oder ich werde der Richterin selbst davon erzählen.«

Scheinbar schreckte Avery dieser Gedanke – der Mann schien sich noch weiter hinter seine schweren Lider zurückzuziehen. Schmerzhafte Erkenntnis zeichnete sich auf seinem Gesicht ab. Das ist der Moment, ging es Blaine durch den Kopf, in dem Avery kapiert, wie tief er in die ganze Sache verstrickt ist und dass er keine Wahl hat.

Blaines Finger lag auf der Aufnahmetaste. *Reicht das an Material? Was ich habe, ist schon mal ziemlich gut. Sollte ich noch einen Satz riskieren?* Er zögerte kurz, dann hatte er seine Entscheidung getroffen.

»Sieht aus, als hätte ich keine andere Wahl«, murmelte Avery. »Aber gern tue ich das nicht.«

Perfekt, dachte Blaine. *Einfach perfekt.*

»So ist es«, antwortete Blaine. »Aber es ist die einzig richtige Entscheidung – unter den gegebenen Umständen bleibt dir kaum eine andere Möglichkeit.«

Zufrieden schaltete er das Aufnahmegerät ab und sah zu, wie sich Averys Augen vernebelten. Langsam und lethargisch streckte er seine Hand aus und versuchte, sein Glas wegzuschieben.

»Was hast du ...«, lallte er und sah Blaine mit langsam aufsteigender Panik an. Avery erhob sich, stützte sich schwer auf dem Tisch ab, seufzte einmal tief und setzte sich dann wieder hin. Sein Kopf fiel nach vorne, erst langsam, dann knallte er auf den Tisch.

»Der ist k. o.«, kommentierte Richards.

Dann stand er auf, zog zwei Latexhandschuhe aus seiner Tasche und streifte sie sich über, wobei er die Finger in der für Chirurgen typischen Bewegung ausstreckte und die Handschuhe sich mit einem schnappenden Geräusch seinen Händen anpassten.

64

Maryna hatte ein paar neue Fernsehberichte über das Verfahren an diesem Abend gesehen. Nach Meinung der Kommentatoren hatten Mitchell und *The Rock* den Sieg davongetragen; sie hätten sich deutlich gegen den eigenwilligen Richards durchgesetzt, hieß es. Die Wirtschaftssender berichteten über den Absturz der GenTech-Aktie. Und die Gerüchteküche über illegale Klonverfahren brodelte.

Einer der Rechtsexperten hatte hinzugefügt, dass Maryna nun gezwungen sein würde, eine Aussage abzugeben. Sie hoffte inständig – nein, betete eher –, dass der Kommentator sich irrte. Aber nun, da sie Mitchell am Küchentisch in Sarah Reeds Haus gegenübersaß, sollte sie die unschöne Wahrheit erfahren.

»Das bedeutet also«, erklärte ihr Mitchell, »dass die Richterin angeordnet hat, dass du aussagen musst – sonst verlieren wir den Fall.« Sanft legte er seine Hände auf dem Tisch über ihre. Der Ausdruck in seinen Augen wurde mitfühlend.

»Uns bleibt keine andere Wahl. Wenn du nicht aussagst, verlieren wir. Die Einwanderungsbehörde wird weiterhin versuchen, dich aufzuspüren und auszuweisen. Wenn sie oder jemand anderes dich findet ...« Mitchell zögerte, dann sprach er mit noch sanfterer und einfühlsamerer Stimme weiter: »Dann könnten sie dich zwingen, die Schwangerschaft abzubrechen und dich dann abschieben.«

Maryna hätte schwören können, dass sie auf diese Nachricht gefasst war. Die letzten drei Stunden seit den Sechs-Uhr-Nachrichten hatte sie diese schreckliche Möglichkeit in Erwägung gezogen. Doch trotz Mitchells vorsichtiger Art traf sie diese Wahrheit direkt ins Herz, schnürte ihr die Luft ab und riss ihr die Seele aus dem Leib. Ihr jungfräulicher Glaube wurde so schnell so hart auf die Probe gestellt.

Sei tapfer, befahl sie sich selbst.

»Und wenn ich aussage?«

»Wird die Einwanderungsbehörde immer noch versuchen, dich auszuweisen. Sie werden wahrscheinlich morgen im Gerichtssaal auf dich warten. Aber vielleicht wird das Baby ...«

Maryna spürte einen Hoffnungsschimmer. Zwar war er nur winzig klein, aber definitiv spürbar. *Was passiert mit meinem Baby?*

»Vielleicht können wir argumentieren, dass das Baby ein *amerikanischer* Staatsbürger ist – die Tochter amerikanischer Eltern. Wenn du aussagst, können wir das Einwanderungsgericht vielleicht zumindest davon überzeugen, dass das Kind hier geboren wird und dann auch bleiben darf.«

Aber bei wem?, schoss es Maryna durch den Kopf. *Cameron? Die Frau, die Dara abtreiben lassen will?* Maryna schauderte. Noch vor zwei Wochen wäre das die Erhörung ihrer Gebete gewesen. Aber wie sollte sie jetzt dieses Baby, *ihr Baby*, einer Frau anvertrauen, die alles daransetzte, dass Dara gar nicht erst geboren wurde?

Mitchell drückte sanft ihre Hand. »Alles in Ordnung, Maryna?«

Sie würde *nicht* weinen. Das hatte sie schon entschieden, bevor sich Mitchell an diesem Abend wie immer durch die Gärten geschmuggelt hatte, um sie zu sehen. Weinen würde ihr auch nicht weiterhelfen. Als ihr trotzdem die Tränen in die Augen stiegen, blinzelte sie sie weg und versuchte, an etwas ganz anderes zu denken. Sie würde tapfer und rational über diese schwierige, aber notwendige Entscheidung diskutieren. Doch als Maryna zum Sprechen ansetzte, schnürte sich ihr Hals zu, und sie brachte kein Wort mehr heraus. Alles, was sie tun konnte, war zu nicken.

»Nein, ist es nicht«, sagte Mitchell. »Und das kann man dir nicht verübeln.«

Dann überraschte er sie mit einer Geste, die sie sich mehr als alles andere gewünscht hatte. Ohne ein weiteres Wort stand er auf und kam zu ihr herüber. Maryna stand auf und ließ sich einfach nur in seine offenen Arme fallen, klammerte sich an ihm fest und ließ sich von ihm halten. Sie spürte, wie er sie sanft auf den Kopf küsste und ihr liebevoll über die Haare strich.

Seit dem Tag, an dem sie ihre Mutter verloren hatte, hatte sie alles allein geregelt, sich immer wieder selbst aufgebaut und dazu gezwungen, der Realität ins Auge zu sehen. Gefühle brachten einen nicht weiter. Sie konnte in den Überlebensmodus umschalten, ihre Emotionen ignorieren, sich von ihren Problemen lösen und ihr Leben weiterführen. Aber jetzt war alles anders – weil Mitchell da war. Sie wollte die Sache gemeinsam mit ihm durchstehen, sie *brauchte* ihn.

Die Tränen, die sie so sehr zurückzuhalten versucht hatte, tropften nun von ihren Augen auf seine Brust. »Ich kann diese Schwangerschaft nicht abbrechen.« Es fiel ihr schwer, es auszusprechen. »Ich kann dieses Baby nicht aufgeben. Wenn ich muss, werde ich es mit nach Kambodscha nehmen – weit weg von diesem Gericht, von der Einwanderungsbehörde, von den Snakeheads ...«

Sie konnte den Satz nicht zu Ende sprechen, so fürchterlich war der Gedanke für sie. *Weit weg von diesem Gericht, von der Einwanderungsbehörde, von den Gangstern ... und von dir!* Gerade als die Dinge sich für sie zum Besseren zu wenden schienen, als sie ihren neuen Glauben gefunden hatte und einen Mann, der anders war als jeder Mann, den sie zuvor getroffen hatte, sollte sie alles wieder verlieren. Ihre Mutter hatte ihr Leben geopfert, damit Maryna in Amerika leben und ihren Traum verwirklichen konnte. Und einen Mann wie Mitchell finden würde. Nun musste Maryna sich zwischen diesem Traum, diesem Mann und dem Baby in ihrem Bauch entscheiden.

Zum ersten Mal in ihrem Leben wusste sie – nicht bloß im Kopf, sondern in der Tiefe ihres Herzens –, warum ihre eigene Mutter ihr Leben für das Leben ihres Kindes gegeben hatte. Maryna wusste, dass eine Mutter keine Wahl hatte. Koste es, was es wolle. Maryna wusste, dass Dara das Wichtigste in ihrem Leben war. Das überwältigende Verlangen, ihr Kind zu beschützen und zu behalten, stellte alles andere in den Schatten. Sie würde Dara auf die Welt bringen. Dara großziehen. Dara lieben. Selbst wenn sie dafür nach Kambodscha zurückmüsste.

Alles andere musste für Daras Wohl zurückstehen. *Alles.*

Ihr schmerzendes Herz schien von einer eisigen Faust umfasst, die immer fester zudrückte. Sie atmete tief ein und versuchte, ihre Tränen zurückzuhalten. Sie musste einen Schritt zurücktreten und sich der schwierigen Situation stellen, wie sie es so viele Male schon in ihrem Leben getan hatte. Aber für diesen kurzen Moment würde sie in Mitchells Armen versinken und sich erlauben, ihren Tränen freien Lauf zu lassen.

* * *

Er fühlte sich so hilflos, hielt sie, so fest er konnte, aber gegen ihre Tränen war er machtlos. Auf gewisse Weise war er daran schuld, dass sie jetzt weinte. Daher würde er alles tun, um sie von ihrer Last zu befreien. Egal, um welchen Preis.

Er war ihr verfallen, das wusste er. Alles war so schnell gegangen. So unerwartet gekommen. Irgendwann, er wusste nicht einmal wann, war aus seiner Klientin eine Freundin ... und sogar sehr viel mehr geworden.

Wie viel mehr konnte er nicht sagen. Er traute sich nicht einmal, sich selbst diese Frage zu stellen. Aber eines wusste er: Wenn sie litt, tat er es auch. Deswegen blutete ihm jetzt bei jeder ihrer Tränen das Herz ein bisschen mehr.

Mitchell hatte bereits geliebt. Er war verzaubert gewesen, verknallt, in einem Moment Hals über Kopf verliebt und im nächsten schon nicht mehr. Er hatte sich mit hübscheren Frauen getroffen, vielleicht auch klügeren Frauen, in dem Punkt war er sich nicht ganz sicher, und Frauen mit viel Persönlichkeit. Aber während er dort stand und Maryna eng an seine Brust drückte, musste er zum ersten Mal zugeben, dass er sich zu noch keiner Frau so *hingezogen* gefühlt hatte. Ihre Verbindung ging tiefer. Entstand schneller. War stärker. Wie lange kannte er Maryna jetzt – eine Woche? Zehn Tage höchstens. Aber diese zehn Tage fühlten sich an wie eine Ewigkeit. Als wäre sie sein gesamtes Leben bei ihm gewesen, irgendwo tief in ihm, eine Seelenverwandte, die endlich in sein Leben getreten war und das Beste aus ihm herausholte.

Das ist doch verrückt! Ich kenne das Mädchen nicht mal.

»Ich werde mir etwas überlegen«, hörte er sich selbst sagen. »Es muss einen Weg geben.«

Er fühlte, wie Maryna ihre Handflächen auf seine Brust legte und die Wange wegdrehte. Mit ihren großen, schönen, funkelnden braunen Augen sah sie zu ihm auf.

»Können wir dafür beten?«, flüsterte sie. »Zusammen mit Sarah vielleicht. Ich weiß, was ich tun muss. Ich brauche nur die Kraft, um es durchzustehen.«

Mitchell fühlte, wie seine Knie weich wurden. Er war derjenige, der bereits seit Jahren dem christlichen Glauben folgte. Er hätte derjenige sein sollen, der ein Gebet vorschlug.

»Natürlich«, antwortete er. Dann nahm er behutsam ihr Kinn in seine Hand, zog ihren Kopf zu sich, bis ihre Lippen sich berührten, und küsste sie, als wäre es die natürlichste Sache auf der Welt.

Es dauerte einen Moment, bis sie Sarah zu sich riefen, um zusammen zu beten.

65

Blaine Richards wusste, dass er schnell und präzise vorgehen musste. Glücklicherweise ging ein Adrenalinstoß durch seinen Körper, der seine Müdigkeit nach dem langen Tag im Gericht verdrängte. Zu viel Adrenalin machte die meisten Menschen nervös und behinderte ihr Denken. Als Chirurg allerdings lernte man, das Adrenalin unter Kontrolle zu halten und in positive Energie, ein scharfes Denkvermögen und außergewöhnliche Kraft umzusetzen.

Er war seine nächsten Schritte im Lauf des Tages ein Dutzend Mal im Kopf durchgegangen. Als Erstes nahm er sein und Averys Schnapsglas sowie die zwei halb leeren Flaschen Sodawasser und ging den Flur entlang bis zur Küche. Er hatte zuvor die Büros überprüft. Zu dieser Uhrzeit hielt sich auf dieser Etage niemand mehr auf außer Mackenzie, und der befand sich in Blaines Büro im gegenüberliegenden Gang, auf der anderen Seite des Gebäudes.

Richards schüttete die Flaschen im Waschbecken aus, spülte sie durch und warf sie in den Mülleimer. Dann wusch er beide Schnapsgläser mit Spülmittel aus und trocknete sie ab. Nachdem er in beide Richtungen überprüft hatte, dass sich im Flur niemand aufhielt, verließ er die Küche, brachte die Gläser zurück in den Konferenzraum und stellte sie zurück in die Glasvitrine.

Avery hatte sich wie erwartet keinen Zentimeter von der Stelle gerührt. Er atmete tief ein und aus, lebendig und wohlauf, nur vollständig bewusstlos. Sein Gesicht lag platt auf dem Tisch, der Mund halb offen, sein Haar wie immer zerzaust, sodass er wie ein Betrunkener wirkte, der auf dem Tisch eingeschlafen war.

Das war das Schöne an Gamma-Hydroxybutansäure (GHB). Deswegen nannten es manche auch das »ideale Schlafmittel«. Obwohl es in den Vereinigten Staaten normalerweise nicht erhältlich war, selbst auf Rezept nicht, hatten Forschungslabore wie das von Richards keine Probleme, das Medikament zu bekommen. Richards hatte es für seine Zwecke heute Abend ausgewählt, weil es keine Metabolit-Rückstände im Blut hinterließ und man selbst bei dem Verdacht, dass etwas nicht mit rechten Dingen zugegangen war, keine Spuren der Substanz nachweisen konnte. Und weil er sicher sein konnte, dass Avery für mindestens drei Stunden tief und fest schlafen würde.

Auch wenn er nur einen Bruchteil dieser Zeit benötigte.

Er griff mit den Armen unter Averys Achseln, zog ihn von dem Stuhl und legte ihn vorsichtig auf den Boden. Ein letztes Mal überprüfte er den Raum, um sicherzugehen, dass er auch nichts vergessen hatte. Dann steckte er den Kopf zum Flur hinaus. Alles ruhig. Zu beiden Seiten.

Er ging wieder hinein, atmete tief durch, hob dann den Drehstuhl hoch, auf dem Avery gesessen hatte, und warf ihn mit Schwung gegen das dicke Fensterglas.

Das Fenster splitterte zwar, aber es zerbrach nicht. Mit dieser Widerstandsfähigkeit hatte Richards nicht gerechnet. Auch das Geräusch des Aufpralls hallte viel lauter durch den Raum, als Richards erwartet hatte, der nun zum zweiten Mal an diesem Abend kurz davor stand, in Panik zu geraten. Er trat einen Schritt zurück, hob den schweren Stuhl erneut hoch und warf ihn diesmal, so fest er konnte, gegen die gesplitterte Fensterscheibe.

Zu seiner Erleichterung flog der Stuhl diesmal durch das Fenster, schlug ein gezacktes Loch in die Scheibe und stürzte dann achtzehn Stockwerke tief auf den Asphalt. Ohne einen Moment zu zögern, griff Richards Avery unter den Armen und zog ihn neben das Fenster halb auf die Fensterbank. In der Hocke sitzend, schwang Richards Avery hoch und stieß ihn mit all seiner von Adrenalin aufgepeitschten Kraft wie einen Sack Futter aus dem Fenster in den sicheren Tod.

Lauschend wartete er, bis er das abscheuliche Echo des Aufpralls achtzehn Stockwerke tiefer hören konnte. Richards widerstand dem Drang, sich aus dem Fenster zu lehnen und hinunterzugaffen.

Schnell suchte er seine Hände und Arme nach Kratzern ab. Als er keine fand, zog er einen an sich selbst adressierten braunen Briefumschlag aus seiner Tasche. Dann zog er seine OP-Handschuhe aus, steckte sie in den Umschlag und klebte ihn zu. Daraufhin griff er sich das wertvolle Tape, dass Avery mitgebracht hatte, steckte sein eigenes Aufnahmegerät in die Hosentasche und verließ ganz entspannt den Konferenzraum. Auf dem Weg durch die Empfangshalle, warf er den Umschlag in den Briefschacht in der Wand neben der Rezeption. Der Gedanke, dass der Brief nun genau wie Avery achtzehn Stockwerke tief fallen würde, nur mit dem Unterschied, das er sanft auf dem Postkorb am unteren Ende des Schachts landen würde, ließ ihn schmunzeln.

Auf dem Weg zurück in sein Büro fragte Richards sich, wie lange es wohl dauern würde, bis jemand die Leiche fand. Der Aufprall der Leiche oder des Stuhls auf dem harten Beton könnte unten im Empfang zu hören gewesen sein und den Wachmann alarmiert haben. Auf der anderen Seite wusste Richards, dass der Wächter am Empfang gerne fernsah. Die Wahrscheinlichkeit war groß, dass er das laute Geräusch im Hintergrund nicht einmal wahrgenommen hatte.

Wieder in seinem Büro angekommen, legte Richards beide Tonbänder auf den Tisch. Mit erwartungsvollen Augen stand Mackenzie auf.

»Wie ich es mir gedacht habe«, sagte Richards. »Der Idiot hat zugestimmt, einen Meineid für Billy Davenport zu schwören. Davenport hat sich darauf eingelassen, Avery 75 000 Dollar zu zahlen, wenn er vor Gericht lügt, wir hätten andere Eizellen auf illegale Weise geklont.« Richards sah, wie sich Mackenzies Augen ungläubig weiteten. »Zu unserem Glück und ohne Davenports Wissen hat Avery die Absprache zwischen den beiden heimlich aufgenommen. Bist du bereit?«

Mackenzie nickte, offensichtlich war er sprachlos.

»Auf diesem Tonband ist alles drauf«, erklärte Richards und tippte auf die Kassette, die Avery ihm im Konferenzraum vorgespielt hatte. »Ich kann es nicht fassen, dass er es aufgenommen hat.«

Richards nahm Platz und setzte einen empörten und erschöpften Gesichtsausdruck auf. Dann runzelte er die Stirn. »Sind Tonbänder eigentlich als Beweismittel vor Gericht zugelassen?«

»Solange einer der Beteiligten seine Zustimmung zur Aufnahme gibt, muss die andere Partei davon nicht mal etwas wissen.« Mackenzie begutachtete das Tape einen Moment lang, dann sagte er mehr zu sich selbst: »Damit fliegt *The Rock* hochkantig aus dem Fall raus. Allein schon für die Verleitung zum Meineid.«

Erneut blickte er Richards an und stopfte die Hände in seine Taschen. »Was ist auf dem anderen Band?«

»Oh, Avery weiß nichts davon, aber als er mir das Geständnis gemacht hat, habe ich mein kleines Aufnahmegerät genutzt, um *unser* Gespräch heimlich aufzunehmen. Ich habe Avery gesagt, er müsse seine Handlung vor Gericht gestehen, der Richterin alles erzählen. Er schien von dem Gedanken nicht gerade begeistert zu sein. Also nur für den Fall, dass er es später abstreitet, habe ich *unsere* Unterhaltung ebenfalls aufgenommen.«

»Klug mitgedacht«, staunte Mackenzie. »Ist Avery immer noch unten im Konferenzraum?«

»Ja, und wir sollten lieber sofort zu ihm gehen, damit wir seine Aussage besprechen können ... bevor er seine Meinung ändert.« Richards hielt inne, von Weitem war eine Sirene zu hören. Averys Selbstmord war anscheinend schnell bemerkt worden.

»Er schien ziemlich aufgebracht wegen der Angelegenheit«, fügte Richards hinzu.

»Wärst du das nicht auch?«, fragte Mackenzie. Er nahm die Hände aus den Hosentaschen und hob behutsam die Tonbänder auf.

»Es ist wirklich unfassbar«, murmelte Richards. Er stand auf und ging durch die Tür, brav gefolgt von Mackenzie, der die wertvollen Tonbänder fest umklammerte.

66

Er war alles andere als ein guter Vater, rief sich Cameron ins Gedächtnis, als sie mit den Autoschlüsseln in der Hand aus ihrer Haustür stürmte und sich auf den Weg ins Krankenhaus von Virginia Beach machte. Trotzdem hatte der Anruf sie völlig aus der Bahn geworfen.

Ihr war immer klar gewesen, dass irgendwann dieser Anruf kommen würde. Aber warum gerade jetzt?

»Es ist nicht lebensbedrohlich«, hatte der Anrufer gesagt. Ein paar gebrochene Knochen, eine schwere Gehirnerschütterung, irgendetwas, warum sie ihn zur Beobachtung dabehalten wollten. Er schwebte also nicht in Lebensgefahr. Dennoch stand Camerons Welt plötzlich kopf. Schließlich ging es hier um ihren Vater. Das Auto war nur noch ein Totalschaden. Er hatte offensichtlich Glück, dass er noch am Leben war.

Sie fuhr rückwärts aus der Einfahrt, drückte aufs Gaspedal und raste die Straße hinunter. Ihre Anspannung, die schnelle Atmung, der feste Griff ums Lenkrad überraschten sie selbst. *Warum kümmert mich das überhaupt? Als Vater hat er noch nie was getaugt.*

Aber alle Versuche, ihre Wut wachzurufen - darüber, dass er seine Familie im Stich gelassen hatte, über seine Unverantwortlichkeit und völlige Selbstsucht -, waren wie weggeblasen, als sie an den heutigen Nachmittag im Gericht dachte. Ihr eigener Vater hatte dort gestanden und sie beherzt vor Gericht verteidigt. Er war so stolz auf sein mutiges Kreuzverhör mit Blaine Richards gewesen und so niedergeschmettert, als er die Nachricht las, die am Anwaltstisch auf ihn wartete. Sie konnte immer noch den Schmerz in seinen Augen sehen. Tiefe Trauer und Verwirrung. Immer wieder musste sie sich den Moment vor Augen führen, als der betrunkene alte Esel seine Fassung verlor, weil er realisierte, dass sein Verhör, auf das er so stolz gewesen war, nur einen weiteren hoffnungslosen Fehlschlag darstellte.

Es hatte auch bessere Zeiten gegeben. Als kleines Mädchen war ihr Vater der Größte für sie gewesen. Damals hatte er sie durch die Luft geworfen, auf den Schultern getragen und sie so lange gekitzelt, bis sie sich fröhlich quietschend ergab. Das hatte man ihr so erzählt. Sie selbst erinnerte sich an nichts von dem, sondern nur an den Schmerz, nachdem er seine Familie so hintergangen hatte. Und die anschließende Trennung.

Und jetzt, wusste sie, hatte sie ihm den gleichen Schmerz zugefügt. Mit eiskaltem Kalkül hatte sie die letzte zerbrechliche emotionale Verbindung gekappt, die die beiden noch zusammenhielt. Verleugnet hatte sie ihn. Mit ihren stahlharten Worten zugestochen und den Dolch noch einmal herumgedreht. Vielleicht fühlte sie sich wegen ihres Verhaltens im Gericht verantwortlich für seine physischen Schmerzen, für die Tatsache, dass er verwundet im Krankenhaus lag. Sie hatte ihn in diese Lage gebracht, als hätte sie selbst am Steuer dieses Autos gesessen.

Hör auf! Ich kann das nicht. Ich werde mir nicht ... diese Last aufbürden. Dieser Mann hat genug Leid für zwei Leben angerichtet! Das Opfer ist nicht er. Das Opfer bin ich! Er war nie ein guter Vater.

Während sie weiter mit sich rang, ob sie gerade das Richtige tat, parkte sie auf dem Parkplatz neben der Notaufnahme. Zwar war die Besuchszeit seit einer Stunde beendet, doch davon ließ sie sich nicht beirren. Sie bezirzte ein paar Schwestern, bis sie letzten Endes vor der Tür ihres Vaters stand. Ein letztes Mal fragte sie sich, ob sie das Richtige tat, dachte, dass ihr Vater dasselbe für sie tun würde, hoffte, dass er gerade nicht wach war, atmete tief durch und betrat den Raum.

Was sie dort sah, traf sie wie ein Faustschlag.

Seine Augen waren Gott sei Dank geschlossen. Aber er sah so blass aus. So hilflos. Ein Schlauch war an seinem rechten Arm befestigt, ein weiterer kam aus seiner Nase. Sein linkes Bein lag in einer blauen Gipsschiene. Der Mund hing offen, er zog stoßweise die Luft ein. An der linken Schläfe hatte er eine tiefe Schnittwunde, das darunterliegende Auge war lila umrahmt. Schnittverletzungen und Kratzer, Schwellungen, hier und dort ein dicker Bluterguss und Prellungen. Er hatte anscheinend wirklich Glück gehabt. Er sah so verdammt hilflos aus. Das überraschte Cameron am meisten.

Dieser störrische Mann, der niemals Hilfe von irgendjemandem brauchte, der nie einen Rat von anderen annahm, dessen Leitmelodie »I did it my way« war.

Dieser Mann sah auf einmal so bemitleidenswert aus. So verletzlich. Fast wie ein Kind.

Als würde sie von einer unwiderstehlichen Kraft angezogen, näherte sie sich ihm. Sollte sie bleiben? Einfach neben ihm sitzen und da sein, wenn er aufwachte?

Oder ihm eine Nachricht hinterlassen? In der sie ihm ihre Gefühle mitteilte. Ihm all das sagte, was sie ihm schon immer hatte sagen wollte. Das war ihre Chance, die Unstimmigkeiten zwischen sich und ihrem Vater zu beseitigen. Ihre Chance, ihm zu sagen, dass sie ihn nie verletzen wollte. Ihre Chance, vielleicht sogar ihre letzte, sich zu entschuldigen.

Wofür?! Was habe ich ihm jemals angetan? Womit habe ich es verdient, dass er mich sitzen gelassen hat? Mich wie den Müll von gestern weggeworfen hat?

Wie immer, wenn es um ihren Vater ging, rang sie mit widersprüchlichen Gefühlen. Schuldgefühle gegen Verärgerung. Mitleid gegen Schamgefühl. Pflichtgefühl gegen Rachewünsche. Sie verachtete ihn und brauchte dennoch seine Bestätigung. Einerseits ging sie ihm aus dem Weg, andererseits sehnte sie sich mehr als alles andere danach, Zuflucht in seinen Armen zu finden. Sie wollte wenigstens sein Freund sein.

Wie wunderbar wäre es, wenn sie genau in diesem Moment einen weisen väterlichen Rat von ihm bekommen könnte. Bei allem, was aktuell in ihrem Leben passierte, brauchte sie jemanden, dem sie sich anvertrauen konnte. Aber diese Person würde niemals ihr Vater sein.

Wie alle anderen Herausforderungen im Leben würde sie sich auch dieser schwierigen Situation allein stellen.

Sie starrte in sein stoppeliges Gesicht und betrachtete die Schnittwunden auf seiner Stirn. Dunkle Stiche hielten die Haut zusammen. Wahrscheinlich würde eine Narbe zurückbleiben. Seine Atmung ging unregelmäßig. Auf einmal wurde ihr klar, dass dieser Mann sich auch jetzt, wie schon so viele Male zuvor, ihrer Anwesenheit nicht bewusst war, ihren Schmerz nicht wahrnahm. Er war verletzt, aber sie war ebenfalls verletzt. Und wie immer würde sie in seinen Armen keinen Trost finden, keine aufmunternden Worte von ihm hören.

Ein egoistischer Ignorant. Das war ihr Vater.

Und in dieser Nacht war auch er hilflos. Wie ein Kind.

Und wie man es bei einem Kind machen würde, beugte sich Cameron vor und küsste ihn auf die Stirn, direkt neben die Schnittwunde, deckte ihn bis zum Hals mit dem dünnen Krankenhauslaken zu und flüsterte: »Alles wird wieder gut.«

Einen Augenblick verweilte sie so, als würde sie eine Antwort erwarten oder ein Zeichen von ihm, dass er sie wahrnahm. Doch nichts passierte, also drehte sie sich um und verließ den Raum.

Man sagt, Eltern hätten einen sechsten Sinn, was ihre Kinder angeht, dachte sie auf dem Weg zur Tür. *Selbst wenn er bewusstlos ist, merkt ein Vater, wenn sein Kind ihn besucht.*

Die meisten Väter zumindest.

Aber nicht meiner. Er nimmt so etwas nicht wahr.

Er war wirklich nie ein guter Vater.

67

Nikki Moreno stellte sich vor, sie würde wie Rene Russo in Die Thomas Crown Affäre aussehen. Jünger und knackiger als die Schauspielerin versteht sich, aber mit derselben verführerisch-gefährlichen Ausstrahlung. Geschmeidig. Und düster. Sie trug schwarze Leggins und ein hautenges schwarzes Top aus Elastan. Ihre Hände steckten in schwarzen Latexhandschuhen, ihre Füße in schwarzen Turnschuhen. Sie war bereit für einen Spionageeinsatz auf höchstem Niveau, bereit, der Gefahr entgegenzutreten und wie auf der großen Leinwand draufgängerisch Risiken einzugehen.

Wem machte sie hier etwas vor? In Wahrheit machte sie sich bereit, Cameron Davenports Müll zu durchwühlen.

Nie zuvor hatte sie sich so sehr wie ein Hinterwäldler gefühlt.

Für ihre Mission benutzte sie Mitchells Ford F-150-Pick-up. Im Gegenzug hatte Mitchell für diese eine Nacht ihren Chrysler Sebring bekommen. So hoch über der Straße zu thronen und auf die ganze Welt herabblicken zu können gefiel ihr. Aber der Motor brummte und polterte, und das Auto fuhr sich ... wie ein Truck eben. Nicht gerade das perfekte Fluchtfahrzeug.

Immerhin war es schwarz. Und zumindest hatte es keinen Gewehrständer im Rückfenster oder eine Rebellenflagge auf dem Nummernschild. Doch alles andere an dem Auto schrie geradezu »Südstaaten-Junge«.

Auf dem Weg zu Camerons Haus setzte sie alle voreingestellten Radiosender zurück. Wer wollte schon, dass jeder einzelne Sender auf Countrymusik programmiert war? Mitchell konnte ein wenig Abwechslung gebrauchen. Jazz. Hardrock. Hip-Hop. Selbst Oldies, auch wenn das schon hart an der Grenze war. Hauptsache keine Countrymusik.

Nikki hatte sich schon Anfang der Woche in der Nachbarschaft von Cameron und Blaine Richards umgesehen, kurz nachdem sie und Mitchell erfahren hatten, dass sie bei dem Gerichtsverfahren dabei sein würden. Sowohl Nikki als auch Mitchell hatten das Gefühl, sie würden etwas übersehen, auch wenn sie noch nicht wussten, was das sein könnte. Richards' Nachbarn erzählten ihr, dass die Müllabfuhr bereits am Montag da gewesen sei. Laut Camerons Nachbarn hingegen kamen die Müllmänner erst am Freitag. Die meisten Anwohner rollten ihre großen Plastikmülltonnen – die in Standardgröße vom Entsorgungsunternehmen zur Verfügung gestellt wurden – Donnerstagabend an den Straßenrand.

Als sie das hörte, kam Nikki die Idee, bei jedem Nachbarn eine Nachricht an die Haustür zu kleben, dass der Müll in dieser Woche bereits am Mittwoch abgeholt würde. Aber Mitchell hatte ihr den Plan ausgeredet. Seiner Meinung nach würde Donnerstag zeitlich auch noch reichen. Wenn sie etwas finden sollten, könnten sie es Freitag immer noch im Gericht anbringen.

So tuckerte sie also um ein Uhr mitten in der Nacht in dem auffälligen, riesigen, rumpelnden schwarzen Pick-up durch ein wieder aufgewertetes Wohngebiet von Norfolk, in dem jeder nur ausländische Kompaktwagen fuhr.

Die Straßen schienen immer enger zu werden, je mehr sie sich Camerons Wohngebiet auf der East Granby näherte. Auf beiden Straßenseiten reihten sich Autos aneinander, sodass die Anwohner kaum aus ihren Einfahrten herausfahren konnten. Selbst auf der Straße passten kaum zwei in entgegensetzte Richtungen fahrende Autos aneinander vorbei. Die großen Häuser im viktorianischen Stil mit ihren weißen Säulen und Dächern wie Lebkuchenhäuser wirkten, als hätte man sie in zu kleine Grundstücke gequetscht; sie standen so dicht beieinander, dass die Nachbarn sich wohl gegenseitig die Hände schütteln konnten, wenn sie ihre Fenster öffneten.

Nikki bog auf die East Granby und fuhr langsamer, damit sie sich besser zurechtfinden konnte. Die Straße war leer und zu ihrem Glück spärlich beleuchtet, da die Straßenlaternen in großem Abstand zueinander aufgestellt waren. Einen halben Häuserblock weiter entdeckte sie Camerons Adresse auf der rechten Seite: 250 East Granby. In dem großen, weißen, viktorianischen Haus, das komplett von einer Veranda umsäumt wurde, brannte kein Licht. Die grüne Mülltonne stand ordnungsgemäß am Bordstein. Nikki stieg aus dem laufenden Auto aus und eilte zur Mülltonne. Die Scheinwerfer hatte sie ausgeschaltet und nur das Parklicht angelassen.

Sie öffnete den Deckel und fing an, die grünen Plastiksäcke auf die Ladefläche des Pick-up zu werfen. Zu ihrer Ausbeute gehörte auch ein weißer Küchenmüllsack. Zeitungen und Plastikmilchtüten kamen in den

Tiefen der Tonne vereinzelt zum Vorschein. *Heuchlerin,* dachte Nikki. *Wenn das deine Leser wüssten.* Cameron Davenport, Umweltaktivistin, Freundin der Erde, Ökofreak. Eben diese Cameron Davenport trennte nicht mal Papier von Plastikmüll.

Zwei Säcke noch, dann würde Nikki sich wieder aus dem Staub machen. Doch als sie sich wieder zur Mülltonne umdrehte, bemerkte sie im Augenwinkel eine Bewegung. Sie fuhr herum um und sah eine Gestalt, die ein paar Schritte entfernt auf dem Gehweg im Schatten lauerte.

Erschieß mich einfach.

Eine gebückte ältere Dame – mindestens siebzig Jahre alt – mit buschigem, wild abstehendem grauem Haar und einem knallbunten, geblümten Hausmantel ging mit ihrem Hund spazieren. Ein Chihuahua, versteht sich. Um ein Uhr nachts!

Die Dame war in etwa zehn Meter Entfernung wie angewurzelt stehen geblieben und starrte Nikki mit offenem Mund an. Der Hund war ebenfalls stehen geblieben, reckte seine spitze kleine Nase in die Höhe und kläffte.

»Psst, Susi«, sagte die Dame, als würde Nikki die beiden vielleicht nicht bemerken, wenn der Hund still war. Doch Nikki sah die Dame böse an. Und der Hund kläffte weiter.

»Ruhe«, befahl die Oma. Dann wandte sie sich mit schriller und anklagender Stimme an Nikki: »Darf ich fragen, was Sie da machen?«

Nikki verdrehte die Augen und fing dann leicht an zu schielen, wie sie es damals in der Grundschule gelernt hatte. Aus dem Mundwinkel ließ sie etwas Spucke laufen. »Wohnen Sie hier in der Gegend?«, nuschelte sie.

»Ja«, sagte die Dame spitz.

Nikki grinste höhnisch. »Dachte ich mir.« Sie griff in die Mülltonne und warf ein paar Plastikmilchtüten hinten auf den Pick-up. »Wissen Sie, wie viel man hierfür bekommt?«

Die ältere Dame schüttelte den Kopf. Susi fletschte die Zähne.

»Dachte ich mir.« Erneut griff sie in die Tonne und zog eine Handvoll Papiermüll heraus. »Recycling. Fünf Cent für jede Tüte und Dose. Ein Penny für ein Pfund Papier.« Dann schleuderte sie ein paar Zeitungen auf die Ladefläche des Wagens, sodass sie zwischen den Mülltüten verteilt herumlagen. »Nicht jeder kann es sich leisten, diese Dinge einfach wegzuwerfen, wissen Sie.«

Nikki machte einen Schritt auf die alte Dame zu und taumelte dabei, damit ihr Auftritt besser wirkte.

»Haben Sie zufällig irgendwelchen Müll vor der Tür, den ich mal durchsehen könnte?«, fragte sie.

Zunächst zögerte die Oma, dann fand sie ihre Haltung wieder. Wie der kleine rotznäsige Chihuahua warf sie das Kinn in die Luft und zog den Hausmantel fest um sich. Statt einer Antwort erhielt Nikki ein missbilligendes Schnauben, dann machte sie auf dem Absatz kehrt und lief den Gehweg hinunter.

»War nett, mit Ihnen gesprochen zu haben«, rief Nikki ihr hinterher. Dafür erntete sie ein lautes Bellen von Susi, die kurz an der Leine zog, als hätte sie sich auf Nikki gestürzt, wenn ihre Halterin sie nur loslassen würde. Da die Oma Nikki den Rücken zugedreht hatte, machte Nikki einen schnellen, angriffslustigen Schritt in Richtung des Kläffers, fletschte die Zähne und sah zu, wie der Hund schnell wieder an die Seite seines Frauchens wieselte.

Zufrieden wandte sich Nikki wieder der Mülltonne zu, warf die letzten beiden Säcke in den Kofferraum des Pick-ups und fuhr davon. Das war die einzige Gegend, in der die Leute einem abnahmen, dass man ein Penner war, obwohl man einen blitzeblanken Ford F-150-Pick-up fuhr und wie ein Filmstar gekleidet war.

Wenige Kilometer später bog Nikki auf den abgelegenen Parkplatz einer Kirche und hielt direkt unter einer Straßenlaterne. Sie brauchte eine Dreiviertelstunde, um den Müll durchzusehen. Eine Müslischachtel, das Kerngehäuse eines Apfels, Fastfood-Tüten und Werbesendungen. Quittungen, Limodosen, verfaulte Trauben und Tiefkühlgerichte. Sack für Sack Berge von Müll. *Die Aktion hat keinen Zweck. Zeit, schlafen zu gehen.*

Um kurz nach zwei Uhr öffnete Nikki den dritten großen Müllsack und schüttete seinen Inhalt aus. Der Beutel enthielt offensichtlich Gegenstände aus einem Mülleimer im Badezimmer. Leere Toilettenpapierrollen, benutzte Wundpflaster, eine leere Shampooflasche, zerknüllte Taschentücher. Persönliche Dinge. Eklige Dinge. Dann schob sie etwas Plastikfolie beiseite – solche, in der man seine Kleidung aus der Reinigung zurückbekam – und blinzelte.

Überrascht riss sie die Augen auf – *das konnte nicht wahr sein* – und breitete die Gegenstände vorsichtig auf der Ladefläche des Trucks aus. Lange Zeit starrte sie sie einfach bloß an. Mit neuem Elan durchsuchte sie die restlichen Säcke, überprüfte jede Quittung aus Drogerien oder Supermärkten, auch aus den Säcken, die sie bereits durchgegangen war. Bevor sie sich versah, war eine Stunde vergangen. Aufgeregt und energiegeladen ging sie ihre Optionen durch. Um drei Uhr morgens, nachdem sie jeden Schnipsel Müll akribisch untersucht hatte, erlaubte sie sich schließlich, die düsteren Szenarien in ihrem Kopf durchzuspielen, die sie schon lange vermutet hatte.

Sie rief Mitchell Taylor an.

Nach dem vierten Klingeln hob er ab, brauchte aber ein paar Sekunden, bis er etwas sagte.

»Hallo«, hörte sie eine raue, müde Stimme sagen.

»Setz schon mal Kaffee auf, ich komme gleich vorbei.«

»Bitte?«

»Der Müll, Mitchell. Du wirst es nicht glauben, was ich in den Müllsäcken gefunden habe.«

68

Freitag, 28. Mai

Der Wecker hörte sich für Mitchell weit entfernt an, als wäre das laute Schrillen nur ein Traum. Ein Albtraum. Er versuchte sich auf die Seite zu rollen, fühlte einen stechenden Schmerz im unteren Rücken und zuckte zusammen. Mitchell zog das Kopfkissen über den Kopf – irgendwie musste sich dieses unerträgliche Geräusch doch ausblenden lassen.

Es hörte nicht auf. Wenn überhaupt wurde es eher lauter. Vorsichtig öffnete er ein Auge und sah auf seine Armbanduhr. Sechs Uhr. Seine Augen sprangen auf und wanderten durch den Raum – *das Wohnzimmer. Richtig. Bei den Vorbereitungen fürs Gericht bin ich eingeschlafen. Wo ist Nikki?* Trotz Mitchells Protesten war sie geblieben, um ihm zu helfen.

Er rollte von der Couch und stieg über die Papiere auf dem Boden, die er wie Konfetti im ganzen Zimmer verteilt hatte. Der messerscharfe Schmerz wurde immer schlimmer. Er verzog das Gesicht und blieb stehen. Kurze Zeit später ließ der Schmerz ein wenig nach. Nach vorne gebeugt tappte er ins Schlafzimmer.

Nikki lag auf seinem Bett, immer noch in ihrem schwarzen Geheimagenten-Outfit, nur die Schuhe hatte sie neben das Bett geschleudert. Sie roch nach Müll. Auf ihrem Kopf lagen zwei Kissen, unter denen sie ihr Gesicht so tief vergraben hatte, dass nur noch ihre dunklen Haare an den Seiten herauslugten. Mitchell fand den Knopf und stellte den Alarm ab.

»Warum hat das so lange gedauert?«, murmelte sie, als sie unter den Kissen hervorkam, sich dann zusammenrollte und eins der Kissen unter den Kopf legte.

Mitchell starrte sie einen Augenblick an, aber es war zu früh am Morgen, um sich zu streiten. Müde setzte er sich auf die Bettkante. Er trug immer noch dieselbe Kakihose und das ärmellose T-Shirt, die er sich übergezogen hatte, als Nikki vor drei Stunden bei ihm aufgetaucht war.

»Dir auch einen schönen guten Morgen«, sagte er. O Mann, er fühlte sich überhaupt nicht gut. Dieses schwindelige Gefühl, wenn man nur drei Stunden geschlafen hatte. Seine Augen waren besonders mitgenommen – rot, empfindlich und geschwollen. Der Gestank, den Nikki im Zimmer verbreitete, machte es auch nicht wirklich besser. Dennoch hatte er ein untrüglich gutes Gefühl, was diesen Tag anging.

Erst mal strecken ... ein bisschen nach links drehen, ein bisschen nach rechts, langsam ... »Aghh«, ächzte er, als er versuchte, sich aufzurichten.

Nikki wand sich derweil auf dem Bett hin und her – kurze, ungestüme Bewegungen, eine offensichtliche Botschaft an Mitchell, er solle ruhig sein, damit sie weiterschlafen konnte.

»Auf geht's, Sonnenschein«, sagte Mitchell. Er schlug ihr sanft ein Kissen über den Kopf. »Heute ist ein großer Tag.«

Sie winkte knurrend ab: »Ruf mich heute Mittag an und sag Bescheid, ob sie aufgetaucht ist.«

»Heißt das, du wirst jetzt nicht mein Hemd bügeln?«, fragte Mitchell, als er in Richtung Badezimmer humpelte, um zu duschen.

»Aua!« Wieder ein stechender Schmerz im Rücken – dieses Mal von Nikkis Turnschuh, den sie ihm quer durch den Raum an den Rücken gepfeffert hatte.

* * *

Fast drei Stunden später fand sich Mitchell mit den anderen Prozessparteien in Ichabods Büro zusammen. Alle anderen hatten bereits Platz genommen, als der Gerichtshelfer ihn ins Zimmer führte. Im Raum war es auffallend still, einige der Anwesenden lasen, andere unterhielten sich flüsternd. Als Mitchell sich setzte, sah Richterin Baker-Kline von ihrem Schreibtisch auf.

»Sind jetzt alle da?«, fragte sie den Gerichtshelfer.

Der junge Mann nickte mit seinem gesamten Körper. »Ja, Euer Ehren.« Er verließ den Raum und schloss die Tür hinter sich.

»Das war ja eine aufregende Nacht«, setzte Ichabod müde an. »Als Erstes hat mich Ms Gunther darüber informiert, dass Mr Davenport letzte Nacht einen Autounfall hatte ...«

Ichabods Worte trafen Mitchell wie ein Faustschlag. Mit einem unguten Gefühl im Bauch warf er Cameron einen Blick zu. Sie saß einfach nur stoisch da, ihr Gesicht eine ausdruckslose Maske. »Wie ich erfahren habe, wurde er bereits aus dem Krankenhaus entlassen«, fuhr die Richterin fort, »er hat sich den Oberschenkel gebrochen und musste an ein paar Stellen im Gesicht und am Arm genäht werden. Nichts Lebensbedrohliches.«

»Das ist richtig«, sagte Nora Gunther. Sie drehte sich nach links und wies auf einen jungen Mann in einem teuren, dunkelgrauen Anzug mit jugendlichem Gesicht, blondem Haar und breiten Schultern. »Das ist Oliver Price. Er wird für Mr Davenport als Unterbevollmächtigter einspringen.«

Mitchell machte Cameron kurz auf sich aufmerksam. Er formte seine Lippen zu einem »Tut mir leid«. Sie dankte ihm mit einem Kopfnicken.

»Als wäre das für eine Nacht nicht genug des Dramas ...«, fuhr Ichabod fort, »gibt es noch weitere schlimme Nachrichten. Mr Mackenzie?«

Win Mackenzie räusperte sich. Er sah auf den Boden, während er sprach, von seinem prahlerischen Benehmen am Tag zuvor war nichts übrig geblieben. »Gestern Abend kam Dr. Lars Avery in die GenTech-Zentrale, um seine Aussage für heute vorzubereiten. Dort konfrontierte Dr. Richards ihn mit den Fragen, die Mr Davenport Dr. Richards während seines Verhörs gestellt hatte. Wissen Sie, Dr. Richards hatte das Gefühl, jemand hätte Billy Davenport falsche Informationen über GenTech zukommen lassen, insbesondere wegen der Anschuldigung bezüglich des illegalen Klonens. Ich selbst war bei dem Gespräch nicht anwesend, daher übernimmt besser Dr. Richards von hier an.«

Alle Augen richteten sich auf Blaine Richards, der Einzige im Raum, der kerzengerade auf seinem Stuhl saß. Im Gegensatz zu Mackenzie klang Richards' Stimme selbstsicher. »Dr. Avery gestand mir, dass er Davenport in einem Gespräch angeboten hatte, einen Meineid zu leisten, sofern dieser ihm dafür fünfundsiebzigtausend Dollar zahlt. Für das Geld wollte er vor Gericht aussagen, dass GenTech auf illegale Weise Embryos geklont hat, was natürlich nicht der Wahrheit entspricht. Außerdem wollte er unter Eid bezeugen, dass ich ihn bestochen hätte, damit er nichts ausplauderte. Gestern Abend entschied sich Avery, dass er diesen Betrug nicht mit seinem Gewissen vereinbaren konnte ...«

Richards legte eine Pause ein, offensichtlich um sich zu sammeln. Mitchell schien, als würde seine Stimme ein wenig stocken, und er war sich fast sicher, ein leises Schniefen gehört zu haben. Er sah, wie Richards sich schnell mit der Zunge über die trockenen Lippen fuhr, bevor er weitersprach.

»Lars war mein Freund ... und es war ein großer Schock für mich. Es ist einfach alles so ...« – Richards suchte nach Worten, während Mitchell sich wunderte, wie schnell seine Selbstsicherheit völliger Verzweiflung gewichen war – »so unbegreiflich. Auf jeden Fall hat Lars sein Gespräch mit Davenport heimlich auf Band aufgenommen. Er hat mir die Aufnahme gestern Abend vorgespielt.«

In einer großen dramatischen Geste legte Richards das Tonband auf den Tisch der Richterin. »Das zweite Tape«, fuhr er fort, »beinhaltet einen Teil meiner Konversation mit Lars. Als mir das Ausmaß seines Geständnisses bewusst wurde, habe ich mein eigenes Aufnahmegerät eingeschaltet. Sie werden hören, wie ich Lars sage, dass er dem Gericht die Wahrheit über seine Abmachung mit Davenport erzählen muss. Sie werden hören, dass ich ihm mitteile, wie enttäuscht ich von ihm bin. Außerdem werden Sie hören, dass er sein Fehlverhalten eingesteht und sagt, dass er nicht weiß, ob er die Kraft hat, das durchzustehen.«

Wieder eine Pause, diesmal gefolgt von einem dramatischen tiefen Atemzug. »Als ich den Konferenzraum verließ und den Flur hinunterlief, um Win Mackenzie dazuzuholen, ist Dr. Avery im achtzehnten Stockwerk aus dem Fenster des Konferenzraumes gesprungen.«

Mitchell fühlte, wie die Luft aus seinen Lungen wich. *Selbstmord!* Das konnte nicht wahr sein! Der Schock brachte ihn total aus dem Konzept. Sein Kopf wurde leer, als wäre er in einen undurchsichtigen Nebel gefallen.

Eine absichtliche Falschaussage. Selbstmord. Die Sache geriet außer Kontrolle.

»Mr Taylor«, hörte er Ichabod sagen, »brauchen Sie einen Aufschub? Die anderen Anwälte halten es für angebracht, fortzufahren – da es nur für noch mehr Wirbel sorgen würde, wenn die Anhörung unterbrochen wird.«

Mitchell zuckte mit den Achseln. Er versuchte, all die Informationen zu verarbeiten, konnte sich aber einfach nicht konzentrieren. »Lassen Sie uns weitermachen«, sagte er mechanisch.

In den nächsten Minuten einigten sich die Anwälte darauf, dass die Richterin zu Anfang der Verhandlung den Selbstmord von Dr. Lars Avery erwähnen würde. Außerdem würde sie, ohne nähere Erläuterung, verkünden, es liege ihr überzeugendes Beweismaterial vor, welches zweifelsfrei belege, dass bei GenTech nicht illegal geklont wurde und dass Mr Davenports Behauptung während seines Verhörs am Tag zuvor, es lägen finanzielle Beweggründe vor, haltlos sei. Obwohl Mitchell Einspruch gegen den letzten Teil einlegte, hatte er keinen Beweis für die Behauptung von *The Rock* und wurde kurzerhand überstimmt.

Man war sich einig, dass mit dieser allgemein gehaltenen Aussage der Richterin die verfahrensirrelevanten Vorgänge ausreichend behandelt wären, ohne dem Ruf des verstorbenen Dr. Avery zu sehr zu schaden. Als er das Büro der Richterin verließ, schüttelte Mitchell fassungslos den Kopf.

Und ich dachte, ich hätte eine große Überraschung in petto.

69

Ichabods Verlautbarung verblüffte alle Anwesenden im Gerichtssaal. Andächtige Stille machte sich breit, als hätte Ichabod um eine Schweigeminute für den verstorbenen Doktor gebeten. Mitchell nutzte die Gelegenheit, um das Publikum in Augenschein zu nehmen.

In der Mitte des Raums saßen die beiden Ermittler der Einwanderungsbehörde INS, die aussahen wie die beiden Comicfiguren Mutt und Jeff. Wie hießen sie noch gleich? Chen und Jones oder so ähnlich. Sie wussten, dass Maryna heute aussagen musste, wenn sie den Fall nicht verlieren wollte, und geiferten ihrem Auftritt förmlich entgegen.

Nikkis Armee, die Mütter der Kinder mit Downsyndrom, hatte sich auch wieder eingefunden und belegte die zweite Reihe. Viele von ihnen waren nach dem ersten Tag im Gericht auf Mitchell zugekommen und hatten ihm zu seiner überragenden Leistung gratuliert. Ihre Anwesenheit heute spendete ihm Trost.

Nikki war noch nicht da. Sie würde irgendwann am Vormittag auftauchen, wusste Mitchell. Bis dahin kam er sich an dem großen Tisch, den Mackenzies Mitarbeiter an diesem zweiten Tag brav gemieden hatten, etwas verlassen vor.

Nachdem sie die Erläuterung hinsichtlich der fehlenden Beweismittel für illegale Klonverfahren und finanzielle In-sich-Geschäfte vorgelesen hatte, wandte sich Ichabod an Nora Gunther.

»Rufen Sie Ihren nächsten Zeugen auf.«

Wie schon am ersten Tag wartete Nora ab, bis sie die ungeteilte Aufmerksamkeit aller Anwesenden hatte. Mit einer Stimme, die Mitchells Meinung nach – auch wenn das kaum möglich schien – noch schriller klang als am Tag zuvor, verkündete sie: »Unsere nächste Zeugin ist Ms Maryna Sareth.«

Mit dieser Ankündigung richteten sich alle Augen auf Mitchell, der beschäftigt tat, indem er sorgfältig den Namen seiner Klientin auf einen leeren Notizblock schrieb.

»Mr Taylor, ist Ihre Klientin heute anwesend?«, fragte Ichabod.

Mitchell stand auf und knöpfte sein Jackett zu. »Ja, Euer Ehren. Sie befindet sich draußen im Flur.«

Der Gerichtsdiener ging den Gang hinunter, um Maryna zu holen, und Mitchell warf den Beamten der Einwanderungsbehörde einen heimlichen Blick zu, die ungeduldig auf ihren Plätzen hockten. Der asiatische Ermittler hielt ein gefaltetes Papier in der Hand – vermutlich der Abschiebungsbefehl.

Der Gerichtsbeamte kehrte mit Maryna im Schlepptau in den Saal zurück. *Sie ist schöner denn je,* dachte Mitchell.

* * *

Für den wichtigsten Anlass ihres Lebens trug Maryna ihr Lieblingskleid. Es war ein bisschen knallig, etwas gewagt. Aber sie wollte sich nicht mehr verstecken. Heute war alles anders. Heute wollte sie eine Aussage machen.

Das Kleid war leger und farbenfroh, ein ärmelloses Hemdkleid mit kleinem Blumenmuster: rote, orangefarbene und gelbe Blumen. Sarah fand, dass ihre Augen dadurch wunderbar zur Geltung kamen. Über den Knien hatte es kleine Rüschen. Der V-Ausschnitt gab den Blick auf die Narbe an ihrem Dekolleté frei, die ihr die Snakeheads verpasst hatten. Maryna war nicht stolz auf die Narbe, aber sie wollte sie auch nicht länger verstecken. *Das bin ich,* argumentierte sie. *Akzeptiert mich so, wie ich bin, oder lasst es bleiben*. Heute war der Tag gekommen, an dem die ganze Welt die Wahrheit erfahren sollte. Sie trug bequeme Sandalen und eine Kette mit einem kleinen silbernen Kreuz, die Sarah ihr die Nacht zuvor geschenkt hatte. Die Haare waren zu einem strengen Zopf zurückgebunden, was ihre scharf geschnittenen Züge betonte.

Der Mensch, der ihr am meisten bedeutete – der gut aussehende Anwalt, dem sie hoffnungslos verfallen war –, hatte ihr bei der ersten Begegnung an diesem Morgen sofort gesagt, dass sie wunderschön aussah. Besser hätte der Tag nicht beginnen können.

Als sie den Eid schwor, wusste sie, dass sie eigentlich aufgeregt sein sollte. Von ihrer Aussage hing so viel ab. Der Gerichtssaal war riesig. Formell. Kalt. Einschüchternd.

Trotzdem war sie überhaupt nicht nervös. Sarah und Maryna hatten für inneren Frieden gebetet. An diesem Morgen wussten sie, dass ihre Gebete erhört wurden.

Maryna betrat den Zeugenstand, warf Mitchell einen kurzen, liebevollen Blick zu und schlug die Beine übereinander. Dann betrachtete sie die Anwältin, die sie befragen würde. Sie ging davon aus, dass es Nora Gunther war, die dort vor ihr stand. Mitchell hatte ihr erzählt, sie sei eiskalt. »Sie würde dich eher wie einen Fisch ausnehmen, als dich anzusehen«, hatte er sie gewarnt. Maryna vermutete, dass er übertrieb, damit sie auf das Schlimmste gefasst war.

»Euer Ehren«, rief der asiatische Beamte der Einwanderungsbehörde aus dem Publikum, »darf ich vortreten?«

»Wer sind Sie?«, fragte die Richterin.

»Agent James Chen von der US-Einwanderungsbehörde«, antwortete der Mann mit herablassend autoritärem Tonfall. »Ich habe einen Ausweisungsbefehl für Ms Sareth.«

Marynas Hals schnürte sich zu. Das war zu erwarten gewesen, aber dennoch ...

»Euer Ehren«, rief Mitchell und sprang auf, »Ms Sareth hat sich dazu durchgerungen, heute vor Gericht auszusagen, obwohl sie wusste, dass diese Beamten hier auf sie warten würden. Sollten wir sie nicht zumindest anhören? Wenn die Herren nach ihrer Aussage diesen Abschiebebefehl immer noch durchsetzen und sie festnehmen wollen ...« Mitchell drehte sich um und sah Agent Chen an. »Es gibt nur eine Tür, die aus diesem Gerichtssaal führt.«

»Das sehe ich genauso«, entschied die Richterin. »Ich für meinen Teil bin beeindruckt, dass Ms Sareth überhaupt gekommen ist, um auszusagen. Das spricht für sie. Ich denke, wir sollten sie zumindest anhören, bevor wir Sie mit dem Ausweisungsprozess beginnen lassen.«

Chen ließ sich auf seinen Platz zurückfallen. Maryna atmete erleichtert aus. Nora Gunther warf ihr einen giftigen Blick zu. Sie würde es ihr nicht leicht machen.

»Sie dürfen fortfahren«, sagte die Richterin zu Gunther.

»Vielen Dank. Glauben Sie, Sie können ein Kind mit Downsyndrom allein in Kambodscha aufziehen?«, schoss Gunther los. Kein »Wie geht es Ihnen«. Kein »Schön, dass Sie gekommen sind«. Noch nicht einmal ein »Bitte nennen Sie als Erstes Ihren Namen« oder Ähnliches. *Was für ein Benehmen!* Vielleicht hatte Mitchell doch nicht übertrieben mit dieser

Frau. »Denken Sie, dass es das Beste für den Fötus ist, ihn sich vollständig entwickeln zu lassen und zu gebären, damit er dann bei einer alleinstehenden, arbeitslosen Mutter in einem Land aufwächst, in dem es ihm an fast allem mangeln wird?«, preschte Gunther vor.

»Nein, Ma'am.«

Angesichts dieser unerwarteten Antwort erstarrte Gunther, wenn auch nur für einen kurzen Moment. »Sagten Sie gerade, ›Nein, Ma'am‹?«

»Ja«, antwortete Maryna ruhig, »genau das habe ich gesagt.«

»Also stimmen Sie mir zu, dass es nicht das Beste für das behinderte Kind ist, wenn Sie es nach Kambodscha schleppen?«

Marynas Antwort kam leise: »Nein, sicherlich nicht das Beste. Aber immer noch besser als eine Abtreibung.«

Gunthers Gesichtsausdruck wurde hart. Es folgte eine Pause. Ein böser Blick. »Sie halten sich zurzeit illegal in diesem Land auf, habe ich recht?«

»Nein, Ma'am.« Maryna wollte eine Erklärung abgeben, aber Mitchell hatte ihr unzählige Male eingeschärft, dass sie ihre Antworten kurz halten und nichts erklären sollte, es sei denn, sie wurde dazu aufgefordert.

»Euer Ehren!« Gunther wandte sich an die Richterin, die nun genauso finster dreinblickte wie Gunther. »Das ist doch lächerlich. Muss ich jetzt einen der Ermittler der Einwanderungsbehörde in den Zeugenstand rufen? Vielleicht sollten wir Ms Sareth über die strafrechtlichen Folgen einer Falschaussage aufklären ...«

Mitchell sprang auf und warf die Hände in die Luft. »Euer Ehren, wenn Ms Gunther nicht so erpicht darauf wäre, die Zeugin in die Zange zu nehmen, bevor sie überhaupt die einleitenden Fragen abgeschlossen hat, hätten wir dieses Problem nicht ...«

»Wovon sprechen Sie da?«, spie Gunther.

»Warum erweisen Sie ihr nicht die übliche Höflichkeit, sie fürs Protokoll zuerst nach ihrem Namen zu fragen?«, schoss Mitchell zurück.

»Warum kümmern Sie sich nicht um *Ihre* Befragung und ich mich um *meine?*«

»Meine Damen und Herren!« Ichabod wurde es zu bunt. *»Wie die Kinder.«* Sie ging ihre Ausführungen auf dem Notizblock durch. »Standardgemäß wird der Zeuge für das Protokoll nach seinem Namen gefragt. Ich kann nicht feststellen, dass Sie das getan haben ...«

Gunther schnaubte, wirbelte herum und machte keine Anstalten, ihre Empörung zu verbergen. »Bitte nennen Sie uns für das Protokoll Ihren Namen.«

Maryna sah Mitchell an, der ihr unauffällig zunickte.

»Maryna Sareth ...« Sie wartete kurz ab, warf Mitchell einen weiteren Blick zu und konnte nicht anders, als zu lächeln. Es fühlte sich einfach wunderbar an, es auszusprechen. »Maryna Sareth *Taylor.*«

Ein Raunen ging durch den Raum, dann blickte alles von Maryna zu Mitchell. Cameron Davenport stockte vor Erstaunen der Atem. Nachdem sie schnell und hastig eingeatmet hatte, blieb ihr Mund ungläubig offen.

»Nicht zu fassen«, murmelte Blaine Richards.

* * *

Mitchell sah Maryna an, ihre dunkelbraunen Augen funkelten, jeder Zentimeter ihres Gesichts strahlte vor Freude angesichts der Information, dass sie tatsächlich Mitchell Taylors Frau war. *Sie ist wunderschön,* dachte Mitchell. *So süß. Und so stolz, dass sie zu mir gehört.*

Auch sein Herz war von Stolz erfüllt, und eine Welle der Dankbarkeit spülte durch seinen ganzen Körper. Innerhalb weniger Tage hatte er die Partnerin fürs Leben gefunden.

Ohne Zweifel wusste er, dass er das einzig Richtige getan hatte.

70

28. Mai

Dara,
es ist noch nicht einmal zur Hälfte ausgestanden, aber heute ist einer der schönsten Tage meines Lebens. Denn ich bin jetzt eine Braut. Mrs Mitchell Taylor. *Du wirst nicht glauben, wie das passiert ist. Es ist fast wie im Märchen.*

Alles hat gestern Abend angefangen.

Mitchell hatte sich zum Haus von Sarah Reed geschlichen und mir gesagt, dass ich vor Gericht aussagen müsse, weil wir sonst den Fall verlieren. Wenn ich den Fall verliere, verliere ich auch dich. Und ich wusste, dass ich das niemals zulassen konnte. Aber mir war auch klar: Wenn ich aussage, dann warten die Ermittler der Einwanderungsbehörde im Gericht auf mich und schicken mich – besser gesagt uns – zurück nach Kambodscha.

Trotzdem musste ich es versuchen.

Ich erklärte Mitchell, dass ich wüsste, was ich zu tun hätte, und ich nur die Kraft bräuchte, es durchzuziehen. Und dann – halt dich fest – hat er mich geküsst. Kein normaler, kleiner Kuss auf die Wange (ich muss wohl länger als gedacht damit warten, bis ich dir dieses Tagebuch in die Hand geben kann), sondern ein elektrisierender Kuss auf den Mund.

Es war das erste Mal in meinem Leben, dass ich einen Mann geküsst habe, den ich von ganzem Herzen liebe und bei dem ich weiß – ich weiß *es einfach –, dass er mich genauso sehr liebt. Mitchell musste nicht mal etwas sagen. Von dem Moment an, in dem wir uns geküsst haben, wusste ich, dass alles gut werden wird.*

Ich weiß, dass sich das kitschig anhört, Dara. Es ist so schwer zu erklären: Dafür gibt es keine Worte, du wirst es eines Tages verstehen, wenn dir dasselbe widerfährt.

Nachdem Mitchell mich geküsst hat, haben wir lange zusammen mit Sarah Reed gebetet. Dann fragte Mitchell mich, ob er einen Augenblick unter vier Augen mit mir reden könnte. Und das, liebe Dara, war der Moment, den ich mein Leben lang nicht vergessen werde. Wenn ich jetzt meine Augen schließe, kann ich immer noch alles genau vor mir sehen, als würde es sich noch einmal abspielen, wie ein Farbfilm, direkt vor meinen Augen.

Er stand nur wenige Zentimeter vor mir und hielt behutsam mein Gesicht in seinen Händen. Noch ein Kuss, wünschte ich mir. Ich hoffte es. Meine Haut kribbelte, und ich schloss die Augen.

»Heirate mich«, sagte er.

Was?!

»Heirate mich«, sagte er erneut, leise, aber voller Inbrunst. Mein Herz

blieb stehen, in meinem Kopf überschlug sich alles. Ich musste blinzeln, um mich zu vergewissern, dass ich nicht träumte.

Und Mitchell, der wunderbare, geduldige Mitchell wartete einfach ab und hielt dabei den Atem an. Mein Herz schrie Ja!

Aber meine Lippen sagten Nein. Ich wollte es unbedingt, aber ich wusste, warum er mir den Antrag machte. Es war der einzige sichere Weg, um die amerikanische Staatsbürgerschaft zu bekommen und nicht nach Kambodscha abgeschoben zu werden. Das sollte nicht der Grund sein, warum man einander versprach, den Rest seines Lebens miteinander zu verbringen.

Bevor ich mich versah, antwortete ich auf Kambodschanisch, was Mitchell natürlich nicht verstand. Ich war so geschockt, Dara, ich konnte keinen klaren Gedanken fassen.

»Englisch«, sagte Mitchell. »Sag Ja auf Englisch!«

»Mitchell, ich weiß, warum du das tust ...«

»Nein, das weißt du nicht.« Seine Stimme klang so bestimmt, Dara. Er versprach mir, dass es nichts mit dem Fall oder der Einbürgerung zu tun hatte. Er wolle einfach mit dem einzigen Menschen auf dieser Welt zusammen sein, für den er jemals so starke Gefühle empfunden hatte.

Ich habe nur auf den Boden gestarrt, Dara. Was hätte ich angesichts von so viel überzeugter Liebe auch tun sollen? Aber ich musste es ihm sagen.

»Das ist nicht alles ...«, erklärte ich ihm. »Du weißt nicht, was damals in Kalifornien passiert ist ...« – ich suchte nach den richtigen Worten, fühlte mich so schutzlos –, »... was sie mir angetan haben, was ich für sie tun musste. Wer würde nach so etwas jemals mit mir zusammen sein wollen?« Die Worte schnürten mir den Hals zu, und meine Augen füllten sich mit Tränen.

Doch er hob zärtlich mein Kinn und sah mir in die Augen. Was er dann sagte, werde ich mein Leben lang nicht vergessen. Niemals. Er sagte, ihm seien die Snakeheads egal, und ihm sei egal, was ich für sie tun musste. »Die Vergangenheit zählt nicht«, erklärte er. »Was wichtig ist, ist die Zukunft. Unsere Zukunft.« Er könne den Gedanken nicht ertragen, dass ich nicht mehr bei ihm bin. »Wir kennen uns erst seit zehn Tagen«, fuhr er fort. »Und ich wünschte, wir hätten mehr Zeit, um über alles zu sprechen, aber wir haben keine Zeit. Das Einzige, was ich weiß, ist: Ich werde den morgigen Tag nicht durchhalten, wenn du nicht bei mir bist.«

Und dann passierte etwas Unglaubliches, Dara. Er legte einen Finger auf meine Lippen und sagte mir, ich solle nur zuhören. Er beteuerte mir erneut, wie sehr er mich liebte. Ich musste ihm versprechen, dass ich ihm nicht gleich mit Ja oder Nein antworten würde. Er hätte bereits mit Reverend Bailey von der Chesapeake Community Church gesprochen, und er hätte zugestimmt, dass wir uns am nächsten Morgen – also heute – *um sieben Uhr treffen. Bis dahin sollte ich darüber nachdenken und beten.*

»Ich werde um sieben Uhr in der Kirche sein«, sagte er. »Wenn du erscheinst, werden wir unser Leben zusammen verbringen und gemeinsam alt werden. Du, ich …« – er streckte die Hand aus und streichelte über meinen Bauch – »und Dara. Und wenn du nicht erscheinst …, dann verstehe ich das. Aber ich werde wahrscheinlich nie aufhören, dich zu lieben.«

Er küsste mich sanft – und wenige Minuten später war er weg.

Ich habe natürlich kein Auge zugetan. Sarah und ich haben stundenlang geredet. Die ganze Nacht habe ich mich hin und her gewälzt und die restliche Zeit gebetet.

Nicht zu erscheinen, war nie wirklich eine Option für mich. Allein der Gedanke, dass Mitchell, mein Mitchell, allein am Altar steht, war unerträglich für mich.

Um 5.30 Uhr habe ich dann angefangen, mich fertig zu machen.

Sarah hat mich als meine Trauzeugin begleitet. Mitchell hatte Nikki mitgebracht, damit sie Fotos machen konnte. Eine halbe Stunde sprach Reverend Bailey zu uns, dann sprachen wir das Ehegelübde, küssten uns und schritten den Gang hinunter, während Nikki die traditionelle Hochzeitsmelodie summte. Mitchell war so stolz, er hat mich sogar hochgehoben und über die Schwelle der Kirche getragen. Doch dann jaulte er auf, weil sein Rücken schmerzte. Dara, dabei wiege ich gerade einmal 52 Kilo. Auf jeden Fall wäre ich fast gestolpert, so schnell hat er mich wieder abgesetzt. Nikki ist vornübergekippt vor Lachen.

So hatte ich mir meine Hochzeit nicht gerade vorgestellt.

Aber der Bräutigam … Er ist der Mann, von dem ich mein ganzes Leben geträumt habe. Mein Prinz.

Und seine Eltern – obwohl ich sie noch nie getroffen und heute Morgen das erste Mal mit ihnen am Telefon gesprochen habe, weiß ich jetzt schon, dass sie herzensgute Menschen sind. Es war leider unmöglich, sie so schnell aus dem Südwesten Virginias pünktlich zur Hochzeit hierher zu bringen, aber sie schienen trotzdem begeistert zu sein. Mitchells Mutter hieß mich in der Familie willkommen, nannte mich die neueste der Taylor-Frauen und sagte, ich müsste ein wundervolles Mädchen sein, wenn ihr Sohn sich für mich entschieden hatte.

Ihre Worte hörten sich wie etwas an, das meine Mutter gesagt haben könnte.

Okay, in wenigen Minuten muss ich zum Gericht. Mehr Einzelheiten über die Hochzeit und Mitchells Eltern erzähle ich dir später. Das ist der schöne Teil. Mein Traum.

Jetzt muss ich dir noch erzählen, wie dieser Traum zum Albtraum wurde.

Nach unserer Hochzeit fuhren wir sofort zum Gericht, da ich bei der Anhörung aussagen musste, die darüber entscheidet, ob Mitchell und ich dich behalten dürfen. Alles fing super an – du hättest ihre Gesichter sehen sollen, als ich verkündet habe, dass mein Name Maryna Sareth Taylor *ist.*

Mitchell beharrt darauf, dass ich mich auch den restlichen Morgen im Zeugenstand wacker geschlagen habe. Aber ich weiß, dass das nicht wahr ist. Während der Befragung von dieser Anwältin namens Nora Gunther bin ich ausgeflippt.

Sie hat die Tatsache, dass Mitchell und ich erst seit heute Morgen verheiratet sind, völlig aufgebauscht. Es sei »interessant«, sagte sie, dass ich am Abend zuvor erst Nein gesagt hatte und dann trotzdem heute Morgen aufgetaucht war. Sie nannte es eine »Zweckehe« und meinte, da wir nicht einmal die erste Nacht zusammen verbracht hatten, würden wir die Ehe wahrscheinlich annullieren lassen, sobald das Verfahren vorbei war. Wie sie es beschrieb, hörte es sich an, als hätten wir nur aus rechtlichen Gründen geheiratet, als wäre das nichts weiter als eine Art Strategie, die uns helfen sollte, den Fall zu gewinnen.

Dara, sie hat mich so wütend gemacht. Die ganze Zeit über, in der ich im Zeugenstand war, standen mir die Tränen in den Augen. Ich hätte am liebsten nach ihr ausgeschlagen. Ich konnte keinen klaren Gedanken fassen. Sie hat mir die Worte im Mund umgedreht, hat es so aussehen lassen, als hätte ich Cameron Davenport etwas versprochen und würde jetzt das Gegenteil verlangen. Sie ließ mich nicht erklären, was es bedeutet, ein Baby in sich heranwachsen zu spüren, wie sich von heute auf morgen alles *verändert.*

Nach mir wurde Cameron Davenport für den Rest des Morgens in den Zeugenstand gerufen. Sie hörte sich so aufrichtig, so kultiviert an. Noch nie in meinem Leben habe ich mich so dumm gefühlt.

Du siehst, es war ein ereignisreicher Tag. Und er ist noch nicht vorbei. In wenigen Minuten wird Mitchell, mein Ehemann, *Cameron Davenport selbst ein paar Fragen stellen. Deswegen kann er gerade nicht hier bei mir sein, er muss sich vorbereiten.*

O Dara, ich weiß, dass du von alledem noch nichts verstehst. Aber ich weiß auch, dass Mitchell, dein Daddy, *dieses Tagebuch bald lesen wollen wird, damit er besser versteht, wie meine Liebe zu dir gewachsen ist. Und wenn er das tut – nun ja, um ehrlich zu sein, ist der Eintrag von heute nicht nur dir, sondern auch ihm gewidmet. Es ist meine eigene, alberne Art, ihm zu sagen, wie sehr ich ihn liebe … und für immer lieben werde.*

Danke, dass du an uns glaubst, Mitchell. Danke, dass du mich trotz meiner Vergangenheit liebst. Und danke, dass du alles in deiner Macht Stehende tust, um aus uns dreien eine Familie zu machen.

Ich liebe dich, Dara. Ich liebe dich, Mitchell,

Deine in dich vernarrte Mama. Deine dich liebende Frau.

71

»Schauen Sie sich diese Frauen in der zweiten Reihe an«, forderte Mitchell die Zeugin auf, »und erzählen Sie ihnen, dass das Baby in Marynas Bauch nicht die Chance auf ein Leben verdient.«

Mitchell warf Cameron Davenport einen durchdringenden Blick zu, dann drehte er sich um und zeigte auf Nikkis Armee. Die Frauen starrten Cameron mit harten Gesichtsausdrücken böse an.

Cameron erwiderte ihre Blicke nicht, sondern sah stattdessen Mitchell an. »Es ist nicht leicht, ein behindertes Kind großzuziehen. Diese Frauen, die Sie mit ins Gericht gebracht haben ... Ich bewundere sie, auch wenn ich es beschämend finde, wie Sie sie hier zur Schau stellen.«

Mitchell erbleichte. Wenige Sekunden zuvor hatte ihm Cameron sogar noch leidgetan in Anbetracht der Tatsache, was er gleich tun musste. Doch ihr Kommentar hatte nun auch sein letztes Fünkchen Mitgefühl weggefegt.

»Aber sie sind nicht ich. Und der Kern des Rechts auf Privatsphäre, so wie ich unser Gesetz verstehe, besteht darin, dass jeder Einzelne das letzte Wort hat bei seinen Entscheidungen, wenn es um das Thema Fortpflanzung geht. In meinem Fall, als alleinstehende Frau mit einem herausfordernden Job, weiß ich, dass ich niemals das leisten könnte, was diese tapferen Frauen hier leisten ...«

»Und Sie glauben, Maryna könnte das auch nicht?«

»Mitchell«, rief Cameron flehentlich seinen Namen, wie ein entnervter alter Freund. Aus irgendeinem Grund ärgerte Mitchell dieser Bruch der Formalität, diese Zurschaustellung von Vertrautheit. »Sie ist eine junge, alleinstehende Frau ... nun ja, zumindest war sie bis heute Morgen noch alleinstehend. Lassen Sie es mich anders ausdrücken. Als dieses Verfahren angefangen hat, war sie eine junge, alleinstehende Frau, eine illegale Einwanderin, die keine Ahnung hatte, wie man ein Kind mit einer Behinderung großzieht. Fragen Sie Ihre Freundinnen in der zweiten Reihe, ob es leicht ist, ob sie glauben, dass so etwas funktionieren könnte. Es ist *nicht* leicht, Mitchell.«

»Sagt jemand, der aus Erfahrung spricht«, schoss Mitchell zurück. Sein Kommentar ließ Camerons Augen kurz auflodern, doch gleich darauf kehrten sie wieder zu ihrem gleichgültigen Ausdruck zurück. Er konnte spüren, wie die zarten emotionalen Bande, die ihn mit dieser Frau verbunden hatten, eins nach dem anderen durchtrennt wurden und an ihrer Stelle die unerbittlichen Mauern eines Widersachers aufzuragen begannen. »Außerdem hat sich Marynas Situation jetzt verändert, oder nicht? Wollen

Sie damit sagen, dass Sie immer noch an ihrer Fähigkeit, oder besser gesagt an *unserer* Fähigkeit zweifeln, dieses Kind großzuziehen?«

Cameron lachte verächtlich auf. »Mehr als je zuvor. Marynas Entscheidung - verdammt, Ihre Entscheidung - entspricht nicht gerade einem Vorzeigemodell für Familienplanung. *Wenn* die Hochzeit echt und keine Scheinehe ist - was mehr als unwahrscheinlich scheint -, wird diese Beziehung sowieso nicht funktionieren.«

Mitchell konnte nicht fassen, dass Cameron das sagte und so ungeniert über ihn urteilte. Es war seine Aufgabe, dem Zeugen auf den Zahn zu fühlen. Stattdessen passierte gerade genau das Gegenteil. »Und eine gescheiterte Ehe - mit einer Scheidung als Folge - würde es sogar noch schwerer für ein Kind mit Downsyndrom machen. Ich meine, wie sollte ein Kind all das verkraften?«

Beruhige dich. Mitchell zwang sich, tief durchzuatmen und kurz innezuhalten. Er spürte, wie die Wut in ihm aufstieg und seinen Verstand vernebelte. Wut oder zumindest Empörung würde in diesem Verfahren noch vorkommen, aber ... jetzt noch nicht. Zuerst war es an der Zeit, Professor Arnolds kleines Dilemma zu diskutieren.

»Sie schreiben eine Kolumne für die *Tidewater Times*, ist das korrekt?«

»Ja, das stimmt.«

»Und in dieser Kolumne setzen Sie sich unermüdlich für die Rechte der Frauen ein. Kann man das so sagen?«

»Das ist meine Absicht, ja.«

»Sie glauben an das, was Sie in Ihrer Kolumne schreiben, oder nicht?«

»Natürlich tue ich das.«

»Warum erzählen Sie dem Gericht nicht, wie es mit Ihrer hohen Auffassung von den Rechten der Frauen zu vereinbaren ist, dass Sie Maryna zu einer Abtreibung zwingen wollen - und ihr gegen ihren Willen das Baby aus dem Bauch reißen möchten?«

Nora Gunther sprang auf. *Gut,* dachte Mitchell, *das hat gesessen.* »Einspruch«, beschwerte sich Gunther. »Er bedrängt die Zeugin.«

Ichabod dachte kurz nach. »Abgelehnt. Sie kann, nein, sie *muss* die Frage beantworten.«

»Aber Euer Ehren ...«

»*Setzen Sie sich,* Ms Gunther.«

Voller Freude sah Mitchell Nora Gunther dabei zu, wie sie sich verärgert in ihren Stuhl fallen ließ.

Ohne mit der Wimper zu zucken, antwortete Cameron: »Ich glaube an das Recht der Frau, ihre eigenen Entscheidungen zu treffen.« Offenbar konnte sie nichts so schnell aus der Ruhe bringen.

»Und ich werde dieses Recht mit all meiner Kraft verteidigen. Maryna hatte ebenfalls das Recht, und sie hat sich dafür *entschieden,* den Vertrag zu unterschreiben, der besagt, dass sie einverstanden ist, die Schwangerschaft abzubrechen, wenn dieses Kind, mein Kind, einen schwerwiegenden genetischen Defekt hat. Ja, Mr Taylor, ich glaube in der Tat an Marynas Recht, eigene Entscheidungen zu treffen. Ich verlange nur von ihr, dass sie entsprechend ihren bereits getroffenen Entscheidungen auch handelt.«

Nimm das, sagte ihr Blick in Richtung Mitchell. Er hatte das Gefühl, dass sie das alles für ein Spiel hielt, ein Wettstreit mit hohem Einsatz, bei dem sie sich offensichtlich wacker schlug.

Aber er war noch nicht fertig. Im Gegenteil, er hatte mit dieser Antwort gerechnet und zusammen mit Nikki geprobt, wie er weiter verfahren würde.

»Entsprechend ihren Entscheidungen handelt ...« Mitchells Stimme nahm einen sarkastischen Unterton an. »Sie soll also bei ihren Entscheidungen bleiben ... so wie Sie es tun? Deswegen bitten Sie das Gericht, den Vertrag für nichtig zu erklären, den Sie unterzeichnet haben und der besagt, dass entweder Sie oder Ihr Mann unabhängig voneinander die eingefrorenen Embryos der Forschung spenden können?«

Cameron setzte zu einer Antwort an, hielt dann inne und starrte gedankenvoll vor sich hin. »Das ist etwas anderes«, antwortete sie kurze Zeit später, »und das wissen Sie auch.«

»Inwiefern?«

»Weil sich die Umstände geändert haben und mein Mann dies nicht vorhersehen konnte. Weil ich weiß, dass er die Embryos niemals der Forschung gespendet hätte, wenn er gewusst hätte, dass der in Maryna eingepflanzte Embryo das Downsyndrom hat.«

Ihr Tonfall wurde scharf. »Weil er, wäre er heute noch am Leben, hier gemeinsam mit mir dafür kämpfen würde, dass wir Eltern eines gesunden Kindes werden.«

»Ich verstehe«, sagte Mitchell, der hoffte, dass die Richterin die Antwort genauso wenig überzeugend fand wie er selbst. Dann wandte er sich an die Richterin: »Entschuldigen Sie mich für einen Augenblick?«

»Sicher.«

Mitchell lehnte sich zu Nikki hinunter. Sie war kurz vor der Mittagspause im Gericht erschienen, und er flüsterte ihr zu: »Bist du dir sicher?«

Sie sah ihn streng an. *»Tu es«,* flüsterte sie.

Mit einem kleinen durchsichtigen Plastikbeutel bewaffnet, kehrte Mitchell ans Podium zurück.

»Also Ihre Aussage lautet, dass man Ihnen erlauben soll, die gefrorenen Embryos einpflanzen zu lassen, weil das Ihre einzige Chance auf ein gesundes Kind ist?«

Zaghaft antworte sie mit »Ja«.

»Und der Grund dafür ist, dass Dr. Avery Ihre Gebärmutter operativ entfernen musste, weil bei Ihnen eine schwerwiegende Endometriose festgestellt wurde?«

Camerons Blick wurde misstrauisch. »Das stimmt, wir haben seinen medizinischen Bericht als Beweisstück 12 der Klägerpartei oder so ähnlich eingereicht.«

»Gut.« Mitchell kratzte sich am Hinterkopf und zog die Nase kraus. »Habe ich richtig gesehen, dass Sie gestern am Knöchel ein Pflaster getragen haben?«

Cameron runzelte die Stirn. Sie sah die Richterin an, die mit den Achseln zuckte.

»Ja, ich habe mich beim Rasieren geschnitten.«

»Darf ich an die Zeugin herantreten?«, fragte Mitchell.

Ichabod nickte.

Mitchell ging nach vorne und übergab Cameron den Plastikbeutel. Er beinhaltete zwei Pflaster. »Sind dies Ihre Pflaster?«

Ungläubig sah Cameron ihn an. »Ich hoffe, dass das ein Scherz ist.«

»Nein. Meine Assistentin hat sie gestern aus Ihrer Mülltonne gefischt. Ich wollte nur, dass Sie bestätigen, dass es auch wirklich Ihre sind.«

Eine Bombe unter Nora Gunthers Sitz hätte sie nicht flinker aufschnellen lassen können. »Ich fasse es nicht!«, schrie sie auf. »Er hat ihren Müll durchsucht? Wie krank muss ein Mann sein ...«

»*Kalifornien vs. Greenwood,* Euer Ehren«, entgegnete Mitchell. »Wenn man seinen Müll am Straßenrand abstellt, wird er zu herrenlosem Besitz. In diesem Moment verliert man, was den Inhalt des Müllbeutels angeht, jedes Recht auf Privatsphäre. Was für den einen Müll ist, ist für den anderen ein Beweisstück.«

»Das ist pervers«, antwortete Nora.

Die Kampfglocke hatte geläutet.

Knapp zehn Minuten lang diskutierten die Anwälte darüber, ob es angemessen war, den Müll nach möglichen Beweisstücken zu durchsuchen. Aber Mitchell konnte sich auf das Urteil in einem Fall berufen, den der Oberste Gerichtshof entschieden hatte. Am Ende blieb Ichabod keine Wahl.

»Es gefällt mir genauso wenig wie Ihnen, Ms Gunther, aber ich kann dieses Urteil nicht einfach ignorieren.« Ichabod wandte sich an Mitchell: »Fahren Sie fort, Mr Taylor, aber bitte mit Bedacht.«

Er wandte sich wieder Cameron zu. »Gehören die Pflaster also Ihnen?«, fragte er kalt.

Mitchell meinte, einen kurzen Anflug von Panik in ihren Augen aufflackern zu sehen und wie sich eine kleine Schweißperle auf ihrer Oberlippe bildete. Ihre Augen wanderten von dem Beutel zu ihrer Anwältin und dann wieder zu Mitchell. Sie gab Mitchell den Beutel zurück und nahm einen tiefen Atemzug.

»Sie sehen aus wie meine«, antwortete sie lässig.

Mitchell blickte wieder zu Nikki, die ihm zunickte.

Mit geraden Schultern und erhobenem Kinn wandte er sich der Richterin zu.

»Momentan habe ich keine weiteren Fragen.«

72

»Was ist so besonders an diesen Pflastern?«, fragte Ichabod, als sie ihre Robe abnahm und sie an die Innenseite ihrer Bürotür hängte. Sie hatte alle Parteien und Anwälte nach der Anhörung in das Richterzimmer eingeladen, um über eine mögliche Einigung zu sprechen. Mitchell wusste, dass das Ablegen der Robe ein Trick war, damit die Parteien sich entspannten.

Er versteifte sich auf seinem Stuhl.

»Das wird sich nächste Woche aufklären, wenn wir Ms Moreno in den Zeugenstand rufen«, erklärte er zurückhaltend.

»Bis dahin lassen Sie uns weiter im Dunkeln tappen, nehme ich an«, sinnierte Ichabod. Sie nahm hinter ihrem massiven Schreibtisch aus Eichenholz Platz. Mackenzie, Richards, Cameron und Gunther hatten auf den Stühlen direkt vor Ichabods Tisch Platz genommen. Mitchell und Maryna waren ein paar Minuten später angekommen, also mussten sie sich mit dem schneidigen jungen Oliver Price auf die Ledercouch quetschen, die an einer Seitenwand des Zimmers stand. Die Sonne schien durch die offenen Vorhänge an den großen Fenstern seitlich auf die Couch direkt in Mitchells Augen, sodass er blinzeln musste.

Ichabod seufzte und ließ ihren Blick durch den Raum wandern. »Montag ist Memorial Day. Wir werden Dienstag um neun Uhr die Verhandlung fortsetzen. Ms Gunther, wie viele Zeugen haben Sie noch?«

»Nur noch Mrs Davenport, Euer Ehren.«

»Mr Mackenzie?«

»Zwei.«

Sie neigte den Kopf und sah zu Mitchell hinüber. »Mr Taylor? Und denken Sie gar nicht daran zu fragen, ob ich Ihnen erlaube, alle Frauen aus der zweiten Reihe aufzurufen.«

»Dann drei oder vier.«

Erneutes Seufzen von Ichabod. »Meiner Erfahrung nach«, erklärte sie, »sollten Fälle wie dieser außergerichtlich geklärt werden. Viel zu viele Zeugen. Außerdem: Wenn ich eine Entscheidung treffe, werde ich einige Parteien sehr unglücklich machen. Immerhin reden wir hier über die Zukunft eines ungeborenen Embryos, dem Schicksal der Zygoten im Labor, der Gültigkeit des Bioethikgesetzes. Sehen Sie sich nicht in der Lage, bis zur Hauptverhandlung zu irgendeiner vorläufigen Übereinkunft zu kommen, was diese Themen angeht?«

»Auf keinen Fall«, schnaubte Nora Gunther, als wäre das der dümmste Vorschlag, den sie je gehört hatte. »Nie im Leben werden wir für dieses Chaos außergerichtlich eine Einigung finden.«

Ichabod kniff die Augenbrauen zusammen und starrte die Anwältin verärgert an. »Ms Gunther«, sagte sie in einem barschen Ton, »würde es Ihnen etwas ausmachen, zum Fenster zu gehen und etwas für mich zu überprüfen?«

Nora sah Ichabod verwundert an, blieb aber sitzen.

»Zum Fenster«, wiederholte Ichabod, als hätte Nora sie lediglich beim ersten Mal nicht richtig verstanden.

Nora zuckte mit den Schultern und schlurfte zu den großen Fenstern wenige Meter neben der Couch. Sie sah kurz hinaus und wandte sich wieder Ichabod zu. Ihr Blick machte deutlich, dass sie keine Zeit für Spielchen hatte.

»Ist das die Sonne, die durch das Fenster scheint und Mr Taylor zum Blinzeln zwingt?«, fragte Ichabod.

Nora warf Mitchell einen kurzen Blick zu, dann sah sie wieder zur Richterin. Sie verstand nur Bahnhof, als hätte die Richterin chinesisch gesprochen.

»Ist es die Sonne?«, wiederholte Ichabod.

»Natürlich.«

»Danke. Sie können sich wieder auf Ihren Platz setzen.«

In dem Augenblick fiel bei Nora offenbar der Groschen. Ihre Augen verengten sich, und sie warf der Richterin einen giftigen Blick zu. Sie ging zu ihrem Platz zurück und ließ sich stumm wie ein Fisch in den Sitz plumpsen.

»Ich wollte nur sichergehen, dass Sie mit mir nicht über jede Kleinigkeit diskutieren wollen«, sagte Ichabod ruhig. »Ihre Zustimmung, dass die Sonne in der Tat durch das Fenster scheint, gibt mir Anlass zur Hoffnung.« Sie hielt inne und ließ ihren Blick durch den Raum wandern. »Nun stelle ich meine Frage erneut, und dieses Mal denken Sie bitte ernsthaft darüber nach. Gibt es einen Weg, dass wir uns in diesem Fall einigen können?«

Bis auf Nora rutschten alle Anwälte nervös auf ihren Plätzen herum und blickten betreten zu Boden. Nora starrte einfach zurück und schüttelte dabei den Kopf.

»Wie sollen wir uns einigen, Euer Ehren?«, fragte Nora schließlich. »Ich meine, Ms Davenport wünscht sich mehr als alles andere auf dieser Welt ein gesundes Kind. Selbst wenn GenTech diese Zygoten einer anderen

Frau einpflanzen wollte, ginge dies nicht. Wie Sie wissen, wurden die Zygoten mithilfe des Klonverfahrens erzeugt; sie heute einzupflanzen, würde gegen das Bioethikgesetz verstoßen. Was ich damit sagen möchte, Euer Ehren: Solange Sie keine Entscheidung zum Bioethikgesetz getroffen haben, wird keine Einigung möglich sein.«

Kurze Stille, dann äußerte sich Mitchell: »Das sehe ich genauso.« Auch wenn es ihn innerlich schmerzte, Nora zuzustimmen. »Ms Gunther hat recht, was das Gesetz zur Bioethik betrifft. Außerdem werden wir uns ohne Sie nicht über das Baby in Marynas Bauch verständigen können.«

»Mr Mackenzie?«

»Ich stimme zu, Euer Ehren. Eine Einigung ist nicht möglich.«

Ichabod wartete kurz und warf einen weiteren prüfenden Blick in die Runde. »Das dachte ich mir schon«, sagte sie schließlich, »aber fragen kostet ja nichts. Also werden wir am Dienstag die weiteren Zeugenaussagen hören. Mr Mackenzie, Sie werden morgens mit Ihren Zeugen anfangen. Und Sie sind dann am Nachmittag dran, Mr Taylor. Am Mittwoch treffe ich dann meine Entscheidung.«

Murmelnd stimmten die Anwälte zu und erhoben sich.

»Einen Moment«, sagte Richards, der sitzen blieb. »Es mag vielleicht nicht angemessen sein ... Ich bin kein Anwalt, aber könnten wir kurz etwas vertraulich besprechen?«

»Einigungsgespräche sind immer vertraulich«, antwortete Ichabod. »Wie lautet Ihr Vorschlag?«

Die anderen setzten sich wieder, während Richards ihnen seinen Vorschlag unterbreitete. »Euer Ehren, GenTech und ich haben Ms Davenports Antrag nicht angefochten, weil wir das Gesetz zur Bioethik für ein gutes Gesetz halten. Wir fechten es an, weil unser Vertrag mit den Davenports besagt, dass beide befugt sind, die Zygoten für Forschungszwecke zu spenden. Und Dr. Brown hat das in seinem Testament getan. Gleichzeitig verstehe ich, warum Ms Davenport sich dafür einsetzt, dass die Zygoten einer anderen Frau eingepflanzt werden.«

Er wandte sich Maryna zu. »Außerdem verstehe ich auch, warum diese junge Dame das in ihr heranwachsende Baby behalten möchte. Meiner Meinung nach ergibt sich daraus eine Win-win-Situation, vorausgesetzt, das Gericht setzt das Gesetz zur Bioethik außer Kraft.«

Interessiert lehnte sich Ichabod vor. »Ich bin mir nicht sicher, ob ich das Gesetz als verfassungswidrig erklären möchte. Und selbst wenn ich das täte, wie entsteht daraus eine Win-win-Situation?«

»Nun ja«, fuhr Richards fort, lehnte sich zurück und schlug die Beine übereinander, »wenn Sie das Gesetz für verfassungswidrig erklären, weil es Ms Davenport verbietet, ein gesundes Kind zu bekommen – Sie wissen schon, weil es ihr Recht auf Selbstbestimmung einschränkt oder wie auch immer der offizielle Grund lautet –, dann könnten wir die acht übrig gebliebenen Zygoten aufteilen. Vier könnten zu Forschungszwecken genutzt werden, zusammen mit dem Geld, das Dr. Brown gespendet hat. Die anderen vier könnten einer anderen Leihmutter eingepflanzt werden. Die Wahrscheinlichkeit, dass sich die Zygoten einnisten, liegt bei 25 Prozent, somit würde Ms Davenport mit hoher Wahrscheinlichkeit Mutter werden. Dafür würde Ms Davenport Ms Sareth gestatten, den Embryo in ihrem Bauch zu behalten. Die Lösung ist zwar nicht perfekt ...«

Ichabod hob zustimmend eine Augenbraue und erwiderte: »Sie ist in der Tat *nicht* perfekt, aber es ist die beste Lösung, die ich bisher gehört habe.«

Daraufhin trugen Mackenzie und Gunther ihre Meinungen bei. Alle Anwälte bekamen die Gelegenheit, sich mit ihren Mandanten zu beraten.

Nora verkündete, dass sie und Cameron den Vorschlag unter einer Bedingung akzeptieren würden. Man solle nicht vergessen, sagte sie, dass zwei der geklonten Zygoten voraussichtlich denselben Gendefekt hätten wie der Fötus, der in Maryna heranwuchs. Aufgrund der fehlenden klinischen Erfahrungen mit der Blastomeren-Isolation beim Menschen könnten die anderen Zygoten ebenfalls Defekte aufweisen. Chromosomale Tests in diesem frühen Stadium der präembryonalen Entwicklung würden, nach Noras Verständnis, den Embryo für Einpflanzungszwecke untauglich machen. Sie blickte kurz zu Richards, der nicht widersprach.

Angesichts dieser Tatsache schlug Nora vor, dass vier der Zygoten einer neuen Leihmutter eingepflanzt werden sollten. Wenn sich einer von ihnen einnistete und zu einem Embryo heranwuchs, der kein Downsyndrom oder anderen Gendefekt hatte, würden die übrig gebliebenen vier Zygoten der Forschung gestiftet. Sollte sich keine der ersten vier Zygoten einnisten, würden auch die restlichen vier einer Leihmutter eingepflanzt.

Wieder wurden die Köpfe zusammengesteckt, bis Win Mackenzie verkündete, dass sein Klient mit der Lösung zufrieden sei, sofern GenTech in beiden Fällen das Forschungsgeld zugesprochen bekäme.

»Dann hängt die Einigung davon ab, ob ich das Gesetz zur Bioethik für verfassungswidrig erkläre, weil es Ms Davenport-Browns reproduktive Rechte verletzt. Ist das der aktuelle Stand?«, fragte Ichabod.

Maryna rutschte näher an Mitchell heran, nahm seine Hand in ihre und flüsterte ihm ins Ohr: »Ich bin mir noch nicht sicher. Können wir etwas mehr Zeit bekommen?«

Mitchell schenkte ihr seinen besten *Bist-du-wahnsinnig?*-Blick und sagte dann widerwillig: »Nicht so schnell, Euer Ehren. Ich bin nicht sicher, ob *wir* der Einigung zustimmen.«

Alle Köpfe drehten sich in ihre Richtung, man tauschte verwunderte Blicke aus. »Sie bekommen doch, was Sie wollen«, warf die frustrierte Nora ein. »Wie können Sie da noch Einspruch einlegen?«

Gute Frage, dachte Mitchell. »Weil ich nicht weiß, ob wir einer Einigung zustimmen können, die daran gekoppelt ist, dass das Bioethikgesetz aufgehoben wird. Es geht einfach alles zu schnell. Wir brauchen bloß ein wenig Zeit, um das Ganze zu verarbeiten.« Maryna drückte dankend seine Hand.

»Nie zufrieden«, murmelte Nora vor sich hin, laut genug, dass die anderen sie hören konnten.

»Wenn Mr Taylor und seine Klientin das Wochenende brauchen, dann möchten wir uns für unsere Entscheidung auch übers Wochenende Zeit lassen«, verkündete Mackenzie, nachdem er sich kurz flüsternd mit Richards beraten hatte. »Ich bin mir nicht sicher, ob wir zustimmen können, dass theoretisch alle acht Embryos eingepflanzt werden können, wenn man bedenkt, was Dr. Browns Testament besagt.«

Beleidigt stand Nora auf, um zu gehen, ihr Verdruss spiegelte sich in jeder ihrer Bewegungen. »Jetzt wissen Sie, Euer Ehren, warum wir in diesem Fall noch nicht zu einer Einigung gekommen sind.«

* * *

Unmittelbar nachdem sich Richards ins Auto gesetzt hatte, wählte er sofort die Nummer seiner Freundin bei CNN, die das »Frühstück mit einem CEO« moderiert hatte.

»Unser Gespräch bleibt vertraulich?«, fragte er.

»Natürlich. Haben Sie Neuigkeiten für mich?«

»Die Parteien stehen kurz vor der Einigung.« Er senkte die Stimme, um den Worten mehr Ausdruck zu verleihen. »Es ist kompliziert, und für die Einigung müsste das Bioethikgesetz aufgehoben werden. Erinnern Sie sich an die Forschungserfolge, über die wir gesprochen haben?«

»Natürlich. Sie haben ein patentiertes Verfahren entwickelt, mit dem gespendete Eizellen geklont und diese Klone auf chromosomale Defekte getestet werden können. Auf diese Weise ließe sich zum Beispiel das Downsyndrom bei Babys aus dem Reagenzglas verhindern ...«

»Und wir haben Erfolge mit patentierten Verfahren im Bereich des therapeutischen Klonens erzielt«, erinnerte Richards sie. »Es sieht aus, als könnten diese Szenarien ab nächster Woche Wirklichkeit werden. Der Wert der Patente, die ich vor ein paar Tagen angekündigt habe, wird in die Höhe schießen.«

»Kann ich das heute bringen und Sie als Insiderquelle nennen?«

»Werden Sie meine Einladung zum Essen annehmen?«

Stille am anderen Ende – sie schien zu zögern. »War nur Spaß«, schmunzelte Richards. »Natürlich können Sie das bringen. Erwähnen Sie nur nicht meinen Namen.«

* * *

Die brandaktuellen Nachrichten entfachten ein Kursfeuer für die GenTech-Aktie im nachbörslichen Handel. Die Gerüchte über eine Einigung, die auf allen Sendern übertragen und weitererzählt wurden, verursachten endlose Debatten über den potenziellen Fortschritt der Klontechnologie. Das wiederum heizte die Spekulationen über den Wert der GenTech-Patente an, insbesondere jene für die Klonverfahren zu therapeutischen Zwecken. Die Kommentatoren bezeichneten das Verfahren von GenTech, eine geklonte Eizelle ohne den Einsatz eines Spermiums zur Zellteilung zu bewegen, als fortschrittlichsten Durchbruch in diesem Bereich. GenTech war folglich in der Lage, durch das Klonen von Eizellen endlos viele Stammzellen für die Spenderinnen zu produzieren, die eingefroren und später als Ersatz für kranke Zellen im Körper genutzt werden konnten. Das Verfahren sei insbesondere hilfreich für Frauen, deren Eizellen bereits in einer der GenTech-Kliniken kryokonserviert wurden.

Die Aktienkäufer reagierten auf diese Kommentar-Flut, indem sie möglichst viele GenTech-Aktien kauften und der Preis pro Aktie so auf über 24 Dollar hochschoss. Um sicherzugehen, dass sie in dieser schönen neuen Welt nicht auf das falsche Pferd setzten, legten sie sich außerdem einen ordentlichen Vorrat an Anteilen des GenTech-Hauptkonkurrenten an und trieben so auch die Aktienpreise für RSI und ProGen in die Höhe.

Währenddessen lehnte sich Richards in eitler Selbstzufriedenheit zurück und sah zu, wie seine eigens erzeugte Kaufeuphorie ihm persönlich Gewinne von über 11 Millionen Dollar einfuhr.

73

Als er mit Maryna nach Hause fuhr, konnte Mitchell sich kaum auf die Straße konzentrieren. Immer wieder musste er seine Frau ansehen. Meine Frau. Wie seltsam sich das anhörte. Und anfühlte.

Als sie auf die Autobahn fuhren, legte er seinen Arm auf ihrer Rückenlehne ab, und sie rutschte so nah an ihn heran, wie die Gangschaltung es zuließ.

»Nicht gerade das beste Auto, um Frauen aufzureißen«, sagte sie.

Er umfasste ihre Schulter und lehnte sich zu ihr hinüber, um sie zu küssen. *Mein Gott, wie sehr ich diese Frau liebe.* »Aber bei dir hat es funktioniert, was?«

Aus dem Augenwinkel sah er sie lächeln. »Hauptsache, ich bekomme meine Staatsbürgerschaft«, neckte sie ihn.

Lachend schubste er sie liebevoll weg und bemerkte zufrieden, wie sie wieder zu ihm herüberrutschte.

Wortlos fuhren sie ein paar Minuten, Mitchell schaltete das Radio an – ein Countrysender, was auch sonst –, woraufhin Maryna ein schmerzverzerrtes Gesicht machte. Dann drehte sie sich zu ihm. »Was machen wir in unseren Flitterwochen?«

»Muss ich das wirklich aussprechen?«

»Mitch-ell!« Sie gab ihm einen scherzhaften Klaps, woraufhin er grinsen musste. »Ich meine, gehen wir zur Feier des Tages essen oder so etwas in der Art?«

»Ich kenne da ein tolles chinesisches Restaurant ...«

Nach zehn Minuten entspannender Fahrt mit vielen Küssen sprachen sie schließlich über das Einigungsangebot. »Warum sollten wir es nicht annehmen, Maryna? Dann dürften wir das Baby – *unser* Baby – behalten. Darum machen wir das Ganze doch.«

Maryna antwortete nicht und blickte nach vorn auf den Verkehr. »Ich weiß«, sagte sie endlich.

»Warum hast du dann gesagt, wir benötigen mehr Zeit? Warum wirkst du so ... traurig darüber?«

Wieder unbehagliches Schweigen. Dann drehte sich Maryna zu Mitchell und sah ihn mit ihren unwiderstehlichen Augen an. *Ihre Augen schlagen mich in Bann,* dachte Mitchell.

»Erinnerst du dich, als ich dich wegen dieses Falls zum ersten Mal aufgesucht habe?«

Mitchell nickte.

»Ich hatte dich im Fernsehen gesehen«, fuhr Maryna fort. »Was du über diese geklonten Zygoten gesagt hast, spiegelte genau meine Gefühle zu Dara wider ... als wären sie richtige Menschen ... mit einer Seele. Das entspricht genau Buddhas Lehre. Und auch Reverend Bailey hat davon gesprochen, als wir zusammen in der Kirche waren: ›Ich kannte dich schon, bevor ich dich im Leib deiner Mutter geformt habe.‹ Meiner Meinung nach trifft das auf all die kleinen Präembryos zu, die in Kinderwunschkliniken erzeugt werden. Hunderttausende von ihnen. Wenn wir es erlauben, dass das Klonverbot aufgehoben wird, könnten daraus Millionen werden. Und wofür, Mitchell? Damit sie für wissenschaftliche Experimente genutzt werden?« Maryna rang nach Luft und redete langsamer und leiser weiter. »Das können wir nicht zulassen!«

Der Verkehr stockte, daher nahm Mitchell seine Hand von Marynas Sitz und schaltete einen Gang runter. »Aber Maryna, es gibt keine Garantie dafür, dass die Richterin das Gesetz nicht trotzdem aufhebt, selbst wenn wir uns nicht außergerichtlich einigen. Zumindest hätten wir auf diese Weise ...« Plötzlich realisierte er, dass er mit seiner eigenen Frau wie mit einer Klientin sprach. Das war kein guter Start für ihre Ehe. »Lass uns nicht jetzt darüber diskutieren.«

»Doch, Mitchell. Ich muss wissen, wie du darüber denkst.«

»Na gut.« Er atmete tief ein und drehte das Radio leiser. »Ich denke, dass ich nur eine Klientin in diesem Fall habe - und das bist du. Ich denke, dass es bei diesem Fall für uns beide nur um ein Kind geht, und das ist Dara. Als ich Cameron vertrat, war es meine Pflicht, mich auch auf die anderen Embryos zu konzentrieren. Aber jetzt ... jetzt muss ich mich auf meine Frau und meine Tochter konzentrieren. Du und Dara seid meine oberste Priorität. Und ich glaube nicht, dass Gott von mir verlangen würde, das Risiko einzugehen, mein eigenes Kind zu opfern, nur für die Möglichkeit, *eventuell* anderen unbekannten Kindern zu helfen, die noch nicht mal geboren wurden.«

Als Mitchell in einen anderen Gang schaltete, legte Maryna sanft ihre Hand auf seine. »Gott hat das getan«, sagte sie mit sanfter Stimme.

Das brachte ihn zum Nachdenken. Er musste ihre Antwort erst einmal verarbeiten. *Hatte sie recht? Was war mit Professor Arnolds Ratschlag: »Du bist nicht der Richter, Mitchell; kümmer du dich um deine Klientin, und lass den Rest Gottes Sorge sein.«*

Langsam machte sich ein Lächeln auf Mitchells Gesicht breit.

»Was ist so lustig?«, fragte Maryna.

»Unser erster Streit«, sagte Mitchell. »Und wir sind nicht mal zwölf Stunden verheiratet.«

»Stimmt.« Maryna musste nun auch grinsen. »Und bisher bin ich ungeschlagen.«

»Noch nicht, das werden wir noch sehen. Es gibt da jemanden, den ich dir vorstellen möchte.«

74

Mitchell und Maryna fanden Professor Arnold auf dem Atlantic Boulevard in Virginia Beach, wo er einen Verstärker, einen Lautsprecher und ein Mikrofon aufbaute, um auf der Straße zu predigen. Allein schon deswegen hatte Arnold einen legendären Status an der juristischen Fakultät: Unter der Woche war er der weltmännische Professor, freitagabends Straßenprediger.

Mit seinen Kaki-Shorts und einem T-Shirt ohne Ärmel sah Arnold eher aus wie einer der coolen Jungs aus der Nachbarschaft und nicht wie ein Jura-Professor. Die Passanten begrüßte er mit einem »Was geht?«, oder er streckte Leuten, die er kannte, wortlos die Faust zum Gruß entgegen. Einige von ihnen hatten sich bereits um ihn versammelt.

Das war nicht gerade die ruhige Umgebung, die sich Mitchell erhofft hatte – nur er, Maryna und der Professor bei einem Kaffeekränzchen irgendwo –, aber Mitchell brauchte *dringend* seinen Rat, daher stellte er Maryna kurz vor, und dann folgten die beiden Arnold, während Mitchell ihm von ihrer Meinungsverschiedenheit wegen des Einigungsvorschlags erzählte.

»Ich weiß noch, was Sie mir geraten haben, als ich darüber nachdachte, Cameron zu vertreten, auch wenn das bedeutet hätte, das Gesetz zur Bioethik anfechten zu müssen. Sie haben gesagt, ich solle mir vorstellen, ich hätte acht kleine Klienten in der Todeszelle – diese geklonten Präembryos –, und ich sollte mir nur Gedanken darum machen, wie ich sie vertrete, und nicht, wie das Verfahren letztendlich ausgeht. Sie sagten, ich wäre Anwalt und kein Richter.«

Professor Arnold klopfte auf sein Mikrofon, »Test, eins, zwei, drei. Geht nicht weg, Leute, der Gottesdienst geht gleich los.« Ein paar der neugierigen Passanten, die Arnold beim Aufbauen zugeschaut hatten, gingen weiter. Arnold schnappte sich das Mikro und rief ein paar jungen Männern hinterher: »Habe ich etwas Falsches gesagt? Vielleicht hat Gott sich überlegt, wenn einige von euch am Sonntagmorgen den Weg in sein Haus nicht finden, kommt er einfach am Freitagabend zu euch.«

Dann wandte er sich Mitchell zu. »Also, Sie möchten jetzt, dass ich der frischgebackenen Ms Mitchell Taylor erkläre, wie das Spiel zwischen Anwalt und Richter funktioniert, damit sie sieht, dass Sie recht haben – geht es darum?«

Mitchell zuckte mit den Achseln. »Ich dachte einfach, es würde ihr helfen, Ihre Sicht der Dinge zu hören.«

Arnold beugte sich vor und fummelte an einem Ghettoblaster herum. Kurze Zeit später ertönte das erste Lied aus dem Lautsprecher. »He's an on time God ... oh, yes, he is ...«

»Sie hat recht, Mitchell«, hörten die beiden Arnold über die laute Musik rufen.

Was?

Einige Stammgäste fingen an zu klatschen. Dann schien Arnold auf einmal jemanden zu sehen, den er kannte.

»Hey, Serita«, sprach er ins Mikrofon, »komm rüber zu mir und leite unseren Chor.«

Sie kam zu ihm, umarmte ihn, nahm das Mikro und begann sich hin und her zu wiegen. Es dauerte nicht lange, und schon sangen andere mit, klatschten und bewegten sich zum Takt der Musik. Professor Arnold nahm Mitchell und Maryna zur Seite. Die Musik war so laut, dass sie sich fast anschreien mussten.

»Wie passt das mit dem zusammen, was Sie mir zuletzt geraten haben?«, fragte Mitchell. Der Kommentar des Professors hatte ihn verwirrt, und plötzlich fühlte er sich mit seinem weißen Hemd und der schicken Hose auf der Atlantic Avenue fehl am Platz. Maryna trug noch immer das Kleid, das sie im Gericht angehabt hatte.

»Als Erstes«, begann der Professor, »möchte ich Ihnen zu Ihrer erstklassigen Wahl gratulieren.« Er musterte Maryna von Kopf bis Fuß. »Wie kommt eine tolle junge Frau wie Sie zu einem Typen, der einen Pick-up fährt?« Maryna lächelte verlegen.

»Lassen Sie sich von ihrem mondänen asiatischen Aussehen nicht täuschen«, entgegnete Mitchell, »sie ist durch und durch ein Südstaaten-Mädchen.«

»Ja, genau wie P. Diddy Combs.« Dann wurde der Professor ernst. »Wenn Sie einen Fall bearbeiten, Mitchell, dann dürfen Sie sich auf nichts anderes konzentrieren als Ihren Klienten ... Sie sind Anwalt und vielleicht das Einzige, was zwischen Ihrem Klienten und einem schlimmen Schicksal steht. Aber wenn eine Einigung ins Spiel kommt, gelten andere Regeln. Eine Einigung wird freiwillig erzielt, Sie müssen in diesem Fall einen *Kompromiss* eingehen. Sie kämpfen jetzt nicht mehr nur für Ihre Klientin gegen ihre Gegner im Gericht, sondern beraten sie gleichzeitig über die Vor- und Nachteile der möglichen Einigung. Und dabei dürfen Sie *keinen* Aspekt außer Acht lassen.«

Genau in diesem Moment fuhr ein Truck mit weißen Südstaaten-Jungs vorbei, die langsam durch die Straßen cruisten. Sie trugen abgeschnittene T-Shirts, die ihre dicken Bizeps zur Schau stellten und mit Mühe ihre Bierbäuche bedeckten. Einer von ihnen stand auf der Ladefläche des Trucks. »Hey, Prediger«, schrie einer und machte eine obszöne Geste. »Predige doch mal das hier!«

Arnold schüttelte den Kopf und würdigte sie keiner Antwort.

»Kommen die öfter vorbei?«, fragte Mitchell.

Arnold warf einen Blick hinüber zu Serita und den anderen, die ebenfalls die Rednecks ignorierten und sich gemeinsam singend wie ein Gospelchor hin und her wiegten. Er wandte sich wieder Mitchell zu. »Ich dachte, es wären Freunde von Ihnen«, witzelte er, ohne eine Miene zu verziehen.

»Meine Cousins«, antworte Mitchell.

Der Professor lächelte, dann wurde er wieder ernst. Mitchell machte sich auf eine seiner sokratischen Fragen gefasst, und der Professor enttäuschte ihn nicht.

»Stellen Sie sich vor, Sie verhandeln mit einer dieser Terroristenzellen aus dem Al-Qaida-Netzwerk um die Freilassung von neun Geiseln. Sie, Mitchell, sollen dafür sorgen, dass sie unbeschadet freikommen. Sagen wir, die Terroristen sind bereit, die Geiseln ziehen zu lassen, wenn Sie ihnen im Gegenzug die Bau- und Sicherheitspläne von Three Mile Island und jeder anderen nuklearen Anlage in den Vereinigten Staaten geben. Gehen Sie auf den Deal ein, oder schicken Sie die Spezialeinheit raus?« Arnold neigte den Kopf und zog eine Augenbraue hoch.

Mitchell reagierte auf die Frage mit einem kleinen Lächeln, im Gegensatz zu Maryna, die über das ganze Gesicht grinste. »Ich schicke die Spezialeinheit vom Rettungskommando raus und puste sie weg, wobei die Geiseln den Einsatz wahrscheinlich nicht überleben werden.«

»Natürlich tun Sie das, und wissen Sie auch warum – abgesehen von Ihrer Faszination für Waffen und Sprengstoff? Weil ein Kompromiss einfach mit zu hohen Kosten verbunden wäre. Nicht für die Geiseln, aber für Millionen anderer Menschen.«

Zufrieden sah Maryna Mitchell an.

»Mmh ... Ich verstehe, was Sie meinen.«

»Dann haben Sie Ihre Antwort.«

Die drei unterhielten sich noch ein paar Minuten, während das Straßenpublikum dank neugieriger Zuschauer weiter wuchs. Professor Arnold hatte offensichtlich entschieden, dass es Zeit für ein Gebet war. »Die Menge ruft«, sprach er und drehte sich um. Dann zögerte er einen Augenblick. »Ich bete inständig dafür, dass Sie das Baby behalten dürfen«, sagte er zu Maryna. Dann zu Mitchell: »Haben Sie die Fruchtwasseruntersuchung abgesagt, wie wir es besprochen haben?«

»Leider nicht. Ich kam zu spät. Wir erhalten die Ergebnisse morgen. Die Ärztin wird Samstag vorbeikommen, dann haben wir die Resultate, bevor Mackenzie seinen Fall vorträgt.«

»Oh«, antwortete der Professor, unverkennbar enttäuscht. »Nun ja, so oder so wünsche ich Ihnen beiden alles Gute. Ich bin stolz auf Sie, Mitchell.«

Anerkennend klopfte er Mitchell mit beiden Händen auf die Oberarme und wandte sich dann dem Chor zu, um sich ihm anzuschließen.

Mitchell und Maryna blieben noch etwas und beobachteten, wie der Professor mit seiner interaktiven Predigt, mit seinen Fragen und Antworten immer mehr Leute anzog. Dann schlenderten die beiden frisch Verliebten Hand in Hand zurück zu ihrem Truck.

»Ein sehr netter Mann«, sagte Maryna und fügte nach ein paar Schritten kaum hörbar hinzu: »Ungeschlagen.«

* * *

Er folgte Mitchell und Maryna bis zum Jason's auf der Rudee Inlet, einem hervorragenden kleinen Fischrestaurant mit Blick aufs Meer und einem treuen Stammpublikum aus Strandliebhabern, die jeden Freitagabend hier aufschlugen. Das Restaurant war beliebt, aber seiner Meinung nach etwas überteuert. Andererseits lag es inmitten einer teuren Straße mit begrenzten Parkmöglichkeiten und musste daher einen Parkservice für die Gäste anbieten.

Perfekt.

Er sah zu, wie Mitchell um das Auto eilte, um Maryna die Tür zu öffnen – wie süß, das würde er höchstens die ersten paar Tage machen –, dann dem Mitarbeiter des Parkservice die Schlüssel für den Wagen in die Hand drückte und zusammen mit seiner Frau das Restaurant betrat. Wenige Minuten später fuhr er mit seinem eigenen Auto vor und fragte denselben Mitarbeiter, ob er seine Freunde gesehen hätte. Nachdem er dem Mann beschrieben hatte, wie Mitchell und Maryna aussahen, nickte der Mitarbeiter und bestätigte, das Paar wäre gerade eben eingetroffen.

Daraufhin betrat er das Restaurant, setzte sich kurz an die Bar und verließ das Restaurant wieder. Er wartete, bis derselbe Mitarbeiter erneut auftauchte, und erklärte ihm, dass Mitchell etwas in seinem Truck vergessen hätte. »Sie wissen schon, der schwarze F-150-Pick-up.« Und der junge Mann brachte ihm tatsächlich den Schlüssel des Trucks.

Nachdem er ihm ein Trinkgeld für seine Mühe überreicht hatte, kletterte er auf den Fahrersitz des Wagens. Er tat so, als würde er etwas im Handschuhfach suchen, dann zog er schnell und gekonnt die Knetmasse hervor und machte von den beiden Schlüsseln, die am selben Bund wie der Zündschlüssel hingen, einen Abdruck – erst die eine und dann die andere Seite. Er war sich ziemlich sicher, welcher der Wohnungsschlüssel war, wollte aber kein Risiko eingehen.

Dann sprang er wieder aus dem Wagen und grinste den Mann vom Parkservice an. »Sie sind frisch verheiratet«, erklärte er. »Da kann man meinem Freund nicht übel nehmen, dass er ein bisschen abgelenkt ist.«

75

Samstag, 29. Mai

Kurz vor elf Uhr rollte sich Nikki aus dem Bett und rief direkt im Krankenhaus an, um die Laborbefunde zu erfragen. »Der Bluttest ist abgeschlossen«, sagte der Laborant. »Und das Blut stimmt überein.«

»Okay, ich komme gegen zwei Uhr vorbei und hole den Befund ab.«

»Gerne. Ms Moreno?«

Etwas in seiner Stimme erzeugte einen Kloß in Nikkis Hals.

»Sie lagen richtig mit Ihrer Vermutung.« Er zögerte, als wollte er keine weiteren Details am Telefon preisgeben. »Es tut mir sehr leid, Ms Moreno.«

Nikki dankte ihm und beendete das Gespräch, so schnell sie konnte. Unmittelbar danach rief sie Mitchell an, duschte heiß und ausgiebig und überlegte dabei, wie sie weiter vorgehen sollten.

Nach einem schnellen Frühstück fuhr sie bis zur East Granby Street und parkte einen Häuserblock von Camerons Wohnung entfernt. Mit einem kleinen Fernglas erkannte sie Camerons Wagen in der Hauseinfahrt und entschied sich, zu warten.

Zwei Stunden später folgte sie Cameron in sicherem Abstand zu einem Geschäft und wieder zurück nach Hause. Um 16.30 Uhr folgte sie ihr dann zum Harbor Point Athletic Club, einem schicken Fitnessstudio, in dem Cameron anderthalb Stunden verbrachte. Wieder an ihrem Haus angekommen, überkam Nikki das Gefühl, das Ganze sei bloß Zeitverschwendung.

Aber so liefen Überwachungsaktionen nun mal ab, das wusste sie. Stundenlang passierte nichts, dann verzog man sich für eine kurze Pinkelpause, und genau dann wurde das Objekt natürlich plötzlich aktiv. Es war jetzt kurz vor 20.30 Uhr an einem Samstagabend, an einem Sommerferienwochenende wohlgemerkt, und die Partyszene würde in wenigen Stunden ihren Höhepunkt erreichen. Ohne Nikki.

Das war schwer vorstellbar und noch schwerer zu ertragen.

Eine Stunde könnte sie noch aushalten. So *richtig* ging es sowieso erst ab 22.00 oder 23.00 Uhr ab.

Gerade als Nikki noch überlegte, ob sie gehen oder bleiben sollte, trat

Cameron aus ihrem viktorianischen Haus. Sie sah aus wie eine Frau auf Mission. Nikki stellte ihr Fernglas scharf und erwischte Cameron in genau den richtigen Lichtverhältnissen, einer Mischung aus Dämmerung und Straßenlaterne. Ihr Verdacht bestätigte sich sofort. Cameron trug kurze Shorts, ein hautenges, tief ausgeschnittenes Oberteil mit Spaghettiträgern, unter dem ihr BH deutlich sichtbar war. Ihre Haare waren mit einer Spange zurückgebunden, und ihr Make-up mit der richtigen Auswahl an natürlichen Farbtönen hatte einen perfekten legeren Look. Als Expertin in Make-up-Fragen wusste Nikki, dass ein dezenter Look genauso viel Aufwand erforderte wie ein Abend-Make-up. Cameron wollte Eindruck schinden.

Mit neuem Elan folgte Nikki ihr durch Straßen in Norfolk über die Schnellstraße in Virginia Beach auf die Nebenstraßen von Pungo bis hin zum Strandviertel von Sandbridge. Mindestens zweimal auf dem Weg war Nikki sich sicher, Cameron verloren zu haben, nur um an der nächsten Kreuzung oder Ampel den Sichtkontakt wieder herzustellen. Sie ging nicht davon aus, dass der Sebring, der ihr folgte, Cameron auffiel, aber man konnte nie sicher sein.

Gegen 21.15 Uhr bog Cameron in die Auffahrt eines Strandhauses in Sandbridge ein. Es war eines dieser mit Zedernholzziegeln verkleideten Häuser, die auf Stelzen nur wenige Blocks vom Atlantik entfernt standen. Wie bei den meisten Häusern in der Strandgegend diente das »Erdgeschoss« als Vorratsschuppen und Garage unter dem eigentlichen Haus. Auf der Etage darüber wurde für gewöhnlich geschlafen, und ganz oben befanden sich Wohnzimmer, Küche und der Essbereich mit unzähligen Fenstern und Balkonen.

Nikki hielt etwa einen halben Häuserblock von dem Haus entfernt, um Cameron genügend Zeit zu lassen, aus dem Auto zu steigen und die Treppen zum Wohnzimmer hochzugehen. Nach fünf weiteren Minuten fuhr sie langsam an dem Haus vorbei. Im mittleren und obersten Stockwerk brannte überall Licht. Neben Camerons Auto stand ein weiteres Fahrzeug, ein grauer BMW.

Über einen Freund, der bei einem Ermittlungsbüro arbeitete und daher über eine Software Zugang zu den Einwohnerverzeichnissen von allen Städten in Virginia hatte, ließ Nikki den Besitzer des Hauses ausfindig machen. Unabhängig davon, ob die Bewohner ihre Telefonnummer hatten eintragen lassen, war jeder in diesem Verzeichnis mit Namen, Adresse und Telefonnummer gelistet. Um sicherzugehen, rief Nikki einen State Trooper an, den sie persönlich kannte, um den Halter des BMWs zu ermitteln.

Wenige Minuten später rief der erste Freund zurück, und Nikki versicherte ihm, sie wäre ihm einen Gefallen schuldig. Ohne auf den zweiten Rückruf zu warten, wählte Nikki Mitchells Festnetznummer und war nicht sonderlich überrascht, als keiner abhob.

»Frisch verheiratet«, murmelte sie. Dann fiel ihr ein, was Mitchell ihr erzählt hatte. Seit der Erstanhörung ging er zu Hause nicht mehr ans Telefon. Zu viele Scherzanrufe. Schon vor Marynas Bekanntgabe im Gericht, dass die beiden geheiratet hatten, war er oft belästigt worden. Mittlerweile ließen sich die Anrufe nicht mehr zählen.

Sie versuchte es auf seinem Handy. Dieses Mal nahm er nach dem zweiten Klingeln ab.

Nikki gab ihm die Wegbeschreibung zu dem Haus durch, vor dem sie stand. »Komm sofort hierher«, forderte sie ihn auf und merkte plötzlich, dass sie wie ein Befehlshaber sprach. Immerhin war der Mann erst einen Tag verheiratet. »Ich meine, komm *bitte* umgehend her.«

»Was gibt es so Dringendes?«

»Es sieht so aus, als hätte Cameron ein kleines Rendezvous mit Dr. Richards in einem seiner Mietobjekte in Sandbridge, und ich möchte, dass wir die Ersten sind, die sie begrüßen, wenn sie das Haus verlassen.«

* * *

Maryna kontrollierte noch einmal sowohl den Türriegel als auch das Schloss am Türgriff. Dann zog sie sich ins Schlafzimmer zurück. Sie kletterte in das schmale Doppelbett, fand die Fernbedienung und machte den Fernseher an. Hintergrundgeräusche. Jede Ablenkung von ihren Gedanken an die Snakeheads war ihr willkommen.

Auch wenn sie immer noch da draußen waren, wusste sie, dass sie ihr Leben nicht in ständiger Angst verbringen konnte. Sie hatte einen neuen Glauben gefunden, einen Ehemann. Wenn Mitchell mit ihr zusammen war, fühlte sie sich absolut sicher. Vielleicht würden die Snakeheads sie ja in

Ruhe lassen, wenn sie merkten, dass Maryna unter keinen Umständen zurückkommen würde. Oder vielleicht schreckte es sie eine Weile ab, dass Maryna momentan landesweit im Fokus der Öffentlichkeit stand. Reines Wunschdenken, dessen war sie sich bewusst.

Plötzlich meinte sie, ein Geräusch aus dem Wohnzimmer zu hören. Langsam stand sie auf, ging zaghaft den Flur hinunter und überprüfte alle Räume. Durch den Spion an der Tür war nichts Ungewöhnliches zu sehen. Sie sah in jeden Schrank, machte jedes Licht in der Wohnung an und aus und ging dann wieder ins Bett. Dieses Mal schaltete sie den Fernseher aus und lauschte.

So kann ich nicht weiterleben.

Um ihre Angst zu überwinden, griff sie nach Mitchells Bibel und ihrem Tagebuch. Von Sarah hatte sie erfahren, dass das Buch der Psalmen großartige Verse für verängstigte Herzen enthielt. Doch vorher wollte sie Dara erzählen, wie wunderbar das Leben als verheiratete Frau war.

29. Mai

Kleine Dara,
was für ein toller Tag! Ich habe super Neuigkeiten für dich. Aber als Erstes möchte ich dir von deinem Daddy erzählen.

Deinen genetischen Vater, Dr. Nathan Brown, habe ich ja schon einmal erwähnt. Er war Unfallarzt in der Notaufnahme. Ein sehr kluger und herzlicher Mann, der sein ganzes Leben lang anderen Menschen geholfen hat und dann an einer unheilbaren Krankheit erkrankt ist. Ich bin mir sicher, dass er dir ein toller Vater gewesen wäre und dich über alles geliebt hätte. Leider, meine kleine Dara, wirst du ihn nie kennenlernen. Vor mehreren Wochen ist er an der Krankheit verstorben. Daher hatte er nie die Gelegenheit, dir zu sagen oder zu zeigen, wie sehr er dich liebt.

Aber Gott wusste, dass das passieren würde, daher hat er dir einen anderen Papa geschickt. Und, kleine Dara, du kannst dich glücklich schätzen. Sarah Reed sagt sogar, wir haben nicht nur Glück, wir sind gesegnet. Denn du, meine gesegnete Tochter, wirst etwas haben, was ich mir immer gewünscht habe, jemanden, den du Daddy …

Plötzlich sah sie eine Bewegung an der Zimmertür und ließ den Stift fallen. Sie atmete hastig ein und versuchte zu schreien, brachte aber keinen Ton heraus; sie versuchte, vom Bett zu krabbeln, doch da war er schon auf ihr. Alles ging *so fürchterlich schnell.* Hastig erstickte er mit seinem schwarzen Handschuh ihren erneuten Versuch zu schreien. Dann schlug er ihr fest mit der flachen Hand ins Gesicht, sodass ihr Kopf gegen das Brett am Kopfende des Bettes knallte. Er presste seine Hand auf ihren Mund und setzte sich rittlings auf sie, die Knie seitlich abgestützt. So thronte er auf ihr, dieselbe vermummte Person, die damals in ihre Wohnung eingedrungen war - derselbe grässliche Geruch von Eau de Cologne gemischt mit Schweiß -, seine Waffe gegen ihre Stirn gerichtet.

Ein boshaften Lächeln, das durch die schmale Öffnung der Skimaske zu sehen war, verhöhnte sie. Zitternd vor Angst lag Maryna unter ihm.

Mit seiner freien Hand griff er nach der Skimaske und zog sie sich vom Kopf.

»Hallo Maryna«, begrüßte er sie. »Wie geht's Dara?«

76

Cameron unterschrieb beide Kopien des Dokuments, dann erhob sie das schmale Glas mit dem langen Stiel zu einem Toast.

»Auf pure Genialität«, sagte Blaine Richards. Sie beobachtete ihn über den Rand ihres Glases, während sie vortäuschte, einen Schluck von dem dunklen, vollmundigen Merlot zu nehmen. Seine Augen waren starr auf ihre gerichtet.

Wie immer fühlte sie sich im dritten Stock des Strandhauses mit seinen ungeschützten Panoramafenstern wie in einem Aquarium. Auch wenn zwischen den Häusern ein ausreichender Abstand lag und die Nachbarn zurückgezogen lebten ...

Sie stellte ihr Glas wieder auf den Couchtisch zwischen ihnen, lehnte sich zurück und schlug die Beine übereinander. Ihm war die Lust in seinen Augen anzulesen. Schon einige Male hatte sie diese Lust zu ihrem Vorteil eingesetzt, indem sie ihn aus dem Gleichgewicht brachte und so die

Oberhand erlangte. So konnte sie ihn am besten gebrauchen: leidenschaftlich und nicht klar denkend. Nur berühren durfte er sie nicht. Heute Nacht wollte sie nichts von ihm wissen.

»Wie stehen die Kurse?«, fragte er.

»ProGen bei 56, RSI bei 52 und GenTech bei 23,5.« Sie lächelte. »GenTech hätte fast die vierundzwanzig geknackt – aber ich war zu ungeduldig.«

»Geduld war nie deine Stärke.« Richards betrachtete sie einen Moment lang mit einem feurigen Blick, der sie erregen sollte, auf sie aber nur abstoßend wirkte.

»Und du bist sicher, dass die Transaktionen nicht zurückverfolgt werden können?«

Ein weiterer Schluck Wein, begleitet von wippenden Beinen. »Ja, bin ich. Bei diesen ganzen Scheinfirmen, die du gegründet hast, habe ja selbst ich den Überblick verloren. Du kannst gerne die Belize-Konten überprüfen, wenn du mir nicht glaubst. Ist alles da.«

* * *

»Wenn du die Knöpfe berührst, wirst du den morgigen Tag nicht mehr erleben«, warnte Mitchell Nikki, als sie gerade zum Radio greifen wollte. Sie hatte ihren Sebring stehen lassen und war zu Mitchell in den Truck gestiegen. Er griff nach ihrer Hand. »Ich habe zwei Tage gebraucht, um alles wieder richtig einzustellen, nachdem du mit meinem Auto gefahren bist.«

»Du bist so was von eindimensional.« Sie lächelte und zog ihre Hand zurück. »Ich wette, du weißt nicht einmal, dass deine Frau lieber Klassik hört.«

Mitchell sah sie von der Seite an. »Klassik?«

Sein Handy klingelte. Auf dem Display erschien seine Festnetznummer.

»Hey, Schatz.«

Maryna zögerte, und die kurze Sekunde, bevor sie anfing zu reden, genügte, um Mitchell wissen zu lassen, dass etwas nicht stimmte. »Ähm, Mitchell, kannst du bitte nach Hause kommen … ich habe … ähm, ich fühle mich nicht so gut … *Bitte.*«

In ihrer Stimme war deutlich Verzweiflung zu hören; er begriff sofort, dass es etwas Ernstes war. Eine Mischung aus Panik und Hilflosigkeit stieg in ihm hoch. »Soll ich einen Krankenwagen rufen?«

»Nein, Mitchell, noch nicht. Komm bitte einfach nach Hause ...«

»Ist etwas mit dem Baby?«

»Bitte, Mitchell, beeil dich.«

* * *

Camerons Beteuerung, dass das Geld sicher auf einem Schwarzgeldkonto versteckt war, bei dem ihre beiden Unterschriften benötigt wurden, schien Blaine Richards ein wenig zu beruhigen. Er lehnte sich zurück und legte einen Arm auf die Rücklehne der Couch. »Ich war nie ein Freund davon, Geschäftliches mit privatem Vergnügen zu verbinden.« Er versuchte, ungezwungen zu klingen. »Aber jetzt, da das Geschäftliche erledigt ist ...« Wieder dieser Blick. Er war beinahe etwas zu durchschaubar, zu leicht zu haben.

Sie stellte das Glas auf den Tisch und stand auf. Er näherte sich ihr – man ließ immer den Mann kommen – und legte seine Hände auf ihre Hüften.

»Eine kurze geschäftliche Sache noch«, sagte sie kühl. »Lars Avery. Was sollte das?«

Richards ließ die Hände von ihr, sein Gesichtsausdruck wechselte sofort von Verführung zu Verdacht. Misstrauen und Verachtung blitzten in seinen Augen auf. »Du bist verkabelt.«

Cameron versteifte sich und begann leicht zu zittern. *Wie kam er plötzlich darauf?* Schnell schüttelte sie den Kopf. Sie musste die Situation wieder unter Kontrolle bringen. Aber ihr erzwungenes Lächeln ließ Richards' Gesichtsausdruck nur noch angespannter wirken. Mit eisernem Griff umklammerte er ihr Gesicht mit seiner starken rechten Hand.

»Halt still«, flüsterte er.

Seine linke Hand wanderte ihren Körper hinunter und suchte sie ab, wobei er absichtlich keinen Zentimeter ausließ. »Avery hat die Nerven verloren«, flüsterte Richards. »Er musste weg. Dein Vater war zu nah dran.« Dann lehnte er sich langsam vor und begann, ihre Stirn, ihre Wangen und ihre Lippen zu küssen. »Aber jetzt haben wir genug Geschäftliches besprochen.«

Sie hätte sich am liebsten übergeben. Aber sie fürchtete sich, weil sie wusste, dass sie ihn mit ihrem letzten Kommentar auf die Palme gebracht hatte. Er wurde forscher, dennoch spielte sie sein Spiel nicht mit.

Schlagartig trat er zurück, neigte den Kopf, als wolle er ihre kränkende Haltung verstehen, dann verpasste er ihr eine schallende Ohrfeige. »Verschwinde!«, fauchte er.

Der plötzliche Schmerz ließ sie zusammenzucken, und sie schmeckte das Blut in ihrem Mund. Ihre Wange pochte. Mit zitternden Händen fasste sie zu Boden und hob das Dokument auf. *Wie konnte sich das Blatt so schnell wenden?*

Sie würde verschwinden, aber nicht in diesem Zustand, zitternd wie ein verängstigtes Kind. Dieser Mann war sprunghafter, *geistesgestörter,* als selbst ihr für ihre Zwecke lieb war. Sie würde sich von ihm nicht einschüchtern lassen. Sie standen auf einer Ebene. Das würde er noch zu spüren bekommen.

Sie richtete sich auf, widerstand dem Drang, ihm ebenfalls ins Gesicht zu schlagen, und erwiderte seinen durchdringenden Blick. »Wenn du dein Geld haben möchtest«, warnte sie ihn, »lässt du meinen Vater in Ruhe.«

Richards starrte sie nur finster und stumm an. Fünf bis zehn Sekunden ließ sie ihn gewähren, dann verließ sie das Haus.

Auf der Veranda angekommen, knallte sie die Tür hinter sich zu und atmete tief aus. Sie war sich gar nicht bewusst gewesen, dass sie fast die ganze Zeit über die Luft angehalten hatte. Mit der Zunge fuhr sie sich über die Innenseite ihre Wange und zuckte zusammen, als sie den Riss berührte, den Richards Schlag hinterlassen hatte.

Sie spuckte eine Mischung aus Speichel und Blut auf die Holzveranda und ging dann die Treppe hinunter.

* * *

Als Cameron aus dem Haus kam, seufzte der Nachbar erleichtert auf. Durch sein Fernglas hatte er gesehen, dass Richards sie geschlagen hatte, und war, so schnell er konnte, die Stufen seines Hauses hinuntergelaufen, um ihr zu Hilfe zu eilen. Er hatte gerade seine Auffahrt erreicht, als Cameron auf der Veranda auftauchte. Aus dem Schatten sah er sie die Treppe hinuntergehen, in ihr Auto steigen und wegfahren.

77

Nikki beobachtete, wie Cameron Richards' Strandhaus verließ, und warf ihren Plan sofort über den Haufen. Cameron zu folgen und sie dann mit der Situation zu konfrontieren, war keine gute Idee. Sie könnte abstreiten, dass Richards überhaupt da gewesen war. Oder was wäre, wenn Cameron behauptete, Richards' Anwalt wäre ebenfalls anwesend gewesen oder irgendein anderer Zeuge, der später vor Gericht für sie log?

Nein, dachte Nikki, *es gibt nur einen Weg, wie wir die beiden festnageln können.* Sie legte den Gang ein und fuhr ihren Sebring in Richards' Einfahrt. Um Cameron konnte sie sich später noch kümmern. Als Erstes musste sie sich vergewissern, dass Richards sich tatsächlich gerade hier aufhielt und außer ihm niemand im Haus war. Und wenn sie schon einmal dabei war, würde sie ihm gleich noch ein paar Fragen stellen.

Beherzt ging sie die Außentreppe bis zur Terrasse im dritten Stock hinauf und klopfte laut an die Tür, die kurz darauf von einem grimmig dreinschauenden Dr. Richards geöffnet wurde. Er trug braune Shorts, ein blaues Polohemd und Birkenstock-Sandalen.

Wortlos starrte er sie an. In diesem Moment wurde Nikki klar, dass sie nicht die leiseste Ahnung hatte, was sie sagen sollte – wie sie das Gespräch in Gang bringen konnte. »Wie geht's Cameron Davenport?«, platzte es aus ihr heraus.

Ohne zu blinzeln, antwortete Richards: »Gut.«

Erneut peinliche Stille. *Was soll's, es gibt sowieso keine leichte Tour.* Mit härterem Blick und strengerer Stimme fuhr sie fort.

»Sie stecken mit ihr unter einer Decke, Dr. Richards. Ich habe sie gerade wegfahren sehen. Sie tun so, als wären Sie Prozessgegner, aber in Wahrheit arbeiten Sie gemeinsam daran, meine Klientin und das gesamte Gericht zu hintergehen.« Sie legte eine Pause ein und lehnte sich mit dem

Arm gegen den Türpfosten, um zu demonstrieren, wie entspannt sie war. Ohne ein Fünkchen Angst. »Wie mache ich mich bisher?«

Das leicht hämische Grinsen auf seinen Lippen machte sie fuchsteufelswild.

»Grinsen Sie, so viel Sie wollen, Dr. Richards, aber ich spreche hier von einem Verbrechen, für das Sie hinter Gittern landen.«

Aus dem Grinsen wurde ein breites und selbstsicheres Lächeln. »Glauben Sie das wirklich?«

»Ich *glaube* es nicht nur, ich weiß es. Ich habe es selbst gesehen.«

»Hört sich an, als müsste ich hier ein paar Dinge klarstellen.« Sein Lächeln wurde noch breiter, und er trat einen Schritt beiseite. »Kaffee?«

Entgegen aller Vernunft, aber angetrieben von der Hoffnung, etwas Verdächtiges zu entdecken – etwas, das vielleicht aus Versehen liegen geblieben war –, trat Nikki ein. Sie ging zu einem kleinen Küchentisch mit einer wunderschönen Holzplatte aus hellen und dunklen Holzstreifen und setzte sich, während Richards wortlos den Kaffee zubereitete. Sie spürte kein Verlangen, Small Talk mit ihm zu betreiben, und selbst wenn, hätte sie nicht gewusst, was sie sagen sollte. Stattdessen sah sie ihm einfach zu, wie er den Kaffee machte und dann mit einem Schneidebrett und einer Ananas zurück an den Tisch kam.

»Mögen Sie Ananas?«, fragte er.

»Jetzt gerade nicht.«

»Kein Problem.«

Er stellte das Schneidebrett und die Ananas auf der Mitte des Tisches ab. Dann ging er hinüber ins Wohnzimmer und kam mit einem maschinengeschriebenen Dokument zurück. Er ließ es vor Nikki neben der Ananas auf den Tisch fallen.

»Sie sollten einem dieser Verschwörungsklubs beitreten«, schlug er selbstsicher vor. »Wer weiß, was Sie über das Attentat auf JFK herausfinden würden.«

Nikki nahm das Dokument in die Hand und warf einen Blick darauf. *Verdammt.* Sie kam sich so dämlich vor. Und war total verwirrt.

Rasch überflog sie die Bedingungen der »Erlass- und Vergleichsvereinbarung«. Das Gesetz zur Bioethik würde als verfassungswidrig erklärt. Cameron wurden vier Zygoten zugeschrieben, die einer anderen Leihmutter eingepflanzt würden. Wenn der erste Versuch nicht fruchtete, würden ihr auch die anderen vier Zygoten zugeteilt, damit sie einen zweiten Versuch starten konnte. GenTech würde das Geld bekommen, das Dr. Nathan Brown der Firma in seinem Testament hinterlassen hat. Maryna bekäme das Sorgerecht für den Embryo in ihrem Bauch. Der Vertrag war von Blaine Richards, Geschäftsführer von GenTech, und Cameron Davenport-Brown unterzeichnet. Daneben befanden sich jeweils eine noch nicht unterzeichnete Unterschriftslinie für Richterin Baker-Kline und Maryna.

Richards hatte inzwischen ein langes Schneidemesser mit schwarzem Griff geholt. Die gezackte Klinge war mindestens siebzehn Zentimeter lang. *Für die Ananas?*

»Ich dachte, wenn nur Mrs Davenport-Brown und ich uns treffen, ohne unsere Anwälte – und damit meine ich besonders Gunther –, könnten wir zu einer Einigung kommen.«

»Dieselbe, die Sie gestern abgelehnt haben?«

Richards lehnte sich vor, die Handflächen auf der Tischplatte abgestützt, das Messer unter seiner rechten Hand. »Gestern wollte ich den zweiten Satz Zygoten noch behalten, erinnern Sie sich?« Sein Atem roch nach Wein. »Heute habe ich es mir anders überlegt. Jetzt muss nur noch Ihre Mandantin zustimmen, dann ist die ganze Angelegenheit geregelt.« Er richtete sich wieder auf und konzentrierte sich auf die Ananas. »Warum sollte sie nicht? Sie bekommt alles, wofür sie kämpft.«

Mit seiner linken Hand nahm er die Ananas, spannte den rechten Unterarm an – sodass die Adern hervortraten – und schnitt die Ananas samt Stamm mühelos in zwei Teile. Mit einer schnellen Handbewegung drehte er die Ananas längs, setzte das Messer mit den fachmännischen Griffen eines ehemaligen Chirurgen noch zweimal an, und schon war die Frucht geviertelt. Geübt schnitt er den Stamm heraus, trennte das Innere von der Schale und zerlegte die Ananas in mundgerechte Stücke.

Ob es der Blick in seine Augen war, die fachmännischen Schnitte oder seine starken Hände, es traf Nikki wie ein Faustschlag, als sie ihm zusah. Marynas Narbe! Ein chirurgischer Schnitt vom Schlüsselbein bis zum Brustbein. Eine gerade Linie mit vorsichtig kalkulierter Tiefe, die nur ein Chirurg so hinbekommen konnte – tief genug, damit sie blutete, aber oberflächlich genug, um keinen bleibenden Schaden zu hinterlassen.

Das Blut stieg ihr in den Kopf, die Wände kamen langsam näher. Vorsichtig schob sie ihren Stuhl ein Stück zurück und griff nach ihrer Tasche. »Sie waren es, nicht wahr? Sie haben Maryna die Narbe verpasst.« Mit ihren Händen stützte sie sich am Tisch ab, bereit, nach hinten zu springen und nach rechts zu hechten, während sie versuchte, seine Reaktion abzuschätzen.

Nikki schnappte nach Luft und wich zurück, als das Messer blitzartig auf sie herabsauste.

78

An diesem Abend konnte man von einem wahren Frauenauflauf in Richards' Strandhaus sprechen. Erst Cameron und jetzt Nikki. Doch dieses Mal hatte Richards ein Messer und Nikki offensichtlich keine Ahnung, wo sie da hineingeraten war.

Er legte sein Fernglas auf den Tisch, nahm einen weiteren Schluck Rum-Cola und drückte auf die Kurzwahltaste seines Telefons. »Die gleiche Nummer wie eben«, murmelte er. »Zehn Minuten. Dieses Mal ist es Nikki Moreno.« Das aufgeregte Geschnatter am anderen Ende der Leitung ignorierte er und legte auf.

Ungläubig schüttelte er den Kopf und machte sich zum zweiten Mal an diesem Abend auf den Weg nach nebenan.

* * *

Bam!

Die Spitze des Messers durchbohrte das Schneidebrett, das Messer blieb aufrecht darin stecken. Richards ließ es los, warf den Kopf zurück und lachte.

»Ich bewundere Ihre Vorstellungskraft«, spottete er und steckte sich ein Stück Ananas in den Mund. »Sind Sie sicher, dass Sie nichts abhaben möchten?«

Nikki rang nach Luft, die Worte blieben ihr im Hals stecken.

Er lehnte sich vor und schien die Situation zu genießen. »Ich werde Ihnen die Wahrheit erzählen«, flüsterte er. »Ich hatte nichts mit der Verschwörung zu tun.«

Ein höhnisches Grinsen, dann stand er auf, um den Kaffee zu holen. Als er Nikki den Rücken zugedreht hatte, zog Nikki das Messer aus dem Schneidebrett. Langsam drehte sich Richards zu ihr zurück, in beiden Händen einen Kaffeebecher.

Dieses Mal stand sie. Und dieses Mal hatte sie das Messer.

»Ich dachte, Sie mögen keine Ananas«, gluckste er aus sicherem Abstand. Langsam kam Nikki hinter dem Tisch hervor. Richards neigte den Kopf leicht nach links und sah sie erwartungsvoll an. Dann stellte er die beiden Kaffeetassen zurück.

»Ich will Antworten auf meine Fragen«, forderte sie und trat drohend einen Schritt näher an ihn heran.

Sein Ton blieb locker. »Ich habe keine Ahnung, wovon Sie sprechen.« Sie sah ihm tief in die Augen – von Angst keine Spur.

Sie wusste weder, was sie als Nächstes tun sollte, noch hatte sie vor, den Mann in seiner eigenen Küche anzugreifen. Er ließ sich nicht einschüchtern, so viel stand schon einmal fest. Aber das Messer würde sie trotzdem nicht loslassen.

Also drehte sie sich wieder zum Tisch um, schnitt ein Stück Ananas in der Mitte durch und steckte es sich in den Mund. »Ich mag lieber kleinere Stückchen.«

Richards grinste und nahm die Kaffeetassen wieder in die Hand. In diesem Augenblick war ein lautes Klopfen an der Tür zu hören. Über alle Maßen erleichtert, legte sie das Messer behutsam auf den Tisch zurück. »Ich geh schon«, sagte sie und sprintete förmlich zur Tür.

Als sie die Tür öffnete, stand *The Rock* vor ihr – in voller Krankenmontur mit Krücken und Plastikgipsbein. »Alles in Ordnung?«, fragte er.

»Klar«, antwortete sie verwirrt.

The Rock warf Richards einen bösen Blick zu. »Ich habe eine Freundin angerufen«, warnte er, »und ihr gesagt, sie solle die Polizei rufen und zu dieser Adresse schicken, wenn sie innerhalb der nächsten zehn Minuten nichts von mir hört.«

Richards lächelte nur höflich und schüttelte fassungslos den Kopf. »Sie und Nikki sollten sich zusammentun«, sagte er. »Lee Harvey Oswald hätte Sie beide gut gebrauchen können.«

* * *

Als *The Rock* zusammen mit Nikki die Einfahrt herunterhumpelte, drückte er ihr sein Handy in die Hand und sagte ihr, sie solle Sandra anrufen. Die Polizei sollte sich nicht umsonst auf den Weg machen.

»Woher wussten Sie, dass ich hier bin?«, fragte Nikki.

The Rock zeigte mit dem Kopf auf das Haus nebenan. »Ich habe mich da drüben eingemietet.«

»Was für ein Zufall.«

»Als ich mich über Richards' Vermögen informierte, habe ich herausgefunden, dass er einen zweiten Wohnsitz am Strand hat. Dabei habe ich auch herausgefunden, dass ... ähm ...« *The Rock* machte mit seinen Krücken halt und suchte nach den richtigen Worten. »Sagen wir, ich hatte einen Verdacht, dass Cameron auf irgendeine Weise mit Richards gemeinsame Sache machte ... auf welche Weise kann ich nicht sagen. Also entschied ich mich, das zu tun, was jeder heißblütige amerikanische Vater tun würde – ich mietete das Haus nebenan und spionierte ihnen nach.«

Er humpelte weiter, immer noch ein wenig außer Atem. »Sie waren nur ein Bonus, Nikki, aber ich habe Ihnen wahrscheinlich das Leben gerettet.« Er atmete schwer, und Nikki konnte den Rum in seinem Atem riechen, der sich mit der feuchten Meerwasserluft vermischte.

»Da haben Sie wahrscheinlich recht, *Rock*. Das haben Sie wahrscheinlich wirklich.«

79

Mitchell schloss die Wohnungstür auf und sprang hindurch – er wusste genau, dass etwas nicht stimmte. Auf dem Weg nach Hause hatte er mindestens ein Dutzend Mal versucht, Maryna anzurufen, aber es war die ganze Zeit besetzt gewesen. Sofort hatte er an die Snakeheads gedacht, den Gedanken aber schnell wieder verbannt. Sollte er die Polizei rufen? Er wollte nicht überreagieren, entschied er.

Doch jetzt, in der Stille seines Wohnzimmers, spürte er die Gefahr. »Maryna!« Keine Antwort. Er lief den Flur hinunter, halb gehend, halb rennend. Er musste sein Jagdgewehr holen – eine Remington 700, sie lag in seinem Schlafzimmerschrank. »Schatz, bist du da?«

In der Schlafzimmertür angekommen, erstarrte er.

Der Anblick von Maryna, als Geisel gehalten und unbändig schluchzend, paralysierte ihn. Ihre Knöchel waren mit dickem Klebeband in mehreren Schichten aneinandergefesselt. Auf dieselbe Weise hatte man ihre Handgelenke hinter dem Rücken zusammengebunden. Aber was noch viel schlimmer war: Der Geiselnehmer hatte das Klebeband mehrmals so fest um Marynas Kopf und über ihre Haare gewickelt, dass es in ihre Mundwinkel schnitt und ihr Gesicht entstellte.

Der Mann stand hinter ihr, hatte seinen linken Arm um Marynas Schulter und über ihre Brust gelegt. Mit seiner rechten Hand hielt er eine Waffe an ihre Schläfe. Eine glänzende schwarze Pistole mit einem zwölf Zentimeter langen Lauf – *wahrscheinlich eine Smith & Wesson mit Schalldämpfer,* dachte Mitchell.

Mitchell zwang sich, schleunigst einen klaren Kopf zu bekommen. Blitzschnell glitten seine Augen durch den Raum, um die Lage abzuschätzen. Er musste jetzt unbedingt Ruhe bewahren. Marynas Leben und auch sein eigenes hingen davon ab, dass er geistesgegenwärtig handelte. Schnell wandelte sich seine Angst in Wut, ein Gefühl, das Mitchell sehr viel schlechter unter Kontrolle hatte. Er sah rot, hasste diesen Mann, der seine Frau bedrohte. Langsam ging er einen Schritt auf die beiden zu, dann zwei.

»Das reicht«, sagte der Verrückte.

Mitchell hob die Hände. Er ging einen weiteren Schritt auf den Mann zu. *Hilf mir, diesen Mann zu töten, Herr!* Ein weiterer Schritt, dann zog der Mann Maryna an der anderen Wand entlang. Die großen, angsterfüllten Augen seiner Frau versuchten, ihm etwas zu sagen. *Konzentrier dich!,* forderte er sich selbst auf. *Was will dieser Kerl?*

»Das ist nah genug!«, bellte der Mann. Mitchell blieb ruckartig stehen; plötzlich fiel es ihm wie Schuppen von den Augen. Dieses Gesicht! Er kannte es aus dem Gericht. Win Mackenzies kleines Poster. Das Gesicht war dünner und wütender, aber unverkennbar dasselbe.

»Was wollen Sie von uns, Nathan?«, fragte Mitchell, so ruhig er konnte. Er begann sich wieder zu bewegen, mit winzigen Schritten. Mitchell war überzeugt, zuschlagen zu können, wenn er nur in Bewegung blieb, wenn er die beiden umkreiste, den Abstand zwischen sich und dem Angreifer verringerte.

»Ich will, dass du zuschaust, wie deine Frau stirbt. Ich will den Blick in deinen Augen sehen, wenn *du* stirbst.« Nathan Brown hörte kurz auf zu sprechen, er atmete schwer. »Cameron und ich hatten alles – wir waren das perfekte amerikanische Traumpaar –, bis uns so ein Penner in der Notaufnahme alles genommen hat, mich zum Ausgestoßenen machte, zum Aussätzigen.« Er riss die zitternde Maryna näher an sich heran.

Mitchell streckte instinktiv die Hand nach ihr aus, doch er war noch zu weit entfernt. Fünf Meter vielleicht.

»Halt!«, schrie Brown und zielte mit der Waffe auf Mitchell. Mitchell schreckte zurück. *Wenn ich doch nur etwas näher an die beiden herankäme.*

Dann richtete Brown die Pistole wieder auf Maryna. »Ein Schritt noch, *nur ein Schritt!*«, schrie er. Dann senkte er die Stimme zu einem noch beängstigenderen Tonfall: »... und sie wird sterben.« Die Waffe fing an zu zittern, Mitchell wusste, dass er es ernst meinte.

»Was hat der Vorfall in der Notaufnahme mit uns zu tun?«, fragte Mitchell. *Verwickle ihn in ein Gespräch. Das ist unsere einzige Chance.*

Seine gefühllosen Augen machten Mitchell am meisten Angst. Der Mann hatte nichts zu verlieren. »Cameron und ich haben alles verloren, dann haben wir angefangen, unser Leben neu aufzubauen«, erklärte Brown, beinahe wehleidig. »Wir haben einen Weg gefunden, das Geld für die Aidsforschung aufzubringen, das beste Labor im ganzen Land zu finanzieren, konnten es sogar durchsetzen, die Stammzellenforschung an Tausenden von eingefrorenen Embryos zu legalisieren – medizinische Fortschritte, die mir das Leben retten könnten –, und wem hätte es geschadet?« Seine Stimme zitterte vor Wut. »Wem hätte es geschadet? Und dann kamst du ... und diese Hexe ...« Er drückte die Waffe so fest an Marynas Schläfe, dass sich der Lauf in ihre Haut bohrte.

Mitchell schüttelte den Kopf. Seine Stimme musste ruhig und sachlich klingen. Der Tonfall war dabei entscheidender als der Inhalt seiner Worte. *Was bringt einen Mann dazu, die Kontrolle zu verlieren? Wie redete man vernünftig mit einem Irren?*

»So ist es nie gewesen, Nathan. Maryna und ich haben Ihnen nichts verdorben. So war das nicht.«

»Halt den Mund.« Dieses Mal klang Brown mehr erschöpft als wütend. Vielleicht fürchtete er sich vor der Wahrheit.

»Cameron interessiert sich nicht für Sie, und sie möchte auch kein Heilmittel für Sie finden.« Mitchell versuchte, in den Augen des Doktors zu lesen. Er betete, dass er die richtigen Worte fand. »Sie schläft schon seit Längerem mit Blaine Richards. Das mit Ihnen beiden war vorbei, lange bevor wir ins Spiel kamen.«

Mitchell erwartete einen weiteren Gefühlsausbruch und war bereit zuzuschlagen, aber er fürchtete, dass er immer noch zu weit von den beiden entfernt war.

»Du wirst als Lügner aus dieser Welt gehen ...«

»Ich kann es beweisen. Ich habe sie heute Nacht gesehen. Nikki Moreno war dabei.« Die Worte sprudelten aus ihm heraus, er wollte Brown keine Chance geben zu reagieren. »Sie hat sie auch gesehen. Ich werde sie anrufen, dann können Sie Nikki selbst fragen ...« Während er sprach, griff Mitchell vorsichtig mit zwei Fingern nach seinem Handy und drückte mit einer schnellen Bewegung die Kurzwahltaste zwei.

»Lass es sofort fallen, du Idiot«, befahl Brown.

Mitchell hielt noch eine Sekunde den Finger auf der Taste, bis das Handy Nikkis Nummer wählte, und ließ es dann behutsam auf den Boden fallen. Er sah, wie es aufprallte und mit dem Display nach oben liegen blieb. *Bitte, Nikki, heb ab!*, betete er.

* * *

»Ich muss los«, sagte Nikki zu *The Rock*. Ganz in Ruhe hatte sie einen Kaffee getrunken und *The Rock* dazu gezwungen, zwei zu trinken. Sie hatten Pläne geschmiedet und darüber gesprochen, wie sie Blaine Richards zu Fall bringen konnten, aber keiner ihrer Vorschläge war wirklich brauchbar. Schließlich wurde sich Nikki bewusst, dass kein Plan etwas taugen würde, den sie sich zu dieser späten Stunde mit einem stark angetrunkenen *The Rock* ausdachte. Richards war definitiv gut darin, keine Spuren zu hinterlassen. Und Nikki musste ehrlicherweise gestehen, dass sie einfach nur froh war, noch am Leben zu sein.

Sie würde sich am nächsten Morgen überlegen, wie sich Richards am besten in die Falle locken ließ, im Moment war sie einfach zu müde. Auf Partys schaffte sie es immer problemlos bis zwei oder drei Uhr durchzufeiern. Aber ein Gespräch mit *The Rock* war etwas ganz anderes. Sie dankte ihm noch einmal für seine Hilfe und machte sich dann daran, sein Strandhaus zu verlassen. Nikki fragte sich, was wohl mit Maryna losgewesen war. Sie würde Mitchell direkt anrufen, wenn sie im Auto saß, um ihn zu fragen. Dort hatte sie nämlich ihr Handy liegen lassen.

»Ich hab's!«, verkündete *The Rock*. »Nur noch einen Kaffee. Bitte. Dieser Plan muss einfach funktionieren.«

Nikki seufzte. Der Abend war sowieso gelaufen. »Na gut. Ein letzter Kaffee.« Sie dachte noch einmal darüber nach, ob sie Mitchell anrufen sollte, aber sie kannte seine Handynummer nicht auswendig. Wer merkte sich schon Nummern, wenn man sie doch direkt ins Handy einspeichern konnte?

* * *

»Nehmen Sie die Waffe runter«, flehte Mitchell, immer noch fünf Meter von den beiden entfernt, »und wir werden Sie vor der Staatsanwaltschaft in Schutz nehmen. Denken Sie doch weiter. Sie können uns nicht einfach kaltblütig ermorden. Wenn Sie gegen Richards und Cameron kooperieren ...«

»Die Snakeheads«, unterbrach ihn Brown. »Nicht ich werde dieses Verbrechen begangen haben, sondern die Snakeheads. Sie wird man als Erstes verdächtigen. Ich bin tot, haben Sie das vergessen? Der Fall ist abgeschlossen. Cameron und ich ziehen uns auf die Bahamas zurück, während Dr. Richards an einem Heilmittel arbeitet.«

Marynas tränenerfüllte Augen trafen Mitchells Blick. Sie sah zum Nachttisch und nickte dezent in die gleiche Richtung.

»Sie wollen es nicht verstehen, oder?«, erklärte Mitchell. »Cameron hat die Nummer von ihrem Vater gelernt. Den Teil mit dem Das-Gericht-hinters-Licht-Führen haben Sie perfekt abgezogen, aber dabei vergessen, dass Cameron am Ende mit einem anderen Mann abhaut – und zwar mit dem Mann, den sie verklagt hat.«

»Genug geredet. Als Erste stirbt deine Frau.«

»Warten Sie! Eine Sache noch!«

Brown konzentrierte seinen Blick auf Mitchell, der schnell merkte, dass dies seine letzte Chance war. »Ihr Baby. Camerons Baby. Es geht ihr gut. Es ist ein gesundes, kleines Mädchen. Das Ergebnis der Fruchtwasseruntersuchung kam heute Morgen. Sehen Sie dort auf den Nachttisch ...« Mitchell zeigte auf das Möbelstück und beobachtete, wie Dr. Brown Maryna in die Richtung zog. »Die Testergebnisse, wir haben sie heute bekommen.«

Zeitgleich mit Brown setzte sich auch Mitchell wieder in Bewegung. Langsam kreiste er um ihn herum, ohne die Augen des Mannes aus dem Blick zu lassen. Drei Meter. »Hat Cameron Ihnen davon erzählt?«, fragte Mitchell etwas lauter. »Hat Sie Ihnen erzählt, dass sie Avery Geld dafür bezahlt hat, damit er das Gegenteil aussagt und Ihr eigenes Kind während der Fruchtwasseruntersuchung tötet? Ihr eigenes, gesundes Kind ...«

Dann plötzlich sah Mitchell es. Das kurze Zusammenzucken eines unerfahrenen Schützen, bevor er den Abzug drückt. Ein schnelles Blinzeln.

»Nein!«

Mitchell spannte alle Muskeln an und warf sich nach vorne, den Körper zu einem verzweifelten Angriff gestreckt, seine Hand hoch oben nach der Waffe greifend, während er seine Schulter Dr. Browns Kopf entgegenschleuderte. Doch in letzter Sekunde, während Brown zusammenzuckte und Mitchell sich auf ihn stürzte, schwang der Arzt die Waffe herum und drückte den Abzug – diese schnelle Entscheidung besiegelte im Bruchteil einer Sekunde das Schicksal von drei unschuldigen Leben.

Mit bloßem Auge sah es so aus, als wäre Mitchell im gleichen Moment auf Dr. Brown geprallt, in dem die Kugel den Lauf verließ. Doch die Kugel traf ihr Ziel und durchschlug Fleisch und Knochen.

80

Maryna zucke zusammen, krümmte sich und fiel dann zu Boden. »Gott, nein!« Ihre Schreie wurden durch das Klebeband um ihren Mund gedämpft. »Mitchell! Mitchell!« Ihre Worte wurden zu einem undeutlichen Schluchzen.

Sie hatte sich auf Schmerzen vorbereitet, aber sie spürte nichts. Dann sah sie, wie er auf sie zukroch, sein Gesicht und seine Brust blutverschmiert. *Danke, lieber Gott, er lebt.*

Bebend und mit tränenüberströmtem Gesicht robbte sie auf ihn zu. Sie spürte, wie seine Arme sie umschlossen. Den Kopf tief in seiner Brust vergraben, wurde ihr Schluchzen immer stärker. Er mühte sich mit dem Klebeband ab, konnte es aber nicht lösen. Ihr war schwindlig und übel. Immer wieder lief das Horrorszenario der letzten Sekunden vor ihren Augen ab. Mitchells Hände zitterten, und er murmelte etwas. Er schaffte es einfach nicht, das Klebeband zu lösen. Sie spürte sein Herz rasen und wusste, wie sehr er sie brauchte.

So durfte es nicht enden.

Wie hat er überlebt? Aus so kurzer Entfernung!

Ihr wurde so übel, dass sie zu würgen begann.

»Beruhige dich ... ganz ruhig«, murmelte Mitchell.

Sie versuchte es, aber ohne Erfolg. Sie konnte nicht schlucken, nicht atmen, sie schmeckte Erbrochenes in ihrem Mund, die Panik lähmte sie. Dann endlich fühlte sie, wie das Klebeband sich löste und an ihren Haaren zog. Sie spuckte aus, hob ihren Kopf leicht von Mitchells Brust, um etwas zu sagen, aber der Raum drehte sich, und ihr wurde schwarz vor Augen. *Er braucht mich!*, dachte sie. Aber die Dunkelheit war nicht aufzuhalten, ihr Körper fuhr alle Systeme herunter, brach zusammen. Sosehr sie auch dagegen ankämpfte ... am Ende schloss sie ihre Augen.

Er braucht mich ...

81

Sonntag, 30. Mai

Vielleicht ist die Moreno letzte Nacht wieder zur Vernunft gekommen, dachte Blaine Richards, als er den Fahrstuhl in den achtzehnten Stock des GenTech-Gebäudes hochfuhr. Sie hatte frühmorgens angerufen - wann war das gewesen? Acht Uhr? - und nach einem Termin für ein Einigungsgespräch gebeten, um die Sache abzuschließen. Man hatte sich auf zehn Uhr geeinigt. Und Blaine hatte darauf bestanden, dass das Treffen in seiner Firma stattfand.

Was für eine Ironie, dachte er, wenn sie im selben Konferenzraum zu einer Einigung kommen würden, in dem Dr. Lars Avery vor weniger als achtundvierzig Stunden durch das Fenster katapultiert worden war. Das musste Blaine dem Hausmeister von GenTech lassen. Er hatte keine Zeit verschwendet und umgehend das Glas reparieren lassen. Der Raum sah aus, als wäre nie etwas gewesen.

Obwohl Blaine Cameron an diesem Morgen nicht erreichen konnte, machte er sich keine großen Sorgen. Wahrscheinlich war sie immer noch eingeschnappt wegen gestern Abend. Alles andere lief wie geschmiert. Seine Aktienoptionen machten sich prächtig. Nur noch wenige Tage und er würde wie Cameron verkaufen können. Er musste noch warten, weil man ihn sonst wegen Insidertrading belangen konnte.

Win Mackenzie traf als Erster ein. Adrett gekleidet wie immer - als wollte er den Tag in einem Country Club verbringen. Er trug eine weiße Mikrofaserhose - aufgebügelt, mit Bundfalte, die förmlich nach Geld schrie - und ein schickes bordeauxrotes Poloshirt mit einem kleinen, teuer aussehenden Emblem des Wins Country Clubs über der linken Brusttasche, das ihn als Mitglied auswies.

Richards begrüßte ihn am Aufzug und überreichte ihm die Vergleichsvereinbarung, die er am Abend zuvor mit Cameron ausgehandelt hatte. Mackenzie runzelte die Stirn, offensichtlich nicht erfreut darüber, dass Blaine die Sache ohne seinen Anwalt in die Hand genommen hatte und ihm nun auch noch erklärte, dass Maryna an diesem Morgen als dritte Partei unterzeichnen würde und der Fall damit abgeschlossen sei.

»Sie wird wahrscheinlich mehr Geld für das Kind verlangen«, erklärte Richards. »Wie viel es auch ist, wir werden es zahlen. Zeig ihnen ruhig, dass wir darüber nicht erfreut sind – aber ich will, dass dieser Fall heute Vormittag vom Tisch ist.«

Als sie sich auf ihre Strategie geeinigt hatten, gingen die beiden Männer in den Konferenzraum, tranken Kaffee und warteten auf Maryna und ihre Anwälte. Etwa dreizehn Minuten später – Richards hasste es, auf andere zu warten – bekam er einen Anruf von seinem Wachmann, der ihm mitteilte, dass Mitchell Taylor, Nikki Moreno und Billy Davenport unten in der Lobby warteten.

Blaine wies ihn an, die drei hochzuschicken. Er spürte sofort, dass etwas faul war. »Wo ist Maryna? Warum haben sie sie nicht mitgebracht?«, fragte er Mackenzie.

»Keine Ahnung.«

»Und was zum Teufel macht Billy Davenport hier?«

* * *

Als er den Konferenzraum betrat und Mackenzie und Richards die Hände schüttelte, war Mitchell selbst überrascht, wie entspannt er war. Wahrscheinlich hatte er in den letzten Tagen so viel mitgemacht, dass ihn selbst außergewöhnliche Situationen nicht mehr aus der Ruhe bringen konnten. Und ihre kleine »Vergleichsverhandlung« war definitiv eine außergewöhnliche Situation.

Er fragte sich, wie viel Win Mackenzie wohl wusste. Steckte er mit ihnen unter einer Decke, oder waren nur Cameron und Richards Teil des Komplotts? Und was wusste Richards über den vorgetäuschten Tod von Nathan Brown? Mitchell würde es gleich herausfinden. Er legte sein Aufnahmegerät auf den Tisch und schaltete es an. »Es macht Ihnen doch nichts aus, wenn wir unser Treffen aufzeichnen, oder?«

Richards blickte zu Mackenzie hinüber, der mit den Achseln zuckte. »Es wird wahrscheinlich nicht nötig sein«, entgegnete Win, »aber solange Sie uns eine Kopie der Aufzeichnung überlassen ...«

»Selbstverständlich.«

»Wo ist Ihre Klientin?«, fragte Richards.

Mitchell warf ihm einen durchdringenden Blick zu. Das war die erste Gelegenheit für Mitchell, seine Reaktion zu beobachten. »Im Krankenhaus. Sie hat gestern Abend einen Schock erlitten und erholt sich dort.«

Richards blinzelte nicht einmal, als er die Neuigkeiten erfuhr, zeigte keinerlei Reaktion. Entweder wusste er wirklich noch nichts davon – die Polizei hatte sich bemüht, die Sache unter Verschluss zu halten –, oder er hatte sich erstaunlich unter Kontrolle.

Mitchell rutschte in seinem Stuhl nach vorn und lehnte sich über den Tisch. »Dr. Nathan Brown, Sie wissen schon, der angeblich verstorbene Arzt, ist gestern Abend in meine Wohnung eingedrungen und hat Maryna als Geisel genommen. Er hat gedroht, uns beide zu töten. Im allerletzten Moment hat er die Waffe auf sich selbst gerichtet und abgedrückt. Maryna stand direkt neben ihm, geknebelt und gefesselt.«

Mackenzies Augen weiteten sich; ihm fiel die Kinnlade herunter. Auch Richards starrte ihn ungläubig an. »Sagten Sie Nathan Brown?«

»Ja.«

Entgeistert sah Richards Mackenzie an: »Hast du das gehört?«

Offenbar zu erstaunt, um etwas herauszubringen, nickte Mackenzie bloß mit dem Kopf.

Doch dann sah Mitchell es. Richards' Zunge wanderte wieder langsam über die Innenseite seiner ganz plötzlich trocken gewordenen Lippen. Er nahm einen Schluck Kaffee und schüttelte ungläubig den Kopf.

Bis zum Schluss ein Schauspieler, dachte Mitchell.

»Das ändert natürlich alles«, haspelte Richards. »Der ganze Fall ist ein ... ein Betrug. Ich meine ... wie kann dieser Fall überhaupt ...«

Mitchell antworte darauf nicht. Er wollte nicht, dass Richards einschätzen konnte, ob er ihm seine Schau abnahm. Er sollte instinktiv reagieren.

»Wissen Sie, warum er sich selbst umgebracht hat, Doktor?«

Richards gab einen entnervten Laut von sich. »Wie sollte ich?«

»Weil wir ihn davon überzeugen konnten, dass Cameron ihm nicht treu war – dass Sie und Cameron eine Affäre haben und ihn benutzten, um reich zu werden. Dass er für sie absolut entbehrlich war.«

Richards lehnte sich zurück, seine Entrüstung hatte sich in Wut verwandelt. »Sie haben zu viel Zeit mit diesen anderen beiden Idioten verbracht. Das ist reiner Unsinn. Das Treffen ist hiermit beendet.«

Richards stand auf, um zu gehen, Mackenzie tat es ihm gleich. Mitchell blieb einfach sitzen und ließ es darauf ankommen. Richards atmete tief aus und sah Mitchell an, seine Geduld hing am seidenen Faden. »Was schlagen Sie vor?«

»Setzen Sie sich, ich werde es Ihnen zeigen.«

Sie zögerten fünf Sekunden ... zehn, dann nahmen Richards und Mackenzie wieder Platz und sahen Mitchell misstrauisch an. Richards lehnte sich vor und schaltete das Aufnahmegerät aus.

»Wenn Sie diese Fantasien weiterspinnen wollen, brauchen wir dieses Gespräch nicht aufzunehmen, nur damit Sie mich später in die Pfanne hauen können«, sagte er. Dann sah er Mitchell an: »Also, was schlagen Sie vor?«

Unfassbar. Der Mann will einen Deal vereinbaren. Er glaubt, er kann sich aus der Geschichte herauskaufen. »Ich schlage vor, dass Sie sich die Beweislage anhören, bevor Sie weiterhin voreilige Schlüsse ziehen. Sobald Sie mit unseren Beweisen vertraut sind, können wir über eine Einigung sprechen.«

»Beweisstück A«, leitete Nikki unaufgefordert ein, »ist Camerons Abfall. Wenn das Verfahren am Dienstag fortgeführt worden wäre, hätte ich ausgesagt, was ich alles darin gefunden habe, unter anderem gebrauchte Hygieneartikel für Frauen. Die Ergebnisse der DNA-Tests sind gestern Morgen zurückgekommen. Sie stimmen mit der DNA überein, die wir von den blutigen Pflastern entnommen haben, von denen Cameron bestätigt hat, dass es ihre seien.«

»Die da beweisen?«

»Dass Camerons Gebärmutter nie entfernt worden ist. Das ganze Gerichtsverfahren ist Betrug.«

Richards schnaubte vor Empörung. »Das hätte ich Ihnen schon sagen können, als Junior hier verkündet hat, dass Dr. Brown noch lebt.«

Nikkis Mund verzog sich zu einem dünnen Lächeln. »Sind Sie fertig mit Ihrem Kommentar? Weil wir noch weitere Beweise haben.«

Richards antwortete nicht.

»Beweisstück B«, fuhr Nikki fort und griff in ihre Tasche, »ist diese Aufnahme auf meinem Handy. Während der Begegnung mit Dr. Brown letzte Nacht schaffte es Mitchell, mich anzurufen. Ich habe nicht abgenommen, daher wurde die gesamte Unterhaltung zwischen Mitchell und Brown, der Schuss und alles andere auf meiner Mailbox aufgenommen.« Nikki legte die Aufnahme auf den Tisch.

»Das Geschwafel eines verrückten Mannes«, meinte Richards. »Ich wusste nicht mal, dass er noch am Leben war.«

Auch wenn er es immer noch überzeugend abstritt, konnte Mitchell erkennen, dass seine Stimme an Sicherheit verlor. Nach jedem Beweisstück drehte seine Zunge die obligatorische Runde. Und auf Win Mackenzies Stirn formte sich eine Schweißperle nach der anderen.

82

Nun war *The Rock* an der Reihe. »Es ist vorbei, Dr. Richards. Als wir Cameron die Beweise vorlegten, hat sie sich dazu entschlossen, mit der Polizei zu kooperieren. Ich vertrete sie, und wir haben gestern Abend einen Deal ausgehandelt. Sie hat der Polizei alles erzählt, über Ihre kleine Intrige, was die GenTech-Aktie anbelangt – wir haben den Nachweis über jede einzelne Aktie, die sie mithilfe ihrer Offshorefirmen gekauft hat, wissen alles über Ihre kleinen Verabredungen in Ihrem Strandhaus im Laufe der letzten Wochen ... einfach alles. Zu den Vorfällen in dem Haus am Strand kann ich übrigens persönlich eine Aussage machen.«

Bei dieser Offenbarung wurde Richards leichenblass. Mitchell konnte förmlich hören, wie es in Richards Hirn ratterte – wie all die unbeantworteten Fragen ihm durch den Kopf schwirrten. Dann leckte er sich über die Lippen und sah sich die Beweisstücke auf dem Tisch an.

»Wir haben uns ein paar Mal getroffen, um eine mögliche Einigung für den Fall zu besprechen«, gab Richards zu. Er sprach langsam und wählte seine Worte mit Bedacht. »Im Gegensatz zu unseren Anwälten wollten wir beide unbedingt zu einer Übereinkunft kommen.« Richards sah *The Rock* an, um festzustellen, ob er ihm die Geschichte abnahm. »Denken Sie, die Einigungsgespräche am Freitag nach der Gerichtsverhandlung wären aus heiterem Himmel gekommen? Ms Davenport-Brown und ich haben tagelang nach einer Lösung gesucht. Und wie Ms Moreno bereits weiß, haben wir gestern Abend die Bedingungen endgültig ausgehandelt. Wo sonst sollten wir uns für eine private Angelegenheit treffen – zumindest waren wir davon ausgegangen, dass das Treffen privat sei –, wenn nicht im Strandhaus?«

»Sie waren also nicht mit ihr intim?«, fragte *The Rock*. Mitchell hatte das Gefühl, der kleine Mann würde gleich über den Tisch springen und angreifen.

»Natürlich nicht.«

»Und wenn sie etwas anderes sagt?«

»Nichts für ungut, *Dad«* – Richards sprach das Wort so sarkastisch aus, dass *The Rock* sich ein paar Zentimeter vom Stuhl erhob –, »aber es steht Aussage gegen Aussage. Und sie versucht wohl in ihrer Verzweiflung, mit der Staatsanwaltschaft eine Vereinbarung zu treffen, um *ihren* eigenen kleinen Aktienbetrug unter den Teppich zu kehren.« Mit diesen Worten lehnte Richards sich zurück, sein Gesicht hatte wieder Farbe bekommen. »Meine Herren und ähm ...«, er sah Nikki an und grinste höhnisch, »und Ms Moreno, haben Sie irgendwelche handfesten Beweise, die *mich* in Verbindung zu dem Ganzen hier bringen? Na gut, sagen wir mal, Ms Davenport-Brown und ihr Ehemann wollten ihrem Glück in diesem betrügerischen, von ihnen selbst fabrizierten Gerichtsverfahren nachhelfen – man muss kein Genie sein, um Offshorefirmen zu gründen und sich mit Aktien von GenTech und seinen Mitstreitern einzudecken. Wenn sie den Fall gewinnt, gewinnt sie alles. Wenn sie verliert, streicht sie einen ordentlichen Gewinn mit den Aktien ein. Die Browns gewinnen also so oder so.« Dann wies er mit einer ausladenden Geste auf die Beweisstücke. »Aber was hat all das mit *mir* zu tun?«

Was hat er gerade gesagt? Offensichtlich hatte *The Rock* es auch mitbekommen. Mitchell grinste, als sich der alte Anwalt vorbeugte. »Wer hat irgendwas von GenTech *und seinen Mitstreitern* gesagt?«

Das höhnische Grinsen verschwand aus Dr. Richards' Gesicht. Er blickte auf das Aufnahmegerät auf dem Tisch, sah, dass es immer noch ausgeschaltet war, und schien sich ein wenig zu entspannen. »Das waren Sie, mein Lieber, vor wenigen Minuten.«

The Rock schüttelte bloß den Kopf.

Es war Zeit, die Sache zum Abschluss zu bringen. »Wissen Sie, was Ihr

Problem ist?«, fragte Mitchell. »Sie denken, es geht immer nur ums Geld. Dass jeder Mensch käuflich ist. Aber Cameron ging es nie um das Geld.«

Mitchell zog den Plastikbeutel mit den beiden Pflastern aus seiner Aktentasche und legte ihn auf den Tisch. Darauf befand sich noch immer der Aufkleber, der ihn als Beweisstück markierte.

»Dr. Avery war offenbar käuflich. Und ich bin mir sicher: Wenn die Staatsanwaltschaft Sie wegen Mordes anklagt und das Geld zurückverfolgt, wird man herausbekommen, dass er gut dafür bezahlt wurde, den Bericht von Camerons Gebärmutterentfernung zu fälschen. Das gilt auch dafür, dass er Maryna davon überzeugt hat, ihr Baby habe das Downsyndrom, und dafür, dass er Billy Davenport mit seiner angeblichen Falschaussage in die Falle lockte. Aber Sie dürfen nicht vergessen, Dr. Richards: Wenn Avery käuflich war, konnten ihn auch andere kaufen.«

Mitchell sah sich kurz im Raum um. Was für eine Ironie, dass sie sich genau in dem Konferenzraum befanden, in dem Avery von seinem Schicksal ereilt wurde. Fast als würde Avery Richards aus seinem Grab heraus einen Kinnhaken verpassen.

»Diese Bluttests, die Dr. Avery heimlich für Sie an Cameron vorgenommen hat ... auch davon hat er Cameron erzählt. Sie sind und bleiben einfach ein Arzt, nicht wahr, Dr. Richards? Übertrieben vorsichtig und kaltschnäuzig. Bevor Sie mit Cameron geschlafen haben, wollten Sie sichergehen, dass sie keine Krankheiten hat. Aber wie kommen Sie darauf, dass Avery nur für Sie bestechlich war und nicht mehrere Eisen im Feuer hatte? Vielleicht hat Cameron ihm ja auch ein kleines Taschengeld bezahlt, damit er die Bluttests für sie fälscht?«

Richards wurde kreidebleich – er war sich der Bedeutung dieser Worte schneller bewusst, als er sie aufnehmen konnte. »Wie ich schon sagte, Doc, Cameron ging es nie um das Geld ... sondern immer nur um das Heilmittel. Das Blut auf den Pflastern hat ergeben, dass sie HIV-positiv ist. Sie hat sich bei ihrem Ehemann angesteckt. Daraufhin dachte sie sich, die größte Chance auf Heilung hätte sie, wenn sie dem führenden Forschungsunternehmen des Landes eine Menge Geld verschaffen würde. Aber sie ist noch einen Schritt weitergegangen und hat dem Geschäftsführer der Firma die größtmögliche Motivation gegeben, ein Heilmittel zu finden. Eine persönliche Motivation.«

»Wie gut für Sie, dass Sie keinen Geschlechtsverkehr mit ihr hatten«, fügte *The Rock* hinzu.

Mitchell schob den Plastikbeutel über den Tisch. Er sah, wie Richards und Mackenzie sich leicht wegdrehten, als enthielte der Beutel etwas Giftiges, das sie trinken sollten.

»Camerons kleiner Plan war raffiniert«, schloss Mitchell ab, »aber sie hat nicht vorhergesehen, dass der Geschäftsführer die Aidsforschung von seiner Todeszelle aus würde beaufsichtigen müssen.«

Wie ein Zombie wandte Richards seinen Blick von den Pflastern ab und starrte aus dem neuen Fenster seines Konferenzraumes im achtzehnten Stock in den Himmel, sein Gesicht war blutleer.

* * *

Wenige Minuten später zog Mitchell in der Lobby des achtzehnten Stockwerks sein Polohemd vor *The Rock*, Nikki und Staatsanwalt Harlan Fowler aus. Ein halbes Dutzend Polizisten vom Revier in Virginia Beach nahmen Richards fest und lasen ihm seine Rechte vor, während Fowler, ganz der Vollblut-Staatsanwalt, die zusätzlichen Beweise überprüfen wollte, die er an diesem Morgen bekommen hatte.

»Schönes Sixpack«, sagte Nikki.

»Ich bin verheiratet.«

»Deine Bauchmuskeln sind trotzdem schön.«

Fowler trat vor und fing an, den Gurt von Mitchells Brust zu lösen. »Das Ding wird Body-Nagra genannt«, erklärte er. »Das Beste auf dem Markt. Wir setzen sie erst seit wenigen Monaten ein.«

Harlan nahm die Nagra mit den angeschlossenen Kabeln ab und spulte das Band zurück. Alle vier hielten den Atem an, bis sie die ersten Worte der Vergleichsverhandlung hörten. Die Qualität der Aufnahme hätte nicht besser sein können. Man verstand jedes Wort. Das Tonband gab unmissverständlich wieder, wie Richards Camerons illegale Aktiengeschäfte ausplauderte.

»Diese kleinen Dinger funktionieren immer einwandfrei«, freute Fowler sich diebisch.

83

Das Gute daran, der Anwalt der eigenen Tochter zu sein, war, dass man sie in dem für Anwälte und Klienten vorgesehenen Konferenzraum besuchen durfte und sich nicht durch eine dreißig Zentimeter dicke, kugelsichere Glasscheibe über Telefone unterhalten musste. Auch wenn die Räume karg eingerichtet waren, waren sie immer noch besser als die Telefone.

»Es ist zu früh, um zu sagen, welchen Deal sie uns anbieten werden«, erklärte *The Rock* und suchte seine Dokumente zusammen. »Alles hängt davon ab, wie bereitwillig wir sie weiterhin dabei unterstützen, Richards festzunageln, und ob wir sie überzeugen können, dass du nichts mit dem Mord an Avery zu tun hattest. Im Moment sind wir auf einem guten Weg.«

Er sah seine Tochter lange und ernst an. Sie sah so taff aus in ihrem orangefarbenen Gefängnisoverall. Doch in ihren Augen erkannte er gleichzeitig sein kleines Mädchen, das so verletzlich auf ihn wirkte.

»Du wirst eine Weile absitzen müssen«, fuhr er fort. Es fiel ihm schwer, professionell zu bleiben. »Das sind schwere Anklagepunkte ... aber ich werde alles tun, was ich kann.«

»Ich weiß.« Ihr Blick war starr auf den Tisch gerichtet. Viel hatte sie während des Besuchs nicht gesagt.

The Rock stand auf, um zu gehen. »Sobald sie deine offizielle Aussage aufgenommen haben und der Deal wegen deiner Haftstrafe unter Dach und Fach ist, werde ich mich wieder in die Entzugsklinik einweisen lassen. Und dieses Mal werde ich die Therapie nicht wieder vorzeitig abbrechen.« Er spürte, wie sich ein Kloß in seinem Hals bildete. *Das ist nicht der richtige Moment – sie braucht jetzt einen starken Vater.*

»Ich schätze, dass sowieso niemand gebannt darauf wartet, dass ich wieder entlassen werde.«

Verlassen sah *The Rock* seine Tochter an, ihm wollte einfach kein tiefsinniger väterlicher Rat einfallen. Es war so unglaublich schwer. Wie sollte er mit Worten gutmachen, dass er sie ein Leben lang vernachlässigt hatte? Wie immer fiel ihm nichts ein, was er hätte sagen können.

»Na ja, ich muss los.«

Er wandte sich zum Gehen und stützte seine Krücken unter die Arme, als Cameron plötzlich aufstand. »Es tut mir leid, Dad.«

Er drehte sich zu ihr um, lehnte die Krücken gegen den Tisch, beugte sich über die Tischplatte und umarmte sie. Es war eine kurze Umarmung, bei der er ihr ein paar Mal sanft auf den Rücken klopfte. Aber es war ein Anfang. So viel Zuneigung hatten die beiden sich seit Jahren nicht mehr gezeigt.

»Mir tut es auch leid«, sagte er und konnte den Blick eine Weile nicht von seiner Tochter abwenden. Dann drehte er sich unbeholfen um, schnappte sich die Krücken, hinkte zur Tür und drückte auf den Summer, damit der Wärter ihn hinausließ.

* * *

Das musste Cameron diesen Jungs lassen; sie wussten einfach, wie man Zeitungen verkaufte. Auf der Titelseite der Montagsausgabe wurde die Saga von Cameron, Maryna, Mitchell und Blaine Richards präsentiert. CNN übertrug bereits die Geschichte rund um ihr Geständnis, Blaines Verhaftung und Nathans Tod. Doch die *Tidewater Times* wollte ein exklusives Interview. Schließlich schrieb sie seit Jahren die Kolumne für sie. Darauf hatten sie ein Anrecht.

Doch Cameron wollte nicht noch mehr Aufmerksamkeit auf ihren Untergang ziehen. Die Leute mussten nicht alles darüber wissen, warum sie so gehandelt hatte. Und jeder gute Journalist würde Hunderte von neugierigen Fragen haben, die Cameron einfach nicht beantworten wollte. Auf manche wusste sie ehrlich gesagt nicht einmal selbst eine Antwort.

Man einigte sich auf einen Kompromiss. Sie hatte zugestimmt, eine letzte Kolumne zu schreiben. Oder besser gesagt, ein Bekenntnis. Die Zeitung bekam ihr Exklusivrecht, und sie konnte knallharten Interviewfragen aus dem Wege gehen. Ihr Vater hatte dieser Idee zugestimmt. »Die Cops haben bereits ein volles Geständnis von dir«, hatte er gesagt. »Was soll schlimmstenfalls passieren?«

In diesem Moment wünschte sie sich, sie hätte einfach alle Anfragen abgelehnt.

Das Einzige, was sie am Schreiben immer gehasst hatte, waren die Deadlines. Nun saß sie da, in einer Gefängniszelle in Virginia Beach und wurde durch sechzig Zentimeter dicke Betonwände, gusseiserne Gitter vor den Fenstern, fünf Meter hohe Maschendrahtzäune mit Stacheldraht und einer ganzen Brigade bulliger, bewaffneter Polizisten von der Zivilisation getrennt. Sie war total abgeschieden von der Welt – nur dieser Kolumne konnte sie anscheinend nicht entkommen. Und der Deadline. In weniger als zehn Stunden würde ein Kurier von der Zeitung im Gefängnis eintreffen, um ihre letzte Kolumne abzuholen.

* * *

Tidewater Times
Endgültiger Entwurf, Brief an die Leser, Platzierung in Sektion A, Fortsetzung der Titelstory

Entscheidungen und ihre Folgen
von Cameron Davenport-Brown

Meinen treuen Lesern
Als Erstes muss ich mich bei Ihnen entschuldigen und zugeben, dass ich falsch gehandelt habe. Wie Sie zweifelsohne auf der Titelseite gelesen haben, habe ich mich mit Dr. Blaine Richards, dem Geschäftsführer von GenTech, verschworen, um das Gerichtssystem zu hintergehen, damit das Gesetz zur Bioethik als verfassungswidrig erklärt wird. Außerdem habe ich Investoren betrogen, indem ich Insiderwissen zu diesem Fall für den Aktienhandel von GenTech und seinen Mitstreitern genutzt habe. Für diesen Betrug habe ich dabei geholfen, den Tod meines Mannes vorzutäuschen und sogar die schwere Zeit nach seinem angeblichen Tod in einer meiner Kolumnen beschrieben.

All diese Handlungen waren falsch, und ich möchte hierfür keine Ausreden finden, sondern mich lediglich entschuldigen. Ich habe ein detailliertes Geständnis unterschrieben und zugesichert, voll und ganz zu kooperieren, damit Blaine Richards zur Rechenschaft gezogen werden kann. Ich bedaure zutiefst, dass ich nicht nur das Gericht und die Anlagespezialisten in die Irre geführt habe, sondern auch Sie, meine Leser.

Das haben Sie nicht verdient.

Ich möchte außerdem, dass Sie wissen, dass ich nichts mit dem tragischen Tod von Dr. Lars Avery und den Attentaten auf Maryna Sareth zu tun habe, einschließlich des Anschlags im Chesapeake Hotel, bei dem ein unschuldiger Mensch zu Tode gekommen ist. Man hat mich ausgiebig zu diesen Ereignissen befragt, und ich bin mir sicher, dass ich am Ende in diesen Angelegenheiten vollständig entlastet werde.

Ich werde Sie nicht bitten, Verständnis für meine Handlungen aufzubringen oder mir zu vergeben. Das Einzige, worum ich Sie bitten möchte, ist, dass Sie meine Handlungen nicht mit den sozialen Bewegungen in Verbindung bringen, die ich im Laufe meiner Karriere unterstützt habe. Bitte verurteilen Sie diese nicht, nur weil einer ihrer Verfechter vom rechten Weg abgekommen ist. Mit Leichtigkeit werden die Fundamentalisten die von ihnen so betitelte »Kultur des Todes« für meine Handlungen verantwortlich machen. »Sehen Sie nur, was passiert«, werden sie sagen, »wenn man anfängt, das Leben abzuwerten.«

Schenken Sie diesem Gerede keine Beachtung. Es handelt sich hier um reine Politik, was das Thema Abtreibung angeht. Die Pro-Abtreibungs-Bewegung nur aufgrund meines Fehlverhaltens zu bewerten, ist, als würde man die Anti-Abtreibungs-Bewegung nur aufgrund der Vergehen von ein paar Klinikbombern verurteilen. Das wäre Bigotterie in ihrer schlimmsten Form und einfach nur falsch.

Ich glaube immer noch an das Recht auf freie Entscheidung. Ich habe einfach nur ein paar unglaublich schlechte getroffen. Von heute an werde ich bessere Entscheidungen treffen und Verantwortung übernehmen. Die Erste ist, dass ich mit den Behörden zusammenarbeiten werde. Meine eingefrorenen Embryos werde ich zur Adoption freigeben, in der Hoffnung, dass sie ein Zuhause mit so engagierten Eltern wie Maryna Sareth und Mitchell Taylor finden. (Ironischerweise habe ich jetzt das alleinige Entscheidungsrecht, was mit den gefrorenen Embryos passieren soll, da das Testament meines Mannes Teil des Betrugs war und daher ungültig ist.) Ich habe entschieden, der Adoption meines in Maryna Sareth eingepflanzten Embryos meinen Segen zu geben.

Und zum Schluss werde ich mich dafür entscheiden, denen zu vergeben, die mir unrecht getan haben, und von jetzt an im Zweifelsfall zu ihren Gunsten entscheiden.

Meine einzige Bitte an Sie ist, in Erwägung zu ziehen, ob Sie das Gleiche für mich tun könnten.

* * *

Komplett unzufrieden mit ihrem Text, blickte sie zerknirscht auf ihre Zeilen. Diese *Mea-culpa*-Schiene passte nicht besonders gut zu ihr. Aber für einen anderen Ansatz war es jetzt zu spät, die Deadline war in wenigen Minuten abgelaufen. Und sie hatte sich tatsächlich vorgenommen, ab jetzt bessere Entscheidungen zu treffen.

Hier und dort strich sie einen Satz durch, fügte an einer anderen Stelle einen dazu - wie hatten die Leute das bloß in den Zeiten vor der Erfindung des Computers gemacht? -, dann legte sie eine Pause ein und starrte die Betonwand ihrer Zelle an. Sie fühlte sich grauenhaft, auf einmal lastete das ganze Gewicht der Welt auf ihren Schultern.

Aber sie würde überleben. Selbst im Gefängnis. Sie musste einfach.

Zurück zu ihrem Text. Sie las ihn noch einmal durch, schrieb mit Elan einen abschließenden Satz und setzte ihren Namen in Druckbuchstaben darunter.

»Drucken Sie ihn genau so, wie er ist«, würde sie ihnen sagen. »Ohne die kleinste Änderung.« Es würde ihm so viel bedeuten.

Um ehrlich zu sein, sah es irgendwie eigenartig aus. Es war das erste Mal seit Jahren, dass sie auf diese Weise unterschrieb. Aber es fühlte sich richtig an. Eine der richtigen Entscheidungen, von denen sie in ihrem Brief gesprochen hatte.

Vielen Dank, es tut mir aufrichtig leid,

Cameron Davenport

Kein Bindestrich dieses Mal, dachte sie. Cameron *Davenport,* Tochter von Billy Davenport. Der Apfel fällt nun mal nicht weit vom Stamm.

* * *

Auf der anderen Seite der weitläufigen Behörde wurde im Büro von Harlan Fowler gerade die Videoaufnahme von Mitchell Taylors Aussage durchgespielt. Harlan wollte bei diesem Fall nichts riskieren und alle Beweise dokumentieren, solange die Erinnerungen an die Ereignisse noch frisch in den Köpfen der beteiligten Personen waren.

Ein erschöpfter Mitchell Taylor war schon seit über einer Stunde mit der Aufnahme zugange.

»... und dann sah ich, wie er blinzelte oder zusammenzuckte, Sie wissen schon, seine Augen zusammenkniff, wie jemand, der ein lautes Geräusch erwartet oder einen Zusammenstoß oder so etwas. Ich wusste, dass mir die Zeit davonrannte, also habe ich mich auf ihn gestürzt und versucht, ihm die Waffe aus der Hand zu schlagen und gleichzeitig den Schädel zu zertrümmern. Und dann, nun ja ...«

Mitchell stockte einen Augenblick, schloss die Augen und versuchte, sich die Situation noch einmal in Zeitlupe vor Augen zu führen. »Er schwang die Waffe herum, als wollte er mich erschießen, oder sich selbst ... Ich weiß es wirklich nicht. Ich glaube, er hat sie so weit herumgerissen, dass sie ziemlich genau auf mich zielte, aber ich habe sie mit meinem Unterarm getroffen, kurz bevor sie losgegangen ist. Das ist alles, was ich weiß ... Der Schuss löste sich, als die Waffe direkt auf sein Gesicht gerichtet war ... kurz bevor ich ihn zu packen bekam. Noch bevor wir zu Boden gingen, war er wahrscheinlich schon tot.« Mitchell warf einen Blick in die Runde der verständnisvollen Gesichter seiner Zuhörer.

»Denken Sie, dass es Selbstmord war, oder hat er Ihrer Meinung nach versucht, Sie zu erschießen?«, fragte Harlan, der offensichtlich versuchte, Mitchell den Ball zuzuspielen.

Mitchell dachte einen schmerzhaften Moment darüber nach. »Ich weiß es ehrlich gesagt nicht, Mr Fowler. Macht es einen Unterschied?«

Harlan sah die anderen stellvertretenden Staatsanwälte im Raum an, die bloß mit den Schultern zuckten. Dann wandte er sich wieder Mitchell zu, während die Videokamera immer noch lief. »Nö«, sagte er. »Ich glaube nicht.«

Epilog

Maryna sah sich in ihrem Zimmer im Krankenhaus um und dachte darüber nach, wie viel Glück sie hatte – oder besser, wie gesegnet sie war. Der Monitor zeigte stabile Herztöne an. Ein starker Herzschlag, guter Blutdruck, entspannte Atmung. Dem Baby und ihr ging es im Grunde gut. Der Arzt hatte es als ein »leichtes Trauma« tituliert, doch wahrscheinlich war sie in einen akuten Schockzustand verfallen. Aber mit ein bisschen Erholung würde sie wieder gesund werden. Und glücklicherweise wussten die Schwestern genau, wie viel sie Maryna geben mussten, damit sie ruhig schlafen konnte.

Es war ein Segen, dass sie am Leben und gesund war. Und das war noch nicht alles.

Mitchell war ebenfalls am Leben! Er hatte ihr an diesem Morgen schon Blumen gebracht und – man glaubte es kaum – einen tragbaren CD-Spieler mit einer CD von Beethovens Fünfter Sinfonie. Nicht ihr Lieblingsstück, aber immerhin ... *klassische Musik!* Sie konnte sich nicht mal daran erinnern, dass sie ihm erzählt hatte, wie sehr sie doch klassische Musik mochte.

Die Krankenschwestern und Ärzte waren sehr nett zu ihr gewesen, aber nun war sie bereit, nach Hause zu gehen. Deswegen erzählte sie jedem, wie gut es ihr ging. Es ging ihr auch prächtig, solange es ihr gelang, nicht darüber nachzudenken ... wie nah sie dem Tod gekommen war, dass sie beinahe Dara verloren hätte ... und Mitchell.

Sie konnte es kaum erwarten, dass Mitchell zurückkam. Die Ärzte würden ihm sicherlich erlauben, sie endlich mit nach Hause zu nehmen, damit sie sich dort erholen konnte. Keine Nadeln mehr. Keine Entnahme von Proben. Kein Krankenhausessen.

Sie wollte unbedingt wach bleiben, bis er wieder kam, aber ihre Augenlider fühlten sich schwer an. Die Medikamente entspannten sie nicht nur, sie hauten sie förmlich um. Ausgeruht fühlte sie sich nie, immerzu war sie müde und nie wirklich wach. Aus Angst vor den Bildern, die vor ihren Augen auftauchten, sobald sie diese schloss, kämpfte Maryna ständig gegen ihre Benommenheit an.

Während sie noch vor sich hindöste, sah sie ihn auf einmal in der Tür.

Mitchell steckte den Kopf ins Zimmer hinein. Sofort musste sie trotz Müdigkeit lächeln.

»Hey, Babe«, begrüßte er sie und kam zu ihr ans Bett.

»Hi.« Sie versuchte, munter zu klingen, wusste aber, dass ihre Stimme sich hoffnungslos müde anhörte.

»Ich habe jemanden mitgebracht. Sie versucht anscheinend schon seit Tagen, uns zu erreichen, aber hatte nur meine Festnetznummer. Auf dem Anrufbeantworter waren bestimmt fünfzehn Nachrichten.«

Während er weitersprach, griff Mitchell nach Marynas Hand und hielt sie fest. Es fühlte sich so gut an, ihn zu berühren, auch wenn sie ständig in einem Dämmerzustand zwischen schlafend und wachend hin und her schwankte.

»Okay«, brachte sie hervor und sah, wie Mitchell zur Tür ging und nickte. »Die Medikamente fangen, glaube ich, an zu wirken«, fügte sie hinzu.

Sie lächelte Mitchell an, konnte einfach nicht anders, dann drehte sie sich leicht zu der Gestalt um, die an die andere Seite des Bettes herantrat. Es war eine Frau. Sie zitterte und hielt die Hände vor den Mund. »Mein Baby, mein Baby«, schluchzte sie. Dann bückte sie sich und warf sich Maryna um den Hals.

Es fühlte sich genauso an wie sie! Aber Marynas Mutter war schon seit Jahren tot. Das waren die Medikamente, war sich Maryna sicher. Sie halluzinierte. Und wenn sie aufwachte, war ihre Mutter wie immer nicht mehr da.

»Sie haben mich in Arizona gefangen genommen«, schluchzte das Phantom auf Kambodschanisch, »Charlie Coggins und seine Männer. Sie haben mich abschieben lassen. Zwei Jahre habe ich gebraucht, um zurückzukommen, dann musste ich ein weiteres Jahr für die Snakeheads arbeiten, um mir meine Freiheit zu erkaufen. Seitdem suche ich nach dir. Als ich dich im Fernsehen sah ... nun ja, es hat zwei Tage gedauert von L.A. hierhin zu kommen, und jetzt habe ich dich endlich ...« Ihre Stimme verstummte unter ihren Tränen, ein endloser Strom, der Maryna und ihr Kissen durchnässte.

Hinter ihrer Mutter stand ihr lächelnder Ehemann. Maryna konnte nicht fassen, was gerade passierte. Mit ihrem linken Arm erwiderte sie die Umarmung ihrer Mutter und passte dabei auf den Infusionsschlauch an ihrem Handgelenk auf, während sie gleichzeitig mit der anderen Hand Mitchells Hand hielt ... nein, ganz fest drückte. Als ihr bewusst wurde, dass dies kein Traum war, fing sie am ganzen Körper an zu zittern. Ihre Atmung wurde hektisch – *meine Mutter ist zurück! Sie lebt!*

Mit ganzer Kraft drückte sie ihre Mutter fest an sich, als würde sie sie für immer verlieren, wenn sie jetzt losließ. Aber diesmal *war* es echt.

Ihre Mutter löste sich für einen Moment von ihr und erhob sich ein wenig. »Schau dich an, Maryna, du siehst so müde aus ... Wir müssen dich schlafen lassen.«

Das ist meine Mutter, eindeutig. Meine Mutter!

»Ihr zwei habt euch offensichtlich schon kennengelernt«, sagte Maryna und versuchte durch die Tränen zu lächeln. »Ich kann es noch gar nicht glauben!« Erneut streckte sie den Arm aus, und ihre Mutter umarmte sie wieder.

Plötzlich wollte Maryna nicht mehr schlafen. Am liebsten hätte sie nie wieder die Augen zugemacht, um nie wieder Gefahr zu laufen, ihre Mutter zu verlieren. Stundenlang wollte sie mit ihr reden und die verlorenen Jahre aufholen, in denen sie voneinander getrennt waren. Wacker hielt sie ein paar Minuten stand, nur um festzustellen, dass es ein hoffnungsloses Unterfangen war.

Immer wieder nickte sie ein, während Mitchell ihre eine Hand hielt und ihre Mutter die andere. Jedes Mal, wenn sie während ihres unruhigen Schlafs für kurze Zeit aufwachte, machte ihr Herz Luftsprünge, wenn die Umrisse von Mitchell und ihrer Mutter langsam erkennbar wurden. Sie drückte eine Hand, um sicherzugehen, dass sie nicht träumte, lächelte kurz und fing dann vor Freude an zu weinen, wenn sie an ihre Mutter dachte.

Dieser unglaubliche Gefühlsumschwung, erst das Horrorszenario der Nacht zuvor und jetzt die unglaubliche Freude, ihre Mutter wiederzufinden, schien schließlich seinen Tribut zu fordern. Eine Krankenschwester kam herein, verabreichte ihr mehr Medikamente, und Maryna wusste, es würde nicht lange dauern.

Sie sah Mitchell an, dann ihre Mutter, schloss die Augen für ein paar Sekunden und öffnete sie wieder. Ihre Mutter wich nicht von ihrer Seite.

»Dara ist, ähm ... ein schöner Name«, hörte Maryna ihre Mutter mit gedämpfter Stimme zu Mitchell sagen, als wollte sie Maryna nicht wecken. »Es ist mein Name.« Sie sah, wie ihre Mutter ihre freie Hand auf ihr Herz legte. »Das ehrt mich ... Aber ich habe gehofft, wenn es nicht zu spät dafür ist, dass ihr zwei vielleicht auch einen anderen schönen Namen in Erwägung ziehen könntet.« Sie wartete einen Augenblick, und Maryna war sich nicht sicher, ob sie träumte oder ihre Mutter tatsächlich die nächsten Worte aussprach. »Wie zum Beispiel Piseth.«

»Interessanter Name«, entgegnete Mitchell. Sie spürte, wie er ihre Hand drückte und wusste, dass sie nicht träumte, zumindest noch nicht. Als sie es schaffte, ihre Augen lange genug offen zu halten, sah sie Mitchell lächeln. Ehemann und Frau tauschten einen wissenden Blick aus. »Piseth also? Und wie buchstabiert man das?«

* * *

»Warte!«, rief Mitchell. Er stand in der Tür von Marynas Krankenhauszimmer und rief Nikki hinterher. Sie blieb stehen, drehte sich zu ihm um und wartete, bis Mitchell den Flur hinuntergelaufen kam.

»Ich wollte mich nur noch mal für deinen Besuch bedanken.« Mitchell zögerte, auch wenn er nicht genau wusste, warum. »Vielen Dank für alles, was du in dem Fall getan hast.«

»Gerne.«

»Wenn ich *jemals* etwas für dich tun kann ... *egal,* was es ist ...«

»Jetzt, wo du es erwähnst ... Wenn du so einen gut aussehenden jungen Anwalt wie du einer bist, für mich auftreiben könntest ...« – sie kam einen halben Schritt näher, ging auf ihre Zehenspitzen und gab ihm unerwartet einen kurzen Kuss auf die Wange – »vorzugsweise ledig, wüsste ich das sehr zu schätzen.« Ihre Augen funkelten verschmitzt auf.

Nikkis ansteckendes Lächeln brachte auch Mitchell zum Grinsen. »Ich werde die Augen offen halten.«

Dann machte Nikki auf dem Absatz kehrt und stolzierte den Gang hinunter. Da sie wieder eines ihrer Oberteile mit Spaghettiträgern trug, war das kleine Tattoo auf ihrer linken Schulter nicht zu übersehen. Dieses Mal entschloss sich Mitchell herauszufinden, was es bedeutete.

»Darf ich dich etwas fragen?«

Sie blieb ein paar Meter von ihm entfernt im Flur stehen und drehte sich zu ihm um. Ihr Lächeln forderte ihn auf loszulegen.

»Ich hab mich immer gefragt, wofür das Tattoo auf deiner linken Schulter steht.«

Nikkis Lächeln wurde breiter, ihre weißen Zähne blitzten auf, bis sie über das ganze Gesicht strahlte. »Das, mein Lieber, ist ein Kapitel für sich.«

Danksagung

Einen Roman zu schreiben ist – wie alles andere Erstrebenswerte im Leben – Teamarbeit. Allen, die in meinem Team mitgeholfen haben, bin ich sehr dankbar. Durch sie ist das Buch deutlich besser geworden, als ich es je alleine hätte zustande bringen können. Thematik und Handlung der Geschichte sind vielschichtig.

Ich bin den unten genannten Menschen zu tiefstem Dank verpflichtet, dass die Story nun auch in sich schlüssig ist und sich so nah an der Wirklichkeit orientiert, wie es eben möglich ist. Alle eventuell vorhandenen Fehler, die ich erfolgreich an so vielen wachsamen Augen vorbeischmuggeln konnte, sind ausschließlich mein Verschulden.

Mein großer Dank gilt ...

... dem erstklassigen Team von *WaterBrook Press* und besonders meinem Freund und Verleger Don Pape sowie meinen Lektoren Erin Healy, Dudley Delffs und Laura Wright. Danke für euren Mut, dieses umstrittene Thema anzugehen, und für euren hervorragenden Einsatz. Danke, dass ihr mich immer wieder geduldig angetrieben und hinterfragt habt und so diese Geschichte Wort für Wort verbessert habt.

... Dr. Kelly Hollowell, Vorsitzende des Wissenschaftsministeriums, für ihre fachliche Beratung bei den thematisch komplizierteren Aspekten. Mit wachem Auge und scharfem Verstand sah sie die Ausführungen zu Stammzellenforschung und Klonen durch.

... Barbara Brownworth, ausgewiesene Sprachwissenschaftlerin der *State University of New York* in Stony Brook, die mir geholfen hat, die sprachlichen Herausforderungen einer meiner Hauptfiguren, einer Immigrantin, zu bewältigen.

... Michael Garnier, einem der fähigsten Anwälte, den ich kenne, der sich trotz seines unglaublich vollen Terminkalenders als Strafverteidiger die Zeit genommen hat, eine zweite Meinung zu den kniffligen Rechtsfragen abzugeben.

... den vielen ehrenamtlichen Testlesern, darunter Mary Hartman, die mit viel Enthusiasmus jede Einzelheit zur Region Tidewater überprüfte, und dem Team in North Carolina, das seine Sommerferien opferte, um sich durch die Rohfassung meines neuesten Werkes zu kämpfen, und wertvolle Hintergründe recherchierte, die ich nun als eigenes Wissen verkaufe.

Vielen Dank auch allen Mitgliedern der Familien Singer, Wisse und Rogers, die jeden einzelnen Schritt der Entstehung dieses Buches unerschütterlich befürwortet und mich unerschrocken ermutigt haben.

Zu guter Letzt bedanke ich mich bei meiner Frau Rhonda und meinen Kindern Rosalyn und Joshua. Mir ist bewusst, dass es nicht leicht ist, mit einem Autor unter einem Dach zu leben, besonders nicht, wenn dieser einen ständig mit Fragen bombardiert wie: »Was hältst du davon?«, oder: »Kannst du mir deine Meinung hierzu sagen?« Gott allein weiß, wie viele Stunden ihr damit verbracht habt, mir dabei zu helfen, dieses Buch aus der Taufe zu heben. Und nur Gott allein weiß, wie sehr ich euch liebe und für eure Hilfe dankbar bin.

Randy Singer

Der Code des Richters
Thriller

Paperback, 13,5 x 20,5 cm, 416 Seiten
Nr. 395.472, ISBN 978-3-7751-5472-7

Eine TV-Realityshow soll entscheiden, welche Religion die rettende Wahrheit besitzt. Ein resoluter alter Richter vertritt den christlichen Glauben. Doch sein Leben steht auf dem Spiel. Kann seine Assistentin seine Hilferufe entschlüsseln und ein Mordkomplott verhindern?

Randy Singer

Die Staatsanwältin
Thriller

Paperback, 13,5 x 20,5 cm, 400 Seiten
Nr. 395.419, ISBN 978-3-7751-5419-2

In einem Justizsystem, in dem 95 Prozent der Strafprozesse durch einen Deal zwischen Anklage und Verteidigung beendet werden, bringt Staatsanwältin Jamie Brock jeden Fall vor den Richter. Doch diesen Angeklagten kann sie nur überführen, wenn sie ihre Prinzipien hinterfragt.

Bitte fragen Sie in Ihrer Buchhandlung nach diesen Büchern!
Oder schreiben Sie an: SCM Hänssler, D-71087 Holzgerlingen;
E-Mail: info@scm-haenssler.de; Internet: www.scm-haenssler.de